全宋詩

第六九册

北京大學古文獻研究所編

傅璇琮 倪其心 許逸民
孫欽善 陳 新
主編

北京大學出版社

全國高等院校古籍整理
研究工作委員會重點項目

本册資料人員

朱寶模　孟憲忠　姚兆寧　徐永强　崔　岩　崔庚昌

劉　雯

參加本册整理者

朱寶模　向　農　岳仁堂　孟憲忠　陸　音　陳曉蘭

虞　行　聞　賢　漆永祥　劉　雯　劉　寧　戴　螢

嚴文儒　顧永新

參加本册補遺者

虞　行

（以上均以姓氏筆劃爲序）

本册責任編委

漆永祥

第六九冊詩人總目

第六九册目次

全宋詩卷三六一三

全宋詩卷三六一四

全宋詩卷三六一五

全宋詩卷三六一六

全宋詩卷三六一七

全宋詩卷三六一八

全宋詩卷三六一九

全宋詩卷三六二〇

全宋詩卷三六二一

全宋詩卷三六二二

全宋詩卷三六二三

全宋詩卷三六二四

全宋詩卷三六二五

全宋詩卷三六二六

全宋詩卷三六二七

全宋詩卷三六二八

全宋詩卷三六二九

全宋詩卷三六三〇

全宋詩卷三六三一

全宋詩卷三六三二

全宋詩卷三六二三

全宋詩卷三六三四

全宋詩卷二六三五

全宋詩卷三六三六

全宋詩卷三六三七

全宋詩卷三六三八

全宋詩卷三六三九

全宋詩卷三六四〇

全宋詩卷三六四一

全宋詩卷三六四二

全宋詩卷三六四三

全宋詩卷三六四四

全宋詩卷三六四五

全宋詩卷三六四六

全宋詩卷三六四七

全宋詩卷三六四八

全宋詩卷三六五四

全宋詩卷三六五五

全宋詩卷三六一三

周才

周才（一二三九—一二九五），字仲美，餘杭（今浙江餘杭西南）人。理宗景定五年（一二六四）辟爲沿江制置使機宜文字。恭宗德祐元年（一二七五）以疾歸，築室居吴。元成宗元貞元年卒，年五十七。有《吴塘集》，已佚。事見《海虞文徵》卷二〇《宋沿江制機檢察水步兵周君墓誌銘》。今録詩二首。

遊虞山興福寺

興福相傳古道場，杖藜乘興訪支郎。案翻梵貝烟消篆，院寂棋聲日轉廊。玉版參師多古意，石梅問訊幾時香。禪家識得詩風味，清供杯茶熟煮湯。

遊虞山頂維摩院

西風近重陽，青女作奇釀。高人事幽討，木落秋可望。山溪步屈曲，策以九節杖。林空眼界寬，雲深開法藏。歡迎雜鐘鼓，舞躍駭龍象。載酒得良友，靈山拉尋訪。同來八九輩，俱能尚疏曠。具饌擊紅鮮，折花泛新釀。修竹當翠袖，泉聲代清唱。徘徊欲盡歡，更上層巔上。要知本色人，方具六通相。以上明盧熊洪武《蘇州府志》卷四九

（孟憲忠整理）

單庚金

單庚金（一二三九—一三〇五），字君範，剡（今浙江嵊縣）人。度宗咸淳六年（一二七〇）預兩浙鄉薦，以母喪不出。十年，就禮部別試見黜，隨歸剡源晦溪山中，自號晦溪處士。元大德九年卒，年六十七。事見《剡源文集》卷一六《單君範墓誌銘》。

題夫人石

造化斲出蒼雲骨，娉婷如人更奇突。千秋獨立日嶺頭，黛眉空翠含嬌羞。訪諸故老不可識，或是當年望夫石。當年望夫夫未歸，山頭化石空相憶。清舒順方《剡川詩鈔》卷一一

（朱寶模整理）

洪德章

洪德章（一二三九—一三〇六），名巖虎，以字行，自號五圃里人，莆田（今屬福建）人。度宗咸淳三年（一二六七），預鄉舉。有《軒渠集》，已佚。元大德十年卒，年六十八。事見《四如集》卷四一《洪德章墓誌銘》。

希文枕邊談詩謂律詩易工夢中與之辯詩以折其非既覺忘數字因足成之

七步成詩語近諧，壇荒李杜乏奇才。僧敲未敢一言定，鳥過曾安幾字來。清鄭杰《閩詩錄》丙集卷一五

趙　鞏

趙鞏（一二三九—一三〇八），字安國，號西巖，縉雲（今屬浙江）人。由監魁爲浙東提舉，知汀、邵二州。入元，爲福建安撫使，歷南劍、建昌、邵武、福、信五路總管，封蒙城郡侯。元武宗至大元年

卒。事見《蒙城趙氏宗譜》。

遊白雲山

半生心事澹悠悠，應樂高卧白雲稠。青山影裏春酲解，黄雀聲中午夢休。好景隨處堪行樂，浮世何人免得愁。

民國十七年《蒙城趙氏宗譜》

汪宗臣

汪宗臣（一二三九—一三三〇），字公輔，號紫巖，婺源（今屬江西）人。度宗咸淳二年（一二六六）、六年兩中亞選。宋亡不仕。元文宗至順元年卒，年九十二。有《紫巖集》，已佚。事見《新安文獻志》卷八七《紫巖先生汪公宗臣行狀》。今録詩十三首。

鴻門舞劍歌

黑雲壓壘騅嘶風，荆軻聶政粗豪同。舞筵閃動青蛇影，焉知火帝生真龍。一劍剡剡匹夫勇，一劍翼翼隨西東。壯士長戈氣冒虹，掃開霾曀曦光融。尊前張膽不爲屈，生彘臠割吞羣兇。子房笑語指顧頃，奚啻脱車深淖中。平陽帝譜炎精動，玉蜿蜒夜當其鋒。秦關恍服湯武出，赤幟彌張天下雄。金刀赫靈漢劍奮，烏江落日楚劍空。美人没草騅没水，項莊何處鳴秋蛩。

明程敏政《新安文獻志》卷五〇

嘲賈似道

賈秋壑，魏公爵，台州鬼，自注：俗呼台州人爲台鬼。揚州鶴。氣盈色驕逞才略，欺天罔人無愧怍。帷幄不能籌，金湯弗能作。費盡世間鐵，鑄此一大錯。自注：唐末羅紹威云，聚六州鐵鑄此大錯。闞子形模賈字同，自注：闞子上印文與賈字相同。生兒德祐紀元中。甚慚嬰杵自注：程嬰、杵臼。心莽卓，自注：王莽、董卓。十可斬書自注：方虚谷奏其罪十可斬。真諤諤。鑼聲三下東江頭，自注：太平江鑼三下，諸軍解散。鐵鞭一揮南海角。自注：後貶廣南，途中受押者鐵鞭而死。假賈僞魏至於斯，嗚呼似道道奚若。宋亡感激忠義多，遺臭如君梟獍惡。自注：梟食父，獍食母。　同上書卷五二

金陵鳳凰臺

龍虎勢稱雄，鳳凰臺望濃。潮翻江漢轉，地扼楚淮衝。平野頻烽火，孤城半稑穜。丹楹傍蕭寺，塵扆識高宗。

稼穡

稼穡病多雨，蕪菁種待晴。壘空驚燕去，池淨襯鷗明。野碓鳴秋杵，風簷響夜箏。山中涼意早，蚊蚋已無聲。　以上同上書卷五三

乙亥避地横槎山中

仙槎移到此，杳杳白雲根。石乳漏崖響，山腰界雨昏。徑幽盤過險，橋斷涉驚渾。百匝回峰曲，數家臨水村。芋瓜青繞屋，桑柘綠當門。鵲突兒迎客，龍鍾叟抱孫。澗春分注沼，田穫半樊園。地僻衣巾古，人稀耕鑿溫。尚懷文杏館，且擬小桃源。嶺外風波別，搖頭勿復言。　同上書卷五五下

半山寺

往事空求佛，當年誤買鄰。悠悠思舐犢，烟雨暗松筠。

沖陶山中

侵牀綠意多，過牖松花落。草堂一編詩，送客不下閣。

新秋池上曉望

淨植香來水北，殘蟬聲度橋東。清沚金鱗漾緑，夕陽白鷺翻紅。以上同上書卷五六

十一月宿於潛

蜂迷蜜甕朮絲香，蟻泛花甆碧玉漿。縣僻人稀寒日晚，古松樛翠出危牆。

燕雁

秋來春去雁賓熟，秋去春來燕子忙。寒暑自分人事信，不須禽類互炎涼。

晚望

野岸松杉暝色沉，漁翁收釣碧潭深。銜雲點點鷺飛疾，何處呼牛尚遠林。以上同上書卷五七

謁雲藍《徽州府志》卷一作嵐，詩中同山先越公墓

此生未展雲藍墓，鬱鬱甘棠孫子情。今度忽爲寒食客，欣欣喬木歲時榮。堯天日月重光顯，越國江山幾變更。回首千年有歸鶴，練溪新漲匝春城。

弔鶴集詩句

有鶴在林，白華 翩翩其鳴。斯干 風雨所漂搖，鴟鴞 求其友生。伐木 不狩不獵，伐檀 麾之以肱。無羊 宛其死矣，山有樞 寧莫之懲。沔水 英英白雲，白華 毋金玉爾音。白駒 如可贖兮，黄鳥 實勞我心。白華 以上同上書卷五九

（以上孟憲忠整理）

劉子薦

劉子薦（？—一二七六），字貢伯，吉州安福（今屬江西）人。以父任爲湘鄉尉，調撫州司録。度宗咸淳中知贛縣（明嘉靖《贛州府志》卷七）。恭宗德祐元年（一二七五）通判常德府（明嘉靖《常德府志》卷一二），知融州，廣西經略司檄爲參議官。二年，元兵至，死難。《宋史》卷四五四有傳。今録詩二首。

游老君洞 德祐元年菊節

第一真巖豈浪名，高明洞達窈而深。冠天下神仙勝境，副我生山水知音。崖激湍流騰雪玉，燈摇石瑩燦星金。少焉月出東山上，何必蓬萊海上尋。

怪怪奇奇畫不如，最難得者近城郛。他仙皆遜老君有，此洞可知天下無。徐甲青牛驂左侍，六丁白鶴導前驅。老仙笑我來何晚，一樣鬢眉一樣臞。以上清謝啓昆《粤西金石略》卷一三

（劉雯整理）

燮元圃

燮元圃，湘潭（今湖南湘潭東南）人。度宗咸淳間進士。官至御史。嘗築室於楊梅洲爲讀書之所。事見清嘉慶《湘潭縣志》卷二六。今録詩二首。

楊梅洲别墅

枯桑敗葉集寒鴉，籬落芙蓉晚見花。有客歸來新作主，釣魚灣處是生涯。

過錦灣望嶽亭

十載重來一凭欄，光陰不改舊江山。亭高下瞰龍藏室，天遠遥瞻虎拜班。耕釣每懷生處樂，馳驅未許老

來閒。雄風入座披襟好，静看漁舟上錦灣。以上清張雲璈嘉慶《湘潭縣志》卷二六

林霆龍

林霆（一作雷）龍，字伯雨，仙遊（今屬福建）人。度宗咸淳間領鄉薦。通判興化軍。有《春山集》，已佚。事見《閩詩録》丙集卷一五。

送徐殿院回鄉

三十年來人委靡，如今勁節似秋横。三條鯁亮爲時重，一葉翩翾去國輕。華老不還司諫職，廖公應顯出臺名。遐衝尚賴精神折，未許林泉得隱聲。《閩詩録》丙集卷一五引《截江網》

（以上孟憲忠整理）

趙知軍

趙知軍，名未詳，宋末知興國軍（《浩然齋雅談》卷中）。

句

戰血肥春草，妖魂附野狐。

風吹沙草落日黄，鴉啄髑髏飛不起。以上宋周密《浩然齋雅談》卷中

《浩雅齋雅談》：越人陳謂嘗遊廬山，遇一人髽而跣，坐大石盤，微作吟哦聲。問之，不答而去。明因寺僧云：「此興國趙知軍也。爲郡有異政，民德之。兵火後，棄家入山中，日以少米給之。」指穹林絶巘間曰：「此其所居也。」陳策杖披荆訪之，已逸去矣。獨葦屋一間，不蔽風雨，土木瓦器地爐竹几而已。間有破石硯短紙數十幅，取視之，則詩也，或一

聯二聯，無成章者，陳僅記其數語云云。

（漆永祥整理）

史衛卿

史衛卿，字景靈，鄞縣（今浙江寧波）人。安之從子，彌鞏孫。曾預鄉薦，入淮南帥幕。事見《江湖後集》卷一一、《甬上宋元詩略》卷一〇。今録詩十一首。

秋步述所見

趁晴收斷薪，破曉循幽浦。山寒樹欲風，雲重天將雨。兔奔初種畦，雞拾穫殘畝。葉深樵無蹤，水落魚可數。幽草不須生，千林秋已素。

捧檄家山

閒居愧未能，淮幕冷於冰。家檄官無俸，山吟客有僧。池荒眠鷺石，樹折飲猿藤。寥落誰相問，孤明雨夜燈。

春　晴

平明晴可愛，眼界一湖春。不見水中鷺，惟多堤上人。梅花已白盡，柳色正青新。日暮無歌舞，清幽屬野身。

聽演師琴

禪悟却參琴，山高水復深。七絃手共語，萬籟耳無音。激烈鬼神淚，發揮天地心。秋風時一曲，懷古更傷今。

漁父

白頭長是醉，湖海不知年。活業惟耕網，全家祇住船。荷花同鷺宿，楊柳得魚穿。一笛吹明月，朱門謾管絃。

書里中所見

闌干十二纈簾遮，獸棟鱗鱗鼎貴家。莫道樓臺無地起，滿城秋色半槐花。

所見

齊眉沉醉綺羅叢，心事誰知付去鴻。不惜千金留粉黛，更無一語怨東風。

有所見

不著畫羅金縷衣，尋常打扮最相宜。春風燕子樓前過，飄落梨花雪一枝。

冷泉觀放水

溪流平地響晴雷，石上生風捲雪來。醉拍闌干衣袖濕，十分身在白雲堆。

以上宋陳起《江湖後集》卷一一

西湖山居燈夕

繁華隔湖水，全似遠宸京。燈火少年夢，山林此夜情。鶴閑梅下立，人靜月中行。長願歲時好，吟身見太平。

依韻奉和司徒侍中龍興燈夕

寶炬燃紅映百坊，佛燈相照有餘光。樽前盡被公孫禮，席上惟無處士狂。午夜笙歌歡是伯，幾家簾幕醉成鄉。都人猶怕春宵短，共樂何妨舞袖長。

以上《永樂大典》卷二〇三五四引《桂山小稿》

嚴肅

嚴肅，字伯復，號鳳山，又號朴山，太和（今江西泰和）人。度宗咸淳中爲秘書省校勘（清雍正《江西通志》卷七六）。

落花

片片落花飛，隨風去不歸。如何臨欲別，不得傍君衣。

宋劉克莊《後村千家詩》卷七

王景雲

王景雲，字仲慶，溧水（今屬江蘇）人。度宗咸淳間以薦授清流簿。與弟景華嘗捐資建怡怡亭。事見清光緒《溧水縣志》卷一一。

怡怡亭

老年常聚首，兄弟共怡怡。並坐閒揮麈，交斟醒設卮。雙聲頻檢韻，讓道更敲棋。自是天倫樂，嬉遊似少時。

清朱緒曾《金陵詩徵》卷八

王景華

王景華，字季先，溧水（今屬江蘇）人。景雲弟。事見清光緒《溧水縣志》卷一一。

怡怡亭

怡怡亭畔路，兄到弟隨肩。花徑同調瑟，蘭窗共擘箋。看山攜老杖，分果憶兒筵。底事常相忍，張家未

是賢。《金陵詩徵》卷八

趙傑之

趙傑之，度宗咸淳間爲溧水丞（清光緒《溧水縣志》卷五）。今録詩二首。

釣鼇亭

天地分來萬古多，鰲魚背穩駕山河。亭前見説高人釣，池上那聞漁父歌。四面青峰環秀色，一灣緑水漾清波。誰能掣斷黄金索，終日持竿怎奈何。

白府真君

卓茂當年政術優，治聲終不似賢侯。顯幽一致施仁化，廟食中山卒未休。以上清傅觀光光緒《溧水縣志》卷一八

蔡必薦

蔡必薦，字嘉猷，號菊軒，丹陽（今屬江蘇）人。度宗咸淳間授丹陽學正。事見《曲阿詩綜》卷七、清光緒《丹陽縣志》卷一八。今録詩三首。

采薇圖

西山有薇，美人不移。西山無薇，美人不歸。采薇采薇，山是人非。薇滿西山，不生夷齊。

觀葵有感

昨日一花開，今日一花開。今日花正好，昨日花已老。始知人老不如花，可惜落花君莫掃。人生不得長少年，莫負床頭沽酒錢。得錢向酒家。君不見，戎葵花。

寓意漫成

東鄰老翁富鉅萬，每日關門常獨飯。西鄰少年居錢不滿百，每日開筵延上客。老翁回頭問少年，君家賓客何駢闐。少年答曰翁不知，人生許得幾何時。翁看日月如流水，牢鎖黃金與阿誰。以上清劉時庵《曲阿詩綜》卷七

（以上孟憲忠整理）

范晞文

范晞文，字景文，錢塘（今浙江杭州）人。理宗景定中太學生，與葉李上書劾賈似道，竄瓊州。元至元間以薦授江浙儒學提舉，未赴，後流寓無錫以終。事見清嘉慶《無錫金匱縣志》卷三〇。今録詩三首。

題江湖偉觀

西湖何處可消愁，快上人間百尺樓。千里山川浮王氣，百年形勢壯皇州。逋仙宅近梅應古，坡老祠空竹自秋。立偏闌干無限意，六橋歌舞懶回頭。宋潛説友《咸淳臨安志》卷三三

湖　上

湖邊多少遊湖者，半在斷橋烟雨間。盡逐春風看歌舞，幾人著眼到青山。

燕山聞鵑

燕山三月初三夜，聽得啼鵑第一聲。同是小樓孤燭下，主人熟睡客驚心。以上清顧嗣立《元詩選》癸集乙

（劉雯整理）

上官藻

上官藻，字聖發，安仁（今江西餘江東北）人。元初以文學赴召，官江淮營田提舉。事見清乾隆《安仁縣志》卷七、九。

寄友人張孝忠

瀟瀟落葉滿江城，冽地金風變世情。無日不傷車北渡，有書難寄雁南征。曉霜滿地歸心切，夜月懸梁夢不成。渴望餘波今已久，何時握手笑相迎。清魏鈊乾隆《安仁縣志》卷九

吴仲軒

吴仲軒，進賢（今屬江西）人。度宗咸淳間進士，因國步日蹙，不仕。宋亡，教授於鄉，屢薦不起。事見清同治《進賢縣志》卷一九。

謝程鉅夫學士

抱疾經年久，何期徵詔臨。芸窗書已蠹，竹徑葉尤深。空返皇華使，難忘鷗鳥心。懷君雖感激，衰鬢不勝簪。清裘君弘《西江詩話》卷五

（以上漆永祥整理）

張　𧦬

張疇，溧水（今屬江蘇）人。度宗咸淳間進士（清光緒《溧水縣志》卷九）。

竹節亭

結構華亭歲月深，形如竹節俯山陰。規模自壯中山色，基業猶存萬古心。窗外豈無猿鶴唳，簷前時有鳳凰吟。夜深神鬼驚聞處，月下誰彈一曲琴。

清符觀光光緒《溧水縣志》卷一八

（劉寧整理）

趙渥

趙渥，西充（今屬四川）人。度宗咸淳間進士（清光緒《西充縣志》卷七）。

洴溪橋

油井小聚，洴溪之濱。夏秋雨集，溝澮皆盈。衆水所匯，實病於行。誰作斯橋，龐君守真。甯瘠一己，而利他人。此心與橋，爲世通津。我觀地水，如車轉輪。陵谷變遷，成毀有因。橋不足恃，所恃者仁。仁者之心，與石不磷。矢我銘詩，刻此堅珉。

清高培穀光緒《西充縣志》卷一三

（孟憲忠整理）

陳巖

陳巖（？—一二九九），字清隱，號九華山人，青陽（今屬安徽）人。宋末屢舉進士不第。入元，爲避徵辟，汗漫江湖。及老，歸青陽，遍歷九華之勝，至一處則作一詩，已佚。元成宗大德三年卒。武宗至大元年（一三〇八）邑人方時發掇拾散佚爲《九華詩集》。事見本集卷首方時發序及小傳。

陳巖詩，以影印文淵閣《四庫全書》本爲底本。酌校清丁丙《宋人集丙編》（簡稱宋人集）。

化城寺

起于齊梁，逮唐建中中，金地藏依止，禪衆有平田數千畝，種黄粒稻，田之上植茶，異于他處，謂茗地源。亭後有五釵松，結實香美，皆自新羅移植

匝徑茸茸菜甲青，透池艷艷藕花明。四方衲子尋幽踐，多少空山振錫聲。

化城池

寺前植蓮于中

簇簇青蓮滿意開，老僧誇説舊栽培。塵埃不涅花心性，淨客原從淨土來。

半霄亭

在化城寺之中途，叠石危峻，繚繞爲徑。因結亭，爲遊人憩足之所

烟際晴嵐似有無，舉頭相望是雲衢。若爲透入雲間路，直渡銀河採白榆。

望江亭

半霄亭上。穿雲躡嶺，下視長江，皎如曳練

衮衮長江浸落暉，水流不盡覺雲移。登高忽動離騷恨，無奈山川苦要詩。

地藏塔

化城寺東，唐僧地藏貞元十年趺化，年九十九。檀信爲建塔于臺南，三年塔成。將遷舉，顔狀如

初，骨節有金鎖聲，地發光景，因名神光嶺

八十四級山頭石，五百餘年地藏墳。風撼塔鈴天半語，衆人都向夢中聞。

笑指亭 金地藏塔前

多少人間狹路偏，山川還是舊山川。淡然忘笑兼忘指，嘿嘿真成第一禪。

李白書堂 化城龍女泉側

蘭芷春風滿地香，謫仙曾卧白雲鄉。山間精爽今猶在，落月時時見屋梁。

神光嶺 南臺直上。金地藏遷神之後，發光如火。檀信過之，悲仰追慕

眼看恒河幾劫沙，隨身鎖子骨鉤加。嶺頭閃閃神光動，無盡燈中轉法華。

南　臺 龍女泉南。金地藏禪息所

舊日新羅國裏僧，山間散滿百千燈。只將一嘿消諸妄，坐透禪機最上乘。

晏坐巖 茗地源南。金地藏嘗攜道侶晏坐巖中，定起而還

掠地霜風黄葉飛，山人晏坐已多時。但知六鑿俱通透，不省支牀舊有龜。

白蟮穴 金地藏居山，學徒日衆，因坎土得白壤，甘滑如麵，衆賴以濟。費冠卿有瀹泥時和麵之句

炊沙自昔終難飽，坎土于今乃可餐。翻笑青泥變青石，嵇康無分啜仙丹。

龍女泉 金地藏卜居，方苦遠汲。俄少女出現，云石下有泉。因以手撥石，泉果湧

祖師正渴山頭水，龍女俄分海眼泉。萬事不離無始劫，千年膭結未來緣。

茗地源 晏坐巖北。溪上産茗，味殊佳

暖風吹長紫芽莖，人向山頭就水烹。陸羽儻曾經此地，谷簾安得擅佳名。

東藏源 化城東。平原沃壤，兩山之間怪松檉柏，石耳雜藥，樵採無窮

膩雨增多樹色深，惠風吹轉藥苗新。一灣水繞旃檀國，流向山前普濟人。

中峰 東藏源東。尊居于中，衆峰環列，上睇日月，下覸雲雨。清泉迸石，翠霧凝空。昔有羅漢居之

茀鬱盤紆直拄空，衆峰環繞獨居中。山頭要看僧禪定，南北東西路各通。

會仙峰 中峰側。趙知微常宴羣仙于此

仙袂飄飄拂翠巔，知微來此宴群仙。人間風雨山間月，始信仙家別有天。

大還嶺 中峰下，知微煉丹所。俗呼太灣

龜腸剞盡不緣飢，鶴骨生來豈解肥。煉得丹成生羽翼，山中無復趙知微。

斧柯嶺 中峰下。仙客圍棋方終，樵人斧柯已爛

偶爾觀棋忽爛柯，豈知勝負是如何。歸來笑問人間事，恰是人間勝負多。

甘露泉 中峰上。泉味甘美，如飲沆瀣，舊有禪師取以療人疾。或曰在雲門寺北

山接靈河兩派長，松間石上瀉天漿。幾思吸取清泠味，洗我一生烟火腸。

澌澌水 中峰北。西流，或貯或泓，散落石上如細線，聲淒淒然

危柱抨抨曳素絲，水聲還解發天機。風來未定風還住，恍訝山中鼓瑟希。

飲猿潭 漂溪上源，澌澌水流向中峰北，直下匯爲潭

月照秋空風滿林，孤猿渴飲碧潭深。我今忘我兼忘物，兀坐怡然不動心。

漂　溪飲猿潭水西流爲溪

搖搖曳曳水西流，風定波凝不起漚。傍岸人家星散住，塵埃終莫污沙鷗。

龍　池山之絶頂，崖立四壁，巉絶屬天。自五龍池合流爲千尺泉，傾注池中，濛濛然如龍噴沫，騰湧數丈，寒氣凜然。潭深而碧，莫知其極，沾溉民田無慮千萬頃

噴激喧豗無已時，驚雷出地怒濤隨。水從千仞峰頭過，遇險應成一段奇。

五龍灣龍池上源。五池相貫如連珠然，内一池方而平

石骨分開四角稜，日華磨透鏡光明。水流圓折仍方折，忽作鏗然戛玉聲。

千尺泉上下二龍池之間，飛瀑直下。全規詩：斜飛千尺水，直拔九條峰

下臨無地上連天，中有飛流湧滿泉。今我不圖今日到，詩成要檄兩龍眠。

弄珠潭龍池下，既碧且深。有耕夫宿山中，夜覺光彩洞射溪谷，熟視之，有龍驤首玩珠

龍抱明珠出岸限，夜光草木亦昭回。叮嚀莫向深潭睡，恐有人從頷底來。

綺霞峰龍池東。瀑布直上，旁臨巨壑，林木尤美。朝暉夕照，粲若綺霞

欲識晴嵐態度奇，直須待到夕陽時。回光倒影山如染，狀出餘霞散綺詩。

龍池庵龍池北。唐詩僧神穎所居

惠崇往矣邈遺蹤，時有風來撼古松。想見草庵無恙日，月明池上獨支筇。

花塘澗龍池西。其水來自放生池，蓋化城寺所散香花隨流而下。地藏時嘗置水碓，俗名水碓坑

疏巖剔藪空王宅，金碧光中開寶坊。日日散花方丈裏，山門流水例沾香。

鳳皇嶺 東藏源西北，又名鳳棲峰。滕錄云在東藏源南

望望梧桐一剗齊，山深曾是鳳來棲。只今吾道非耶是，更有何人歌鳳兮。

碧桃巖 鳳棲峰下。昔趙知微植桃千樹于中峰，當春花發，率徒宴于其下。花皆碧色，疑有道術變易

自要貪閒非避秦，洞門隔斷世間塵。山中不置四時歷，開到碧桃知是春。

延華觀 鳳皇嶺東。唐乾寧中，道士趙知微建。滕錄云：在漂溪東，飲猿潭北，後移額崇教院西北

五百年間岸谷移，邯鄲枕上夢回時。兔葵燕麥玄都觀，好繼劉郎舊日詩。

浮桃澗 懸水西南。昔趙知微植桃千株于中峰之北，鄉人于澗下獲桃，有致富者。亦名餘桃澗

盧山董鳳宋人集作奉曾栽杏，鳳嶺知微亦種桃。怕有人來問前古，澗中不肯放漁舠。

懸　水 呈鳳嶺北。王季文詩：翠屏橫截萬重天，懸水落成千丈玉

日夜雲間噴薄鳴，玉龍千尺繞山行。漏天瀉下銀河水，來作僧窗夜雨聲。

二神峰 天池、鳳棲二峰之間。高下比肩，如兄弟然

伯仲怡然意甚真，齊肩握手笑相親。雲陰解駁排空立，秀出人間棣蕚春。

呈鳳嶺 協濟廟南嶺上。耆老云：古有丹鳳生于峰頂，樵者得之，欲獻于朝。爲群鳥追隨，競來撲人，乃舍之

綵鳳飛來以瑞呈，飄飄五色錦衣明。懸知不入鴟鴞伴，要向朝陽效一鳴。

協濟祠 昔傳神姓曾，諱肅，避三國時亂，死于此，遂爲山之神。宋大觀中詔加侯封

水流無限白雲深，勝迹靈光古到今。第一溪山神卜宅，蕙肴椒酒萬家心。

芙蓉館協濟祠左。嘉定中林令奇之創

拂壁留詩墨尚鮮，如今屈指五年前。直須强健常來此，到老寧消幾五年。

激清亭溪流激石清泠

燈影昏昏枕半欹，此清原自少人知。水聲到夜渾如雨，睡思過于聽雨時。

少微峰翠微峰南，卓然聳立。費拾遺隱居其下，拜官受爵

隱居不惠不夷間，拜爵山中驛使還。身遠觚稜幾千里，少微星影墮空山。

碧玉泉少微峰北石崖上。澄碧如玉，不混衆流。耆老云費拾遺嘗烹茶于此

藴玉含暉一水間，碧光炯炯照人寒。却疑洗出荆山璞，若有瑕疵試指看。

醮　壇碧玉泉上。其石方平，陛級如壇。昔仙人竇子明嘗醮其上，今俗呼仙人石

粲粲無塵一石平，向來此地步虚聲。薜蘿今繞空山裏，千古清風竇子明。

天香嶺少微峰北卧雲庵前，下即費微君隱居。昔天使馳詔，費辭避不起。使者恐其逸去，遽于此焚香諭旨

日邊有詔起徵君，遙望長安隔萬雲。一炷清香天在上，徵君只欲斷知聞。

風輪石天香嶺側

我心匪石不可轉，有石當風如轉輪。何物山靈能薄相，工夫勝却斲輪人。

昇雲峰少微峰東，四山雲氣無不先自此起。上有淵潭，歲旱不竭。陰雲乍布，不久即雨

雲本無心盡日閒，溶溶曳曳不離山。忽思去作人間雨，騰上虚空一餉間。

翠微峰昇雲峰下，天香嶺南。凝烟積翠，朝暮如一

嵐氣陰陰淺色山，更分黛墨染松關。噴雲泄霧空濛外，濕翠冷沾襟袖間。

野螺峰雙峰南，卧雲庵後。烟嵐嵬落，狀貌類旋螺

野螺倒向空中立，回旋縈成翠甲長。沫霧濡雲真得計，魚蝦舊侶莫相忘。

卧雲庵野螺峰下，費徵君舊隱。按南唐保大中，高僧圓證禪燕之地。宋朝景祐中，一日自操手疏，命九華詩社僧清宿居之。越三日而化，墳塔俱存

亂雲堆裏酣酣夢，人在清泉白石間。膠擾勞生鼎中沸，有官不换此身閒。

保真院野螺峰西南，即卧雲庵舊趾。治平初賜今額，景祐中九華詩社僧清宿居之，後改卜而西

野寺荒山澗水濱，古藤翠篠自搖春。僧閒晏坐無人到，内保禪心一味真。

滴水巖保真院東。仰望巖溜抛空而下，下有石窪常承其滴

點溜常穿石眼寒，蘚紋如繡不曾乾。山頭一滴曹溪水，山下人人仰面看。

巖　泉保真院東北。泓澄湛碧，號巖泉聖水

月光泉脈瀉虚明，澄碧無瑕注一泓。大字石間標聖水，只緣徹底是真清。

煉丹井卧雲庵北，葛稚川煉丹井

閒中惟有高低枕，老去寧無内外丹。千載稚川今往矣，誰言古井不生瀾。

雲外峰雲門西，醮壇側，高出雲外。滕子京書堂在山之半

聳入雲端一壁青，地高轉步即天京。有人著屐衝雲去，但見雲從腳下生。

諫堂山因子京書堂人思之，故名焉。後屬曾氏，今屬吴氏

茸茸莎草褭風長，二百年前一諫堂。舊地幾番新地主，諫堂名字愈輝光。

滕子京書堂雲外峰之半

雲外峰前結舊廬，胸中經濟眼中書。兵間一范同鞍馬，不記深山蕙帳虚。

枕月峰翠微峰側，石雲庵後，雙峰、野螺峰間。其峰四平中曲，狀如石枕。每山月初上，皎皎然聳峰而出

層崖缺處月嬋娟，金背蝦蟆就石眠。笑問月邊人在否，中宵有夢到鈞天。

思賢巖山北保真院東。自天香嶺沿溪九曲，入至滕司諫書堂，基址猶存，故號思賢巖。巖壁有泉，或名絲懸

諫稿成埃兩鬢絲，考槃在澗倚天知。巖前風葉行人耳，便是襄陽墮淚碑。

青峭灣天香嶺東，天柱、五老西。乃東西山所分路

石磵竹岡無盡時，上難著脚下難窺。平生所性佳山水，烟雨中行不廢詩。

處士巖卧雲庵東北。相傳昔有處士居此數十年，人不知其姓氏。今石床遺跡及手植松柏在焉

枯松瘦柏幾千年，老屋相依住翠烟。雷破前山風振海，先生兀兀正逃禪。

歸雲領雙溪上，華池下

飛雲藹藹出從龍，遍爲山村辦歲豐。雨到足時雲自斂，有功及物不言功。

開元觀三汲泉西。唐開元詔以館玄真，今雪潭後有觀沖，即遺址也

壞道哀湍鬼火青，山間留得觀沖名。仙宮分置玄真像，想見開元舊太平。

雲門峰鉢盂峰南。程圖無

兩崖對聳三千丈，上倚清虛小有天。玉户金鋪雲杳靄，羅衣搖曳幾神仙。

曾氏景全亭雲門南，侍中曾公別業

綠色軒窗四面開，幾曾閒却對山杯。十分盡是天然景，未信丹青畫得來。

雲巖洞雲門峰北，或曰雲外峰南。深廣如堂，可容數百人。四隅石室中像，若真人、羅漢然，乳溜凝結如羽蓋幡幢尊罍之屬。洞前有溪，雲徑僻幽，人間遇之，再詣則失其所

卷曲山阿路窈深，春風隨地散幽芬。洞中仙客誰爲伴，去去來來自在雲。

天池峰雲門峰南，池在絶頂。菰蒲菱芡，不種而生。冥鴻露鶴，往往棲飲

雁浴鷗棲水影平，菰蒲菱芡透波生。泠風瑟瑟山前起，應有天仙下濯纓。

吴氏新城宅蓮花峰西，清溪之側。有壺天、月窟、花舫、回光洞諸景。今廢

溪聲西去疾於雷，山麓雲根翠户開。枉却幽尋三十載，壺天月窟欠曾來。

新城精舍唐刺史吴器高築

朱甍碧瓦粉牆圍，花舫回光洞户輝。自是故家開第宅，喬林景物兩芳菲。

翠光亭吴族魚池，有亭。李金題默笑，張奉議責作記

呷呷波間錦羽明，地無塵處可幽亭。喚回天上張公子，來與山家注水經。

源清莊吴氏別業。山泉環繞，鑿池以名其軒，取源清，則流清之意。波及民田甚廣

湊入方池一脈泉，泥沙不雜性中天。時時自照清癯影，白露風標是水仙。

王季文書堂頭陀嶺下。季文，池人，唐咸通中登第，尋歸山築室于邃谷。日浴龍潭，風雨不失期。或終日對客談論，而鄉人亦于龍潭諸處見之。寺有碑記

要學騎蟾主簿仙，休官直上九華巔。我來細讀碑間字，風葉時時一颯然。

頭陀嶺無相院即王季文書堂。僧智英創

頭陀嶺下招提境，畫閣闌干幾度凭。遊客驟來還倏去，看山輸與在家僧。

金沙泉頭陀嶺前

金能生水水涵金，本本源源造化心。幾許碎金隨水出，披沙終日若爲尋。

秀緑亭在頭陀嶺下，吳氏南莊前。後浚二池，取程雙峰一水綠環繞，千山秀攢聚之句

曾看雙峰老子詩，秀攢綠繞妙天機。有人愛此無聲畫，更著幽亭相發揮。

雙　峰卧雲庵東北，嶄巖雙頂。其泉流爲雙溪，爲二神啓蹟之地

仙洞深沉杳不扃，層巒雙聳插天青。喬雲常抱山頭石，曾是前朝嶽降靈。

虎頭巖雙峰南麓，形如虎首

下視眈眈猛若神，世方重利反輕身。縱教是虎真非石，藜藿來尋亦有人。

三游洞雙峰下。其洞深邃，有三曲

清風披拂蘚苔痕，洞裏仙鄉萬古春。有路盡通塵世客，來遊何獨是三人。

十丈洞雙峰側。深十丈，有石臺。四圓松檜森秀，前泓一溪。南則葛仙洞，高二丈餘，洞口如甕，茫無

畔岸

水從洞口瀉玻瓈，松檜林中日影低。勝景略無人避世，始知不是武林溪。

上下華池 雙峰下曰下華池，雙溪上曰上華池。泉甘土肥，產異茗

聽鐘喫飯東西寺，就水烹茶上下池。二百年來陳迹在，摩挲苔蘚日西時。

合　澗 雙溪上，二水合流而出

澗分南北兩源通，繞轉春山翠幾重。偶爾混然成一派，滔滔東去共朝宗。

獨秀峰 華池上。孤峰絕巘，壁立萬仞。滕錄云在舊延華觀東

一山夐出衆山中，日照烟浮紫翠濃。山不爭高人共仰，幾多丘垤儼相從。

雙　溪 上下華池之間，其源自雙峰來，今俗呼爲蠶溪石港

二水來從翠嶺頭，相逢澗谷却同流。冷光如鏡清人骨，探借山間六月秋。

清漪潭 雙溪下，其水清且漣漪。一名清式潭

水出雙溪似鏡平，縈迴遇石自成文。眼明波上誰相對，只有飛來白鷺群。

清隱巖 雙峰下，劉世疏庵側。世疏，名放，書三字徑二尺餘，遺址尚存。嘉祐、熙寧間，朝士來謁隱居，姓名亦刻于石

一生不買真清譽，平日不歌招隱詩。底事琢山成大字，有名還被衆人知。

劉世疏庵 保真院東北，雙峰下

亂草枯茅町疃場，寒風捲地日荒荒。有來提起山庵話，又是先生朽骨香。

翠蓋峰蓮花峰北。頂有石，色蒼翠，亦名石蓋峰

烟際亭亭出古崖，幾層翠蓋倚天開。鏗然風向林梢過，知有神仙玉珮來。

上雪潭三汲亭廣修院側。巖前左界懸流千仞飛瀉，凡三激其石

水沫拋來驟出奇，滿空灑下雪紛披。雲端驚見雙峰面，恰是仙人剪水時。

下雪潭雪浪亭三汲水至此百餘步，驚湍駭浪，奔流湧激，長如噴雪

潭面搖光媚日華，水文倒影射簷牙。倚闌如在雲霄上，俯看縈風萬雪花。

瓔珞泉雪浪平石而下，如瓔珞然

花花結結淨無塵，却笑莊嚴未是真。五色明珠光照水，湛然清淨本來身。

廣修院舊在觀音巖，今遷在三汲亭側

別去招提恰十霜，幾番夢到五峰堂。有懷此地同僧夏，對佛閒燒結愿香。

蓮花峰石蓋峰東南，聳立衆山中。山西曰蓮花，山東曰稻積

風動雲開淨客顔，三千丈石錦爛斑。淤泥不是花開處，擢出天河綠水間。

瀾　溪蓮花峰水，西流爲溪

小溪亦有怒濤翻，可但滄溟始足觀。世事會心無廣狹，請君來此試觀瀾。

濯纓潭瀾溪上源

山深地僻人稀到，安得滄浪孺子歌。纓上本無塵可濯，莫將止水强揚波。

安禪峰蓮花峰東。梁杯渡、唐道濟二禪師居焉，亦名禪師峰

山頭兀坐已忘年，咫尺孤雲兩角天。但有圓明真實在，是身何往不安禪。

蓮花庵安禪峰頂，道濟禪師創。江南末，庸流竊九子庵額易之。今爲福安院

冷屋棲雲是幾年，嗔人履迹破苔錢。不辭更入山深處，手種西方社裏蓮。

福安院拾寶巖東。舊名蓮花庵，道濟禪師所居

門前黃葉斷人行，寂歷山房晝亦扃。疏竹矮窗僧兀坐，炷香薰筆自抄經。

雙峰居士書堂福安院前。程待制鵬飛舊讀書所，面雙峰。張紫微爲記

夜鶴相催蕙帳眠，歸來領略舊山川。油雲捲入雙峰頂，收得聲名四十年。

寶陀巖蓮花峰北。巖户嶒峻，迴若樓臺，異草名花叢生其上。尤多莎蘿自然絛線之屬。次有仙人塘，在巖内，上有石床丹竈

陰磴層崖洞室寬，奇花異草幾多般。綵雲不動金光起，便作金蓮法界看。

招賢峰廣福院西南。唐起宋超回于此，故寺與山皆以賢名

翹翹車乘力招賢，建業山河五十年。欲問興亡無問處，一聲山鳥忽來前。

高僧石招賢峰側

柏根翻動一爐香，白足高僧禮梵王。還了十方行腳債，却來山頂放圓光。

西洪嶺靈鶴山東。縈折數里，通山西

衆壑中分嶺勢回，數家茅店傍山開。長風吹入松梢去，一片笙簧動地來。

龍安院西洪嶺北。南唐末閩僧立，舊名光梵。産異枇杷

蔓草叢生伴棘薪，古藤直上繞松身。寺前寺後清幽處，山鳥飛來不避人。

雙　泉 龍安山西。二泉相去咫尺。宣和間，曹令機鑿方池，創亭其上

檻泉湧出不多深，兑澤相資互有心。水淨苦嫌塵土污，底須吾欲濯吾襟。

派派泉 龍安、翠微泉派雙瀉

水源同出萬山頭，上半支分各自流。曲折繞從山下去，短莎隨地弄輕柔。

永安塔 西洪嶺上

心不能安總是魔，亭亭孤塔鎮巖阿。倘無佛力三千行，奈此丘蛇井鼠何。

崇聖院 西洪嶺西，舊名靈鶴

山形四抱水來前，中有金蓮色界天。清磬一聲僧定起，松間靈鶴舞蹁躚。

逍遥臺 崇聖院側，翠瀑亭上。西南峰巒，歷歷可數

拂面溪風灑灑清，輕衫短帽御風行。逍遥自是天游樂，不結沙鷗水石盟。

翠瀑亭 崇聖院前。蔣穎叔詩有雲竇落來如曳練，烟崖穿過似棼絲之句

濕翠抛來覺染衣，倚闌兀兀坐移時。偶因過雨添流水，增重棼絲曳練詩。

戛玉亭 翠瀑泉側

丘中流水度鳴琴，靜與僧房發妙音。高下抑揚渾不斷，時時寫出昔賢心。

稻積峰 山西曰蓮花

探得松苓足養身，仙家留稻滿倉囷。豈知山下人辛苦，五月青苗已糶新。

碧雲峰 廣福寺南。其峰高巉，上連空碧，下則李化文書堂

瘦藤引我上崚嶒，蒼壁如梯石作層。袖得碧雲無用處，却將分贈住山僧。

煎茶峰 廣化寺鐘樓其上

春山細摘紫英芽，碧玉甌中散乳花。六尺禪牀支瘦骨，心安不惱睡中蛇。

鬬雞石 煎茶峰下。二石相對，一起一伏，宛如鬬狀

未悟雄冠死結纓，昂然對峙只徒爭。山頭化作千年石，盛氣飛憍不再萌。

翠羽池 碧雲峰下，百丈潭上。雲泉幽寂，鴛鴦翡翠嘗集其中。又名鴨子湖

錦雞花鴨爛成文，連雁雙鳧雪羽紛。同免王孫金彈子，飛來飛去一群群。

李化文書堂 碧雲峰下。化文名昭象，唐懿宗時，以文干路巖器之。避巢賊入山，創書堂，與張喬、許棠、杜荀鶴、顧雲輩爲物外遊。楊行密遣車幣聘之，不起

世路嶔崎兩鬢絲，山中留客且伸眉。竹林勝踐雖相似，猶恨前賢所欠詩。

劉相公寨基 九子廣化寺上。宋建炎間，寇張遇犯境，井邑村落多罹賊害，劉鄜王光世因險立寨其上

苦霧腥雲染寇鋒，萬家鄉井雉罹罿。山前堆滿縱橫骨，換得將軍不戰功。

九子庵 碧雲峰頂。僞吳曦順中建，即廣化寺

修途百折到山頂，紺宇數間開道場。倦卧儘人身自在，翻愁作夢趁黃粱。

九子峰 碧雲峰側，排列有九，小峰尤多。林滋詩云大者嶙峋若虎兕，小者嵓嵬如嬰兒

小大扶攜作伴行，歡然戀戀意相傾。信知萬古山頭石，還有人間母子情。

垂雲澗 九子庵前。上有瀑布，如垂素雲

飛瀑奔崖色皎然，飄空上下勢相連。看來不是天河水，盡是兜羅片片綿。

石照 九子峰側。有石竅，南北相望

刮垢磨光碧色深，日華穿漏解雲陰。十分疑是仙人鏡，照見茫茫萬古心。

天井 石照側，深如井

分派天河入地深，斷無射鮒汨泥塵。仙鄉初不諳機事，多少山間抱甕人。

七布水 九子峰上。夏秋瀑注，則分而爲七，散落崖谷

只緣雨過水傾崖，霍地冰簾數幅開。始信人間真實相，盡從無始劫中來。

福海院 九子峰下。寺前舊有壽松，今主僧能醫

風送香來草木靈，壽松何事不重青。日當亭午禪扉靜，藥杵聲中鶴夢醒。

卧牛石 福海院前，形如卧牛。正對雙峰居士程待制之墓

石犀沉後波濤息，石燕飛時風雨來。堪笑石牛徒解卧，山田無數任蒿萊。

碧霄亭 九子峰前。今志不載

秋風吹上碧霄亭，足躡靈河袖拂星。雲影四垂天接地，恍疑有路到仙扃。

雙峰庵 山西九子峰下。唐末新羅僧建立，亦號新羅庵

江南九子雲深處，亦有新羅國裏人。用夏變夷夷變夏，世間畢竟是誰真。

覆甌峰 廣福院西。峰巔有石，㪺如覆甌

生鐵團團鑄翠巒，一甌倒覆白雲端。甌中姓氏無人識，應被山靈靜揭看。

廣福寺覆甌峰下。本宋超回書堂，舊名應天院，南唐更名徵賢寺，至宋朝改今額。唐時人所抄經，今藏寺中

五百年來貝葉光，劫灰難泯壁中藏。山僧要廣人間福，長日工夫一炷香。

沉機石廣福寺側。平坦可容數人。南唐宋超回所憩，時有機謀畢咨訪焉

忠誠爲國心無累，簡易臨民訟自稀。與世相安真省事，若爲作意苦沉機。

春陽臺沉機石側。上有柱穴尚存

富貴風吹一鬨埃，春陽留得舊時臺。老松偃蹇山前立，曾見昔人歌舞來。

東協濟祠覆甌峰東南

新祠金碧照林丘，十五年前認昔游。月桂山茶分左右，滿庭花事各春秋。

文殊峰九子峰北，形如人乘獅子。前即行道峰也

佛法中存不二門，空然洗盡意根塵。山頭日月如旋磨，照見光明示現身。

獅子行道峰文殊峰側

佛力所至物皆化，看取南山金碧堆。林浮莽伏不銜毒，獅子昔曾行道來。

拱辰峰文殊峰後。衆峰羅列，低昂拱揖，若衆星拱北辰

水合衆流同赴海，山分一嶺獨朝天。居高素以謙爲德，日月傾心斗極邊。

羅漢行道峰

陳巖

碧眼禪師錫振空，石頭無路不相通。俯看塵世三千界，總在空花起滅中。

螺髻峰碧雲庵西

山無重數總蟠青，直北孤峰最有情。天巧綰成螺髻様，梳雲沐雨百嬌生。

仙人塘碧雲庵上。録云：在幘峰巖内，上有石床丹竈。按裴録：葛洪居于下。又互見《寶陀巖志》注

陂塘一曲水泓澄，山簇瑤臺十二層。剩脈餘膏流不盡，芝田蕙圃歲常登。

石　屋碧雲庵上山半。内有程介翁、伯南、居晦等同游題名。介翁名太古，宋紹定中以僧應物、滕子京九華新舊二録，增以近時人詩文，編爲《九華總録》

磊磈中間忽洞開，舊題字字照蒼苔。只言如我貪山少，亦有遊人先我來。

黄匏城碧雲庵北。遠望大江

草色濃于野燒烟，春風吹面午陰天。長江搖蕩游人眼，興在悠悠一雁邊。

浄信院碧雲峰西南，舊名碧雲庵。今院額山西雲門寺，因其圮毁，宋紹興中里人汪湛請額移此

來自青松翠竹闗，秋風吹帽醉醒間。紛紛遮眼塵如海，拈起毫端又説山。

碧雲庵今爲淨信院，西廡猶揭舊名

常日雙扉多不開，客須投分始相陪。庭前驀地失松影，試問碧雲何處來。

靈龜石狀似之

巧石排成五總龜，人間無事不前知。如今已自靈於物，還記泥中曳尾時。

赤石繡石壁碧雲庵前。皆宋建炎時居民避亂所

聖世承平百歲餘，老翁因話建炎初。綠林躪藉人波迸，二壁中間各占居。

獅子峰 五老峰側

嬾上維摩室裹牀，却來山頂現毫光。紛紛百獸俱馴伏，薝蔔春風到處香。

羅漢峰 五老峰西南。昔有僧，挈瓶持錫，嘗詣金地藏，竟日談論，去住不常，人莫知其所。地藏示化後二十年，樵者登峰，見居此，顔貌清古，宛如昔時。滕錄云在老人峰西南

閱盡人間萬劫塵，平生結習一無存。居山更向山頭坐，兀兀真成不動尊。

雲　峰 羅漢峰南，去天尺五。晴雨視雲出入其中

詰朝雲出雨如傾，向晚雲歸日逗明。不比世間翻覆手，望雲人要驗陰晴。

有動皆從靜處生，嵐光正與日爭熏。山靈要眩遊人眼，石縫中間旋出雲。

白鶴廟 雲峰絶頂。嘗有白鶴翔舞于此

廟貌森嚴屋枕崖，地寒鋪滿紙錢灰。空明一碧秋如洗，若有神仙引鶴來。

資聖庵 五老峰側，百丈潭西。至宋朝興國中，高僧雲譯開山于此

朝暮相依五老仙，鳥啼花落幾何年。塵勞不到山深處，窗外日高人尚眠。

忘歸亭 資聖庵前。面對五峰，相看不厭。程圖在雙石南

兩袖飄飄恍欲仙，半醒半醉酒明船。太虛一室都無礙，皎月涼風石上眠。

百丈箭 百丈潭上。有瀑布懸崖而下，湧激却如箭

飛瀑春撞破的餘，速如蓬矢脱桑弧。誰知水底天吳伯，曾識人間金僕姑。

百丈潭資聖庵前深谷。其水來自雲峰，湊潭垂瀑而下，高數百尺。潭面南北廣六丈，東西三丈，黯黑如墨。昔有龍居，以雲峰人家日繁，多澣濯不潔，潭在其下流，龍遂避而徙于嘉魚池

目觀溶溶眩水精，耳根虢虢受雷聲。一杯更吸潭間味，併要胸中領此清。

流觴瀨百丈潭上，有石渠、天井。唐李化文避巢賊之亂，入山隱處，與客就水泛觴游宴之所

四海秋風吹戰塵，有來濯足到溪濱。天荒地老人間世，醉把流觴一笑春。

石船澗福海院南十里

不怕掀天浪拍春，石船繫在古溪濱。縱然水繞東流岸，猶勝虛舟誤觸人。

龍游澗資聖庵南，縣流而下入嘉魚池。説者謂嘗有神龍游戲其中

龍蟠水底安于命，龍奮雲間便自神。或躍或潛須早決，何須來往澗南濱。

嘉魚池龍游澗下。池中有石臺，乃竇子明、李化文垂釣處。其水多出黑魚，或亢歲，鄉人乃居犬豕瀝血以激之，須臾間必興雲致雨，呼爲仙人塘。臺名祈雨壇。池深三四尺，周迴不滿三四丈，峻壁四合。上有二水，湊爲垂瀑，乃山東第一奇觀

客有忘形物我間，寸絲不挂漫垂竿。游魚得計洋洋樂，人作西方丙穴看。

祈雨壇嘉魚池前之石

萬感生於一念間，炷香驚起老龍蟠。今年人協嘉魚夢，荒却池前古石壇。

普賢臺淨居院北

石臺宿草幾年荒，不比維摩獅子牀。大士向來曾晏坐，是身如電暗回光。

净居院舊在雙石側，今遷于上

繚白縈青照眼波，芙蓉出没在天河。不因雲影閒來去，安得春山態度多。

菖蒲澗浮居院前。其中多有九節菖蒲

膜外浮雲不較多，只將無事養天和。生來嬾覓仙人藥，九節菖蒲奈我何。

疊石塔浮居院前雙石舊寺基上。唐時置，高丈許，欹而不仆

無復晨鐘暮鼓聲，慧雲猶護法燈明。佛乘大有扶持力，舊塔雖欹不解傾。

雙石巖玉甑峰下，舊爲浮居院址。峭石雙聳，夾道石壁插天，流泉傾下。老僧云：嘗有異物狀若蛇蜃，有角無足，形色班駁，三十年時一見焉，出不畏人，久乃復入石巖中

舊日禪扉松竹幽，寺移西去幾經秋。誰知一匝枯茅地，曾是談經石點頭。

潄玉灘雙石巖東。潄石琮琤，有戛玉聲

水石相逢驟作聲，鏗然律吕自天成。山中縱乏知音聽，亦有流魚傍岸行。

東陽澗雙石澗水東流而下

澗平如剗水流遲，湛碧溶溶可染衣。白石欄邊人不到，月明風細一鷗飛。

法樂院雙石巖東。宋端平中高令幼聞移額邑東二十里秀巖洞前

無住師參第一禪，指開古洞秀巖天。東扶西倒都休問，且結人間見在緣。

琉璃灘在青峭灣東

青碧琉璃手可拈，寒花多在雨中添。高風不捲銀河浪，彷彿康王谷裏簾。

齊雲嶺雙石巖南。吳圖云列仙峰側

金闕瑤階路不迷，白雲翠嶺一般齊。我今要達參寥境，借作淩虛萬丈梯。

老人峰 雙石南。峰頂傴僂，狀如老人。今俗呼老兒峰

傴僂形容古貌渾，旁連衆嶺似兒孫。荒山太古萬萬古，眼見游人來幾番。

天柱峰 雙石巖西南。峰勢聳立，遠望如柱。舊有天柱庵

直拄虛空倚不斜，上通絳闕玉皇家。若移此柱天西北，鍊石無功説女媧。

鬼爛神焦不救燃，豈知此柱固依然。九關嘗藉扶持力，肯信人間有杞天。

閟肅書堂 程激賞槐創，在天柱峰前。峰下有泉竇，深廣幾盈尺許，清泠甘美

人生隨遇是行藏，最有山靈引興長。安得居鄉伯休父，再來閟肅舊書堂。

列仙峰 天柱相屬

笑闖黃冠高切雲，前攜後掖互相親。我來歷歷披雲看，試問肩隨是幾人。

玉甑峰 碧雲峰南，列仙峰北。其峰圓直如玉甑，石巖若竈釜，下有僧居

茹芝仙客老仙鄉，淨盡人間粒食腸。玉甑豈能無用處，幾番與世熟黃粱。

淨巾石 玉甑峰側。石倚山巔，狀如巾帨

炯炯豁開明鏡臺，是中無處著塵埃。平生心地常如此，何暇頻頻拂拭來。

最勝亭 玉甑峰下。宣和中曹令機建。五老、獅子、仙人、羅漢諸峰環列，聳秀不可名狀。詩僧了幾于亭前植茶，名夢覺香

烟收霧斂翠成圍，來助幽亭眼界奇。衲子苦于山索句，稜稜瘦骨不禁詩。

滴翠峰高舍絶頂，天柱庵後。峰有三層，烟嵐濛潤，翠色欲滴

春氣薰空草木浮，緑雲冉冉起山頭。嵐光浥翠濃於染，潤入衣襟冷欲秋。

天柱庵舊在天柱峰前。唐末遷滴翠峰下。俗呼高舍，即今之翠峰庵

石壁參天駐冷雲，一聲幽鳥忽驚人。庵前庵後山如舊，朽柏年來不再春。

翠峰庵乾道中，邑人佘志源因折柳溪邊悟解，聚徒稍衆，即高居之。自稱曰翠峰

縛屋山中數十年，薙茅誅棘旋開田。何須折柳溪邊去，枯木寒林總是禪。

透碧巖滴翠峰旁。高闊各三丈，而深倍之。五老、雙峰，空翠相接

空洞玲瓏萬石攢，中間逗入翠光寒。人來坐對山無語，表裏虛明不礙觀。

石牌峰滴翠峰西

山斷空青近玉京，一牌就石琢磨成。烟揩霧拭明如鏡，留與游人記姓名。

展旗峰天柱峰側

山形南去疾如馳，高處展開三丈旗。山下行人爭指似，龍蛇影動夕陽時。

梅花峰展旗峰西

僵立枯梢帶雪霜，至今陰極動潛陽。不嫌孤寂無人到，一點春風萬壑香。

鉢盂峰茗地源南，如覆盂

農家辛苦斬逢年，誰似僧家飽飯眠。留得巾盂爲老伴，豐年常在粥盂邊。

邃谷巖程乂《山東圖》云：在東藏源南。林谷深邃，人迹罕到。巖户高敞，炎暑不及，鄉人夏秋採樵，往

往于其中持冰雪而出

千古嘗留一窖冰，女蘿榦竹鎖寒陰。仙人肯爲遊人出，試問中間若許深。

翠屏峰雲外峰西。頂方如屏，俗名頂峰。嘗西陟其巔

削玉横陳開翠屏，東西有路總堪登。向來同識春山面，猶有蒼蒼九節藤。

香林峰雲外峰西南。微風拂修林，異香聞數里。西則平田，道旁有古僧墳塔，疑其靈怪，因號香林石塔。多奇花異木、藥草檜柏。旁則金光洞

幾許山花照夕陽，不栽不植自芬芳。林梢一點風微起，吹作人間百合香。

煎茶峰昔金地藏招道侶于峰前，汲泉烹茗

緩火烘來活水煎，山頭卓錫取清泉。品茶嬾檢茶經看，舌本無非有味禪。

金光洞香林峰下。洞有穴，可望而不可入。入則神光金色充塞洞户。或擎拳瞻仰，則彷彿見金人像，或謂金地藏嘗居洞中。旁有白鱔穴

神剜鬼劃劇幽深，門外藤蘿淺結陰。洞裏金仙十年坐，湛然認得本來心。

黄石溪雲峰南。近南陽

平田千畝萬山中，水脈高低處處通。黄石一溪三十里，暖風吹動稻花叢。

南陽澗卧龍庵前。流入南陽古猷州境

人家四散占荒丘，曉夜悲鳴澗水流。點點寒鴉來不盡，昏雲頽日古猷州。

卧龍庵平田南，今南陽里。李常侍有志未遂，宋疑當作唐天祐中泛州，慕九華削髮，更所居曰卧龍庵，呼卧龍和尚

孔明西去終扶漢，散騎南來莫拯唐。同是卧龍殊用舍，古今易地兩南陽。

古仙峰 五臺院南。曾有神仙經遊棲止

日薄烟低莽蒼間，古仙相望白雲端。山中倘有安期棗，覓取歸來當晚餐。

古仙洞 古仙峰下，化城寺西南隅。入深數里，有石床石座，或溪或田，石上乳溜凝結成螭蟠形。遊者秉燭以入。費冠卿詩有持燈入洞窮之句

風裊藤蘿水舞苔，洞門常閉不常開。草根滿地皆靈藥，彭祖偓佺曾到來。

五臺明智院 古仙峰北，曹山之西，舊云五臺院。上有白雲、般若、集賢、華嚴、離垢五臺

前岡後隴盡紆餘，嵐影烟光半有無。山腳斷邊開古刹，五臺分布似連珠。

曹山延壽院 玉田莊東寺後。有三角泉，本甘贄道者莊

三角坳泓一角虧，其間濁水照摩尼。風幡不動爐烟直，正是僧禪定起時。

秀華亭 曹山寺前

瘦田糝糝豆花明，冷徑毿毿柏葉清。何處路通雲際寺，山人指我秀華亭。

玉田莊 曾侍中築

婦饁夫耕笑語喧，地平一望暖生烟。得毋剗草來尋璧，好倩山家護玉田。

龜山崇壽院 化城西。開山初，白龜出現，因號龜山。西廡有泉，曰靈源。內有蔣穎叔遊山題字

白雲起處著招提，一嶺嵯峨衆嶺低。多少山間好風景，人來先看蔣公題。

白龜泉 即靈源。袁提刑甫書扁

白龜擺脱泥塗辱，步入金蓮佛道場。玉水迸流山石裂，有靈初不爲刳腸。

静觀亭龜山寺前

打圍行蟻時時戰，觸紙癡蠅日日鑽。有客雲山深處卧，静中回向此心觀。

聖泉院自縞溪至山南院後。聖泉冬夏不涸，多産異石，五色彩錯

釋子親傳馬祖衣，枯藤來此卓烟霏。斕斑錦石寒泉底，湛碧中涵五色輝。

覽勝亭聖泉院前。野堂葉大卿平甫書扁

亭中妙墨粲于珍，添得一番山色新。幽坐看來如看畫，我今欲畫恨無人。

縞　溪聖泉院水如縞帶，出清溪八十里

風信吹涼入鬢清，悠然目送一鷗輕。鷗飛不盡天回影，練色波光曳曳明。

觀音巖幘峰西沖。有石室，唐末高僧卓庵，感觀音現，故名

一性圓時萬境通，三生綺念墮真空。如今舉眼無非佛，身在光明法界中。

拾寶巖圓寂寺西南

梵王住在光明殿，萬寶真同瓦礫看。玉塊金沙隨地有，好來擷取入中單。

望仙祠即邑南協濟行祠。入山西路

嵐翠相迎一笑中，窅然想見舊仙蹤。紛紛雲氣蓬萊近，目斷前山幾十重。

訪山亭望仙祠側

又拚十日作山行，去路一程高一程。三十年遊遊未了，青山應笑白髭生。

蜃蟠嶺 化城西南。岡勢縈回如蟠螭蜃

迤邐岡巒迅下馳，縈回蟠結幾蛟螭。終然鼓勇歸滄海，只待風雷借便時。

龍潭利衆院 龜山西。院在龍潭側，山即四峰山也

日涵林壑紫光凝，草動花翻氣似蒸。勝地剗開鼪鼬逕，數間松屋住殘僧。

曹　溪 鳳皇嶺水西流爲溪。山西龍池溪、曹溪、漂溪、瀾溪、雙溪合流，出覺安院前，總曰五溪原按：此與希坦詩題俱作曹溪，而詩俱咏五溪，蓋曹溪環諸溪而統之也。

近水人家自是奇，水成灣處各開扉。波光一片青銅鏡，無數文禽照影飛。

黄粒稻 出九華山舊傳。金地藏自新羅攜種至此種之，其芒穎，其粒肥，其色殷，其味香軟，與凡稻異

紫芒金粒動秋風，三月腰鐮捲地空。農事倦時天與力，機春相繼便論功。自注：寺前有水碓。

金地茶 出九華山。相傳金地藏自西域攜至者

瘦莖尖葉帶餘馨，細嚼能令困自醒。一段山間奇絶事，會須添入品茶經。

五釵松 出九華山，每枝五花五股。其實可食，其文理綜縝如羅縠。見顧野王《輿地志》。而《潛確居類書》又稱衲子金地藏自西域來攜種，惟塔寺前有之。其尤異者，每一株枯，則旁透一株耳

五股釵松黛色鮮，山家插鬢不成妍。道人見了都無用，付與雲鬟霧鬢仙。以上《九華詩集》

（孟憲忠整理）

全宋詩卷三六一五

邵定翁

邵定翁，淳安（今屬浙江）人。度宗咸淳中預鄉薦。事見《宋詩紀事補遺》卷七七。今録詩十首。

歸去樂

歸去樂，歸去樂。山上山花紅灼灼，山下山酒香漠漠。折花自插還自酌，説渠萬貫揚州鶴。樂莫樂兮此一歸，禽知我知淵明知。三者之外知者誰，勸君緘吻藏高枝。

麥飯熟

麥飯熟，兒莫哭，阿爺擣麥麥煮粥。煨一蝦，配麥粥，飽兒腹。去年春梢餔麥田，馱兒走竄青山顛。歸來破竈無晨烟。兒孩不知今歲强，牀頭貳釜又一囊，儉惜可補兩月糧。老夫展拜妻燒香，謝蒼蒼。

插田

明朝蚤蚤起插田，東方未明雲漫漫。阿婆拊床呼阿三，阿三莫學阿五眠。汝起□火燒破鐺，麥飯雜菽炮鰲羹，邱嫂拔秧哥去耕。田家何待春禽勸，一朝蚤起一年飯。飯籮空，愁殺儂。

行不上也哥哥

青泥坡，一坡高一坡，毒蟒寄穴虎作窠。風酸日黯雲嵯峨，抵死欲上將如何。上頭莫有牡丹紫玉九袴帶，黄金千萬羅。高堂阿婆雪皤皤，妻炊孱孱顰翠蛾。兒懶失學歲月蹉，縱得金玉喪已多。山禽笑汝汝莫呵，行不上也哥哥。

繅車

繅作繅作急急作，東家煮繭玉滿鑊，西家捲絲雪滿籰。汝家蠶遲猶未箔，小滿已過棗花落。夏葉食多銀甕薄，待得女繅渠已着。懶婦兒，聽禽言，一步落人後，百步輸人先。秋風寒，衣衫單。

提胡盧

提胡盧，既不掛于寂靜之邱墟，又不浮之汗漫之江湖，又不持之騎龍雨八區，胡爲喚人挈之登酒壚。桀紂以烟莽其都，李杜以風沙厥軀。前人醉倒後人扶，萬世一醉何年甦。矧今斗米抵斗珠，方坊刊章禁私壺。杖頭有金何處沽，何況杖頭金又無。我瓦盆，三年枯，借姑胡盧復我姑。請姑提取湘江水，去飲三閭楚大夫。

婆餅焦

婆餅焦，罪在妾，妾不能家家道缺。冬裘不完夏糧絶，愁得鬢成雪。朝看婆鬢兮眼滴血，暮思婆鬢兮心刮鐵。草枯東風吹不活，妾哀事姑無歲月。行人誤聽賤妾言，謂鬢殊不然，婆鬢不復玄。偶焦，餅尚可煎，别煎好餅供婆餐。餅焦自擇飣下盤，留取來年補漏天。

脱却布袴

前年糶麥得疋布，糠妻一衫儂兩袴。去年縣公索澆賦，剝袴貰錢寄官庫。一袴着穿兩膝露，饔飧爺孫浩無數。昨朝作勞汗如珠，脱掛田頭老桑樹。倉茫失收紅日暮，偷郎不惜持將去。脱袴兒，謝汝説，老夫頗亦知時節，無奈吾袴無可脱。

姑惡

姑惡，姑惡。姑不惡，新婦惡。不聞姑聲罵婦錯，但聞婦聲數姑虐。汝夫汝夫汝所嚴，汝姑又如天之天。

高高在上胡可言，縱有可言當自冤。以天感天天自還，姜婦愈敬姑復憐。胡憤而死魚龍淵，至今誶語春風前。姑惡鳥，家私休與外人道。道與外人人轉疑，去婦何嘗説姑好。

呂望非熊

呂望非熊，□□□伯與太公。千千歲，無此逢。使伯蚤而出獵兮，公方沽酒之匆匆。使伯遲而出獵兮，公已埋骨乎東海之東。潦倒龍鍾，齒豁頭童。誰知而韜略胸，誰知而干戈功。邂逅一笑蘆花中，未語肝膈先玲瓏。望殺我家白頭翁，我車轆轆公我同，盍歸乎來造我豐。公亦當哀人命窮，霜髯一掀許之從。畢郢宰木悲我風，嗟嗟往事隨飛鴻。宇宙飄忽未有終，波濤汹湧愁拍空。鷗邊多少閒英雄，黄緘著書釣夕紅。夜半夢起搥蛟龍，豈不欲往烟霧重，西山日斷無來蹤。伯之來兮民之福，伯不來兮公何哭。鱸魚肥，蓴菜熟。

以上清陸心源《宋詩紀事補遺》卷七七

汪灝

汪灝，字季夷。樊卿子，瀚兄。度宗咸淳中預鄉薦，宋亡，杜門著書。有《蠟臺稿》，已佚。事見《剡川詩鈔》卷一一。

錦鏡池

誰遣青銅一片懸，萬山如洗息淪漣。過雲不礙東西岫，明月能涵上下天。影合野棠魚自避，光分水荇鷺相鮮。臨流我亦忘歸興，疑當作與晴翠撲人生紫烟。

清舒順方《剡川詩鈔》卷一一

杜濬之

杜濬之，字若川，蘭溪（今屬浙江）人。度宗咸淳間領鄉薦。宋亡，寄食西峰僧寺以終。事見《南宋群賢小集·癖齋小集》附録、清光緒《蘭溪縣志》卷五。今録詩三首。

示故人

在家同匏繫，遊子似鍏飛。昔分參與商，今作塤與箎。感子意氣殊，顧我齒髮非。茅屋正蕭蕭，野花亦離離。無酒水可飲，無飯黍可炊。杲杲看朝陽，連連弄夕暉。男兒重交好，雪霜以爲期。

述志

寧往百里步，曲木不可息。寧忍三日饑，邪蒿不可食。雖云食息頃，便分淑與慝。志士當暮年，聞道轉歷歷。要使此一身，如琢復如滌。整冠與納履，微嫌費疏剔。未若瓜李地，絶不見吾迹。

書警

食李弗嫌苦，食梅弗嫌酸。不爲身所累，且從心所安。吾分固云薄，吾志亦非單。静看如山禍，差之一念閒。所得甚眇眇，所喪已漫漫。百年修不足，一朝容易殘。雖處四壁立，如享萬鍾寬。静坐明月窟，濯足清風灘。

以上宋陳起《南宋群賢小集·癖齋小集》附録

（以上孟憲忠整理）

詹本

詹本，字道生，建安（今福建建甌）人。度宗咸淳間左丞相江萬里薦爲郎，走避不赴。事見《谷音》卷下。今録詩三首。

春日携客游武夷

山腳健枝梧，百里插蒼峭。粼粼石可把，曙色坐遠釣。風水真笙竽，歷落太古調。衣冠帶莽蒼，山鬼驚二妙。雲月正忘年，花鳥更索笑。迴船翠凌亂，吾道付長嘯。

閒中

萬事問不知，山中一樽酒。掃石坐松風，綠陰滿巾袖。

宿天台

風泉隔西屋，獨夜寒自生。開窗失山色，白雲壓前楹。累盡得瀟灑，去住俱不驚。鼻息答僧鐘，霜露入殘更。以上元杜本《谷音》卷下

（漆永祥整理）

祝慶夫

祝慶夫，字雲孫，義寧（今江西修水）人。理宗寶祐時中神童科。事見清同治《義寧州志》卷二〇、二三。今録詩二首。

池魚

方池如鑑碧溶溶，錦鯉遊揚逐浪中。竚看三春烟水暖，好觀一躍化神龍。

庭竹

庭前修竹長琅玕，任是隆冬不畏寒。戛玉篩金承雨露，亭亭青翠拂雲端。

句

冰雪凝難解，風雲慶有時。以上清王維新同治《義寧州志》卷二三

《義寧州志》：祝慶夫，寶祐時人。七歲時冬季嚴寒，忽自云云。大父麥坡命賦池魚及庭竹，時即應聲云云。後赴神童科中選。

（陳曉蘭整理）

李祐孫

李祐孫，衡州（今屬湖南衡陽）人。理宗寶祐三年（一二五五），叔父芾爲湖南安撫司幕官，曾侍行。事見《宋史》卷四五〇《李芾傳》、《八瓊室金石補正》卷九三。今録詩二首。

題浯溪

乙卯冬，侍叔父赴零陵郡。次年元旦，舟泊浯溪，嘗和館人韻。後十五年，咸淳己巳，復於元旦寓宿焉。感慨之餘，追憶前和，因書于獨有堂。

明皇何以致顛危，林甫國忠成禍基。妃子良心猶不悟，此機惟有九齡知。

浯溪崖石與天齊，兩刻中興大業碑。北向幾多垂白叟，百年不見漢官儀。清陸增祥《八瓊室金石補正》卷九三

（朱寶模整理）

曹良史

曹良史，字子才，號梅南，錢塘（今浙江杭州）人。有《咸淳詩摘》、《梅南詩摘》、《鏤冰詞摘》，合稱「詩詞三摘」，已佚。事見《桐江集》卷四《跋曹之才詩詞三摘》。

句

雲生畫佛壁，葉落病僧房。閑來閉門處，認得讀書聲。深樹月昏神火出，斷烟雪霽獵人回。丹陽
牆圍敗屋知無主，風響荒林似有人。毗陵
駕犢渡溪水，夕陽滿田畈。以上宋方回《桐江集》卷四《跋曹之才詩詞三摘》

壺弢

壺弢，字怡樂，號萬菊居士，烏程（今浙江湖州）人。幼以孝悌稱，入元，隱居不仕。有《樵雲集》，已佚。事見清同治《湖州府志》卷八〇。

題沈知丞園

曲徑芳塘百畝園，更無煩暑礙風烟。留春庭院花如錦，迎月樓臺柳舞綿。鄴架插書金屋底，秦箏度曲綠衣前。主人宴罷歸來晚，銀燭高燒月午天。清陸心源《宋詩紀事補遺》卷八五引《樵雲集》

（以上孟憲忠整理）

歐陽慶甫

歐陽慶甫，道州（今湖南道縣）人。度宗咸淳中隱州西白魯井。事見清嘉慶《永州府志》卷三。

刻石

地僻人稀能幾家，清泉漱玉石欹斜。客來訪我慚無具，洗甑炊香更點茶。清姜承基嘉慶《永州府志》卷三

（劉雯整理）

魏梅我

魏梅我，度宗咸淳時崇安（今福建武夷山市）人（《閩詩録》丙集卷一六）。

大安舖

又望前村里，深溪快渡槎。牛羊半山塢，鷄犬幾人家。　清鄭傑《閩詩錄》丙集卷一六引《崇安縣志》

彭九成

彭九成，度宗咸淳時崇安（今福建武夷山市）人（《宋詩紀事補遺》卷七八）。

界牌舖

地僻人家早掩關，行人忙逐暮鴉還。急風花落隔牆樹，暗雨鳥啼何處山。　清魏大名嘉慶《崇安縣志》卷三

江梅

江梅，度宗咸淳時崇安（今福建武夷山市）人（《閩詩録》丙集卷一六）。

新陽舖

梅花籬落菜花畦，春水平田釀燕泥。健事老翁頭雪白，一簑烟雨自扶犂。　《崇安縣志》卷三

安鏖

安鏖，度宗咸淳時崇安（今福建武夷山市）人（《閩詩録》丙集卷一六）。

舉富舖

漠漠烟横草樹青，依稀風景似蘭亭。小橋疏竹人沽酒，曲徑落花僧掩扃。《閩詩錄》丙集卷一六引《崇安縣志》

李次淵

李次淵，度宗咸淳時崇安（今福建武夷山市）人（《閩詩録》丙集卷一六）。今録詩二首。

乾溪舖

蘆芽抽盡柳花黄，水滿田頭未插秧。客裏不知春事晚，舉頭驚見楝花香。《崇安縣志》卷三

分水舖

青山北去連吳會，綠水東流到八閩。何必此中分界限，普天率土盡王臣。《閩詩錄》丙集卷一六引《崇安縣志》

彭可軒

彭可軒，度宗咸淳時崇安（今福建武夷山市）人（《閩詩録》丙集卷一六）。

楊莊舖

芳草迢迢去路，垂楊脈脈長亭。野渡半篙水碧，斜陽數點山青。《閩詩錄》丙集卷一六引《崇安縣志》

梅癯兵

梅癯兵，度宗咸淳時崇安（今福建武夷山市）人。事見清嘉慶《崇安縣志》卷三。

望仙舖

一叟搜《宋詩紀事補遺》卷七七作操盆婦絮羹，喜聞官至出相迎。兩三家自爲鄰里，一半田皆無主名。《崇安縣志》卷三

范雲山

范雲山，度宗咸淳時崇安（今福建武夷山市）人（《閩詩録》丙集卷一六）。

興田舖

曲坡行盡處，雞犬兩三家。十里長亭路，青山道正賖。《閩詩録》丙集卷一六引《崇安縣志》

翁汝正

翁汝正，度宗咸淳時崇安（今福建武夷山市）人（《閩詩録》丙集卷一六）。

黄亭舖

落日荒荒下遠蕪，市橋官柳綠扶疏。沙頭一霎腥風起，沽酒老翁來賣魚。《崇安縣志》卷三

翁賜坡

翁賜坡，度宗咸淳時崇安（今福建武夷山市）人（《閩詩録》丙集卷一六）。

梅溪舖

村北村南春水，山前山後人家。夜來何處飛雨，流出碧桃數花。《崇安縣志》卷三

（以上朱寶模整理）

羅浮狂客

羅浮狂客，度宗咸淳時往來羅浮山中，佯狂避世。事見《谷音》卷下。

題　壁

雲意不知滄海，春光欲上翠微。人間一墮千劫，猶愛梅花未歸。《谷音》卷下

（劉雯整理）

梅國淳

梅國淳，字作所，廣濟（今湖北蘄春東南）人。宋亡，隱居山中，屢聘不起。事見清同治《廣濟縣志》卷八。

却　聘

野人不慣服冠裳，散髮披襟興味長。他日麒麟應有楦，願留蘇武牧羝羊。清丁宿章《湖北詩徵傳略》卷二〇

黄　潆

黄潆，昭武（今福建邵武）人。其年齡較方回少十餘歲。事見《桐江集》卷三《跋昭武黄潆文

卷》。今録詩二首。

詩一首

半濃半淡四山景，快雨快晴三月雷。橋影不隨流水去，漁歌偏帶夕陽來。

題鄭介夫祠

當年不作南行客，他日應無北狩人。官似虱微言許大，肉如蟻飽道方伸。

以上《桐江集》卷三《跋昭武黄潫文卷》

（以上孟憲忠整理）

全宋詩卷三六一六

宋度宗

宋度宗趙禥(一二四〇—一二七四),理宗姪。理宗淳祐十一年(一二五一)封建安郡王。寶祐元年(一二五三)立爲皇子,封永嘉郡王。景定元年(一二六〇)立爲皇太子,賜字長源。五年即位。委政權臣賈似道,朝政日壞。咸淳九年(一二七三)襄陽、樊城相繼爲元兵攻陷,國事遂不可收拾。十年卒,年三十五。葬永紹陵。年號咸淳。事見《宋史》卷四六《度宗本紀》。今録詩二十一首。

春秋贊

微顯闡幽,三體五例。嚴乎成言,褒貶一字。

周禮贊

肇建六典,條章煥明。萬世之則,太平之基。

日　新

大哉盤銘,日新其德。一盟一思,惟湯是則。

自　警 二首

孳孳爲善,無怠講習。心思唐虞,聖道可入。

私既克,理是從。中則正,公則平。操則存,德日新。

離卦贊

日月麗天，德備中正。明以繼明，聖而益聖。

艮卦贊

兼山曰艮，德在知止。君子體之，思不出位。

晚　望

鷗鷺歸烟渚，秋江挾晚晴。老漁閑艤艇，坐待月華生。

賞　春

珠簾翠幕千門曉，麗日和風萬國春。乍雨乍晴雖莫測，無非天地發生仁。

社日雨

風催社日雨霏雰，處處雞豚樂祀神。見説豐年於此卜，不妨墊濕社翁巾。

新　凉

新涼燈火又相親，遍閱羣書不厭勤。緩視微吟真樂處，那知宮漏夜將分。

授　衣

從來人事順天時，九月纔更即授衣。可笑索裘臨歲晚，履霜猶自未知幾。

桂

秋桂庭前霽影涼，萬重深翠護深黄。恭迎兩殿臨清賞，壽斝濃浮月殿香。

恭和御製賜牟子才韻

視草詞臣地位高，玉堂深夜許焚膏。文華瑞世呈儀鳳，顧問承恩直禁鼇。喜有奇才追宋軾，光膺聖製勝唐綯。重修盛典熙朝事，千古青編記寵褒。

題諸色扇二首

履霜知地凍，賞雪念民寒。山嵐迷曉月，海浪起晴雲。鷺起蓮邊曉，鷗棲蓼外涼。西風欹翠蓋，曉露浥紅裳。艷紅酣霽圃，冷翠媚秋池。聲幽梧葉雨，香冷菊花風。院子供新茗，園丁獻異花。穠華照水澄秋静，冷艷欺風醉露涼。一枝翠葉凝秋色，萬粟金英噴古香。月篩穠影虚窗静，秋染繁英淨几香。千葉喜容迎曉日，萬鈴黄色映朝霞。日麗柳塘鶯語滑，雨收桃岸燕飛忙。

凝華殿帖子

帝德巍巍，溫恭允塞。心傳精微，惟堯是則。以上宋陳世崇《隨隱漫録》卷一

賜陳郁壬戌

文窺先漢，詩到盛唐。侍余左右，知汝忠良。王城雖大如海，政恐一藏而不得藏也。

進聖訓

寵頒御墨十行新，天錫光華被小臣。家學傳心當謹守，恩深何以報君親。以上同上書卷四

賜狀元張鎮孫以下詩

臨軒再策豈虚文，要語諮謀敢弗遵。昭格天心惟至敬，封培邦本在深仁。詳延喜見洋洋對，來譽知爲蹇蹇臣。始進便當思遠到，會須華國有儒珍。清黄子高《粤詩蒐逸》卷三

句

歸仁由克己，學道在存心。瞻袞堂帖子

堯舜傳心惟以一，禹湯受命本乎中。又　以上《隨隱漫録》卷一

（劉雯整理）

龔孟夔

龔孟夔（一二四〇—一三一五），字龍友，號楚清，臨川（今屬江西）人。度宗咸淳四年（一二六八）進士，調隆興推官，改福建轉運幹官。宋亡不仕，講學山中。元仁宗延祐二年卒，年七十六。事見明弘治《撫州府志》卷二二。

送孟和卿平陽尋母

杜羔念母心最苦，豈意一朝逢澤潞。母驚兒貌似乃翁，兒抱母啼淚如雨。五十孺慕朱壽昌，刺血寫經毛髮蒼。間關同州晚相見，迎侍親輿歸故鄉。人生百年一彈指，母恩未報情曷已。團圞尊前舞綵衣，大勝世間朱與紫。子行萬里涉風沙，誓不見母不還家。兒今髮落母應老，道旁看者還咨嗟。臨川孟氏號雍睦，家世來此灃淵族。婆娑老慕紫荆花，料想春風依舊綠。清曾燠《江西詩徵》卷二三

（孟憲忠整理）

劉壎

劉壎（一二四〇—一三一九），字起潛，號水雲村，南豐（今屬江西）人。入元後，年五十五爲建昌路學正，年七十爲延平路儒學教授。元仁宗延祐六年卒，年八十。有《隱居通議》、《水雲村稿》。事見《吴文正集》卷七一《故延平路儒學教授南豐劉君墓表》。今録詩十四首。

嘲賈似道

三百年餘歷數更，東南萬里看昇平。黄金臺上麒麟閣，混一元勳是賈生。《隱居通議》卷一一

輓蜀帥張公珏

玉壘雲浮五十秋，關西虓將勇無儔。三吳甑墮猶堅守，八柱唇亡不耐愁。瀘水捷收勞驟裹，夔門機伏失兜鍪。吾君不負吾甯死，遺恨誰憐快敵讎。

《全蜀藝文志》：至元十二年乙亥夏，荆湖諸郡俱歸附，蜀之音問不復與東南通。制置使知重慶府張珏，振厲自立，招討梅應春以江安歸附。珏遣兵收復，擒應春至重慶府臠之。大兵收取江安，所部州郡俱降，惟張起巖帥夔，與珏共爲宋守。屹然雙城，勢窮援絶。屢以虎符招珏，珏不從。帳下將有勸其降者，珏未果，將遂叛，夜開關納大兵。珏率親兵巷戰不勝，登舟欲下夔就起巖。至中途，隨行將士利重賞，且念妻子俱已陷重慶，遂執珏歸附，終不肯降。會應春之子朝燕訴前事，復父仇，珏遂遇害。

挽綿漢簡諸公

綿漢風酸動殺機，北來鐵騎遍驅馳。幾千里地弓刀運，百萬人家骨肉糜。鬼哭神號無限恨，蠅蛄蚋嘬有餘悲。平生食祿何從避，留取香名百世垂。

《全蜀藝文志》：大兵分哨入簡州，知州李大全死。知懷安軍史顯孫避于簡，亦死。大兵至漢州，通判權州劉當可與一宗室太保率民兵城守。太保出城往羅山謁賀靖借兵，歸遇大兵見殺。遂破城，忿而血洗焚蕩，死者十萬餘家。當可與節制邵復、知鋒羅由、教授袁拱辰、知縣羅君父皆遇害。知綿州范辰孫死。

挽四川制帥陳公隆之

狼煙又起錦城邊，帥閫謀疏亦可憐。先軫元歸應有恨，萇宏血化豈無寃。百身莫贖誰三酹，一死真成蓋萬愆。遺事如今人不記，綱常猶幸立西川。　以上明周復俊《全蜀藝文志》卷二四

《全蜀藝文志》：辛丑冬，元帥禿薛以兵攻成都，制使陳隆之嬰城固守，大兵苦攻不克欲退。而都統田世顯開大安門，大兵遂入，執隆之，先殺其家。制司參議蒲東卯而下，死者十數人。執隆之至漢州，俾招都統王夔，而隆之止書城破被執四字示之，且呼夔勉力堅守。禿薛大怒，手刺殺之。事聞，贈待制，立廟，推恩族屬爲嗣。

補史十忠詩并叙

詩以厚倫美化爲本，非曰諧俗寄情而已，即千篇奚益。每思張許二顏同時死國，名芳唐史，與天長存。近代死節數公，何愧往昔。顧麥秀黍離，無由做柳州狀逸事上太史，庶幾不朽，竊以慨。念更後幾年，遺老漸盡，舊聞銷歇，將無知有斯人者，悲夫哀哉。死，臣子職分，古人常事爾。死矣，寧顧其傳不傳，乃亦不可無傳者，爲其係彝倫，關風教，厲後代之臣子，愧前日之不如數公者也。採清議得忠義臣十人，史不書，各賦十韻纂其實，曰《補史詩》。

知潭州湖南安撫使李公芾

三已甘退休，十連起遲暮。伊誰急求子，流落乃不怒。黑雲來如山，殺氣震平楚。恭惟君父命，封疆以身護。闔門義不辱，呼卒汝善處。飛魂隨劍光，自已投火去。天泣鬼神愁，地搖山嶽仆。吾非莒杜厲，敢以死醜主。正自常事耳，命義逃安所。冲遠誰與儔，睢陽有張許。

池州通判權州事趙公卯發，昌州人，妻雍氏

若人作何狀，立節乃殊偉。人言此蜀珍，位卑名未起。坐分秋浦月，攝此千里寄。沙頭風色惡，寒城凜弘峙。吾聞開闢迎，棄遁亦復耻。玆惟城郭臣，大義吾知已。問道走帛書，灑血別玉季。細君絕可人，雙飛同一死。南八彼男兒，此婦乃如此。骨朽香不廢，吾詩當清史。

丞相都督信國公文公天祥，丙辰狀元

時平輒棄置，事迫甘前驅。嗚呼忠義臣，匪直科目儒。江寒朔吹急，列城同一趨。豈不寄便安，綱常乃當扶。移檄倡諸鎮，奮袂躬援枹。川決莫我回，萬險棲海隅。天乎復不濟，道窮竟成俘。一死事乃了，吾頭任糢糊。悠悠譏好名，責人無已夫。三衢有魁相，投老作尚書。自注：謂留夢炎。

參政行丞相事陸公秀夫

劉壎

天地無託足，海天同隰光。明知復何爲，不忍隳三綱。裸薦覬少延，謳歌寧遠忘。或者莒在齊，聊且帝一方。竭蹶竟委頓，臣謀非不臧。運去天莫留，力盡心彌强。終不負吾主，名義天地長。懷璽隨龍遊，舉室水中央。斯人文華士，乃爾百鍊剛。機雲儻通譜，應羞朝洛陽。

前左丞相江文忠公萬里弟萬頃

匡廬雲錦屏，鴻儒産其下。風神儼如龍，夭矯莫可駕。卷懷經濟具，婆娑洛中社。怪事玉牀搖，清晝天忽夜。突騎從何來，陰風飄屋瓦。大臣義有死，欲避吾不暇。庭前環止水，萬事付一捨。從容友靈均，朝野動悲吒。愍章極哀榮，汗簡誰記者。倘有南熏書，季方足堪亞。

江西制置司都統密公侑

臣有置身義，豈計官崇卑。偏將知死忠，不曰天下奇。漢節既披靡，失位趨江西。閫帳駐臨汝，招徠樂其歸。雪寒南浦愁，羽檄蘄濟師。一將奮風虎，鼓行亟飈馳。踰嶺疾戰苦，裹瘡呼健兒。坐縛膝不屈，伏鑕甘如飴。小臣裨校耳，職也宜死綏。廬州大將在，白首豎降旗。

淮東制置使知楊州李公庭芝

淮海接風塵，胡乃似鐵壁。卧護有天人，十載藉福力。重來人未老，愁絶事如昔。苦戰孤城危，痛哭天柱拆。夢遊三山上，人倫浮海出。突圍志南征，吾欲重建極。天弗鑒臣忠，冥冥墮叢棘。先軫面如生，萇弘血化碧。臣死誰復知，臣忠終不易。一將更大事，嚼舌死罵敵。

樞密閩廣宣撫使陳公文龍，戊辰狀元

淳熙名宰孫，比德粹如玉。決科魁偉英，鬖鬖廌冠肅。顛田煩諫疏，相嗔俄嗾逐。補郡仍免歸，黄流已漫陸。天族日光薄，力疾支顛覆。蹉跎南冠縶，道病死不辱。往昔五峰堂，傾蓋語跋燭。斯人真妙人，哀哉慳厚祿。長揖丙辰魁，各天並黃鵠。不有一忠存，千古笑科目。

少傅樞密使張公世傑

士有守節死，豈以責武夫。武夫尚能奇，消得銀管書。何許熊虎英，鐵面美髯鬚。護寒久枕戈，赴難甘殞軀。金山定活着，志願嗟違初。江心集羣策，炎精回一噓。間關瘴海嶺，萬死存趙孤。時也可奈何，北風散檣烏。漂漂竟何之，無乃膏鯨魚。渭濱多貴將，反笑斯人迂。

四川制置使知重慶府張公珏

坤維拓提封，形勝古天府。血戰五十秋，零落餘八柱。江南傳箭急，誰暇此回顧。落日古渝城，杖鉞乃甚武。天東甑雖墮，吾自强支拄。渡瀘躬討逆，歸來戰彌苦。蕭條下夔門，機穽伏中路。咄咄快敵仇，誰歟掩坏土。哀哉關西雄，國亡猶不負。同時督軍將，腰金插雙虎。明曹學佺《石倉歷代詩選》卷二二三

（劉雯整理）

句

羽纛金章映坐狨。《隱居通議》卷一〇

水繞桃源隄上下，花迷金谷路高低。易將軍繡谷園　清孟炤乾隆《建昌府志》卷六三

全宋詩卷三六一七

方鳳一

方鳳（一二四〇—一三二一），字韶卿，一字景山，號巖南，浦江（今屬浙江）人。宋末入太學，應禮部試不第，後以恩授容州教授，因宋亡未赴。歸鄉，名其齋爲存雅堂，學者稱存雅先生。與寓浦陽之謝翱、吴思齊等結爲汐社，聯絡故老，期望恢復。元至治元年卒，年八十二。遺詩由門人柳貫選刊爲九卷，已佚。清初，同邑張燧掇拾群書殘剩詩文，編爲《存雅堂遺稿》十三卷，於順治十一年刊刻。事見明宋濂《浦陽人物記》，清乾隆《浦江縣志·文苑》有傳。

方鳳詩，以清雍正二年補刻本爲底本。補刻本補入的詩及新輯集外詩，另編一卷。

遊仙華山

仙華矗萬仞，我乃廬其東。日夕與山對，今茲踏玲瓏。起左信奔鹿，當前任啼狨。大嘯崖石裂，一覽天宇空。蒼松飽風雨，絶壁挂老龍。樵斧不得睨，撫根憩吾躬。邈哉軒轅氏，問道由崆峒。龍髯一以遠，千載悲遺弓。猶傳少女靈，鍊玉于焉宫。山林重帝胄，香火明民衷。我來重懷古，攬涕臨西風。何當刺飛流，一洗磊磈胸。

遊寶掌山寺

兹辰欲有適，軒車偶來駸。劚苔北村南，荒竹晴窗陰。接語未及久，相邀指叢林。澗行任詰曲，巖眺經嶔崟。于時春早暄，生意見草心。紅紫寂未動，萬山蒼翠深。伊予夙好遊，忽忽老見侵。孤興尚衡霍，遐思或巫黔。况此近居里，而能盍朋簪。裂石發悲嘯，沿流引清斟。捫蘿復忘疲，古洞窮幽尋。豈無聲利痼，見笑山水淫。人生本來浮，世故未易任。蘚崖拂前題，俛仰已昔今。我法姑用我，睠言屬同襟。

寄柳道傳黄晋卿兩生

大火且西逝，赫曦詎能爲。叢竹覆孤館，緑陰相蔽虧。人散衆喧寂，獨鳥嚶鳴隨。想見探討餘，層層發新知。儻不鄙朽拙，勉哉勤相遺。

太璞散已久，鴻甄疑未均。惟有砥礪志，搜剝得其純。勿以珪璋質，頑石置勿陳。君攬國香蕊，每與荆棘鄰。荆棘豈不刺，反以揚素塵。

盈盈黄菊叢，栽培費時日。依依五絲瓜，引蔓牆籬出。于今想新花，于今長秋實。花實豈不時，灌漑尚期密。毋令根荄傷，委棄等藜蒺。

新秋涼氣發，松籟調于喁。山房良靜閴，文史淡足娛。吾心太虚廓，儻然萬象俱。大觀物物齊，何事分賢愚。遐哉金蘭契，聊用佈區區。

懷龔山人聖予

西北有傑閣，岧嶢切雲天。綺窗通四望，綽約流蘇懸。中有絶代人，端居方盛年。被服既殊衆，容采亦鮮妍。瑶床置寶瑟，玉軫朱絲絃。有時揚妙指，泠泠宫商傳。曲終恣仰頫，託契軒農先。靡曼諸里耳，大雅誰能憐。我欲往從者，淮海生寒烟。

藥壺山寺步師遠上人韻

旭日耀禪林，曈曨晃虚室。觀心得無爲，頗覺詩思逸。得句祈疾書，振衣陡焉失。持此證空空，一笑墮不律。

寄仇仁近

憶昔三浙湄，匆遽買舟訣。大海漲波濤，排空銀浪掣。時方逢杪秋，涼風正凄絶。况復嬰沈痾，殘喘一身孑。落日古渡横，牽衣各嗚咽。尚期營歸餘，旋泛山陰雪。詎料人事遷，芳春竟五閲。寧無雙鯉魚，寒溫叙曲折。顧兹悲憤衷，未足陳一切。階前金鳳花，當車行復輟。閣上西湖光，可似舊澄澈。

重陽對菊得菊字

止所吳翁歸窆，客會葬者雨留。明日重陽，對菊命觴，取菊爲重陽冒雨開析爲韻，不拘體，各賦以致慨。

懷哉止所翁，與我幾觴菊。方當舊節來，已作秋原哭。會葬有遠朋，風雨此淹宿。佳兒敬父執，姻友更敦睦。投轄不愧遵，設醴仍爲穆。其如插萸遍，不見而翁獨。悲歡今昨筵，還往東西轂。回首試長望，依依但雲木。

題鄭氏義門

人愛渭水清，畢竟河流渾。不知黄虞世，何處覓旌門。旌門縱百世，豈能外彝倫。衹因風氣漓，遂表爲義民。麟溪有寒泉，西流類拖紳。泉聲徧塞耳，亂却牝雞晨。夜帳潑煙黑，秋缸吐火紅。六世孝友家，元屬書聲中。爛銀鋪作榜，綽楔何崔崔。户神似相語，莫遣阿奴來。人心一遭蠱，五官皆作魔。不賡斯干詩，却聽燃萁歌。兄弟本一氣，爲利分汝爾。借問嗜利人，千載得不死。鴟鴞巢滿林，何地不感惻。若非慈烏啼，血淚收不得。我身親乃有，况此身外物。世人果何思，肝膽每相賊。當年朱兩轓，回首血在頤。爭如義門鬼，千載不餒而。何人非楊椿，如椿能幾人。衹緣本心死，所以有緇磷。大樹大十圍，枝葉日敷蕃。願培百尺土，庇此千歲根。

哭陸丞相秀夫

祚微方擁幼，勢極尚扶顛。鼈背舟中國，龍胡水底天。鞏存周已晚，蜀盡漢無年。獨有丹心皎，長依海日懸。

咏霜葉寄皋羽善父

秋盡吳江道，丹楓樹樹奇。葉爲詩者色，霜乃畫之師。望似醉鄉近，疑猶花事遲。停雲俄在念，倚杖未歸時。

北山道中

拂衣去城市，信步踏晴泥。草意春風蚤，松陰野日西。語長忘路遠，行近覺山低。更欲遲來此，穿林聽鳥啼。

西鹿田寺聽雨

禪棲投倦客，山雨起更闌。窗葉散幽響，石林生峭寒。洞深猶暗瀑，江遠忽飛湍。想像雲蘿外，應宜曉色看。

同胡汲仲兄弟登香遠樓

策杖探幽勝，同登况二難。江山雙極目，宇宙一凭欄。春色啼鶯破，孤城擁浪寒。遙遙烟靄裏，猶作故宮看。

東甌雪中山茶盛開

海色連蓬島，同雲一望迷。寒花空故故，醉酒只悽悽。卜世無三兆，傷心有五噫。仲宣樓上賦，愁絶不堪題。

答仇仁近

城郭相過嬾，山房翳薜蘿。谷當嘉客遯，阿稱碩人邁。竹徑鳴騶斷，芝壇野鹿多。松風雲壑冷，掃石待狂歌。

呈皋羽

依依蓮社客，斗酒共相酬。臭味語中得，榮名杯上浮。世情餘百變，吾道合千秋。肯信張平子，窮居但四愁。

寄吴善父

嘖嘖不得意，興懷偏爲君。猶爲乞米帖，不作送窮文。縱酒長違俗，揮毫自出羣。相思今夜雨，滴瀝未堪聞。

次陳浦泉教授渡江韻

笑拂湖亭柳，春歸客亦歸。塔雲連岫暗，飄雨絶江飛。老覺遊非壯，癯應遯却肥。有詩充古錦，尚不愧林扉。

宿保安寺

捫蘿山逕迴，流水石橋分。一雨過秋寺，千峰生暮雲。望窮迷野色，沙遠見鷗羣。煙靄蒼茫外，寥寥清磬聞。

八月十四壽吴良貴

四十强而仕，斯言著禮經。摶鵬宜運海，振鷺且充庭。後夜中秋月，今朝南極星。耄夫頻獻酢，留眼看袍青。

哭餘之張教授

吾憐張仲蔚，青草少人行。曉帳螢猶濕，空山鶴自驚。徒餘八斗望，誰築五言城。莽莽孤村外，王孫掛劍情。

和張子良

寤寐溪山好，相過不厭頻。詩留曾宿客，月照乍歸人。率爾呼盤粲，憑誰辨主賓。未須陳咫尺，高誼總秋旻。

書示同志

尚覺浮名累，樵漁寄此身。尋盟潛勗德，証業喜知新。氣誼生無間，文章合有神。毋徒涉城市，出處任風塵。

贈樂閒居士

市遠塵囂隔，神閒幽事并。埽花憐竹影，煮茗訝松聲。月與詩如約，琴將鶴互賡。冷香生碧落，秋夢不勝清。

重陽明日得日字

重陽明日，會葬諸賓當歸，吳良貴留之不置。又析東坡相逢不用忙歸去，明日黄花蝶也愁之句，各賦五言四韻。

浮生聚塵輕，流景飛羽疾。故人已新阡，舊雨又今日。不惜酒飲狂，且須詩縛律。一笑復掀髯，天地何終畢。

仙華招隱此詩亦見謝翱《晞髮集》卷七

軒后悲蒼劍，神娥下玉霄。攀髯初失夢，遺蜕尚凌歊。碧墮升棺影，青分産柱苗。山精依鹿竹，天雨濕鷄翹。有約成孤憤，無人重久要。豢龍因姓氏，使鶴誤軒軺。冉冉將終老，冥冥不可招。無書寄青雀，有恨在中條。

憶同張子長遊北山諸名勝

昔與張公子，翩翩訪赤松。重來踰兩紀，獨去宿孤峰。古木蒼陂映，禪房側逕通。夕陰千嶂黑，人静一燈紅。幸及軒車會，寧辭杖屨從。相看如夢寐，健步愧兒童。春盡山仍好，林深澗忽窮。天低時墮雨，寺遠偶聞鐘。弔古田無鹿，探奇洞有龍。幽尋穿窈窱，高步蹋玲瓏。靈草多成藥，疏篁不作叢。嵐光疑晻曖，野色在空濛。下瞰疑無底，言旋復向東。巖阿依斷礎，烟嶂落飛淙。細路緣苔磴，危橋跨石谼。泉依山曲曲，雲與樹重重。巨刹標名嶽，穹垣護畒宫。倚欄斜日下，入室老僧逢。零落螭頭墨，荒涼馬鬣封。不才持薄禄，終古愧高風。弛擔雲關裏，傳觴雪峽中。追隨尋道侶，述作付文雄。急景真流電，浮生尚轉蓬。後期觀歲晏，來往意憧憧。

仙華山採茶詩

軒娥遺瑞草，仙掌撐何年。苗蕊矗空壁，殊根蟠遠天。蒙頭莫可劚，垂脚或爭傳。冉冉雪霜飽，亭亭風日鬫。危哉梯鳥道，允矣獲龍涎。叢蘖雜丹鼎，濕雲伴玉延。香真千里擅，苞結三生緣。夜荚抽雷後，春焙貢社前。一鎗滴瀼露，片碾擣和煙。碧澗規模絶，洪州氣味懸。滑甘矜紫筍，幽馥訝青蓮。既揀兔毫點，應添蟹眼煎。松濤生遠韻，風致想真筌。七椀賡仝咏，三篇繼羽編。醉鄉已失路，摩室將逃禪。服食益人壽，何當煮汞鉛。

八景勝概

華柱丹光

何年撑空荒，截置珊瑚樹。長日燦朝霞，芙蕖挹新露。

仙壇靈草

葳蕤不記名，絶壁挂縷縷。果否垂衣年，絲麻績蠶午。

中峰嘯月

縱身嘗決雲，山月此晶皎。疑是七還丹，邠盼吐物表。

深穴噓風

草木何豐彤，懸崖護丹穴。相傳通鼎湖，深窈吹寒冽。

劍峽遲鸞

峽中候帝子，青鳥空徘徊。搔首叩玄律，何當化鶴來。

卦尖望鼎

遙岑誰畫卦，置此荆山鼎。乍可姹女飛，千秋覘溟涬。

藥壺閃影

紫車貯藥壺，日夕發光怪。不道洞府深，翻嫌八荒隘。

龍門飛瀑

飛雪濺硿砑，流雲當面起。邂逅緑毛仙，臨流同洗髓。

以上《存雅堂遺稿》卷一

全宋詩卷三六一八

方鳳二

三洞

金華北山三洞天，垂髫欲往今華顛。春風吹衣雨洗屐，瘦筇忽拄蒼山烟。山高地平走幽澗，根絡石上森楠楩。步從飛橋瞰石洞，崖色閱世知幾年。風痕霧迹化異物，龍首昂左尾右旋。就中暗穴如螟頤，急水瀉碧鳴媧絃。遡流束炬照徒涉，肩背擦石行拳攣。水窮路夷内景得，以炬交燭窮幽玄。細紋蹙波湧浪接，皓彩凝雪飛霜鮮。大爲獅子虎犀象，瑣碎亦復蜂屯然。蜿蜒雙蟠角尾具，一一玉爪拏蒼堅。穹龜負甲色深墨，長蛇白質相縈纏。鐘能鐘聲鼓能鼓，不假樅簴知誰懸。直欞斜檻藏湢室，短畦長町移原田。青雲白霓五色霞，笑畫敗絮留丹鉛。中途經過最深窅，伏身低眺洞口泉。空明一線隔遠見，秋蟾浴海光嬋娟。左巖袈衣頗横亘，疊摺衆皺垂蹁躚。自餘神怪不可極，似鑿非鑿鐫非鐫。出登山腰叩中洞，外視石井聞潺潺。入深踏險思縋綆，長竿揭炬後且先。水簾可俯心爲悼，到此十九歸言遄。嗜奇不憚歷磊砢，足以目故差輕便。翻身却望水簾處，銀河天落懸吾前。常情疑復下百尺，積水定作神龍淵。石乾徑闢却易進，玉筍拔地修而圓。宜爲淵處乃爲屋，亦或摩蘚題新篇。同遊怪我久未出，笑謂豈欲井底眠。林幽風起日已晚，猶睨高洞山之巔。薪蒸可買樵我導，不遠數里仍攀緣。傍從石壁入深坼，如鐵户限瓊爲櫋。儼然海相挂珠絡，熟視始信非誇傳。左爲朝真正面入，便想笙鶴遨羣仙。雲霞波濤仙衣裳，奇詭豈必下洞專。歘然修梁架巖起，左右蒼白龍形全。望中極底勝漆黑，雙扉隱隱啓半邊。天光一道燭扉內，知此明罅從何穿。霤深壁峭不可往，安得插羽如飛鳶。嗟余兹遊尚牽俗，身所躡歷辭難宣。但思乞水學坡老，洗眼看字消餘年。

與皋羽子善遊寶掌山

寶掌一山何勝絶，老龍千載事已別。巉巖怪石峭森列，矯首三洞蹇奇崛。不知何年風雷烈，鑿開混沌此瞥裂。高洞攀緣與天接，棲鶻所巢勢岪嵲。隙泉漏滴清且澈，薜蘿爲衣儼陳設。中之洞兮巧融結，四達坦明如我闥。低山一洞尤寒泬，鏗然谷應合音節。共愛孤蟬遠林咽，又疑帝子笙歌徹。乘風便覺神飛越，落景徘徊就僧榻。好向天風更搜抉，相期夜半踏明月。

故宮怨

白日欲落何王宮，腥雲頹樹生烈風。獼猻幾年爭聚族，饑蟒獰猙攫人肉。熊豨肆毒夜横行，刺蛆封血多飛鼪。螢尻吐燄大如鶩，照見女鬼迎新故。寒更鵋吻空哀哀，誰能化鶴還歸來。山都冶夷總難記，妖狐吹火月墮地。

題光風霽月樓

光風霽月四字，晦翁書，刻石建州。陳正臣提舉浙江，爲翰林，收書至建，得此本歸。初以霽月自號，今遂以四字名其所居之書樓。

人間底處無風月，知用何時最佳絶。芳播崇樓淑氣浮，影涵古桂清輝發。向來雅重無極翁，灑落襟懷與此同。去之百世猶彷彿，宛見道貌匡廬中。誰題品語黄太史，大書四字紫陽子。今從建水得此本，如拾蠙珠捲文綺。攜歸八詠雙溪州，晏然直與造化遊。無邊妙處乃萃此，韙矣君家百尺樓。

鴻門讌同皋羽作

項王重瞳氣蓋世，叱咤喑啞萬夫廢。交割河山杯酒中，弱肉眈眈恣虎視。帳列爪士吞鯨鼉，神鋒技擊光蕩摩。中有一人亦拔劍，是楚是漢舞婆娑。須臾壯夫擁盾入，怒目而語眥盡裂。項王呴嫗無一言，楚國孤臣淚流血。玉玦何勞再三舉，拂衣竟作彭城死。沐猴而冠何足云，君看五采成龍文。

上元陳丞相宅觀燈有作

渴龍入夜吼百川，無數鮫珠迸地圓。星斗撼天半欲落，五花琪樹皆生烟。烟燈豈不勝花朵，踏歌何人增坎坷。風塵淮北馳羽書，金鼓江城賽燈火。君不見狄青宣撫荆湖間，上元張樂晏清班。忽然稱疾燈未滅，五更已奪崑崙關。

遼西曲

遼西八月邊風急，塞草凝霜刁斗濕。旅雁嗷嗷思婦哀，錦機初罷流黄織。并州快剪裁作衣，製成千里寄相思。巧盤詰曲同心紐，附繡回旋錦字詩。詩長字字愁胸臆，紐比連環解難得。解難得時君莫諼，啼紅認取封時痕。

翠微樓對竹會飲

縹渺飛樓修竹裏，珠簾半捲清風起。月明十二畫欄空，美人遥隔湘江水。夜深吹徹玉參差，引到丹山綵鳳儀。還倚仙翁九節杖，翠雲深處望安期。楚調歌殘仍擊節，簷外紛紛落蒼雪。樓頭醉卧笑元龍，一片歲寒心似鐵。

答柳道傳餉笋

東家鼎烹矜大嚼，西家呼盧賽乳酪。肉食那知儒素風，似君臭味將無同。知我山齋少白粲，隨時易辦松花飯。佐食投�毋乃饞，�籠新掘來幽巖。封題遥寄四五尾，歘然解剝出肌理。和以芹根及薤芽，醯鹽澹著香無涯。黄虀脱粟絶滓膩，得此加餐檢殘笥。手把南華讀一過，詩思陡湧如春波。題箋酬君君莫笑，胸中成竹諧清調。

送吴立夫

有人儲書塞中腸，不能奮發爲辭章。亦有英姿限時命，坎坷名不登文場。吴子妙年即秀穎，隻字過眼終無忘。文如翻水溢萬斛，晝夜不舍流湯湯。于今東南聚雋彦，爽然一發能穿楊。二十脱穎客毛遂，名登十九能低昂。亦如列宿二十八，有捄天畢施之行。况子平生志遠遊，塊坐已能窮八荒。從兹北上有歷覽，徑到洪河經吕梁。青徐平野望不極，半萬里程趨冀方。君不見龍門探奇氣益壯，文豪千載同翱翔。

北山道中

起犯春霜一徑寒，清遊乘興約吟鞍。眼中最恨友朋少，塵外頻聞山水寬。溪落舊痕枯野埠，樹浮空翠濕危欄。巖頭幾處懸冰白，已作羣羊化石看。

客有問金華勝遊者以詩叙其概

赤松上下雨霏微，八詠樓頭重拂衣。西港晴來汀草長，北巖幽處洞泉飛。風敲定磬鹿春過，月滿丹臺鶴夜歸。歷覽因知古詞客，盛誇雲夢未全非。

吴清翁石橋

金椎誰奮破山霆，趨石渾疑走六丁。問道便須横螮蝀，長竿先已竪蜻蜓。濟川作略君堪紀，吟雪行藏我欲經。領取溪山好風月，更看高架翼然亭。

冒雨渡浦陽江

痴雲千頃壓江堧，寂寂籃輿破午烟。樹杪樓臺看近郭，渡頭波浪忽滔天。舟依曲港難迴楫，徑轉高陵每得筌。誰向龍山誇海國，一聲鐵笛女牆邊。

春日集張元吉兄弟宅

銜盃不讓阮家風，况復陽春白雪融。調合西堂琴欲響，情深北海酒難空。詩題歷歷諸名跡，酬和年年幾醉翁。未盡清狂尚期約，同看燈火月明中。

寄梁隆吉

羨爾英年早息機，羅衣脱却著荷衣。黄醪白釀供吟咏，野史稗官漫是非。舊事横看東澗水，新餐誰共北山薇。金閨玉樹思君甚，采蘗春華歸未歸。

讀西峰寺壁間詩

出郭幽探約里程，竹籬小語忽雲生。寺藏密樹磬聲得，客染流霞暑氣清。煮茗每聞松湍落，長苔半與石床平。何來老衲吟魂盡，滿壁多題世外情。

九日同皋羽子善游白石龍湫用杜老九日藍田韻

塵埃隔處地天寬，選勝攜觴且笑歡。不惜逍遥投杖屐，何妨磅礴解衣冠。晴餘嵐重雨猶落，秋老天高酒易寒。世事悠悠雙眼外，與君飛瀑醉中看。

止所吴公輓歌辭

嶽嶽文豪共識名，歸來風月恣彈評。竹階過鶴窺棋局，花院流鶯和樂聲。燈酌蕭閒期鄭老，盆歌疏達慕莊生。何來排闥緋衣召，天上樓傳白玉成。

倦客囊書栖舊林，如蘭交契歲寒心。行藏與共盟猶在，生死俄分感獨深。喪實可堪埋白璧，知音端合鑄黄金。茱萸遍插明朝是，回首西風淚滿襟。

吴良貴雪中歸

別時黄菊映郊扉，轉眼寒風刮毳衣。豐瑞正當三白見，修程適自四明歸。因思水國銀兼浪，勝看山鄉玉作圍。老去羊羔總陳迹，坐氈猶喜客堪依。

吴仲恭翠微樓九日落成和謝皋羽

樓成楚菊芳菲候，客湊齊山酩酊期。與俗相追何日了，登高一嘯洗秋悲。望窮碧落鴻飛外，歸戀清樽月到時。野服從兹近蘿薜，西風塵土莫輕吹。

慈竹堂陰長露梢，又添傑閣俯江郊。眼空霞錦疑鴻字，手摘松枝礙鶴巢。野月散衣閒弄笛，墟烟隔水見編茅。望中尚與漁樵接，若處真能廣絶交。

贈張叔元鎮帥

越東佳氣鬱巃嵸，捉鼻馨名久識公。結髮蚤看翔藝苑，濡毫頻見屬詩筒。棄書忽學萬人敵，秉鉞尤誇一世雄。拔距三千堪敵愾，歌鐘二八陋和戎。長驅誓擣燕幽北，大纛旋移浦汭東。重鞏河山襄帝力，時垂竹帛勵臣忠。東南半壁騰王氣，杞梓全材恃將功。鵝鴨幾驚消玉壘，熊羆屢奮壯金墉。璽書褒錫恩原厚，節鉞招綏德愈隆。羣策更能延俊彦，衆謳先已徧旄童。深仁共頌綿瓜瓞，偉績還期勒華嵩。

三吴漫遊集唐

江上巍巍萬歲樓，今春花鳥作邊愁。傷心欲問南朝事，鳳去臺空江自流。

願及行春更一年，中流簫鼓振樓船。不知何處吹蘆管，城外風悲欲暮天。

不堪惆悵滿離盃，水碧沙明兩岸苔。無限塞鴻飛不度，二陵風雨自東來。

孤雲獨鶴共悠悠，别作深宫一段愁。萬乘旌旗何處在，白雲猶似漢時秋。

華表峨峨有夜霜，海天愁思正茫茫。遥知漢使蕭關外，泣上龍堆望故鄉。
塞上風雲接地陰，萬方多難此登臨。坐中有老沙場客，霄漢長懸捧日心。
江南江北望烟波，南國浮雲水上多。共説總戎雲鳥陣，中原將帥憶廉頗。
邊風蕭颯動江城，獨上高樓故國情。磧裏征人三十萬，空教弟子學長生。
愁看直北是長安，雲樹深深碧殿寒。心折此時無一寸，夢魂不到關山難。
洞庭西望楚江分，回首姑蘇是白雲。今日南湖采薇蕨，何時重謁聖明君。

以上《存雅堂遺稿》卷二

方鳳三

雜詠十首

反哺烏曰慈，食母梟名惡。如烏莫如梟，人心當自覺。
馬舞晛禄山，猴朝識朱溫。人豈不若獸，變故輒負恩。
鵾鵬奮雲霄，尺鷃棲野草。物各適其天，夫豈論大小。
蜂房開户牖，蟻穴有官守。究竟物皆然，夢幻君知否。
小哉蠻觸戰，鄙甚蛙黽怒。達人能大觀，本以和平故。
瑞世鳳鳴陽，司晨雞鳴丑。呶呶取人憎，亂蟬合緘口。
蠶繭每利人，蛛網偏害物。利害夐不同，其間僅絲忽。
猿啼不窺窗，牛馴常露地。伏虎與降龍，此理元無二。
解牛中肯綮，相馬外驪黃。從知得三昧，意到形自忘。
蟻封罅隙地，蛙井咫尺天。那能致廣大，此道誰爲傳。

以上《存雅堂遺稿》補刻卷一

懷古題雪十首實存九首

韓王堂雪

聖主賢臣千載遇，夜雪皚皚幸其第。直愛榻外非吾家，欲下江南須早計。熾炭燒肉錦茵鋪，細君行酒以嫂呼。魯論自可相天下，何必區區泥上書。

伊川門雪

定夫中立希賢士，事師河南程叔子。門外雪深三尺絶，假寐覺來猶在此。口生鐵石爲肺肝，心欲求道寧知寒。他年傳授稱高弟，不愧芳名千萬看。

蘇武窖雪

子卿遠使匈奴國，持節堂堂不肯屈。置之深窖死爲神，饑嚙氈衣渴飲雪。但懷忠赤自通神，未必長伴羝爲群。西風吹墮上林雁，白髮歸來有麒麟。

長安落雪

朔風瓊粉如篩墮，四望民居絶煙火。路無行踪門反關，珍重先生獨僵卧。洛陽令尹舉孝廉，三冬喜愛照河南。有志何妨屢遷擢，要以清操除奸貪。

李伋郊雪

西湖無舟波凍合，孤山照人如玉立。太守徒行訪隱君，門前淨掃茶煙濕。坐談會公幽懷開，寒梅吹香當酒盃。隱君平生厭城市，雪霽何妨公再來。

韓愈關雪

浮屠誕謾唐宗惑，大内王宫迎佛骨。披忠諫嬰直逆鱗，遠貶潮陽蛟鱷窟。雪寒藍橋道路危，車兒追陪兒女悲。羈窮困苦暫時事，朝食南海無終期。

陶穀茶雪

馮夷翦水飛九垓，瓊花萬樹先春開。玉堂學士愛清味，取雪烹茶真快哉。堪笑嬌娥黨家妓，歌舞但知趨富貴。豈知吾儒儉素心，不誇文綺膏粱味。

孫康書雪

富貴爨炊蠟代薪，貧家讀書夜無燈。案頭寒雪三光白，欲益披卷未所能。長繩難繫青春日，功業良由勤苦得。獬冠他日立朝端，寒士聲名滿邦國。

李勰懷雪

有唐御極天所命，蠢爾孽臣作梟獍。克壯謀猷斷乃成，出師不愁天雪盛。銜枚夜渡張柴村，西平有子國有孫。懸弧不固兵徑入，擒取渠魁獻至尊。

以上《續金華叢書》本《存雅堂遺稿》卷二

觀陽山大石

殷勤挾小艇，迤邐登大石。怪險若神造，幽闃真鬼宅。凌漢龍頭昂，負重龜背磔。倒拽萬牛喘，列坐千人窄。眇視笑一拳，端拜俯半額。憑肩護脛酸，呼酒鎮心忒。古壁剝舊題，灰竇凝頹屐。甫快雨忽晴，剛醉日欲夕。老禪嗜文詞，短卷盈咫尺。揮毫神欲飛，雲開萬峰碧。

明錢穀《吳都文粹續編》卷三三

寄雲林上人

竹杖芒鞋去未能，軟塵十丈苦相仍。去來今了三生事，輸爾寒巖宴坐僧。

民國喻謙《新續高僧傳》四集卷九《雲林傳》

題春壽堂

人皆構堂思奉身，吳氏構堂獨養親。人皆種花圖炫眸，吳氏樹萱可忘憂。慈親鶴髮壽且康，昆弟列羅如雁行。旦暮升堂直瀡瀡，娛親嬉舞斑衣裳。子能順親親顏悅，和氣盈盈藹堂室。春風荊樹發條枝，夜雨芝蘭秀芽茁。由來孝道通神明，吳氏家世應昌榮。他年移孝事君主，定使芳名書信史。

壽東先生

黄菊香留晚節中，回頭猶記矢懸蓬。細看南極壽者相，全與東山老子同。向日閭里門轉大，此時庠序棟方隆。解衣推食雖私感，普爲儒流更祝公。

寄功父

遺風日遠日相疏，七載歸來非故廬。烈屋漫思懸艾虎，忠臣空腹葬江魚。雲霽志氣消磨後，錦繡園林破碎餘。酒盞更須拚酩酊，詩篇聊示寄勤渠。

餞續古贇趙氏

年華冠帶玉輝輝，本悟秦風出贇扉。爲要權宜就家室，不妨暫時别庭幃。化推正始餘麟厚，占協和鳴待鳳飛。老我相親垂十載，指期覩子共于歸。

和陶淵明九日閒居韻

小軒開傍小籬東，不但淵明有晉風。惟見幽芳爲友發，誰知清興與心同。猶憐推檻秋難老，更喜升樽酒不空。根本既能深保護，何愁霜雪傲寒冬。

述志

只因生在胡元世，豈將襤褸換羅衣。壯圖落落還中止，高蹈悠悠且遁肥。松竹森然真有味，衣冠整飭不須題。優游但效商山客，雲谷叢生薤露稀。

述懷

避元困守靜庵眠，雞犬無聲樂自然。石上清吟蘿月小，松間暢飲薜花斑。幽深最似螺螄洞，巖險何須虎豹關。今愧縉紳惟隱晦，誰知四皓在商山。

以上浙江古籍出版社一九九三年版《方鳳集》引《浦陽仙華方氏宗譜》

對仙華雪懷

仙華萬仞石離離，山上嶄嶄萬壑危。雪與梅花俱在望，琴攜野鶴轉相隨。清如和靖西湖夜，興如王猷剡上時。我欲酬詩追雅調，寒山鳥迹少于飛。

（嚴文儒整理　虞行補遺）

句

耕鋤曉雨有餘地，應接東風無暇時。

《存雅軒遺稿》卷九

全宋詩卷三六二〇

連文鳳一

連文鳳（一二四〇—？）（生年據本集卷上《庚子立春》「又逢庚子歲，老景對韶華」推定），字百正，號應山，三山（今福建福州）人。度宗咸淳間入太學（本集卷下《學魯齋記》），似曾出仕。宋亡，流徙江湖，與遺民故老結交。曾應月泉吟社征詩，品題爲第一，署名羅公福。有《百正丙子稿》，已佚。清四庫館臣據《永樂大典》輯爲《百正集》三卷（其中詩二卷）。事見《月泉吟社詩》、《元詩選》癸集甲。

連文鳳詩，以影印文淵閣《四庫全書》本爲底本，校以影印《詩淵》中所録詩。新輯集外詩編爲第三卷。

秋懷 八首

草木一何情，榮悴皆有時。颯颯涼風至，一夕失華滋。壯士撫蕭晨，慷慨令心悲。流光日以邁，西風生別離。渺渺愁予懷，此懷誰能知。

天高正寥泬，深夜羣動閴。秋聲從何來，淅瀝復蕭瑟。須臾忽澎湃，愁思若悽惻。罷琴試靜聽，紛紛鳴四壁。有如賈少年，流涕重太息。時事已凄涼，俛仰一今昔。嗟余復何言，抱此長戚戚。

西北多陰風，日夜吹裳衣。草蟲動機杼，札札鳴聲悲。百憂彌中腸，歡樂復何時。今日忽已逝，來日未可知。且飲以狂藥，酩酊從所之。

漫漫秋夜長，夜長不能寐。抱琴出中庭，月影落在地。一彈復再彈，聲濟趣亦至。誰家箏笛聲，紛紛亂人思。音響何急促，忽忽無古意。嗟哉鍾儀心，千古獨憔悴。

茫茫秋水波，灼灼芙蓉姿。采之不盈匊，及此行樂時。陽鳥來南翔，玄鳥將西歸。羈旅獨牽營，泯默生窮思。美人不可見，長歌以自怡。

季鷹真達士，棄宦歸東吳。祿無盈寸榮，盎無升斗儲。盤桓吳溪上，所樂只在魚。懷組夸鄉里，佩印驕妻孥。朝從高鳥翔，莫隨舜華枯。富貴豈不好，不能少須臾。朔風吹塵沙，出門皆畏途。抱影廓獨倚，新榮非良圖。

陰陰陵上柏，離離陵上草。樵兒與牧竪，躑躅陵上道。蜕骨出榛莽，后土不愛寶。哀蟬弔寂寞，寒蟾照枯槁。白雲散同漫，西風不敢掃。蓋棺千年後，既往不能保。人生血肉軀，百年終醜老。安得紫微書，遺我一火棗。

娟娟誰家女，軋軋弄機杼。買絲織未成，催租立當户。下機愁向人，顰頞不敢語。泣涕走深山，深山更風雨。

秋雨歎

秋雨何紛紛，百草凍欲爛。曈曨不見日，黤曖猶未旦。烟雲雜澒洞，霄壤雨漫漶。阡陌何由分，涇渭不復判。怒觸老木摧，響急猛獸散。平陸魚鼈飛，行客鳥鼠竄。田禾藜莠興，斗米衾裯換。書生破茅屋，展轉長夜半。此時蒼生憂，誰知幾百萬。

送張仲實游姑蘇

君本吳下居，復作吳下游。愛此山水佳，役役不得休。卓哉太史公，涉獵縱冥搜。往躅誰能追，而有蘇子由。寥寥百載後，渺渺皆予愁。江南地益卑，士習日益媮。此行數百里，不過三兩州。歐韓不復作，去去將奚求。倘君有所得，歸以發我幽。

智果寺拜東坡參寥遺像次韻

吾愛參寥子，遺偈寄真跡。像貌儼如生，鈎畫宛若昔。讀此一代文，令人百慮釋。又愛東坡老，仙才迥飄逸。吟哦月露章，飛奮風雨筆。古寺遺清風，殘碑卧白日。我來拜祠下，怡然若私覿。和之詩與禪，詩禪機籟寂。相對兩忘言，終朝不獲一。徘徊走風廊，春容坐苔石。於心適有契，所得不患失。禪空詩亦空，觀空莫觀色。寥寥百載下，無此二騷客。買酒爲招魂，欲招不可得。

送人入北求仕

南方有奇士，湖海聲獵獵。功名志氣鋭，不憚遠跋涉。春風一片紙，區區無所挾。持此欲取償，易於拾秋葉。何以贈君言，勉哉耘其業。

慈　烏

步出東南林，啞啞聞哀音。哀音不堪聞，而有反哺心。子母誰無情，爾情抑何深。昔人稱爾孝，鳥中之曾參。人於物最靈，奈何不如禽。

稻　花

紛紛兒女花，爲人作顔色。眼飽聊自慰，飢來不堪食。此花不入譜，豈是凡花匹。太陽麗天中，正氣從午得。開此豐穰瑞，脱彼風雨厄。始華郁而甘，未粲光已白。我行田野間，舒嘯意自適。田者告我言，樂歲兹可必。但期一飽死，百年漫勞役。

鳲　鳩

時兮呼婦來，時兮驅婦去。呼來知天晴，驅去知天雨。一去或一來，非爲新與故。白雲變蒼狗，人事何錯迕。不念糟糠時，棄如路傍土。

吠犬

爪牙淬霜戟，眼睛耀銅鈴。輕狷更健捷，羣獸此最靈。吠堯非無知，怪不類桀形。一片愛主心，庸作警世銘。哀哉乞憐者，搖尾偷餘齡。

蜜蜂

羣居崖谷間，不食人間食。春風百花場，來往無虛日。採花釀爲糧，倉廩自充實。欻罹割裂殃，操戈窮入室。何異誤國人，腹劍而口蜜。

寄廬陵劉國博會孟先輩

吁嗟天地何夢中，《詩淵》册一頁六〇六作夢魈魅日夜噓寒風。萬物元氣銷鑠盡，文章千古無時窮。先生驅文挾風雨，筆勢不停心自語。瀕池水暖芹正香，物換星移時不魯。昔魯東門已無人，況今門外車馬塵。飛塵著天黑如漆，靈光一點爭嶙峋。新進少年競浮靡，粧點春妍學桃李。貞元朝士已無多，不識伯淳堪愧死。江空歲晚雪滿天，錢塘風景經幾年。片言隻字落人世，至今識者猶能傳。愧乏新詩《詩淵》作慷慨篇詩送盤谷，恨别情多歌不足。語言憔悴更可憐，故都寫作斷腸曲。潸然老泪愁天津，銅駝巷陌荆棘深。吳雲江樹黯無色，千里共此凄涼心。昌黎博士頭已白，籍湜當年門下客。俱是乾坤無用人，一見新詩重相憶。噫嘻齋前烟雨凄，横江老鶴今來歸。我欲附之翎翅短，此情寄與東風飛。

董源山水圖爲北客賦

江南本是山水國，峽影峨雲插空碧。世人愛畫不愛真，一幅生綃懸素壁。董生好手畢宏上，意在筆先方手，神物護持入君室。世間尤物能移人，莫看江南望江北。

散漫留不得。當年載入米家船，夜夜虹光八千尺。新評信口誇天真，聲價秖今萬錢直。流傳知落幾人

落筆。雲關岫幌掃層青，月浦烟汀寫修白。縱横瑣細分毫釐，變化幽冥絶痕迹。滄江碣石忽破碎，片紙

重遊天竺

何年飛去竺國峰，下際滄海蟠蛟龍。崛奇詭怪獻萬狀，八風播蕩吹不融。千年老藤無根樹，長疑上有仙人住。山空月白玄猿啼，咫尺蓬萊隔塵霧。瑶草春深不復妍，荆棘花開顏色鮮。誰驅蠻風煽劫火，神驚鬼哭愁山川。又疑黑衣故宰相，香火未冷今生緣。欲挾須彌還北海，未必神通能廣大。康回馮怒相傾摧，神氣未完支節解。穿崖鑿谷何時寧，混沌死矣靈不靈。

題濕洞

棲霞嶺頭起烟霧，棲霞洞前撼風雨。洞門深鎖碧泉寒，控塞玉壺冰雪貯。未容俗客漱齒牙，且乞詩人滌肝腑。何當買屋此山居，山中六月不知暑。

招隱吟

碧澗清泉白石寒，神仙一往不可攀，蓬瀛縹緲非人寰。天風高兮翔青鸞，欲往從之春花秋葉殘。歸去來兮，畏途而惡灘。歸去來兮，緑水與青山。衣蓑笠箬，烟幌雲關。揖許由，拉巢父，相與徜徉兮廣莫之間。黄塵不飛兮白日閒，芝苓森森兮風露漫漫。

贈畫者并序

一日，有一生攜詩過余，長揖而前曰：「某姓某名，某某所人也，世不治他技，以畫爲生。君貌癯而神清，形枯而色不衰，殆類夫隱者也，請圖之。雖然，願得君一語自壯足矣。」余笑曰：「噫！余天地間無用人也。身贅矣，子將以畫

贅之，奚爲哉？且而畫工安所事，吾詩不工，雖得吾詩，奚益。」生之請益堅，于是進而語之曰：「余非能詩者，子欲名子之畫，當求之世之賢士大夫，庶幾貴子之藝而成子之名。」生唯唯。余故序其所以詩之意云。

麒麟閣上十一人，斯人瑞世真麒麟。雲臺功臣二十八，中興事業爭嶙峋。或在生前或死後，藉藉聲名自《詩淵》册一頁四五〇作同不朽。不知當時畫者誰，似此畫者當好手。古今何代無人材，翕霍變化俱塵埃。豈是畫師好手不復遇，豈是世無麟閣與雲臺。虎頭燕頷今已矣，婢膝奴顔當愧死。江湖《詩淵》作濤人物何渺然，子當爲我走訪山林隱君子。

伍相公廟丁亥被燬

蘆中人，蘆中人，漁父相逢潯水津。一言慷慨辭寶劍，江空月白波粼粼。被髮佯狂乞吳市，狀貌不類流離民。博浪鐵椎袖入手，留侯切切志在秦。踰淮涉泗掃荆闕，死龍鞭笞無完鱗。日暮途窮快逆施，《詩淵》册三頁一七〇一作旅憤怒激烈忘君臣。堂堂廟食幾千祼，一夕化作風中塵。吳山落照秋風老，草木黤慘無餘春。天道茫茫忽今古，世事渺渺如雲輪。蘆中人，蘆中人，生爲公相死爲神。何時拔刀斫鱠痛飲松江醇。

庚子立春

又逢庚子歲，老景對韶華。簷噪朝朝鵲，燈開夜夜花。凄迷連月雨，冷落幾人家。幸有新春酒，瓶中不用賒。

東坡竹

眉山墓木拱，墨跡此淋漓。風葉活欲動，霜根死不移。老仙初畫處，元祐太平時。直節有如此，何緣入黨碑。

寄林處士景初

詩書歲月久，到老未忘情。一自文風變，長憂雅道輕。時人空見忌，聖主舊知名。更有孤高節，冰霜無此清。

二月晦日懷林處士

相思忽成夢，久不到茶窩。飛去羽毛短，别來風雨多。杏花一夜發，春事二分過。百尺龍潭上，知君意若何。

種菖蒲

此種即昌陽，稜稜九節長。薜蘿不敢碧，窗户自生香。病眼看能醒，閒心覺漸涼。余非學仙者，莫問引年方。

夏日池亭小憩

眼前無俗物，萬竹與千荷。來此坐清晝，看風生白波。閒心諸事省，靜耳一蟬多。詩酒足消遣，其如長日何。

葛嶺廢第

此是歌鐘第，斯人去不還。繁華一夢裏，風雨十年間。紅葉自成徑，綠苔空掩關。國亡家亦破，愁殺夕陽山。

題在家僧自在窩

此即家山處，春風住幾年。晝看紅日坐，時抱白雲眠。半榻清閑地，一龕安樂禪。叢林有規矩，何似且隨緣。

曉　起《詩淵》册二頁一四九九作舟中曉起

鐘聲廢早眠，倚棹過晴川。半夜涼風起，一帆秋影懸。僧聯聞雁句，僕請買魚錢。每被人相問，誰家書畫船。

簡李元暉

移棹方游霅，攜琴又到杭。溪山隨影轉，日月共貧忙。何處依劉表，無人識子長。世情已如此，客路獨堪傷。

壽林處士

人物推先輩，江湖姓字香。今年方八十，此老不尋常。道義襟期重，詩書氣味長。顧余蒲柳質，那得似彭郎。

中秋翫月

此夜月如晝，有人同倚樓。山河萬古色，天地一輪秋。盡賞興不足，醉看身欲浮。因思舊年處，風雨未能休。

暮秋雜興七首

門巷多車馬，空齋掩半扉。天時秋後變，人事日來非。歲月銷英氣，風霜敝客衣。誰知光景短，冉冉去如飛。

自憐今老大，空憶舊懽娛。翻覆看時事，艱危涉世途。客身湘浦雁，歸夢越鄉鱸。安得神仙術，行藏寄一壺。

栖栖猶未定，去去復何求。縱有劉伶酒，難消杜甫愁。黑雲天易晚，紅葉樹多秋。哀怨不堪聽，笛聲何處樓。

西風離别泪，點點落清笳。曲變猶莊舄，琴亡自瓠巴。餘生空歲月，倦迹久塵沙。顧影知何似，蒼蒼白露葭。

且説西湖事，未言東海枯。悲風荒野大，落照廢城孤。有句填詩債，無錢覓酒壚。不堪重舉目，景物入秋殊。

似隱還非隱，未能忘世情。山河亡國恨，風雨客樓聲。窮有天堪問，貧無地可耕。桃源窅何處，目斷故秦城。

老計笑空疏，清風一草廬。閒門心跡在，仕籍姓名除。曲唱貞元後，吟歸丙子初。不言封禪事，誰識病相如。

釣絲風

短髮冷颼颼，倚船初下鈎。閒來片水外，輕弄一痕秋。淺拂蘋花落，低隨柳影浮。烟波清夢遠，吹不到王侯。

晚步

不知風露寒，深坐翠微間。對酒秋花盡，看雲暝鶴還。鐘聲黄葉寺，樵唱夕陽山。安得吟身健，長隨白日閒。

菊

不用移春檻，西風滿客車。行行無長物，粲粲只黄花。晚色裝秋重，寒香引霧斜。輦來尊俎處，有酒不須賒。

題友人湘行稿

詩史久不作，此游清興長。看山到湘水，隨雁過衡陽。醉裏闗河在，吟餘草木香。九歌流落處，想爲一沾裳。

悼鶴爲楊彦禮賦

忽隨塵土化，不復此翩躚。遺跡今猶在，主人時自憐。晚風琴操外，殘月石牀邊。幾夜夢中見，夢中疑是仙。

廢　冢

零落誰家冢，烏鳶出土飛。黄金知有屬，白骨竟無《詩淵》册三頁二一八六校：一作何歸。野鳥啼《詩淵》校：一作愁陰樹，行人弔《詩淵》校：一作哭夕暉。蓋棺猶未定，何況《詩淵》校：一作況是此生微。

中秋偶病

中秋不見月，扶病倚闌干。故國愁心遠，西風瘦骨寒。縱無今夕醉，容有别時看。且作南飛鵲，一枝聊自安。

病　後

一病忽半載，囊無挑藥資。生逢千劫後，死較十年遲。老色從侵面，閒愁併上眉。惟餘清思在，瘦盡尚能詩。

八月病中

此病從何得，蹉跎過六年。家貧無長物，藥債似隨肩。衰颯形如鬼，清臞骨不仙。死生俱一夢，吾自樂吾天。

送吴言可之鄞

四明多勝迹，不憚此行難。客棹霜天晚，征衫《詩淵》册六頁四三六五作袭道路寒。湖靈通夕見，海日帶潮看。莫遠乘槎去，《詩淵》作作乘桴興風濤卒未安。

冬日晨興

開樓看雪坐，半榻著吟僧。頑甚不知冷，唾來還欲冰。空庭眠病鶴，凍壁立僵蠅。鄰巷有貧者，曉炊猶未能。

題陸介夫隱居圖

竹籬茅舍處，此是陸家村。惟有鶴看屋，更無人到門。古琴長挂壁，春酒自盈樽。似隱還非隱，幽居亦寓言。

送杜子問歸明州

未酬行道志，抱道復東歸。老入江湖鬢，寒深雨雪衣。客程烟樹晚，鄉夢海魚肥。所恨交情淺，臨岐別語稀。

對月懷故人

相思不成寐，風露夜漫漫。明月此時好，故人何處看。客愁盃酒盡，秋影一燈殘。空羨樓前雁，欲飛無羽翰。

默默詩

默默守吾玄，此心誰共言。青天開有眼，白日走無根。歲月貂裘敝，生涯鐵硯存。古人如可作，買酒爲招魂。

山　居《詩淵》册五頁三一四六作山居苦

無名亦無利，非隱又非仙。逐獸機心息，聞禽野性便。俗淳猶近古，人老不知年。此是山居樂，山中别一天。

三省齋爲洪中行賦

機巧日相尋，誰能自警深。惟君學夫子，此意即曾參。鐘破平生夢，燈明半夜心。遥知讀書處，松桂已成林。

自在廬爲倪遜翁賦

翁也家何在，悠然天地間。往來明月牖，坐卧白雲關。晚歲有餘樂，誰人似此閒。只爲清景惱，吟得鬢毛斑。

送周伯暘原作賜，據《詩淵》册六頁四三六二改之餘姚

佳友難爲别，何時重盍簪。客衣黄葉滿，書屋白雲深。落月生離夢，寒蛩助越吟。抱琴從此去，虞氏有遺音。

破衣和尚

平生只布衲，渾似晚秋蓮。當日住何寺，隨身著幾年。懶將黄葉補，閒共白雲眠。結屋吳山下，修行了

宿緣。

聞復先上人下世

滿腹貯韓文，僧中少似君。行高臨死見，名重在生聞。霜變北峰樹，猿啼下竺雲。未知埋骨處，消得片香焚。

題林進士玉芝西磵小隱

小山尋杖屨，璧水歎荆榛。結屋依泉石，彈冠謝俗塵。傷心天寶事，散髮義熙民。芝嶺甘幽曠，桃源慕隱淪。田園謀老計，花竹結芳鄰。孔孟惟憂道，夷齊不患貧。無官勞遠夢，有地着閒身。來往唐冠帶，留題漢縉紳。知君易尚在，吾亦守吾真。

以上《百正集》卷上

連文鳳二

湖上行春

踏破六橋楊柳烟，鄉心迢遞怯啼鵑。好花歲歲仍相似，白髮星星不再玄。囊裏有金堪一醉，瓢中無藥可千年。遊人不管興亡事，但把笙歌鬧彩船。

送沈伯僬回霅

江空歲晚朔風寒，詩卷相隨曉出關。不爲尋梅勞杖履，偶因問菊到家山。溪橋買酒經過熟，鄰舍分茶笑語閒。若見碧瀾趙公子，爲言衰鬢與愁顏。

己卯中秋雨

南樓一夢已淒涼，好景難逢重感傷。天上此時如白晝，人間何處有清光。山河舊影雲俱黑，燈火新愁夜正長。畢竟老蟾終古在，西風客鬢易蒼蒼。

寄常州簿鄭宗仁

稽山禹穴，莽爲狐兔，神龍遺蛻，散亂榛蕪。孝子仁人一夕悉取而歸之，有人心者能無愧乎。聞此悲泣，寄以詩。

玉立蓬萊問淺深，仙裾不受海塵侵。千年愛護神龍骨，萬里淒涼老鶴心。夜月照愁低《詩淵》册一頁七四〇作行草色，秋風吹淚哭松陰。錢塘流水情何限，誰采蘋花學越吟。

寄仲寶上人

一笑簫韶曲未終，清風杖錫欲何從。不隨輕絮飄流水，且作閒雲過别峰。昭慶寺前鴉遶樹，餘杭山下鶴歸松。人來今雨聞消息，見説維摩帶病容。

送劉悦心教授任瀏陽

一穗藜烟待校書，攜書且此作師儒。扶持學法防時弊，教養人材應世需。蘭芷汀洲身外楚，蓴鄉國夢中吳。片帆好趁秋風便，吟過洞庭青草湖。

壽陳右司

白髮蒼顔半醉醒，衣冠洛社舊耆英。誰能似此存高節，天欲留公相太平。閒裏看山心共遠，老來讀易眼增明。年年四月初三夜，簾外一痕新月生。

冬日早行

客裏閒關去路賖，輕衫短帽朔風斜。青霜委地疑行雪，紅葉成林當落花。渡口馬嘶驚睡犬，田頭鹿過散飢鴉。閉門無事日高起，誰似山中隱士家。

感　春

賞心未足事多違，啼鳥聲聲怨夕暉。客夢一番芳草歇，人生幾度落花飛。病難爲别鄉情遠，老不禁愁酒力微。猶記當年歌舞地，醉遊秉燭夜深歸。

六和塔訪陳右司

空山木落欲何歸，渺渺黄塵污客衣。自嘆馮唐今已老，世無劉表孰堪依。爐中丹火工夫淺，籬下文章氣燄微。幸識貞元舊朝士，錢塘江上語殘暉。

有感

年來懶作少年狂，一枕功名屬夢鄉。舉世相誇唐字學，幾人曾識漢文章。自憐晚歲桑榆景，敢入春風桃李場。到此相逢莫相笑，誰知臧穀兩亡羊。

題隱者園

三徑歸來但閉門，門前車馬自紛紛。半生活計尋清事，一片閑心寄白雲。暇日池臺行處樂，春風禽鳥靜中聞。客樓相對西鄰住，好景天教向我分。

湖飲得天字

老來更上百花船，賴有湖光慰眼前。兵後山川仍戀土，壺中日月不行天。閒身適意隨鷗鷺，樂事何心問管弦。盡醉無愁歸路晚，客樓只在廢城邊。

試筆

誰遣毛州刺史來，閒窗終日共徘徊。龍窺石澗新臨硯，鶴舞松烟乍試煤。茅舍寒深題未遍，玉堂月冷夢空回。笑予得爾渾無用，惆悵臨風寫八哀。

趙司門成之新居

何必山巔共水涯，閑心幽遠此相宜。喧無車馬紅塵少，樂有琴書白日遲。晴檻倚風初柳處，夜燈聽雨正蛙時。客來試問功名事，已付功名與酒巵。

送友人歸越

乙亥避地于越。後十載，越之故人來杭，與之相慰藉者累日，語未溫，復別去，爲之黯然

妻子相攜失所居，山川迢遞更崎嶇。征鴻去去秋風急，驚鵲棲棲夜月孤。賴有綈袍憐范叔，免教岐路泣

楊朱。歸來每憶溪船上，買得鮮魚酒旋沽。

秋懷酬仇仁近見寄

西風一夕送殘蟬，老景情懷更惘然。蘆荻病中秋瑟瑟，家山夢裏路綿綿。空城點滴寒莎雨，故國凄迷斷礎烟。待得鶴歸華表上，可堪人世又千年。

寄上虞周伯起縣尉

憶昔論文向酒邊，忽來二十二三年。别離老淚深春水，今古閑愁積暮烟。吟作南音懷越土，望窮東浦隔秦天。夢魂不識曹娥渡，一紙相思寄客船。

頑　獨

頑獨齋前翠色交，翛然一榻掩衡茅。禪心久作高僧悟，方術寧從道士教。曉日短牆花弄影，晚風斜檻鶴歸巢。老懷自喜詩尤健，幾度窮吟憶孟郊。

寄桐廬李華甫

客裏光陰嘆白駒，青山何處故人疏。花開花落難逢笑，潮去潮來莫寄書。北海酒深時自醉，西湖水淺晚堪漁。新詩忽見因相憶，何日攜琴話起居。

謝人惠梅花

惟有梅花不厭貧，花前笑語伴閒身。老枝猶帶深山雪，生意能回破屋春。影待月來明户牖，香隨風散惱比鄰。寄余何限江南意，幾度相看憶故人。

自　笑

自笑儒冠不稱時，幾回堪笑復堪悲。閒門事少知貧好，逆境愁多恨死遲。動閣麒麟無夢想，故山猿鶴有心期。紛紛塵俗都如許，吟得詩成欲寄誰。

紈扇《詩淵》册二頁一三八六作秋扇詞

露冷《詩淵》作風露飄零半幅紈，傷心不見女乘鸞。歌殘春院桃花暖，愁殺秋庭木葉寒。滿地飛塵何處避，舊時明月向誰看。應思曾在君懷裏，一點恩情欲忘難。

呈趙侍郎

飄緲蓬壺隔俗塵，塵中日月易因循。白駒皎皎猶空谷，秋水娟娟自美人。何限溪山分曉夢，無情天地著閒身。抱琴來問吟邊信，見説池塘草正春。

籠中鳥

未是扶搖得意時，籠中日月且相依。一身天地宜閒過，四面風塵莫遠飛。老樹無枝空悵望，春山何處不知歸。馮君愛取新毛羽，休向花前怨落暉。

送張集父分教越之上虞

此去横經涉遠途，三江烟雨晚潮初。顓孫豈是貪求禄，鄭老從來愛讀書。駐馬曉吟曹廟檜，倚船時看舜鄉魚。顧予挾册曾游此，故舊相逢爲起居。

挽周明府公謹

彭澤歸來厭宦情，弁陽山下買山耕。春風秋月供吟嘯，月夕風朝寄死生。銘墓古人堪彷彿，著書心事更分明。但能似此存清節，野史須還記姓名。

丙戌送李元暉歸

劍影悠悠出故都，酒邊臨別重躊躇。吴江霜早愁聞雁，楚澤天寬老釣魚。瑶草春風香未歇，美人秋水意何如。西湖莫忘閒鷗鷺，彊健不妨頻寄書。

送陳仲甫挾書遊甫里

西風客影鬢毛蒼，此去攜琴又一方。欲向書中消日月，何妨籬下寄文章。于今蜀道無平地，到處并州即故鄉。茶竈筆牀猶在否，煩君移棹問滄浪。

黄資深入道

霞衣飛舞越山青，回笑時人醉未醒。春枕卧看琪樹月，夜香學拜石壇星。泥成丹竈燒仙藥，移近明窗讀道經。可惜蓬萊歸不早，海風正急海波腥。

送王道士入燕

何處春山采藥還，此行萬里道途難。西風塵起衣裝重，北斗星低劍氣寒。學跨青牛朝玉闕，語留白鶴守金丹。洞門無鑰須歸早，莫待桃花落石壇。

送友人建康入道

郁郁文章不稱時，豈堪寂寞寄人籬。早知亂後爲儒誤，始恨年來入道遲。春晚茅山猶有术，秋深商嶺已無芝。何當乘此清風去，共看山家未了棋。

釣　臺

諸將驅馳尺寸功，先生來此坐清風。漢家天地閒身外，嚴瀨烟波落照中。片石粼粼年歲晚，一絲裊裊利名空。笑余亦是垂綸客，欲借臺前繫短篷。

雪

幾片飄從客鬢來，光搖老眼白皚皚。不因枯樹今朝見，只道寒梅昨夜開。是處園林迎臘到，一時天地喚春回。憑誰寄語問滕六，乞與人間此種栽。

春日田園雜興 原案：此詩《永樂大典》闕載，今從《月泉吟社詩》補入。

老我無心出市朝，東風林壑自逍遙。一犁好雨秧初種，幾道寒泉藥旋澆。放犢曉登雲外壟，聽鶯時立柳邊橋。池塘見説生新草，已許吟魂入夢招。原案：月泉吟社原評云：衆傑作中，求其粹然無疵，極整齊而不窘邊幅者，此爲冠。

己丑元宵

不因燈火有元宵，彊把時光慰寂寥。十四年來無此興，三更踏月過河橋。

王昭君

使者相隨出漢宮，辭君上馬去匆匆。只因自恃好顏色，不把金錢買畫工。

書齋夜坐

讀罷殘書聽雁聲，西風一榻一青燈。老來清思渾如許，自笑前生莫是僧。

中秋夜坐

寂寞無如此夜坐，西窗剪燭讀離騷。可憐塵世多風雨，天柱峰頭月正高。

贈賣花湖妓

客來不惜買花錢，客醉青樓月在天。欲盡樽前歌舞意，湖頭已有早開船。

虞美人

帳中對飲復高歌，飲罷歌殘淚雨多。自是天將亡楚國，不因紅粉失山河。

月夜獨坐

坐久不聞人語喧，風枝吹動宿禽翻。幾家負却三更月，未到鐘聲已閉門。

送韓仲文歸京口二首

有客京口號竹坡，蒼然碧玉橫清波。凄涼驅陌走風雨，游塵飛撲征衫多。

一點吳山看未了，鄉夢悠悠人江表。夕陽何處認歸驂，野樹蒼烟隔飛鳥。

送高繼伯分教湖之德清

此時不忍抱遺材，欲把文章扇冷灰。見説讀書堂尚在，瓣香寄與謁東萊。

小雪次北客韻

豐年佳瑞此先知，莫恨無多莫恨遲。若使紛紛猶未已，梅花凍殺又多時。

賦椰子吸月杯

殼似懸匏護玉房，誰人剖玉注天漿。有時吞却杯中兔，帶得長生藥氣香。

費壺天人一《詩淵》册五頁三〇五八作文理堂

高高下下兩無窮，盡在壺天一色《詩淵》作室中。俯仰不堪供一笑，何當相與問洪濛。

賦黑兔

昔日蟾宫擣藥時，桂花樹下影依依。一朝誤落人間世，却被緇塵染素衣。

送友人歸越

把手西風晚菊天，夢魂唤醒十年前。未《詩淵》册六頁四四一八作誰能捫蝨談時事，且與持螯上酒船。吴越青山猶好在，古今明月不長圓。可堪老大重離别，一片愁心落照邊。

端　午

相傳楚俗試蘭湯，一枕南薰日正長。門掩緑陰無箇事，起來燒過午時香。

壬午觀火地

燒盡長安市上花，何時重見此繁華。獨憐幾處堂前燕，失却新巢過别家。

題乾洞

何人鑿破雲烟竅，百丈雲烟生節角。解衣盤礴坐山風，一片松花半空落。

紀　夢

薰風一榻卧南窗，無事縈心暑亦凉。半夜忽生鄉土夢，屋前屋後荔枝香。

讀　史《詩淵》册六頁四一四一作庚寅讀史

滿道纍纍盡赭衣，含寃相語泣相隨。不因今日身親見，只説先秦事可疑。

題臙脂驄圖

世上紛紛駑與駘，分明此種是龍媒。雪毛尚帶臙脂濕，想是扶桑作浴回。

參寥泉

習習竹風吹古井，點點苔花生斷綆。寒泉不浸詩人脾，謾乞山僧潑春茗。

枕　易

身世相忘象外天，清風一枕幾千年。有時默默焚香坐，閒看白雲心自玄。

憶趙右之

羞見梅花照客身，梅花長好客長貧。江天搖落年華晚，何處青山有故人。

流盃亭《詩淵》册五頁二二八八作内流盃亭

流盃亭下水無聲，滿地牛羊野草腥。何事當時貪宴會，至今帝醉未能醒。

餘杭道中曉行

曉霧溟濛未見天，山光水影白相連。餘杭不似西川路，六月中旬叫杜鵑。

項　籍

蓋世英雄冠古今，干戈未定日相尋。帳中一夕悲歌處，霸氣難降兒女心。

緑　珠

忍將死别季倫家，百丈樓前日色斜。一片香魂隨笛散，却疑吹落玉梅花。

銅雀臺

月正明時星正稀，鄴城風雨忽淒淒。荒臺深鎖殘春色，半夜寒鴉遶樹啼。

山　雲

去如斷雁失羣飛，來是高僧出定歸。無去無來林下客，吟魂一片共依依。

題畫

嬌紅淡粉逞春姿，好手移來一兩枝。見説此花三十種，只消莫畫醉西施。

以上《百正集》卷中

全宋詩卷三六二二

連文鳳三

贈趙主簿不語不食

本非學仙者，一日與仙期。絶粒自無術，不言人謂癡。倚笻看鶴語，分果飼猨飢。何似歸山好，山中有紫芝。　影印《詩淵》册一頁四二二

贈隱士

不隱山林隱市廛，半生活計此書田。可憐世上無揚子，誰識雄心在太玄。　同上書頁四二六

寄悼浦江吴縣令清翁

曾於詩裏識清名，幾夜吟看婺女星。番令宅前花未盛，延陵墓上草先青。燈摇殘月佳人哭，碑立斜陽御史銘。一紙哀歌和淚寄，山高水遠樹冥冥。　同上書頁六二七

寄友人

少年鋭氣盡消磨，歲月相隨醉夢過。今古悠悠交道變，江山渺渺俗人多。絶絃應爲無知者，鼓瑟其如不好何。從此詩筒頻寄取，鶯花時節莫蹉跎。　同上書頁六四五

寄李閤舍

楚樹吴雲隔幾塵，相思兩地各傷神。悠悠歲月多華髮，歷歷江山少故人。苔屋不來今日雨，草池長夢舊家春。便鴻爲問平安信，聊當西風寄白蘋。　同上書頁七一四

酬婺郡學高廣文

十載持竿浙水濱，江空歲晚更愁人。秦樓歌舞多燕劍，洛社風流少晉巾。伏櫪已甘存老馬，隨波不解縱窮鱗。廣文何日歸茅屋，共醉樽前未死身。　同上書册二頁八六二

酬高景仁見寄

憶昔郵亭奉别裾，不知别後意何如。夕陽樹外烟塵隔，明月河邊笑語疏。客路驚回飛去夢，天風吹落寄來書。西湖莫問殘春色，且好白茅山下居。　同上書頁八七三

酬盧宗説見貽

我有離別腸，一日回百周。流光日以邁，離別何時休。倉庚求友聲，朝莫鳴相酬。暖風老麥熟，秀野新陰稠。美人隔吴樹，皓月明蘇州。相望倚寥廓，孤懷抱綢繆。鬱志不得語，愁思紛如抽。遐想江湖人，長作鷗鷺儔。雨花落筆牀，水芳縈釣舟。贈我錦繡篇，坐之芰荷洲。好語尉心曲，喜色棲眉頭。君子懷友生，小人徇俗流。頹波日靡靡，惡風聲颼颼。喧啾亂孤皇，舞躍沸群鰍。撫景發浩歎，舉觴不成謳。自顧蒲柳衰，敢望桑榆收。一生猶轉蓬，百年如傳郵。聚會苦不恒，浩蕩宜縱游。拍浮酒在船，枕籍糟成丘。一醉樂陶陶，千古空悠悠。願從盧博士，盤礴仙家樓。　同上書頁八九六

寄生樹

嗟哉寄生樹，微根不自立。矗矗棲林壑，森森動原隰。本非梁棟材，唯有禽鳥集。縱逃千斧侵，寧免寒暑襲。一朝失所託，早暮不相及。人生同此寄，百年一呼吸。濕沫偷呴濡，疏漏强綴葺。未能與物化，安悟此機入。吾每歎吾生，憂思繼以泣。託根非其所，舉世淪以習。老枝年歲晚，病葉風雨急。神山眇何許，瑶草不可拾。　同上書頁一一四三

聽徐天民琴

閒堂風月深，自此出瑤琴。爲我彈一曲，悠然生古心。餘清分坐客，微響拂流禽。世上是非耳，誰能知此音。同上書頁一四四一

燒 香

坐我以靈室，爐中一篆香。清芬醒耳目，餘氣入文章。微見五雲散，閒消半日長。舊書重讀罷，風味更悠揚。同上書頁一五二七

重游四聖觀

此是前朝扈蹕功，祥飛一朵錦雲紅。旌旗南渡長江外，香火西湖片水中。白鶴往來華表月，碧桃開落石壇風。劉郎今日玄都過，十四年前事不同。同上書册三頁一六四六

昌化道中

不因來此地，不識别山春。幾處墳無主，多年樹有神。聞猨驚落日，畏虎問行人。忽到孤峰頂，白雲飛滿身。同上書頁二〇一六

湖 上

東風殘柳舊烟青，不見長亭共短亭。幾處王孫芳草地，胡僧相對坐看經。同上書頁二一六一

鶴泉爲丁君瑞賦

爲厭緇塵污縞衣，閒身甘共水相依。塵間那得清泠水，何似瑤池飲夕暉。同上書册四頁二二九四

對 蘭

藹藹抱幽姿，幽人得自怡。愛之似君子，好不在花枝。濁世已如許，香心終未衰。窗前堪作伴，閒讀九歌詞。　同上書頁二四九五

載菊分題

不用移春檻，西風滿小車。行行無長物，粲粲只黃花。晚色裝秋重，寒香引霧斜。輦來尊俎處，有酒不須賒。　同上書頁二五一四

鶺　鴒

朝兮呼相食，莫兮呼相集。行行水之湄，止止原之隰。行止相與言，慎勿羅網入。君看禽鳥心，猶念在原息。嗟哉鄭氏子，糊口不自給。　同上書頁二六八二

歸　燕

營巢生計失，餘恨更依依。故國知何處，西風滿去衣。花案空昨夢，柳巷竟殘暉。欲問興亡事，無言各自飛。　同上書頁二六八五

倉　庚

誰將晚秋菊，染作新春衣。立當花枝上，驚散群鳥飛。一聲復一聲，聲聲如歔欷。歔欷意何如，喬木空無依。相呼入幽谷，今人交道非。　同上書頁二七九〇

飛雲亭

越山眇何許，孤影更依依。每見無心出，因思翻指歸。隨風游泮水，帶雨濕斑衣。應想巴陵地，春餘寸草暉。　同上書册五頁三〇六五

林處士湖居

儒家生計薄，火後復何如。白髮誰憐汝，青山自借居。種花思舊業，對竹理殘書。莫嘆今牢落，湖邊尚可漁。　同上書頁三一六一

題金華方韶卿在雅堂

鍾儀作楚奏，莊舄吟越聲。土風固爾殊，心事終當明。韶濩久不倫，矧復英與莖。正聲何寥寥，淫哇鳴縱横。世有知音人，惻惻聞若驚。抱器入河海，泯默懷幽貞。掩泣望西狩，素王不復生。愴然鼓一曲，聊以舒此情。一鼓草木震，再鼓山岳清。我耳非子期，顧我一再傾。何當登斯堂，酌酒歌鹿鳴。　同上書頁三三〇九

黄高士山房

絶無一語到人間，但把瑶琴續續彈。夜鶴歸來山月白，松花吹落石林寒。　同上書頁三四三六

寄送介夫城居

曾賦隱居圖，知君已定居。移家重入市，引鶴自挑書。烟雨生新夢，雲山護舊廬。但令風浪静，何處不堪漁。　同上書頁三五一二

偶作　二首

春風躍馬看花時，肯信秋風鬢易衰。富貴百年皆長物，老來方悔讀書遲。

少年場屋苦奔波，每對書檠讀不多。三十年來書好讀，可憐老眼費摩挲。　同上書册六頁三九四六

偶題

來到深山處士家，山前山後響繅車。老夫不曉人間事，行遍西園看橘花。　同上書頁三九五〇

無　題 二首

學書學劍兩茫然，空過浮生五十年。擬向烟波深處住，王租已及釣魚船。

華轂高軒傲世塵，一枝笻竹喜相親。精神我愧鴻都客，甲子誰同絳縣人。悠遠山川終古在，鮮妍花草逐時新。故交霜葉凋零盡，欲話當年記不真。　同上書頁三九五九

自　題

每恨詩才短，吟來兩目昏。雖然五七字，難似萬餘言。雅道扶不起，苦心誰共論。幾回風雨夜，哭殺杜陵魂。　同上書頁三九六〇

讀文丞相宋瑞詩 二首

宰相臨危不辱身，晉周惟有兩忠臣。國亡八載身方死，今古更無第二人。

身後聲名滿世間，孤魂萬里朔風寒。何年得見忠臣傳，且把君詩當史看。　同上書頁四二二四

送高景仁之廣德

不愁離別難，江浙片雲閒。黃葉晚秋徑，白茅深處山。有詩連夢遠，無累得身閒。若遇西風便，安書寄雁還。　同上書頁四三六三

送林校書入山

茫茫塵世厭風波，但把柴門掩薜蘿。朝野交游能有幾，文章氣味已無多。收書且作林泉隱，洗硯閒將歲月磨。後夜偶然逢埜叟，錯看太乙重相過。　同上書頁四三七四

送羅壽可歸臨江

琴劍西還已有期，白雲飛處望多時。湖邊别酒春風醉，江上歸帆落日遲。客思悠悠生遠樹，夢魂隱隱入芳籬。到家若話吳中事，自有哀歌寄楚詞。　同上書頁四四〇九

送葉東叔歸永嘉

君浙余閩數千里，相逢共飲西湖水。湖水正甘魚正肥，一曲離歌入秋耳。八月風高草木悲，荒城日夜塵沙飛。家山況有古雁蕩，此山不歸將何之。　同上書頁四四一七

送李元暉閤舍歸廬陵

鋭氣如君老不磨，悠悠世路涉風波。西湖舊識惟鷗鷺，故國重來盡黍禾。短枕客中生夢少，歸舟江上載詩多。相逢未久忽相别，奈此夕陽芳草何。　同上書頁四四二二

送曹之才遊天目山

突兀雙峰曉色分，瘦筇支足上崑崙。雷聲俯聽嬰兒語，石勢平看駿馬奔。故國山川千古在，前朝人物幾家存。登臨不用多惆悵，只好清吟伴野猨。　同上書頁四四五四

（漆永祥整理）

全宋詩卷三六一三

釋雲林

釋雲林，理宗淳祐四年（一二四四）結茅黄山，後修復佛嶺禪院，造華嚴樓以居，爲開山祖，佛嶺遂改曰雲嶺。與方鳳、謝翱有交。《新續高僧傳四集》卷四九有傳。今録詩二首。

歸　山

滄海塵生望不還，虚空粉碎步方艱。時人欲識今行履，一衲蕭然雲嶺間。

答　友

搔首何須更問天，此心灰盡不重然。休將瑣瑣塵寰事，換我山中枕石眠。以上民國喻謙《新續高僧傳四集》卷四九

（聞賢整理）

李思衍

李思衍（？—一二九〇），字昌翁，一字克昌，號兩山，餘干（今屬江西）人。宋時事跡不詳。元世祖至元十二年（一二七五），伯顔率元兵渡江，以思衍權樂平，尋授袁州治中，入爲國子司業。二十五年以禮部侍郎奉使安南（《西巖集》卷一二《沁園春》），還授浙東宣慰使。二十七年召入覲，擬拜南臺御史，以疾卒。有《兩山集》、《天南行稿》，皆已佚。事見《元詩選》二集《兩山稿》、清同治《餘干縣志》卷一一。今録詩二十五首。

鬻孫謡《江西詩徵》卷二三作許方詩

白頭老翁髮垂領，牽孫與客摩孫頂。翁年八十死無恤，憐女孩童困飢饉。去年雖旱猶禾熟，今年飛霜先殺菽。去年飢饉猶一粥，今年飢饉無餘粟。客謝老翁將孫去，淚下如絲不能語。零丁老病維一身，獨卧茅檐夜深雨。夢回猶是悞呼孫，縣吏催租正打門。

元日

笏班玉立五雲階，曾醉天家舞馬杯。坐困庾樓分月久，明從堯殿帶春來。洪鈞暖入宮原校：一作官橋柳，金鼎香傳驛使梅。爆竹一聲春夢曉，沈香亭北牡丹開。

見王參政

獵獵風沙透紙窗，地爐火歇冷侵牀。一聲孤鶴唳殘月，幾杵疏鍾敲曉霜。黍律噓春燕谷暖，梅花入夢楚天長。歸期乞趁東風軟，醉裊絲鞭吟緑楊。

寄江西魏按察

雙氣光收紫氣沈，六絲轡動使華臨。寒生柏府風霜面，清照梅花玉雪心。一道秋江澄濁浪，千厓曉色破頑陰。水天霞鶩吟情逸，只恐商家要作霖。

上雷御史

臺上棲烏顫曉寒，朱簾雲静楚天寬。星芒摇動龍阿劍，霜氣横陳廌角冠。苦透柏心風力勁，清臨梅影雪痕乾。渾源聞有傳家譜，夜露心香借易看。

妙高臺

危亭新構客持觴，雨挹闌干面面涼。烟外好山供水墨，風前老樹奏笙簧。接天淨綠秋江白，著地彤雲晚稻黃。騕褭絲鞭歸興逸，水晶宮殿桂花香。

次韻單徒提舉

百蠻冠帶悉來庭，九處臨關萬雉城。漢殿風馳十行詔，唐藩雷動衆軍聲。海涵春育民膏澤，雨施雲行天性情。聽得老癃扶杖語，紫微垣畔泰階平。

汴京懷古

滄海成田艮嶽荒，誰能行役不彷徨。青城北狩隔萬里，花石南來實幾綱。土暗塵昏天水碧，風輕雨過女真黃。自注：自牡丹譜尚女真黃，宣和以肅冠姚魏昭與天水碧同讖。無人可語宣和事，九些陳留酹一觴。

會同館

萬間頂顫翠光團，千尺廊腰眼界寬。鴨腳參天風雨老，自注：館乃亡金之義王府，懷遠堂前雙杏，大王所植。龍髯蟄地雪霜寒。自注：燕寒，葡萄經秋，蟄藤於地。庭花飛墨空遺恨，宮葉流紅不忍看。自注：南來妃嬪常館於此，或書吳彥高「南朝千古傷心事」之詞於其側。古往今來只如此，夕陽搔首倚闌干。

華蓋樓

三十六坊如掌平，長橋短艇水縱橫。銀河一道江連海，畫障四圍山繞城。老樹煙雲春綠暗，小樓簾幕曉紅明。陰陰翠影誰家屋，夢覺草池鶯一聲。

石牛行

寒牛觳觫秋江煙，五丁擔落石一拳。驚濤拍岸撼不動，夕陽老背供鴉眠。天荒地老煮白石，頑懶不過《宋詩拾遺》卷一九作顧蒼苔田。騰騰同上書作天卧地帶佛性，尚肯遠護風濤船。泥深蹄轉重，鼻缺繩同上書作人難穿。既不能西推紫氣度函谷，五千道德言神仙。又不能糞金開秦塞，隔絶鳥道四萬八千年。渴奔一斗酒，傲兀廬山前。潢池刀劍賣已盡，貞觀斗米方成錢。雨犁急趁勾芒起，不然碎汝春風鞭。

世子燕席索詩

乾坤氣運會貞元，皓月騰空息瘴煙。北闕星馳新誥命，南郊春轉舊山川。存誠乃可必事帝，保國無如是畏天。光覲紫宸歸化錦，山河帶礪保千年。

世子和前韻有自顧不才慚錫土只緣多病欠朝天之句即席次韻

雨露汪洋普漢恩，鳳啣丹詔出紅雲。拓開地角皆和氣，淨挾天河洗戰塵。盡道璽書十行下，勝如琴殿五絃薰。乾坤兼愛無南北，何患雲雷復有屯。

行贐有禮辭之世子舉陸賈事亹亹見愛謝絶以詩

綠璽南來奉玉音，九重惻怛爲民深。蜀人爰命相如檄，越使何求陸賈金。冰雪孤忠臣子事，乾坤生物帝王心。從今但得天從欲，航海梯山歲歲深。

彭　城

一水淵渟綠不波，四山玉立碧嵯峨。城頭芻石黄樓賦，臺上風雲赤帝歌。竹帛有香豪傑在，山河無恙廢興多。男兒要作千年調，戲馬臺高石可磨。

隆山塔院

峰頂浮圖第幾重，四天塵界盡虚空。縣居島嶼縈回處，海在煙霞靉靆中。浴水垂盤暘谷日，轟雷鼙鼓怒濤風。蓬萊咫尺闌干底，平步長橋跨玉虹。

志古溪堂

堂成合入輞川圖，塵隔香紅九軌衢。詩洩騷情風格老，棋藏活著路頭蘇。梅黄著雨鶯鶯染，竹醉薰風倩鶴扶。一片丹青誰畫得，吟腸惱斷老耕夫。

見維揚崔左丞

十里珠簾一半垂，揚州風物最宜詩。平山倚檻歐陽子，明月吹簫杜牧之。吟筆新添梅鼎手，歌樓爭覓竹枝詞。濡毫願逐奚奴後，描盡春風芍藥枝。

拜許魯齋像

玉筍頭邊懶押班，汗青筆削更重刊。直言何管雷霆怒，清節不知冰雪寒。性理晦庵真學術，鬚眉商嶺古衣冠。欲求繪畫者英手，寫過江南子弟看。

天慶宫

紫蓋星臨北斗躔，金門客去幾千年。蒙泉有味見福地，劫火離灰是洞天。塵外仙家山上屋，日邊帆影海東船。飄飄雲氣蓬萊近，五彩飛鸞不用鞭。

安南觀棋

地席跏趺午坐涼，棋邊袖手看人忙。檳榔賭□又春綠，送到誰家橘柚香。自注：安南柚花甚香如茉莉，嶺北所無。

漂母墓

登壇拋却釣魚竿，廟食難酬一飯恩。春老五陵佳氣歇，近來誰復念王孫。以上清顧嗣立《元詩選》二集《兩山稿》

弔李肯齋

李思衍

天地由來有廢興，義無兩人一身輕。封疆社稷若不死，婦女鬢眉安用生。紐解三綱重接續，灰寒萬劫獨光明。便當配食三閭廟，啓迪民彝見太平。　元盛如梓《庶齋老學叢談》卷中下

《庶齋老學叢談》：崔公仲統兵平湖湘，時潭帥李肯齋芾，城將破，舉家自刑，繼之以火，忠義大節，天下咸知。公以詩弔之。李兩山使交趾，道由長沙，亦弔之云云。

思明州摩雲嶺

二到摩雲頂顫頭，雨花濕透褐駝裘。草荒行路幾百折，茅蓋前峰又一州。雁澤流離新户口，鹿場町疃舊田疇。太平有象重生聚，甲洗天河劍買牛。　《永樂大典》卷一一九八一

萬斛山

宋尚書李伯玉居其下，號斛峰。時伯玉聞召欲出，衍以此規之

持囊簪笏紫霄閒，聲價高於萬斛山。絶頂上行誰不愛，急流中退古來難。人言進步必爲相，我道知幾好丐閒。若也買田清潁上，幅巾便是進賢冠。　清區作霖同治《餘干縣志》卷一八

（漆永祥整理）

盛明遠

盛明遠，吴江（今屬江蘇）人。度宗咸淳六年（一二七〇）舉於鄉，後任廣州録事判官（《松陵詩徵》前編）卷一。

書懷

溪山行自得，松竹最相知。避世逢天寶，編年問義熙。烏馴時傍户，婢小亦吟詩。薇蕨秋來少，香生芋熟時。　清殷增《松陵詩徵》前編卷一

江瓊

江瓊，字彦藻，天台（今屬浙江）人。度宗咸淳六年（一二七〇）知祁陽縣（《八瓊室金石補正》卷九三）。

磨崖碑 咸淳六年

元水部磨崖碑，爲唐中興作也。唐事已矣，而碑崖□□獨存。本朝諸賢相與題詠，如張宛邱時有游人打碑賣之句。□古一言□□□□□不已。況今打碑賣者，壹豈漫郎宅畔零陵諸孫自爲之□□□□□也。感天寶之駿功，嗟次山之墜緒，因借宛邱所□賣□□□□□。

凄涼浯水跡如掃，漫郎宅荒崖畔草。雨淋日炙山骨癯，磨得人間歲月老。粤從天地開闢來，經濟何代無奇才。若得高名爛青史，底恨白骨埋黄埃。孽臣邊將亂國紀，郭公千載凜不死。紀在中興第一功，三絶寧論文與字。吁嗟古往而今來，插天何處無石崖。兩京未復百戰罷，銅駝荆棘誰能開。世事輪雲可悲慨，文學老生品何在。君不見零落寒溪幾世孫，自打元家古碑賣。清陸增祥《八瓊室金石補正》卷九三

（以上劉雯整理）

師巖

師巖，字道立，襄陽（今屬湖北）人。度宗咸淳末元兵圍襄陽，脱身奔朝廷，上書論事，不報。客死武陵。事見《谷音》卷上。今録詩六首。

渡江

鹿門山人滄浪客，灑淚已枯眼見骨。風塵崢嶸萬里空，不知何處營三窟。城中性命湯火近，路窮援斷無

消息。鼠竊狗偷何足憂，都將十指漫天日。大言闊步好公卿，三百年餘涵養成。已聞鄭五但搔首，復道龐涓竪子名。平時肉食誇果決，誰信臨危跋疐行。白頭面皺牙齒落，萬事已矣秋風生。

大閱

長江天設險，荆州國西門。幕前杖斧鉞，赫赫齊晉尊。熊羆在掌握，百萬不敢喧。固列崖嶠立，動色虹蜺翻。雖云上將猷，亦是明主恩。高秋鼓角壯，慘澹傷精魂。山南正困戹，血肉連川原。由來多壘辱，豈不在大藩。既同事王室，於義如弟昆。勗哉從簡書，卹鄰古所敦。

藺五見訪

漢陰美人青兕裘，獨騎瘦馬尋荒丘。花前下馬迎一笑，珠玉在側形骸羞。酒酣散髮箕踞坐，錦帶爛熳懸吳鈎。斷蛟刺虎好身手，碧瞳如水涵清秋。惜哉科目太脱略，壯士豈爲章句囚。中原格鬭困不已，江波木落寒悠悠。

庚午三月五日朱尚書席上醉歌

天風浩蕩何處來，荆南府中好春酒。我公此日盛賓佐，但飲無勞問升斗。座中十萬無下筯，烏帽朱衣馬牛走。好舞清歌如有神，翠爛金明各回首。人生行樂須壯年，小人再拜爲主壽。滿堂淚落起挽鬚，臨饋三歎成鬱紆。干戈未定郡國破，亂臣賊子何代無。主憂臣辱坐感激，忍對花鳥調歡娱。近聞士卒願一戰，猛氣正倚風塵粗。丈夫行事動千古，快意一飽非雄圖。

武陵客居

浩蕩千年調，飢寒八尺身。不愁逢魍魎，可笑繫麒麟。殘雪江村路，空山澗水春。時違終遠去，道在豈全貧。

公安早發

去國秦公子，窮途阮步兵。别離如昨日，豪俠異平生。江月爲誰好，巴船何處行。高秋伴搖落，早發若爲情。以上元杜本《谷音》卷上

（漆永祥整理）

廖應瑞

廖應瑞，臨江（今江西樟樹西南）人。度宗咸淳六年（一二七〇）暮春曾遊浯溪。事見清光緒《湖南通志》卷二七七。

浯溪 庚午暮□

蒼崖古刹夾清泉，中有元郎幾百年。策杖摩挲看不足，壯懷惆悵大江邊。《八瓊室金石補正》卷九三

（孟憲忠整理）

羅源民

頌秋浦先生

按：鄭伯淵，字正夫，號秋浦，淳祐間教於鄉邑。則本事中庚午當爲度宗咸淳六年。

十里清溪流活水，連村綠稼有甘霖。羅村野叟千秋史，秋浦先生一片心。清盧鳳苓道光《羅源縣志》卷二〇《鄭伯淵傳》

《羅源縣志》：庚午夏，羅源縣旱，邑人鄭伯淵年七十餘，與鄉人徒步至福源龍潭禱雨，翌日果雨。明年又旱，亦如之。邑有南北中三溪，歲久壅塞，伯淵捐金倡衆力疏之，連城宰爲記於學。居民感其德，歌之云云。

（劉雯整理）

全宋詩卷三六二四

鄭思肖一

鄭思肖（一二四一——一三一八），字憶翁，號所南，連江（今屬福建）人。名與字、號皆宋亡後所改，寓不忘宋室之意，原名已不詳。宋末太學生，元兵南下，曾扣闔上書，不報。入元，居吴下，自號三外野人。善畫墨蘭，宋亡後畫蘭不畫土，根無所憑，以爲地已爲人奪去。元仁宗延祐五年卒，年七十八。有《所南先生文集》，又有《心史》七卷，系明崇禎十一年蘇州承天寺狼山中房浚井時發現，藏于鐵函中，清徐乾學《通鑑後篇考異》以爲是明末人僞托。明洪武《蘇州府志》卷四〇有傳。

鄭思肖詩，第一卷以《四部叢刊續編》影印汲古閣《所南詩集》爲底本，校以《知不足齋叢書》本（簡稱知不足齋本）、《兩宋名賢小集》（簡稱名賢集）；第二至五卷以明崇禎十二年張國維刻《心史》爲底本，校以清抄本（藏北京大學圖書館）。新輯集外詩附於卷末。

黄帝洞庭張樂圖

天水相涵萬象清，咸池真樂妙無根。知不足齋本作垠大音豈在九霄外，有意聽時却不聞。

堯民擊壤圖

百姓相忘堯帝春，耕田鑿井淡無情。只今正是何年月，日日月從東向生。

巢父洗耳圖

萬事喧喧雜響中，細參巢父意無窮。須還半掬溪邊水，方始教君耳不聾。

許由棄瓢圖

天下搖頭不肯爲，恰如瓢掛老松枝。許由不在箕山在，千古高風屬阿誰。

呂望垂釣圖

八十翁名賢集作老翁心尚孩，渭濱癡坐弄徘徊。當初若是逃名者，誰要文王上釣來。

夷齊西山圖

扣馬癡心諫不休，既拚一死百無憂。因何留得首陽在，只說商家不說周。

老子度關圖

紫氣東來壓萬山，老聃吐舌笑開顏。青牛車外天風闊，搖動當年函谷關。

紀昌貫蝨悟射圖

從來絶藝欲超倫，何止彎弓用意深。覷破微塵微極處，忽開大地見紅心。

鍾子期聽琴圖

一契高山流水心，形神空靜兩忘情。自非父母所生耳，聽見伯牙聲外聲。

伯牙絶弦圖

終不求人更賞音，只當仰面看山林。一雙閒手無聊賴，滿地斜陽是此心。

榮啓期三樂圖

生死悠悠付老天，啓期三樂亦超然。此身不得爲男子，空活人間九十年。

伯樂相馬圖

冀地群中不可留，如龍走地絶無儔。何勞伯樂一相顧，抹過西風數百州。

莊子夢蝶圖

素來夢覺兩俱空，開眼還如闔眼同。蝶是莊周周是蝶，百花無口罵春風。

輪扁諫讀書圖

輪扁釋椎開口諫，國君據坐展書開。古人糟粕終枯淡，誰醉天然滋味來。

卞和泣玉圖

大璞中函天地精，卞和抱出愈分明。一番刖足一番哭，哭殺世人無眼睛。

甯戚飯牛圖

斯人豈是飯牛者，浩歎空懷扣角悲。説到漫漫長夜處，南山白石也攢眉。

孺子濯纓圖

秋影澄澄湛碧波，濯纓人遠意如何。臨風歌罷飄然去，賣弄滄浪清處多。

葉公畫龍圖

神物難傳變化時，葉公眼外泄天機。一從親見真頭角，滿手風雲雷電飛。

孟嘗君度關圖

狐白裘邊事若難，孟嘗門下亦何顔。若無意智翻身去，半夜焉能度此關。

屈原九歌圖

楚人念念愛清湘，苦憶九歌頻斷腸。只道此中皆楚國，還於何處拜東皇。

屈原餐菊圖

誰念三閭久陸沉，飽霜猶自傲秋深。年年呑吐説不得，一見黄花一苦心。

范蠡扁舟圖

烏喙無情奈若何，功成只合理漁簑。躍身吴越興亡外，一舸江湖風月多。

毛遂脱穎圖

十九人中不數君，當機勇辯獨超群。若非末後脱穎出，多得英風潑名賢集作撥楚雲。

魯欹器圖

此心安分即逍遙，無欲何愁外境搖。纔有秋毫失中正，一杯水亦不能消。

列子竊鈇圖

宇宙茫茫盡坦途，莫將得失自相辜。胸中若有一些子，大地山河俱竊鈇。

秋胡子圖

郎原作即，據名賢集改歸猶未到家中，豔語勾春妾面紅。叵耐相逢不相識，梅花那肯戀東風。

西施捧心圖

蕩盡吴王醉後春，化爲顰笑豔精神。當胸一點痛得别，直是妖嬈惱殺人。

驪山老姥磨鐵杵欲作繡針圖

欲化龜蛇生聖胎，驪山微意孰能猜。純鋼一塊都磨盡，不信纖毫眼不開。

秦女吹簫圖

弄玉飄飄仙女姿，鳳凰低舞久相期。簫中應有别一曲，飛出青天影外吹。

湘靈鼓瑟圖

霧質烟姿雪月心，凌波無跡似多情。試聽誰在湘江上，彷彿秋風曲數聲。

毛女圖

六國傾城輦入秦，深花密柳鏁青春。神仙自有長生路，豈是阿房宫裏人。

徐福採藥圖

仙藥長生不易求，仙山可在海東頭。祖龍滅盡諸侯後，徐福却來贏一籌。

青門種瓜圖

百二山河勢莫當，咸陽誰付與高皇。盡嫌嬴政鮑魚臭，爭慕邵平瓜圃香。

漢高祖將韓信圖

先入關中得計多，彭城未是漢山河。不操擒縱英雄手，韓信何由肯倒戈。

張子房遇黄石公圖

三度橋邊伺老仙，始將兵法盡相傳。不知躡足此一計，還出書中第幾篇。

四皓圖

曄曄紫芝巖石限，避秦有地似蓬萊。可憐白髮坐不定，又被漢朝呼出來。

周亞夫細柳營圖

細柳營中作略殊，寧容直入驟先驅。不因一見入門訣，文帝何曾識亞夫。

李廣射石虎圖

怪石蹲身草芥中，錯疑猛虎噴腥風。何消重費將軍力，只在當頭一箭功。

董仲舒不窺園圖

西漢諸儒君最醇，無人見面意應深。三年盡力窺經史，一旦看花了古今。

蘇武牧羊假寐圖

十九年間墮渺茫，飢來齧雪齒生香。一心只夢飛歸國，雙眼何曾看見羊。

蘇李泣別圖

同爲武帝一時人，忠逆分違感慨深。早信子卿歸漢去，淚痕滴滴滴黄金。

司馬相如題柱圖

初上昇仙何慷慨，重來衣錦頗從容。男兒意氣當如此，透過禹門方是龍。

張騫乘槎圖

牛女宫中事若何，親身曾得上天河。逢人莫説支機石，漏洩蒼蒼意已多。

翟公交情圖

翟公冷語久逾新，漢世交情古亦今。不被死生貧賤轉，此時方始見人心。

朱買臣賣柴圖

年當五十始榮華，覆水難收重歎嗟。豈信後來春色別，滿柴擔上盡開花。

二疏東門祖帳圖

昔日賢哉二大夫，東門祖帳耀通衢。太平時節獨先去，闔國人知此意無。

嚴君平垂簾賣卜圖

多是垂簾自養神，僅能了日即安貧。不離忠孝談玄妙，豈是尋常賣卜人。

皇初平牧羊圖

兄弟參商四十春，金華山裏問斜曛。相逢不是牧羊客，白石巔頭冷笑君。

西王母蟠桃宴圖

玄圃筵開物外春，萬仙歡笑動精神。蟠桃種子今猶在，誰是三千年後人。

嚴子陵垂釣圖

新莽紛紛未有涯，桐江山水頗爲嘉。無心偶向一絲上，釣得清風滿漢家。

袁安卧雪圖

飛玉堆寒三丈過，杜門僵卧養天和。不愁屋外六花大，但覺胸中清氣多。

高鳳讀書漂麥圖

癖愛詩書苦未休，肯將俗事掛心頭。等閒痛快語言外，那見雨來和麥流。

張天師飛昇圖

玉局曾經拜老君，子孫今尚寶玄文。要知龍虎山前意，但看空中數片雲。

王粲覆棋圖

鵶鷺爭飛局局殊，便生國手亦難圖。未曾落子有一着，王粲還能覆得無。

先主三顧草廬圖

抱膝高吟梁父時，卧龍致雨未爲遲。若無三顧草廬意，剖出心肝賣與誰。

孔明出師表圖

一身英氣射光芒，北定中原事轉長。落得兩篇出師表，至今只是漢文章。

孔明成都八陣圖

孔明抱義恥偏安，不道中興事業難。賴有石頭知落處，任從人換八門看。

王祥卧冰圖

母病杯羹意未諧，解衣竟欲卧（名賢集作剖）冰開。有心直透清波下，安得無魚躍出來。

王衍舉阿堵物圖

口不言錢早不同，何須相試苦相攻。今朝叱去阿堵物，一室玲瓏分外空。

竹林七賢圖

清談何補晉江山，誰與中原了歲寒。惟有白雲三四片，飛來自向古琅玕。

王子猷看竹圖

秋沁徽之骨亦清，翠光如水漾空明。只圖一見此君面，誰更問人閒姓名。

王子猷訪戴圖

雪夜懷人泛剡溪，造門而返是還非。不曾相見猶相見，滿載清風獨自歸。

阮籍醉眠酒家圖

少婦當壚應怪人，陶陶一覺了殘更。無情不作如花想，夢見醉鄉生月明。

劉伶荷鍤圖

酒國韶光無際涯，大人境界絶朋儕。生來自有一方地，何待醉終纔始埋。

戴安道破琴圖

獨抱洋洋太古心，王門何苦欲相尋。狂來寧可破琴去，不許俗人聞此音。

畢卓甕間圖

醉玉頹來欲化仙，一窪和氣藹芳妍。終宵自向華胥去，吏部何曾甕下眠。

孫康映雪讀書圖

孫康苦志惜居諸，雪夜無燈興有餘。冷地白光生破屋，自然開眼見詩書。

張翰思蓴鱸圖

名爵雖榮心最苦，蓴鱸有味食無厭。後來京洛風塵暗，轉覺吳淞江水甜。

孫楚枕流漱石圖

孫楚匆匆誤答時，説來頗與事相違。枕流漱石翻爲妙，活弄胸中倒一機。

庾亮登南樓圖

老子情懷頗滑稽，登樓恰喜月明時。雖然於此興不淺，要且諸人知不知。

周處除三害圖

一朝周處奮英豪，三害皆除豈憚勞。若是不能降自己，縱屠龍虎不爲高。

王羲之蘭亭圖

猶記蘭亭三月三，流觴曲水暢清酣。分明一段永和意，好向羲之筆外參。

桓伊三弄圖

傾蓋相逢不問誰，知音那肯露心機。一聲吹破清秋影，驚散閑雲各自飛。

車武子聚螢讀書圖

武子耽書不暫忘，練囊終夜照凄涼。讀來讀去東方白，笑殺流螢數點光。

陸績懷橘遺母圖

獨薦霜丸意不安，誰供甘旨侍團圞。驀然憶着娘生面，萬樹黄金盡喜歡。

吴隱之飲貪泉圖

外物終難換肺腸，隱之清介頓生狂。便教飲盡貪泉水，只覺通身白雪香。

郝隆曬腹書圖

七夕庭中羅綺乾，鄰家應是鄙儒冠。文章滿腹無人識，鋪與青天白日看。

陶淵明三逕圖

老氣蒼寒松樹活，閒情幽淡菊花開。一條古路無人走，還且與人相往來。名賢集作誰

陶淵明對菊圖

彭澤歸來老歲華，東籬儘可了生涯。誰知秋意凋零後，最耐風霜有此花。

王孝伯痛飲讀離騷圖

名士天生磊落才，只耽痛飲罄樽罍。誰傳一味解酲法，歌斷離騷眼自開。

許真君飛昇圖

鐵柱遺蹤尚儼然，五陵後必出群仙。當時諶姆説甚麽，四十二人都上天。

孫登長嘯圖

碧眼空空照九州，阮公不是我同流。劃然長嘯誰聽得，獨有蘇門山點頭。

王烈餐石髓圖

五百年方開此山，寒光浮暖濕而乾。明明正是洪濛髓，只恐凡人不肯餐。

桃源圖

長城徭役苦咨嗟，澧水偷春隱歲華。有耳不聞秦漢事，眼前日日賞桃花。

爛柯圖

日出樵柴日落歸，幾年黑白夢紛飛。看來直待斧柯爛，始悟老仙棋外機。

延平躍劍圖

白晝平津湧似雷，盡驚靈物出塵埃。倒翻三尺揮空去，對舞雙龍破浪來。

陶弘景三層樓聽松風圖

弘景層樓掉太清，萬龍捲翠響泠泠。此心不出三界看，一片秋聲何處聽。

文選閣圖

太子奢華能幾年，盡將春夢付荒烟。錯聽古調一兩拍，空嗅斯文數百篇。

唐明皇遊月宮圖

玉仗飛行馭太空，須臾徑到廣寒宫。三郎胸次無高見，落眼蟾蜍光影中。

李靖天瓢圖

夢裏騎龍出八荒，掃空熱惱作清凉。不消數滴天瓢雨，浄洗娑婆透骨香。

王勃滕王閣記圖

王勃清才俊不禁，爛鋪艷錦賞知音。空餘高閣青雲裏，誰識落霞秋水心。

狄仁傑白雲親舍圖

駐馬回頭眺碧空，河陽在望去匆匆。吾親雖舍白雲下，豈出梁公一念中。

孟浩然歸隱圖

明主憐才若賜官，奔馳微禄負家山。狂吟搔首笑歸去，滿路秋光上醉顔。

李太白硯靴圖

斗酒未乾詩百篇，篇篇奇氣走雲烟。自從捧硯脱靴後，笑看唐家萬里天。

杜子美茅屋爲秋風所破歌圖

雨捲風掀地欲沈，浣花溪路似難尋。數間茅屋苦饒舌，説殺少陵憂國心。

杜子美騎驢圖

飯顆山前花正妍，飲愁爲醉弄吟顛。突然騎過草堂去，夢拜杜鵑聲外天。

子美孔明廟古柏行圖

諸葛甘棠歲月深，霜皮黛色鬱沉沉。尚垂清蔭蜀國裏，一樹風霜千載心。

韓昌黎祭鰐魚圖

朝奏空言暮遠途，藍關飛雪漬衣裾。豈期去國八千里，此意猶能化鰐魚。

柳子厚賦寒江釣雪圖

空玄影外渺孤舟，不與漁翁意思侔。萬頃風濤一天雪，且看誰解下金鈎。

盧仝煎茶圖

月團片片吐蒼烟，破帽籠頭手自煎。七椀不妨都喫了，恣開笑口駡群仙。

陸龜蒙茶竈筆牀圖

笠澤往來無定期，煮茶垂釣醉吟詩。一船清致終難畫，不是散人應不知。

公孫大娘舞劍圖

纖手生風攪晝寒，好花翻影艷清歡。試看不犯鋒鋩處，舞碎晴空雪一團。

張果老倒騎驢圖

云是堯時丙子生，狂踪怪跡恣幽情。拗驢面目不須看，一任騎來顛倒行。

張志和漁父圖

苕霅春深花滿溪，一鈎翻動碧琉璃。簑衣篛笠儘有意，不到斜風細雨知。

藍采和踏踏歌圖

踏踏歌中天地開，紅顔春樹莫相催。藍袍轉破轉奇特，別看仙人舞一回。

鍾呂傳道圖

鍾呂喃喃手指空，應談玄牝妙無窮。都來造化只半句，不在丹經文字中。

呂洞賓賣墨圖

鍊就玄玄一塊金，朝磨暮寫愈精神。先生此墨初無價，不識誰爲買墨人。

沈東老遇呂洞賓圖

東老忘懷相遇時，洞賓爛醉以爲期。聊題不涉毫端句，早被石榴皮得知。

巴山橘中圖

剖破渾淪一殼寬，二仙飛去已雲端。須知橘裏封疆別，莫作凡間勝負看。

中秋苦雨趙知微登天柱峰賞月圖

人愛中秋月色同，忽驚涼雨翳昏鐘。如何只隔一重膜，不見仙家天柱峰。

南柯蟻夢圖

忘了堂堂六尺身，鬼花生艷幻微春。絶憐蟻窟無分曉，迷盡古今多少人。

崔護覓水圖

哭斷東風轉有情，俄驚滿面笑容新。當時飲水今猶醉，别是桃花半點春。

倩女離魂圖

有心誰怕鐵爲牆，直透虛空未易量。若問合離真僞事，滿池緑水笑鴛鴦。

崔智韜虎妻圖

佳人睡覺失青山，惡毒心腸賣笑顔。認得皮毛一歸去，花枝無艷虎全斑。

玉川長鬚赤脚圖

慣立煎茶屋角頭，低眸頻候雪花浮。一奴一婢亦作怪，不爲先生破屋愁。

陳摶睡圖

五季干戈亂似麻，慵將醒眼閲年華。齁齁一覺華山裏，誰問春開幾度花。

逋仙探梅圖

雪壓咸平處士家，凍雲鎖暝苦相遮。欲知天上春消息，只覓南枝第一花。

蘇東坡前赤壁賦圖

泛舟赤壁痛銜杯，孟德英豪安在哉。何似江山風月妙，不從自己外邊來。

李伯時所畫太一真人蓮葉舟圖

太一真人妙出神，聊乘蓮葉下南冥。若人欲識空涼境，但誦薰風一卷經。

無名氏巡簷數修竹圖

四簷玉立碧重重，終日相看眼亦空。何啻數來千萬个，不知那个弄清風。　以上《所南詩集·一百二十圖詩集》

錦錢餘笑

或問錦錢者何義。曰：以錦爲錢者，雖美觀，實無用也。

有時業一笑，清於萬壑冰。有時吐一語，濁於三月春。所以天地間，不着如是人。任之波波走，永劫長沉淪。

昔有古先生，忒殺不唧溜。拈得一枝花，失却一張口。白晝叫不醒，徒爾打筋斗。若欲了此意，但飲一杯酒。

晚年闔閭國，僑寓陋巷屋。屋中無所有，事事不具足。終不借人口，伸舌覓飯喫。以此大恣縱，罵人笑吃吃。

山中一溪水，絶與衆水別。不解飲清風，只解醉明月。一片清泠意，活動流不徹。何勞濯纓人，再三苦饒舌。

我家南山南，日月最相愛。清光潑面來，只是無人買。我昔買淂之，翻手恣買賣。山北諸草木，也只得禮拜。

佯狂真佯狂，踏碎東風影。一任東風吹，花意亂不定。鬧鬧人叢中，人人喚不應。借問老先生，莫教是姓鄭。

頭戴爛紗巾，脚踏破鞋底。不知以何道，琮琤宇宙裏。或恐是達人，毋乃是癡子。我亦欲問之，面冷似鐵鬼。

我有一句子，朗朗最分明。問水水亦笑，問石石亦嗔。獨有老枯樹，聞之彌精神。從此開笑面，惱殺天下人。

崛强數十年，只弄一枝筆。筆是無根花，日月常結實。千千萬萬顆，顆顆如紅日。日日採將來，布施十方佛。

蒼蠅亦奇哉，腹内矢何物。黑者變爲白，白者變爲黑。不換人活眼，何以化流俗。我來閻浮提，却喜無此術。
一火陶鑄來，莫不皆完具。豈有一造化，而勞別父母。可憐生盲者，當面不辨主。此理甚無斁，唾汝化爲土。
不怕明日死，且喜今日活。拍響浪敲擊，飛謔訊挑撻。直送雙眼去，天外破毫末。盧都橫上唇，口門八寸闊。
三三即九九，數之何曾有。九九非三三，拈來不用參。滿頂髮鬔鬖，滿面骨巉巉。不知死日至，只是弄癡憨。
巉巉巖谷中，盡謂是白石。一見一摩挲，老眼滴寒碧。絶無一點香，蒼頂直堅立。當道横黄金，惜哉無人識。
叫笑舞荒唐，面上生雪霜。一味呵呵笑，赤腳走四方。明月忽見憎，憎我太枯清。我亦罵明月，罵月弄光明。
每愛入深山，最怕石路惡。剖樹斫木屐，堅欲護雙腳。即忙著將來，步步革落落。從教世上人，罵我錯錯錯。
二十餘年來，非不喜飲酒。近日青天癡，也逐世人走。罵詈古冰雪，讚歎新花柳。安得不獨行，鼻角插入口。
飄飄山中行，與雲同出没。飢來餐生石，入口細無骨。滿吻流甘香，不嚼而味出。幽禽獨賞音，數聲不可忽。
生來好苦吟，與天爭意氣。自謂李杜生，當趨下風避。而今吾老矣，無力收鼻涕。非惟不成文，抑且錯寫字。

昔者所讀書，皆已束高閣。只有自是經，今亦俱忘却。時乎歌一拍，不知是誰作。慎勿錯聽之，也且用不着。

突然出身來，撥却青天轉。擊破古洪濛，碎作七八片。片片生春風，散作花柳面。面面冷眼笑，何處不相見。

頑絕絕頑絕，以笑爲生業。剛道黑如炭，誰知白似雪。笑殺娑婆兒，盡逐光影滅。若無八角眼，豈識四方月。

叫賣没底有，有價不敢道。拾得一塊泥，勝如萬塊寶。如此至鶻突，直是不老草。逢人但點頭，好好好好好。

何待死方休，即今骨已朽。奇特動天地，也擲向背後。咄這臭矢囊，恣情開大口。幾翻說得風，驚落虛空走。

《所南詩集·錦錢餘笑》

全宋詩卷三六二五

鄭思肖二

題多景樓 時叛將劉整圍襄陽

英雄登眺處，一劍獨來遊。男子抱奇氣，中原入遠謀。江分淮浙土，天闊楚吳秋。試望斜陽外，誰寬西顧憂。

逢陳宜之 伯義

行李苦役役，相逢古潤州。千金一夜醉，四海十年遊。山靜鬼行月，宵涼人夢秋。近聞邊事急，畎畝得無憂。

送友人歸

年高雪滿簪，喚渡浙江潯。花落一杯酒，月明千里心。鳳凰身宇宙，麋鹿性山林。別後空回首，冥冥烟樹深。

越州飛翼樓

飛來絶頂上，流盼入無垠。國土東南闊，山川今古新。高樓臨白日，平地載青春。直欲蓬萊去，因風問大鈞。

書懷寄孟耐翁 正傳

弓冶學不就，悠悠信所之。坐看浮世夢，吟白少年髭。樹冷巢營鵲，山晴角解麋。覩兹歲又晚，而我獨何爲。

山中聞鶴

涼夜坐巖石，飛來白鶴鳴。星流銀彈過，月碾玉輪行。萬里思不極，一天秋更清。欣然有所得，長嘯度蓬瀛。

遊觀音山懷鄉僧貴月溪

天地一閒人，孤雲自在身。去來心不礙，語默意俱深。山疊千層樹，花連四望春。舊年同笑語，今日獨登臨。

重題多景樓 時逆賊劉整圍襄陽已六年

無力可爲用，登樓欲斷魂。望西憂逆賊，指北說中原。糧運供淮餉，軍行戍漢屯。何年遂所志，一統正乾坤。

送人之官

爛醉擁貂裘，揮鞭跨紫騮。客途寒色重，邊地月華愁。旌旆開前道，江山指別州。相逢俄作別，滄海一虚舟。

僧房夜坐

説到死生處，令人羨出家。法身終不壞，濁世自無涯。梵夾金銷字，經簾綵散花。擁爐待月上，溶雪煮春芽。

聽琴

洋洋盈耳間，一派水潺潺。意不隨聲盡，心應與物閑。宿雲穿竇出，飛鳥御風還。却喜無人識，支頤看遠山。

寄友人

御街暫分手，相憶兩相望。生意隨春動，新詩入夢香。九天饒雨露，一水貫蘇杭。地控衣冠會，聲名日日彰。

別故人

拍馬又登程，餘酣尚未醒。曙蟾消淡白，秋漢覆空青。江走游龍勢，山蟠睡虎形。飄零毋感歎，天地亦浮萍。

就泛省留別

歌聲送晚酒匆匆，頗快青霄志已通。燈火幾年成舊業，文章今日試新功。九天宮闕春城曉，萬國輪蹄輦路風。每念蒼生受辛苦，願爲霖雨白雲中。

夏駕湖晚步懷古吴王夏月車駕避暑之地

豈獨吴王事可憐，人生回首總淒然。空嗟落日猶如夢，不記東風幾換年。寳駕跡消前古地，菱歌聲斷晚涼船。如今城郭都遷變，茅屋荒頹草積烟。

睡覺有懷寄王梅塢垓

向年治亂屢興懷，此日清閑獨把杯。千古英雄人不見，一樓風雨夢初回。空中變化觀龍見，世上淒涼誤鳳來。須入山林了生死，莫將心迹付塵埃。

送人之行在

歌斷陽關奏暮笳，東風吹客向京華。三更舟度淞江月，一路春連上苑花。地逼星辰黄道近，山環宮殿紫雲斜。玆遊歸計須宜早，莫遣相思夢繞家。

飄零

飄零書劍十年吳，又見西風脱盡梧。萬頃秋生杯後興，數莖雪上鏡中鬚。晴天空闊浮雲盡，破屋荒涼俗夢無。惟有固窮心不改，左經右史足清娱。

懷歸

突兀高樓落照間，此身迥出俯人寰。客心不逐年華老，詩興何曾月夜閑。峽水流歸天際海，淮雲飛度浙中山。杜鵑啼後歸舟發，只有春愁滿載還。

南山老松

凌空獨立挺精神，節操森森骨不塵。半夜波濤驚鶴夢，幾番風雨護龍身。心貞寧受歲寒變，氣老常涵古意新。終見取爲梁棟去，紫烟空鎖碧磷砌。

即事

河朔杯多席莫逃，碧筩製酒飲兒曹。雨餘地潤南風爽，秋近宵涼北斗高。月下夢歸吳苑路，天涯心繞浙江皋。靈均仙後無人怨，誰肯明時賦續騷。

訪隱者

石竇雲封隱者家，一溪流水繞門斜。滿山落葉無行路，樹上寒猿剝蘚花。

春日登城

城頭啼鳥隔花鳴，城外遊人傍水行。遥認孤帆何處去，柳塘烟重不分明。

春詞

春氣暄妍御夾紗，玉釵雙裊綠雲斜。倚欄看遍庭前樹，盡是枝頭結子花。

懷友

今日樽前忽憶君，爲憐秋事又平分。坐來凝睇西風久，過盡天邊數片雲。

春日遊承天寺

野梅香軟雨新晴，來此閑聽笑語聲。不管少年人老去，春風歲歲闔閭城。

贈老王道人

曾宴瑤池王母家，瞳方鬢黑臉凝霞。休將甲子來相問，知見蟠桃幾度花。

書蘭亭帖後

千載流芳禊事餘，鼠鬚筆法重璠璵。晉人多喜清虚話，不及蘭亭一紙書。

湖上漫賦二首

蘚崖蒼潤雨初乾，石罅飛泉噴雪寒。啼斷禽聲山更静，青松影下倚欄干。

一望湖光鏡面平，暮鴉過盡斷霞輕。狂來飛上高峰頂，趺坐松柯叫月生。

仙興

跣足蓬頭烱碧瞳，劃然長嘯響天風。千巖萬壑無人迹，獨自飛行明月中。

詠懷三首

讀書陋巷中，愚直與時忤。一鶴仰天鳴，志不在塵土。有懷諸葛公，默然不發語。後世無斯人，清風激千古。

居屋雖不大，終日心閑閑。口誦聖人書，立身仁義間。俯仰無愧怍，玆道誠爲難。君子常進德，小人偷自安。

驅車欲出門，獨立眺虛曠。恣意杯酒間，舞劍心悲壯。雖在寂寞濱，心實千載上。天地固寥廓，亦當定所向。

吴江垂虹雨後觀荷

睡龍瞪目開，射光馮夷宫。翻身弄變化，噀水濕洪濛。浪花捲寒雪，斜噴清泠風。雨歇龍歸來，波心卧晴虹。淨洗秋色出，霽景涵青空。爍爍錦炫晝，新緑姤嬌紅。濕香吹不飛，戀抱花心中。醉面仰天笑，月照三吴東。

虎丘

何年海湧來，霹靂破地脈。裂透千仞深，嵌空削蒼壁。山潤石乳甘，秋冷鐵花碧。闔閭雲空愁，銀虎去無迹。蛟龍鎮奇險，拱護梵王宅。

寄蕭梅初二首皆吾

韞匵玉未售，妄想夜生夢。風霜鬢鬅鬙，談笑氣澒洞。上天宫闕高，凡身血肉重。顧影無其儔，一呼四壁動。抱玆忠義心，慚與猿鶴共。

雁聲杳然來，壯心愓然躍。委身坐枯靜，飛語訊冥漠。會學屠龍技，豈授龜手藥。學成無所用，舉世亦錯愕。孰云方寸微，天地入籠絡。春闊花無邊，雨驟雲不薄。不齊臯夔肩，當跨孤飛鶴。

觀　雪

吾獨愛觀雪，心與雪同色。清興匝空朗，或語或時默。李白有狂才，飛筆寫無極。驚倒天上人，世間曉不得。

古詩三首

筆田不豐年，百巧皆畫餅。宿火潛永耀，奚慕脱囊穎。汲古飲玄味，至妙終身領。虚懷抱空明，爽語吐清泠。不將白日身，浪走紅塵影。何當踏雲飛，始信驊騮猛。

醉歌京華春，行邁心搖搖。孤雲未致雨，隨風南北飄。王國天地極，斡運四海遥。城中百萬户，飛簷插紫霄。傾金買諛噱，仰面氣宇驕。不重讀書人，研苦坐寂寥。我欲封緑章，天門高岧嶢。豈抱浩然氣，長年而漁樵。

蒼蒼碧玉盤，烏兔東西趖。一氣母群兒，各弄性情妙。雷動蟄龍飛，天老哀猿弔。俯首問洪濛，萬古一長嘯。

秋　歌

涼風捲地吹秋來，秋之爲氣何清哉。紫簫露華浴萬宇，暑神欲駐難裴回。今年舍我去者二百二十有五日，今日之後誰使來日來相催。琥珀滿巵，發越清奇。萬物脆而易化，五官靈而多知。一世之間幾千萬人，一人之心幾千萬變，碎裂神氣紛云爲。液槁矣而告憊，氣翻然而相辭，適之變化，不知其誰。氣母一丸，空虚跳躍。金浮木沉，老怪消鑠。我之變化，亦不知誰。蒼蒼茫茫萬萬古，玄瞳烱欻夜不瞽。醉中喚秋與秋語，秋辭凄脆咽不吐。忽欲騎鯨汗漫遊，海藏飛出白玉鼓。

春歌

去年秋日作秋歌，今年春日奈春何。往春疊疊疊萬古，來春冥冥春更多。青皇旌旆開天衢，三八二十四頭蒼龍車。大開東方宮殿坐，八荒之內交相賀。紅紫茸茸爛如纈，回首柳花撲晴雪。造物弄人祇片時，弄死世人人不知。我心清泠湛無邊，流光澒洞先天先。前身本在未鑄日月前，黃面瞿曇，長耳老聃，乃吾無量劫後之孫。後身復現搦碎虛空後，當知所南先生爲無量劫前之祖。人生精魄假合舞幻妄，紛如氣丸趒塵土。偶然而來託爲形，飄然而去若無主。今日之今，霍霍詡詡。少焉矚之，已化爲古。胡爲墮影黃泗浦，獨坐翛然看春雨。山蒼蒼，水茫茫，百歲劫劫太極長。我來濯形白雲鄉，大笑世上生顛狂。醉筆作歌字不訛，宛然蒼蛟老蜃勢相拏。

琴女行 并引

有鄰家女，歲未笄，黠兮容。鄙舊習之污耳，慕古意於無窮。鼓幽寂兮，曠宇生風。孤思貞潔兮，月走碧落之方中。於是時兮，身若不清抄本作無肉，泠然飛仙。遺雜響於衆聽，抱孤清而獨妍。彼冰雪之潔兮，奚顧芬菲分春而爭憐。輒引而賦。

嫦娥開殿當高青，白光染夜生空明。望中泠泠瑩如水，碧透肉鏡雙瞳子。窄袖籠春玉筍嬌，援琴一鼓秋瀟瀟。瑤池女子旨趣別，紫清吹下太古雪。雙鬟翠膩綰香霧，臨風欲控青鸞羽。應悔思凡謫塵土，長向花前憶王母。

遇秋澗

靈襟吐洩山川秀，擒勒造化歸雙手。玄雲飛雨破青空，聳動萬象鬼神走。我昔先人遊荊州，曾同君醉江漢樓。手捉明月入口吞，足踏清風跨海遊。于今二十二年後，古吳國中相邂逅。先人雖負一代名，不似先生今白首。

雪中醉題

玄雪冥冥凝不飛，朔雪灑灑晴還落。水神恣意弄奇怪，宇宙一白陰風惡。南州客子心飄飖，狂發長歌破寂寥。醉中瀏亮金石聲，精神秀發意氣驕。故人睨目嗔我怪，撫掌大笑群兒駭。我家萬卷列中堂，古人顛怪皆曾載。須臾酒醒那得知，索紙落筆蛟龍飛。明曉火輪飛出海，來看壁上新題詩。

前雪歌

玄冥玄玄玄又玄，一夜一尺平階前。故現幻化瞞俗眼，忽變境界爲神仙。彌望潔淨失污穢，與世坦蕩忘欹偏。混沌有影晝短短，穹窿無縫雲懸懸。慢飄如倦欲止歇，斜灑似舞爭便嬛。萬物根蔕不可見，數筆圖畫安能傳。詩戰素手白相敵，酒潮赧臉紅不鮮。老龜縮殼息飲氣，卧龍哆口寒凝涎。木帝捨暖施下土，火精氣馭行中天。須臾被野盡錦繡，四望四野春無邊。

後雪歌

不知今日是何年，忽然生白照無邊。全體瑩淨妙無象，還我太極未分前。開口大笑説不得，一日一夜獨自顛。與君同此光明域，有辭難鑄玄中玄。醉吐大語吞六合，前古朽言無光鮮。浩然之氣開虚空，舉頭渺渺皆青天。

歲旦登萬佛閣觀雪

赤脚踏上萬佛頂，全身坐斷清淨境。見大光明遍法界，不見三千大千影。一時八面俱玲瓏，諸塵諸相本無蹤。色不是色空不空，瑩然塞破虚空中。怪見此番寒徹骨，無中弄得光芒出。驀地省得大年朝，即是正月初一日。以上《心史·咸淳集》

鄭思肖三

火德

火德續正統，東南氣運昌。雒京都赤帝，魯史筆天王。八極開清曉，群星避太陽。謳歌今有在，曆數永無疆。

德祐二年歲旦二首時逆虜未犯行在

力不勝於膽，逢人空涙垂。一心中國夢，萬古下泉詩。日近望猶見，天高問豈知。朝朝向南拜，願覩漢旌旗。

有懷長不釋，一語一酸辛。此地暫胡馬，終身只宋民。讀書成底事，報國是何人。恥見干戈裏，荒城梅又春。

我生

我生逢叔世，凡事倍辛勤。漢鼎亂猶在，胡笳愁不聞。好花嫌朔雪，回雁避南雲。無奈浩然氣，臨風歌古文。

春雪中作寄蕭梅初皆吾

春來頻下雪，彌望漲癡陰。無地可容足，有天能見心。峨冠甘虜笠，正語化蠻音。何日得隱去，深山深更深。

寫憤四首

天命尚屬漢，大夫空美新。三宮猶萬里，一念只孤臣。淚盡眼中血，心狂夢裏身。勿云今已矣，舉首即蒼旻。

未能歸趙璧，我不厭干戈。萬古青天在，三年白骨多。春風仍歲月，世界自山河。寧忍委國難，飛身入薜蘿。

北虜昔深入，東甌亦未曾。江山能幾戰，風雨廢諸陵。雲盡喜天出，宵殘願日升。蒼蒼今悔禍，讖應兩中興。

不信夜不曉，哀哀鎖暗顰。鐵城蹲敗土，自注：時虜人悉平所得州郡城郭。錦國漲腥塵。草泣荒宮雨，花羞哨地春。少焉開霽色，四望一時新。

贈僧

澹然無所著，暫走世間塵。羅漢來東土，將軍現後身。語香清淨法，心苦亂離春。曾得拈花意，縱橫變化新。

獨釣

高興一絲在，清風萬古長。不爲周呂望，願似漢嚴光。天下皆秋雨，山中自夕陽。後來有孺子，終久辨滄浪。

書前後臣子盟檄後

死亦烏可已，丹心闡大猷。恭承父母教，用剪國家仇。日破四洲夜，天開六幕秋。終當見行事，不與世同流。

墨蘭

鍾得至清氣，精神欲照人。抱香懷古意，戀國憶前身。空色微開曉，晴光淡弄春。凄涼如怨望，今日有遺民。

曉晴

雨晨輝朗霽，一碧湛無垠。草木新容淨，林巒遠意分。海生東出日，天散北飛雲。却喜風猶競，微涼透夏薰。

晚晴

落照開空霽，明霞映水鮮。乾文懸造化，土脈潤山川。白滿重圓月，青還不翳天。定鐘聲更徹，通昔喜無眠。

此心

此心期不變，曾灑血爲盟。舉世無人識，終年獨自行。海中擎日出，天外喚風生。淨盡去雲霧，重開白晝明。

即事八首

舉頭雲蒼莽，何以喻吾懷。白眼世無偶，青天路可階。湘蘭終戀楚，吴橘不踰淮。龍卧未雷雨，池塘空沸蛙。

棲遲破屋下，書史自徜徉。道不嫌清苦，人皆笑獨狂。晚花虧雨露，老樹慣風霜。莫望闔清抄本作闖門北，愁雲天外長。

一説乾坤事，無愁鬢亦斑。心飛空闊外，身墮亂離間。日落經何國，歸雲識故山。憑誰扣冥漠，大道幾時還。

徉狂全性命，守死混樵漁。道否懷才老，心高涉世疏。掌中籌地理，燈下論兵書。愧我非諸葛，何人顧草廬。

山川不可望，荒草苦何深。故國英雄淚，終身父母心。清池函瑩玉，落日墮圓金。休問愁多少，芳年雪上簪。

薰風吹不透，熱惱苦無涯。時異生深恨，雲飛動壯懷。醉談天下事，清坐月中階。此意有誰解，兒童自聽蛙。

大地盡戎馬，皇皇奚所之。此身猶夢裏，無處問天涯。鳥影驚飛彈，蟬聲避過旗。願言仍舊貫，生死太平時。

獨閉衡門坐，無言意極長。赤心懷趙日，綠鬢染吳霜。火正當陽地，風來自午方。連宵驗天象，心宿炳明堂。自注：心宿、明堂，古宋分野。

宿半塘寺

一襟清氣足，此夜豈人寰。醉影松杉下，吟身風露間。秋懸當殿月，雲宿近城山。明發騎鯨去，飄然不可攀。

對雨有懷

世道忽翻覆，愁來痛徹心。腥風行殺氣，淫雨哭秋陰。虜睨朝廷璽，官空帑藏金。妃嬪今草地，宮髻淚中簪。

次韻

冥迷江樹外，一鳥破雲還。雨雪乾坤變，干戈筆硯閑。命于時不偶，心與道相關。終見二三月，花邊展笑顔。

自挽 德祐乙亥臘作

堂堂男子不封侯，與命爲仇死未休。陷虜有歌春夢斷，哭天無地夜魂愁。九清風露極玄處，萬古虛空自在遊。痛恨莫能生報國，從今陰隲溥南州。

一旦

一旦蒙塵朔漠行，杜鵑哭破舊冤聲。金杯暫飲胡瓶酒，玉鉉誰調御鼎羹。故國夜長天正晦，離宮春盡草初生。小臣有誓曾銘骨，不到神州不太平。

偶成二首

劍氣熒熒夜屬天，忍觀禾黍廢蒼烟。夢中亦問朝廷事，詩後唯書德祐年。花柳有愁春正苦，江山無主月空圓。如今好棄毛錐子，望北長驅馬一鞭。

曾受家傳究典墳，自期不與俗人群。君臣位亂綱常在，父母恩深生死分。霽日行空鎔積雪，長風吹曉淨殘雲。坐令世上春光好，長使桃花笑臉醺。

答

語聲帶咽吐新詩，徹骨啣冤痛不知。報國心惟憂漢賊，讀書人肯學胡兒。劍攜入手霜三尺，鏡掛當胸月一規。終久難磨天理在，匪伊談笑定時危。

雁足

雁足冥冥未報歸，此心裂碎有誰知。一懷憤悶心啣苦，兩鬢鬔鬖髮倒垂。醉後愛歌諸葛表，生來恥讀李陵詩。喜吾筋力猶强健，願爲朝廷理亂絲。

次韻三首

百歲光陰十過三，故山路梗夢中還。看來身在終爲累，悟得心空始是閒。幾度踏雲歸草屋，有時卧雨掩松關。人間轉盼皆陳迹，何必長生久駐顔。

活計烟波羡謝三，醉眠釣艇去仍還。爲憐死者今何在，笑殺忙人不識閒。燭影欲殘登夜榻，鼓聲未絶啓晨關。匆匆役役塵中走，一見青山一動顔。

花前歡笑憶春三，何故東君尚未還。一寸心中千種事，百年世上幾時閒。虜遷玉帛猶歸市，馬犯金湯即棄關。生怕朔風吹下雪，飛來點鬢妬紅顔。

古　時

古時明月碧霄間，曾照鸞輿幸蜀還。御座乍空三殿遠，朝儀暫歇六更閑。馬屯腥霧彤墀壞，鶯哭寃春玉户關。苦是年年歸舊燕，繞簷偷語問龍顔。

補夢中所作

夢作一絶，覺而遺首兩句。君王二字夢中作中原二字，嫌其忘於本朝，改而足之。

鴻雁流離夢亦驚，滿懷淒怨足秋聲。此身不死胡兒手，留與君王取太平。

聞陷虜宫女所問

塵汙宫裝粉不香，死生魂夢只昭陽。一逢人自南來者，垂淚殷勤問二王。

題陶淵明集後

拂袖歸來未是遲，傳家何用五男兒。不堪生在義熙後，眼見朝廷被篡時。

秋雨

雲滿長空雨滿山，凄凄風色變新寒。夜來白帝將秋去，萬樹淋漓哭不乾。

逢故人

曉路雲埋撥未開，霜風空老楝梁材。平生不識悲秋事，今日白頭何處來。

秋成

秋成田里自人烟，刁斗聲中又一年。王莽貨泉成底事，東都仍用五銖錢。

北望

紫塞風高直北秋，黄河水自向東流。穆王御馬還宫日，海内封疆只屬周。

南望

南陽遥望見春陵，殘雪初消霽日升。鬱鬱葱葱有佳氣，漢家天子必中興。

匈奴

匈奴殘破漢封疆，江北江南盡戰場。若問生靈誰是主，如今天子又康王。自注：康王，本朝高宗皇帝。

絶句十首

羊裘獨釣浙江湄，百姓哀哀苦亂離。但得漢家鴻業在，莫愁光武奮身遲。
目斷秋江欲暮時，天邊落葉弄愁飛。翠華幸北平安信，只願新鴻帶得歸。
玉輦愁經草地腥，酸風頻捲馬頭塵。我朝三百年忠厚，不信山河屬别人。
閶門城外水涵空，雁影凄涼落照中。一望秋風數千里，不知何處是行宫。

草木恩深雨露餘，公卿環列漢庭居。一朝投閣千年笑，却是楊雄不讀書。

一葉飛秋萬樹寒，行吟憔悴倚欄干。淵明只憶晉朝事，滿眼黄花淚不乾。

銀漢斜傾玉漏殘，釵蟲熠熠照清寒。最憐今夜下弦月，一半娑婆樹不完。

騣笠氈靴搭護衣，金牌駿馬走如飛。十三門裏秋光冷，誰夢朝天喝道歸。自注：行在十三門。搭護，胡衣名。金牌，胡爵。

西風滿路奈愁何，昏鼓聲中厭北歌。菱藕市空燈火斷，一城秋怨月明多。

子夜神遊碧落間，群仙飛語下人寰。上天深念蒼生苦，特赦三宮聖駕還。

五忠詠

制置李公芾

公之忠義最烈，古未有之。所聞未及其詳，故未敢書。今虜亦祠祀之矣。

舉家自殺盡忠臣，面仰青天哭斷聲。聽得北人歌裏唱，潭州城是鐵州城。

丞相李公庭芝

公受刑後，書吏夏徵冒險白於虜酋阿朮，丐公之屍，斂棺葬於揚州堡城司空廟後，人皆危之。徵亦義士也。

大駕迢迢已北行，淮南猶守九州城。只謀渡海南歸國，不意忘軀博得名。

察使姜公才

公至死駡賊不絶口，且劇口駡夏貴。李公庭芝爲淮東制置，姜公爲制置府都撥發官。凡李公得堅守淮東死爲忠臣者，皆姜公之力也。

殺氣盤空白晝陰，始終不變似精金。直疑碧落三更月，來作將軍一片心。

都統王公安節

節使王堅之子，在常州與賊戰，所部三百軍皆陷。公雙刀孤戰，殺賊不計數。賊嘗擲示十萬户金牌與之，不受。口則罵，手則殺，以馬失利而死。虜賊咸稱其能死戰也。

健兒三百陷胡塵，匹馬孤騰勇過人。至死執刀唯罵賊，自言不作兩朝臣。

隨駕内嬪某氏

隨駕北狩内嬪某氏，虜酋屢欲犯之，以其吐語貞烈竟不可得。乃書於裙帶上曰：誓不辱國，誓不辱身。遂自經於虜館。死後爲虜人分臠其肉食之。

玉殿辭春陷馬塵，忍將羶穢汙貞身。能行男子難行事，羞殺朝中投閣人。

寄同庚友

淳祐初年同下生，已經三十七番春。此身雖墮胡塵裏，只是三朝天子臣。

即　事

旅瑣曾聽月下猿，至今觸事即愁端。北風昨夜無情甚，又作冬來一信寒。

小春花

天地無情正北風，飛鴻哀咽亂雲中。此時縱使開千樹，不及東皇一點紅。

對菊四首

天風吹古秋，獨立殿寒馥。我父昔愛之，終身不忘菊。
受命太極前，立身晚秋後。一朝揚清香，名動天下口。
日月雖云逝，山中秋自香。平生抱正色，誰怕夜來霜。

三逕今非昔，多愁老此身。誰知陶靖節，只是晉朝人。

陷虜歌

德祐乙亥十二月廿八日作，又名斷頭歌

德祐初年臘月二，逆臣叛我蘇城地。城外蕩蕩爲丘墟，積骸飄血彌田里。城中生靈氣如蟄，與賊爲徒廿六日。蚩蚩横目無所知，低面賣笑如相識。彼儒衣冠誰家子，靡然相從亦如此。不知平日讀何書，失節抱虎反矜喜。有粟可食不下咽，有頭可斷容我言。不忍我家與國同休三百十六年，閱歷凡幾世，忠孝已相傳。足大宋地，首大宋天。身大宋衣，口大宋田。今弃我三十五歲父母玉成之身，一旦爲氓受虜廛。我憶我父教我者，日夜滴血哭成顛。我有老母病老病，相依爲命生餘生。欲死不得爲孝子，欲生不得爲忠臣。痛哉擗胸叫大宋，青青在上寧無聞。自古帝王行仁政，唯有我朝天子聖。老天高眼不昏花，盍拯下土蒼生命。忍令此賊恣殺氣，顛倒上下亂綱紀。厥今帝怒行天刑，一怒天下淨如洗。要荒仍歸禹疆土，四海草木霑新雨。應容隱者入深密，歲收芋栗供母食。對人有口不肯開，面仰虚空雙眼白。

狂歌

一笑識破天地根，隨意變化易其名。俯御三十六天頂，主宰一氣生羣生。倏欻有怒行號令，億兆雷鼓轟天聲。敕噀龍口數滴水，淨洗世界泠然清。推出火帝照寰宇，萬萬萬世長光明。

以上《心史·大義集》

全宋詩卷三六二七

鄭思肖四

黄河清并序

近有南人自北歸，紀之於籍云：某日渡河，土人謂丁丑歲四月黄河清，戊寅歲十一月又清數旬。古語曰黄河清，聖人生。吾大宋人也，知大宋而已。然則中興有日矣，獨惜夫人之生於唐末年者，歷五代八姓五十五年，至國初僅七八十歲。首尾生死於唐宋之間，爲七代之民，何重不幸耶。爲馮道者比比皆是。我宋豐水有芑之仁，陶化斯世三百年。彼忍哉，彼忍哉，今黄河清矣，汝輩何所逃乎。吾謠之曰：黄河清，大宋中興，天下太平。故作《黄河清》。詩曰：

丁丑戊寅歲，黄河兩度清。但教大宋在，即是聖人生。亘古理不泯，中天日轉明。這番戡定後，世世永休兵。

自題大義集後

長夜漫漫發浩歌，生民塗炭果如何。中興車馬修攘在，變雅君臣廢缺多。赤幟開明新日月，青氈恢拓舊山河。誓崇忠義誅姦逆，田海雖遷志不磨。

郊行即事四首

一變太平業，民生若失巢。乏牛耕瘠土，多馬壞荒郊。花圃半栽菜，穀田今長茅。幡然欲深隱，遠與世相拋。

五年前事別，一說淚滂沱。帝業雖遷鼎，人心未倒戈。日光疑白晝，天影愧清波。背立官塘路，風前慷慨歌。

癡立若忘歸，欲言還又訥。時危恐懼多，國破繁華歇。黄葉辱吴山，緑蕪欺魏闕。兩峰流水聲，偷哭漢宫月。自注：吴山在行在大内鳳凰山側。

雲禁江城晝色陰，可憐寂寞讀書身。風霜虐命四五載，雨露潤民三百春。雁落愁聲唯送淚，馬馳怨迹豈成塵。如今不獨桐江上，新着羊裘又一人。

觀顔魯公帖

吾拜魯公帖，凛然氣如生。終身大唐臣，千載名崢嶸。愧彼今之人，獸心蠹天經。

苦懷六首

我行荒野間，風埃苦浩浩。嗟汝後生者，惟恐不見老。世事如霜木，顔色盡枯槁。愁來不即死，反爲命所惱。今人真小兒，語話尚癡倒。不辨親與仇，得食即爲好。焉知父母心，茹痛傷懷抱。難報三春暉，滿地皆芳草。

滔滔流波瀾，百川俱頽靡。競羨吕望貴，獨欠伯夷死。小恩尚思報，大義反忘恥。國家三百年，果何負於爾。

南山一何高，支脈遠不斷。巉巖峰巒間，松柏蒼翠滿。面陽地力盛，萬物發新暖。我欲飛至之，惜哉羽翮短。

昔爲天上雲，今作地下塵。跼足屢哭慟，痛惜六尺身。父母生我時，教我爲賢人。生得男兒骨，一死亦精神。疇謂迫中年，墮影濁水濱。跼躋走殘命，語颯氣不伸。固知復繼剝，霜雪天地仁。願得一脈暖，散爲天下春。援手水火間，以道拯斯民。俾知尊卑位，萬世不湮淪。

我命而爲人，形異禽獸生。所以異者何，不越綱常行。斯道如日光，千古同一明。胡爲舍白晝，擿埴塗冥盲。伯夷聖人遠，雙瞳空晶晶。悲風吹語斷，天闊青山横。

古人立志高，爲義不爲己。今人所見卑，獨爲貧賤恥。不義富貴生，寧以餓而死。遺體非不重，所懼悖於理。我稟清淑氣，生而秀爲士。讀書三十年，頗知六經旨。質之以人道，所言皆如此。奚乃滯風塵，爾汝弄歡喜。浙山高蒼蒼，浙水清瀰瀰。三歎動遐思，清風響兩耳。暫焉深隱去，長鑱訪園綺。敬俟時之清，終其天倫爾。

己卯十一月朔又夢食梅花夢中作

雁宇高高兔國斜，濕花飛露沁流霞。狂來清興不可遏，喫盡寒梅一樹花。

遣興二首

獨笑或獨哭，從人喚作顛。生惟嗜食菜，貧亦恥言錢。清興遊空外，孤愁抱日邊。所憂無别念，雁又犯南天。

傳家曾受易，所得亦良深。今古豈二道，死生惟一心。顛風掀曠野，癡雪厄寒林。不改隱居操，扃門自鼓琴。

送僧游西湖歸永嘉

大地瘡痍痛正新，南歸不避雪紛紛。柳邊人憶一湖錦，松下僧閑九里雲。熟路有緣家易到，空經無字世難聞。菖蒲澗水濯雙足，雁蕩山巔曝夕曛。

結交二首

鳳鴞同爲禽，麟虎同爲獸。以彼善惡殊，致令分去取。惡者僞以善，惑世不可究。唯在行事間，以理觀於久。或不近人情，避之如避臭。君子重結交，芳名垂宇宙。伐木義不古，僞敬溢顔面。交接無真情，面是背乃變。疏則易爲恩，密則將成怨。當學晏平仲，終始保相見。

隱居謡

布衣暖，菜羹香，詩書滋味長。

醉鄉十二首 并序

余偶得醉鄉題，忽興動，累十二章，不其泛乎。素不能以酒醉於醉鄉，乃以詩醉於醉語，是亦真醉於醉鄉矣。或曰君兩年來不作詩，今何爲而作耶。曰：予今不求人詩，亦不與人詩。人與詩亦不受，人求詩亦不與。不倡以先之，不和以從之。執是數者已確。或意惰累年不作，或興動一日數作，皆天吾天而已。或鄙之，亦不辭。

破得愁城了，仍還太古風。渾然無事國，不與世相通。地邁華胥外，天歸混沌中。蠢哉蠻觸氏，苦死角英雄。

狂藥蜕凡骨，疑來别一州。形骸閑若棄，風壤曠無憂。屢有聖人至，自注：徐邈曰，酒之清者曰聖人。難同惡客遊。自注：元結曰，不飲者爲惡客。所交惟陸謂，自注：唐子西有《陸謂傳》。落魄老菟裘。

盎然非世境，樂意渺無垠。暖骨通仙處，寒冬能幻春。眼空天亦小，心淨月逾新。昔者李太白，於兹竟瘗身。

太和國土裏，風味極清柔。意外竟忘世，胸中不夢秋。日蒸春氣湧，地漾水光流。此即神仙窟，何須更十洲。

獨到至樂處，于于自在行。身心全去礙，骨肉若通明。劫外冥天地，空中一死生。却觀凡世界，眇爾幻漚輕。

誰居此域作生涯，偏許劉伶畢卓家。屋影空空天渺漭，燭光閃閃地橫斜。春紅軟玉頽衣樹，秋碧流波漾纈花。接壤或通三島路，任他苦海事如麻。

萬里和風眼底回，陶陶樂土隔飛埃。暖浮花思春初透，紅漲霞紋潮正來。長駐童顏驅老去，不教玄鬢受愁催。舉頭閶闔手能摸，更欲乘風過九垓。

風物清妍地不塵，一天無盡四時春。此中正屬忘懷境，來者多應避世人。

紅潮初上玉船空，假道青州一水通。相去塵寰千萬里，不愁日夜不春風。

大哉春宇，漚厚凝聚。靡有沍寒，暖於吹煦。厥俗孔洽，恬無憎妬。高陽之徒，歷年熟路。惟楚屈平，欲來莫赴。我至是邦，妙莫能喻。至和滋形，神與天遇。載朗笑詠，金玉韶頀。至清之氣，嘘呵風露。喜若悟道，默契玄趣。陋彼市朝，喧隘弗寤。願我遐年，克壽厥寓。

天道何冥冥，委形闢空杳。曠劫土坦平，冲氣藹雲杪。不入禹封疆，拓地八荒表。空洞無邊涯，一切境界小。骨柔春香濃，目紺夜光瞭。洪荒上古前，命不爲愁剿。卑哉蒼生愚，役心顔貌愀。窗猴狂搖搖，野馬走擾擾。髓竭冲融膏，渴命竟枯夭。奚不來此邦，軟坐廓幽眇。刳刷膏肓俗，滌濯肺腑皎。騁駕無可遊，一生事足了。

窮冬驕寒凍地裂，北望朔方常下雪。五臺積古雪不消，鳥獸毛氄結凍血。江南昔有酒如澠，蔗漿麟脯相憑陵。朝廷有道四海清，既醉鳧鷖歌太平。九土夜市徹天明，樓紅陌紫喧簫笙。豪氣一飲一千鍾，喚得國裏春風生。千金少年百花眼，左右捧擁上天行。戰鼓聲多瓦欲飛，從此百姓無寧時。龍遭鱔舞鼠變虎，恣意反覆弄風雨。如今寂寞不救飽，髑髏眼睛生秋草。空欲拍弄百斛船，莫羨釀來曝背眠。何如我入壺中遊，喝雲開破天外天。翠錦幃幕車渠土，八面雪白淨無烟。水王雙闕瓊膏填，使得五行顛倒顛。坎離媾春中央宫，俯現摩醯王王仙。手執乾坤萬化柄，斟酌混沌殼中髓。嘸得半掬碧色雲，夙根無明百雜碎。萬緣俱空恬無爲，四股馥郁紅玻瓈。自然氤氲太和身，融融洩洩先天春。形化爲氣輕於霧，飛御慈盼福下土。金相朵朵鮮綠雲，花毿綵衢跨空住。八十一天開玉殿，天天互透長生路。憨湧醴泉雨甘露，孕牛産麟鰥蛟舞。九苞鳳凰對舞鳴，鈞天清戛雲璈音。敕取龍猛大士藥，自注：西土龍猛大士有藥，能點大山爲金，相傳今尚有龍猛金焉。盡點大地變黄金。嫦娥搦弄團圓雪，抛向下界懸作月。銀光倒潑白泠明，笑吻霏霧飄香冰。戲擲火丸煎海乾，珊瑚萬樹紅斑斑。抱出懶雨活龍帝，拔髯痒鼻激噴嚏。鼻氣環空掛白虹，垂腳東貫大荒東。八八翠衫蓬萊兒，舞撒寶花雙逶迤。千丈白眉老神翁，前導萬從開天倪。徑出盤古頂外行，劫風浩浩空掀轟。呵暖爲春吸爲冬，濁世甲子刹那中。數數老松化石了，鑱鏗小廝半刻夭。我之大醉八萬四千歲，小醉三千六百日，世上幾回漢與唐。苦於爭戰悲猘狘，萬國黔首行飯囊。鬼貌藍色心茫荒。狹步蹩躠羶埃裏，蜉蝣拜天祈壽長。氣濁謦欬不清響，啾啁碎聲群爭攘。生來不識快活國，紛華外勝奪心王。晝夜火燒菩提樹，背井索水喫且僵。哨地荒年苦命活，籧篨戚施瘡痍傷。貧者逼迫富者狂，一窪血氣六賊戕。眼望天上金銀落。壘瓊架屋鐵築牆。莫知仁義爲何物，冷笑詩書今不香。沉酗私欲反爲醒，嫌説青山白雲人。群昏鼾齁搖不覺，强語以道必生嗔。忽笑大笑休休休，回視若輩愁如仇。揮手長揖永相謝，千劫萬劫逍遥遊。

醉鄉箴 并序

君子之至是邦，庸以養恬。小人之至是邦，適以滋亂。此鄉坦夷，厥土惟清壤，九州之地弗及之，故其人物皆有士君子之行焉。彼之游泳道涯，入於無量之域，雖忘形骸禮而不亂。身其景福，樂之於内，居之久而安。或失其道，濆常經，鼓洩其孽氣，見之於外，卒莫寧處，非醉鄉本俗也。雖然，亦足以別君子小人歟。後之入國問禁者，其審於是。箴曰：

維人之生，所主者德。瞿瞿良士，藹然溫克。其天其游，養和於默。勿爲氣奪，遷其常則。爾敬爾身，天命難必。罔越乃行，終其永吉。

德祐六年歲旦歌 庚辰歲

天運無情歲事新，大寶虛位孤王春。晝出衙恤夜夢哭，皇皇五載臣無君。南望二王未駐蹕，北憶三宮猶蒙塵。祆祲蝕日地軸折，寃氣上騰霾蒼旻。百姓茹苦痛徹髓，大事未定焦如焚。我寧久處遯悶中，遽忍終死爲逆民。大哉父母之遺體，與生俱生仁義身。天錬精金鑄我心，上籀忠孝兩字文。痛憶我君我父母，眼中不識天下人。不變不變不不變，萬挫以死無二心。醉喝海嶽尚翻動，不信不滅犬羊群。或謂逝水不可復，叱我癡忠空愁顰。焉知漢絶十八載，光武乃興春陵兵。即此一語斷世事，仰面再拜淚如傾。

自注：西漢絶於平帝元始五年乙丑歲，至王莽五年壬午歲，光武於春陵起兵。乙丑至壬午恰十八年，至乙酉年光武始立國，改建武。乙丑至乙酉，相去二十一年，東漢始興。詳見《漢史》。今曰《德祐六年歲旦歌》乃祥興二年歲旦歌也。太歲則庚辰也。南國正統在天一涯，亦未嘗間斷焉。我陷虜雖六年，其實則德祐之民，故曰《德祐六年歲旦歌》。心愁欲絶，目掛空碧，滿腹不平氣何時遂於一吐。即杯酒光風霽月之下，相與歌吾《德祐六年歲旦歌》，吾之願足矣。或疑不不變三字，蓋痛切語殺之辭，非謂不能於不變也。

苦雨

霖霪厄晴光，胸臆堆倥傯。魍魎嘯陰風，砭中肌骨痛。物象各憂囚，坤輿一澒洞。死禁朝陽升，私竊陰權弄。我剖一寸心，灑血聲大慟。叫天開光明，晝夜永不霽。

勵志二首

炎正遭中微，冠履紛倒置。四壁皆楚歌，獯鬻何凶熾。萬命墮荆棘，身與豺狼值。攢眼刺荼毒，地無隙可避。君子餓欲死，爲時所唾詈。白晝行夢中，更相問憔悴。我蟄茅茨下，有生痛自愧。寒燈弔老影，惻惻不遑寐。憂抑併填膺，反覆論此事。嗣君尚幼沖，厲階誰所致。權奸弄破國，珠玉亂走地。曾謂頃刻間，一蹶失神器。風沙犯天顔，生死一葉寄。勢去若瓦解，哀告不可譬。太廟櫪胡馬，太學巢胡吏。殿閣奏秋涼，羣羣走魈魅。凄風吹宫花，春不肯明媚。哀笛破深愁，滿目新亭淚。我朝聖明君，一一皆善治。涵育三百年，豈無忠義士。我讀我父書，頗曾識大義。無以死恐我，死亦心不二。殘生齧膽檗，氣怒頻裂眥。或時坐如死，突眼噤相視。先王澤未泯，中興斷可冀。仰呼籲不平，挺身攄大志。四方皆風動，德化成漸被。春秋生殺權，華夷有定位。後有董狐筆，當嚴於載記。爰以明人倫，永使勿顛墜。大哉天地經，森然不可踰。聖人治天下，綱常安厥居。誰謂遭大變，干戈血模糊。天地忽破碎，虎狼穴吾廬。毒氣孽萬物，草木俱焦枯。我爲國之臣，於義當捐軀。受死不爲痛，國家終何如。念此迫我心，萬劍裂肌膚。骨腐尚銜冤，且爲國家圖。鬼神果有知，聞之亦欷歔。

春日偶成五絶

山塘遊舫接荒城，縱有笙歌耳不清。深憶國家無事日，人心和氣是春聲。

曉來怕上最高樓，春盡時光只似秋。草木荒寒生意澀，風腥雨膩一天愁。

郡縣荒蕪哭暮笳，憑高望不見天涯。如今揮淚灑枯木，南國春回生紫華。

天地腥羶社稷隳，萬邦赤子病流離。幾番曾共秋風語，説得虛空亦淚垂。

百萬胡兒犯大朝，奔南狩北恨迢迢。我非辦得中興事，一點英靈死不消。

寫憤二首

偶一夕，枕上苦吟不就。忽於夢中吟得五字云翻海洗青天，正屬對間，爲人唤覺，則天已大明矣。今足之于後。

自許志頗大，頻歌慷慨辭。攢眉無説處，仰面獨行時。豪傑心猶檗，生靈命若絲。當今欲平治，舍我則云誰。

開眼看不得，愁來只自顛。六年萬憂苦，四海一腥羶。歎命巧相值，觀時痛可憐。却慚深夜月，猶忍照胡天。

朝廷罹禍亂，民物苦顛連。晉帝渡江讖，唐皇幸蜀年。剖雲行白日，翻海洗青天。辦得大事了，胸中即泰然。

偶成

郡國殘民少，君王何日歸。不知秋後雁，猶得向南飛。

無題五首

屢問北來者，相傳盡不同。三宮在何許，萬姓墮愁中。春草活腥綠，雨花啼慘紅。人間至微物，今亦怨天公。

自古無茲難，我朝今遇之。小臣慚逆土，大事決成期。劫壞六龍死，天荒萬象悲。時哉弗可失，奮發莫遲疑。

一天悽愴事，此恨極難裁。骨縱已成土，心終不肯灰。毒蛇噓樹死，怨鳥哭春哀。處處山東老，懸情漢詔來。

愁海茫茫望不窮，黃茅（原作芽，據清抄本改）白葦渺陰風。鳳凰高遁層霄外，豺虎橫行大道中。九廟傾頽郊祀廢，四方禍亂國家空。于今建武重興漢，誰是雲臺第一功。

鞠躬盡瘁弔無君，滿耳冤聲不忍聞。醉去忘形猶蜕骨，怒來嚼齒欲穿齦。腥風涴曉春應怨，癡霧霾空路莫分。熒惑星明聖人出，頻頻中夜驗天文。

和文丞相六歌不次韻

我憶三宮幸朔方，天顔皴黑鬢髮黄。鬼風尖尖割肌肉，驚沙撲損龍衣裳。群黎命死北魔手，世界缺陷苦斷腸。小臣翅短飛未得，望破癡眼愁更長。嗚呼一歌兮哀以傷，白日無光天荒荒。

我憶二王血淚垂，一絲正統懸顛危。士卒零落若霜葉，陣前將軍今有誰。以舟爲國大洋裏，萬死一生終安歸。至痛無聲叫不響，皇天皇天知不知。嗚呼再歌兮歌孔悲，風雨驟至晝冥迷。

我憶我父在日時，叱我癡鈍無天姿。旦旦灌溉仁義澤，靈臺豁然開光輝。夙劫孤露命濁世，王事鞅掌生無期。一憶父母教我語，逃罪無地死亦遲。嗚呼三歌兮淚淋漓，君父不在倚賴誰。

我憶母氏兮聖善，勞苦家事手生繭。母後父死十五年，教我育我恩不淺。我雖貧拙志不屈，清氣稜稜秋瑩骨。至今一粟一縷絲，皆是父母流傳物。嗚呼四歌兮痛惻惻，皇天后土無終極。

我所思兮文丞相，英風凜凜照穹壤。失身匍匐草莽間，屢迫以死彌忠壯。虚空可變心不變，吐語鏗然金石響。想公骨朽化爲土，生樹開花亦南向。嗚呼五歌兮併悽愴，望公不見愁泱漭。

我生我生何不辰，血淚化作妖花春。平生意氣若風雲，何苦戚戚悲呻吟。狂來一呼天地動，萬物鼓盪俱精神。天上真火滅不得，灼爍大地生光明。嗚呼六歌兮歌聲清，海嶽瑩潔日月新。

久雨後郊外獨行

新秧遭水毁，歲事正關情。日没虎狼出，城荒荆棘生。清流不可污，古道竟誰行。闊步獨歸去，茅簷月自明。

追　獎并序

毛惜惜，高郵軍妓也。理宗朝榮全據高郵城叛，召惜惜佐酒。惜惜怒叱之曰，汝本趙官家健兒，何敢反耶，吾有死耳，不能爲反賊行酒。榮全以刃裂其口，立命臠之，罵至死不絶聲。嗟夫，今之男子挺挺讀書學爲君子者，反蕩然掃地矣。不知此婦人既失身汙賤，果何所學何所見，而臻於是。吾豪傑士也，崢嶸之氣不爲世變消鑠，此國家仁義涵養之所致，其敢負國家乎。聞此風者，頑夫廉，懦夫有立志，不待文王而興可也。扼腕時艱，追憶惜惜之事，今實不易得，故賦以美之。

誰謂匪人賤，猶懷事賊羞。挺身持大義，正語叱狂酋。名在春逾艷，骨香花不愁。有靈知國事，地下笑王侯。

詠懷二首

鳳爲百鳥王，孤飛無其友。覽德而來儀，千載不一有。云胡德之衰，囚身狎雞狗。我當愁來時，散髮狂叫走。歷歷訴此苦，太空亦肯首。

精衛雖至微，銜石尚填海。一點至烈心，千生萬生在。我誓銘于天，語大莫能載。萬萬雷霆誅，此盟亦不壞。劃然笑一聲，今古生光彩。

以上《心史·中興集》卷一

全宋詩卷三六二八

鄭思肖五

一礪 庚辰九月

愈久愈不變，一忱生死俱。獨行天與語，枯坐石爲徒。血污衣冠國，冤浮盜賊區。何當洗兵馬，終古統炎圖。

憶前輩二首

昔在先皇帝，自注：理宗。當陽四十年。文明照天下，俊傑立王前。一自胡兵入，俄驚漢鼎遷。致今人道亂，空谷遁遺賢。

治世衣冠盛，人才極典刑。開心呈日月，吐語走風霆。氣象近三代，文章出六經。今焉不可得，四顧一冥冥。

續洗兵馬

遭時不祥厄陽九，垢面蓬鬢喪家狗。四夷交侵小雅廢，率其子弟攻父母。封豕長蛇亘人域，天子下殿跣足走。凝碧池頭樂最愁，連昌宮裏花亦醜。三精霧塞黑曈曈，天破地裂一無有。誰執弓矢救日月，仰泣旻天大號吼。賢者不入勝母里，義士恥飲盜泉水。丈夫立身乃大事，一失此足死亦恥。當知孔明杲卿輩，巋然三代古君子。呂尚磻溪釣文王，乃是漢唐人才爾。到今大壞不可救，鴟梟破獍咀唇齒。高瞠雙眼視天下，黔首渾敦狀如鬼。龍堆大漠鳥獸夷，舌捲音響蠻侏離。不類人形舞百怪，錯亂天命災羣黎。

營州羯狗自注：祿山也。豬龍形，詎能篡有唐丕基。太子即位靈武日，天開萬仞磨崖碑。載定尊卑奠鰲極，一新正朔授人時。漸被日出月没處，梯航臣妾拜京師。黄旗紫蓋東南興，大火王氣浮晴春。勿欺一成一旅微，少康猶能作之君。班超已著王命論，陳嬰王陵毋生心。絳衣大冠大敵勇，今日豈無劉將軍。田野豪傑久延頸，一呼而動雲來奔。我當率之效馳驅，整頓乾坤明大倫。舊邦新命光前王，逆俗污染咸惟新。

二礪二首

愁裏高歌梁父吟，猶如金玉戛商音。十年勾踐亡吳計，七日包胥哭楚心。秋送新鴻哀破國，晝行饑虎齧空林。胸中有誓深於海，肯使神州竟陸沉。自注：夫差敗越二十一年，越滅吳十年，乃伍員語。

鈞天夢冷紫宸春，臣子啣哀社稷屯。一縷血忱開白日，兩篇心誓哭蒼旻。自注：謂前後臣子盟檄也。渡江祖逖願興晉，蹈海仲連羞帝秦。回首故都宮闕恨，滿山秋色正愁人。

題拙作後

我有詩一編，率皆懇切辭。但寫肺腑苦，不求言語奇。矢口吐憤氣，焉知詩非詩。脆語剪風露，叨叨兒女癡。昂然大丈夫，以身佩安危。何時把杯酒，大笑信雙眉。

三礪

一礪二礪至萬礪，盟執牛耳血爲誓。靈臺空瑩白於秋，徹底不生乖戾氣。眥裂齒碎志懇懇，貉之天性寧踰汶。我生一雙霹靂手，終碎此虜爲虀粉。天平地成風俗淳，一統永歌胡無人。

九日

眼見今朝菊又黄，雙扉漬淚唁淒涼。崢嶸歲月精神發，磅礴乾坤意氣狂。新雁來時芳草死，歸鴻盡處暮雲長。後年箭主當回蹕，始信山河再屬唐。

菊花歌

太極之髓日之精，生出天地秋風身。萬木搖落百草死，正色與秋爭光明。背時獨立抱寂寞，心香貞烈透寥廓。至死不變英氣多，舉頭南山高嵯峨。

餐菊花歌

道人四時花爲糧，骨生靈氣身吐香。聞到菊花大歡喜，拍手歌笑頻顛狂。憶昔我爲混沌王，洞見末劫壽不長。盡召群仙列殿下，敕宣餐菊長生方。我今化身遊下土，一嚼清涼徹肺腑。頓令心地豁然開，迸出明珠耀今古。普入變化妙如意，能爲一切主中主。塵塵刹刹黄金身，永救娑婆衆生苦。

愛竹歌并序　十月

吴中承天寺立雪軒修竹一林，極可愛，昔承平盛時每遊其間，屢詠絶句刻題竹上。世變之後，繫心大事，欲此清樂不可復得。近至西山，忽見竹林修翠，戀戀終日，實不能去，始知痼癖不可除也。遂歌之。

此君氣節極偉特，令人愛之捨不得。遍造山水有竹處，不問主人識不識。朝朝暮暮看不足，感得碧光透雙目。一旦心空忽歸去，挺身特立化爲玉。

四礪二首十月

壯懷寧久淹，藏六暫窮棩。道病人相食，時危筆不銛。哭哀愁裏命，笑粲醉中髯。清怪每如是，從教俗士嫌。

説殺説不醒，世人良可嘆。欣欣從北俗，往往棄南冠。毒露沾膚爛，尖風破骨寒。願身化作劍，飛去斬樓蘭。

五　礪

宋鼎終難問，元酋莫死爭。九州俱是淚，一刻不容生。舌在身當貴，心真願必成。但思湖海上，誰可與斯盟。

六礪三首 郊外獨遊草

一聽茶歌淚即流，自注：《採茶歌》，胡曲也。更兼風葉響飀飀。不堪滿地餘殘照，併與新寒合自注：音閤。作愁。

又是江空歲晚時，痛思國事獨行遲。青山無語青天遠，吐出丹心把向誰。

操得南音類楚囚，早期戮力復神州。須知鐵鑄忠臣骨，縱作微塵亦不休。

弔揚州瓊花 并序

揚州瓊花，天下惟一，本后土夫人司之。花之盛衰，淮境豐歉係焉。南渡前經兵火，此花亦死。今遭大故，丙子歲維揚陷，丁丑歲此花又死，孰謂草木無知乎。上天福正統、厭夷狄，於兹見矣。

南土新飛劫火灰，瓊仙戀國暗驚猜。定應攝向天宮種，不忍陷於胡地開。花死青春禽鳥哭，城埋黑氣鬼神哀。一朝枯枿變高樹，傳得歡聲沸似雷。

七　礪

天生忠義性，習俗豈能移。道在國常在，我知人不知。眼懸堯曆象，心醉漢官儀。自注：堯漢俱火德。前日喃喃者，今誰語及斯。

八礪三首

黄道霾陰晝蝕光，野浮冤氣白冥茫。世無聖主天應哭，時有忠臣國不亡。萬刃攢身終莫變，一誠銘骨豈能忘。休嫌重復叨叨說，未奏膚公正斷腸。

生得貞心鐵石堅，肯將識見與時遷。淚如江水流成海，恨似山峰插入天。慷慨歌聲聞屋外，婆娑劍影落燈前。篇篇字字皆盟誓，莫作空言只浪傳。

憤氣填膺奈若何，千生萬死不消磨。夷齊道喪綱常壞，湯武兵興叛逆多。天外遊心窮碧落，風前注目寄蒼波。此時此意那容説，環顧斜陽一浩歌。自注：謂人臣篡國自湯武始之，今胡人則犬羊耳。

梅花

寒結凝陰慘物華，莫將憔悴聽胡笳。明年無限風花在，奪得春回是此花。

九礪

忍死以待旦，蹉跎歲又殘。墮身囚陷阱，盡命哭衣冠。月死虚空黑，春枯草木寒。牀頭雄劍在，白氣夜盤盤。

辛巳歲立春作正月

大辱痛於死，含哀弔歲華。叫雲聲草檄，戀闕夢宣麻。地走人形獸，春開鬼面花。年年北去婦，馬上哭琵琶。

覽鏡

朝來一覽鏡，抱負頗崢嶸。貌古烟霞氣，詩新金玉聲。郊坰常哭鬼，風雨自鷄鳴。所喜不靴笠，巍冠敝屣行。

獨遊五月

吾非好獨遊，無與吾同者。不行衆所行，所以驚天下。逆哉一世人，昔辯而今啞。吻涎流腥羶，變尾面不赭。若曰汝爲人，寧不識取捨。止止勿多言，清風生四野。

十　礪

屏氣處逆阱，衡慮畫奇謀。指日誓血語，高空開青愁。決志揭大法，一洗天地羞。永使臣子輩，恥列僞逆儔。美俗薰古德，至治昭皇猷。一統萬萬世，海宇咸蒙休。

同

一刻積一日，因循忽七年。自注：自乙亥陷虜，至辛巳已七年。孰云天道邇，不鑒下民冤。海陸頻征戰，城池盡變遷。吾君幸何地，數禱紫微垣。

十一礪四首

錢塘帝王都，宮闕高崔嵬。盛治藹無外，鼓舞如春臺。咸淳聖人去，山崩龍虎摧。彈指變晦冥，鐵圍生劫灰。丈夫吐一語，霍落飛風雷。直排四海水，併走天外來。手濯天地穀，永劫絶纖埃。喚醒群盲兒，歡喜雙眼開。

我本漁樵徒，山水足嘉遁。昔也爲鳳凰，今焉乃駑鈍。反思生爲人，虛食國家飯。詎甘死賊手，拑口違公論。孤忠破衆逆，彌久氣彌健。決當乘良機，爲國行天憲。勇往直無前，一舉四海勸。談笑解倒懸，盡釋下民怨。生或不就緒，死當償夙願。罔使竟食言，劫劫抱長恨。

姬發誓孟津，集者八百國。當時盡棄商，喜受鉅橋粟。獨有首陽山，不生周草木。至今插天高，與商無終極。

素持不殺戒，一視齊冤親。今遭此大惡，不報無天倫。況聞曾子語，不取姑息仁。實爲不得已，挺身事經綸。苟能悟昨非，赦汝改而新。負固變詐者，我恕佛亦嗔。直期後世後，弗忍爲逆臣。惟願吾與汝，同歸天德淳。

十二礪

攀斷龍髯哭不回，鼎湖仙去下民災。一身肉痛愁銷骨，兩臉顔枯瘦入腮。誓以匹夫紓國難，艱於亂世取人才。屢曾算至難謀處，裂破肺肝天地哀。

題明皇按樂圖

誰□清抄本作準鑾輿向蜀行，梨園弟子歇新聲。及知凝碧池頭事，難得樂工雷海清。自注：《唐史》：凝碧池上樂工雷海清向西慟哭，爲祿山所殺。

憶夢哭歌

五月二十一日夜夢遊西湖上，舊遊宛然。行至戎馬蹂踐之地，憶今天子不在咸陽宮，大哭隕絶而覺。遂作此歌。

金輪王天中天壽，赤龍夜哭玄蛇吼。仙人不忍辭漢去，青山照水生愁醜。雖貧亦有買醉資，甘美不入孤臣口。死後骨消恨不消，歲歲暗逐春風上新柳。

元賊謀取日本二絶

涉險應難得命還，倭中風土素蠻頑。縱饒航海數百萬，不直龍王一怒間。

海外東夷數萬程，無仇於韃亦生嗔。此番去者皆銜怨，試看他時秦滅秦。

十三礪十首

我有一卷書，自注：即二盟也。仗之以爲命。所言非奇辭，教人歸於正。昭昭靈臺間，生死明於鏡。願爲大醫王，普治衆生病。

窮陰有巨蛇，蜿蜒數千里。磨牙雨毒霧，聞其氣者死。我心不回邪，縱毒徒爲爾。終將飛劍去，一擊化爲水。

哀哉大數乖，妖魔塡虚空。劫雨壞世界，欲與大海通。群愚捫空走，奪命鬼手中。陰極集萬惱，願天生暖風。

蒼蒼南山松，特立孤峰巔。身此至正氣，性於太初前。流泉近靈物，鬼飲之亦仙。况抱長生寳，永廕娑婆天。

大哉萬物母，清淨光蕤蕤。獨尊而爲帝，天地亦其子。我見我之身，彈指魔王死。歡喜獨自笑，清風萬萬里。

北荒騰黑陰，飛妖蝕漢日。閶闔九重門，老胡騎馬入。萬世熙明殿，自注：度宗朝殿名。一朝韃靼窟。自注：韃靼，即今賊也。江南荒野間，月黑鬼兵出。

嗟汝兒女曹，至蠢亦孔醜。面笑心摇摇，欲進乃却走。憨癡弄盲語，捧酒祝鬼壽。傷哉復傷哉，醒眼頻搔首。

偶背文明時，萬事暗蒼莽。詔汝一世人，父亡子焉往。良心油然生，千載垂清響。與道同周流，光明塞穹壤。

王道一陵夷，風俗愈卑隘。至於讀書者，見利直下拜。一或持高論，聚笑議爲怪。誰其振木鐸，與世開聾聵。

夙生抱一誠，天亦莫能破。云胡白晝中，開眼而死坐。猛然風雨生，一叱萬邪挫。卒使世上人，子孫未相賀。

題蕭梅初舊所藏錢塘王畿圖二首 六月

陰山腥馬蹂京塵，鎖殺宮花不識春。哭問錢塘江上月，如今誰是去邠人。

撫膺啗國問蒼蒼，郭喈聲中喜氣昌。倫報故都忠義士，趙家天下又南陽。

十四礪二首

法駕遙巡六載餘，農桑烟火頓蕭疏。深山大澤精靈哭，赤縣神州鳥獸居。天下黄金歸朔漠，南中白骨蔽郊墟。漳泉數郡屢反正，贓有忠臣野史書。

六合漫空一網羅，驅傜椎剝極煩苛。星辰錯亂曆無凖，天地陰寒氣不和。漢室公卿周勃少，河梁朋友李陵多。蹴然發歎悲風過，渺渺吴淞捲白波。

十五礪二首

國家今板蕩，舊物一微絲。至苦説不得，長懷病似癡。人心危陷阱，天理過蓍龜。賴有二盟在，寧無吐氣時。

王畿三輔地，誰信捲風沙。南貨北填市，北人南住家。亂招城聚虎，毒入土生蛇。説着未來事，戰爭寧有涯。自注：城中今有六七虎，或東或西，一暮即出，頗有見之者。

十六礪

雙眼荒荒不寐時，冥搜俊傑慕夷齊。讖符鐵券虜當滅，夢出玉清天亦低。城裏月明聞虎過，人間夜久望雞啼。深憐舉國巔崖底，誰搆懸空萬丈梯。自注：先朝常於蜀中掘得武侯鐵券，有胡滅漢，留一半，漢滅胡，一人無。及依舊朝錢塘之語。當應今日之事。

六月大雨後作

推上滄溟犯玉京，業龍鼓怒恣縱横。青天忽破鬼神走，黑雨驟來山嶽傾。混沌重新開覆載，虚空頓覺發光明。如今清淨渾無礙，一日南風萬物榮。

二唁詩《穀梁》曰：弔失國曰唁。并序　七月

丞相陳公宜中

德祐一年二月，平章賈似道出師敗績。丞相陳公宜中當國，又以京庠上書議之，抗疏而遁。太皇屢降詔趣入，至九月始歸朝。德祐二年正月，賊逼行在，陳公力請，三宮不肯遷駕，遂與張侯世傑、劉侯師勇奉二王迤邐南奔南海。公嘗夢二日相鬬，其一墮地不見，其一墮入袖中，喜得奇兆，數數以耐字死諭諸文武百揆。後勢不能統制張侯，又疑恐左右所賣，托失風奔占城。俄而占城亦降於韃，占城遣百二十人兵卒服事之。寓監絆意，又遁而奔闍婆國。嘗遣使賫香一器遺張侯，糾清抄本作約以挾外國兵來合。公未至，張侯已敗，棄崖山，莫知所之。先是景炎二年丁丑歲，公以泉州糖甏貯空名省札數千道，遣戴恩僞作糖商敗糖來吳，密諭使臣呂大升遍誘浙西數州平日有戀國之心者，皆旋填名補官。呂大升用心布置有法，遠近皆孚，期以戊寅歲正月二十四、二十五掩其不備，一舉得吳。有姚其姓者，以謀軍器于其主高氏，高乃告于賊酋拜都。至正月二十四，果有領兵來者，以賊有備，俱陷賊手。自正月二十三早，闔城閉門，汲爨俱絶。一聞人聲，賊即擒而殺之。又議舉屠城，幸而免。越七日，至二月初一午後始許開門。予家寓于吳，身親此苦。後呂大升等俱受極刑。公令呂大升與諸郡響應乃夾攻之，亦爲良策。彼高其姓者，身本南人，反以告賊陷誤大事，生靈受禍不已。高之彌天惡逆，可勝誅哉。且聞公至海南諸國，有讓王位與之者，公亦不受。公始五十二歲，事業豈止於此。或傳在真臘之間併集外國兵來。微臣昂首望東望南，一旦從天而下，盡復藝祖、高宗境土，寧不快哉。

相國生東甌，應讖海壇沙。自注：古讖云，海壇沙漲，溫州出相。近年海壇沙始漲，陳公果拜相。早觀上國光，辟雍飛聲華。叫雲罵姦權，自注：上書言姦相丁大全，被竄。遠竄走天涯。十年登要津，文彩絢晴霞。中台勢將圻，自注：平章賈似道出師敗績。大拜宣黃麻。國步正孔棘，盲塗相牽拏。鬼盜殺機弄，平陸鬨清抄本作鬭龍蛇。黔首心不正，居然中陰邪。蛛絲網黃屋，六宮妃嬪髽。公奉二王奔，脱命毫髮差。瀝膽酹上帝，哭斷口大呀。南

邦血糊地，春深草不芽。鬼氣射死樹，腥妖幻毒花。萬痛集如蠆，百怪鳴如蛙。蝕盡朱垠天，國寄海上槎。始知上色玉，潔白渾無瑕。垢衣懸相印，獨御指南車。沍寒涷不死，微微命一窪。刀圭返魂丹，陽和匝邇遐。生擒左賢王，刳腹鹽爲豝。却視舊朝士，一一誰忠嘉。萬古虚空中，一僞不可加。徯我王師來，動地騰喧譁。雷霆破惡逆，四海仍一家。

少保張公世傑

陳丞相遵海而南，懼爲人挾以授賊，先托失風奔占城。少保張公世傑擁廣王即位于海外，改祥興一年，己卯歲也。正月，賊酋烏馬兒兵犯崖山，我軍與之轉戰兩旬。至二月初六，我軍不幸而敗，所餘五百餘巨艘，賊軍四向圍布，期必得祥興皇帝，賴張公不肯叛，勢在必死。忽天上黑氣化爲龍見，蜿蜒于空中，賊軍爭覩爲大異。張侯奉祥興皇帝俄乘機死戰出賊重圍矣。所存惟十九隻巨艘。賊望洋追之數日，竟不得。先賊酋張九萬户自注：本亦公之姪。數數密説之叛。公泣而言曰：我嗣君置之何地耶，三軍亦不肯，我惟有死耳。數與賊戰，雖伶仃海島而氣實不餒，非獨忠臣亦爲良將。累遷上秩，此不詳知，故不書，獨聞曾除少保。其裨將周文英降賊，謂公已死，乃僞説邀功，實未死也。公始來勤王，國人俱疑之，誠誤矣。陳丞相、張少保伶仃大海中，人豈不能脅取以授賊。二公忠烈動天地，有德感人心，所以無萌是念者，今俱莫定其所在。昔太平盛時，不得拜二公於馬前一識雲臺之像，深以爲惜。但人心未改，天命豈終窮耶。予日俟之，予日俟之。

將軍本北人，歸順年已久。擢身將校中，腰綰中國綬。身潤白玉潔，面獰黑鐵醜。剛勇有武威，功出衆人右。一朝天柱折，當晝豐其蔀。陰陽反鐵炭，栝棬賊杞柳。公卿文章士，盡醉馬乳酒。未聞天地間，生死反噬狗。幸有張將軍，強哉氣赳赳。生死不攜異，寧受奸宄狃。平生鐵石腸，明白照九有。熒熒赤伏符，百拜懸右肘。謀畫入微茫，僵目拇撐口。死戰拓山開，高擎日月走。剖心餧龍雛，淋漓血雙手。聖火壽綿綿，凡水焉能洩。瞬目出死關，命在事非偶。張巡埋骨地，頑石變瓊玖。白光射天門，璀璨奪星斗。英氣磨不壞，生公踵其後。播蕩大海外，若子死戀母。屈指我世祖，建武又乙酉。自注：光武乙酉歲中興，爲建武二年。今歲辛巳，去乙酉歲只四年。惡獸腦百裂，始識獅子吼。天風吹新雨，濁劫淨無垢。

辛巳夏七月

辛巳夏七月，初五日正午。太白燦然見，太陰亦俱覩。索曆驗其次，太白躔在午。兵爭周分野，大下氣當吐。敬以詩識之，儲爲史官補。

避暑入古寺

避暑入古寺，暫爾遣騷屑。心靜涼於秋，倏然適清悅。彼哉誰氏子，對弈氣爭傑。惜其二低手，彼此蔑奇着。旁觀發冷笑，連呼錯錯錯。救之不可及，流視入寥廓。

十七礪

我有真黄金，只作土價賣。陪笑遍示人，竟無一人買。日暮哭歸來，反爲衆所怪。安得明眼人，與之語痛快。

昭君歎

漢朝遠人來入使，當時公卿短奇計。紫清殿内一朵花，狂風妬春吹落地。命墮窮陰鬼爲侶，回首玉皇紫清裏。舊愁新愁東海深，黄鸝舌破傷春事。江南絶色天下誇，元賊盡虜歸胡沙。或以嫁之響僞爵，于飛馬背行天涯。年深樂與生子女，情熱比翼忘咨嗟。果知禮義不忍去，亦有一死魂還家。德祐百官人稷契，腹飽理學縱横説。尚棄君父從背叛，乃教妻妾學貞烈。男兒或老不曉事，女子正少欲守節。天生至性教不得，時危罕見人中傑。能盡婦道能誨兒，王陵之母王凝妻。世間婦人誰及之，空恨昭君上馬時。顔色日老單于死，萬里魂歸身不歸。廣寒嫦娥今塵土，應見青冢雙淚垂。

十八礪

挺挺大丈夫，爲世一準則。如何出處間，終始不明白。四皓本周人，多爲漢一出。不終爲周臣，身與道相失。僅安漢社稷，暗墮張良術。惟我則不然，一身無二適。縱別生聖人，亦當死深密。我出興我朝，舊都建皇極。今力未能之，晝夜禱空碧。宣王車馬來，一見死亦足。

哀劉將軍并序 八月

德祐一年十月，虜復攻常州時，步帥劉公師勇守之。常州素無城壁，外濠如市河，僅恃排柒木一重而已。先屢與之戰，皆勝。至十一月，元虜大勢合圍月餘，其回回砲甚猛於常砲，用之打入城，寺觀樓閣盡爲之碎。廿一、廿二間直攻西門，敵之不去。四門殺入，一城盡死。劉侯倉卒間衣胡衣，笠胡笠，同十餘人騎馬，以通事者紿賊盜，走至平江僅餘四五騎。徑朝行在隨二王南奔，死于南中。韃賊因常州難攻，深疑平江有備。及得之，曰：平江鐵城紙人，常州紙城鐵人。以此可見劉侯勞苦矣。浙右之人，至今皆口稱劉侯之事。痛其不壽，不得盡其所長，惜哉。故作詩哀之。

萬重圍裏脱兵氛，匹馬勤王志不分。既抱忠貞仇敵國，莫於成敗議將軍。身前名照江南月，地下心銜塞北雲。爲痛英雄併消没，託詩爲史筆傳聞。

江南絲

江南絲盡入機房，欲此虚空彼富强。鞭撻别工皆學織，程量計日定成章。驚心蟠鳳愁應死，淚手攀花痛不香。貧者只宜巖谷隱，草紉槲葉當衣裳。

十九礪

暫爾下生來，落身命塵網。高明氣常清，貧賤語亦響。雙足風雲行，一心山水想。何時了國事，方外適幽賞。

大宋地理圖歌

混沌破後復混沌，知是幾番開太極。四方地偏氣不正，中天地中立中國。神禹導海順水性，太章步地窮足力。悖理湯武暫救時，謀篡莽操大生逆。離而復合合復離，卒莫始終定於一。粵自炎帝逮唐堯，兩漢大宋傳火德。我朝聖人仁如天，歷年三百猶一日。形氣俱和禮樂修，誰料平地生荆棘。風輪舞破須彌山，黑雹亂下千鈞石。銅蟒萬舌咀梵雲，玉帝下走南斗泣。中有一寶壞不得，放光動地神莫測。云是劫劫王中王，敕令一下罔不伏。燕南垂，趙北際，忽必烈正巢其地。一聲霹靂吹雲飛，真火長生世永世。山山深，水水清，縱橫十方變化身。恒河沙數天壞殼，獨我志氣常如新。

元韃攻日本敗北歌并序

日本即古倭也，地在海東。先朝嘗入貢，許通商旅。彼近知大宋失國，舉國茹素。元賊聞其富庶，怒倭主不來臣，竭此土民力，辦舟艦往攻焉，欲空其國所有而歸。辛巳六月半，元賊由四明下海，大船七千隻。至七月半，抵倭口白骨山，築土城駐兵對壘。晦日，大風雨作，雹大如拳，船爲大浪掀播沉壞。韃軍半没於海，船僅回四百餘隻，二十萬人在白骨山上無船渡歸，爲倭人盡剿。山上素無人居，唯多巨蛇。相傳唐東征，軍士咸隕命此山，故曰白骨山，又曰枯髏山。元賊又一道自高麗往攻倭，敗尤甚，虜酋敗歸，幾遭虜主所殺，並罰賠金銀鈔物。咸窘且怒。虜主又謀復舉攻之。躭羅國方八百里，航倭甚近。韃已奪據其國，運糧調兵于彼，爲餉衆窺倭之地。倭有五十六州，倭兵悉聚太宰府，倭圖載甚詳。倭人狠不懼死，十人遇百人亦戰，不勝俱死。不戰死，歸亦爲倭主所殺。倭婦甚烈不可犯，幼歲取犀角刓小珠種額上，善水不溺。倭刀極利，地高險難入，可爲戰守計。且今漳州陳弔眼據漳已久，地通諸山洞。山寨八十餘所，據險相維，内可出，外不可入，以一當百，剿韃難算。意欲攻出未能。年號昌泰，未知擁誰爲主。元賊力攻漳不可得。又韃攻倭，倭攻韃，卒未已。火德一脈終如何，諸處仗義出者咸有之。然恐藉大宋之名，鼓舞人心，實私爲一己之謀，圖集事功，此微臣朝夕不已于懷者也。我朝列聖無失德，大宋有道之長，當粲然復興矣。公孫述、隗囂輩，爝火也，寧敵漢日之大明乎。我又夢蘇武與語，頗奇，遂歌之。

東方九夷倭一爾，海水截界自區宇。地形廣長數千里，風俗好佛頗富庶。土産甚夥并産馬，舶來中國通商旅。徐福廟前秦月寒，自注：倭有徐福廟。猶怨舊時嬴政苦。厥今犬羊貪猶熾，瞠目東望心如虎。驅兵駕海氣吞空，勢力雖强天弗與。鬼吹黑潮播海翻，雹大於拳密於雨。七千巨艦百萬兵，老龍怒取歸水府。犬羊發怒與天敵，又謀竭力必於取。已刳江南民髓乾，又行并户抽丁語。凶燄燒眼口竟啞，志士悶悶病如蠱。雖傳漳州氣燄盛，又聞襄陽已大舉。割據固足稍伸氣，律以大義竟何補。縱遇聖明過堯舜，畢竟不是親父母。千語萬語只一語，還我大宋舊疆土。曾夢蘇武開笑口，云牧羝羊今盡乳。仗節還漢欣欣然，鬢髮盡白心如故。一念精烈無不通，天地爲賓我爲主。高懸白眼混沌前，那肯以命落塵土。翻身鼓掌一笑時，萬古萬古萬萬古。

二十礪五百字

素志欲隱去，蜕名辭筆耕。偶值惡劫來，眼界亂縱横。窮北洞窟底，竄出老魔精。被髮走如風，四臂獰雙睛。面竅噴毒火，直射日月盲。一海人髓酒，五石瓠爲觥。鬼鼓遍空響，白氣幻長鯨。夜叉發群機，砲砲打玉京。老仙戰股立，手扶鰲極撑。晝弑盤古死，紫微貫攙槍。諸天落淚雨，終夜淋漓傾。燦人變醜相，螽目豺狼聲。餓虎插翼飛，善類誰能攖。送命納彼啖，遊魂嘈冤情。血凍天下立，清抄本作土赭鐵蛀玄瘟。雨肥髑髏腥，生菌高於楹。獨抱深痛蟄，數與死相爭。讀史見義事，意氣如雲生。圖窮匕首見，今豈無荆卿。真孤匿山中，今豈無程嬰。獲得九尾龜，灼紋横庚庚。大寶子傳子，垂統無畢程。高聲叫亂世，聾瞽豁痼酲。速卸胡兒衫，仙帶飄佩珩。身辭陷陰路，火邦即蓬瀛。我秉正直心，明比日更明。豪興凌高秋，磊落人之英。決當勇於動，持平平不平。手劈虛空開，身提天地行。千妖百裂死，萬古一擲贏。獨出娑婆外，世界懸空擎。猛飛大山來，突立青崢嶸。劫初第一峰，鬼神不識名。樹粲百寶花，石削五色瓊。香霏月中髓，碧沁秋痕輕。天上闢新國，以正治八紘。大赦統乾運，平心持道衡。洪福溥無疆，一切命皆亨。下界齊拜舞，笑賀群相迎。愧昔染腥辱，悦今趨義榮。淨脱夙骨臭，瑩然澄秋泓。正性本不壞，生死通一誠。逆爽殄微塵，王氣光太清。犀象怯漢戰，草木助晉兵。周勃軍左袒，杜甫詩北征。趙祀必不絶，宋禮吾足評。我土我百姓，永劫心不驚。天君坐靈臺，誓行前後盟。自注：謂前後臣子盟檄也。念念死亦呪，願實期必成。口血寧有變，浩劫光晶晶。 以上《心史·中興集》卷二

題竹葉間

清曉清風吹過後，露出青青一罅天。一似推篷偷看見，竹林半抹古蒼烟。 清卞永譽《式古堂書畫彙考》卷四五

自題墨竹

萬頃琅玕壓碧雲，清風幽興渺無垠。當時首肯説不得，不意相知有此君。

題鄭子封書塾

天垂古色映柴門，千古傳家事具存。此世只除君父外，不曾重受別人恩。

題畫蘭

求則不得，不求或與。老眼空闊，清風萬古。

題畫菊

花開不並百花叢，獨立疏籬趣未窮。寧可枝頭抱香死，何曾吹墮北風中。 以上宋佚名《鄭所南先生傳》

閨怨

畫眉夫婿客遊梁，獨理瑶琴山水長。莫上翠樓憑几望，陌頭無數碧垂楊。清錢尚濠《買愁集》卷上

墨蘭圖

向來俯首問羲皇，汝是何人到此鄉。未有畫前開鼻孔，滿天浮動古馨香。《中國美術全集·兩宋繪畫》下

句

不知今日月，但夢宋山川。過徐子方書塾　《鄭所南小傳》

（孟憲忠整理）

湯炳龍

湯炳龍（一二四一——？），字子文，山陽（今江蘇淮安）人。辟慶元市舶提舉。入元，自號北村老民。有《北村集》，已佚。事見清乾隆《淮安府志》卷二二。今録詩四首。

題晋王大令保母帖

予三十年前草窗家觀此帖，當時欲題數語，匆匆未暇也。今解后白雲山中人，又見之於是，弁陽翁捐館久矣。乃知天地間法書名畫，自有神物護持，非其人不與。天瑞，天目間氣人物，元英先生後人也，世爲錦城巨家，自號義齋，家有白雲書房，江風、山月、吟窗諸者品題咸在焉。其風流儒雅如此，故應得之也。於是喜而爲書此詩云。延祐己未重午日，北村老民湯炳龍書于保和讀易齋，時年七十有九。

曹娥洛神遍堪輿，保母後出爭瀾趨。一時耳目喜新異，九原誰復哀意如。世人重藝不重義，每以好奇夸好事。集古金石半豐碑，逝者似爲書者累。八百餘載四字全，政同懸崖三百年。王畿不悟王元象，不如果也能興憐。但道青氈故家物，肯因陵谷憐枯骨。耳孫猶爾況他人，崇韜安生何可忽。昭陵之盜猶蘭亭，必無可欲乃妥靈。黄閍前車已如此，安保金蟬之墓終弗毁。宋葉紹翁《四朝聞見錄》附錄

陸君實輓詩

七日陰霾事可知，樓船魚貫果誰爲。人心自感興元詔，天意難同建武時。黄屋朔風那有濟，角巾東路覺無期。公爲萬古綱常計，兒女扳船不暇悲。

問關海島豈謀身，嬰臼存心力不能。天上龍章空結夢，人間魚腹了中興。英雄一死從君父，忠義遺編託友朋。萬里楚魂招不得，詩成惟有淚霑膺。

題江貫道百牛圖

我本山陽田舍叟，家有淮南數千畝。江南倦客老不歸，此田多爲勢家有。猶記少年學牧時，去時日出歸日西。我生衣食仰此輩，愛之過於百里奚。秖今辛苦耕硯席，無處賣文長絶食。卷中邂逅黑牡丹，相逢喜是曾相識。負郭無須二頃田，一雙栗角能幾錢。數口之家便可飽，要如此圖知何年。平生富貴非所願，城府近來尤可厭。何時倒乘牛背眠東風，勝如仰看宣明面。以上清衛哲治乾隆《淮安府志》卷三〇

（劉雯整理）

童潮

童潮，彭澤（今屬江西）人。度宗咸淳七年（一二七一）進士。官至工部尚書。事見明嘉靖《九江府志》卷一一。今録詩三首。

淵明故址

先生已歸來，遺此折腰地。不見督郵人，秖聞解印事。徑花雖就荒，臺月還留醉。賦罷清流詩，西疇春已至。

勞渡

借問誰家舟，孤横勞渡水。遠攜蓑笠來，滿載暮烟紫。拍手唱滄浪，沙鷗驚不起。

小孤山

長江萬里來，一砥中流峙。巨浸没根深，孤峰插漢起。倒回三峽流，獨據九江水。真是海門關，波濤險莫比。以上清曾燠《江西詩徵》卷二三

（孟憲忠整理）

張鎮孫

張鎮孫（？—一二七七），字鼎卿，南海（今廣東廣州）人。度宗咸淳七年（一二七一）進士第一，授秘書省正字，尋通判婺州。恭宗德祐元年（一二七五）因棄城罷。端宗景炎元年（一二七六）起爲廣東制置使兼經略安撫使，二年，元兵陷廣，被執北行，死於大庾。事見《廣州人物傳》卷一〇。今録詩八首。

謝恩詩

當宁宵衣務得賢，草茅何足副詳延。天人要語垂清問，仁敬陳言上奏篇。愧乏謀猷裨乙覽，忽驚姓字首臚傳。乾坤大德知難報，誓秉孤忠鐵石堅。

和御賜詩

聖主遊心六藝文，先皇成憲自常遵。天人親屈九重問，嶺海同歸一視仁。已忝臚傳魁衆俊，復叨燕衎逮微臣。終身祇佩丁寧訓，遠到功名願自珍。以上明黄瑜《雙槐歲鈔》卷八

水簾洞 在白雲山

岧嶤仙境倚層丘，百尺泠泠瀑素流。春長緑莎成繡幕，夜留新月作瓊鉤。澗邊雲護千年韭，巖底涼生六月秋。欲訪安期何處覓，藥爐丹竈且追遊。清溫汝能《粤東詩海》卷六

白雲對月

萬山飛翠映瑶空，一抹晴霞淡復濃。何意海風吹不斷，歸鴉飛帶過前峰。

夜過白雲話别

江城話别思依依，天遠山青入望微。正好樓頭共明月，可堪遥對白雲飛。遥看天際白雲浮，渺渺西飛誰與謀。歸去扶溪溪水闊，秋來還上越臺否。日乾夕惕自惺惺，切實工夫在性情。千古相傳真要法，聖賢元共此心靈。聖賢今古在吾人，敬義功深德自鄰。莫嘆桃源仙迹杳，杖藜隨處武陵津。

以上清黄子高《粤詩蒐逸》卷三

吴名揚

吴名揚，字叔瞻，金谿（今屬江西）人。度宗咸淳七年（一二七一）進士，授永豐尉。秩滿，辟浙西制幹。恭帝德祐元年（一二七五）參與文天祥勤王軍，擢禮、兵部架閣，空坑兵敗，匿跡鄉里。清道光《金谿縣志》卷一二有傳。今録詩二首。

詠史二首

讀書慕聖賢，禔躬凜蒼昊。世事重且艱，一一縈懷抱。白日忽西頽，川枯山木槁。魯陽漫揮戈，杞國憂如擣。人或諉氣數，我獨傷倫道。海羽知啣石，冥魂能結草。昂藏美衣冠，豈忍同屠保。成敗難逆料，死生任常造。天心倘未厭，努力書勳考。

人生奚所羡，功名上鐘鼎。遭逢既不造，俯仰烟林迥。非徒慕清高，民彝藉彪炳。夷齊卧首陽，巢許嘯箕潁。風流遙可挹，寸心常耿耿。天地任否泰，萬物聽昏惺。獨與鹿豕遊，隨處饒清景。石爛列屏幽，泉涵一鑑靜。嗟彼採芝翁，老被漢宮請。

清周鍾泰嘉慶《東鄉縣志》卷二一

林一龍

林一龍，字景雲，永嘉（今浙江温州）人。度宗咸淳七年（一二七一）進士，授紹興教授，未久，除史館檢閲，遷秘書郎兼説書。時稱石室先生。事見清光緒《永嘉縣志》卷一七。今録詩八首。

觀海

昔者吾夫子，浮海思乘桴。彼美魯仲連，蹈海恥帝呼。寥寥千載間，此意霜月孤。而我欲涉海，夫豈夫子徒。長風吹我帆，高浪拍我艫。所願鷗鳥同，浩蕩烟中徂。

山中聽風

空山號朔風，烟火深夜寒。門掩忽自開，劃然動雙鐶。倚崖數竿竹，戛擊摧琅玕。落葉捲地起，高枝如人攀。謖謖聽已遠，復在窗户間。

山中夜坐

寒灘遠嘶月，遺響到巖壁。悠悠千古心，悄悄一卷易。燈微夜氣分，星冷山露滴。危坐獨何爲，人間睡方黑。

次韻飲水登萬象亭之什

黯淡是州城，川原一望平。天高衆峰逼，人立片雲生。拂石同僧坐，移筇避蟻行。巖阿有泉眼，不改舊時清。

越中吟

跨浙遠來瞰東極，禹穴雲生海東碧。白玉空爲越土塵，青山不改秦時色。越王臺上幾秋霜，秦皇樓邊多夕陽。世事茫茫今復古，斷烟衰草共凄涼。

夜坐吟

山寒雨點半成雪，石冷泉流旋作冰。坐至夜分眠不得，熒然欲滅案頭燈。

十四夜觀月張氏樓

只隔中秋一夕間，蟾光應未少清寒。時人不會盈虚意，不到團圓不肯看。

西省荼蘼架上殘雪可愛戲呈諸友人

酴醾花底當年事，夜雪模糊照石闌。北省今朝枝上雪，還指病眼作花看。　以上清曾唯《東甌詩存》卷九

熊　瑞

熊瑞，字西玉，號晃山，餘干（今江西餘干西北）人。朝弟。度宗咸淳七年（一二七一）進士，調廬陵教授，遷國子正。宋亡，自號清虚道人。有《瞿梧集》，已佚。事見《養吾齋集》卷一〇《瞿梧集序》、清同治《餘干縣志》卷九。今録詩十七首。

芙　蓉

青鸞庭館翠重重，雉扇娉婷雍萬紅。把似牡丹酣富貴，洛陽今是幾秋風。

達旦同知即席索芙蓉詩

憶昔夢遊芙蓉城，城中仙子千娉婷。霞舒雲卷逞嬌媚，朵朵漢家尹與邢。西風吹醒黄粱夢，帳暖香紅誰與共。别來秋晚遇羣仙，猶記聯驂騎綵鳳。太液池邊翡翠樓，金屏繡褥何風流。那知鏡裏朱顔改，阿監青娥雪滿頭。不必對花長太息，榮華俯仰成塵迹。色空空色無了期，昨是今非又來日。以上《永樂大典》卷五四〇引《瞿梧集》

送黄愛梅過西湖 二首

梅得名詩書早，夢不與梨花同，誰歟以桃花序牽引之，乃今疑當作令草木吾疑當作無味。竹無人愛，菊無人愛，蓮無人愛，雪霜貿貿，孤山無復年時風致。佳公子尚肯愛梅，異哉！醉横短笛，譜一二吟，起唤青衣，爲客歌舞。

紫牡丹開競洛豪，春風吹面看栽桃。瓊琚多少非初服，却笑梅花不入騷。

朱頂千年去不回，兩峰南北白雲堆。誰人得似黄公子，不愛閑花尚愛梅。

西湖歌餞楊澤之回杭

余頃遊六館，與杭之友朋交際者多矣。别去四十年，纔挹楊德父泛紅依緑之清於冠冕琵琶山水間。又二年，復識德父弟澤之，襟懷灑落，尚有前時風致。信知宇宙無窮，人材何限，惜余老矣，安得見故舊，談往昔。於其歸也，因作《西湖歌》以餞之。

簪余疇昔覩古杭，繁華不減開元唐。畫船日日湖山堂，珠翠圍繞沸笙簧。西湖西子鬬艷粧，香車寶馬橋緑楊。少年遊冶蕩春光，醉眠羅綺百花芳。當時湖上有平章，胡不早爲計包桑。一朝鼙鼓動漁陽，席卷羽衣與霓裳。後來枉費古錦囊，感懷金銅增悲傷。嗟爾何知涕淚滂，身不由己心難忘。畫闌桂樹寂無香，土花慘淡月荒涼。綿綿此恨天何長，道逢老翁重徬徨。慎勿開口談興亡，潮生潮落錢塘江，且唱陽闕舉一觴。

和鄒思道寄詠西湖

畫橋楊柳不勝愁，萬縷千條俛碧流。問着翠華霜日事，人人只道好杭州。　以上同上書卷二二一六四引《瞿梧集》

和胡文友冷齋口號四首

一聲暮笛穿雲裂，數點昏鴉破雨飛。惆悵滿顛絲樣白，倚門竚立望誰歸。

近來觸景多生感，老去浮名衹浪誇。賴有風霜數叢菊，年年歲杪對黄花。

交情落落今如此，世事茫茫何所之。安得簷花清夜酌，相同鄭老話襟期。

户容學履坐常滿，囊有詩篇家豈貧。笑我淡交寒似水，勢無可熱亦無嗔。　同上書卷二五三九引《瞿梧集》

古梅

風度飄飄一世豪，偃然猶自外離騷。諸公慣作婆娑態，動説山人索價高。　同上書卷二八〇八引《瞿梧集》

答王山仲作墨梅來訪韻

客從羅浮來，遺我一枝瓊。仙風溢毫楮，夭矯冰雪清。感懷疇昔夜，醉飲月中英。青衣歌未竟，斗轉參已横。俯仰今成古，散聚若爲情。幾回疏影裏，呼鶴引長鳴。無人能悟此，空逐曉雲行。因子重欷歔，聊以寫吾生。　同上書卷二八一二引《瞿梧集》

和王恭甫人日

緬懷閣清輝，賦詩當此日。盛會不復聞，手種園蔬七。何如采若人，觀書夜至乙。能如子美心，托雨紀其實。　同上書卷三〇〇一引《瞿梧集》

同劉子實游芸村

前溪後溪水泓泓，南山北山鳥嚶嚶。東家擡擡繅絲鳴，西家撲撲打麥聲。霏霏紫蕚飄紅英，翹翹野菜飛蜻蜓。酒旗斜轟芳風輕，人在落花花裏行。神仙古來多杳冥，刀圭入口羽翰生。人生快活壽百齡，何必白日求飛昇。我今拈出芸村名，世間底處無蓬瀛。桃源桃源晉武陵，爲我把酒酹淵明。　同上書卷三五八一引《瞿梧集》

賦竹居文樽

郫筒對峙玉清圓，絶勝當年碧筩蓮。傾釀尚侔春楚楚，開樽猶帶雨涓涓。昔遺溪上晉六逸，今入飲中唐八仙。一榻青奴凉更好，醉來乘月伴高眠。　同上書卷三五八四引《瞿梧集》

留番城

半年在家少，萬事出門寬。酒買官酤貴，詩存俗句難。雨餘雲影濕，秋杪雁聲寒。今古蒼茫意，斜陽獨倚闌。　同上書卷八〇九三

再和元夕

落梅香影放華燈，快我來尋采若盟。花醉羽觴金谷酒，蓮開蠟炬錦官城。家家珠翠成羣戲，處處笙簫簇隊行。惟有天津橋上月，無人能復記新聲。　同上書卷二〇三五四

（以上劉雯整理）

熊瑞

句

海鵬已激三千里，天馬終歸十二閑。　清吳增逵同治《新喻縣志》卷一〇《羅志仁傳》引

徐木潤

徐木潤，金華(今屬浙江)人。度宗咸淳七年(一二七一)進士，爲嚴州司户。事見清康熙《金華府志》卷一八。今録詩六首。

題忠愍公送婿邢得昭歸婺女詩後

中軍歎韓甥去，潮州喜湘姪來。欲識邢郎高誼，但看鄭老餞詩。小人護局可畏，君子得與常遲。老秦殁已一歲，胡李方始量移。準用於丁殞後，瓘亡在京死前。惜是蒼生無福，北山不待隆乾。仲方主和忝祖，知孝朋奸辱先。卻是北山有後，可軒論奏凜然。

以上宋鄭剛中《北山文集》卷末

題忠愍公墓誌後

初心直欲復關河，保蜀功勞不自多。諸葛大名垂宇宙，北山千古共巍峨。

題劉原父書南華秋水篇

不識劉公字，今方覩一斑。筆兼歐蔡體，品在上中間。

清卞永譽《式古堂書畫彙考》卷九

(孟憲忠整理)

邵桂子

邵桂子，字德芳，號玄同，淳安(今屬浙江)人。本姓吴，因鞠於邵氏，從其姓。度宗咸淳七年(一二七一)進士，授處州教授。宋亡不仕，娶華亭曹澤之女，因家焉。鑿池搆屋，名雪舟。卒年八十二。有《雪舟脞録》《雪舟脞稿》等，已佚；《兩宋名賢小集》卷三五四存《慵庵小稿》一卷。事見《慵庵小稿》所附小傳，明嘉靖《淳安縣志》卷一二有傳。今録詩七首。

疏屋詩爲曹雲西作

草菜可食，總名曰疏。品題有圃，原校：疑當作譜樹藝有書。衡縱町畦，周繞屋廬。繚以樊垣，經以溝渠。晨出抱甕，夕歸荷鋤。有蔓必薅，有蝗必驅。風披雨沐，日暄露濡。稺甲怒生，嘉苗蔚敷。芥薹杞菊，韭薤蒜葫。薇蕨藜藿，瓜瓞匏瓠。楮鷄桑鵝，籜龍樱原作梭，據《宋詩紀事》卷七五改魚。馬齒鹿角，鼠尾虎鬚。薯蕷蔓菁，杜蘅蘼蕪。茵陳莪蘿，芄蘭茹藘。赤莧銀茄，翠荇墨菰。《宋詩紀事》作苽酸漿辣葅，《宋詩紀事》作蕈甘薺苦荼。庖人調胹，園丁拮据。錡釜煮原作鬻，據《宋詩紀事》改爍，筐筥貯儲。椒橙內交，鹺醢效劬。以芼以湘，可茹可葅。維昔尼父，瓜祭齋如。飲水曲肱，其樂只且。召南蘋藻，韓奕筍蒲。知味羨黄，齩根歎胡。葵蓼飫顒，葱韭厭徐。火芋明瓚，山菌接輿。庾郎三種，石生一盂。劉参玉版，蘇傳冰壺。巢字元修，鮒姓豆盧。菘羔抱孫，蹲鴟將雛。絲滑露葵，練淨土酥。野薺餛飩，水苔脯膴。餅炊菠薐，鲊釀苞《宋詩紀事》作葵蘆。胡麻饋餾，罌粟醍醐。萍虀西晉，蓴羹東吳。芹擷泥坊，藤采豐湖。沼沚有蘩，江漢有蔞。罔有常臬，洲有接余。雁門天花，黄河蘑菇。大宛苜蓿，太華芙蕖。環滁野蔌，盤谷山茹。地饒所産，天茁此徒。菲葑是采，口腹以娱。落英未莎，初篁未箊。霜根旋挑，露葉半舒。烹泉石鼎，養火地爐。色炫匕箸，香浮柈盂。氣含土膏，味逾天廚。肥生華池，響鳴輔車。商顔饑解，文園渴甦。前招麴生，後引酪奴。饌非羶葷，餉非苞苴。園無羊踏，壞有鼠餘。彼哉肉食，俎列豢芻。心炙椎牛，項臠割豬。春羔秋麛，冬鱻夏朐。猩脣豹胎，麋麷蟹胥。緇裙解黿，《宋詩紀事》作鼈銀絲膾鱸。羊尾截肪，錦襖脱膚。山殽雉兔，澤羞雁鳧。北饌湩酪，南烹鼃蜍。嗜鼠則鴟，甘帶則蛆。哂笑鄭老，爛蒸瓠瓤。乃笑坡翁，夢餐雞蘇。屬厭饕餮，飽死侏儒。語以疏味，能知否乎。予雅嗜之，日不可無。乃顔兹屋，羞供是須。寧疏而癯，毋肉而腴。易牙司味，敢告膳夫。

海蟾

三足老蟆太陰精，夜載阿姮朝帝庭。澡形不假桂花露，背負金輪浴滄溟。騰騰躍起幾萬尺，癡腹一團露圓白。晲目光射蛟宫寒，海若天吳難遁跡。腹中萬斛蝌蚪藏，吐作列緯森光芒。曉驂六龍駕羲馭，騰踏未必輸飛黄。

餞魏州判鵬舉

搜出指礦遺其沙，鄉原校：疑是卿雲褒武皆蜀秀，虎豹各自雄鬚牙。兩京得人廣數路，忍使丘中留子嗟。不然題名百許輩，無一顯者何謂耶。我亦典學老從事，試向座中尋孟嘉。

古柏行

思人誰復念婆娑，窟室崖陰未易磨。四十圍間看溜雨，三千年後數恒河。不堪與世供狙械，尚許遺民占鳥窠。從此便名夫子樹，匠人斤斧奈予何。

到夔門呈王待制

手挈東風上水關，鳳書迎日看新班。五湖家世烏衣巷，三峽樓臺赤甲山。畫戟門開春晝永，卧龍帳穩海波閒。安危大計須公等，天定應知即賜環。以上《慵庵小集》

次韻方虚谷遷居

家住千峰落照邊，移家三泖白鷗前。東鄰舊日秦侯隱，西路新巢衛叟還。當日釣游頻入夢，何事婚嫁送歸田。會須共跨青溪鶴，點易寒窗伴老仙。清厲鶚《宋詩紀事》卷七五引《嚴州府志》

餞魏州判鵬舉

松下吟哦幾唱酬，却攜螃蟹餞監州。穩挑書擔去環碧，頻寄詩筒來雪舟。異姓弟兄千里月，故山泉石一天秋。葛峰隱者如相問，爲道瓜侯已白頭。

同上書引《雪舟脞稿》

（虞行整理）

全宋詩卷三六三〇

董師謙

董師謙，號南江，三山（今福建福州）人。度宗咸淳七年（一二七一）别院省試賦魁，爲平江府教官（《書齋夜話》卷四）。今録詩七首。

梅花三詠

雪蘤霜鬚苔蘚枝，玉堂事去且疏籬。世人孔鼻無分别，吐露芳心欲向誰。香

京洛塵中耿素衣，蒼頭冷面古鬚眉。春風紅紫百千變，惟有此花如舊時。色

疏花淡淡月娟娟，静坐參渠花月禪。翠羽飛來棲未穩，幾回攪碎又依然。影

元劉應李《新編事文類聚翰墨全書》戊集卷六

錢塘懷古

歷歷庚申事，分明在眼前。講和如有弊，飛渡定無船。北使三千里，真州十四年。釀成亡國恨，一部福華編。

玉牀摇帝座，青蓋出都城。巷哭千家淚，燕歌四面聲。乾坤遽如許，風雪可憐生。清曉宫門外，猶聽打六更。

衣帶一條水，靴尖三百州。市朝陳迹在，圖籍别人收。南渡衣冠盡，西湖歌舞休。久知事當爾，曾記五更頭。

行人指新寺，云此舊宮城。坐殿幾朝帝，開山何處僧。日邊行塔影，天外送鐘聲。王氣元無了，何消鑿秣陵。　清厲鶚《宋詩紀事》卷七六引《新編事文類聚翰墨大全》

（劉雯整理）

王英孫

王英孫，字才翁，號修竹，會稽（今浙江紹興）人。度宗咸淳七年（一二七一）上舍釋褐，官將作監主簿。宋亡，與謝翺、郭樸、林景熙、唐珏友。善繪墨竹蘭蕙。有《修竹集》，已佚。事見清乾隆《紹興府志》卷六〇、《繪事備考》卷七。今録詩三首。

岳王墓

埋骨西湖土一丘，殘陽荒草幾經秋。中原望斷因公死，北客猶能説舊愁。　宋周密《武林舊事》卷五

題高房山夜山圖

等閑吳越在毫端，疊巘微茫月影寒。一曲危闌人獨倚，江山渾作夢中看。　元吳福生《夜山圖題詠》

寶林寺

飛來幾千載，臺殿壓岧嶢。落日飛仙鼠，秋風下健鵰。山腰危露石，海眼暗通潮。堪歎玄英後，詩名竟寂寥。　清李亨特乾隆《紹興府志》卷三八

（孟憲忠整理）

厲元吉

厲元吉，字無咎，號半村，餘姚（今屬浙江）人。度宗咸淳七年（一二七一）進士。爲烏程尉。宋

亡，遯跡湖海，白首始歸。有《半村集》十二卷，已佚。清光緒《餘姚縣志》卷二三有傳。

雨　過

漠漠輕雲過野牆，新楓矮柏色蒼蒼。平田鸛迹留殘雨，深塢鸝聲帶夕陽。

句

免冠思脱三塗難，吐舌甘從五鼎烹。吐鐵　以上清黄宗羲《姚江逸詩》卷二

涂　櫄

涂櫄，字周士，洪州（今江西南昌）人。度宗咸淳七年（一二七一）遊宦臨武縣。事見《八瓊室金石補正》卷一一八。

題秀巖咸七劭農日

何代神仙碧玉宫，攀緣直上與天通。拓開四壁層梯峻，幻出千形五色融。後擁前遮山作衛，左嘘右吸水成弓。咨諏我欲呼猿鶴，一笑今誰此興同。　清陸增祥《八瓊室金石補正》卷一一八

馮　坦

馮坦，字伯田，一字然明，號秀石，普州安岳（今屬四川）人。度宗咸淳七年（一二七一）榷江津夾漕務，龍灣酒庫。晚年寓桐江。事見《桐江集》卷一《馮伯田詩集序》。今録詩十首。

擬　陶

茅簷入幽徑，風雨聊可棲。喜無車馬喧，而有耒耜隨。

詠雲

山腰一抹雲，雲起知何處。急渡小橋尋，天風又吹去。

石何有於雲，雲乃生於石。拂石訊雲蹤，苔深無處覓。

桐廬暑夜

中流有行舟，似亦得清致。只恐乘舟人，未識月中意。

謝虞司户鍾乳粉

仙家仙藥不易得，頗爲鬼神所愛惜。道人入山因採出，輕如鵝管如蟬翼。多君用心窮藥譜，能辨始興最良處。合入梁公藥籠貯，嗟乎，嗟乎，世上伏苓多老芋。

絶句

夜靜山寒漸透衣，旋煨松火擁爐圍。忽聽竹外籬門響，知是小童買酒歸。

向晚閑行步夕陽，歸來松逕已昏黄。隔林風度鐘聲細，認得庵中炷夜香。

莫道經霜不見花，小春風景屬山家。滿山紅葉斜陽映，却似桃源一片霞。

小池

巖上層層叠翠苔，小池巧鑿近巖隈。就巖引得清泉滿，便有前山月入來。

鷓鴣源樵歌

綺羅巷陌總成塵，那識擔柴老買臣。自笑賣柴元似舊，買柴却換舊時人。

句

終日無人到，隔林惟鳥啼。
雀舌收先雨，貓頭掘帶泥。
因聽敲竹雨，便碎賞花心。
一春多是雨，四壁半生苔。呈吴履齋
飄風驚日月，落葉滿乾坤。廬山白鶴觀
井在丹誰煉，碑殘墨欲枯。霅川感舊
多應河畔骨，便是屋中人。重陽
無錢難得酒，有菊自開花。桐廬澗水
鷗趁湍流下，魚藏石罅間。江陰君山
郡乘紀春申，山因號曰君。題垂虹三高亭
非關前哲真難及，自是今人不肯高。賦虞司户雙鶴
道人已是九分清，雙鶴飛來湊十分。賀虞永州遷居
萬里遠來尋屋住，四邊先問有梅無。感懷
古廟熒熒多鬼火，荒村寂寂少人烟。
可憐門外新歸燕，不見堂前舊主人。
店荒任客來爭席，郊迥無人可問程。
每向宋清求善藥，閑從詹尹卜新年。

燈影照殘孤枕夢，雨聲滴碎兩年心。除夕雨

興亡有數從千古，寒暑無情又一年。正旦

問天底是資身策，度日應收賣卜錢。以上宋方回《桐江集》卷一

熊朝

熊朝，字東采，餘干（今江西餘干西北）人。度宗咸淳七年（一二七一）進士。宋亡不仕（清同治《餘干縣志》卷九）。

嘲賈似道

近來西北又干戈，獨立斜陽感慨多。雷爲元城驅劫火，天胡丁謂活鯨波。九原難起先生死，萬世其如公論何。道過雕峰休插竹，想逢寇老續長歌。清區作霖同治《餘干縣志》卷一二

胡定

胡定，餘干（今江西餘干西北）人。度宗咸淳七年（一二七一）進士（清雍正《江西通志》卷五一）。

東山塔

一碧插禪扃，千年壓郡城。岧嶢分日表，孤聳礙雲行。夜靜藏鐘影，天晴送鶴鳴。秋風丹桂發，邑士好題名。清曾燠《江西詩徵》卷二三

（以上劉雯整理）

景定朝士

句

靜夜無雲惟自照，鳳凰飛入合歡宮。撤帳　宋周密《浩然齋雅談》卷中

《浩然齋雅談》：周漢國公主下降，撤帳詩云云。蓋用王昌齡「青鸞飛入合歡宮，紫鳳銜花出禁中」之句。按：理宗女周漢國公主于景定二年適楊太后姪孫鎮。

（孟憲忠整理）

韓希孟

韓希孟（一二四二——一二五九），巴陵（今湖南岳陽）人。適襄陽賈瓊。理宗開慶元年（一二五九）時年十八，元兵陷岳州，被掠，乘間赴水死。越三日得其屍，於練裙帶中有詩。《宋史》卷四六〇有傳。

練裙帶中詩

按：此詩《宋史》與《輟耕錄》所錄不同，今兩存之。

我質本瑚璉，宗廟供蘋蘩。一朝嬰禍難，失身戎馬間。寧當血刃死，不作衽席完。漢上有王猛，江南無謝安。長號赴洪水，激烈摧心肝。《宋史》卷四六〇《列女傳》

宋未有天下，堅正臣禮秉。開國百戰功，每陣惟雄整。及侍周幼主，臣心常炯炯。帝曰卿北伐，山戎今有警。死狗莫擊尾，此行當繫頸。即日辭陛下，盡敵心欲逞。陳橋忽兵變，不得守箕潁。禪讓法堯舜，民物普安靜。有國三百年，仁義道馳騁。未改祖宗法，天胡肆大眚。細思天地理，中有幸不幸。天果喪中原，大似裂冠衽。君誠不獨活，臣實無魏丙。失人焉得人，垂戒嘗耿耿。江南無謝安，塞北有王猛。所

以戎馬來，飛渡巴陵境。大江限南北，今此一舴艋。本期固封疆，誰謂如畫餅。烈火燎昆岡，不辨金玉礦。妾本良家子，性僻守孤梗。嫁與尚書兒，銜署紫蘭省。直以才德合，不棄宿瘤癭。初結合歡帶，誓比日月昺。鴛鴦會雙飛，比目願長並。豈期金石堅，化作桑榆景。旄頭勢正然，蚩尤氣先屏。不意風馬牛，復及此燕郢。一方遭劫虜，六族死俄頃。退鷁落迅風，孤鸞弔空影。簪堅折白玉，瓶沉斷青綆。一死空冥府，憂心長炳炳。意堅志不移，改邑不改井。我本瑚璉器，安肯作溺皿。志節匪轉石，氣噎如吞鯁。不作爝火燃，願爲死灰冷。貪生念麴蛾，乞憐羞虎穽。借此清江水，葬我全首領。皇天如有知，定作血面請。願魂化精衛，填海使成嶺。

元陶宗儀《輟耕錄》卷三

（劉雯整理）

葉李

葉李（一二四二—一二九二），字太白，一字舜玉，號亦愚，富陽（今屬浙江）人。理宗景定五年（一二六四）以太學生應詔上書劾賈似道，竄漳州。似道敗，得自便。元至元十四年（一二七七）授浙西道儒學提舉。官至尚書右丞。二十九年卒，年五十一。《元史》卷一七三有傳。今録詩三首。

紀夢

宋時豪士石曼卿，帝命作主芙蓉城。我才比石萬無一，半世虛負狂直名。年來似有喪心疾，薦共引鯀辜蒼生。天誅未加公論沸，日夕惟待鼎鑊烹。何哉異夢出非想，忽遇仙老談真情。謂予夙是文昌相，漏泄輕舉遭彈抨。帝令謫墮飽憂患，且使兩足蹣跚行。追思善步不可得，飛昇妙術矧敢輕。當時廷議祇如此，汝悔當復惟相迎。稽首老仙謝慈愍，臣罪當死天子明。久之寂滅[illegible]大樂，斲棺待盡無他營。老仙笑許汝可教，引領直上朝玉京。通明大明二宮殿，林木蓊萃階瑤瓊。芙蓉爛熳錦欲似，帝皇錫以主殿名。

賦詩奏謝九拜起，玉音嘉獎傍觀榮。癡人説夢聊一快，我獨知命不少驚。只恐才非曼卿敵，相見慚汗應如傾。從今閉目需帝召，玉樓續記時當成。兒孫自有兒孫福，與農報國須勤耕。　宋周密《癸辛雜識》續集卷上

口占

如今便一似麻糊，也是人間大丈夫。筆裏無時那解有，命中有處未應無。百千萬世傳名節，二十三年非故居。寄語長安朱紫客，盡心好上帝王書。

《南村輟耕録》：葉李上書詆賈似道誤國。似道怒，嗾林德夫誣李泥金飾齋，令獄吏鞫之云：只要你做一個麻糊。李即口占云云。

放還遇賈似道

君來路，吾歸路，來來去去何時住。公田關子竟何如，國事當時誰汝誤。雷州户，崖州户，人生會有相逢處。客中頗恨乏蒸羊，聊贈一篇長短句。　以上元陶宗儀《南村輟耕録》卷一九

（孟憲忠整理）

魏新之

魏新之（一二四二—一二九三），字德夫，號石川，分水（今浙江桐廬西北）人。度宗咸淳七年（一二七一）進士，授慶元府教授。入元隱居鄉里，與方逢辰、何夢桂、孫潼發等賦詩論學。事見《宋文憲公全集》卷五《故宋迪功郎慶元府學教授魏府君墓志銘》。今録詩二首。

春日田園雜興二首

農圃誰言與世違，韶華正恐屬柴扉。天機花外聞幽哢，野色牛邊睨落暉。膏雨平分秧水白，光風小聚蘂

苗肥。行歌隱隱前村暖，忽省深山有蕨薇。野景入時務，東風劚滿鋤。笛聲牛出後，酒味燕來初。穀種天心在，桑枝帝澤餘。紅塵幾飛鞚，肯信有農書。以上宋吳渭《月泉吟社詩》

林子明

林子明（一二四二—一三〇二），字用晦，號東崗，三山（今福建福州）人。度宗咸淳九年（一二七三）領兩浙漕薦。攝浙西安撫司幹官。元世祖至元中攝桐廬簿，尋爲分水教諭。成宗大德六年卒，年六十一。爲月泉吟社第十六名，署名玉華吟客。事見《桐江集》卷八《林東崗用晦墓誌銘》。

春日田園雜興

一點陽和薰萬宇，最饒佳致是山莊。鷄豚祝罷成長席，鶯燕聽來隔短牆。嗜酒不嫌多種秫，無儒長恨少栽桑。東郊勸相何煩爾，農圃吾生自合忙。《月泉吟社詩》

（以上漆永祥整理）

全宋詩卷三六三一

林景熙一

林景熙（一二四二—一三一〇），字德陽，號霽山，温州平陽（今屬浙江）人。度宗咸淳七年（一二七一）太學上舍釋褐，授泉州教官。歷禮部架閣，轉從政郎，宋亡不仕。元武宗至大三年卒於家，年六十九。有文集《白石稿》十卷，詩《白石樵唱》六卷，均已佚。今本《霽山先生文集》乃明吕洪編定，凡五卷，其中詩三卷，文二卷。事見本集卷首元章祖程《題白石樵唱》、明吕洪《霽山先生文集序》。

林景熙詩，以《霽山先生文集·白石樵唱》爲底本。校以明嘉靖馮彬刻本（簡稱嘉靖本；藏北京圖書館）和清康熙吴崧梅氏刻本（簡稱康熙本；藏北京大學圖書館）。新輯集外詩附於卷末。

南山有孤樹　原注：先生之居，南對崑岩，上有老松，常有烏集。故因之成詩，以寓出處之意。

南山有孤樹，寒烏夜繞之。驚秋啼眇眇，風撓無寧枝。託身未得所，振羽將逝兹。高飛犯霜露，卑飛觸茅茨。乾坤豈不容，顧影空自疑。徘徊向殘月，欲墮已復支。

商婦吟　原注：寓思君之意。

良人滄海上，孤帆渺何之。十年音信隔，安否不得知。長憶相送處，缺月隨我歸。月缺有圓夜，人去無回期。回期倘終有，白首寧怨遲。寒蛩苦相吊，青燈鑒孤幃。妾身不出幃，妾夢萬里馳。

故衣　原注：明思親之意。

篋中出故衣，絡緯聲四壁。昔年慈母線，一一手所歷。眷眷遊子心，惻惻虛堂夕。逝水不返流，孤雲杳無迹。空令攬衣人，一線淚一滴。衣弊奈有時，母恩無窮期。終憐寸草心，何以報春暉。朝寒縱砭骨，念此不忍披。且復返所藏，永寄霜露思。

秦吉了 原注：《邵氏聞見録》：瀘南有畜秦吉了者，能作人語，夷酋欲以錢十萬買之。其人告以貧，欲賣之，秦吉了曰：我漢禽也，不願入蠻夷山。不食而死。

爾禽畜於人，性巧作人語。家貧售千金，寧死不離主。桓桓李將軍，甘作單于鬼。

孫供奉 原注：《幕府宴閒録》：唐昭宗播遷，隨駕伎藝止有弄猴人。猴頗馴，能隨班起居，昭宗賜之緋袍，號孫供奉。朱溫篡位，取此猴殿下起居。猴望殿陛見溫，徑趨其所奮擊。溫令左右殺之。

緋衣受天恩，日瞻唐殿駕。朱三爾何爲，欲使兩膝下。皤皤長樂老，閱代如傳舍。原注：詩意以爲秦吉了、孫供奉二物，特禽獸耳，尚知服節死義，不忍事非其主。而李、馮二公以堂堂將相，一則偷生異域，一則濫祿累朝，是誠何心哉。

古 松

獨占寬閑地，不知搖落天。山林猶古色，風雪自窮年。龜伏靈根壽，禽巢絶頂仙。棟梁非所屑，幾見海成田。

崑 岩 原注：崑山在州治西南，雄於衆山，爲州城之表，巨岩冠其顛，俗名古岩山。有孔穴空洞可容數十人，世稱崑陽，蓋指此山。

神斧何年鑿，南山片石盤。玉藏仙笥古，翠落縣門寒。老木天邊瘦，歸雲雨外殘。市塵吹不到，朝夕靜相看。

鄭宗仁會宿山中 原注：宗仁，樸翁也，號初心，平陽焦下人，太學釋褐出身，仕至國子正。

挑燈懷舊夢，移席近春泉。共話忽深夜，相看非少年。斗垂天末樹，犇出雨餘田。亦有茅簷下，飯牛人未眠。

桐角

田家無律吕，聲寄始華桐。碧卷春風老，清吹野水空。客心寒食後，牛背夕陽中。不惹梅花恨，年年送落紅。

雲門即事

原注：雲門山，在會稽南三十一里，今名雍熙。

最愛林中過客稀，坐分片石澹忘歸。僧閑時與雲來往，鶴老不知城是非。瀟洒山光秋入畫，清寒花氣曉侵衣。一溪截斷紅塵影，西有任公舊釣磯。

獨夜

客鬢雙蓬老拾遺，一燈明滅酒醒時。百年回首忽成夢，萬竅有聲皆是詩。殘夜月枝烏未穩，故鄉水草雁多飢。裌衣初試新霜冷，欲折黄花寄所思。

舜廟

原注：在會稽東南一百里。

聲斷薰弦萬壑幽，三千年事水空流。袞衣剝落星辰古，野廟淒涼鹿豕秋。孝友風微惟故嘉靖本作古井，神明胄冷尚荒州。九疑回首孤雲遠，老泪斑斑楚竹愁。

寄葛秋岩

吴地繁華半劫灰，故山秋遠夢頻回。琵琶亭老春風棹，桑落洲寒夜雨杯。歲月悠悠人幾換，關河渺渺雁空來。酒酣欲寄登臨眼，黄葉斜陽滿廢臺。

寄林編修原注：名千之，字能一，平陽人。

大雅凋零尚此翁，醉鄉一笑寄無功。衣冠洛社浮雲散，弓劍橋山落照空。東魯有書藏古壁，西湖無樹挽春風。巾車莫過青華北，城角吹愁送暮鴻。

答周以農原注：平陽睦源人，號稼村。

一燈細語煮茶香，雲影霏霏滿石床。萬里夢魂形獨在，十年詩力鬢俱蒼。山空絡緯悲秋雨，水落蒹葭足夜霜。未會漆園觀物意，酒闌猶發次公狂。

謁嚴子陵祠

客星謫下桐江湄，傲睨烟雨何年歸。空遺清氣滿林壑，草木不受春風肥。我來維舟奠椒醑，薜荔祠荒泣山鬼。亂峰欲雪江氣嚴，老蜃吹雲日色死。白水真人御絳衣，勳臣四七攀鱗飛。冥鴻遐擧不可致，天地浩蕩容漁磯。季年熏貂成黨獄，阿瞞朵鼎終瑟縮。東都節義何爲高，七尺之臺一竿竹。

題陸大參秀夫廣陵牡丹詩卷後

南海英魂叫不醒，舊題重展墨香凝。當時京洛花無主，猶有春風寄廣陵。

歸自越避寇海濱寒食不得祭掃

持酒無因洒墓松，禽聲花色慘東風。去年此日身爲客，及到鄉山又客中。

曉意

僧鐘覺曙鳥，紛飛弄林光。宿雲漸離石，我起開秋房。南山忽入几，相對各老蒼。我老幾何年，山曾見鴻荒。流泉送日月，危石支興亡。問山山無言，啼猿起前岡。

九日會連雲樓分韻得落字

冉冉海霧深，荒荒山日薄。登高集華裾，縱目天宇廓。落葉悲徂年，寒英照深酌。心醉乃文字，意行非澗壑。緬懷斜川游，此道久寂寞。胡爲吹帽人，白首戀賓幕。窮途謬行藏，異代懸美惡。吾愛漉酒巾，西風不能落。

游仙壇原注：仙壇山，在州治東五十步。

窈窕懸僧廬，空山斷諸想。上鄰境泬寥，下瞰色蒼莽。猿鶴無宿期，今古契真賞。坐中風雅談，林壑散清響。涼飈洒我髮，白雲隨我杖。醉卧松下石，不知海月上。

飛雲渡原注：在瑞安州西一里。

人烟荒縣少，澮澮隔秋陰。帆影分南北，潮聲變古今。斷峰僧塔遠，初日海門深。小立蘆風起，乘槎動客心。

道中

程入江鄉宿，新炊飯帶沙。亂山愁外笛，孤驛夢中家。野水平菰葉，春風足楝花。西來三兩客，閑説舊京華。

歸白石故廬

四鄰井竈出荒墟，獨鶴歸來認舊廬。一逕蒼苔供瘦策，半簪華髮伴殘書。斜陽巷陌語初燕，新水池塘生細魚。小立春風憐寂寞，忽吹花片入襟裾。

春暮

乾坤萬事上眉端，寂歷東風獨倚闌。白髮餘春能幾醉，綠陰細雨不多寒。香飄苔逕花誰惜，影落沙泉鶴自看。碧眼野僧知我意，素琴攜就竹西彈。

酬潘景玉

喚起離愁落木聲，抱飢猶自向書耕。江湖有夢追前事，天地無根笑此生。歲晏斷鴻羈客影，夜深殘火故人情。幸來相就分岑寂，閑對梅花酌翠觥。

用韻寄陳振先同舍

心事淒涼寄雁聲，石田苔滿未妨耕。西風戍角催年換，殘夜江樓見日生。煮茗敲冰貧有味，看花隔霧老無情。湖山猶憶笙歌底，笑領春香綠滿觥。

送葛居士住栖碧庵

越山巉巉越臺孤，井中雙鯉曾走吳。滿坡叢竹遺舊箭，回首霸業空烟蕪。詩人訪古凌絶壁，危棲竟欲老深碧。聲搖孤枕海濤壯，影伴瘦笻山月白。了然道者亦離塵，一龕松下分秋雲。衹今虎豹滿平陸，鍊骨誰與箋青旻。琴心劍氣兩寂寞，醉墨淋漓風雨落。九十九峰歸夢寒，玉笙泠泠跨飛鶴。

春　感

柳花衮雪春冥冥，溪風一夜吹爲萍。萍隨風去渺流水，人生無根亦如此。故山入夢草芊芊，半窗疏雨寒食天。曉來白髮稀可數，多少朱顏化黄土。高原冉冉青烟斜，麥飯洒松能幾家。子規叫殘金粟暮，繭紙蘭亭已飛去。

贈玉泉真士

紫霞之佩綠玉笻，鞭笞鸞鳳八極空。碧泓照人懸萬瞳，黄冠無數趨下風。自言試邑滄海東，飄忽風雨傾槐宫。湛盧夜吼將安從，爾來長嘯招葛洪。丹氣不死横爲虹，全胎十月還倥侗。三花自聚天無功，笑我雙鬢垂秋蓬。十年白石煮不紅，安得四方上下如雲龍。

秋夜

片月相隨過竹居，風生荷葉酒醒初。窗扉半掩秋蟲急，猶有殘燈守故書。

吴中會故人

一聲新雁荻花秋，片月吴松共客舟。却憶去年今夜月，思君獨上越山樓。

妾薄命六首

原注：取古者烈女不更二夫之義，以寄吾忠臣不事二君之心，不然則王昭君、蔡文姬非不薄命也，而其所以舍彼取此者，其意蓋有攸在。

盈盈梁家姝，奕奕晉朝使。斛珠不論貲，得備巾櫛侍。一笑金谷春，列屋俱歛避。豈知錦步溫，已復爲愁地。念主惠妾深，緣妾爲主累。樓頭風雨深，殘花抱春墜。原注：此篇言緑珠也。

繁華隨逝水，日暮朱樓空。哀哀徐州妾，事主不及終。空房輟膏沐，明粧嘉靖本作珠欲誰容。春風燕子來，秋風燕子去。去來影常雙，孤鸞抱顑頷。回首醉嬌時，百花不敢媚。原注：此篇言盼盼也。

二八入宫掖，一笑空三千。雲階渺何許，步步生金蓮。繡鴛不勝春，飄若凌波仙。榮華一回首，荆棘森我前。君恩花上露，妾心井中泉。井泉誓不波，下照青青天。原注：此篇言潘妃也。

夫君仕虢州，不幸早歲折。負骸歸青齊，道遠囊復竭。投栖不見容，落日人烟絶。高義無展禽，辱身顧豈屑。野露雜涕洟，皇天鑒孤孽。肯惜一臂殘，浣此全體潔。原注：此篇言王凝妻也。

陌上桑欲稀，室中蠶正飢。妾心知採桑，安知使君誰。結髪爲人婦，幾年守空幃。婦義不移天，相邀何乃癡。老姑倚門久，不待盈筐歸。爲妾謝使君，風化關庭闈。原注：此篇言羅敷也。

國難義當馳，送君遠行役。黎明別江郊，更上北山脊。江雲妾眼迷，江風妾衣拆。魂去形獨留，兀然化爲石。化石君倘知，勿復念衾席。願持如石心，爲國作堅壁。原注：此篇言望夫石也。

寶林寺鰻井

雲根藏海眼，靈物此中蟠。吐沫晴岩雨，飛陰夏木寒。何年化龍去，半口待潮看。消長從誰問，微吟倚石闌。

寄懷

圖上追三笑，詩中寄七哀。孤棲非絕物，多難亦成才。歲儉米生竹，春寒衣上苔。不知遼海客，化鶴幾時回。

宿台州城外

荒驛丹丘路，秋高酒易醒。霜增孤月白，江截亂峰青。旅雁如曾識，哀猿不可聽。到家追此夕，三十五郵亭。

賦梅一花得使字

玄冥雨霜葉槁地，誰爲乾坤挽仁氣。苔枝老魄春力微，綃出蛟宮剪初試。芳信不消三兩點，已壓春風二十四。百花頭上頭更高，空谷天寒弄幽致。太素忽開渾沌苞，陽奇首洩河圖祕。山林骨格知無雙，冰雪精神真寡二。道人紙帳卧江月，却愛獨清同此意。淺波照影自相耦，憶向孤山作春事。斜陽凍蝶愁未知，海上先鋒青鳥使。

賦冬嶺孤松得秀字

靈丹九轉無仙授，槁色千林何可救。凍蛟出壑蒼髯秀，勁氣獨與玄冥鬬。秦官五輩空遺臭，陶徑單傳無別冑。天寒落日啼猿狖，如見襄陽古耆舊。花開花謝當春晝，蒲柳迎秋唯恐後。此地不知黄落候，一蓋高風撑宇宙。貞心耿耿神明佑，六陰雖朋不敢寇。朔風揚威雪貿貿，君子之傷君子守。明堂一柱難獨搆，青牛伏龜千歲壽。

紀　夢原注：此借夢爲題，以言故居之事也。

江風吹夢到書樓，樓外新鴻數點秋。葛老巾山空落照，晉時帶水尚東流。魚蝦市散荒烟合，鳥雀門深細草幽。何處一聲長笛起，覺來獨客在滄洲。

葛壇即事原注：仙壇有平石，方十餘丈，舊傳葛洪煉丹之所，故名葛壇。

半壑松雲識稚川，攜琴曾此寫風泉。日烏月兔神丹古，春蚓秋蛇醉墨鮮。世事榮枯成一笑，人生好醜在千年。下方城郭塵如海，輸與山中枕石眠。

答陳植父

衡門愁絶坐詩窮，瘦策荒途況此翁。流水年華孤月在，黄花心事幾人同。鄉書杳杳迎江雁，客枕蕭蕭避井桐。昨夜尊罏應入夢，扁舟歸去及秋風。

贈天目吴君實原注：天目山，在臨安縣西五十里。

詩興翩翩度雪溪，巖雲猶護舊留題。夢回殘月蒼梧曉，家在春風秀麥西。萱草堂深衣屢寄，桃花觀冷酒重攜。故山石鏡無人問，空與寒猿照影啼。

秦望山原注：在會稽嵊縣，秦始皇登山望海處，故名。

鐫石奇功席卷來，眼中滄海一瓊杯。神山只在靈鼇背，徐福樓船不見回。

項羽廟原注：在山陰縣南十五里。

夜半追兵入楚營，鴻門玉碎卯金興。江東父老猶羞見，地下如何見范增。

登謝客巖原注：在溫州積穀山下。

巖辟鎮九斗，贔屭挾五丁。飛霞適何來，縹緲開殊庭。永懷謝康樂，坐嘯山水城。曠代得真契，登臨有餘情。松風洒六月，使我毛骨清。猿鳥亦仙意，人生胡營營。石麟卧荒麓，問此誰氏塋。野老向我言，其人昔公卿。珠玉照黄壤，送者冠蓋傾。華朽變百年，所寶非修名。乃知鐘鼎貴，不如芝薇馨。所以世外人，返老還吾嬰。倚杖空歎息，洞口雲冥冥。

秋日榴花

彼美石氏姝，相逢綠陰早。借問此何時，清霜下百草。舞裙冷猩紅，自作背時好。誰家返魂香，招以華素顥。水霞晚猶鮮，山日寒更杲。燕逝蟬無聲，園林迹如掃。飾明以驚昏，豈昧出處道。飄零餘寸丹，耿耿歲華老。

連雲樓原注：先生家有樓，扁曰連雲。

我心適無事，看雲起南山。層簷接空影，而不礙往還。昔年凡鱗化，乘此青冥間。膚寸未膏物，黄埃滿人寰。剛風忽吹斷，小寄白石閒。豈不自怡悦，良田變茅菅。何當鞭豐隆，上扣虎豹關。

昌源懷古原注：昌源坂，在會稽縣南三十五里，吴越王錢氏所葬之處。

牛頭一星化爲石，千仞稜層垂鐵脊。隆隆隱隱佳氣藏，列峰環拱效圭璧。玉棺何代埋雲根，三朝萬乘子復孫。典册輝煌照九土，歲時園廟嚴駿奔。輪雲自古幾翻覆，山靈不守松栢禿。離離荒草鬼火青，麥飯無人洒林麓。我來吊古欲雪天，梵宫金碧棲寒烟。殘僧相對語寂寞，苔梅隔嶺春年年。

賦雙松堂呈薛監簿原注：監簿名肩夔，永嘉人，有堂扁曰雙松。

宿覺山中有雙松，一朝劫燼鱗鬣空。端明堂前有雙松，至今古色摩蒼穹。此物受命本千歲，扶持若有神始終。天留貞質表文獻，厖言幻學寧女容。昔賢種松如種德，柯葉餘事根本豐。百年封植雨露飽，厥聲大肆鳴笙鏞。掀髯相視雪貿貿，擁蓋對立雲童童。不知天地有黄落，玄冥失柄春無功。聞孫峨冠立松下，典刑如侍乾淳翁。昂藏見謂廊廟具，夭矯亦有山林風。稜稜鐵面不可犯，麾去秦爵如飛蓬。綵衣奉酒列清影，森森頭角皆虬龍。

雙檜堂爲魯聖可行可賦原注：魯君，永嘉城内人。

魚頭公子冰雪姿，根柢忠信華文辭。乃翁手植豈無意，貞固已作層霄期。氣含芝朮體松柏，容成山下神仙宅。清陰冉冉生庭除，綠霧纖纖護琴册。風簷對語如索詩，君家伯仲諧塤篪。養成材器豐且碩，蓄洩雲雨蟠蛟螭。黄州謫臣坐詩累，杳杳蟄龍空九地。蒼根留取千載芳，何物醜秦盜名字。

新春

衰顔憑酒潤，故國得春新。兵革兒童長，風霜天地仁。草心懸落日，柳眼看行人。擾擾紅塵者，知誰效角巾。

神山寺訪僧原注：在平陽仙口。

獨客無清伴，高僧住别村。空山卓錫影，斷石繫舟痕。風細松生籟，沙虚竹走根。小亭閒坐久，落日嘯孤猿。

萱草

近種鹿葱碧，初抽鶺鸰黄。千年入風雅，一草寄綱常。澹日空階影，餘春宫佩香。此時憂正切，對爾可能忘。

避寇海濱 原注：庚寅歲山寇爲妖，先生避地仙口作也。

偶動乘桴興，孤笻立海頭。兵塵何處避，春色使人愁。腥浪翻蛟室，癡雲結蜃樓。神山空縹緲，水弱不勝舟。

鄭氏西莊

不踏紅塵道，結廬依水鄉。遠峰開宿雨，高樹表初陽。犢卧野門寂，雁飛秋稻香。午橋花竹地，回首已凄涼。

客懷

道出簫臺北，青鞋第幾山。看雲生遠思，臨水覺衰顏。石室猿空老，花時燕獨還。春光已愁寂，况復在兵間。

太學同舍徐應穮誓義沈井後十年衆爲營墓立碑私謚正節先生

高名不與魄俱沈，魚腹孤忠耿至今。翠碣已書身後謚，寒泉猶照死時心。神遊舊月山河改，夢斷疏槐風雨深。埋骨誓終從武穆，棲霞嶺樹隔秋陰。

寄呈方蛟峰尚書 原注：尚書名逢辰，字君錫，嚴州人。宋淳祐擢進士第一，仕至尚書。

野鶴松根認履聲，夢中鈞樂尚泠泠。南山老翠幾千尺，北斗寒芒第一星。泉石好春歸健筆，乾坤正氣寄遺經。神功未展潛蛟在，還卷風雷付六丁。

聞家則堂大參歸自北寄呈 原注：丙子春，伯顔兵至杭州，則堂家鉉翁以參知政事與丞相吴堅等充祈請使，詣燕申祈請之議。國亡，守志不仕，貶河中府十九載。至元三十一年甲午，召還，放自便，乃歸江南，時年八十有二矣。

濱死孤臣雪滿顛，冰氈齧盡偶生全。衣冠萬里風塵老，名節千年日月懸。清唳秋荒遼海鶴，古魂春冷蜀山鵑。歸來親舊驚相問，禾黍離離夕照邊。

酬潘景玉 原注：平陽人。

讀史雙眸夜炯然，一聲江雁落燈前。馬非汗血材終下，木或青黃性不全。風月未容詩入務，乾坤應許酒爲年。寒城日出無窮事，老耳山中獨聽泉。

翁氏仁壽堂次韻 原注：翁氏號秀峰，鹿城人，有坐扁曰仁壽。

黃葉青苔晝掩關，無端兩鬢爲詩斑。胸吞雲夢不知岸，堂在崆峒豈有山。卷道暮年荆璞在，傳家遺墨浦珠還。王良去後鹽車厄，老驥空懷十二閑。

答柴主簿二首 原注：名杰，號觀齋，瑞安人。

相隔雲江有夢尋，篇詩寄舊重兼金。山林未遂鹿麋性，風雨空愁葵藿心。老氣十年看劍在，秋聲一夜入燈深。銅槃消息無人問，寂寞西樓待雁音。

閒采秋荷自製衣，相逢舊雨語依依。學窮科斗心空老，夢跨蟾蜍肉不飛。幾喚江帆和雁渡，長歌巖户見雲歸。何須化鶴千年後，城郭人民半已非。

侍應平坡侍郎郊行口占二首 原注：節岩，字和父，平陽人，登淳祐第，歷官刑部郎、吏部郎、寶謨待制。革命後，歸老南坡。

春霖卷流芳，霽旭浮遠野。白首貞元人，相期古松下。

試耕黃犢健，入社白鷗真。柳外呼舟去，水風吹葛巾。

别方槐庭山人二首

半生書劍孤心老，萬里山川兩眼醒。空向西陵問佳氣，舜田禹穴草青青。

夜闌深語剔寒缸，別意蕭蕭竹半窗。明日孤帆鴻影外，東風殘雪過曹江。

送果上人游五臺原注：在代州雁門郡。

萬里參師最上關，五臺高處雪花寒。出門有礙憐吾老，獨枕殘書夢杏壇。

飄飄孤錫度風沙，南北由來本一家。參透五臺峰頂雪，却歸大庾看梅花。

故相賈氏居原注：賈似道，字師憲，台州人。

當年搆華居，權燄傾衛霍。地力窮斧斤，天章煥丹雘。花石擬平泉，川途致茲壑。唯聞丞相嗔，肯後天下樂。我來陵谷餘，山意已蕭索。蒼生墮顛崖，國破身孰託。空悲上蔡犬，不返華表鶴。丈夫保勳名，風采照麟閣。胡爲一聲鉦，聚鐵鑄此錯。回首末草碑，荒烟掩餘怍。

寄周計院原注：埏，瑞安人。

海桑變紛紛，秀色見孤嶼。山林華髮尊，黨遂深衣古。獨餘鈞天夢，翛然在巖户。翳翳桂魄灰，沈沈槐夢雨。江濤豈不深，修鱗挂網罟。不知義井船，秋風繫何許。

別所親

人生重離別，况此雙鬢蓬。亭柳非故色，昨夜吹霜風。臨分復攜手，野色猶濛濛。愁深轉無語，寫入潺湲中。一水分兩支，來共高高峰。出山暫相失，到海終相逢。

溪行

風高餘暑盡，獨策興悠然。野色延幽步，秋聲入暮年。日斜禽影亂，水落樹根懸。回首故人遠，城笳吹夕烟。

仙壇寺西林

古壇仙鶴杳，野鹿自成群。松氣浮清曉，經聲出白雲。石穿僧屋過，水到寺門分。人世無窮事，山中了不聞。

問桂

空吟招隱句，林下立多時。秋信在何處，天香開幾枝。山河深夜影，水石隔年期。曾是搴英客，清愁欲語誰。

聞蛩

凄苦難成調，秋風入細弦。草根語深夜，燈下感流年。落葉已滿徑，征人猶在邊。寒衣何日寄，思婦不成眠。

寄鄭宗仁

城南懷舊別，谷口寄春耕。野鶴巢雲老，林僧管瀑清。養花疏石髓，煉藥伏山精。見説孤燈雨，年來著易成。

哭郭同舍原注：宜孫。

寂寞青燈舊，流離白髮新。病猶依故國，死乃見全人。殘墨家無子，高風墓有鄰。斯文堪一哭，落日冷湖濱。

白拒霜原注：木芙蓉之别名。

美人瀟洒江水東，玉爲肌骨冰爲容。豈無嫣紅鬧别浦，自性淡泞羞迎逢。燕脂百斛鬬宫飾，白帝有令毋纖穠。霜紈霧縠許在列，其敢誨冶女不共。阿環羽衣曾按舞，睡棠何事分春濃。不如淡掃粉亦却，諸姨合避號國封。當時親承香露渥，峽夢回首雲無蹤。空聞天王守太白，朝元閣下悲秋蛩。我來殷勤爲花壽，鉛霜贈爾瑶兔春。却向花間酌清氣，叱御勿進琉璃鍾。

答鄭即翁

初陽蒙霧出林遲，貧病雖兼氣不衰。老愛歸田追靖節，狂思入海訪安期。春風門巷楊花後，舊國山河杜宇時。一種閑愁無着處，酒醒重讀寄來詩。

王修竹監簿名樓曰與造物游命予賦原注：王公，諱英孫，號脩竹，會稽人。仕至將作監簿，素與先生友善。革命後，先生游越，多居其家莊子上。

秦望諸峰入几看，仙居縹緲五雲端。天高地迥三千界，月白風清十二闌。碧海氣清珠佩濕，明河影落玉簫寒。超然身在鴻濛上，何必蓬萊跨紫鸞。

東山渡次胡汲古韻原注：汲古，名僑，號天放，嚴州人。

客來持酒洒烟霏，空想高風意欲飛。老洞藏雲安石卧，孤舟載雪子猷歸。一川白鳥自來去，千古青山無是非。欲上危亭愁遠眺，廢陵殘樹隔斜暉。

寄陳用賓原注：覲國，溫州人，寓居越州。

水竹翛翛稱客居，有時挾筴自觀魚。爲儒老入他州籍，懷古幽探異穴書。日暮碧雲歸已晚，歲寒青桂看如初。文章自古多憎命，狗監無勞誦子虚。

喜劉邦瑞遷居采芹坊二首

原注：邦瑞，溫州海壇人，遷居越州府學前采芹。坊之南。

鄉心幾夢海壇居，半老儒冠計未疏。岸竹色侵春壓酒，牆花香度曉翻書。卜鄰俎豆三遷後，負郭田疇二頃初。雨過新蔬青可摘，小船籬外賣溪魚。

井鄉聚散笑匆匆，歲月無情忽兩翁。燈火城南聽夜雨，桑麻杜曲憶春風。百花新意皆歸燕，萬里離愁獨寄鴻。重約扁舟尋禹穴，夕陽疏樹亂雲東。

過風門嶺

原注：在平陽仙口，台州亦有之。

客來自風門，飀飀撼兩袖。溪迴衆峰新，畈絶一嶺又。行行春日微，怪禽啼白晝。流年感花稀，古道表松秀。聊此寄小酌，餘酣掬山溜。

贈泰霞真士祈雨之驗

原注：冲真，平陽人，姓吳氏。

火旂錟錟燒坤垠，蒺藜滿道風揚塵。槁苗無花不作穀，老農扶杖田頭哭。哭聲不爲填溝渠，室罄何以供官輸。檄龍唄佛寂不應，蜥蜴那能擅權柄。泰霞真士鞭風霆，綠章叩天天亦驚。玄雲沛雨起膚寸，點點都是盤中飯。須臾收斂歸無聲，翩然駕虬出山城。我聞調元功自古，亢爲常暘伏常雨。廟堂有道司牧良，坐看玉燭開金穰。淮南捕蝗蝗更在，饑蛟齧人陸成海。肥羊日日供大官，論功乃使專黃冠。真士寸田無水旱，天機子夜交離坎。

寶積寺僧舍古梅一樹皆榮而頂獨枯即席爲賦

原注：寺在瑞安州孫橋西。

鐵虬偃蹇八尺强，雲屋深深吹玉香。開偏枝南與枝北，頂頑不受春風德。悄如枯禪坐瞿曇，霓旌羽葆來毵毵。世情冷暖異榮朽，道眼看來兩何有。炎州嶺上識祖衣，參横月落皆玄機。老僧與客一笑頃，醉藉莓苔弄疏影。醒來忽憶孤山前，繫舟老樹飛雪天。翠羽無聲江色凍，夜闌秉燭渾疑夢。貪嗔到此一一除，獨有愛花癡自如。

哭德和伯氏六首原注：季德淵先六月逝。

棣隕雙葩淚洒紅，百年已短更匆匆。衹今風雪栖栖影，地老天荒一箇鴻。

風塵何處託清魂，家世梅花水月村。舊篋已無封禪稿，獨憐渴病似文園。

空遺破硯孤心苦，只博生綃兩鬢華。小婢燈前泣秋雨，竹房不見夜呼茶。

溪冷浣花宗武哭，池荒夢草惠連愁。行人猶説春風夜，燈影書聲共水樓。

伯兮癯似松間鶴，季也孤於雲水僧。昨夜夢中聞笑語，覺來秋在影堂燈。

草枯霜白泣原鴒，五十三年老弟兄。風雨對床緣未了，荆花重合在來生。

山窗新糊有故朝封事稿閲之有感

偶伴孤雲宿嶺東，四山欲雪地爐紅。何人一紙防秋疏，却與山窗障北風。

僧門

一間每笑不如僧，及到僧門閒未能。昨夜褐袍風雪裏，隔溪犬吠入林燈。

以上《霽山先生文集》卷一

全宋詩卷三六三二

林景熙二

雜詠十首酬汪鎮卿 原注：名鼎，號桐陽，平陽人。

踆烏不停飛，歛景下蒙谷。征途險在前，而況車折軸。夸父追羲和，欲挽丹砂轂。意遠力不任，化作鄧林木。漫漫夜何如，長歌飯觳觫。

百感凄孤夜，江樓起呼月。秋蟲聲轉悲，念此衆芳歇。人生非金石，青鬢忽已雪。踰淮橘心移，出山泉性汩。猗蘭抱孤芳，不受宿莽没。

老來屏人事，北窗寄高眠。飄飖御風遠，銀闕開九天。虎豹不見嗔，豈予有仙緣。玉座覆紅雲，香爐霏紫烟。黄冠立小兆，冉冉導我前。下土蟣虱臣，微衷懷欲宣。兵戈幸休息，飢饉方連綿。洪惟大生德，寔制水旱權。願言回哀眷，與世蘇倒懸。皇靈閔臣請，曰其啓豐年。再拜謝闕下，回飇墮林泉。夜雷聲殷殷，甘澤朝盈田。沈思喜且驚，魂交非偶然。士抱當世憂，天猶爲之憐。況此咎證臻，庸非爕理愆。貞觀有房杜，斗米曾三錢。

鳳德嗟已衰，宣尼欲浮海。賴有載道經，神功補元宰。删詩挽風變，繫易憂世駭。春秋筆削嚴，西秦書乃采。微義將警周，逆悲大運改。悠悠千古心，後死文乃在。

子有憂世心，藹然見眉睫。崇交擬昔人，西風寄三疊。作詩匪雕鎪，要與六義涉。臣甫再拜鵑，高風或可躡。肯作蟋蟀鳴，悲涼和秋葉。

青蓮不墮劫，金鼎能回枯。吾道寄流水，此外何所須。豈不念百年，奄忽歸丘墟。生死同晝夜，逆天詎敢居。異端紛溺人，微此吾其魚。

淪惡易如墜，進善難如登。危哉方寸地，風雨吹冥冥。尺水增丈波，鰍鱔亦爲鯨。海桑空變易，天地終清寧。感此坐中夕，疏林動秋聲。

漢日落西崦，孤彗明中州。玄德負英猛，欲挽無萬牛。龍鳳一已逝，斯人復安求。區區守江左，老此以菟裘。大義固不識，卑哉孫仲謀。

垂垂大廈顛，一木支無力。精衛悲滄溟，銅駝化荆棘。英風傲几砧，濱死猶鐵脊。血染沙場秋，寒日亦爲碧。惟留吟嘯編，千載光奕奕。

權臣坐偃月，棄官如飄蓬。及玆顛沛秋，翻然挺孤忠。一死未得所，網羅挂秋鴻。渡淮已不食，蜕槁夷齊風。何人續遷史，表爲節義雄。

趙奥別業原注：在平陽城西二里馬鞍山下。

已無湖海夢，漸老足閒情。野杖日尋壑，家書時到城。開池納天影，種竹引秋聲。亦愛簞瓢樂，年來世味輕。

草　花

不入群芳譜，生機屑化工。十年多曠土，一種自春風。蛙吠殘陽影，螢明細雨叢。令人懷洛艷，錦幄照簾櫳。

夜　意

澹然無一事，至樂在書床。老石棲雲定，疏松過雨香。砧清秋巷迥，燈白夜堂涼。此意無人會，重城醉夢鄉。

老松舊隱爲曹許山賦原注：許山，諱稽孫，瑞安人。父侍郎松廬先生暮年手植七十五松于庭，夾徑蔚然，其後因有老松舊隱之署。

七十五松在，當年手植翁。龍髯雲滿壑，鶴唳月當空。三品非秦爵，諸郎有晉風。夜深清籟發，歸珮玉丁東。

中和節

柳下一瓢酒，湖風散積陰。晴舒生物命，春酌化工心。鶯語調寒燠，花粧定淺深。悠然情性會，宇宙入孤吟。

天台隱者

俗駕不曾到，瘦笻時復攜。肺肝清澗飲，鬢髮老巖棲。野巷猶雞犬，春城自鼓鞞。未應人世外，别有武陵溪。

新昌道上

江湖猶是客，歲月已成翁。仙路重雲外，人家落木中。山痕經燒黑，土脈入泉紅。又得春風信，孤花照驛東。

寄懷

風雨知何夕，干戈寄此身。青燈少年夢，白髮異鄉春。水驛逢花使，丹田守谷神。行窩隨處樂，聊自得吾真。

贈吴秀嘉靖本秀字下有才字　**林東歸**

幾夜高堂夢，不知山水長。西風歸雁蕩，落日過烏傷。斷影雲空白，孤心草欲黃。終憐負甘旨，淚灑蓼莪章。

越中送徐君寅歸閩

此地同爲客，當秋獨送君。斜陽留薄醉，遠道惜輕分。老泪遺陵木，鄉山出海雲。天南有回雁，音信倘相聞。

餞盛景則教授原注：台州黄岩人，職教平陽。

空明仙人朝帝所，跨鶴凌虚墮霜羽。洞中石髓流不乾，聖泉瀉入君肺腑。潘江陸海一目盡，自提脩綆汲千古。碧芹水冷涵夜燈，丹鳳山空鳴曉鼓。有時白戰風騷場，小巫見之縮雙股。飯雖不足仁義腴，牆陰老薺羹春苦。丈夫出處各有道，天地綱常要撑拄。俗吏惟知騁刀筆，腐儒亦或拘訓詁。雲霧窗寒森寶書，廣文袖有修月斧。離亭酒短秋帆開，雁蕩峰前桂花雨。

送横舟真士遊茅山原注：任真，平陽人，姓林氏。茅山在建康府。

海鯢吹腥浪千尺，野渡横舟人不識。春風未暖六經灰，閑抱黄庭煮白石。緑章夜徹九虎關，坐使業海生青蓮。蟾蜍窟冷手自探，西湖一鶴梅花仙。四時茫茫行大塊，君向何山飛羽佩。雙袖攜雲發天台，孤竹騎龍窮地肺。瓣香持謁三茅君，上清祕笈開瓊文。十月嬰兒誰抱送，飛出泥丸跨丹鳳。

讀秦紀

琅邪臺上晚雲平，虎視眈眈隘八紘。萬里不知人半死，三山空覓草長生。兆來鬼壁沙丘近，威動神鞭海石驚。書外有書焚不盡，一編圯上漢功名。

項羽里原注：在山陰縣南十五里，有廟在焉。

英雄蓋世竟何爲，故里淒涼越水涯。百二勢傾爭逐鹿，八千兵散獨乘騅。計疏白璧孤臣去，淚落烏江後騎追。遺廟荒林人酹酒，至今春草舞虞姬。

元日即事

宿霧沈城海日遲，十年冉冉鏡中絲。江湖舊夢衣冠在，天地春風鼓角知。杜曲桑麻歸已晚，尚平婚嫁畢何時。野人問我行藏事，自向庭前采柏枝。

燈市感舊

舊夢仙山駕海鼇，飛梅如剪柳如繅。千門疑是繁星落，九陌不知明月高。零亂遺鈿空宿草，昇平疊鼓散春濤。寒燈寥落殘書在，獨抱荒愁寄濁醪。

栝　城原注：處州，古爲栝州。

寒芒曾動少微星，一水溶溶疊嶂横。落日漁舟吹遠笛，斷烟戍屋帶荒城。沙鷗欲近如招隱，關樹無多亦厭兵。却憶鶯花亭外路，太平簫鼓沸春聲。

答唐玉潛原注：越州人。

畎畝孤心老未衰，一籬瘦菊一瓢詩。黄埃赤日謾多事，蒼狗白雲能幾時。山酒柏香春壽母，桉書芸冷夜呼兒。横琴妙在無弦處，何必知音有子期。

陪王監簿宴廣寒游次韻原注：亭四畔皆植木犀，名廣寒。

銀橋疑駕海天長，丹粟離離照翠觴。影浸山河瓊殿冷，舞深風露羽衣香。亦知廣莫元無野，却笑溫柔别有鄉。手折一枝驚昨夢，素娥憐老授玄霜。

楊妃菊

昭陽舊恨逐風飄，歲晚山中霜露饒。彭澤歸來空自老，中原舞破爲誰嬌。返魂碧海熏初炷，宿酒沈香暈不消。亦是前身曾捧硯，品題因得入詩瓢。

漁舍觀梅

冷雲漠漠護籬陰，瀟洒苔枝出竹林。影落寒磯和雪釣，香浮老瓦帶春斟。幾憑水驛傳芳信，衹許沙鷗識素心。回首西湖千樹遠，扁舟寂寞夢中尋。

陶山十詠和鄧牧心

原注：陶山在越州南，以陶貞白嘗隱于此，故名。

晴峰無數蘸清流，窈窕寒生六月秋。百鍊不須歐冶劍，沼吳人在采蓮舟。

右若耶溪

巨犗長竿釣海波，空遺磯石卧荒坡。千年無此垂綸手，多少飢民向浙河。

右任公子釣石

流來一水截人寰，虹背秋寒十二闌。白鶴飛邊人影絶，天風吹珮玉珊珊。

右集仙橋

笑拂青蘿問隱君，千巖秋色此平分。當時宴坐無人識，唯有松風共白雲。

右陶宴嶺

一室元無斧鑿痕，閑雲四壁守孤猿。空山静閲古今過，不老乾坤是此門。

右石广

玉笥孤帆喚不來，長風破浪憶江淮。不知海水何年陸，萬斛龍驤寄斷崖。

右石船

聞説東夷有聖人，歷山何處此耕雲。露苗猶洒當年泣，寂寞春風鳥自耘。

右舜田

鈞天夢破珊瑚枕，巖壑春供翡翠屏。一卷黄庭雲半席，夜深讀與嶺猿聽。

右葛仙翁石床

元非鑄冶原作治，據康熙本改自成灣，烏兔烹煎那得閑。却問黄糧幾番熟，不知沸鼎在人間。

右上下二鑊

洞霞疑接台峰近，石棧空歌蜀道難。一種靈苗人不識，半山霜露夜痕乾。

右附子岡

酬謝皋父見寄原注：南劍人。

入山采芝薇，豺虎據我丘。入海尋蓬萊，鯨鯢掀我舟。山海兩有礙，獨立凝遠愁。美人渺天西，瑤音寄青羽。自言招客星，寒川釣烟雨。風雅一手提，學子屨滿户。行行古臺上，仰天哭所思。餘哀散林木，此意誰能知。夜夢繞勾越，落日冬青枝。

送喻舜舉歸壽乃翁七十

聞君有奇氣，千巖在胸中。歲晚攜甘旨，歸以獻乃翁。乃翁松柏姿，深村侶樵農。風塵了不識，七十顔如童。舉桉各華髮，抱孫戲花叢。境閑意易足，食淡神常豐。乃知世網外，宇宙皆空同。仰山千歲酒，綵袖園春風。

過徐禮郎狀元坊原注：徐儼夫，字公望，平陽人。淳祐廷對第一，終禮部郎官。

名坊臨野渡，曾此産魁豪。湖帶詩書潤，山增科第高。劫灰遺斷礎，鬼火出深蒿。東海揚塵久，無人釣六鼇。

古　松

雷電嘉靖本作雹空山夜，髯蛟起石泉。喬陰無六月，老氣欲千年。斸藥人能壽，巢枝鳥亦仙。天風靈籟發，彷彿奏虞絃。

訪朱月峰不值

見説攜琴去，西風半日程。雲留秋渡冷，月過别峰明。落葉驚疏鬢，黄花照澹情。思君不能寐，一雁叫深更。

題長春子自畫原注：吕洞賓，别號長春子。

辟穀曾吞日月華，春風不老聚三花。玄關一竅通無極，白髮餘生笑有涯。野鶴相看盟秀竹，洞雲何處食靈瓜。披圖彷彿榴皮迹，珍重還如東老家。

輓浙西提舉李公原注：公錫，字宗禹，永嘉人。

文獻凋零半壟雲，荆花舊宅冷溪濱。欲知禮樂千年事，曾寄行藏八袠身。旌節自天驚隔世，衣冠入地見全人。鵠袍猶憶談經處，風雨宫槐暗落薪。

輓徐若翁原注：似孫，自號肖梅，溫州城西人。

化鵬有便風初積，棲鵬無端日已斜。絶漠亦傳垂死偈，故朝曾是勸忠家。層霄夢斷闕山笛，深雪魂歸院落花。公論蓋棺應自定，猶言遺德在東嘉。

重過虎林 原注：虎林山，在錢塘舊治北半里，亦曰武林，今爲郡稱。

漠漠江湖夢，蕭蕭禾黍秋。清笳吹落日，白髮過西州。池涸神龍逝，山空老鳳愁。惟餘闕外水，寂寞自東流。

故宮

驚風吹雨過，歷歷大槐蹤。王氣銷南渡，僧坊聚北宗。烟深凝碧樹，草没景陽鐘。愁見花輒月，荒秋咽亂蛩。

辟雍 原注：天子學宫之名。

冠帶百年夢，昔游今重嗟。璧池春飲馬，槐市暝藏鴉。堂鼓晨昏寂，廊碑風雨斜。石經雖不火，歲歲長苔花。

禮闈 原注：禮部貢院也。

楓陛將親策，蘭宫此並馳。凡鱗風雨化，滄墨鬼神司。染柳春衣淨，看花曉馬遲。偶來追昨夢，戍屋草離離。

西湖

繁華已如夢，登覽忽成塵。風物矉西子，笙歌醉北人。斷猿三竺曉，殘柳六橋春。太一今誰問，斜陽自水濱。

拜岳王墓原注：岳飛葬西湖之栖霞嶺。

寥落一抔在，英雄萬古寃。孤忠懸白日，遺恨寄中原。樹老殘霞澹，塵深斷碣昏。東南天半壁，往事泣寒猿。

孤　山原注：在西湖，林逋隱于此山。

回首咸平夢，清風自滿湖。乾坤一士隱，身世此山孤。鶴去空秋影，梅開尚舊株。耳孫今白髮，持酒酹寒蕪。

葛　嶺原注：宋度宗賜賈似道第于西湖葛嶺。

不讀霍光傳，炫然桃李門。湖山變朝市，烽火滿乾坤。膽落冰天騎，魂飛瘴雨村。春風吹秀麥，誤國竟何言。

飛來峰原注：在武林。

何年移竺國，秀色發稜層。清極不知夏，虛中欲悟僧。樹幽嵐氣重，泉落乳花凝。猶憶烹茶處，閒來話葛藤。

寄別諸公

盍簪譚舊夢，持酒送餘春。天地綠陰雨，江湖白髮人。時平銷劍氣，客久積衣塵。又出重關北，斜陽獨問津。

五月五日寓嘉禾學宫顧東浦載酒相過二博士偕來飲就醉翌日留詩爲別

嘉禾古三輔，積水何蒼茫。舊游夢歷歷，况此逢端陽。束艾肖人形，傾葵抱天常。蕭蕭老逢掖，得依夫子牆。鵷湖無五月，宿雨生微涼。客從東浦來，手持紫霞觴。采蒲汎纖玉，沃我書傳香。殷勤兩博士，雜出肴與漿。書囊談未了，一醉齊彭殤。酒醒忽不樂，起看北斗芒。歲月感疏鬢，風烟渺殊方。明當理征棹，斜日鱸魚鄉。

訪二陸故居原注：機、雲故居在華亭縣西北三十里崑山下。

風流懷二陸，才名動三吳。斯人不可作，千載空烟蕪。當時騁俊筆，萬象爭先驅。有如明月璧，美價傾鴻都。世運有翻覆，韞匵真良圖。惜哉去就乖，毀此千金軀。人生皆有死，百年同須臾。獨遺文字芳，乃與天壤俱。凄凄崑山寒，冉冉谷水枯。白鶴久已寂，黃犬誰復呼。荒祠掛殘陽，扁舟入菰蒲。采蓴薦秋水，庶以明區區。

簡衛山齋原注：平陽人，寓居松江府。

虎林一傾蓋，草窗雪初殘。酒酣夜剪燭，妙語鏗琅玕。回首隔吳越，清風渺難攀。焉知白首餘，遠訪滄波間。大鵬九萬里，神駿十二閑。天風非不高，乃樂烟水寬。乾坤寄一齋，江湖浮九山。何當躡飛珮，跨鶴青雲端。

會嚴陵邵德芳同舍邀宿玄同齋道舊有作

市槐夢忽醒，喬柯落風雨。何人斧爲薪，遺根尚依土。緬懷赤煒初，鬱若翠蛟舞。其下有橋門，雍雍冠帶聚。萬物遞衰盛，千載一仰俯。射策君先登，氣勇不再鼓。邅迴三舍間，我亦躋寸武。雲雷膏尚屯，有志良獨苦。空山少芝薇，大澤多網罟。爾來涉長途，征衣拂天姥。遙汎松江舟，薰風采芳杜。故人隱雲間，九山青照户。相逢各華顛，舊事不敢吐。悠哉抱玄同，高卧標枝古。

謁陸宣公祠原注：在嘉興。

冰玉爲骨秋爲神，堂堂内相真天人。諫草數百垂清芬，仁義一洗功利塵。刳肝瀝血空排雲，白日不鑒吾忠勤。奉天詔下哀痛新，將士感泣天亦聞。皇威雷動清九垠，一紙可敵百萬軍。草茅學古期致君，以額扣閽九虎嗔。玉堂雲霧當華津，耿耿何不批龍鱗。一尊酹古凄夕曛，鴛湖之水春復春。

雲間懷古原注：雲間，秀州地名。

薰風短棹水粼粼，老鶴疏林寂不聞。内史祠荒殘碣雨，黄門書冷半堆雲。獵場斜日分桑塢，馳道秋深走鹿群。寥落一觴誰吊古，漁鄉烟景客平分。

劉伶墓原注：在嘉興縣東二十七里。

碧落當年墮酒星，醉中萬事一浮萍。亦知人世無窮事，一醉松根不肯醒。

黄耳塚原注：陸機犬名黄耳。

筠筒音斷水雲村，吠入空林枸杞根。我亦天涯音信杳，盧令詩在爲招魂。

蘇小小墓原注：錢塘名倡，有墓在嘉興縣西南六十步。

歌扇風流憶舊家，一丘落月幾啼鴉。芳魂不肯爲黄土，猶幻燕支半樹花。

過澱山湖原注：在秀州華亭縣東南三十里，其山水色皆如澱。

泖口乘寒浪，湖心散積愁。菰蒲疑海接，鳧雁與天浮。澤國無三伏，風飄又一州。平生謾爲客，奇絶在兹游。

舟次吴門

懷古心猶壯，臨流影自孤。湖烟迷檇李，城木出姑蘇。草暗春驚鹿，菰香秋試鱸。青樓舊時月，無復聽吴歈。

虎丘寺原注：在蘇州城西北九里。

突兀僧房倚翠微，金精幻虎霸圖非。瓊田萬頃山如湧，鐵壁千尋泉自飛。堂在經聲通老石，樓開塔影落秋衣。千年幽獨嗟誰氏，斷刻苔深帶夕暉。

劍　池原注：在虎丘寺前。

鑿開神斧是何年，珠雁金鳧鎖冷烟。薜荔帶雲懸古木，轆轤卷月出秋泉。巖前洗劍精疑伏，林下烹茶味亦禪。高倚石闌清嘯發，恐驚池底老龍眠。

垂虹橋原注：在蘇州吴江。

地坼東吴海脈連，畫橋兩道跨晴川。影翻河漢蛟龍國，勢壓江湖螮蝀天。幾處征帆浮日月，四洲譙角隔風烟。三高遠矣荒祠在，一笛闌干夕照邊。

館娃宫原注：在蘇州城外硯石山上，蓋以西施得名，吴以美女爲娃也。

苧羅山女入宫新，四壁黄金一笑春。步輦醉歸香逕月，隔江還有卧薪人。

真娘墓原注：在虎丘中路。

歌聲舞影散春霞，月殉香魂幾落花。休恨天家無分到，漢妃青塚落胡沙。

羞　墓原注：朱買臣妻墓也，在嘉興北七里。

遠望車塵汗雨流，自知覆水已難收。爲君富貴妾羞死，富貴如君不自羞。

京口月夕書懷原注：鎮江路也。

山風吹酒醒，秋入夜燈涼。萬事已華髮，百年多異鄉。遠城江氣白，高樹月痕蒼。忽憶凭樓處，淮天雁叫霜。

許鄆州故宅 原注：唐許渾居潤州京口，故宅在南門丁卯橋。

讀君丁卯集，想此建橋時。荒草一區宅，清風七字詩。吳雲含靜態，鄆樹寄餘悲。落日空懷古，長歌知不知。

多景樓故址 原注：在潤州城西土山上甘露寺側。

灰飛百尺景愁人，斷礎殘蕪但鹿群。對峙金焦兩拳石，平分淮浙半江雲。乾坤幾沸蕭公鑊，風浪空藏郭氏墳。野衲不知興廢事，梵宮金碧自紛紛。

鶴林寺 原注：在潤州黄鶴山上。

流水蒼松石逕斜，甕城城外梵王家。仙林不返雲巢鶴，僧鉢曾移海國花。剝落苔碑秋卧草，荒涼竹院午敲茶。當時一擲乾坤手，曾向山窻倚暮霞。

金山寺 原注：在潤州江心，去城十里。

吳楚風烟畫裏看，中流樹色擁禪關。一星化石江成陸，雙塔摩空寺裏山。衲寄雲林清海怪，泉移蛟窟照僧閒。千年天塹今如掌，寂寞寒潮自往還。

焦山寺 原注：在揚子江中，與金山相對。

山裏中流小梵林，寶蓮龕背翠沈沈。半空但覺烟嵐合，三面不知風浪深。仙井浴丹開曉日，海門浮玉澹秋陰。洞深瑤草無人采，瘞鶴殘碑浸碧潯。

宋武帝居今爲壽丘寺

青衣夢破滿林烟，一擲乾坤亦偶然。僧屋翠微看月上，江山猶似永初年。

中濡泉舊在揚子江心今題金山寺井曰第一名泉余疑而問僧僧謂神龍所移嘗示夢方丈亦愚世也然江心風濤茫渺縱有泉不復可取

蜀波萬里與淮連，揚子江心浪拍天。陸羽當年亦奇士，驪龍蟄處識名泉。金鼇背上汲清泠，僧説龍移遠脈靈。若定此泉爲第一，惠山未必服中濡。

惠山泉 原注：去無錫縣七里，山東西有泉，皆合於溪，西南入太湖。

第二名泉在，深雲護石闌。九峰靈氣泄，三伏細流寒。遠脈松長潤，餘香茗欲殘。荒祠懷陸羽，一掬酹空壇。

丹陽泉

揚子江中斠夜月，慧山亭上漱朝烟。遙看丹氣霏微裏，二十泉中第四泉。

新豐道中 原注：丹陽地名。

長飈卷炎埃，澄空出秋素。迢迢鐵甕城，回首隔蒼霧。酒帘颺荒市，笳鼓發深戍。倚篷問舟人，云是新豐路。籬落雞欲棲，野水牛半渡。不見抱琴人，斜陽在高樹。

石翁媪 原注：在丹陽。

束艾楚俗愚，鑄金秦民怖。何年斲雲根，偶立此翁媪。千春衣莓苔，偕老食風露。世人輕結髮，覆水或旦暮。乃習無情緣，永與天壤固。停舟一訪古，久欲祛此錮。父老向我言，曾是梁朝墓。衣冠化黄土，古丘亦成路。當年殉金棺，兹物獨如故。閲世如過客，興亡了不悟。時借牛礪角，敲火戲童豎。

毗陵太平院壁間畫山水熟視之有飛動勢殆仙筆也因題

山風不動雲四寂，萬頃波濤生素壁。三峽夜怒搖星河，九溟晝沸卷霹靂。誰將江海一筆吞，華陽入硯玄波翻。靈鼉東轉坤軸動，驚浪出没蛟與鼉。毫端分寸千萬里，人心之險亦如此。老僧閲世如閲畫，面壁凝然悟玄理。嗟余老作汗漫遊，寒光飛動六月秋。乃知瞿塘在平陸，安得竹葉吹成舟。

舟中書事

村酒沽來濁可斟，扁舟過雨繫楓林。午香吹稻海田熟，秋蔓引苽茅屋深。天地暗塵歸客鬢，江湖斜日動鄉心。衰年自笑爲形役，空羨閒鷗卧水陰。

蜀頭陀客吴歲久持行精勤有道者也

三峽無歸夢，閒雲澹石床。半生修白社，孤影寄朱方。覺路心如月，高年頂不霜。翻憐來往者，終日爲誰忙。

練川道中次胡汲古韻

客中還又客，回首憶并州。一枕江湖夢，五更風雨舟。水寒荷葉老，蟲響豆花秋。幾度看雲坐，吾生亦覺浮。

劉龍洲墓 原注：名過，字改之，有墓在蘇州。

一抔寂寞幾秋風，雲斷洲空憶老龍。湖海劉郎詩骨冷，乾淳餘響寄孤松。

過吴門感前游

回首前游夢未忘，江雲漠漠樹蒼蒼。客心空老鶯花月，詩貌不肥魚稻鄉。白虎氣銷遺瘦石，綵虹影冷卧斜陽。當時已嘆來麋鹿，後二千年更斷腸。

舟次吴興二首 原注：今安吉州。

釣舟遠隔菰蒲雨，酒幔輕飄菡萏風。彷彿層城鼇背上，萬家簾幕水晶宫。

蒼烟淡淡水濛濛，漁笛吹殘夕照紅。六客風流今已遠，堂名空入酒名中。

釣　臺 原注：在嚴州。

曾來天上宿，夢不離寒磯。宇宙雙臺迥，烟波一客歸。姓增江郡重，墓隔越山微。千古登臨意，凄涼帶夕暉。

宿七里灘 原注：距桐廬四十餘里。

寥落空江上，買魚開酒尊。亂山含雪意，孤艇寄楓根。灘近不成夢，鴻飛欲斷魂。偶呼黄帽語，一犬吠前村。

方玄英故居 原注：距桐廬三十里，在釣臺之東，地名白雲原。

艤舟鸕鷀港，白雲滿高原。借問玄英居，遺搆無復存。精靈幾百載，山鬼憑幽昏。獨遺文字香，隱隱草樹根。轉盼東山麓，彷彿見柴門。以上二句嘉靖本作有客招以歌，掬泉薦芳蓀。彷彿雲中人，玉珮來華軒啼猨助悽惻，亦復銷我魂。漁父促歸棹，嘉靖本作徘徊日將暮牛羊下前村。長揖者誰子，未識情已溫。云十有六葉，咸通之耳孫。緬思幽人後，風雅天所敦。相攜就茅屋，一笑酌瓦尊。

原　易

滎河通崑源，古出龍馬瑞。包犧真天人，一見測其秘。八卦已支離，重爲六十四。爻象互立名，繫辭發洙泗。盡洩元氣藏，柯葉布文字。有如木生癭，箋註漫百氏。燋龜與揲草，何能解人意。及滋天下疑，反以二物具。方寸不自靈，柄爲冥漠據。弧矢啓戰爭，書契長奸僞。緬思未畫前，標枝無一事。日月自循環，全易在天地。所以負苓人，因之發長喟。

蔡琰歸漢圖

文姬別胡地，一騎輕南馳。傷哉賢王北，一騎挾二兒。二兒抱父啼，問母何所之。停鞭屢回首，重會知無期。孰云天壤内，野心無人彝。凡物以類偶，濕化猶相隨。穹廬況萬里，日暮驚沙吹。惜哉辨琴智，不辨華與夷。縱憐形勢迫，難掩節義虧。獨有思漢心，寫入哀絃知。一朝天使至，千金贖蛾眉。雨露洗腥癡，陽和變愁姿。出關拜漢月，照妾心苦悲。妾心倘未白，何以覲彤墀。狐死尚首丘，越鳥終南枝。如何李都尉，没齒陰山陲。

用拙爲金罍徐氏賦

久知拙無用，飾巧以相賢。而君獨用拙，好古與世懸。不見百圍櫟，濩落終天年。豈其棄匠石，無用用乃全。孔門七十子，愚魯承禪傳。冲質抱元素，神工謝雕鐫。續鳧而刻馬，適以戕其天。柳州正坐巧，望星猶乞憐。一墮叔文累，挽海不可湔。

精衛

原注：任昉《述異記》：炎帝女溺死東海，化爲精衛，自呼其名，每銜西山木石填東海。一名誓鳥，一名冤禽，一名志鳥，一名帝女使。陶淵明、韓退之皆有詩。

形微意良苦，前身葬長鯨。天高不可訴，宿憤何時平。欲填東海深，能使西山傾。山傾海乃深，日夜空悲鳴。情知力不任，誓將畢此生。

納涼過林氏居

原注：溫州城南人，其家多竹，號筠棲。

出郭已虛曠，入門轉蕭森。筠棲無六月，聊以解我襟。紅日不到地，白雲時滿林。坐久石根冷，酒醒荷氣深。飄飄黄冠客，臨流鼓瑤琴。一鼓洗我耳，再鼓空我心。山高水復迴，彷彿蓬萊音。興盡拂衣去，城笳吹夕陰。

宴德初書樓 原注：姓陳氏，平陽人。

樓高不二尋，已作百尺想。中有湖海豪，開襟納萬象。頗延素心人，談笑落清響。鄰花吹午香，簷竹薦秋爽。於中了行藏，此外斷俯仰。西樓富薰天，歌鐘樂華敞。荒涼風雨餘，山夔自來往。

李兩山侍郎仲氏儒而醫解后會稽索詩識别 原注：兩山李思衍，字昌翁，鄱陽人。

我懷兩山翁，夙抱經濟略。曾驅部使車，所至問民瘼。昆陽斗大州，漁吏久竭澤。三尺行風霆，四知厲冰蘗。公餘接寒士，促膝談禮樂。以我獨閉門，前茅訪林壑。當途盡挾貴，此道可敦薄。浮雲於我如，霖雨用汝作。如何歲龍蛇，斯人竟冥漠。平生詩萬篇，耿耿志誰託。頗聞仲氏賢，風骨似其伯。爾來一披霧，月梁慰離索。紛紛雞鶩中，夭矯見孤鶴。陽秋皮裹鑒，太素指下脈。猶有刀圭功，可敵廊廟爵。四百有四病，如禽應弦落。真病在人心，問君有何藥。

王德輔邀飲新醅予與陳用賓老輒先醉座上分韻得水字

朔風號枯林，吹寒入肌髓。江湖客影孤，况復懷萬里。白戰不持鐵，何以破愁壘。惟有無功鄉，歲暮足可恃。良朋邀我游，瓦盤列山卉。軋軋鳴珠泉，灧灧浮翠蟻。初疑變氣候，漸覺忘我爾。一觴復一觴，頹然兩衰齒。桓桓諸少年，互爵方未已。雖醉不敢譁，諧談亦書史。所以柴桑翁，濁醪有妙理。我渴夢西泠，攀條嚼冰蕊。醒來步虛廊，天空月在水。

以上《霽山先生文集》卷二

林景熙三

鹿城晚眺
原注：郭璞卜東嘉，城基有白鹿銜花而出，故名爲鹿城。

古城仙鹿遠，百感赴斜曛。海氣千年聚，山形九斗分。神鴉飢啄蘚，宰木蠹藏雲。何處鳴鉦發，春屯又易軍。

初夏

春歸不知處，溪楝日初長。舊篋題詩扇，疏簾讀易香。田蛙占水旱，海燕語興亡。復恐閑愁起，聽泉過石梁。

過北雁蕩山下
原注：在樂清縣東北九十里芙蓉村。

驛路入芙蓉，秋高見早鴻。蕩雲飛作雨，海日射成虹。一水通龍穴，諸峰盡佛宮。如何靈運屐，不到此山中。

禹穴
原注：在會稽縣東南二十五里。

古迹微茫久，雲深鎖薜蘿。洞前青壁拆，世外素書多。猿狎垂山木，龍靈起井波。相傳通海眼，魚網得金科。

禹廟
原注：在會稽東南十二里。

萬國曾朝會，群山尚鬱盤。嚴祠鎮玄璧，故代守黄冠。窆入雲根古，粱歸雨氣寒。年年送春事，來拂蘚碑看。

荷錢

盈盈新疊碧，難借柳條穿。鑄景菰蒲外，買鄰鷗鷺邊。炎官初掌柄，水國不書年。漸長薰風價，折簡供酒船。

過陶嶺有錢王井又三里有錢王石庵原注：在越州，即陶山嶺也。

沙井泉初試，石庵苔已荒。不知更宋代，猶自説錢王。古塚木根怪，春山雲氣香。詩成無紙筆，駐馬語殘陽。

久雨

閉門荒草合，宿雨掩春華。西海無回日，東風幾落花。霧冥猿自嘯，蕩冷雁猶家。誰是補天手，空懷錬石媧。

訪武伯山居原注：在舜田下。

照書雙眼碧，天欲壽斯文。白髮前朝士，青山半屋雲。遲花春後見，遠瀑夜深聞。迴看重華夢，荒田自鹿麕。

客意

獨夜愁如此，殊鄉老柰何。故人經亂少，歸夢入秋多。衣敝鄰砧動，書沈海雁過。燈前空拂劍，酒薄不成歌。

漁笛

楚竹聲何遠，蒼茫想釣舟。横當半篷月，吹破一江秋。落葉紛前浦，驚鴻過別洲。曲終枕蓑卧，無夢到涼州。

雨土原注：至元辛卯春，甌中雨土。

豐凶不可問，疑入瘴鄉春。高漢枯無潤，剛風吹作塵。園林霜後色，樵牧霧中身。四望荒荒白，誰爲洗日人。

枯樹

凋悴緣何事，青青憶舊叢。有枝撑夜月，無葉起秋風。暑路行人惜，寒巢宿鳥空。倘留心不死，噓拂待春工。

潘山長入括原注：潘平陽白石人。

爲官轉多事，行役到寒氈。落日鄰州樹，西風逆水船。飯牛懷白石，訪鶴入青田。我欲看行卷，仙峰雪瀑邊。

江心寺原注：在溫州永清門外。

佛借龍宮五百年，平分城樹與村烟。叢林忽湧中流地，雙塔曾擎半壁天。石色帶雲籠客袖，磬聲和月落漁船。袈袍不限侵門水，十載何人坐象筵。

長至日

觀物閒中得化機，相隨野鶴立多時。遺編蠹老芸空辟，舊念灰寒管不吹。夜氣清明非藥鼎，春風消息在梅枝。三杯美酒微微醉，細和堯夫擊壤詩。

元日得家書喜

爆竹聲殘事事新，獨憐臨鏡尚儒巾。寒窗琴册燈花曉，衰鬢江湖柏酒春。道在老天扶客健，書來稚子識家貧。舊山亦有閒風月，歸與漁樵作主人。

次翁秀峰原注：溫州在城人。

花柳湖西别此翁，十年鬢雪忽重逢。唐陵愁問永和帖，楚水夢聞長樂鐘。黄嬭秋燈餘舊癖，素侯野服拜新封。世情雲雨何時了，千古青青太玉峰。

立春郊行次唐玉潛原注：越州人。

道人清事飯溪蔬，無酒閑愁已破除。五夜雪聲梅角底，一春烟景竹筇初。園林芳信醒愁蝶，田野豐年入夢魚。冰下流泉清老耳，東風先已到郊居。

寄七山人原注：平陽州治北五里有七星山，鄭初心先生隱居于此，稱爲七山人。

十年疏鬢爲誰斑，天借儒冠日月閒。欹枕寒生雙瀑澗，開門春滿七星山。鶴歸尚覺遼城是，鵑老空聞蜀道難。欲覓九還憑寄語，青牛何日度函關。

王德玉席上賦牡丹原注：監簿子。

露洗檀心迥絶塵，猩袍曾受百花臣。東風喚起清平曲，西洛移來富貴春。金縷杯深如勸客，香霞幄暖欲薰人。年年此地開芳席，看到兒孫色更新。

和王德游夜感原注：監簿子。

小池荷淨雨初晴，世念消磨未到僧。衣帶長江空北固，觚稜舊月隔西興。一春空負花前酒，獨夜相知竹下燈。自笑老來甘鷁退，少年雲路健追鵬。

荷花

淨根元不競芳菲，萬柄亭亭出碧漪。乘露醉肌渾欲洗，無風清氣自相吹。製裳香冷微雲護，傾蓋盟深獨月知。却笑滿城紛繡縠，濂溪此意更同誰。

納涼

黄卷無端作睡媒，火雲萬朵鬱崔嵬。暑如酷吏何當去，薰自重華知幾來。脚踏層冰思遠壑，手遮赤日厭飛埃。披襟坐石不能夜，忽聽南山起怒雷。

次王脩竹監簿送羽士過龍瑞宫

龍迎葱珮出珠宫，鏡水涼生碧樹中。崖裂千尋根到海，劍懸七尺氣横空。晝閒謾寫琴三疊，曉發猶餘鼓一通。猿鶴無期雲自在，人間何更有空同。

王監簿陶山禱雨志喜

城居苦熱念林丘，偶向殊庭送羽流。雙袖攜雲禹穴曉，一瓢分雨舜田秋。溪聲冉冉來松壑，秋意蕭蕭滿竹樓。我與蠅蚊爭晝夜，夢中猶及赴清游。

次韻山中見寄

物外高棲豈好奇，愛涼坐到雨來時。四愁歲月空平子，三樂乾坤自啓期。晉代諸賢曲水會，鎬京遺澤變風詩。世交翻覆如雲雨，野鶴孤心老竹知。

王監簿南墅新樓落成

玉佩珊珊不可招，眼空塵界等秋毫。山林貞白三層迴，湖海元龍百尺高。自笑行藏關氣數，肯將歌舞換風騷。卷簾最愛南山近，坐聽松聲起碧濤。

石門洞 原注：在處州青田縣，溪南有書院，道觀在焉。

臨溪雙石如層城，中有洞天門不扃。杖藜穿莎入微逕，古藤絡樹春冥冥。渴猿引子下飲澗，山瓢我亦分清泠。一重一掩翳復朗，朱門金榜開殊庭。衆峰環拱受約束，何年神造驅五丁。縹緲樓臺鐘磬寂，薜荔紛披窗户青。黄冠羽服者誰子，瓊臺坐閱南華經。客來揖坐松下石，呼茶味瀹枸杞靈。笑遣青衣導予步，峰回路轉銀河傾。初看絶壁走雲霧，倏聽萬壑驅風霆。不知何代擘青峽，明珠萬斛皆龍腥。欲喚琴高借仙鯉，濛濛山雨吹孤亭。

荷　珠

霞衣葱珮來珊珊，水晶之宫緑玉盤。誰與馮夷作戲劇，貝闕驅入神瓢翻。又疑罷織蛟人泣，碧窪融作水銀汁。圓或爲璧方爲珪，寒光滉漾不可拾。古來欹器戒覆傾，真宰之柄常惡盈。季倫買笑輕百斛，金谷轉首迷榛荆。紛紛魚目爭貴惜，道眼獨懸諸幻息。須臾海霽山日高，緑雲萬柄淨如拭。

遊九鎖山 原注：在杭州餘杭縣西，其處有五洞交扃，九峰回抱，千岩萬谷，秀聚其中。

肥馬輕裘到此難，名標九鎖翠微間。天開洞府幾千載，地隔風塵此一關。謝屐空憐迷雁蕩，蘇詩不是夢廬山。他生修得清緣在，擬扣金堂覓大還。

右入九鎖山門

客杖偶逢山鶴引，儒冠幸免野猿嗔。吹來松氣清人骨，爲洗東華萬斛塵。

右松間

日澹梧枝洞鎖苔，人間蹭蹬幾驚猜。九苞自是冲霄物，曾爲簫韶一出來。

右鳳洞

雲濕林腥隱石扉，不知何代有龍歸。却疑此洞元無底，下挾滄溟作雨飛。

右龍洞

百雷鬭我前，八溟覆我後。誰哉擘巨崖，縱此翠蛟走。又疑蜀川下，萬騎赴峽口。凭闌神爲搖，清寒逼兩肘。久乃與之忘，一洗耳目垢。骨冷春木臞，魂驚夜猿吼。神仙亦愛奇，臨流并瓊玖。乘鯉琴高風，捉月太白手。跳入水晶宮，身世亦何有。緬懷玉局翁，不受荒幻誘。爾來謁空祠，采蘋奠玄酒。百年等一漚，道先天地壽。逝者固如斯，川上嘆魯叟。

右翠蛟亭

洞天有別雲，福地無凡土。嘉名此兼擅，靈氣適專聚。峰巒互重掩，雲霧自吞吐。飄然乘泠風，一瓣謁瓊宇。住山老黃冠，迎客琪樹午。魚魚美少年，華裾集齋鼓。往者修錬人，飛昇接高武。爾來何寂寥，山川亦今古。甲第擬王侯，億萬富倉庾。所以氣體移，學道不精苦。吾聞郭許儔，卓庵老林莽。終日對白雲，餐松飲石乳。

右洞霄宫

九鎖絶人寰，一嶂聳天柱。自從開闢來，着此洞天古。奇石千萬姿，元不費神斧。帝勑守六丁，山夔孰敢侮。白晝中冥冥，游者必持炬。或絢若霞敷，或蹙若波詭，或竪若旌幢，或懸若鐘鼓，或虎而爪踞，或鳳而翅舞。異狀紛獻酬，清音起擊拊。不知金堂仙，恍惚在何許。褰衣下側逕，層嵐結瓊乳。逕極罅轉深，幽潭蓄風雨。劣容童竪入，恐觸蛟龍怒。凜乎不可留，長嘯出巖户。

右大滌洞天

聞有真人白日昇，洞天千古卓崚嶒。頂高絶似撑華蓋，穴暝初疑入武陵。秋靜石枰空暈蘚，寒生泉縫忽懸冰。依依谷口斜陽在，已覺熏風濕杖藤。

右棲真洞

誰卓孤峰紫翠巔，流泉一脈到宫前。却憐千尺擎天柱，不拄東南半壁天。

右天柱峰

仙子渾無涉世勞，屐痕一尺寄孤高。幾人失脚風波裏，可是雲根立得牢。

右神仙隱跡

華表鶴歸處，林深別有天。雲陰生石壁，杉影落丹泉。宇宙名山在，神仙古洞懸。歸來凡骨换，寂照起三田。

右過石壁丹泉二亭

留寄沈介石高士

名山隔風雨，幾度夢空馳。谷口重來路，雲根舊别時。玄門尊老宿，白髮長嬰兒。欲問還丹事，林深鶴已知。

懷葉鄧二友

中歲修玄學，懸崖結屋危。幻身風露襲，淺户虎狼窺。九鎖洞中志，一瓢身後詩。定知明月夜，雙鶴影相隨。

半雲庵原注：瑞安陳瑞洲家庵名。

天地等蘧廬，結廬復何事。一間亦寄耳，况乃寄所寄。我身正似雲，於此適相值。買鄰不用錢，平分有餘地。豈不愛專壑，孤立聖所懼。平生志八荒，澤物乃吾素。我行雲不隨，雲行我復住。出處兩何心，得非以時故。造物無全功，蒼生竟誰籲。石床坐忘言，各分一半愧。

端午次韻懷古或疑屈原曹娥死非正命是不知殺身成仁者也併爲發之

葵榴入眼明，得酒慰衰齒。胡爲浪自悲，懷古淚紛委。湘江沈忠臣，越江沈孝子。沈骨不沈名，清風兩江水。或云非正命，是昧舍生理。歸全豈髮膚，所懼本心毁。哭父天爲驚，憂君國將燬。於焉偷吾生，何以立戴履。脩短在百年，芳穢垂千紀。之人死猶生，滔滔真死矣。

陳子植草廬成求予賦

老矣杜陵客，草堂倚江干。故人相幽築，皇天憖生還。君家付楚炬，結搆當時囏。謂得風雅力，竹木供大官。城邊夜歸鶴，杳杳發長歎。朱甍昔峨峨，碧草今曼曼。何如蔭白茅，容膝有餘安。我哀喪亂餘，人烟半凋殘。風凄狐兔警，露重星斗寒。丈夫坐一室，此念馳九寰。所以草堂人，安得千萬間。

有感

逢春感孤羇，抱古來衆吠。如何陵谷遷，芳草亦蕭艾。自憐歲月晚，復覺湖海隘。野鷗不受招，興在萬里外。

寄四明陳楙陽原注：四明山在明州，山有四門，通日月星辰之光，故云。

高人謝世紛，誅茅在絶壁。十年不下山，舊路掩深棘。出門復踟躕，觸步有崩石。下臨千仞淵，毒鱗正紛籍。腥風鼓洪濤，石齒鳴咋咋。失勢倘一落，萬緶那可及。不如息我軀，猿鶴與朝夕。

贈東谷上人原注：借上人之名以喻自己之意。

岸陵幾紛紛，岐路誰了了。中有定慧人，翛然坐深窈。山空諸念消，月墮孤禪悄。一室虛白生，天雞弄清曉。

題水雲深處

霏霏弄閒態，灎灎揚素紋。幽人不可即，但見水與雲。蒼狗紛世情，瞿塘在平地。所以盟白鷗，萬荷最深處。

送胡汲古歸嚴陵覲親

胡君白雲心，鄉夢攪幽夕。挑燈起我言，相對竟惻惻。問君何時歸，心已寄飛翼。我歸萬山遙，君歸一水直。十年湖海間，耕硯苦不穡。居然保章甫，晨省無愧色。高堂椿樹蒼，萱花在堂北。再拜捧壽巵，晴芳滿瑤席。塤篪夜床溫，冠蓋春巷塞。萬古天倫中，真樂非外借。明朝浙東西，片雲渺何極。

哭薛榆溆同舍

桂死月亦灰，鵬枯海爲陸。自我哭斯文，老淚幾盈掬。故國忽春夢，故人復霜木。矯矯榆溆君，白首尚儒服。解后一寫心，乾坤兩眉蹙。無力能怒飛，有道欲私淑。憶游東浦雲，馬帳肯同宿。孤燈照寒雨，蕭蕭半窗竹。君器碩以方，有如舟萬斛。斂華就本根，耆年謂可卜。昨別猶是人，今乃在鬼錄。爲善未必遐，嗚呼真宰酷。往年海若怒，風濤卷人屋。脱身鯨魚吻，長寐固應熟。寡妻泣帷荒，有子繼經術。彼哉暴殄夫，食必饌金玉。一士苜蓿腸，奪之胡忍速。問天天夢夢，秋聲滿巖谷。

贈蘭坡星翁

深林澮孤芳，一洗桃李姿。采采坡雲暮，持之欲遺誰。故人青雲端，或在江海涯。青雲達者路，江海幽人期。有如一種蘭，升沈亦殊岐。南宮香滿握，誰使紉湘纍。客笑試問君，君曰數所爲。嗟予偶閱理，焚膏自童時。功名千載芬，白首心已違。富貴倘貽臭，不如貧賤怡。吾生吾自斷，爲謝君平帷。

雪　後

開簾殘酒醒，雪意尚垂垂。夜色沈奎久，春容變柳遲。寒塘鷗自聚，荒歲鶴同饑。便欲誅茅隱，何山有紫芝。

山中早行

短策穿幽徑，山樵半掩扉。月斜林影薄，石盡水聲微。一犬隔籬吠，孤僧何處歸。相逢松下立，風露滿秋衣。

寄薌林故人原注：薌林，在州北十里。故人，宗仁也。

狺狺多楚狗，何處續離騷。草徑無塵入，秋峰與節高。菰香清野飯，柳色老宮袍。笑問劉安鼎，相看已二毛。

疏懶爲四明何君賦

野意雲同散，閑門草自新。不知世網密，爲謝客車頻。風月兼忘我，山林亦恕人。咸陽歎黃犬，榮辱古爲鄰。

答山中侃上人原注：山中，指仙壇寺也。

竹房分半席，流水白雲間。丹竈餘千載，青鞋第幾山。有詩多解悟，無髮得高閒。因笑塵中客，重逢改舊顔。

山陰秋懷

舊游渾似夢，短髮不勝簪。風雨行金氣，乾坤老鐵心。舜田秋稗滿，禹穴夕雲深。正自登臨懶，凄涼隔水砧。

初夏病起

青衫蕉鹿夢，江海一畸人。舊國愁生暮，衰年病過春。天垂湖色湛，雨洗月痕新。猶抱遺經在，心銜覆載仁。

溪　亭

清秋有餘思，日暮尚溪亭。高樹月初白，微風酒半醒。獨行穿落葉，閒坐數流螢。何處漁歌起，孤燈隔遠汀。

答陳景賢

一劍掛寒壁，艱危氣不衰。鬢痕朝鏡覺，書味夜燈知。夢斷潮生枕，愁新雁入詩。思君心欲折，又負菊花期。

薛德之之江東簡熊西玉諸公

乍逢還又別，龍竹葛陂陰。野水流春遠，江雲入暮深。新知滿湖海，遺老在山林。解后如相問，憑君道素心。

五日次韻

客鄉吊古重登臨，隔水斜陽鳥語深。賜葛尚餘唐闕夢，傾葵猶抱楚臣心。蒲邊臘釀供華髮，楝後春風在綠陰。桃印靈符何必佩，乾坤正氣古猶今。

酬合沙徐君寅原注：合沙，福州郡稱。

歸鶴悠悠度海遲，閒來野寺看僧棋。鄉心荔子薰風國，客路槐花細雨時。天地一身愁自語，江湖諸老澹相知。烏絲醉後淋漓墨，片月娟娟照硯池。

重游鏡曲次韻

青眼重逢白髮新，舊游却恐是前身。野鳩妬客招呼雨，江燕隨人管領春。曾附仙舟追李郭，獨提詩律繼黄陳。鏡中恨不移家住，山水蒼蒼老釣綸。

和監簿山中自壽

梅傳春信菊延秋，萬壑千巖引勝遊。明月半船招賀監，清風滿袖挹浮丘。意閒自得琴書樂，身隱猶懷畎畝憂。但得八荒皆壽域，飯疏飲水亦何求。

立秋日作

苦熱如焚想雪山，清商一夕破愁顏。炎光斷雨殘虹外，涼意平蕪遠樹間。忙踏槐花猶入夢，老催蒲扇共投閑。城頭遥望纍纍塚，遼海荒寒鶴未還。

中秋山中對月

收拾山河片影圓，舉杯笑酌結鄰仙。萬家絃管誰無月，一壑樓臺別有天。丹桂梯寒醒舊夢，玄霜杵熟授長年。此秋此夜無清句，花亦笑人空醉眠。

浙中饑甚六月一雨頗慰

雨餘燈火坐茅齋，此夕田家有好懷。造物心終扶畎畝，蒼生命已墮顛崖。燕山漕粟初航海，浙水移家半入淮。貞觀三錢誰復識，擁衣數起望台階。

秋日言懷次韻

禹穴風烟老尚游，青門回首憶瓜疇。海槎片影星河曙，城角一聲天地秋。臨水忽驚餘鬢落，看雲還悟此生浮。杖藜擬訪神仙宅，中有長眉不掛愁。

喜監簿得陶山舜田

耕隱山中久卜鄰，愛奇不厭買山勤。重華事往人何在，萬古春深鳥自耘。閒拂巖花問陵谷，獨懸茅屋管烟雲。滿林剡竹供揮洒，天壽斯文正屬君。

别王監簿

玄髮相逢雪滿顛，一番欲别一凄然。離亭落日馬嘶渡，舊國西風人喚船。湖海已空彈鋏夢，山林猶有著書年。蓬萊不隔青禽信，還折南枝寄老仙。

次韻謝諸公見壽

千載東籬有晉香，客床風雨夢潯陽。白頭湖海孤心在，青眼詩書舊味長。哭兀已知權此度，溫柔何必老爲鄉。殷勤還祝南山壽，歲歲梅花歲歲觴。

訪僧鄰庵次韻

拂石題詩滿袖嵐，尋僧又過竹溪南。乾坤浩蕩酒鄉寄，山水蒼寒琴意參。老燕未歸同是客，孤雲無住孰爲庵。寂寥午夜松風響，疑是神仙接麈談。

答金華王玉成原注：金華，婺州郡稱，以其地有金華山也。

詩吞楚澤渺無邊，不用神丹骨已仙。九萬里程驚落羽，三千年事撫遺編。銅盤老淚胡笳裏，金粟荒愁杜宇前。惟有雙溪溪上月，清光照客尚依然。

送友人孔濟之之金華

餘子紛紛氣可吞，青霄萬里合孤騫。藻芹池冷三年客，絲竹堂高幾世孫。前輩修名似山斗，斯文清氣在乾坤。故人要路如相問，爲説蒼苔獨閉門。

述懷次柴主簿

獨閉柴門木石親，詩筒剝啄不妨頻。青燈風雨多離夢，白髮江湖少故人。謾讀楚騷招太乙，誰聽郢曲和陽春。書香劍氣俱寥落，虛老乾坤父母身。

次曹近山見寄原注：告春，字問農，平陽梅溪人。登咸淳第，歸附後以詩文著名。

扣角歌殘夜正長，懶將龜筴卜行藏。風烟萬里別離夢，草木一溪文字香。仙泣銅盤辭渭水，鶴歸華表認遼陽。愁來偶上西樓立，耿耿寒奎色照霜。

送葉伯幾之奉化原注：伯幾，平陽人，分教明州奉化。

親攜琴册出烟蘿，海國儒風近若何。筆挾龍湫靈不盡，官鄰雪竇冷偏多。詩書千載關經濟，師友三年要琢磨。老去喜逢奎運轉，送君猶拂舊冠峨。

新晴偶出

琴床茶鼎澹相依，偶爲尋僧出竹扉。風動松枝山鵲語，雪消菜甲野蟲飛。看花春入桄榔杖，聽瀑寒生薜荔衣。古寺無人雲漠漠，溪行喚得小船歸。

題海上人棲雲樓

水村烟景隔晴霏，十二闌干在翠微。一壑暮年閒獨倚，半簷秋影澹相依。柏爐貝葉香猶潤，紙帳梅花夢不飛。會得此中無所住，來來去去總玄機。

催梅

參橫月落幾相思，第一春風向此期。乘興竹笻霜後路，寄聲籬落水邊枝。禁中鼓絶花奴老，海上宫深鳥使遲。獨抱素心誰是伴，羅浮仙夢隔天涯。

柳下漁次韻

瓦甌一醉萬事了，醒來然竹清溪曉。半蓑烟雨披春寒，堤上落紅已如掃。荒磯白鳥無離愁，明月清風滿幽抱。却憐灞水長亭西，幾樹柔條不得老。漢槎丙穴今已非，網罟相尋縱鱗少。何如卷釣兩忘機，魚向樹根吹絮飽。

書陸放翁詩卷後

天寶詩人詩有史，杜鵑再拜淚如水。龜堂一老旗鼓雄，勁氣往往摩其壘。輕裘駿馬成都花，冰甌雪椀建溪茶。承平麾節半海宇，歸來鏡曲盟鷗沙。詩墨淋漓不負酒，但恨未飲月氏首。床頭孤劍空有聲，坐看中原落人手。青山一髮愁濛濛，干戈況滿天南東。來孫却見九州同，家祭如何告乃翁。

贈會稽尹醫師

相逢湖海説醫靈，學更參玄世味輕。薊子他年游碧落，空留藥市會稽城。

汪東巖爲余寫容求贈詩余以其學佛者也故後章及之

丰神閒整坐凝然，一笑聊憑筆意傳。却有丹青難畫處，獨遺好醜在千年。

因形有像轉支離，妙筆從君壓畫師。若向禪中參一指，寫余父母未生時。

夢回

夢回荒館月籠秋，何處砧聲喚客愁。深夜無風蓮葉響，水寒更有未眠鷗。

送春

蜀魄聲聲訴綠陰，誰家門巷落花深。遊絲不繫春暉住，愁絶天涯寸草心。

聞蟬二首

翼綃微動自宮商，幾曳殘聲送夕陽。喚得槐柯芳夢覺，薰風一曲換西涼。

近交紙薄雲翻手，舊夢冠空雪滿顛。却憶畫船曾聽處，夕陽高柳斷橋邊。

與邵德芳同舍二首

聚散雲萍亦偶然，十年曾此繫秋船。當時別意芙蓉老，不道相逢又十年。

年少同游古辟雍，文光萬丈掃秋虹。不須舊事談如夢，燈下相看亦夢中。

葵心戀日還終在，橘性踰淮已不同。誰識鱸江持釣手，曾搴月窟一枝紅。

夢中作四首

自注：元兵破宋，河西僧楊勝吉祥行軍有功，因得於杭置江淮諸路釋教都總統，所以管轄諸路僧人，時號楊總統。盡發越上宋諸帝山陵，取其骨，渡浙江築塔于宋內朝舊址。其餘骸骨棄草莽中，人莫敢收。適先生與同舍生鄭樸翁等數人在越上，痛憤乃不能已，遂相率爲采藥者至陵上，以草囊拾而收之。又聞理宗顱骨爲北軍投湖水中，因以錢購漁者求之，幸一網而得，乃盛二函，託言佛經葬于越山，且種冬青樹識之。在元時作詩，不敢明言其事，但以夢中作爲題。下篇冬青花亦此意也。

珠亡忽震蛟龍睡，軒敝寧忘犬馬情。親拾寒瓊出幽草，四山風雨鬼神驚。一抔自《遂昌山樵雜錄》作未築珠丘同上書作宫土，雙匣猶同上書作親傳竺國經。獨同上書作只有春風知此意，年年杜宇泣冬青。

昭陵玉匣走天涯，金粟堆前幾吠鴉。水到蘭亭轉嗚咽，不知真帖落誰家。

珠凫玉雁又成埃，斑竹臨江首重回。猶憶年時寒食祭，天家一騎捧香來。

冬青花

自注：冬青一名女貞木，一名萬年枝，漢宮嘗植，後世因之。宋諸陵亦多植此木。

冬青花，花時一日腸九折。隔江風雨清影空，五月深山護微雪。石根雲氣龍所藏，尋常螻蟻不敢穴。移來此種非人間，曾識萬年觴底月。蜀魂飛遶百鳥臣，夜半一聲山竹裂。

六　言

沙鷗對立機外，胡蝶相逢夢中。帆去帆來野水，花開花落春風。

流水獨吟花逕，好山重約雲門。茶甌疏竹孤寺，桐角斜陽遠村。

讀文山集

黑風夜撼天柱折，萬里飛塵九溟竭。誰欲挾之兩腕絶，英淚浪浪滿襟血。龍庭戈鋋爛如雪，孤臣生死早已決。綱常萬古懸日月，百年身世輕一髮。苦寒尚握蘇武節，垂盡猶存杲卿舌。膝不可下頭可截，白日不照吾忠切。哀鴻上訴天欲裂，一編千載虹光發。書生倚劍歌激烈，萬壑松聲助幽咽。世間淚灑兒女別，大丈夫心一寸鐵。以上《霽山先生文集》卷三

錦屏山

錦障鬱嵯峨，秀出城之西。直是神氣積，宛若屏障開。蒼翠接重壤，上與浮雲齊。幽花被晴壁，古樹欹層崖。下有張夫子，讀書事幽棲。于今幾百歲，衣冠世多才。偉哉據名勝，林泉足徘徊。茲晨幸休暇，杖屨同攀躋。和風襲輕裾，好鳥鳴喈喈。勇往遽忘疲，窮深陟崔嵬。極目萬里外，頓覺羣山低。長嘯倚蒼松，暢然舒我懷。

明張孚敬嘉靖《溫州府志》卷二

瑞安院

倚山寶閣照崔嵬，山鳥山雲自去來。竹籟曉和幽梵合，藤花春入古松開。丹空遺竈形難蛻，草暗孤城首重回。處士凄涼猶是晉，廬山蓮社許參陪。

清張南英乾隆《平陽縣志》卷九

知宗柑詩用韻頗險予既知之復取所未用之韻續賦一首三十韻

書閲揚州貢，功觀禹化覃。香包分橘柚，秋色動江潭。破暑花凝雪，凌寒葉染藍。金衣愛日照，珠實碧波涵。未止諸侯計，曾聞四皓談。顔歡陸績母，業世李衡男。送客愈吟桂，書時坡韻儋。洞庭夸浙右，溫郡冠江南。節物清霜重，家山綠蒂含。青黄出籬落，朱綠耀林嵐。昔貢千金顆，遙馳萬里函。新宜薦寢廟，香可供瞿曇。孌子那能比，羅浮未許參。何人傳是陸，端類列非聃。在品寧爲四，蒙恩或賜三。鄉情寄初熟，旅況憶幽探。嘉拜親開合，珍藏淨洗甔。行將解印綬，歸種當田蠶。根向横陽覓，泥尋斥鹵擔。荒蕪耘徑草，封植伴溪柟。不用千頭富，聊資一餉湛。茅齋闢杜甫，僊井汲蘇耽。佳境妙餐蔗，閑庭勝蒔苷。雁行三峽荔，奴視四明蚶。欲繼花爲譜，應同柳駐驂。禦偷籬著棘，愁凍灌添泔。掩映青雲葉，光華碧玉篸。釀成浮甕蟻，蒸辟蠹書蟫。護蒂期存乳，留皮欲去痰。恨無親可遺，忪慘白巖庵。

清戴第元《唐宋詩本》卷六二

句

君不記，犬《南村輟耕錄》卷四作羊之年，羊同上書作馬之月，辟歷一聲天地裂。元鄭元祐《遂昌山樵雜錄》

題陸秀夫負帝蹈海圖

紫宸黄閣共樓船，海氣昏昏日月偏。平地已無行在所，丹心猶數中興年。生藏魚腹不見水，死抱龍髯直上天。板蕩純臣有如此，流芳千古更無前。明瞿佑《歸田詩話》卷中　按：元吴師道《吴禮部詩話》以爲元盛元仁所作，未知孰是，姑存以備考。

（顧永新整理）

全宋詩卷三六二四

釋雲岫

釋雲岫（一二四二——一三二四），字雲外，號方巖，俗姓李。慶元府昌國（今浙江舟山）人。師事直翁，遍叩叢林名宿。初住慈谿之石門。歷象山智門、明州天寧。繼以三宗四維推挽繼竺西坦席，升住天童。元泰定元年卒，年八十三（《語録》附録東明慧日《哭雲外老人》注）。爲青原下十八世，直翁舉禪師法嗣。有《雲外雲岫禪師語録》一卷，收入《續藏經》。事見《語録》及所附釋文琇撰《天童雲外禪師傳》。

釋雲岫詩，以輯自《語録》的偈頌及其中單編的詩合編爲一卷。

偈頌二十三首

夜半金烏出，寥寥照寰宇。兩眼對青山，通身淚如雨。大覺世尊，臘月八夜，子正四刻，覩明星而悟道。引得後代兒孫，夜半染皁。智門昨夜傷風，打嚏湊得恰好。佛成道

久渴逢甘雨，他鄉見故知。洞房花燭夜，金牓狀元歸。舉古德道：十方同聚會，個個學無爲。此是選佛場，心空及第歸。

崑崙之水易發，少林之春難芳。一臂忽斷，九年頓忘。雷暈紋於象齒，花釀蜜於蜂房。派列枝分兮子孫繁碎，烏非馬似兮言語文章。

半夜劈破太空，太陽正照白晝。掩却萬象生鐵一團，一一俱列下別有商量。南海觀音菩薩，端坐水月道場。春山疊亂青，春水漾虛碧。寥寥天地間，獨立望何極。　謝尊侍者

西風凋木葉，蟋蟀啼壞牆。明月照破屋，露冷黄金牀。藏經一卷，儒書一章。讀不成句，書不成行，天空地闊誰商量。　謝海藏主

曙色纔分鷄便唱，春風未動鳥先啼。一牀胡蝶家家夢，祖意無人肯入思。左顧右盼，皆我良輔。雲生兮從龍，風生兮從虎。山僧坐繩牀説禪，按拄杖作主。　請兩班

蟋蟀啼壞牆，蝦蟆叫春水。時節使之然，處處聒人耳。一句子，玄中玄，妙中妙。寒暑不相干，陰陽不相到，必竟如何通耗。鷺鷥立雪非同色，明月蘆花不似他。

冬至

千巖帶雪，萬水生冰。今夜寒極歲極，明朝日新月新。山僧禪牀角頭拂子，長時間挂不犯纖塵。信手拈來，春回大地。展慈容於釋迦老子，收怒氣於金剛眼睛。只者一著，最妙最靈。今正是時，如何委悉，浩浩塵中尋不見，見無見處却分明。　除夜

分歲家貧無可有，白牛牽出爲人烹。堂中不問僧多少，一箇還他一分羹。　舉北禪烹露地白牛公案。

蕩盡是非窠窟，截斷葛藤露布。今日放開布袋，不要東去西去。拗折拄杖，向者裏住。碧眼胡僧坐九年，心膽渾如生鐵鑄。　解夏

如來藏中有一常圓之月，大如車輪，冷如冰雪，犀牛扇子何曾別。怒濤推出海，恰值中秋節。若也喚作白蓮花，浮出龍王宮。我道玉川子，胡説亂説。　謝照藏主唐侍者

達磨眼睛，八斛四斗。斷貫索子穿來，諸人面前抖擻，天上人間阿誰有。

意存言外，道在機前。求人思搭對，見面懶寒暄。古劍長埋匣，閒弓不上弦。謝所翁首座

流而不返名曰情，湛而不搖名曰性。靈而不昏名曰神，光而不亂名曰明。迷此四者爲之凡，悟此四者爲之聖。謝歐省元

天地熱如爐，萬物同一煮。衲僧煮不殺，出來拍手舞。中夏

海水縮，天風寒。一陽破坤，六陰生乾。君子之道日長，小人之道日消。冬至

髮生爪長常如此，筋轉脈搖休問他。動靜不干消長事，從教門外雪寒多。舉宏智祖師道：浮虛境上，新新三世遷移。堅牢地中，隱隱一陽萌動。住而無住，密運機輪。生而無生，妙超影事。

世尊雙眼明，看天上星。智門雙眼明，看天上星。智門雙眼瞎，世尊雙眼明。世尊雙眼瞎，智門雙眼明。互復二千年，彼此心不平。世尊世尊，今日誰底時節。臘八

東邨王老夜燒錢，保當新年勝舊年。三珓俱通三扣齒，太平無事樂平平。舉僧問古德：年窮歲盡時如何？古德道：東邨王老夜燒錢。以上輯自士惨編《雲外和尚住智門禪寺語錄》

頌古十首

世尊生下，一手指天，一手指地，天上天下，唯吾獨尊。

荷葉團團團似鏡，菱角尖尖尖似錐。叵耐古人無意智，預先偷我一聯詩。

僧問曹山：靈衣不挂時如何？山云：曹山今日孝滿。僧云：孝滿後如何？山云：曹山好顛酒。

孝滿曹山脱布衣，風流輸與大家兒。阿爹死了有錢使，醉酒狂歌日日嬉。

臨濟囑三聖云：吾遷化後不得滅却吾正法眼藏。聖云：爭敢滅却和尚正法眼藏。濟云：忽有人問汝，作麽生對？聖便喝。濟云：誰知吾正法眼藏向瞎驢邊滅却。

破燈盞裏已無油，放去光明照九州。暴雨暴風吹滅了，光明不在舊牀頭。

臨濟問黄檗佛法大意，三度被打。

有意三迴遭點額，無心一躍過龍門。歸來冷地思量著，痛處難忘不是恩。

郁和尚因看僧問法燈：百尺竿頭，如何進步？燈云：啞。凡看三年，一日度橋，踏橋板折而悟。

百尺竿頭親進步，分明一啞更無增。是誰未到竿頭者，也説鵬飛九萬里。

雲門云：聞聲悟道，見色明心。觀世音菩薩將錢來買胡餅，放下手元來却是饅頭。

打疊行裝早出門，相逢舊友且論文。歸家共飲三杯酒，不覺天邊日又昏。

俱胝和尚凡有所問，只竪一指。

三月春風開牡丹，道人徒説看花還。世間不是趙昌手，縱有丹青畫亦難。

疏山到潙山，問：承師有言，有句無句，如藤倚樹。忽樹倒藤枯，句歸何處？潙山呵呵大笑。

良醫捉手病纔分，妙劑投之不易論。一服聽他迷悶去，三朝五日自還魂。

馬大師不安，院主問云：和尚近日尊候如何？大師云：日面佛，月面佛。

真實問安真實答，曾無一句是虚言。可憐失却當時意，直至如今話未圓。

殃崛摩羅救産難。

有道君王傳號令，頻催羯鼓要花開。眼頭一曲風光好，日暖鶯聲出谷來。

讀本師語録

青旗斜出畫橋西，楊柳飛花水滿堤。一酌誤人千日酒，醉埋荒塚不思歸。

寄陳太傅

種竹栽花遶屋櫩，交僧也學著偏衫。時清曾見修文日，天子旁搜到傅巖。

西庵夜坐

一室寒燈坐夜長，八千里路到梅陽。西山固不如洋嶼，也道薰風殿閣涼。

古月號

千年桂魄不肯死，夜夜在人頭上飛。每愛中庭一方白，長天萬里没雲時。

題梓巖和尚吟卷

字字不因容易得，燈花曾落五更鐘。東湖浪闊瓶聲遠，流出一谿霜葉風。

悼清藏主曾燒六指，聞杜鵑有省

修行衆苦人難到，六指重來火後尋。遺恨百年消不得，一聲杜宇一關心。

秋日山行

半塢夕陽紅樹葉，一邨鷄犬野人家。牧童歌笑牛羊下，太古淳風盡屬他。

問　法

乾陀國裏舊城河，遥憶河邊棗樹花。白象繫來年代遠，榮枯今日事如何。

金山頭陀巖

半間石屋安禪地，蓋代功高不易磨。白蟒化龍歸海去，山中留得老頭陀。

鶴林寺

夾山當日見船子，法眼無瑕亦有瑕。一棹朱涇風浪急，和根移却杜鵑花。

呈中竺雪屋和尚

重重法界華嚴境，煙柳滿城春正深。彈指門開相見後，善財灰盡一生心。

訪友人庵居

好山行盡眼重開，菜葉流金逐水來。莫謂閒門容易掩，松邊有路不生苔。

蜾蠃

借得桑蟲足子孫，聲聲類我祝朝昏。只因祝得渾相似，代代不能高户門。

蜜蜂

生涯未足怕征科，一日園林幾度過。股倦不嫌花粉重，年年只愛子孫多。

覽明覺語

瀑雪一千餘丈白，洞庭七十二峰寒。當年若也收歸藏，此錄誰知是別傳。

悼退巖講主呈英宗師

庵居曾結三年好，一住霞城會未期。見説即除天竺寺，訃聞腸斷白頭師。

天寧火後

劫火洞然俱壞了，隨他去又不隨他。春風吹轉燒痕綠，樓閣依然有許多。

悼靈隱性侍者

三喚聲中負不平，興師百萬欲干城。誰知菡萏峰前路，削木書名有伏兵。

禮淨慈自得和尚塔

六牛圖出新豐曲，妙唱難齊和轉訛。慧命一絲門户重，不教衰淚落庭莎。

妙高臺

上到上頭天漸低，更抬一步共誰歸。胸中决得平生事，松樹枝間獨鶴飛。

讀古劍和尚語送是藏主歸常州

金鍼鋒底鴛鴦走，玉線蹊中白鷺飛。遠遠洞庭三萬頃，春波無限緑漪漪。

觀晦庵先生橋圖

橋上功名五十年，貪程誰肯顧危顛。世間多説行仁義，少似先生行得全。

逢田叟

白髮翁翁住那村，隔谿煙樹竹籬門。今年八十渾無力，勉强牽牛替阿孫。

悼猫兒

亡却花奴似子同，三年伴我寂寥中。有棺葬在青山脚，猶欠鐫碑樹汝功。

寄東洲和尚西硐庵居

紫陌紅塵城子裏，清泉白石亂雲中。一般門户無喧寂，花鳥不來心境空。

曹娥江泊舟二首

黄絹古碑千載事，汀花岸草舊江郵。波心夜夜見明月，疑是曹娥墮水魂。

江上停舟潮未回，漢安時事入重思。野橋認得前郵路，曾讀曹娥廟裏碑。

賀芭書記

筆底鍾王通草聖，胸中郊島富唐吟。竺仙去後無文佛，今日喜逢僧翰林。

會恩藏主

因君每憶雲門寺，五六年來會兩番。詩句老隨秋鬢老，客身閒似白雲閒。

悼東皋友山和尚

握空拳建東皋寺，一飯飽多雲水僧。身死百年曾未滅，數珠牙齒放光明。

覺庵和尚室中舉行脚明什麽邊事進云明一色邊事庵示竹篦云者個是什麽進云竹篦庵擒住痛打一頓因思前事爲作一偈

室裏曾遭痛竹篦，等閒放過却成迷。思量一色明邊事，好采無言答得師。

靈隱虛舟和尚會中三夏每室中舉不是心不是佛不是物之語三年不易是時如隔羅縠看月不敢下語後移單淨慈常提此語忽蹉口自云恁麽説話墮三惡道惜不復見者老和尚今作一偈記諸

不是心兮非物佛，室中垂語最分明。三年果有留心事，塔下黄金骨尚靈。

雪竇石門和尚會中一日晨粥赴堂坐久恍惚中有人曰室中有語憑誰舉琴上無絃不必彈驚覺行粥至面前粥罷打鼓入室室中舉舉一不得舉二進云室中有語憑誰舉門云更有一句在進云琴上無絃不必彈門云去人不知者謂吾實答此話却是不知是寐語當時不曾説破今作一偈

夢得驚人句可疑，室中酬話恰相宜。南泉莊上油糍供，喫著依然療肚飢。

遥禮烏山東叟和尚塔

拙口無言心自知，對人垂淚濕禪衣。如今欲説當時事，塔在烏山不見師。

謝天童和尚相訪

長者車來草舍榮，黄童白叟悉皆驚。一香未得謝臨屈，廿里松雲入夢青。

寄大報國斷岸和尚

遥憶鳳皇山裏人，夢時相見亦如真。老來未盡世間事，三十九年獨有身。

悼棲真古帆和尚

高梧枝折鳳皇飛，山色凝愁似死灰。惆悵暮春風雨暗，百禽多噪鬧芳菲。

送人游錢塘

一湖春水永明寺，十萬人家豐樂樓。拄杖暫游休拗折，舊書山舍在明州。

會獨木和尚

坐致太平元是我，埋兵挑戰却輸君。鐵浮圖下曾相見，燈盞花開五夜春。

謝高縣尹

家家户户擎拳拜，一邑三鄉無枉情。百里襟懷秋水淨，風生波浪月生明。

再遊吴寺

南渡吴家三塚寺，老僧死盡樹重栽。遶廊行問無相識，認得冥真是舊齋。

送立維那遊天台

天台路上尋牛迹，瀑雪千尋帶月飛。見説石橋行不得，年年春雨上苔衣。

會觀藏主

日月東西行未盡，相逢不必問如何。山間松食人應少，世上黄金夢最多。

寄虚室和尚

共住西山一片雲，朝昏鐘磬亦相聞。天台南嶽當時事，彼彼情懷未得論。

寄育王東生和尚

三十餘年無故人，只留雲外伴閒身。夜來夢入宸奎閣，户牖重開見日輪。

寄廣恩藏山和尚

陳年佛法無人問，黄葉堆金不轉官。一卷山居詩更好，焚香只可作經看。

畫荷花二首

三千美女學宫妝，占斷薰風水一方。試問畫工何處在，移來五月鑑湖涼。

高擎萬柄緑參差，匹練横鋪錦一機。喜對薰風描寫得，秋風夜雨不敢知。

夏夜

夏夜追涼月滿庭，謝家池上舊山青。自慚無物堪酬對，只把禪心伴月明。

借意

王謝家門子弟多，風流人物晉山河。天荒地老到今日，真本蘭亭記不磨。

聞杜鵑

山月初明草樹涼，客情無奈宿巖房。春風不肯年年歇，杜宇亡家怨亦長。

明定

萬境無侵一念空，盡塵沙界不留蹤。春風來摘楊花去，定起西山古寺鐘。

送陳學録求仕

官冷豈知僧又冷，殷勤話別上西臺。金花便是紅綃扇，取得功名動地來。

次韻栯堂和尚

萬籟無聲月滿山，看時容易入時難。昔年聞有洪唐寨，爭似雲中者一關。

記夢二首

兔角崢嶸出象頭，六街齊打鳳皇毬。烏投黑沼雲將合，鷺宿銀河月正秋。

十分清白舊家風，明月堂前夜正中。四十一條橋暗事，眼頭只作一橋通。

秋　鶯

紅葉如花曉日晞，隔林深處叫黄鸝。聽來渾似春風語，啼向西風不是時。

秋夜看月

木落山空秋最多，登樓無奈月明何。老僧得句詩偏好，夜雪漲谿蕎麥花。

寄鹿苑仲章師兄

鶴態鮐形老此骸，思君每亦寘吾懷。青燈夜榻何時得，共話百年心事乖。

寄象田曇藏主

迢迢西望越山青，水宿山行是幾程。爲憶象耕遺迹事，勞心雖苦未勞形。

寄象山萬松檢察諸昴季

丹桂聯芳貴一門，往來時得細論文。青黄又見三年别，望白巖山海氣昏。

寄太白古林首座

道個青山常舉足，先師死後過長庚。善財不是門門現，只要南方佛法行。

會法眷澤藏主

話盡艱危到夜闌，燈花開落兩三番。弟兄不必頻相見，鬢髮因愁易得斑。

寄東禪宗周講主

四海六民皆走利，東禪講主只譚禪。何年去住靈山寺，招我巖間看白猨。

題紫石禪房小池

窗前鑿破十尺土，海底潛通百斛泉。柳絮化萍飛不到，眼頭贏得片青天。

寄同源師兄歸受業

松菊吹香滿舊籬，借人屋住不如歸。胸中豈是無韜略，袖手棋邊看著棋。

寄陳掌書兼簡閬朋先生

道士家邊夫子宅，靈龜山裏錦雲阿。燒丹果會成仙去，應笑儒冠誤已多。

寄蘭屋府教

入門便有湘江意，數米幽香見屈原。蕭艾若教同一色，清標不在座中看。

題宣侍者行卷

曾攜鐵網入滄海，裹得珊瑚樹一株。鶖脰湖邊輕借看，十分光彩照吾廬。

勉日藏主書楞嚴

銀鈎鐵畫胸中有，得譽多因寫外書。何似回心歸内典，楞嚴經卷著工夫。

答太白宗藏主

寄我新詩富且優，松濤二十里颼颼。老來自覺舌頭短，每見長篇不敢酬。

答止侍者

何必由他不必傳，只圖無事過年年。誰知一枕難成夢，落日春山樹樹鵑。

寄象山延壽無象和尚

瑞雲山裏善知識，道在東南海上行。擂鼓轉航容易事，秋風八月大潮生。

寄象田斗山和尚

長翁留得靈苗別，不似將禾喚作禾。臘雪喜呈三度白，豐年識在象田多。自注：禾禾混同者非。

寄智門石心和尚

我栽苦瓠連根苦，君種甜瓜苦更多。自是海邊風土別，不因種子得來訛。

岫家居昌國南海上安期先生煉丹之地鄉曰安期憶十歲時父携至于家山囑之曰吾死當葬此地南水上時正朝此處可以蔭汝父死日奉遺言而葬焉家廢後岫出家從釋爲僧來多病多難幸不致死今已六十二歲雖學佛無所知粗明善

惡因果不墮凡愚數中實父遺言所及今作一偈以代墓誌云

千家山裏阿爹墳，遙想年深草木昏。山外潮回南水上，遺言千古及兒孫。

哭昌化美父章上舍

父德稱乾豈易酬，半生飛夢落侯頭。一身未遂歸寧志，聞訃可禁雙泪流。

竹所温府教

君子居之何陋有，清虚冷澹最深幽。春風歸在鞭頭了，早晚龍孫又出頭。

寄西野先生

西野先生是舊知，六年相聚不相違。松根石上閒追憶，君子當今更有誰。

寄常樂邑山和尚

不樂不居居便樂，樂其樂也意如何。祖翁田地封疆闊，一目秋風占得多。

寄保寧無門講主

錦障桃花春色裏，白衣雪屋月明中。此時此意無人會，海上仙山第一峰。

題汶藏主行卷

玲瓏巖畔看雲處，帢幘峰頭步月時。一句庭前柏樹子，何曾吟作五言詩。

寄昌化治平和尚

老來長憶唐昌寺，剃髮染衣情未磨。萬疊山高雙澗急，仲宣樓上月明多。

百　舌

尋常多逐衆禽飛，纔得春風百樣啼。毛羽不佳讒舌便，桃花枝上駡黄鸝。

寄五師北山講主

一書不問不相違，指迹慕歸誰救遲。鴛𩪙湖邊官驛路，舟車十里到梟磯。

楚心蓀維那

千載騷人沉骨冷，冰霜葉底見幽香。乾坤一種忠良氣，彈壓春風衆草芳。

答法華東洲和尚

干戈倒用識安危，方便垂慈接箇誰。每每見僧陪面笑，祖師門户放教低。

答源侍者

鐵航未肯下滄海，消息無端忽寄來。六載雪山明底事，不知己眼爲誰開。

病　起

病起稜層骨數莖，盡情提挈强爲生。思量襏襫當年事，道在大雄山上行。

憶錢塘

初心未歇憶錢塘，不爲閒遊再渡江。自恨一生多癖病，四明山好懶開窗。

與大知客

趙州道個喫茶去，一滴何曾濕口唇。到此果能相見得，不妨全主更全賓。

憶母二首

胞衣瓶葬海南邊，匝地鯨波到眼前。有例可攀心未穩，蒲鞋賣不直多錢。

天不高兮海不深，白雲飛處定關心。蒲鞋難上時人眼，那更西風葉落金。以上《雲外雲岫禪師語録》

釋慧日

釋慧日，東明寺僧，與釋雲岫同時（《雲外雲岫禪師語録》附録）。

哭雲外老人

水天空闊竟忘遙，太白巍巍望九霄。面目儼然雲雨外，孰云生死不同條。自注：泰定甲子八月二十二日端然而逝，世壽八十三，僧臘六十五。《雲外雲岫禪師語録》附録

（以上聞賢整理）

全宋詩卷三六三五

黄庚一

黄庚，字星甫，號天台山人，天台（今屬浙江）人。出生宋末，早年習舉子業。元初「科目不行，始得脱屣場屋，放浪湖海，發平生豪放之氣爲詩文」。以游幕和教館爲生，曾較長期客越中王英孫（竹所）、任月山家。與宋遺民林景熙、仇遠等多有交往，釋紹嵩《亞愚江浙紀行集句詩》亦摘録其句。卒年八十餘。晚年曾自編其詩爲《月屋漫稿》。事見本集卷首自序及集中有關詩文。

黄庚詩，以原鐵琴銅劍樓藏四卷抄本（今藏北京圖書館）爲底本。校以影印文淵閣《四庫全書》本（簡稱四庫本）。兩本卷次不同，文字亦各有錯譌空缺，而底本多出校本詩十餘首。

擬古

畹中有幽蘭，風露飽清抱。含章不求聞，坐見九秋老。夫君日已遠，佩飾爲誰好。何如斂原作歛，據四庫本改餘芳，山林養枯槁。

驪龍有明珠，奇氣久磅礴。一爲鮫人采，夜半泣海若。至寶諒難得，珍藏思遠託。如何賤所貴，用之以彈雀，原作在，據四庫本改，下同彈雀亦何惜，一去恐流落。

名門有貞女，始結絲蘿盟。嬿婉席未溫，良人已遠行。遠行何時歸，妾身不自輕。空幃守寂寞，誓以終此生。雖云受恩淺，耿耿懷至情。

山中怪物變，草木自四時。秋水照短髮，血氣日已衰。寒藤不知枯，青青上疏籬。繁陰縱有托，已迫風霜期。餘生方自憐，孤吟欲何爲。

徂徠有嘉木，巍巍高連天。修柯濯雨露，沃葉藏雲烟。根蟠九地暖，聲落四壁寒。由來所養□，不與春相干。歲久産茯苓，玉色腴且堅。山人斸爲藥，至味通靈仙。願言事服餌，身可三千（原作十，據四庫本改）年。

日景

雞鳴起濯髮，披衣出户牖。自汲古澗泉，落月猶在手。三漱吞朝霞，餘光散花柳。茲意難語人，延佇忽良久。

至後

道人坐茅宇，獨抱無絃琴。對此景物變，（四庫本作異）夕雲散還陰。雨氣一簾潤，雲意千山深。新陽暢微暄，疏花點孤林。芳（原作方，據四庫本改）時坐消歇，孰同歲寒心。孤梅發清夜，庭樹驚棲禽。

故相賈秋壑舊府

當年搆華屋，權勢傾衛霍。堂宇窮斧斤，天氣煥丹雘。花石擬平泉，水陸致茲壑。惟聞丞相嗔，肯後天下樂。朱門鎖荆榛，花木已蕭索。蒼生顛墮崖，國亡身孰托。空悲上蔡犬，不返華表鶴。丈夫表（四庫本作保）勳名，風采照麟閣。故（四庫本作胡）爲一聲鉦，聚鐵鑄此錯。回頭暮烟昏，不能掩餘怍。

九日會王修竹西樓預坐者七人以落霞與孤鶩齊飛分韻予得落字即席走筆

冉冉五雲深，山西日光薄。登樓集羣賢，縱目天宇廓。落木悲徂年，寒光照杯酌。浩歌興悠然，意行非澗壑。緬懷龍山遊，此樂久寂寞。胡爲落帽人，白首戀賓幕。醉餘發詩情，分韻盡佳作。吾愛漉（原作灑，據四庫本改）酒巾，西風吹不落。

綠珠

娉婷名四庫本作石家姝，榮顯晉朝使。斛珠不論貲，得備巾櫛侍。一笑金谷春，粉黛皆斂避。豈知步障中，乃復爲愁地。念主愛妾深，因妾爲主累。□樓四庫本樓下補頭字風月愁，殘花抱春墜。

燕子樓

繁華隨逝水，日暮高樓空。哀哀徐陵妾，事主不及終。空房輟膏沐，明粧爲誰容。春風燕子來，秋風燕子去。去來影帶雙，孤鸞抱憔悴。回首醉嬌時，百花不敢媚。

潘淑妃

二八入宮掖，一笑輕三千。雲階渺何許，步步生金蓮。繡鞋不勝春，風若凌波仙。榮華一回首，荆棘生我前。君恩花上露，妾心井中泉。井泉誓不波，下照青青天。

秋胡妻

陌上桑葉稀，家中蠶正饑。妾心知採桑，安知使君誰。結髮爲人婦，幾年原作人，據四庫本改守空幃。婦原作掃，據四庫本改義不移天，黄金欲何爲。老姑倚門久，不待盈筐原作篋，據四庫本改歸。爲妾謝使君，風化關庭闈。

紀夢是歲太旱

老年屏人事，北窗寄高眠。夢魂御風去，金闕開九天。虎豹獰不嗔，知予有仙緣。玉座擁五雲，香爐飛紫烟。青衣兩童子，舉手導我前。下土蟣虱臣，愚衷欲敷宣。兵戈幸休息，饑饉方連綿。洪惟大生德，實司水旱原作畢，據四庫本改權。願言回哀原缺，據四庫本補眷，與世解倒懸。玉四庫本作上帝允臣請，乃曰賜豐年。再拜謝闕下，回飈墮林泉。夜雷聲殷殷，甘澤朝滿田。沉思喜且驚，異夢非偶然。士懷當世憂，□□□□□。貞觀有房杜，斗米三文錢。

病後謝友人顧問

索居坐孤陋，却掃甘隱淪。荒徑無轍迹，蓬藋原作蓮藋，據四庫本改方蓁蓁。風雨撼四壁，一榻寄屈伸。誰念相如病，豈堪原憲貧。友人隔河梁，懷思賦停雲。柴車忽過我，問勞何殷勤。促膝話契闊，道合情更親。語言邁流俗，意氣含至真。情懷談不盡，滌我胸中塵。盤蔬與束脯，草草爲爾陳。瓦盆煮新酒，味有太古春。非徒洗磈磊，亦足消鬱陻。北窗坐終日，薄暝生秋旻。斜陽戀客影，把袂不忍分。此去歲月邁，何時復相親。我輩重道義，勢利何足云。榮華易消歇，德齒久彌新。願言保名節，努力配古人。

遊謝仙巖飛霞觀巖下李參政墓

鬼工鑿山骨，何年驅六丁。飛霞邊四庫本作繞石洞，縹緲開珠庭。永懷謝仙伯，坐斷山水城。我來事幽雅，登臨委客情。松風驅溽暑，自覺毛骨清。猿鶴亦仙意，人生空營營。石麟卧荒草，問是誰家塋。野老對我言，其人昔公卿。金玉埋黄壤，送日冠蓋傾。興衰變四庫本作異百年，所重非脩名。乃知鐘鼎貴，不如芝薇馨。所以世外人，返老還孩嬰。倚杖空歎息，洞口雲冥冥。

約王琴所不來舟中偶成

清飈捲炎埃，碧水出秋素。迢迢見山亭，回首隔烟霧。酒帘颺漁村，笳鼓響軍戍。倚蓬問舟人，云是三江路。籬落雞欲棲，野水牛已渡。釣翁炊菰烟，稚子收漁具。抱琴人不來，殘陽在高樹。

種松

去年種松樹，未有蒿與蓬。今年松漸長，埋没蓬蒿中。老髯何蒼蒼，歲華不改容。回視蒿與蓬，零落悲秋風。

題三月梅花卷

紛紛姚魏家，顏色競嫵媚。人方眩春華，東皇出古意。素花飾鼎實，縞袂立蒼翠。猶如喧啾中，孤鳳忽呈瑞。巋然山林尊，坐使衆芳愧。

讀文丞相吟嘯稿

垂垂大廈顛，一木支無力。精衛悲滄海，銅駝化荆棘。英風傲几砧，濱死猶鐵脊。血洒沙場秋，寒日赤四庫本作亦爲碧。惟留吟嘯編，千載光奕奕。

雲間有懷

風流懷二陸，才名動三吳。荒塚今何許，千載空烟蕪。當時逞文筆，萬象爭先驅。有如明月璧，美價傾鴻都。古運有翻覆，韞匵空良圖。惜哉去就輕，喪此千金軀。人生各有死，百年同須臾。獨遺文字芳，乃與天壤俱。凄凄九山塞，冉冉谷水枯。白鶴久已寂，黄犬不復呼。斯人今已矣，弔古空原作定，據四庫本改嗟吁。

偶書

百歲集孤夜，山樓起呼月。秋蟲聲轉悲，感此衆芳歇。人身非金石，青鬢忽已雪。逾淮橘心秋，出山泉水汩。猗蘭抱香死，不受蓁莽没。

鳳德嗟已衰，宣尼欲浮海。賴有載道經，神功補元宰。删詩挽風變，繫易憂世駭。春秋筆削嚴，西秦書乃來。四庫本作采微義將晢四庫本作繼周，逆悲大運改。悠悠千古心，死後文書在。

古意

庭前有高樹，風撓無停枝。寒鴉噤不鳴，夜半環樹飛。托身未得所，三匝情依依。高飛犯原作化，據四庫本改霜露，低飛觸茅茨。乾坤豈不容，振羽將安之。徘徊戀明月，顧影徒傷悲。

感懷

入山採芝薇，豺虎據我丘。入海尋蓬萊，鯨鯢掀我舟。山海俱有礙，瞻望凝遠愁。乾坤如許大，此身常浮漚。依托豈無地，皇皇將安求。何當跨鳳鵬，相從安期遊。以上《月屋漫稿》卷一

黄庚二

漁隱爲周仲明賦

一笠戴春雨，扁舟寄此情。世間塵網密，江上釣絲輕。不羨魚蝦利，惟尋鷗鷺盟。狂奴臺下水，猶作漢時清。

九日偶書

水國雁已到，山籬菊未開。判吹頭上帽，莫放手中杯。暮雨滕王閣，西風項羽臺。人生能幾屐，餘恨付蒼苔。

秋晚山行

鏗然短策聲，無事覺身輕。落葉山行輭，流泉澗飲清。蟹痕沙露濕，雁影夕陽明。歸路逢林叟，班荆歃隱盟。

夜坐即事

對景坐清夜，蕭然鬢已華。詩慳難就稿，燈暗不成花。易醉愁邊酒，頻歸夢裏家。何時鋤舊圃，學種邵平瓜。

禹廟送春

鼓歌滿湖濱，傾城出送春。波光明畫艇，山色醉遊人。禹穴靈何在，梅梁迹已陳。我來閒弔古，回首一沾巾。

晚原作曉，據四庫本改窗即事

一枕紗窗下，池塘草夢殘。炷雲金鴨暖，滴露玉蜍寒。晉帖從頭寫，唐詩著眼看。晚來吟思倦，和月凭闌干。

幽居

幽居少塵事，贏得一身閑。竹屋無人到，柴門盡日關。斜陽明晚浦，落葉瘦秋山。隔水雙飛鷺，忘機自往還。

宿龍瑞山房次周雲隱韻

木葉秋容瘦，客懷思故鄉。淡雲微見月，薄露不成霜。忽忽朱顔改，悠悠白日長。空心仍獨夜，減盡昔年狂。

寄表兄王升之

客袂臨分日，楊花落酒邊。重來期半月，一去忽經年。莎草平詩屋，江潮没釣船。何時歸舊隱，風雨對床眠。

翠峰庵即事

竟日尋幽處，杖藜不憚遙。客行黄葉路，僧立碧溪橋。巖瀑飛寒雪，松風吼夜潮。是山皆可隱，何用楚辭招。

王修竹館舍即事

池館翠深處，寬閒稱客居。未仙猶閬苑，不夢亦華胥。竹淨堪居鶴，荷香欲醉魚。心清無箇事，長日一編書。

寄雲谷王府判

曾記還家日，重來約夏初。自從一別後，又是十年餘。原憲非關病，嵇康懶讀四庫本作寄書。無從問消息，近況果何如。

餞越守

旌旆漲天飛，江山慘夕暉。傾城餞州牧，別淚點朝衣。人指生祠說，春隨祖帳歸。自來言越瘠，公去轉難肥。

別山陰諸友

好風殘臘盡，春意動園林。柳色獨青眼，梅花同素心。江湖方轉徙，歲月白侵尋。忍別山陰去，徘徊憶舊吟。

贈葛秋巖時寓能仁蘭若

蘭若分清隱，秋窗飽看山。風霜雙鬢老，天地一身閒。拄杖穿雲去，吟囊貯月還。詩成誰與語，時訪竹林間。

書　懷

平生湖海氣，老去歎飄蓬。知命難求富，安貧不送窮。江空思捉月，天闊欲行風。俗眼從渠白，無人識此翁。

寄菊坡吴府判

客懷元自惡，非是爲秋悲。一别又三載，百年能幾時。音書無雁寄，心事有鷗知。遥想菊坡菊，西風香滿籬。

夜坐即事呈修竹監簿

一室冷於冰，秋高夜氣清。月窗攙燭影，風葉亂琴聲。寡慾知身健，安貧覺累輕。吟邊閑倚竹，誰識此時情。

晚春即事

園林芳事歇，風雨暗荒城。轉眼青春過，臨頭白髮生。啼鵑亡國恨，歸鶴故鄉情。三徑多原作東，據四庫本改荒草，東還計未成。

登寶林佛閣次韻

曳杖陟高閣，登臨思渺然。閑身空歲月，老眼幾山川。落照明秋浦，飛帆四庫本作蛬濕暮煙。倚閣四庫本作闌悵今昔，餘恨付吟篇。

夜坐讀書

寂寞寒窗下，觀書勝苦吟。青燈風雪夜，黄卷聖賢心。吾道關興廢，斯文幾古今。鳳兮胡不至，三歎淚沾襟。

春日西園晚步

爲愛園林好，支筇伴獨行。花香能醉蝶，柳色欲迷鶯。但得青春在，何妨白髮生。斜陽紅盡處，一抹暮山横。

書所寓

不厭茅廬小，栖栖寄此身。菊殘如倦客，梅瘦似詩人。有地堪藏拙，無醫可療貧。并州故鄉夢，長憶鑑湖春。

書懷寄呈諸友

寂寞茅簷下，窮居更待時。吾儕貧可忍，餘子俗難醫。風月最四庫本作偏宜酒，江山多四庫本作都是詩。廣文無鄭老，誰與共襟期。

題義上人清虚閣

偶來成一宿，便覺與禪通。看塔月影盡，捲簾秋色空。因知釋氏學，亦有吾人風。吟到忘言處，悠然此意同。

秋夕和吕講師韵

誰彈招隱操，雲外伴清幽。午夜山林月，一花天地秋。經窗涼影淡，禪榻古香浮。不作蟾宫夢，悽然憶舊遊。

偶書

豪氣消磨盡，攜書客海濱。文章難遇主，天地不憐貧。家累依劉表，妻兒笑買臣。彼蒼還可問，吾道幾時春。

九日

萸節今朝是，秋光又一年。但教樽有酒，休問篋無錢。白髮羞唐帽，黄花識晉賢。龍山渺何許，回首思淒然。

送別胡汲古

自憐身是客，又送客登舟。雖有重來約，難禁一别愁。風烟迷柳驛，草樹暗原作諳，據四庫本改春洲。後夜懷人處，山空月滿樓。

西嶼即事

松陰迷草徑，緩步曳吟笻。秋鶴有仙意，寒花無冶容。漁洲烟原作煌，據四庫本改浦笛，僧寺夕陽鐘。回首來時路，白雲深幾重。

春日和韻

新晴天氣好，老去倦尋芳。桃李自春色，園林又夕陽。捲簾通燕入，掃徑惜花香。寒食清明近，松楸憶故鄉。

述懷

柴門閑掩晝，雲護竹窗深。茂草多生意，枯松見古心。有書消白日，無術化黄金。客問生涯事，長年只苦吟。

對竹

門對南鄰竹，青青玉萬竿。雖然無地種，且得隔籬看。露葉晴猶濕，風枝夏亦寒。但教休剪伐，日用報平安。

秋　色山陰詩社中選

憑高望不極，望斷動愁情。落日凄涼處，西風點染成。丹楓明野驛，白水浸江城。馬上人回首，戎戎黯客程。

幽　居

結屋依山住，幽窗與靜宜。藤花上疏竹，苔石卧荒籬。挈榼童原作重，據四庫本改沽酒，敲門客送詩。老懶生計拙，役役又何爲。

懷　友

柴門春事盡，未見故人來。樹密鳥相語，山空花自開。傾心多日別，屈指幾時回。爲問頻書札，何時共酒杯。

夏夜小酌

小酌酬清興，憑闌看月移。分茶醒醉客，添燭了殘棋。螢影明桐井，蛙聲出草池。荒城江漏遠，試問夜何其。

王修竹約觀打魚分韵得圓字

隔岸呼漁伴，輕篙破曉烟。鳴榔舟葉聚，撒網浪花圓。饞鷺窺高樹，驚鱗過別川。洋洋聊付物，生意自無邊。

新　雁

來賓何太早，嘹嚦過南樓。數點乍離塞，一聲初報秋。行行驚客眼，四庫本作恨字字寫鄉原作卿，據四庫本改愁。仗節人何在，帛書能寄不。

病中

讀易窗閑久，多時不點硃。硯乾蟾渴水，篋破蠹侵書。氣味如僧淡，形容似鶴癯。交遊空滿眼，誰念病相如。

月山書館

山色青邊屋，幽深稱隱居。瓶梅香筆硯，窗雪冷琴書。壁有先賢像，門無俗客車。代耕惟舌在，何必耦長沮。

秋夜獨坐

黄庭重讀罷，掩卷對寒檠。髮爲憂時白，心因原作同，據四庫本改學道清。一窗秋月色，四壁夜蛩聲。坐倦閑欹枕，詩成夢不成。

九日書懷

客鬢同秋老，鄉心逐雁飛。重陽今日是，三徑幾時歸。籬下多黄菊，門前少白衣。無人慰岑寂，獨立對斜暉。

古松

夭矯森寒翠，髯蛟勢倚天。喬陰無六月，老氣已千年。斸藥人能壽，巢枝鳥亦仙。秋風響柯葉，彷彿奏虞絃。

聽雪

撲簌敲窗紙，寒齋剡水濱。六花初落夜，孤枕未眠人。耳静聲逾細，心清趣自真。愛梅情更苦，恐壓一枝春。

石窗爲明上人賦

何年鑿山骨，八面鎖蒼苔。海月照還白，天風吹不開。玲瓏宜丈室，明潔稱經臺。眼界皆通透，閒雲任去來。

對　鏡

勳業夢不到，曉窗時一看。是非須内照，妍醜付旁觀。客鬢從渠白，詩肩本自寒。儼然瞻視處，賴汝整衣冠。

夜　坐

世事等輕雲，蘧廬寄此身。青燈少年夢，白髮異鄉人。按劍驚山鬼，吞丹養谷神。黄庭重讀罷，吾得葆吾真。

西州即事

一雨洗空碧，江城獨倚樓。山吞殘日没，水挾斷雲流。燈影深村夜，鐘聲古寺秋。西州舊遊地，十原作千，據四庫本改載此淹留。

春日即事

扶杖行幽徑，園林欲暮天。錦棠紅濯雨，絲柳緑繅烟。春事忽三月，風光又一年。客懷正愁絶，那復聽啼鵑。

採菊

籬東閑採菊，三徑碧苔深。曉露冷雙屐，秋風香一襟。餐英供小酌，嗅蕊伴清吟。會得悠然處，方知靖節心。

春日

春色濃於酒，何須醉玉觴。柳疏鶯占影，花雜蝶分香。往事隨流水，閒愁付夕陽。吟邊自歌舞，猶學少年狂。

六月白菊

□客背時芳，何須晚節香。人間方夏熱，籬下自秋光。便是重陽日，真成六月霜。若教陶令見，應以醉爲鄉。

白蓮

泰華峰頭種，移根植野塘。一池秋夜月，萬柄曉天霜。西帝羅青蓋，真妃逞素狂。鷺飛無認處，點點水雲鄉。

石門

羸馬東山路，髮髮抵石門。落花春夜雨，流水暮烟村。久客悲行役，清愁攪夢魂。勞生多感慨，餘恨付乾坤。

書山陰驛

迢遞三山道，重來感舊遊。潮聲寒帶雨，山色淡生秋。寄驛通鄉信，題詩記旅愁。江湖十年客，兩度到西州。

偶　書

老眼看書暗，桑榆景漸催。文章身後貴，懷抱酒邊開。燈火夢猶在，功名心已灰。客來休問字，且覆掌中杯。

宿甘露寺

山險疑無路，縈迴一徑通。鐘聲寒瀑外，塔影夕陽中。窗出茶烟白，爐分葤火紅。禪房遇耆舊，清話數宵同。

江　樓

凭高閒眺望，老眼倍增明。林白山雲出，潮紅海日生。登臨懷舊恨，吟笑遣閑情。客裏逢心友，開樽叙昔盟。

竹　杖

一枝蒼節瘦，恰稱地行仙。不但挑詩卷，尤堪掛酒錢。看梅敲雪落，引鶴卓苔穿。莫近葛陂水，化龍飛上天。

次韻書懷

風霜頭已白，悔不早歸耕。客路遠千里，儒冠誤一生。世情雲共薄，心事月同明。老去便疏散，逢人懶送迎。

秋　日

旅食幾時休，生涯未有謀。西風一夜雨，落葉萬山秋。起石終當隱，草玄殊可羞。江鄉烟水遠，何日買歸舟。

贈皎上人

破衲和雲著，何時下赤城。高年頭未白，得道骨全青。詩思秋空闊，禪心夜月明。何當捐世事，來結遠公盟。

王直翁相過

芒鞋朝踏雨，來自赤城山。久別翻生面，相看各老顔。開樽茅屋裏，煮茗竹林間。此去須榮遇，寧愁行路難。

鴛鴦梅

孤花忽嫵媚，並蒂占春陽。自有雙成意，全勝姑射粧。月溪同浴影，雪樹共棲香。玉笛頻吹處，交飛落野塘。

王琴所話別

羈懷不可述，賴有古琴知。客舍相逢日，江楓正落時。夕陽村店酒，秋色野橋詩。别去吴江上，悠悠動遠思。

除夜即事

除夕無詩侶，燈窗酒獨斟。三更風雪夜，一片歲寒心。衰老常憂病，清閑不廢吟。明朝年八十，晚景惜榆陰。

王可交昇仙臺四首臺在青龍鎮南

人去臺猶在，飛昇事可嘉。神仙多變幻，塵世總虚花。煉氣顔難老，勞心鬢易華。千年留古跡，題詠屬詩家。

異人鍾秀氣，草木亦精神。見説爲漁父，誰知悟道真。仙家多勝景，世路有迷津。安得騎黄鶴，相隨入昊旻。

仙翁不可見，惟有一空亭。地冷春留雪，林深晝見星。松篁團秀色，蘭蕙吐幽馨。立盡斜陽影，閑看鶴刷翎。

我來閑弔古，觸景覺凄涼。踏石雲侵履，捫蘿露濕裳。森森林木茂，馥馥野花香。寺近尋僧話，談禪坐竹床。

冬夜即事

獨寢書窗下，其如寒夜何。頭邊枕黄嬭，脚底踏湯婆。紙帳梅花暖，布衾春意多。道人無妄想，夢不到南柯。

寄友人

相望咫尺地，久不到蝸廬。室邇人何遠，心親迹任疏。交遊常念舊，情意只如初。我欲攜囊去，相逢勝寄書。

偶書

老來驚歲晚，愁裏度年華。雲凍天將雪，山寒梅未花。曉窗留客飯，午寺覓僧茶。歸路江村暝，行行及暮鴉。

孤雁

長空獨嘹唳，隱約背斜暉。塞北離羣遠，江南失侶歸。度雲憐隻影，照水認雙飛。却羡投林鳥，相逢四庫本作呼人翠微。

呈曾蒲澗提原作擬，據四庫本改刑乃茶山後人。茶山曾以活字詩授陸放翁

詩自茶山後，如公世所稀。特來參活字，應肯授玄機。寒澗孤松四庫本作芳老，秋雲獨鶴飛。台山千萬丈，望望未能歸。

和茅亦山韻二首

一生場屋夢，老去付悠悠。始信功名事，難爲四庫本作將智力謀。有才如孔孟，無命不伊周。吾道今如此，蒼天可問不。

愛靜吟成僻，躭書近欲癡。事多因錯省，節不爲貧移。長物新添畫，原作盡，據四庫本改生涯舊有詩。窮通係天命，知命復何疑。

題嚴子陵

故人雖即位，自不願爲官。天下事已定，山中人可閑。一絲江月色，千古客星寒。捷徑終南士，聞風定報然。

除夕

爆竹驚殘臘，冬春此夕分。且斟分歲酒，懶賦送窮文。客思愁簷雨，鄉心逐海雲。陽和在何處，明日問東君。

和鄭梅深有錢塘十詠

江湖新識面，恰似舊相知。腹貯三餘學，才工十詠詩。聲名蘇太史，家世鄭當時。客路攜琴去，終須遇子期。

即事

雀羅門户靜，無客扣柴扃。索句髭先白，看書眼尚青。雲粘題石壁，月浸汲泉瓶。笑殺利名客，沉酣死不醒。

對客

窗下篝燈坐，相看白髮新。共談爲客事，同是異鄉人。詩寫梅花月，茶煎穀雨春。明朝愁遠別，離思欲沾巾。

寒夜呈梅深

空齋對孤客，寂寞似僧家。爐冷頻燒葉，燈昏不吐花。夜長添睡思，歲晚憶年華。吟倦推窗坐，梅簷月未斜。

林霽山架閣同宿山中

秋風山館客，移席近燈原作汀，據四庫本改前。共語忽深夜，相看非少年。斗垂天末樹，鱗四庫本作燐出雨餘天。亦有茅簷下，飯牛人未眠。

遊東庵

庵連兜率寺，三徑竹邊開。林密暑不到，窗虚月自來。暮山啼鳥靜，雲樹嘯猿哀。拂拭殘碑字，年深半綠苔。

贈了上人抄化

破衲卷秋雲，入山深更深。近聞營梵刹，應不累禪心。寒瀑瀉蒼壁，晚花生古林。遥思明月夜，誰聽穎師琴。

呈茅一齋先生

前輩凋零盡，如公尚典型。爲僧眉獨白，見客眼長青。教子成三俊，傳家有六經。我來問奇字，應許扣柴扃。

別徐敬菊

契闊又兩載，光陰一擲梭。祇因離別久，不覺語言多。安得長留此，其如欲去何。詩盟終未冷，早晚更相過。

寄姜仕可

獨學苦無友，年來媿廣文。四庫本作聞懷賢歌伐木，憶別賦停雲。病後少出户，夢中多見君。盍簪須有日，却與共論文。

寄月山太守

下車方數月，早已政聲馳。太守一身瘦，東川百姓肥。勤勞惟聽政，閑暇即吟詩。宦况依然在，何須賦式微。

歲晚書懷呈月山太守

光陰催我老，衰病亦堪憐。殘臘不多日，餘生能幾年。有爲俱是妄，無事即成仙。近得安心法，蒲團學坐禪。

鶴林仙壇寺

古壇歸鶴杳，野鹿自成羣。嵐氣浮清曉，鐘聲出白雲。樹穿僧屋老，水到寺門分。人世無窮事，山中了不聞。

以上《月屋漫稿》卷二

全宋詩卷三六三七

黄　庚三

枕　易越中詩社試題都魁

古鼎烟銷倦點朱，翛然高卧夜寒初。四簷寂寂半床夢，兩鬢蕭蕭一卷書。日月冥心知代謝，陰陽回首驗盈虚。起來萬象皆吾有，收拾乾坤在草廬。

考官李侍郎應祈批：詩題莫難於枕易，自非作家大手筆詎能模寫。蓋以其不涉風雲雨露、江山花鳥，此其所以爲難也。予閲三十餘卷，鮮有全篇純粹，正如披沙揀金，使人悶悶。忽見此作，若紛紛盆盎中得古罍洗，把玩不忍釋手。此詩起句倦字，便合四庫本作含睡意。頷聯氣象優游，殊不費力，曲盡枕易之妙。頸聯冥心回首四字，極其精到。結句如萬馬横奔，勢不可遏，且有力量。全篇體製合法度，音調諧宫商，三復降歎。此必騷壇老手，望見旗鼓已知其爲大將也。冠冕衆作，誰曰不然。

棋　聲

何處仙翁愛手談，時聞剥啄竹林間。一枰子玉敲雲碎，幾度午窗驚夢殘。緩着應知心路遠，急圍不放耳根閑。爛柯人去收殘局，寂寂空亭石几原作幾，據四庫本改寒。

題李藍溪梅花吟卷

孤芳不與衆芳同，肯媚東君事冶容。寒苦一生蘇武雪，清高千古伯夷風。瓊瑶照樹偏宜晚，鐵石盤根却耐冬。幾度看花立霜曉，斷腸都在角聲中。

秋　夜

博山香冷夜將闌，紅影搖窗燭未殘。庭樹露濃花氣濕，井梧風老葉聲乾。世情冷暖知心少，朋舊東西會面難。一段客愁吟不就，無言背月倚闌干。

秋夜和月山韻 任月山主人也

涼（四庫本作寒）夜殘燈照客愁，衾單添盡鷫鸘裘。半窗明月三更夢，一枕西風兩鬢秋。吟骨稜稜寬帶眼，歸心切切望刀頭。何時束篋家山去，獨駕柴車訪伯休。

蘭亭會飲觀晋帖

祇説清談晉業虛，蘭亭之（四庫本作禊亭此）樂後來無。一時人物已陳迹，千古山林空畫圖。鐘帶夕陽來遠寺，碑和春雨卧平蕪。昭陵玉匣猶難保，筆意從誰認鼠鬚。

春游次王修竹監簿韵

天色新晴帶薄寒，主人飲客出城關。蘭亭觴詠尋羲帖，窆石衣冠弔禹山。春水斷橋芳草碧，曉風啼鳥落花閑。囊中詩句壺中酒，何必仙人大小還。

修竹宴客東園

二月春（四庫本作韶）光潑眼濃，攜樽宴客小亭東。酒當半醉半醒處，春在輕寒輕暖中。拂檻柳添吟鬢綠，壓闌花妬舞衣紅。晚來聽唱梁州曲，聲繞吴姬扇底風。

書　懷

剛腸不撓是男兒，舌在囊中豈足悲。落落世情難苟合，徨徨客路欲何之。舊時風月堪遺恨，好處江山尚欠詩。莫把閑愁縈素抱，人生雙鬢易成絲。

送張伯威提舉

人生聚散等浮漚，憶昔過從與勝遊。棋局敲殘清夜月，菊花吟老半窗秋。客中送客難爲別，山外看山總是愁。回首片帆江路遠，疏烟斜雨到西州。

春日即事

園林芳事漸闌珊，客思無聊午夢殘。紅杏花繁蜂蜜飽，碧芹香老燕泥乾。光陰有限鬢已白，勳業無成心尚丹。倚遍吟闌天欲暮，一簾風雨捲青春。四庫本作春寒

小酌

小酌園林酒半醺，落紅影裏惜餘春。插花歸去蜂隨帽，傍柳行來鶯避人。白髮尚爲千里客，黄金難鑄百年身。何時歸賦滄浪水，澣我征衣萬斛塵。

城南即事

支筇破曉出南城，古寺凄迷草自生。幾處亭臺空鎖鑰，百年人物盡丘塋。雕梁語燕應無主，廢圃殘花似四庫本作自有情。世事轉頭皆夢境，浮生何用苦營營。

夜坐次林梅山韻

人倚幽窗夜未闌，竹爐灰冷篆烟殘。一天露氣星辰濕，萬壑風聲草木寒。老去客懷多感慨，年來世事轉艱難。何時歸隱孤山下，明月梅花約共看。

有感

自嘆文章不遇時，平生壯志與心違。十年湖海無家住，千里鄉關有夢歸。殘夜月寒燈暈淡，高秋天闊雁聲微。傷今思古愁無奈，老淚斑斑濕客衣。

即事

蠅頭蝸角兩無營，心地寬閒景亦清。山色淺深分遠近，雲容舒卷弄陰晴。曉窗對菊思元亮，秋佩紉蘭效屈平。獨倚西風凝望眼，一行雁影夕陽明。

生朝自述

都道人生七十稀，老逢初度歎衰遲。飛觴醉月貧無酒，走筆迎春富有詩。憔悴自憐蒲柳質，劬勞空起蓼我思。門無賀客清如水，獨對蘭花誦四庫本作課楚辭。

雪

片片隨風整復斜，飄來老鬢覺添華。江山不夜月千里，天地無私玉萬家。遠岸未春飛柳絮，前村破曉壓梅花。羔羊金帳應粗俗，自掬水四庫本作冰泉煮石茶。

九日客懷

烏帽斜欹白髮侵，老來空憶舊登臨。一枝黃菊西風淚，數畝蒼苔故國心。梧顫秋聲庭露冷，雁傳寒信塞雲深。不須貰酒酬佳節，只把陶詩細細吟。

舟次樗蒲廟

短棹衝寒過浦東，扁原作偏，據四庫本改舟一葉載詩翁。斷烟流水殘雲外，古木荒祠夕照中。吟罷小樓何處笛，酒醒孤枕半江風。潮生潮落朝還暮，堪歎人生自轉蓬。

月夜登樓

玉宇澄清暮靄收，吟邊怕倚仲宣樓。寒蟾千里夜如晝，原作畫，據四庫本改新雁一聲天欲秋。湖海誰青豪傑眼，風霜易白少年頭。更殘忽聽荒城角，吹老梅花總是愁。

送慈州茅主簿入道

儒冠不戴戴星冠，人世榮華作夢看。譜出三茅終得道，趣同五柳早休官。月寒緱嶺來笙鶴，春藹慈州憶枳鸞。笑指方壺最深處，凌空霞珮玉珊珊。

月夜次修竹韻

徙倚吟闌傍野塘，古譙原作誰，據四庫本改蓮漏滴更長。月階夜靜蛩聲切，竹院秋深鶴夢涼。坐挹水風侵袂冷，眠分花露滿身香。浩歌欲遡明河去，醉喚天孫織錦囊。

寓浦東書懷

子規聲裏已非春，消遣光陰只苦吟。肘後無方醫白髮，牀頭有易勝黄金。年來不作功名夢，老去全休富貴心。獨抱焦桐遊海角，紛紛俗耳少知音。

呈譽田司杜希聖提領

行李擔書一鶴隨，蓮香慊幕政聲馳。山川太史九州記，桑稼豳風七月詩。如晦箕裘傳相種，少陵衣鉢付孫枝。謀身儒術誰云拙，堯舜君民正此時。

寄毛素軒宣慰

旌麾曾駐鑑湖邊，别去匆匆又兩年。清夜夢分千里月，同鄉人各一方天。素知心事有鷗在，欲寄音書無雁傳。見説使星臨浙右，明朝便買渡江船。

酒　趣

獨醪妙理契心期，小甕新篘香滿巵。閑裏一生長是醉，飲中三昧有誰知。幕天席原作帝，據四庫本改地忘形處，枕麯眠糟得意時。此味靈均應未解，獨醒到死欲何爲。

秋　懷

雨裏西風已倦遊，老懷悲感不禁秋。世無阮籍誰青眼，今有杜陵人白頭。雁攞行知兄弟義，燕營巢爲子孫謀。誰憐湖海飄蓬客，隻影孤燈相對愁。

偶　書

頻年蹤跡墮江湖，三徑荒苔四庫本作苔荒憶舊廬。身老方知生計拙，家貧漸覺故人疏。松薪拾去朝炊黍，漁火分來夜讀書。怨鶴驚猿應待我，台山何日賦歸歟。

觀　史

梧風蕭瑟雨初晴，涼入書堂夜氣清。耿耿蘭膏照千古，遲遲蓮漏轉三更。力於興廢應難助，氣爲忠邪幾不平。掩卷長嗟方就枕，窗前咿喔又雞鳴。

暮　春

寂寞原作冥，據四庫本改園林三月時，客中幾度見春歸。柳眉綠皺鶯無語，花臉紅銷蝶倦飛。節物暗原作晴，據四庫本改催雙鬢老，功名長與寸心違。百年身世成何事，回首西山又落暉。

對　月

萬里無雲天宇寬，十分秋色上樓看。月浮滄海蟾光濕，星落明河象緯寒。醉後儘教詩筆健，吟邊莫放酒杯乾。一聲長笛知何處，愁殺夜深人倚闌。

秋夜

十分秋色滿軒窗，景物凄清夜氣凉。篩月簾櫳金瑣碎，擣霜砧杵玉丁璫。井梧葉脱無多影，巖桂花稠四庫本作凋不斷香。坐到更深吟興動，硯池滴露寫詩狂。

寓舍即事

矮屋編茅槿縛籬，詩人住處恰相宜。萬間突兀夢不到，一室凄清心自知。窗下無燈童睡早，林間有月鶴歸遲。八荒便作庭除看，南北東西任所之。

書懷奉簡蘭若提舉

十年湖海歎飄零，晚景投閑百念輕。看水看山真有味，學書學劍恨無成。竹風吟曉詩情動，梧雨敲秋客夢驚。老傍人門非久計，不如歸去學淵明。

登寶林飛來峰有井通海，在塔下。龜公墓、越王臺在側

乘風飛步碧崔嵬，萬壑千巖入眼來。古甃原作梵，據四庫本改直穿滄海破，浮圖高拂白雲開。龜公埋没今無塚，烏喙原作啄，據四庫本改登臨舊有臺。立盡斜陽不四庫本作欲歸去，一聲孤雁過蓬萊。

題吴實齋北山别業

北山佳景勝南山，乘興登臨眼界寬。樵斧伐雲春谷暗，漁榔敲月夜溪寒。一區池占林泉勝，四面天開圖畫看。竹屋數間塵不到，主人日日凭闌干。

書館

池館深深鎖翠涼，課餘多暇日偏長。屋連湖水琴書潤，窗近花陰筆硯香。吾道尚存貧亦樂，客身長健老何妨。十年心事閑搔首，厭聽蟬聲送夕陽。

依緑亭

數椽瀟灑瞰清漪，蕩漾烟霏欲濕衣。闌角原缺，據四庫本補寒光搖翡翠，簷牙倒影浸琉璃。荷邊鼓瑟遊魚聽，柳外敲棋睡鷺飛。洗盡紅塵青眼客，臨流何惜賦新詩。

秋思

天容凝碧換秋容，殘暑泠然一洗空。梧葉多應愁夜雨，葛衣漸覺怯西風。十分冷淡砧聲外，一片凄涼雁影中。興動蓴鱸欲歸去，季鷹心事恰相同。

題四暢圖

四暢圖中四散人，籐牀對坐遣閑情。搔頭真有爬梳態，搐鼻應無噴嚏聲。捫蝨未能四庫本作聞談世事，撚髭元不爲科名。一時快意皆真樂，誰把丹青寫得成。

登寶林塔

屹立浮圖可摘星，吟邊喜與客同登。闌干六曲又六曲，梯級一層又四庫本作高一層。極目江山無障礙，四庫本作礙障着身霄漢欲飛騰。雁來疑是題名處，拂拭殘碑問寺僧。

偶述

漂泊江湖祗自憐，人生窮達信關天。老來四庫本作難干祿心灰矣，貧不求人氣浩然。五斗豈能留靖節，一瓢亦足樂顏淵。客來問我生涯事，閉户開書對聖賢。

涼夜即事

涼入虛堂睡思濃，夜深剪盡燭花紅。光摇珠箔梧桐月，香透紗廚茉莉風。欹枕覺來人不寐，撚鬚四庫本作髭吟罷句難工。小鬟問我詩成未，詩在池塘草夢中。

次月山少監客京韻

匹馬攙春入帝京，秋深猶未問歸程。一書不及因風寄，千里空教共月明。霄漢已隨黄鵠舉，家山應負白鷗盟。便須了却封侯事，衣錦歸來客亦榮。

聞角

譙角咿嗚到枕邊，邊情似向曲中傳。梅花三弄月將晚，榆塞一聲霜滿天。織錦佳人應有恨，枕戈老將想無眠。爭如二月春風市，賣酒樓頭聽管絃。

舟行送王琴所之溆州

晨星寥落曙光浮，柳岸風輕送客舟。萬點遠山重疊恨，一江流水淺深愁。淡烟茅店家家曉，白露楓林處處秋。獨倚蓬窗還自笑，此身漂泊愧沙鷗。

寄峽山胡府判

鑑湖狂客又西湖，筆硯生涯計已迂。五斗自慚腰不折，四方安得口能餬。家山迢遞鄉心遠，燈火凄涼客影孤。莫誤風前看落雁，尺書還肯寄來無。

送姜仕可去館

行止非人可豫謀，愛君無計爲君留。張儀失策猶存舌，（原作古，據四庫本改）穆傅知機可掉頭。黯黯別懷江路晚，蕭蕭行李驛亭秋。明年我亦攜書去，不落人間第二籌。（原作儔，據四庫本改）

梅　龍

孤根蟠屈浸冰壺，（四庫本作湖）蟄裏陽和發朽枯。雪樹鱗封寒水玉，月梢頷吐夜明珠。暗香吹冷龍涎濕，疏影涵清蛻骨癯。安得華光葉公筆，共描雲（四庫本作横）水卧雲圖。

江湖偉觀

環峙山川秀氣鍾，人煙樓閣鬱重重。潮生潮落東西浙，雲去雲來南北峰。海曙扶桑紅影濕，堤春楊柳緑陰濃。子胥已遠岳侯死，斗柄聊洗（四庫本作酒聊澆）磊塊胸。

隨隱爲祝南山賦

踪跡何拘似白雲，不專（四庫本作尋）丘壑避紅塵。田堪耕稼即莘野，水可釣魚皆渭濱。無礙滯心寧擇地，有幽閑處便容身。一笻忽入青山去，豈是終南捷徑人。

春日郊居

卜築幽居慰寂寥，數椽茅屋傍江郊。庭前滕薛（原作藤薛，據四庫本改）筍爭長，籬下陳雷蔓結交。杏圃花香蜂課（原作謀，據四庫本改）蜜，芹塘泥暖燕營巢。山窗對景渾無事，吟得詩成手自抄。

偶書呈王修竹

琴心不復寄松蘿，賀鑑湖邊水自波。晚節黃花秋思淡，夕陽紅樹客愁多。何時歸鶴招丁令，有意（原作思，據四庫本改）逃漁侶志和。不管白頭烏帽落，西風一曲付狂歌。

寄鄭樞山

起敬英聲亦有年，酒邊曾見錦囊篇。吟情六義初删後，古意三爻未畫前。放曠嗣宗應絶俗，清狂太白不妨仙。如今海内無工部，誰肯題詩寄鄭虔。

燈花

發生元不假栽培，一點春從午夜回。自喜結根依小草，不愁飛片點蒼苔。熒熒有豔蛾頻撲，澹澹無香蝶不猜。窗下敲棋紅燼落，更深約客不曾來。

樂道

門掩荒苔客到稀，閒情已與世相違。胸中宇宙自然景，眼底江山不盡詩。雲淡風輕皆道體，鳶飛魚躍總天機。吾心與物同真樂，此處寧容俗子知。

次毛一齋韻

詩夢驚殘何處棋，書窗又是夕陽時。柳陰分綠籠琴几，花片飛紅點硯池。覽鏡自憐添白髮，傳杯不復倩蛾眉。東風故國年年恨，惟有啼春杜宇知。

寄月山少監

一片襟懷海樣寬，眉頭肯爲别離攢。臂鷹慣識從君樂，汗馬寧辭行路難。角帶邊聲闕月冷，雁原作寫，據四庫本改傳鄉信塞雲寒。歸來未許東山卧，原作路，據四庫本改見説蒼生望謝安。

送文正公遺像與王東廬

古畫從來寶繪堂，遺君敢借舊珍藏。貌存故國三公貴，澤衍來孫百世芳。家廟幾年成闕典，宗枝此日倍增光。當時種德根苗遠，分得槐陰到鶴鄉。

遊西湖次毛玉田韻

觸目錢塘昨夢非，行春載酒憶當時。花間不輾香輪入，柳外空鞭駿馬飛。落日荒山和靖墓，斷雲流水子胥祠。忘情鷗鷺閒於我，應笑江湖客未歸。

故國有懷呈任子宏提舉

十年不作還家夢，荒草深深鎖竹扉。無主落花隨水去，有情啼鳥勸人歸。儒冠寥落風流減，客路凄涼故舊稀。何日攜琴賦歸去，踏雲自採故山薇。

寒夜即事

倚徧闌干更漏長，柔髭撚斷爲詩忙。清分梅影夜宜月，寒入雁聲天正霜。懷古頓添孤客恨，追歡難憶少年狂。讀書窗下篝燈坐，一卷離騷一篆香。

謝章平遠惠筆

管城二子樣尖新，分惠山房勝餽金。淮兔拔毛誇匠巧，魯魚正字見功深。抄書未得纖毫力，握管難忘一寸心。揮翰玉堂無夢到，雅宜茅屋寫清吟。

龍江館舍

幽棲俗事不相關，家在青松翠竹間。繞屋四圍都是水，隔林一片不多山。詩篇陶寫清秋景，書册消磨白日閒。門外沙鷗如舊識，忘機飛去又飛還。

元　日

睡眼朦朧撑不開，雞聲唱曉夢驚回。竹爐尚有殘冬火，柏酒初斟新歲杯。身世百年如夢幻，功名兩字已心灰。門無賀客清閑甚，自汲寒泉浸四庫本作插古梅。

偶題

一春過半近清明，點滴簷聲未肯晴。細柳雨中垂綠重，殘花風裏落紅輕。世間白髮在公道，眼底青山不世情。富貴倘來忙不得，人生何必苦營營。

俞景仁教諭相過

江雲舒卷弄陰晴，新綠園林似染成。花怯曉風寒蝶夢，柳愁春雨濕鶯聲。棲遲茅屋無塵事，深閉柴門遠俗情。佳客相過慰岑寂，酒邊閑把近詩評。

修竹有樓名與造物游對秦望山五雲門

秦望諸山隱几看，仙居縹緲五雲端。天高地迥三千界，月白風清十二闌。滄海氣侵珠珮濕，明河影逼玉簫寒。超然身在鴻濛上，何必蓬萊跨紫鸞。

修竹宴客廣寒遊亭分韻得香字以上七字原缺，據四庫本補

銀橋疑駕海天長，金粟離離照玉觴。影浸山河瓊殿冷，舞分風露羽衣香。亦知廣莫元無野，却笑溫柔别有鄉。閒折一枝驚昨夢，素娥憐我授玄霜。

酒邊呈張景純能畫山水

蓬萊閣上笑談餘，别後思君看畫圖。萍水相逢俱老矣，家山自好盍歸乎。清風一榻莊周蝶，明月扁舟范蠡湖。此是達人真樂事，客中何必歎窮途。

江上客懷

鏡裏從渠白髮添，吟邊抵掌復掀髯。十年爲客甘清苦，一枕忘情付黑甜。短褐怯風綿未絮，破窗漏月紙重粘。梅花應念人孤寂，寒夜吹香入竹簾。

夜 坐

香篆烟銷夜氣清，篝燈開卷遣閒情。半窗月落梅無影，三徑風來竹有聲。樂道何須圖富貴，讀書元不爲功名。白雲滿榻便高卧，欹枕詩成夢不成。

挽衛山齋

楹夢驚殘忽告終，儒林多士失宗工。雲間便覺無清氣，江上誰能繼古風。蕙帳夜闌孤鶴怨，茅齋人去九山空。我來豈爲私情哭，痛哭君亡吾道窮。

武公後裔有仍孫，德望才名世所尊。擬向山中專註易，忽傳地下趣修文。月樓不復賡詩句，春閣猶思共酒樽。痛恨死生千古隔，西風吹淚原作漏，據四庫本改濕秋雲。

送任子敏司丞赴北

鞭影拖雲入帝京，少年正好作功名。不辭驛原缺，據四庫本補騎三千里，欲奮鵬摶九萬程。白玉樓四庫本作堂中揮翰墨，黄金臺上被恩榮。何須折柳送行色，只寫詩篇話別情。

和原作賀，據四庫本改俞教授見寄韵

天邊日月似梭飛，百歲光陰難預期。有酒不妨留野客，無錢何惜典春衣。江山猶記登臨處，身世都非少壯時。晚景清閑宜學道，黄庭一卷究玄微。

任復齋池中有瑞蓮命予賦之

芙蕖開處傍池亭，花結雙頭媚晚晴。兩隗駢肩如欲語，二喬並首似含情。同心淨植真奇種，聯蒂騰芳以瑞名。若使濂溪當日見，愛蓮有說恐難評。

鹽

同締人貢載遺經，分賜羣臣羨水晶。潤下作鹹從海產，熬波出素似天成。享神潔白惟形似，富貴珍奇以寶名。此物可方爲相事，他時商鼎用調羹。

餅筌

熱中竟日自煎烹，音節四庫本作調都從一氣生。緩緩煮湯方蟹眼，微微聒耳忽蠅聲。頻驚清夢愁無寐，似訴羈情歎不平。却笑書生那解此，聯詩石鼎羨彌明。

書懷

杜門已與俗相違，苔徑荒涼轍迹稀。自愛清涼忘世慮，肯求富貴役心機。隱居盤谷勝金谷，耐着麻衣鄙錦衣。百歲光陰皆夢境，且看兔走與烏飛。

和杜柳溪韻

安貧樂道豈卑微，肯羨黄金帶十圍。爵列四庫本作到三公今却有，齒踰七衮古來稀。滿頭霜雪客懷老，過眼烟原作輪，據四庫本改雲人是非。皎皎白駒在空谷，好賢誰復詠緇衣。

金四庫本金下有布字潤玉隱廢寺閒居

梵刹當年聚衆僧，叢林深處著禪扃。金沙布地階無土，玉軸堆函藏有經。雲樹千尋張翠蓋，烟蘿一片展青屏。星移物换今寥落，古寺猶存柏子庭。

和茸廬韻

地僻渾無車馬喧，禪房修飾稱居安。莊嚴固是由心造，丹雘多應被眼瞞。佛法不須身外覓，世緣只作夢中看。我來欲問無生話，萬頃西江一吸乾。

偶成簡任肅齋教諭

百年光景易侵尋，消遣閒愁只苦吟。但覺筆頭風雨濕，不知鬢底雪霜侵。冥鴻已負九霄志，老驥空懷千里心。富貴倘來應有命，何須彈鋏扣知音。

百歲光陰一轉蓬，晚年不與少年同。事因錯處人方省，詩到窮時句始工。獻賦未逢楊得意，憐才難遇杜司空。有時追憶昇四庫本作承平事，猶道繁華是夢中。

貧病交攻久廢詩，蕭然一室獨棲遲。酒錢已盡琴將典，瓶粟無儲鶴亦饑。豪傑不多陳仲舉，結交惟欠魏無知。箪瓢鐘鼎都休計，畢竟窮通各有時。

奉謝月山太守

太守相過慶誕辰，貴能下賤見公心。行廚鼎列雙魚美，衆客咸瞻五馬臨。曲唱駱駝誇白雪，杯傳鸚鵡擁青衿。寵頒束帛尤增感，恩與滄溟一樣深。

夜坐即事

霜氣侵窗冷客氈，青燈白髮老堪憐。光陰明日又明日，世事一年難一年。眼底江山元似舊，胸中風月本無邊。道人不作陽臺夢，紙帳梅花伴獨眠。

和茅亦山先生雜詠

風柳吹花糝白氈，鶯愁蝶恨有誰憐。不知春事又三月，堪歎四庫本作笑人生無百年。清氣長留詩卷裏，閒愁不到酒樽邊。山窗晝永渾無事，一榻分雲枕易眠。

身世飄浮水上蓬，閒中清事有誰同。吟窗夢草添詩料，畫筆生花奪化工。酒後烏烏時擊缶，愁來咄咄自書空。園林寂寞春何處，春在桑麻雨露中。

破硯塵封懶賦詩，晚年才思覺衰遲。躭書自笑已成癖，煮字元來不療饑。風月滿懷詩可寫，雪霜侵鬢鏡先知。太公八十方榮遇，把釣溪邊更待時。

端午月山主人酒邊即事

窗外葵榴照眼明，香蒲沁酒注銀瓶。自無飲量堪同醉，非慕清名傚獨醒。一日沈湘悲楚客，千年弔古讀騷經。他鄉記節聊隨俗，艾虎硃符挂户庭。

時序催人易白頭，端陽懷古客添愁。硃符不寫湘纍恨，角黍難包楚國羞。記節何妨斟蟻酒，奪標無復見龍舟。高歌思遠樓前路，掩雨珠簾今在不。

寄謝蔡松江路教

一别丰標又一旬，尺書多荷寄殷勤。交遊滿眼誰知己，契闊關心獨憶君。蕙帳夢寒同夜月，松江人遠隔秋雲。明朝便買扁舟去，來訪貞陽舊廣文。

和杜柳溪韻

白髮垂垂一老夫，年來漸覺世情疏。石牀夢冷和雲卧，茅屋燈殘共月居。客至何妨賒魯酒，家貧不肯典唐書。羨君種柳清溪上，借我苔機學釣魚。

和茅亦山秋夜感懷

老來吟拙自知羞，好景無詩未易酬。湖海愁看今夜月，功名虚度十年秋。清光偏照盧仝屋，孤影自登王粲樓。我欲乘風蟾窟去，安能與世共沉浮。

茅亦山相過

故人過我竹邊居，談笑從容樂有餘。洗盞共嘗春甕酒，挑燈對讀夜窗書。歸來尚憶淵明菊，高卧誰知諸葛廬。醉後達觀今古事，寥寥千載只須臾。

上廉訪分司官

行部巡荒察吏奸，皇皇使節古刑官。聲搖天上星辰動，清逼雲間風露寒。肅政嚴持三尺法，衈民特放一四庫本作十分寬。香名已覆金甌底，便作他年宰相看。

和鄭樞山竹夫人韻

玉環傾國起胡兵，有色終汙後世名。九夏專房何在貌，一身空洞若爲情。寵名本自無心得，婦節從來澈骨清。愁見婕妤秋後扇，共懷幽恨幾時平。

斑竹夫人

汗青書墨沁肌涼，李衛曾攜近竹牀。眼孔盈盈看熟四庫本作熱客，淚痕點點泣秋房。湘紋冷淡宜湘簟，玉體玲瓏稱玉郎。秦虢流四庫本作疏封無夢到，傍人空以睡爲鄉。

遊虎丘山寺

浮生偷得片時閒，古寺尋僧借景看。樓閣倚雲山氣濕，轆轤捲水澗聲寒。地埋吳劍痕猶在，碑刻唐詩字未漫。寄榻禪房不知曉，起來松日原作石，據四庫本改已三竿。

賈秋壑園

不學蒼龍卧浙東，鷩飈吟珮墮青璁。既無良四庫本作長策安江左，空有名園似洛中。危棧連雲晴亦雨，飛樓近海夜生風。人間富貴皆塵土，回首吳山落照紅。

聞　鶴

寒蟾初上海雲收，何處仙禽過庾樓。清夜照人千里月，碧天警原作鷩，據四庫本改露一聲秋。玉笙縹緲緱山去，羽袂蹁躚赤壁遊。回首女牆舊時事，千年華表動新愁。

和毛宣尉蓬萊閣韻

傑閣翬飛翠靄間，蓬萊元不在人寰。綠圍城郭千村水，青逼簾櫳四面山。華表鶴歸遼海遠，高臺鳳去夕陽間。我來倚遍闌干月，雲鎖重門夜不關。

送張按察移節江陵

滿載琴書事宦遊，皇皇使節重咨諏。蒲帆風飽三千里，繡斧霜寒十六州。荆渚行觀新德政，越人共憶舊風流。市橋衰柳難攀折，只拗梅花送去舟。

次鄭朴翁國正見寄

雲深紅日出林遲，晞髮簷前力未衰。老愛歸田追靖節，狂思入海訪安期。春風巷陌楊花後，故國江山杜宇時。一種閒愁無着處，倚窗重讀寄來詩。

漁舍觀梅寄修竹

寒雲漠漠護牆陰，瀟灑梅枝出竹林。影落荒磯和雪釣，香浮老瓦帶春斟。幾憑水驛傳芳信，祇許沙鷗識素心。回首孤山千樹遠，扁舟乘興夢中尋。

清明

清明時節已春深，白髮蕭疏忽滿簪。萍梗一生孤客恨，松楸千里故鄉心。浸花窗下分紅影，插柳簷前借綠陰。幸有故人同笑語，不妨沽酒共清吟。

贈大禪寺昉上人

佛屋參差傍水涯，天然富貴屬僧家。油幢碧立當軒竹，步障紅圍繞檻花。隱隱磬聲春晝永，停停塔影夕原缺，據四庫本補陽斜。白頭道者留連客，自汲山泉煮石茶。

贈通玄觀四庫本觀下有唐字道士竹鄉

通玄道士苦修行，坐見桑田幾變更。雲屋苔封燒藥竈，風林花落煮茶鐺。休糧臆有青松啖，却老應無白髮生。月滿竹鄉乘四庫本作騎鶴去，欲邀子晉學吹笙。

夜坐四庫本作宴

醉月飛觴興未闌，蓬壺影裏漏聲殘。碧浮金鼎香脂暖，紅閃銀臺燭泪乾。艷曲喜聽催拍近，狂歌自覺入腔難。賞心樂事輸年少，一點閒愁了不干。原作平，據四庫本改

隱居

編茅卜隱讀書林，門掩蒼苔一徑深。當户曉山長識面，臨窗夜月獨知心。花圍錦繡翻紅影，竹列琅玕舞翠陰。別是一般清富貴，何須滿塢積黃金。

見梅

孤根偷轉一分陽，枝北枝南次第芳。照水曉粧冰鏡冷，横空雪樹凍雲香。未成林實調金鼎，先占春魁伴玉堂。因憶西湖林處士，年年覓句爲伊忙。

挽任宅雲

方擬榮除上玉堂，玉樓有召返仙鄉。才過賈誼同年少，齒長顔回一歲亡。師友交情從此絶，死生異路實堪傷。雲邊宅在人何在，腸斷西風淚幾行。

寄王愛梅塔下開館

諸生歸去暮庭空，塔下遊觀倚瘦筇。千尺寶輪擎海月，七層金鐸語天風。升堂儘可同僧飯，持鉢何須聽寺鐘。好把新詩題舊壁，他年應有碧紗籠。

送人歸洛

白眉公子氣昂昂，年少多才姓氏香。腹飽儒書宗孔孟，心傳醫學祖岐黄。秋亭聽鶴遊吴會，春館看花憶洛陽。老我自憐身是客，江湖又送客還鄉。

上李承旨學士

儒林學海老宗師，每恨聞名識面遲。一部山川司馬記，百篇風月謫仙詩。玉堂揮翰思當日，金鼎調元定此時。抱負大才應大用，行看事業邁周伊。

表表聲名動縉紳，金鑾奏事舊詞臣。胸中千古淵源學，天下十分端正人。猶記演綸依日月，行看聽履上星辰。枝南枝北雲山異，何日摳衣拜後塵。

中朝人物總稱賢，恬退閒居又幾年。獨抱原作把，據四庫本改丹心長戀闕，因思緑野且歸田。未應雋軌淹東魯，行看文星照北燕。見説君王思國老，鶴書即下九重天。

寄月山少監

南北相望各一天，江湖久别思凄然。迢遥道路三千里，倏忽光陰五六年。清節立朝君可羡，白頭爲客我堪憐。折梅難寄江南信，惟有新詩數十篇。

哭别月邨

交遊惟子獨相知，此老天胡不憖遺。行輩凋零亡益友，文風寥落失儒師。在生曾與傳遺像，臨死猶能寄别詩。月落邨空人不見，傷心千古隔幽期。

三山秀氣孕英奇，表表才名冠一時。唐殿策高賁不第，荆州人原作又，據四庫本改去棨何依。傳家有子猶堪羡，埋骨無山亦可悲。留得帚金詩稿在，燈窗讀罷淚沾衣。

和仇山村九日吟卷

暮秋景物覺荒涼，觸景凭高遡杳茫。歸隱清如陶靖節，苦吟瘦似沈東陽。烟横晚四庫本作曉浦蒹葭碧，霜落寒林橘柚黄。追想漢宫當日事，賜萸宴罷謝君王。

寄錢竹深

夢斷膏粱記幾年，捨身事佛絶塵緣。把茅蓋屋孤峰頂，片衲蒙頭萬竹邊。支遁才高交杜老，參寥詩好動蘇仙。何當盡棄人間事，特地來參一擊禪。

見天地心 松江府四庫本府下有學字題

乾坤主宰妙難窺，識破端倪便可知。陽動於陰分太極，剥窮必復露真機。化工自有經綸處，生意元無間斷時。萬象皆春從此始，細參羲畫究精微。

白雁

征鴻素縞過南樓，衣褐同羣孰與儔。雲外排行分玉李，天邊印字帶銀鈎。高飛遠塞疑雲鶴，低落平沙類雪鷗。夜月蘆花無認處，惟聞嘹唳數聲秋。

即席和衛山齋韻并呈顧淵白路教

燭夜飛觴客在山，同看明月上雲端。粘天水闊蟾光濕，捲海風高蜃氣寒。會友幸逢三益在，娱情休恨四并難。座中喜有能詩者，便作唐詩顧况看。

梅魂 武林試中

夢覺羅浮迹已陳，至今想像事如新。相思一樣四庫本作夜窗前月，似見三生石上春。的的孤芳冰氣魄，疏疏冷蕊雪精神。料應楚些難招至，欲倩花光爲寫真。

書懷

湖海難□鬢易絲，平生壯志與心違。一千里外家何在，三十年前事已非。狐正首丘應待盡，鶴思華表尚忘歸。書齋兀坐懷今昔，淚落西風濕客衣。

甲子歲旦

天開正旦宿雲收，宇宙陽回和氣浮。歲換上元新甲子，時同太古舊春秋。朱顔不逐年華改，清思惟從造化游。柏酒滿斟吟興動，題詩記節自賡酬。

白酒歌爲巖翁賦

火雲燒空日色烈，暑氣着人方鬱結。巖翁宴客水亭東，竹色蕖香獻清絶。瓜削水晶蓮剖珠，象箸犀盤盛陳列。銀罌捧出白玉原缺，據四庫本補醅，透鼻香濃風味別。傳來未到心已寒，灔灔瓊光瑩而潔。初疑炎帝行冬令，壺結冰澌洗袢熱。又疑仙掌流沆瀣，破□傾來和玉屑。誰向藍田拾瑤英，釀成奇液色澄澈。恐是太華井中溢，修綆銅缾汲不竭。又恐夜半雷破山，石髓分流乳泉裂。既非西貉綿羊酥，又非緱山仙鶴血。胡爲照眼光陸離，藥玉盤中色難別。令人敢嚥不敢漱，怕有飛霜寒齒頰。一杯一杯復一杯，肺腑盡化爲冰雪。憶昔曾誦坡仙詩，白酒無聲瀉油滑。開編自覺饞涎流，詎謂今朝得親啜。主人醞藉如此酒，氣味清醇韵芳冽。餔糟諸子醉六經，抱負長才特施設。君王作醴思用賢，應向商巖求麴糵。

侍郎亭

東鄰花圃栽雙松，一朝煨燼枝葉空。侍郎庭四庫本作亭前有雙松，至今古色摩蒼穹。此木受命本千載，扶持若有神始終。天留真質表文獻，柯葉蕃茂根本豊。百年培植飽雨露，虬枝風撼鳴笙鏞。掀髯相視雪貿貿，擁蓋對立雲原作雪，據四庫本改童童。不知天地有黄落，玄冥失柄春無功。雲孫峨冠立亭下，典刑如侍乾淳翁。昂藏自是廊廟具，夭矯亦有山林風。稜稜鐵面不可犯，麾去秦爵如飛蓬。諸孫奉酒立松下，森森頭角皆虬龍。

題東山玩月圖

斜陽紅盡暮雲碧，一片天光涵水色。海濤擁出爛銀盤，千里嬋娟共今夕。主人領客登東山，踏碎寒光看秋液。星河倒影浸空明，露華溥玉夜氣清。馮夷激水水欲立，海若辟易天吳驚。孤舟捲帆泊烟嶼，古木撼壑生秋聲。憑高人在金鰲背，閒看潮生烟渚外。老龍翻海雲氣寒，長鯨捲雪浪花碎。茫茫萬頃滄浪中，屹立孤峰鎖蒼翠。山巔掃石羅樽罍，賓主傳杯不放杯。騷客掀髯賦詩去，山童踏月攜琴來。劇談浩飲不知醉，仰天大笑歡顔開。倒著接䍦欲起舞，乾坤清氣入肺腑。天邊風月空四時，眼底江山自千古。

謝安躡屐遊東山，袁宏登舟宴牛渚。庾亮南樓今在不，坡仙赤壁知何許。滿眼往事轉頭空，千年人物俱塵土。人生光景若湍流，霜痕易點雙鬢秋。胸中勿着塵俗事，眉間休鎖名利愁。我輩適意在行樂，古人所以秉燭遊。月山追憶舊遊地，盡寫風烟入縑素。我來見畫如見景，想像高唐猶可賦。諸君後會應可期，雲萍合散今何之。安得扁舟激原作激，據四庫本改川去，日與杖履相追隨。登山把酒醉明月，共看此畫歌此詩。

醉時歌

茫茫古堪輿，何日分九州。封域如許大，僅能着我胸中愁。澆愁須是如澠酒，麯波釀盡銀河流。貯以倒海千頃黄金罍，酌以傾江萬斛玻璃舟。天爲青羅幕，月爲白玉鉤。月邊天孫織雲錦，製成五色蒙茸裘。披裘把酒踏月窟，長揖北斗相勸酬。一飲一千石，一醉三千秋。高卧五城十二樓，剛風冽冽吹酒醒，起來披髮騎赤虬。大呼洪崖拍浮丘，飛上崑崙山頂頭。下視塵寰一培塿，揮斥八極逍遥遊。以上《月屋漫稿》卷三

黄庚四

書懷

萬卷詩書千古事，一燈窗四庫本作窗燈火十年心。功名夢斷身無用，閑補離騷學楚吟。

偶成

淵明覺是新愁少，伯玉知非舊恨多。畢竟是非皆一夢，百年夢醒事如何。

暮春

芳事闌珊三月時，春愁惟有落花知。柳綿飄白東風老，一樹斜陽叫子規。

書燈

書幌低垂風不來，蘭膏花暖夜深開。剔殘猶有餘光在，一點丹心未肯灰。

海棠

臉暈原作運，據四庫本改輕紅酒力微，真妃半醉夜深時。杜鵑叫落花梢月，獨倚東風睡不知。

春陰四庫本作春陰芍藥

點滴簷聲濕徑雲，翻階紅葉帶啼痕。可憐花片都零落，雨露雖多不是恩。

芭蕉

翠葉離披傍竹林，幾年雨露受恩深。綠章封事今無用，空對西風抱赤心。

黄芙蓉

媚色津津散朵芳，道人裝束勝紅粧。詩人若作桃花看，便覺西風不甚涼。

聞角

誰送寒聲入夢中，遥知人在戍樓東。明朝梅嶺花飛雪，未必都因昨夜風。

花柳

花半睡時分蝶夢，柳三眠處足鶯聲。誰知花柳無情物，添個蝶鶯便有情。

酒家

風颭青帘出杏林，行人未醉甕頭春。安知滌器茅簷者，不是相如行輩人。

贈醫者花道人

藜杖横肩過竹扉，半挑藥籠半挑詩。笑予盤礴山雲裏，泉石膏肓作麽醫。

晚春

老來無復事狂遊，倚杖看花動客愁。病骨却寒春不管，柳棉風裏木棉裘。

漫述

百拙嬾營生計事，一貧方識丈夫心。簞瓢陋巷皆真樂，何用多藏郿塢金。

青春易過不多日，白晝得閒能幾人。有限光陰空役役，堆錢難買百年身。

對客莫談當世事，閉門且讀舊時書。蓬萊獻賦心猶在，只恐無人薦子虚。

楚江何忍沉清客，周粟安能活餓夫。慨想前修千古事，孤忠高義後來無。

逢人休要説公卿，老去無心慕寵榮。李不封侯劉不第，千年青史亦傳名。
世事艱難如意少，功名榮耀誤人多。浮雲富貴非吾願，且買扁舟理釣蓑。
脱巾漉酒心先醉，着屐登山脚便輕。豪飲清遊憶陶謝，古人千載尚留名。
眼前萬事等一夢，世上幾人能百年。千古英雄今已矣，北邙荒塚草芊芊。
文盟無主江湖冷，詩社欠人風月閑。老去盍爲歸隱計，却於何處買青山。
烘柳日高花院暖，炷沉烟冷竹窗虚。開原作閑，據四庫本改編怕見傷懷事，不讀離騷讀四書。

一　春

新綠園林雨過時，黄鸝無語恨春歸。楊花怕逐東風去，搭住闌干不肯飛。
花心醉日蝶先覺，柳眼窺春鶯未知。景物繁華易凋謝，一春消得幾番詩。

江　上

江上支笻眼界寬，夕陽影裏水雲寒。憑誰説與閑鷗鷺，借我漁磯把釣竿。

送筆與各庵和尚

恨殺毛錐久不靈，特分三輩到禪扃。難書八萬四千偈，只寫波羅一卷經。

梅　菊

菊清獨占風霜骨，梅白偏宜雪月天。晉宋後來愛花者，豈無靖節與逋仙。

江　景

寒生雁背天將雪，冷入魚腮水欲冰。釣艇歸來江路暝，舟人分火點漁燈。

聽雨

老來已覺此身閑，近日唐詩亦懶看。半榻白雲眠聽雨，一窗簾影隔春寒。

暮春

東風庭院夕陽天，恨綠愁紅又一年。春自要歸花自落，莫將芳事怨啼鵑。
柳老黄鸝遷别樹，花殘粉蝶繞空林。道人不管春光去，看了紅芳有四庫本作看綠陰。
一鳥不啼春寂寂，百花都落雨濛濛。十分花鳥東風恨，半在詩中半酒中。

題漂母飯信圖

國士無雙未肯臣，漢皇眼力欠原作久，據四庫本改精神。築壇直待追亡後，不及溪邊一婦人。
一飯豈能忘漂母，英雄未遇有誰知。可憐屏底丹青筆，不畫登壇拜將時。

詩窮

風愁月恨屬詩翁，終日推敲句未工。何苦辛勤學郊島，嘔心博得一生窮。

雷潭爲定講師賦

縛草爲庵枕碧漪，蒲團長是坐禪時。一聲霹靂驚龍起，布衲蒙頭總不知。

雪居爲安上人賦

雲壓西湖水欲冰，雪封樓閣玉稜層。夜來門外深三尺，應有齊腰獨立僧。

傷春

園林芳事已闌珊，梅未生仁筍未竿。堤上柳棉風脱盡，綠陰應在雨中寒。

雨過

雨過山頭雲氣濕，潮生渡口岸痕深。一聲短笛斜陽外，知有漁舟泊柳陰。

即事

花露研朱朝點易，藥爐分火晝焚香。道人不管世間事，自覺閒中日月長。

夜景

一池清浸藕花月，午夜凉生菰葉風。風月無邊詩興動，品題收拾錦囊中。

秋池

西風吟四庫本作吹露冷銀塘，菰葉蕭疏柳葉黄。秋水不知時色老，藕花猶學少年粧。

緋花

緋花紅淡浸寒泉，容易凋零亦可憐。堪恨本根不知處，却將顔色爲人妍。

木芙蓉

芙蓉一帶繞池塘，萬緑叢中簇艷粧。錯認園林春富貴，不知葉底有風霜。

論詩

三百餘篇豈苦思，箇中妙處少人知。籟鳴機動何容力，纔涉推敲不是詩。

書館即事

烟拖野色入書窗，一畝四庫本作畈平田隔草塘。暮雨初收新水滿，藕花香雜稻花香。

對菊

菊似靈均帶楚愁，餐英人去思悠悠。西風籬落甘清苦，不愛春光只愛秋。

簡孫治中歸維揚

聞君騎鶴賦歸歟，漫寫詩篇問起居。后土祠前花在否，平山堂下柳何如。

題墨竹畫扇

淇澳分清入素紈，一梢瀟灑勝千竿。此君不受人間暑，葉葉生風夏亦寒。

新昌大石佛

倚天巖石費雕鐫，佛相分明在眼前。莫與嘉州爭原作事，據四庫本改大小，法身充滿本無邊。

黄菊

壓叢秋色萬黄英，多少金風染得成。籬下年來無靖節，寒香不似昔時清。

螢火

化形腐草暗生光，數點隨風過野塘。窗下久無人夜讀，此身不入照書囊。

睡起

滿階竹影掃斜陽，一枕秋風桂子香。夢裏不知身是客，覺來依舊在他鄉。

寄秋山和尚

幾夜孤吟憶貫休，疏鐘敲月動詩愁。何人來入匡廬社，分我山中一半秋。

懷友

聽雨思君淚欲流，簷聲滴老鬢邊秋。何時過我晴窗下，共話思君聽雨愁。

照四庫本作昭瑞宮月夜

飛仙挾我上瑶壇，古桂香中夜倚闌。鐵笛一聲吹月落，滿身風露不知寒。

東山謝太傅祠薔薇臺四庫本作亭

圍棋別墅却秦軍，千載功名一窖塵。今日江山非晉有，荒祠花木爲誰春。

夢情爲懶庵上人賦

柏子烟銷懶坐禪，白雲半榻伴高眠。分明記得莊周蝶，飛向梅花雪澗邊。

田　家

流水小橋江路景，疏籬矮屋野人家。田園空闊無桃李，一段春光屬菜花。

春　寒

客思重重山色外，詩愁點點雨聲中。着人料峭東風急，牆角桃花未肯紅。

春寒料峭透紗窗，四庫本作窗紗睡起晴蜂恰報衙。怪得曉來風力勁，滿階香雪落梨花。

池　荷

紅藕花多映碧欄，秋風纔起易凋殘。池塘一段榮枯事，都被沙鷗冷眼看。

聽　琴

一曲猗蘭按玉徽，高山流水少人知。紛紛耳聽非心聽，安得人間有子期。

蓬山堂訪王鶴隱高士不值

蓬萊深處訪仙家，雲護巖扉石徑斜。笙鶴未歸春寂寂，青鸞啄碎碧桃花。

過曹娥廟

細雨滿山眉黛斂，怒濤千古哭聲寒。須知此廟關風教，莫作尋常神女看。

禹廟行春

大禹祠前柳色新，駢闐車馬鬭行春。登臨都道江山好，話到平成能幾人。

子胥廟

伍相祠前雲氣昏，奔吴心事與誰論。怒濤夜半翻江月，疑是忠臣一片魂。

西湖行春

畫船無復沸笙歌，湖水年年自碧波。回首蘇公堤上柳，緑陰不似舊時多。

明　妃

和戎何惜遣蛾眉，悔恨徒然殺畫師。漢主深恩如可報，安四庫本作妾身死虜亦無辭。

一函香骨埋沙漠，魂魄多應繞漢庭。惟有春風知此恨，年年吹拂草痕青。

煬帝行宫

彩鳳樓前汴水流，君王不復錦帆遊。長堤舊日青青柳，曾帶春風拂御舟。

明皇按樂圖

一曲霓裳舞太真，誰知鼙鼓動胡塵。當時若按周姬樂，治世音中無亂人。

采蓮女

越女蘭舟泛緑漪，采蓮花露濕紅衣。萬荷影裏歌聲過，驚起鴛鴦貼水飛。

通玄觀

雲氣深深護石壇，紅塵飛不到闌干。清陰滿地無人迹，一徑松風鶴夢寒。

林高士隱居

家住西湖深更深，古松隱裏禮茅君。白猿攀樹藤花落，點破巖前一地雲。

吟邊

落盡荼蘼燕未歸，小園寂寂掩柴扉。吟邊正苦無詩料，風遞楊花撲客衣。

道士夜醮

步虛聲裏碧雲飛，珮玉珊珊謁紫微。月浸剛風鸞鶴過，仙都道士拜章歸。

題梅花詩卷後

月香水影句清奇，除却逋仙更有誰。吟骨春風吹不落，此翁已後絶無詩。

贈王琴所 能詩能琴

一曲絲桐餘古意，百篇風月寄閑情。君詩即是琴中操，底用離鸞别鶴聲。

謝總四庫本作聰講師惠桂花

廣寒世界仙家種，金粟如來佛國花。多謝高人分惠我，一枝和月到山家。

客懷

年年春暮客天涯，愁見東風颺柳花。自歎身如梁上燕，營巢長傍别人家。

春寒夜

銀燭燒殘聽漏聲，春寒詩思覺凄清。一庭夜色無人管，分付梨花伴月明。

枕邊瓶桂

巖桂花開風露天，一枝折原作新，據四庫本改向枕屏邊。清香重透詩人骨，半榻眠秋夢亦仙。

問　菊

山岡四庫本作園獨立對秋光，一袖西風兩屐霜。笑倚東籬問寒菊，自淵明後幾番香。

唐竹卿道士相過

一徑秋風老碧苔，柴扉掩晝少曾開。詩書門户無人到，只有通玄道士來。

半軒疏雨

簷前數點弄晴光，浥露庭花枕簟香。池草夢回詩思杳，吟窗分得一邊涼。

蝶

隨風粉翅太輕狂，夜宿花房春夢香。栩栩不知身是夢，又將魂夢化蒙莊。

見雁有懷

滿眼西風憶故廬，親朋音問久相疏。年年江上無情雁，只帶秋來不帶書。

總四庫本作聽講師涅槃臺

莫將生死視如來，要看蓮花火裏開。勘到灰飛烟滅處，涅槃不是涅槃臺。

贈談命姚月壺

胸中消息千年歷，舌底窮通一世人。試把五行推測看，廣文官冷幾時春。

中秋對月

十分蟾影照人間，一片山河古影寒。惆悵年年今夜月，人生能得幾回看。

秋　意

梧葉翻風敲老樹，蛩聲帶月泣寒莎。只消些少閑風月，便覺客窗秋意多。

對　菊

春花能得幾時紅，萬樹繁華轉眼空。黄菊雖黄偏耐久，西風雅淡似東風。

玉綉球花

花神巧學傳宫様，不屬針工屬化工。疑是瓊瑶初琢就，一團香雪滚春風。

即　事

春晴無處不繁華，多少遊人逐鈿車。盡道東風花柳好，誰知生意在桑麻。

九日感懷

新橙初試蟹螯肥，一曲清歌酒一巵。料得故園秋正好，黄花應怪客歸遲。

黄蜀葵畫卷

蜀質何人爲寫生，金杯翠袖捧朝陽。花前露重宫題濕，猶帶南薰殿裏香。

春　夢

銅匜艾納翠氤氲，六六屏山酒半醒。四庫本作醺夢入中州看秦畫，春風吹亂玉梨雲。

題明皇按樂圖

五鳳樓前沸管絃，春宵花暖月娟娟。纖腰舞到霓裳曲，驚起豬龍地上眠。

明皇楊妃圖

君王擁袖倚嬌容，指法相同曲亦同。料想馬嵬千古恨，當年已寓笛聲中。

暮 景

浮雲開合晚風輕，白鳥飛邊落照明。一曲彩虹橫界斷，南山雷雨北山晴。

和靖墓

木落孤山墓草荒，梅花千古帶詩香。吟魂仙去誰招得，獨鶴一聲幽恨長。

宮 詞

聞說君王御宴回，宮人留鑰内門開。琵琶撥盡黄昏月，不見花間鳳輦來。

臨平泊舟

客舟繫纜柳陰傍，湖影侵蓬夜氣涼。萬頃波光搖月碎，一天風露藕花香。

錢府舊園

十二峰前富貴家，亂離不復舊繁華。亭臺寂寂無人到，流水東風自落花。

春雨詞

簷聲滴碎玉闌干，開盡梨花亦懶看。燕子不歸人寂寞，深深宮殿鎖春寒。

山 中

萬壑松聲撼翠微，夜寒風露濕人衣。山翁踏月巡幽徑，竹裏籠開鶴未歸。

客路

春風客路草萋萋，小駐征鞍日又西。回首前山雲樹暗，竹雞聲裏鷓鴣啼。

金陵懷古

六宫禾黍千年恨，一片江山萬古情。明月不關興廢事，夜深還照石頭城。

仙姑對奕圖

碧玉花冠素錦裳，對拈棋子費思量。終年不下神仙着，想是蓬萊日月長。

山村

小小荆扉傍水開，竹橋分路入蒼苔。呼童掃去階前葉，恐有詩人踏月來。

虎丘阻雨

石闌浸碧劍池空，池外秋聲萬壑風。人倚僧窗看風雨，亭亭塔影有無中。

山中秋思

石牀彈月鶴聽琴，玉宇凝秋絶點塵。萬里無雲銀漢淡，一天風露濕星辰。

寄别方蘭室

醉下山樓客袂分，杖藜猶帶碧闌雲。歸來紙帳眠清夜，半夢梅花半夢君。

水仙花

冰魂月魄水精神，翠袂凌波濕楚雲。雪後清閑誰是侣，汨羅江上伴湘君。

春閨

屏山夢斷整雲鬟，金鴨吹香火未殘。背倚闌干聽燕語，一簾風雨捲春寒。

槿菊

槿菊叢叢繞水涯，深紅淺紫映山家。平生不識春風面，籬落秋深各自花。

孔明高卧圖

未用胸中八陣兵，草廬高卧掩柴扃。當時不見劉玄德，誰識先生是將星。

蓮花亭避暑

日火燒空海欲乾，蓮宮深處晝原作盡，據四庫本改生寒。佛家一片清涼景，借與詩人盡日看。

贈易數周仁山

河洛圖書排紙上，乾坤爻象只胸中。煩君細算乘除數，吾道何時可變通。

龍江無杜鵑

客裏春殘又一年，落花滿地草連天。緣何不動歸與興，祇爲龍江無杜鵑。

道觀四庫本作院即事

月到松庭鶴未眠，玄都羽士誦靈篇。玉爐烟斷瑤壇冷，金磬一聲霜滿天。

暮春

園林芳事已闌珊，開盡荼蘼亦懶看。深院日長眠聽雨，重重簾影隔春寒。

傷春

東皇别我太匆匆，急景相催鬢已翁。杜宇一聲花結局，人生消得幾春風。

即　景

籬落西風野老家，閑看景物感年華。柳衰荷敗芙蓉死，交割秋光與菊花。

贈上人

懶聽人是與人非，有耳如聾未是癡。不采當時臨濟喝，原作偈，據四庫本改威王前事已先知。

墨　蘭

一幅幽花倚客窗，離騷讀罷意凄涼。筆頭喚醒靈均夢，猶憶當時楚畹香。

寄任子忠

老去懷人鬢已秋，江山猶帶別時愁。碧雲不隔相思夢，幾度吟魂到客舟。

和李藍溪梅花韵

孤山別後有誰憐，踏雪看花又一年。幾度相思空夜月，角聲吹恨不成眠。

覓句逋仙琢肺肝，聲名千古冠吟壇。一詩香盡西湖水，白雪陽春和者難。

一枝寒玉倚横塘，和雪攀來袖亦香。插向膽瓶籠紙帳，長教夢繞月黄昏。四庫本作昏黄

南枝開遍北枝開，祇恐飛香落砌苔。踏雪詩人應癖好，杖藜日日爲詩來。

折　柳

陽關一曲灞橋春，垂綠陰中別恨新。漫折青絲千萬縷，多應絆不住行人。

畫　笋

錦籜斑斑帶露痕，毫端寫出此君孫。清高不肯埋塵土，根本雖無有節存。

秋吟

蘆花零落點汀洲，白鷺飛邊泊小舟。水落漁磯風露曉，殘荷數點冷擎秋。
曉徑支筇步屧遲，西風吹露濕秋衣。舉頭凝望青山外，萬里江天一雁飛。
秋高風急雁來初，久客松江豈爲鱸。好夢不成人睡覺，半窗殘月夜燈孤。
淪落天涯已白頭，西風吹帽冷颼颼。悲秋未了悲身世，一樣情懷兩樣愁。
略彴當門石徑斜，槿籬深護野人家。炊烟起處江村晚，一片斜陽萬點鴉。
滿眼原作點，據四庫本改秋光動客情，小園閑步杖藜輕。黄花憔悴應思晉，纔遇淵明香便清。

王荆公廟

遺像巍然占古祠，區區土偶亦冠緌。無言似想青苗策，面目猶如執拗時。

項羽臺

失計鴻門恨未消，一生霸業亦徒勞。當時漫築臺千尺，爭似歌風地步高。

柳

腰舞東風未肯休，西風吹葉翠眉愁。誰知此是多情樹，最愛春光最怕秋。

梁燕

梁間兩處燕成窠，來往銜泥帶落花。呢呢四庫本作比翼並頭休巧語，相依總在别人家。

梅花

竹邊籬外樹封苔，兩蕊三花帶雪開。蜂蝶只貪桃杏艷，嫌花冷淡不飛來。

酒　家

風颭青簾掛杏村，田家新釀甕頭春。今年米貴無錢糴，買醉銜杯能幾人。

江　村

極目江天一望賒，寒烟漠漠日西斜。十分秋色無人管，半屬蘆花半蓼花。

西山韓太師墳

古墓年深草樹荒，石人石馬卧斜陽。爭如湖上逋仙塚，詩骨埋雲萬古香。

咏屏墨竹

淇澳新梢筆下分，枕屏墨暈點寒雲。詩人紙帳眠清夜，不夢梅花夢此君。

和靖墓

西湖卜隱爲詩忙，吟到梅花字字香。鶴不歸來山寂寂，梅邊閑詠月黄昏。四庫本作昏黄

述　懷

故鄉迢遞幾時還，目斷長江杳渺間。一雁飛邊天四庫本作天邊飛萬里，白雲多處是青山。

寓舍古木無葉

桃李門牆萬柳青，詩人茅屋獨凄清。簷前古木無春葉，可怪東風亦世情。

秋　信

豆雨初晴漭溽埃，報涼梧葉墮階苔。一聲新雁南樓外，早送西風信息來。

秋　色

虹影界開微慘淡，雁痕點破更淒清。一番原作望，據四庫本改雨過天容碧，盡是西風染得成。

秋聲

庭外梧桐葉葉風，樓頭過雁砌邊蛩。隔窗砧杵敲殘月，喚起鄉愁歸興濃。

秋陰

漠漠寒烟暗蓼汀，江涵雁影不分明。一天暝色迷清晝，雲閣西風雨未成。

秋霽

雨過郊墟涼意新，凝四庫本作凝雲駁盡十分晴。隔江一抹斜陽影，怪向蓼花紅處明。

秋意

庭前梧葉雨晴後，江上荻花風起時。涼透書窗人未覺，葛衣竹簟已先知。

閨情效香奩體

金鴨烟銷一字香，滿懷春恨强梳粧。看花又怕東風惡，偷隔紗窗看原作春，據四庫本改海棠。

淚漬香腮粉未乾，相思成病怯春寒。此情欲向琵琶訴，整得琵琶又倦彈。

黛眉愁裏斂雙蛾，别久無書事四庫本作爭奈何。欲待怨他還又憶，怨時較少憶時多。

懶向粧臺對鏡鸞，羅衣怯薄正春寒。黄金絡索珊瑚墜，獨立春風看牡丹。

江村即事

江村暝色漸淒迷，數點殘鴉雜雁飛。雁宿蘆花鴉宿樹，各分一半夕陽歸。

春日

紫燕評春語畫梁，黄鸝攙曉囀垂楊。博山烟冷書窗静，風颭瓶花點硯香。

舟次九山

水雲盡處列奇峰，螺髻參差杳靄中。江岸維舟看不了，烟嵐分碧入疏蓬。

讀秦紀

并吞六國獨稱雄，經籍灰飛烈焰中。書外有書焚不盡，一篇圯上漢成功。

修竹館舍

乳燕銜泥春晝長，枕書無夢到高唐。原作堂，據四庫本改桃花紅雨梨花雪，相逐東風過粉牆。

夏日陪王君玉汎舟鑑湖

波光萬頃接天光，畫舫歸來載夕陽。一棹湖心天不暑，萬荷風裏滿身香。

秋夜登西樓

清碧金英玉露溥，姮娥深夜不禁寒。桂花香裏人敲句，倚遍高樓十二闌。

雜詠

柳嫌暮雨鶯聲澀，花怯東風蝶夢寒。偶憶故園春色好，他鄉花柳帶愁看。

人非陶令空看菊，詩不林逋漫詠梅。晉宋後來愛花者，輸他高節與高才。

天外斜陽猶在樹，林間宿鳥已歸巢。黄昏莫把柴門掩，恐有詩人帶月敲。

穉柳已回春暖意，殘梅猶結歲寒心。百年身世詩中老，好景難消幾度吟。

新緑園林微雨後，落紅庭院夕陽時。一聲杜宇催春去，貪睡棠妃未必知。

持螯已飽團臍蟹，砟膾猶思巨口鱸。風物秋來多感慨，天寒酒醒客心孤。
囊底詩成無賣處，牀頭金盡已多時。元原作死，據四庫本改龍豪氣依然在，慣守清貧豈足悲。
人無氣節何足道，腹有詩書自不同。實學真才誰具眼，江湖難遇杜司空。
地多種竹堪容鶴，池不栽蓮恐礙魚。小徑荒苔人不到，閉門閒學換鵝書。

竹林夏日

不受炎光玉萬竿，仙林便作晉林看。此君長帶冰霜氣，醉卧綠陰詩夢寒。

滴翠松

老翠蟠空一樣高，月分寒影落庭臯。哦詩猛把原作抱，據四庫本改闌干拍，宿鶴驚飛露濕袍。

夜　窗

香篆烟銷夜已闌，硯池冰結漏聲寒。梅花懸影四庫本作影戀書窗上，應待詩人帶月看。

寄郭印齋

相思何日得相逢，料想君心與我同。莫怪近來書寄少，雁飛不肯下秋空。以上《月屋漫稿》卷四

句

江蘺滿意馨。宋紹嵩《亞愚江浙紀行集句詩》卷一

颯颯片帆輕。同上書卷二

（朱寶模整理）

全宋詩卷三六三九

林景怡

林景怡，字德和，號曉山，平陽（今屬浙江）人。景熙兄。度宗咸淳初主本縣學。事見《天地間集》、民國《平陽縣志》卷三五。

曉　起

天雞弄喔咿，殘星在斜漢。整衣出幽扉，山城漏初斷。微微水風生，冉冉田露散。此時遊葛天，淡然空百羨。海色上寒梢，漸識梅花面。宋謝翺《天地間集》

林景英

林景英，字德芳，號隱山。平陽（今屬浙江）人。景熙弟。事見民國《平陽縣志》卷三五。今録詩七首。

廢　觀

羽衣人已化，無處問殊庭。春色桃誰種，天香藥自靈。片霞飛絶頂，一鶴下青冥。荒蘚空階下，猶聞夜祭星。

寄陳莘村

玄冬梅半白，光接太丘星。雪月往來夢，溪山長短亭。利名成露草，行止付風萍。三十年來友，無如老典型。

秋風

颯然何處起，水國不成眠。觸樹人疑雨，開門月在天。漁舟移絶浦，雁陣落荒田。曉起傷漂蕩，蘆花走屋前。

言歸

言歸江海上，甘向石田耕。不愧爲斯世，能閒過此生。地從鄰竹占，樹聽野禽爭。坐咏風濤外，南山盡日行。

林氏庵呈周鍊師

遙跨青田鶴，翩翩到此來。庭生自家草，山有主人梅。掃石夜朝斗，雨田秋起雷。誰知塵影裏，清趣似蓬萊。

送友之石龍

一杯渭酒勸詩豪，楊柳西風拂去袍。行路正當金虎壯，登雲不憚石龍高。水懸巖白驚殘雪，日漾溪紅認落桃。記取奚囊新句得，月三四幅寄東皐。

日出入行

朝出扶桑來，莫入虞淵去。胡不緩馳驅，百歲一朝暮。以上清曾唯《東甌詩存》卷一〇

（以上朱寶模整理）

趙與倀

趙與倀，字英可，天台（今屬浙江）人。嘗爲豐儲倉監。度宗咸淳八年（一二七二）辟爲臨安府

屬。恭宗德祐元年(一二七五)命守縉雲縣(《宋史》卷四七《瀛國公紀》)。事見《浩然齋雅談》卷中。

句

溪月涵虛影,山雲護斷香。夢中賦落梅　宋周密《浩然齋雅談》卷中

(劉雯整理)

朱焕文

朱焕文,字實甫,安吉(今屬浙江)人。馬廷鸞婿。歷池州、湖州教授。有《北山稿》,已佚。事見《萬姓統譜》卷九。

句

江山千里俱頭白,骨肉十年終眼青。寄内弟馬端臨　明凌迪知《萬姓統譜》卷九

趙德綸

趙德綸,清江(今江西樟樹西南)人。度宗咸淳八年(一一七二)曾游澹巖。事見清乾隆《零陵縣志》卷一四。

澹山巖咸淳壬申九月

巖肩二里鎖煙霏,天下名山此本稀。硬石穿空誰運斧,寒泉滴雪欲添衣。仙遊塵外杜蘿老,僧住山間筍蕨肥。自歎微官猶縛我,倘容卜築定忘歸。　清劉沛乾隆《零陵縣志》卷一四

(以上朱寶模整理)

林若存

林若存（一二四三—？）（生年據《送退齋先生歸武夷》「我七君六旬」推算），與熊鉌有交。今録詩四首。

送退齋先生歸武夷

明嘉靖《建陽縣志》卷六收前二首，一題《送勿齋居鰲峰》，一題《題鰲峰書院》

我未識退齋，虚生七十載。一旦過諸途，未語心先拜。堂堂眉睫間，禮樂見三代。正塗日以荒，良心日以壞。天不産斯人，吾道將疇賴。

書院新鰲峰，五賢祠學宫。馬邵獨避席，將無道不同。專專論的派，此理誰當窮。獨學無師友，前儒議温公。準繩規矩内，安得鞭霆風。

我七君六旬，從會知無期。但貪言議合，不悮光景非。先生明當别，吾將儔決疑。欲言尚何限，記一十已遺。及其未溘先，幸無靳珍題。

大運何茫茫，海桑逝不留。武夷有喬木，虬枝尚相樛。自昔擢巍科，爲今闡大猷。萬里憚北上，三年喜南游。長身古衣冠，龐眉瞭雙眸。雖與今人居，不與今人儔。和風顔子春，泰山鄒孟秋。一雙憂世淚，濺入銀河流。相期入聖域，舍子誰當優。奈何棄我去，犖确歸途修。我欲斷中流，去棹何悠悠。我欲息天風，别袂何飀飀。明晨君已遠，晚歲吾何求。恐無後會期，笑作來生謀。

宋熊鉌《勿軒公文集》附録

（漆永祥　整理）

尤冰寮

尤冰寮，無錫（今屬江蘇）人。度宗咸淳九年（一二七三）通判歙州。有《扣角吟》，已佚。事見

《桐江集》卷三《跋尤冰寮詩》。

句

累重無歌舞，官閑省簿書。

三條椽下歸空榻，百尺樓中透遠峰。晚鐘

蟻返愁尋穴，鴉歸喜見巢。落葉　以上宋方回《桐江集》卷三《跋尤冰寮詩》

（孟憲忠整理）

戴應魁

戴應魁，號雪溪，東莞（今屬廣東）人。度宗咸淳九年（一二七三）領鄉薦，官連山縣儒學。事見《東莞詩録》卷二、清道光《廣東通志》卷六七。今録詩二首。

凌源閣

天風吹鈴語不煩，菩提樹杪碧闌干。恒河月滿三千界，大樹雲棲五百尊。辟支腦現赤蛇死，玉局手澤蒼苔乾。老僧出定蟠龍吼，唤醒諸寮佛子孫。

海月巖

誰把巉巖巧鑿開，分明幻出小蓬萊。風迎蜃氣樓臺起，浪湧蟾光宫闕來。海闊魚龍自吞吐，雲深鸞鶴共徘徊。禪師九座經遊處，一訪遺蹤爲拂埃。　以上清張其淦《東莞詩錄》卷二

（劉雯整理）

毛直方

毛直方，字静可，建安（今福建建甌）人。度宗咸淳九年（一二七三）領鄉薦。宋亡，授徒講學。省府上其名，得教授致仕。有《聊復軒斐稿》，未刊行。事見《元風雅》卷一二引揭希韋撰墓誌。《萬姓統譜》卷三三。今録詩二十八首。

贈疊山先生

一襟書傳日星懸，湖海聲名五十年。事不求知惟此理，文之未喪豈皆天。人方驚怪歐陽子，我獨悲傷魯仲連。看鏡倚樓秋已暮，風巾霜屨重依然。宋謝枋得《疊山集》卷三附

擬古　二首

高堂列綺席，賓御何委蛇。粲粲金芙蓉，春葩照蛾眉。檀槽起清籟，鐵撥弦鵾雞。祇聞筵中曲，不聞曲中詞。蕭蕭青冢魂，化作秋雁歸。玉關去時淚，點點濕朱絲。豈知哀怨情，及此歡笑期。彈者錦纏頭，聽者金屈卮。但令今人樂，不惜古人悲。

野色倏已暝，零落沾我裳。行役悲險艱，仰愧歸鳥翔。羈愁浩難收，壯髮日已蒼。遠林烟火微，投宿扣村莊。居人畢刈穫，笑語井臼傍。問客來何疲，毋乃仕與商。所慎在出門，奚怨中路長。

雜　怨　二首

種蓮恨不早，得藕常苦遲。誰知心中事，久已落懷思。

花開能夜合，草發解宜男。對花今有恨，見草祇應慚。

江南曲　二首

津頭聞別語，三載以爲期。安得中山酒，醒日是歸時。

沽酒酹江神，發船相送餞。船去浪如席，船回風似箭。

妾薄命

妾肌如玉顔如花，長眉窈窈青山斜。深閨學成新婦禮，鏡鸞不與留年華。昨朝東鄰裁嫁衣，今朝西鄰催結褵。自憐孤燈照春夢，年年風雨梨花時。不怨父母貧，不恨蹇修拙。妾生賦命自坎壈，底用閒情寫紅葉。千絲萬絲霜練光，與誰織作雲錦裳。千針萬針兩黼黻，與誰佩服朝明堂。吁嗟妾薄命，薄命可奈何。失時還自羞，失身羞更多。妾寧失時無失身，平生分定月下繩。但把貞心守貞色，肯信嬋娟解誤人。

獨駿圖

連天苜蓿青茫茫，鹽車鼓車紛道傍。肉騣汗血不可常，權奇倜儻晦若藏。五之六之無留良，如此獨步何堂堂。日三品豆愼所嘗，天閑逸氣誰能量。一尺之箠五尺韁，了與轡絡俱相忘。大僕御直儼冠裳，庭前榻上婉清揚。有詔有詔且勿忙，一洗凡馬鑾鏘鏘。我觀此圖筆意長，欲言尚寄田子方。

贈督師曹將軍

泰階煌煌色已齊，祥飆爲掃蚩尤旗。幅員浩蕩春臺熙，不遺桴鼓驚鋤犂。羽林宿衛環三陲，居安却慮忘戰危。整暇自許忘其機，司馬八法律以規。蒐苗獮狩凜弗違，碧油有幢儼軍師。手持虎節談魚麗，閫闑不以山與溪。歌舞七德宣皇威，有來視師省檄飛。將軍名已草木知，干戈俎豆睢陽時。已分勾當江南歸，流芳奕葉今孫枝，此行且賦從軍詩。時清未用歌采薇，天子有道守四夷。

野宿

歸恨逐春深，遲休欲縮程。遠山何處碧，落日故鄉明。路改柴門僻，村空石磴鳴。乞蔬仍買米，一宿尚營營。

秋感

毛直方

宇宙百年身，江湖萬里心。世情高枕遠，詩味閉門深。白髮銷窮達，青山傲古今。情知秋亦客，何事感秋吟。

漁父辭 七首

萬里清江兩槳船，一竿一縷水雲邊。平生不識書與劍，也得醉飽供閒眠。

呼兒買米得新粳，漁村且喜見秋成。今朝嘗新莫草草，好釣鱸魚來煮羹。

得魚穿柳持上溪，溪村杳杳屋稀稀。莫怪漁翁頭易白，去年買魚人又非。

黄旗綱運牛馬走，皂衣追呼雞狗喧。深傍蘆花搖櫓去，遥望漁人是水仙。

本無租賦本無田，不知曆日不知年。誰信漁家小船上，猶是無懷并葛天。

黄昏船泊有鄰居，明朝船散又還無。君笑我如浮萍草，我看君似水中鳧。

溪橋竹邊有酒沽，攜魚换酒滿葫蘆。篷頭月上不覺醉，自卷蘆葉吹嗚嗚。

悼亡 四首

從事龜山亦偶然，寧知長别恨終天。當時去就商量錯，不似牛衣十八年。

客中自有未招魂，剪紙空教夜祭門。萬一相逢今夜夢，恨多應是兩忘言。

奉倩傷神不是癡，人生百感有真機。飄零遺墨殘針線，與淚無期自一揮。

推愁不去竟何如，欲鼓莊盆懶有餘。賴是此□《元詩選》補作愁猶解事，避人對客與觀書。

寄梅村山人 二首

古松樹下晝陰寒，雲亦何心去不還。却怪建州城裏夢，一春多在湛盧山。

去年三客賦荼蘼，忽見新花發故枝。省到死生離合處，春風消得幾相思。

泥滑滑

泥滑滑，日已西。泥深屨滑涴征衣，征衣涴盡不肯歸。分明數聲行不得，請君更聽鷓鴣啼。以上元蔣易《元風雅》卷一二

送縣尹任滿

卓魯久不作，臨風重懷人。錦溪有美錦，善製當誰稱。器之汾陽君，燁燁馳華聲。往來試樵邑，口碑播甌閩。東陽修何行，桃李三年春。安得百器之，布滿弦歌城。奈何斗以南，紛紛蒲璧榮。令君一何廉，廉乃不近名。令君一何明，明乃不見形。令君一何有，有若權在衡。令君一何了，又若刃發硎。能令政事簡，罰者懷其仁。官府有直氣，閭門無枉情。物論久逾定，去思見民真。元劉應李《事文類聚翰墨全書》庚集卷二四

時秋積雨霽

醞釀豐年付老農，挽回涼信報詩翁。巫山久暗埋寒碧，湘水初明浴晚紅。簾卷柳陰先得月，簟橫梧影早噓風。天公快我披雲願，萬里乾坤一望中。清顧嗣立《元詩選》三集甲

（孟憲忠整理）

吴語溪

吴語溪，名不詳。度宗咸淳九年（一二七三）與熊鉌（退齋）同領鄉薦。

贈退齋同年貢舉

看花攜手鬢俱青，一轉頭來昨夢驚。四海同年今有幾，相逢此日得無情。著書君已名千載，廢學吾方悔

半生。離合升沉何足計，相期進德是功名。《元詩選》癸集甲

（朱寶模整理）

張登辰

張登辰，字規甫，號恕齋，東莞（今屬廣東）人。光濟子，元吉弟。度宗咸淳九年（一二七三）領鄉貢。入元不仕。有《恕齋集》，已佚。事見《粤東詩海》卷六、民國《東莞縣志》卷五四《張元吉傳》。

今録詩四首。

挽趙秋曉

儒風凋落盡，生意僅如絲。一自先生死，深爲吾道悲。頹波誰砥柱，善類孰綱維。有子森如玉，斯文想未衰。

自古名而壽，宗臣罕有之。嘗陵終落魄，賀白不期頤。天涸璇源派，霜摧玉樹枝。遊魂歸故國，忍見黍離離。

羈貫分燈讀，論交若弟兄。羡君先得雋，嗟我老無成。幾載同憂患，終年隔死生。夢中猶歷歷，笑語若生平。宋趙必瑑《覆瓿集》卷六附

赭衣舂

赭衣舂永巷，酸風起暮杵。聲聲碎妾心，妾兒痛隔三千里。灞水歡迎骨肉恩，子母再見無由緣。誰將鴆羽飲龍子，晨獵上林如意死。妾耳縱能聞，妾目那能視。妾口縱能言，妾足安能履。白日改色天容愁，未央宫中桐葉秋。堂堂豐沛龍準公，三尺造漢烹英雄。擊布歸來尚無恙，預置股肱如指掌。明知戇勃

可安劉，何爲存妾子母無良謀。　　清屈大均《廣東文選》卷二七

（孟憲忠整理）

張衡

張衡，一名迓衡，號小山，東莞（今屬廣東）人。登辰弟。宋末入太學。宋亡，與趙必𤩪、李春叟諸遺老相往還。有《小山吟稿》、《敲月集》，已佚。《宋東莞遺民録》卷下有傳。今録詩九首。

挽陳東湖先生三首

真病藥無功，精魂奪鬼工。百年終有盡，諸相等成空。圓滿缺陷世，逍遥兜率宮。一池漚水意，分付蓼花風。

德星難再聚，薤露重興悲。客憶芹邊膾，孫尋膝上飴。入門惟水竹，拜像見鬚眉。吾父亦丁丑，白雲增夢思。

四大假合相，六根清淨緣。祇知心是佛，不惜藥成仙。魚泣衡沙立，鷗疑側腦眠。凄其野人奠，秋菊薦寒泉。

用廣陳君以畫徵題

陳君昨從江右歸，元龍豪氣如虹霓。清晨訪我叙契闊，手持錦軸徵余題。遠山近山凡幾簇，三兩人家住溪曲。酒旗摇曳朝日晴，漁舟來往煙波緑。屬玉鵁鶄聚暖沙，疏籬老屋帶煙霞。竹邊有客燒新笋，林下何人掃落花。景趣無窮來宛轉，一抹嵐光見平遠。斯圖精緻非尋常，妙筆原知歸北苑。君家舊住橋子東，森森喬木含清風。潁川世系年應遠，使節勳名孰與同。君視黄金猶土苴，好畫如逢不論價。何當乘

興去相尋，索看新收古名畫。

杜鵑

猛爲春歸苦口嘶，桐花滿地緑蔭齊。自從康節先生後，孤汝天津故意啼。以上清陳其淦《東莞詩錄》卷二

經史閣四言詩

玄黄氤氲，混沌未死。道隱冥默，文鬱雕跂。蚩蚩熙熙，結繩而治。誰鑿七竅，鴻濛拊髀。馬圖鳥迹，彷彿文字。羲軒動華，授受一理。典謨訓誥，渾渾無擬。天生素王，躬服仁義。憲章祖述，參贊經緯。經揭日月，史嚴辭事。九流説鈴，諸子疣贅。秦灰小厄，魯壁闡秘。白首齊生，口誦臆記。枝葉扶疏，風流委靡。漢興購求，六經大備。舒向校讎，班馬傳紀。爾雅同風，沿襲世次。宋三百年，超軼姚姒。際海薄天，聲教漸被。惟此東邑，藹藹多士。孔牆巍巍，重屋丹綺。羣玉之府，五經之笥。排籤插架，堆案盈几。藻飾皇猷，馳騁帝軌。蘭薰顔冉，玉潔曾史。物忌太盛，道有中否。何物壞宅，有士抱器。壇荒杏老，墉鼠穴虺。川竭珠逃，櫝破玉毁。炷燈拭案，篇墟簡燬。觀鸛雅鴉，魯魚亥豕。斵輪糟粕，負蛉口耳。忘筌舍蹄，出足棄屣。文未喪天，道不墜地。起廢者誰，孟母之子。薄言采藻，於彼沼沚。鳩工捐資，不捐廩餼。榱桷得宜，輪奂有煒。肩摩踵接，出入槐市。非此喬木，疇克大庇。非我宗匠，孰主張是。祖有令德，世濟其美。休聲日流，與道終始。

龍潭瀑布泉

古木千章蔭淺灘，干霄危石噀飛湍。水晶簾下誰家女，亂擲珍珠落玉盤。以上民國陳伯陶《宋東莞遺民錄》卷下

挽陳東湖先生二首

清溝名父子，濁世福人家。二妙手誰抗，一翁顛未華。天方老猿鶴，歲忽值龍蛇。公死可無憾，吾生未有涯。

亂世没吾寧，何須滿百齡。雲封靈壽杖，天殞少微星。長夜泉臺黑，幽林鬼火青。西風吹木葉，無語慰飄零。同上書補遺

（朱寶模整理）

桂正夫

桂正夫，貴溪（今屬江西）人。度宗咸淳九年（一二七三）預解試。事見清雍正《江西通志》卷五一。

贈桂琴隱先生

重貢衡門日，盤餐愧負羈。經年疏問道，静夜飽聽詩。近子覺形穢，服車羞耳垂。快哉過庭鯉，咫尺鳳凰池。清曾燠《江西詩徵》卷二三

（劉雯整理）

朱浚

朱浚，臨川（今屬江西）人。元世祖至元二十九年（一二九二）前後曾携詩訪劉壎。有《梅邊集》，已佚。事見《隱居通議》卷一二。今録詩七首。

寄友

溪月知相憶，江雲約共吟。夜船書一紙，飛過赤楓林。

秋日西湖

幾州陵變谷，經月雨爲霖。世事今如此，西風動客心。

贈賣墨吕雲叔訪陳烟山

仙宗傳訣自分明，未數當年老樹精。一片紫雲光滴滴，丹墀成就幾公卿。
蓬萊仙子世偏珍，琮璧多攜問楚津。若向積烟峰下過，殷勤傳語卧樓人。

都城初秋和趙京倅

從來美玉價連城，結佩乘風十二京。攜上崢嶸今有約，好留彩筆調清平。
暑夢蟲蟲似醉中，片雲挾雨過長空。不知秋色來多少，分數煖涼卜晚風。
宇宙清愁望眼中，誰將涼雨借龍公。秋風夜入關河迴，破賊紅旗燒曉空。

句

寺鐘城鼓兩相和，共醉烟關感慨多。堤柳垂金春幾許，檐花鳴玉夜如何。春夜西湖
西風落葉長安夢，晚節寒華老圃心。京師九日
玉帳分兵賦采薇，梅花吹雪上戎衣。將軍意氣中江楫，丞相功名采石磯。送人巡江
紅雲近處催班急，只待春前奏凱歸。又
蓬萊春思重雲上，江漢秋情十載前。謝方碧虛
金寒霜氣山無虎，劍動星光水有龍。平江虎丘山
皇帝當年第九春，宮符仍詔刻麒麟。軍咨祭酒金臺客，國子先生鐵壁人。送吳制參赴麟閣
明明采石兵前樣，參贊歸來即近臣。又

落花水煖千船聚，芳草春深一鶴歸。南浦夜泊

米車已過塵迷路，漁網纔收月滿船。枇杷亭

海燕故人意，杜鵑游子心。次韻

故里千山隔，終年一字無。訪舊　以上元劉壎《隱居通議》卷一二《梅邊集》

（孟憲忠整理）

朱浚

全宋詩卷三六四〇

梁棟

梁棟（一二四三——一三〇五）（按：棟生於理宗淳祐二年十二月十六日，公曆已入新年），字隆吉，祖籍相州，僑居鎮江（今屬江蘇）。度宗咸淳四年（一二六八）進士，調寶應簿。八年，爲仁和尉。宋亡，流徙武林、建康、茅山間。元世祖至元二十七年（一二九〇），以詩入建康獄，未幾放還，遂定居建康，一時江東人士從學者甚衆。元成宗大德九年卒，年六十四。遺著由元金華胡酒裒集棟門人所記爲《梁先生詩集》。事見《宋遺民録》卷一二胡酒《梁先生詩集序》。

梁棟詩，以《知不足齋叢書》明程敏政《宋遺民録》爲底本，與新輯集外詩合編爲一卷。

大茅峰

杖藜絶頂窮追尋，青山世路爭嶇嶔。碧雲遮斷天外眼，春風吹老人間心。大龍上天寶劍化，小龍入海明珠沈。無人更守玄帝鼎，有客欲問秦皇金。顛崖誰念受辛苦，古洞未易潛幽深。神光不破黑暗惱，山鬼空學原校：一作作離騷吟。我來俛仰一慨慷，山川良昔人民今。安得長松撑日月，華陽世界收層陰。一聲長嘯原校：一作長嘯一聲下山去，草木爲我留清音。廷博案：隆吉登大茅峰，題此詩於壁。有黄冠訴於句容縣，以爲訕謗朝廷。行省聞之都省，收梁於獄，禮部免罪放還。事詳《至正直記》。

四禽言四首

不如歸去，錦官宫殿迷煙樹。天津橋上一兩聲，叫破中原無住處。不如歸去。

脱卻布袴，貧家能有幾尺布。織盡寒機無得裁，可人不來廉叔度。脱卻布袴。行不得也哥哥，湖南湖北春水多。九嶷山前叫虞舜，柰此乾坤無路何。行不得也哥哥。提葫蘆，年來酒賤頻頻沽。衆人皆醉我亦醉，哀哉誰問醒三閭。提葫蘆。

金陵廢宫

六代俄然又一唐，青山坐閲幾興亡。心知江左非王業，口説中原是帝鄉。落日有時登北固，春風吹夢過錢塘。荆墳檜宅依然在，留與烏衣話短長。

鳳凰臺

白髮久孤鸚鵡盃，碧梧自老鳳凰臺。管夷吾亦僅如許，李謫仙今安在哉。城郭是非秋雨外，江山形勝暮潮來。小留只等中秋月，且放青冥萬里開。

白鷺亭

荻花蘆葉老風煙，獨上秋城思渺然。白鷺不知如許事，赤烏又隔幾何年。六朝往事秦淮水，一笛晚風江浦船。我輩人今竟誰許，只堪漁艇夕陽邊。

雨花臺

孤雲落日倚西風，歷歷興亡望眼中。山入六朝青未了，江浮五馬恨無窮。客愁已付蒲萄緑，逕雨空餘瑪瑙紅。我亦欲談當世事，無人唤醒紫髯翁。

題寅叔小園

深巷渾無市井喧，主人有客便開樽。數竿修竹三間屋，幾樹閒花一畝園。楚岫和雲移怪石，秦淮流月下高源。此身且比淵明樂，母在高堂子候門。

久雨有感二首

冥雲生八荒，驟雨忽然至。中宵揭屋破，漏溼無處避。牀牀不得乾，僵立見憔悴。嬌兒莫啼哭，少須待晴霽。

少年不學稼，老大生理拙。入山採黄精，窮冬一尺雪。虎狼正縱横，原野有白骨。傷心重傷心，吾飢何足恤。

贈嘉興徐同年

憶昔青龍在戊辰，馬蹄同踏杏園春。歸田令尹空書晉，執戟郎君盡美新。萬事不醒中酒聖，一貧無奈訟錢神。相逢莫效窮途泣，自古求仁要得仁。

野水孤舟

前村雨過溪流亂，行路迷漫都間斷。孤洲盡日少人來，小舟繫在垂楊岸。主人空有濟川心，坐見門前水日深。袖手歸來茅屋下，任他鷗鳥自浮沈。

黄　葵

乾坤有正氣，間色皆爲臣。名葩據中央，紅紫誰敢鄰。傾日不忘君，衛足恐傷身。冥然無知識，忠孝出本真。林林天地間，戴履而爲人。明靈秀萬物，孰不尊君親。嗟嗟叔季後，利欲泯天倫。邈哉望帝國，産此瑞世珍。九夏不趨炎，三月不爭春。高秋風露冷，孤標出清塵。背時還獨立，攬芳淚沾巾。

金陵三遷有感

憔悴城南短李紳，多情烏帽染黄塵。讀書不了平生事，閲世空存後死身。落日江山宜喚酒，西風天地正愁人。任他蜂蝶黄花老，明月園林是小春。

淵明携酒圖

淵明無心雲，纔出便歸岫。東皋半頃秫，所種不常有。苦恨無酒錢，閒卻持盃手。今朝有一壺，攜之訪親友。惜無好事人，能消幾壺酒。區區謀一醉，豈望名不朽。閒吟籬下菊，自傳門前柳。試問劉寄奴，還識此人不。

春日郊遊和友人韻

憶昔東風御柳斜，枯腸一日萬周車。壯心難起泥中絮，老眼羞看霧裏花。巷陌幾家無主燕，池塘一種爲官蛙。江南寒食無煙火，白晝沈沈似月華。

登鎮海樓聞角聲賦

聽徹哀吟獨倚樓，碧天無際思悠悠。誰知盡是中原恨，吹到東南第一州。

送李北山歸建康

人生無百年，胡爲在遠道。遊子悲故鄉，王孫怨芳草。有田歸去來，無田歸亦好。貧賤有餓死，富貴履危機。東海不可漁，西山采無薇。四方已一氣，我今將安歸。

哀毘陵

德祐元年，元兵攻常州。城破，知州事姚訔、統制王安節等死之以下三首知不足齋輯補

荆溪水腥泊船早，落日無人行古道。髑髏有眼不識春，東風吹出青青草。荒基猶認是人家，敗柵曾將當城堡。當時壓境兵百萬，不脱靴尖堪蹴倒。短兵相接逾四旬，毒手尊拳日攻討。内儲外援兩消沈，一縷人心堅自保。孤臣守土輕性命，赤子效死塗肝腦。朝廷有爵愧降附，幽壤無恩澤枯槁。願箋司命錄英雄，收拾忠魂畀穹昊。

送存書記

一聲兩聲松子落，一片兩片楓葉飛。夕陽在山新月上，道人相伴一僧歸。

題葉東叔賓月堂

人生自是人間客，月亦天邊寄此身。彼此虚空無著處，誰歟是主復誰賓。　以上《宋遺民録》卷一二

謁御史張月卿

我家元住君鄰州，我父當時亦故侯。中原百年龍戰野，南濱一日鰲吞鈎。遺黎常恨舊隔絶，故鄉喜遇新交遊。路人行行望驄馬，山中却爲詩淹留。　元劉應李《事文類聚翰墨全書》卷二四

賦　蔬

家貧忽暴富，菜種二十七。癡兒不解事，問我何從得。于義苟有違，吾寧飢不食。　元孔齊《靜齋至正直記遺編》卷二

雨花臺

春中景物尚凄然，小立崇臺古樹邊。潮信不嫌城寂寞，山光似與客留連。英雄馬鬣無餘地，氣勢龍蟠得幾年。眼底興亡總閑事，不如有酒醉花前。　《永樂大典》卷二六〇六

謝氏梅園上有幽禽趁蜂

纖腰凍欲折，來探前村雪。幽禽莫相猜，歲寒心似鐵。　同上書卷二八一三

多景樓

思歸不覺歲華侵，倦撫旌旗感慨深。舊日家鄉今日客，一年時序百年心。城餘故址元非鐵，山得虚名不

是金。檻外長江成底事，英雄對酒話蹄涔。　明許國誠《京口三山全志》卷三

句

浮雲暗不見青天。　宋周密《癸辛雜識》續集上

《癸辛雜識》：梁棟弟投茅山許宗師爲黄冠，許待之厚。既而棟又欲挈妻孥來，許不從，棟遂大駡之。許不能堪，遂告其曾作詩云云，捕至建康獄。

千株守紅死，一點反魂歸。賦雪中見山茶一株　《静齋至正直記遺編》卷二

（岳仁堂整理）

全宋詩卷三六四一

戴表元一

戴表元(一二四四—一三一〇),字帥初,又字曾伯,號剡源先生,又稱質野翁、充安老人,奉化(今屬浙江)人。度宗咸淳五年(一二六九)入太學,七年第進士,授建康府教授。恭帝德祐元年(一二七五),遷臨安府教授,不就。元兵陷浙,避亂他郡,兵定返鄞,以授徒、賣文自給。元成宗大德八年(一三〇四),以薦爲信州教授,秩滿改婺州,以疾辭。武宗至大三年卒,年六十七。有《剡源文集》三十卷,其中詩四卷。事見本集自序、《清容居士集》卷二八《戴先生墓誌銘》。

戴表元詩,以《四部叢刊》影印明萬曆九年刊《戴先生文集》爲底本。校以明刻六卷本《剡源先生文集》(簡稱明刻本)、影印文淵閣《四庫全書》本(簡稱四庫本)。新輯集外詩附於卷末。

大名元復初郎中携示感遇五言八章次韻并陳東平曹子貞編修薊丘曹克明教授

美人乘天風,手吹玉參差。我有龍門桐,綴之冰蠶絲。空中一偶答,聞者爲忘機。神馬已出河,鳳皇且鳴岐。悠悠百年内,儻有相逢時。

我登海山巔,群丘眇如芥。客來談九州,更詰誰小大。神疲穆滿馭,足繭神始載。終然方寸心,擾擾軀殼外。流光如急水,一去難復再。歸來坐虚室,始覺身安泰。老馬寧爲駒,即且或甘帶。名跡吾不嫌,全生聊遠害。明有不見睫,智有不徧足。學靜三十年,晚始悟無欲。履卑懼名高,居群忌行獨。不見歌鍾家，白日卧金谷。不見帶索生，行吟扣哀竹。爲君慎燕息，顧兔方在腹。

東陽方韶卿惠古意七篇久不得和五月二十六日將假館宗陽橋稍有閒暇乃爲次韻因寄訊彼中吴子善前輩子善，陳文毅公同父甥孫

長歲狎紛諠，新廬稍疏靜。虚名亦相累，簪珮來整整。青天戍樓柳，白日仙林杏。散書一長謠，消此清夏永。

營營寄巢蜂，白晝爭空花。跋跋緣壁蟲，喧飛亂如麻。譬如惡俗士，便不揮鞭撾。桐君何處來，隔壁聞瓠巴。

舊文空中雲，零落跡易消。新交江上流，來去同奔潮。藹藹玄英孫，望之十舍遥。願爾多黍稌，相投共簞瓢。

人膽小於壺，揣想無限極。及其遂所願，不過一消息。金華文物府，前哲餘楷則。千年萬年名，豈使夸者得。

作詩如挽船，學力乃篙櫓。向來牛耳盟，諸老肯多許。玄暉雲樹荒，仲宣江海阻。之子歸未歸，相思慰風雨。

德孤誰願高，氣寒誰願清。斯文鄒魯來，壈坎勞其生。豈無性命憂，艱難愈同情。如何及門士，亦作胡越聲。

永康經濟學，近古將無同。甥孫世其業，汗馬收全功。我欲攬遺跡，雙眸冰鏡空。君亦跨黄鵠，吹簫白雲中。

韓君美經歷賦孟夏木長五詩示僕因寫鄙懷通呈阮使君君美時與諸公講易

吾評陶淵明，略似段干木。詩文雖滿家，不飽妻子腹。仰瞻清風柯，俯窺白雲谷。誰能爲升斗，辛苦受羈束。因君寄高韻，千古動遐矚。

以羔裘如濡洵美且侯韻爲八詩送夾谷子括赴明州推官按：題與詩不合。

鑑虚磨愈明，絃柔調自直。臨民要儒術，非但用三尺。君看春秋學，從士能斷國。人情豈相遠，贈子以不惑。

水耕當用牛，陸行當用馬。詩書無近功，平世安可捨。吾州兵荒來，冠蓋多苟且。寧無段干木，意氣能少下。

送袁季源之婺州因簡范經歷明刻本注：季源，名洪，號竹初。

爲山不願高，爲水不願深。水深蛟龍集，山高虎豹蹲。我有避人法，終日衣冠林。煌煌錢塘城，游塵晝爲陰。豈無青雲交，難在相知心。豈弟袁大夫，寒窗理閑琴。峻坂爲明刻本作萬牛力，炎天九秋襟。膠漆四十年，齠齔以至今。天欲饑餓我，使子無黄金。勸仕拙不諧，驅耕弱難任。低回向誰門，後生氣駸駸。今晨積潦霽，烏烏有好音。約我共行役，東平步嶔嶔。皎皎婺女精，瀰瀰雙溪潯。臺有白馬生，風稜共蕭森。文林惜妄動，動必向所欽。吾評古毛義，志行近騫參。公府許辟召，屈身非禄淫。斯人我知舊，長鬚善嘆四庫本作吳吟。穴蟻夢離合，風花命浮沉。往者納千贄，終然遺一簪。欲行又不得，出門失前禽。子往再拜問，何由振聾瘖。

次韻答朱侯招遊海山

江南春草黄，江北秋雁飛。窮居念還往，故物悉已非。我有青雲交，山林可同歸。十年學撫琴，對客輒累欷。豈不願和悦，調苦心易爲。青天無古今，白日相因依。向來炎炎人，所得一何微。成者化埃塵，不成翻禍機。玉美受雕鐫，馬良遭絆羈。所以曠達士，但貴知我希。請休接輿歌，且急梁鴻噫。名微少士責，身閒免官譏。寧無一日力，相尋盡崎嶇。霜魚碧玉鱠，水菊黃金輝。君歌我按筑，我舞君攬衣。此日爲君歡，醉遊敞船扉。

題陳高士所藏冬青枝上白頭翁畫

飛高得珍叢，青子飢可食。不知何憂愁，二鳥頭亦白。道人天機深，清齋意相許。賴汝不能鳴，一鳴嫌殺汝。

以空飛本無迹韻爲五詩往扣廣微張公僅存迹字韻一首

智有不近名，賢有不踐迹。百年如飄風，誰作遠行客。所要在持久，以道自消息。吾師豈欺我，白首方學易。

浴鼈沙溪水一首爲上饒陳烈婦作

烈婦，信州上饒人，嫁同郡葉氏。年二十五，生子四齡而寡。丙子兵寇起，能以智全其家。歲飢發粟賑貧，類大丈夫，慷慨知大節，非徒守閨門貞行而已。有司上其事，賜旌表蠲復如法。

浴鼈沙溪水，採桑玉山巔。絲成白稜稜，膠作烈婦絃。烈婦何所言，絃中意纏綿。一說鸞影孤，二訴雛巢穿。巢穿尚可葺，影孤恨終天。有食不自肥，衆禽仰喉咽。真宰憫其疲，勞役盡弛蠲。及今雛長成，雛群亦蹁躚。朝陽照岩林，枯槁生光妍。黃蘗誰謂苦，鐵石誰謂堅。請君屏俗耳，聽我沙溪篇。

書歎七首

王生困縲紲，自注：泳道。劉子急徵追。自注：正仲。舒叟挈家走，幾遭鞭與笞。自注：東野。我無三人辱，闔門但窮飢。飽死世更多，徒憂何以爲。敢作小夫歎，聊爲才士悲。

舒子高品藻，王生怪衣冠。處世那得爾，譊譊真自殘。劉子最多愛，逢人傾肺肝。勸我學其道，縮身可泥蟠。胡爲亦不免，念此坐長歎。

英英原作莫，據四庫本改天上星，碌碌澗中石。升沉雖不同，精爽或相激。我有知名文，四庫本作交四海邯鄲壁。自注：子昂。遭逢不自闕，頗爲談者惜。談者自不知，斯人寧易得。

袁弟豁達人，陳兄靜默士。平生少附麗，頗與同憂喜。邇來怪事發，談笑不可擬。一爲脱淵魚，一爲墜柯蟻。吁嗟其奈何，天運固如此。

數友越州居，無書已三年。台州已無數，逢人每相賢。日夜憶遠友，遠者隔蠻烟。風氣不擇州，俗情輕目前。管鮑死何處，寄酒灑其阡。

結友何用多，管鮑無三人。讀書何用博，得少全其身。君有狗名子，擾擾起風塵。朝逐富兒餐，暮聯豪士茵。歸來反如客，魚鳥亦相嗔。

蘇州米空熟，越州人不來。緩急托遠婚，不如傍蒿萊。蒿萊在籬落，爲我障浮埃。生女屬他人，生男尚嬰孩。從何得饘粥，作此聊自咍。

觀村中禱雨三首

十里不同雲，五里不同雨。天公白茫茫，乃爾多肺腑。人言蛟龍神，象類可以取。蛇蟲當此時，行路誰敢侮。飛騰信有術，忍待號者苦。咄哉神禹功，浩蕩流萬古。

昨日苗穗赤，今朝灑然青。頗知窮旅人，百金換顔形。念爾雖微根，同稟造化靈。自古有枯旱，人類幾千齡。恐是自生化，難皆問蒼冥。野草人不憐，何獨不凋零。

西村送龍歸，東村請龍出。西村雨綿綿，東村猶出日。共稱西人良，或是窮可恤。誰知所雨粟，盡入東村室。儒生無愛憎，但喜蔬蓏實。通年一飽廚，猶在兔園帙。

山中玩物雜言十首

時露下百草，流螢此飛翻。初如灰燼微，忽作秋星繁。念彼生育處，回光照其根。君莫輕流螢，流螢尚知恩。

青橘霜露時，英英秀中園。問訊訊居人，今歲胡不蕃。云有孤兒來，手觸枝上丸。嗚呼此義木，痛感在吾言。

野果散高林，雀鼠食之宜。設非人所殘，一顆不敢窺。寧由網罻防，亦無神物司。食道固當爾，雀鼠猶有知。

見狗須不走，見蛇須拱手。不走爾非倫，拱手亦相厚。無欺物自信，能勝誰肯負。不見吳山虎，郭文探其口。

鳥有反舌者，自古比讒人。時氣一朝遷，此舌竟不伸。衆鳥莫不然，更鳴以存身。如何能言士，聒聒無止辰。

犂牛有土德，體厚靜綏綏。豈無牝牡情，不自求其雌。終朝草棧間，若忘渴與飢。嗟彼位兒高，乃爾難自持。

精衛勇填海，鶡旦苦求明。明尚可得求，填海何時成。我觀飛鳴族，一一各有營。但爲口腹謀，遂爾遺其名。

燕是孝義鳥，常棲孝義家。堂簷白日暖，上下靜無譁。以此托軀羽，禍福審不差。誰云知數歷，俗士義之夸。

圃人憂孽蟲，爲蔬畜雞雛。小雞擇蟲啄，大雞遂啄蔬。蟲去蔬亦盡，對之可欷歔。昂昂高冠幘，反不小雞如。

蚯蚓食土壤，蚩蚩何所爲。蜩蟬飲風露，蜕上高高枝。卑者慕其仙，飄飖安可追。倘令智相及，無羨亦無悲。

自居剡源少遇樂歲辛巳之秋山田可擬上熟吾貧庶幾得少安乎乃和淵明貧士七首與鄰人歌而樂之

貧賤如故舊，少壯即相依。中心不敢厭，但覺少光輝。向來乘時士，亦有能奮飛。一朝權勢歇，欲退無所歸。不如行其素，辛苦耐寒飢。人生係天運，何用發深悲。

我居在窮巷，來往無華軒。辛勤衣食物，出此二畝園。薤菘鬱朝露，桑柘浮春烟。以兹亂心曲，智計無他妍。擇勝不在奢，興至發清言。相逢樵牧徒，混混誰愚賢。

松風四山來，清宵響瑶琴。聽之不能寐，中有怨歎音。旦起繞其樹，磈砢不計尋。清音可敷席，有酒誰與斟。由來大度士，不受流俗侵。浩歌相倡答，慰此雪霜心。

中年涉事熟，欲學唾面婁。逡巡避少年，起穢不敢酬。旁人吁已甚，自喜計慮周。微勞消厚疚，淺辱勝深憂。從知爲下安，處上反無儔。人生各有志，勇懦從所求。

古人重畎畝，有禄不待干。德成禄自至，釋耒列王官。不仕亦不貧，本自足饔餐。後世恥躬耕，號呼脱飢寒。我生千禩後，念此愧在顏。爲農倘可飽，何用出柴關。

村郊多父老，面垢頭如蓬。我嘗使之言，辭語不待工。古來名節士，敢望彭城龔。有叟誚其後，更恨道不同。鄙哉譊譊者，爲隘不爲通。低頭拜野老，負耒吾願從。

去年秋事荒，販糴仰鄰州。健者道路間，什伯成朋儔。今年漸向熟，庶幾民不流。書生自無田，與衆同喜憂。作詩勞鄰曲，有唱誰與酬。亦無採詩者，此職何可修。

丁氏厚德堂

賤士懷永憂，一物常恐枯。貴者止營私，智或遺妻孥。肉食從古鄙，黄金使人愚。我游四十年，錢塘車馬區。但見插桃李，誰曾種桑榆。白頭識丁子，儀冠儼于于。示我厚德編，嘉名在塘隅。談之爲踊躍，喜氣生眉鬚。願子富倉庾，人人飽餐餔。願子多酒漿，日日開樽壺。行藏自有命，不謁守錢奴。

排律十七韻賀阮侯伯四庫本作得子

芳城春樹晚，清海月弦初。瑞出三神島，光纏五馬車。眼中新鷟鷟，膝下小璠璵。錦襁看爭羨，犀顱畫不如。試啼賓錯愕，獻夢媪勤渠。庭舞張公鶴，門填孔氏魚。一時官府慶，數世甲科儲。聞説衣冠里，高增棨戟閭。民隨阮公姓，鄰禁宛溪魚。東去龜浮印，南遊雉繞車。陰移棠芾芾，騎擁竹舒舒。政有兒童戀，謠聽父老餘。攢眉詢賦額，正色署刑書。暗室天如鏡，心田老自畬。看騎金腰褭，待弄玉蟾蜍。我欲歌三覆，誰能説兩徐。先隨湯餅祝，聊當賀錢醵。

傍家東北有山曰紹地余幸得之規以爲素莊也

紹地吾所欣，他時以藏我。岡原見逾美，松柏栽已夥。雙流交在右，一几平連左。憶昔初經營，登高忘蹩跛。年衰已漸怯，步暫石頻坐。居然契券叶，偶爾龜策可。心手之勤勞，軀骸庶安妥。况復近芳茨，時能薦蔬果。雖無劉伶鍾，略慕王孫祼。

謝陳君祥憲使時郡家以余充歲貢，陳侯頗憐之，令無行

鸞凰不鷙暴，珪璧無鋒銛。評材容一切，未覺世論嚴。僕昔江東歸，一紀操鋤鐮。閩山但廬霍，慕水惟

沱潛。宮車歲千兩，未省謁帷幨。豈無趙張倫，居突不得黔。新年有吉語，所在興循廉。惟此沮洳氓，生涯嗇而纖。塵管疲負挈，陸取困塗霑。赫赫金鋪門，風雨今無簷。皎皎華裾生，塵土今無襜。分臺得陳侯，笑語脱烹燅。仁賢所居國，不言革頑憸。侯家仲舉峻，何如太丘謙。問侯何所爲，深坐靜春簾。問侯何所學，淨几飄風籤。儼雅菑川公，高節齊晉瞻。横流滔天來，挺身臥西崦。何以贈陳侯，孟光書滿奩。名曰事言補，其辭清以恬。豈但資稗官，五經之韜鈐。從來名世士，必有淵源漸。侯識民蓍龜，侯材國梅鹽。誠令以德舉，遐陬詎能淹。愚者理宜止，容僕守窮檐。

和陶乞食

往時王達蓋嘗與予評陶顔二公云：魯公乞米於李大夫者，李大夫光弼也。而怪淵明所乞食，失其主人名氏以爲恨。余按淵明《乞食》詩云：飢來驅原作軀，據四庫本改我去，不知竟何之，行行至斯里，叩門拙言辭。則是淵明爲飢所驅，本不知爲何人家而叩之，亦可憐矣。然淵明家有五男子，傳稱翟氏志趣亦同，能安苦節。夫耕於前，妻鋤於後。又《責子》詩，雍、端俱年十三，或當别有庶母，淵明又嘗助其薪水。大約計之，不翅百指之家。而當飢餓，單身竟行，望屋求食，不知其家何以爲處。乃不如魯公闔門同飢共飽，擇英賢可語者通情焉，不亦可乎。余家與淵明略相類，不敢用淵明法。壬辰春，有感於故人之言，遂和淵明詩韻，將求如李大夫者而告之。

今朝胡不樂，取書一哦之。飢窮古不免，陶生良有辭。骨肉同天倫，僮僕緣食來。如何長年中，萬事付酒杯。脱身得一飽，激烈陳四庫本作成歌詩。不如魯侯仁，借貸英雄材。嗟余亦有作，欲向誰同貽。

君莫誇少年一首贈余光遠

君莫誇少年，與我憊者疏。我亦嘗少年，少年君不如。談諧今已忘，猶有少年餘。東南山水國，早得飛長裾。春園虎丘樹，夏檻玉泉魚。吳妍與楚豔，過眼日千車。當此秋風凄，遊子易欷歔。我時未更事，意氣益發舒。出門有佳侶，遇勝不得虛。惟憂日晷短，當去亦躊躇。官曹人所厭，高士不肯居。平生縱觀處，最在客南徐。姻黨四面集，綵衣擁安輿。停舣待淮蟹，醇甘逮僮胥。道路無此願，此願勝鄉閭。自從秣陵歸，鬱鬱不再攄。三間風雨屋，僻其荒林墟。非君好事者，誰能至吾廬。今來建溪上，逢君屢相於。行藏且勿問，人世有乘除。舊狂我已悔，新銳君當袪。男兒不用世，資身在犂鋤。臨風贈君別，勸君惜居諸。勸君重桑梓，勸君重名譽。歲晚未相忘，頻寄山中書。

老樹

老樹老且枯，數柯枝綴之。蟲來食其葉，藤來纏其皮。幸然根本堅，未至甚離披。風霜既無損，雨露猶見私。如何烏鳥輩，同巢自傾危。鬬擊翼似斧，啄傷嘴如錐。樹色歲時減，樹力日夜衰。回頭試一顧，但可相扶持。

伯收東岡麥

伯收東岡麥，仲移西塍秧。四季各有役，餬口走皇皇。豈不惜冠履，兼嘗業縑緗。憐爾衣食微，及玆筋力强。古來經術士，什九起耕桑。窮通自天命，謹勿事胥商。

邀陳氏子飯歸似銅山珣老丁酉五月十五日也明刻本題作邀東玉師姪陳氏子飯作詩贈之

飯子山下麥，羹以山上筭。筭堅煩齒牙，麥糲哽喉吻。相邀豈云厚，竟去良不忍。林園隱趣出，魚稻秋事近。短歌訊而翁，贈子以一哂。

飢旱

旱風爍我膚，飢火煎我腸。春夏猶自可，入秋始難當。簪珥陡頓盡，衾裯纖細將。奪從女奴手，併入米客囊。但冀喘息延，敢憂生理妨。山州古磽瘠，歲計仰蘇杭。發地流玉粒，浮天駕牙檣。如何水後郡，翻羅浙東糧。行路急促促，人情沸皇皇。焦枯望一雨，禬禱願千方。雲氣亦偃蹇，魃妖轉炎揚。浮生想有屬，沈憂聊暫忘。

余居之西偏有小室名嗇庵詩以識之

嗇語養氣海，嗇食養脾土。嗇慮養心神，嗇勞養筋膂。衰年百事祛，寄息此環堵。危如突圍將，鈍似滯風賈。顛仆冀賒延，空羸待償補。夸虛道蠡賊，遑獲命斤斧。收君訡癡符，佩我養生主。

鄰峰

霜嚴火炬青，月澹兩峰白。堂堂夜行誰，鄰峰販醝客。販醝事且止，歸農收又薄。技擊習鞭撾，鮮肥憒烹炙。外雖刑憲拘，内實飢困迫。鹿窮有狂奔，虎斃猶恐擲。如何隴上豪，坐作溝中瘠。世無卓魯化，名在跖蹻籍。感歎重徊徨，羈危轉驚赤。

春日城南聞禽鳥聲喧甚爲賦二十二韻

今日春氣至，新禽各啁嘲。豈無好唇舌，入耳何怓怓。雊鴿最多端，能以巧自殽。黄頭亦翾給，微吭和且調。無計頗滑熟，烏鴉與鵁鶄。自餘不知名，喧呼雜竽簫。黑衣猥雄黠，晝動固非梟。均爲樂其性，幸此風日朝。城南六七曲，荒園繞榛茅。我來感物變，何異在山郊。惟聞黄鸝至，不聞叫交交。當由戀幽谷，畏寒還避囂。群英蓋壤内，小大一逍遥。得氣不足悦，觸情遂相遼。乘墉少年兒，挾彈欲見邀。所規不滿掬，翻令污廚庖。鷹鶻勢險薄，爪長尤善捎。同群自戕擊，此禍極無聊。深藏務遠晦，尚懼形色招。危機布平陸，況乃縱輕慓。悲憐復譬釋，當鳴詎爲妖。但懷道傍樹，信美非其巢。

林貴父投老謁銓有贈

天寒道路長，行子難爲容。況復迫衰暮，視近步憧憧。干世悔古學，費時慚惰農。誰知凍雪巷，忽視戟髯翁。袖有排闥書，談如發硎鋒。聽之不能竭，浩氣生奇胸。從來庠序師，專以處龍鍾。才高得教誘，禄休尚遭逢。此職今不少，有求豈難從。去去善自愛，春禽語晴墉。

陳晦父赴銓十三韻

古人取遠士，得一以爲豪。江左貢千百，選掄今始勞。占對混童廝，趨蹌偕吏曹。以兹寓繩準，棄髓索皮毛。遂乃考卷業，成文喧誦號。其次嚴保舉，虚牘相籠叨。富儒坐可得，貧儒走滔滔。有司見其然，厭賤如蓬蒿。誰知真儒者，百黜寧不遭。陳生青紫門，佐書越江皋。秩滿在選中，家寒無所操。虞翻顯憑易，買臣進緣騷。吴士例則然，且毋衒名高。

次韻答鹽官傅秀才

欲有險於穽，千金身陡沉。爭名急飢渴，對面九闗深。誰知海城畔，山水發清音。蟾蜍泄喜愠，籧篨閲晴陰。意到得所指，不作寒螿吟。斯人定不惡，我輩許同襟。去去復去去，白鷗未遐心。

南巖留宿分韻落字

遊觀值暄秋，飲狎得嘉客。嵌巖復在眼，徘徊忘還郭。款款坐向疲，喧喧笑多謔。短簷近見出，竇乳時聞落。防闇燎蒸薪，驚虚搖鼓鐸。憧憨榻露處，僧馴茗頻瀹。竟隱諒未能，羡彼高棲雀。

朱使君家諸郎將别十一韻

東南典藩材，朱户賢第一。天生好兒郎，玉笋森六七。俱能弄文翰，那教踰户室。伯也秀英英，珊瑚映初日。翁仲最似古，鼎鼐熊彪質。叔季相和鳴，笙入鐘磬出。人言有陰德，我愛少權術。公退亦見容，老衰時自失。官期忽在眼，别語常促膝。江湖芥舟小，歲月翎箭疾。善保清明心，臨岐莫輕怵。

掩 篋

十客九不解，一解值吾仇。譬如巧蛾眉，同鏡見之羞。結交恨不廣，難在相綢繆。掩篋謝年少，所藏非所求。

次和焦治中雲洞紀遊十四韻

是身虛空中，如雲本無有。遊行又其寄，縱樂安得久。嵌巖大魄質，鑱削奇鬼手。棟宇起何年，名稱出誰口。憶昔扳藤蔓，淩空訝雞狗。疏疏石生竅，炯炯室懸斗。乘峻開棧梯，緣明掛窗牖。豈無題壁堂，多逢斫畬叟。賢侯韋平家，雅韻王謝友。驪珠百四十，模寫已八九。坐我南樓牀，澆我北海酒。人生主客意，如此豈云偶。風花命浮沉，木雁天可否。悠然付一噓，山靈倘回首。

信府同知黃侯名其讀書之室曰廣居

隘夫護藩畛，得少便有餘。達士心曠然，清明如太虛。海岳陳鼎俎，羲駕走軒車。唯諾無不行，尚懷豚與魚。嗟兹山城氓，憎長逮其胥。好語朝索茅，怒攻晝攘裾。侯來未數月，眉頭笑舒舒。退食掃一室，焚香展群書。舉頭窗楹間，有榜揭廣居。力行守仁義，鄒公不欺余。

丙午二月十五日以府檄出宿了岩

衰年慕棲息，役役殊未休。天明發東郭，日晏泊西州。豈其千金軀，爲此一餐謀。宿麥青已鬱，稺桑黃亦稠。欣然一會意，所愧非吾丘。悔日諒不遠，誓言良未酬。揮手謝還往，伊嚘自伊嚘。

送官歸作

生世悔識字，祝身如野農。勤勞養尊老，膳味日可重。晨芻熟新黍，耕林有過從。行吟聆原作芩，據四庫本改松籟，此樂踰歌鍾。

七陽字

雁雁西北來，亦復東南翔。動物各有時，吾當謹行藏。厚□違嚴風，密袂禦凜霜。陶然茅簷下，一箧生春陽。

班溪

我愛班溪班，班班爲誰好。於時九秋晚，霜葉紅不埽。石搖未歸雲，水映欲衰草。累累牛羊隊，洒洒魚龍道。崇丘尚多菜，殘村幾經潦。故物一若斯，今我胡不老。過從幸相狎，聊坐暢懷抱。

宿福海寺

嶄巖蒼龍角，汲流紫雲根。道人不絕俗，自然無耳喧。屋脊掛修嶺，一日過千轅。此中但高卧，松風有清言。聽之亦無有，風定松在門。炊成我欲去，獨鶴鳴朝暾。

六月十三日壽陳子徽太博十首以無官一身輕有子萬事足爲韻

驕雲散飛雨，隨風爲有無。老農終歲日，望施在須臾。平生官田粟，長此禮義軀。置之且勿戚，一飽任妻孥。

青青澤中蒲，九夏氣凄寒。翾翾翠碧羽，照影蒼溪間。巢由薄天下，俗士營（明刻本作榮）一官。小大各有適，自全良獨難。

窮居無公憂，私此長夏日。蚊蠅如俗子，正爾相妬嫉。麾驅（原作軀，據四庫本改）非吾任，遁避亦無術。惟當俟其定，靜坐萬慮一。

流螢出草莽，空飛亂星辰。蜻蜓水蟲質，一變能輕身。物情羨速化，過眼異新陳。嗟嗟白屋士，吾方保（明刻本作貴）吾真。

當暑苦炎喝，日數（原缺，據明刻本補）秋風生。窮憂在衣褐，霜露亦可驚。徘徊念年少，歲月去已輕。歲月可奈何，學道恐無成。自古皆有隱，陶生隱於酒。炎氛四面集，一窟在北牖。世人羨桃源，桃源復何有。惟容醉鄉徒，百世得相友。永日豈無飢，盗粟非所擬。暍行豈無勞，惡木非所止。君家碧梧軒，蓮荷泛芳沚。我來息涼陰，嘉賓薦君子。幽蟲聒午枕，掩抑聲千萬。風前以虚鳴，蟋蟀最多怨。我靜乃得聞，一一來自獻。憧憧道傍子，與爾故相遠。炎方有朱鳥，璀璀顔色異。土人目爲鳳，信爾可安致。生雛固當奇，千歲會一至。紛紛鴻燕期，寂寂非我事。朝遊剡山巔，暮戲剡山足。英英丹霞洞，不受塵土辱。飛仙復何許，諸子如立鵠。酌君滄浪泉，和君紫芝曲。

陳茂陽書監赴史氏塾

青天碎浮雲，飄落隨長風。原作風長，據四庫本改當年江海心，聚散豈謂同。我髮春霰白，君顔秋樹紅。各將飛騰具，坐受窮困攻。原作功，據明刻本改懷書更何罪，暴客歲不容。數夕稍振發，共語涼天明刻本作月中。天明換顔色，囊瓢赴群童。此事本下策，改道無所從。猶勝古俠士，儈牛市廧東。

春風

春風吹愁端，散漫不可收。不如古溪水，衹望鄉江流。新花紅爍爍，舊花滿山白。昔日金張門，狼藉餘廢宅。回頭語春風，莫向新花叢。我見朱顔人，多金亦成翁。多金不足惜，丹砂亦無益。更種明年花，春風多相識。

八月十五夜雨中微有月色

雨色今夜別，映門白鮮鮮。隃知萬古月，自在最高天。天高無陰晴，月亦無虧圓。中間隔雲霧，頃刻變態千。惟當自作樂，上界豈我憐。接竹風撼郭，倒尊水號川。狂歌眺渺莽，恐有浮槎仙。

九日與兒輩遊中溪

悠悠循澗行，磊磊據石坐。林垂短長雲，山綴丹碧顆。蓼花最無數，照水嬌婀娜。何知是節序，風日自清妥。群童競時新，藕果間蔬蓏。欣然爲之醉，烏帽危不墮。此日山中懷，孟翁不如我。

閲風舒先生客居棠溪袁仲素家見示竹簾詩戲作問答二首

剡竹吾問君，班班爲誰設。一登君子堂，迥與凡界絶。陂龍鱗故鮮，湘娥淚猶熱。既能露文章，匠手安得輟。所憐無可娱，如伴枯禪滅。千金散紅裙，一鏡垂白髮。定非夏侯衣，高堂挂秋月。

何物非可憐，聿向翁户設。翁好詩更佳，蕭然得三絶。他家少年叢，徒爾歌舞熱。正如閲優場，未久意先輟。翁今一室老，高卧百念滅。湯爐松林風，紙帳梅花雪。時時有佳客，文字送日月。

古詩十五韻送胡天放西遊名僑，淳安人

有鐵莫妄鎔，鎔作俠士椎。有帛莫妄縫，縫作山人衣。君看天放翁，氣貌絶清羸。濩落七尺身，仁義充膚肌。無家救人窮，無田恤人飢。江湖三十秋，白頭轉嶇崎。餘情尚灑灑，不吐酸寒辭。事慕古豪傑，諸兒那得知。或云有仙骨，深中愈難窺。趫騰華佗戲，偃蹇梁鴻噫。世態明刻本作德貴反覆，口語瀾翻飛。夫子顧之笑，百觸不發機。寧當待溝壑，西山古誰悲。佩君珊瑚鈎，酌以玻璃巵。相知豈云無，去去勿復疑。

舟中望紫巖

近山如畫牆，遠山如帚長。我從雲中來，回頭白茫茫。惜去乃爾覺，常時自相忘。相忘豈不佳，遣此春懷傷。飄灑從何來，衣巾徑微涼。初疑雨氣集，冉冉遊塵黃。無歸亦自可，信美非吾鄉。登舟望東雲，猶向帆端翔。

次韻答二袁

相逢何草草，不念别日長。别我我在山，别君海茫茫。慰别有難易，我老不易忘。今此春雲篇，來别已悲傷。春雲雖多態，與世無炎涼。朝出山路白，暮歸海天黄。人生不免别，與君非異鄉。我詩四庫本作思不如雲，春雲解飛翔。

感物二首

騄驥今失群，亦自矜趫騰。俛仰歲時久，帖然困蚊蠅。豪鯨逸其穴，天明刻本作尺水成滄溟。豈無魚鼈交，望望爲所憎。物理有翕張，達人同廢興。幸無怵迫憂，聊復曲吾肱。

魚目出泥沙，空村百金珍。豫章值擁腫，細細供蒸薪。論材何必多，適用即能神。託交何必深，寡求永相親。鮑叔拙羈魯，張生窮厄陳。茫然扳援際，豈意出風塵。

八月十六張園玩月得一字

明河盪殘雲，青海收晚日。婆娑林端月，爲我良久出。洗杯問勞苦，天女笑肸肸。月行虚空中，萬古無損失。且可娱今宵，勿復思昨日。歌情天水遙，坐影入樹密。嗔醒有微酒，徼詩或呼筆。仲容歡入林，懷祖嬌在膝。初猶整裘褐，久乃忘冠櫛。趨鏘翻弈盤，笑傲驚帳室。寧來共喧呶，不許私暇逸。蚩蚩復擾擾，醉態不可一。情知此月下，此樂世無匹。月光本天性，清瑩本其質。動定極渟涵，聲沈轉蕭瑟。匆忙寄醉語，悟遲已難述。

送鄉友林耕道往信州因寄李明通余與林李皆遊故中書盧公威仲之門

盧公全盛時，桃李何紛紛。冠蓋蔽白日，談笑起青雲。林翁我鄉曲，同業又同門。如何三十年，白頭始相聞。全家作楚鬼，隻影窮江源。起明刻本作把手問曲折，口澀不肯言。寧非衣食牽，猶賴齒頰存。歎此皆有數，吾書已云云。下盡浮世塵，上通先天根。事來即順受，不得勞悲欣。我老耕破硯，百錢混人群。聽之如飲醇，油油至微醺。所恨各有役，東帆復西轅。平生李元禮，歸爲致寒暄。

鹿頂山朝暉軒爲東玉師賦

金雞警神關，燭龍轉巖《延祐四明志》卷一七作崖車。陰蒙欲銷散，巖谷開噓呀。忽原作急，據《延祐四明志》改然蒼蘿顛，湧出紅蓮華。天暉初《延祐四明志》作所照爍，六合無藏遮。而我靈臺中，善根《延祐四明志》作苗始萌芽。珍重慎消息，外物如塵沙。

鄰友陳養直請賦山心樓樓乃入剡舊寓也

諸峰何盤盤，四起如帷牆。試問客主誰，玆樓山中央。面勢既環合，結構欲飛翔。我來名山心，一笑借胡牀。左手南風絃，原作矧，據四庫本改右手北斗漿。山靈亦我笑，夜夢車兩廂。一坐三十秋，林篁鬱相望。花鳥天語默，烟雲野行藏。開通勿障蔽，百世敢遺忘。

刈園詩爲竺秀才作越靈，峨人

朝從園中去，暮從園中歸。園中何所有，雜草青離離。刈少猶未覺，刈多還漸稀。豈憂筐筥頻，要使牛羊肥。但放刈手緩，勿傷蘭與葵。葵高葉難護，蘭弱根易萎。惟彼惡草種，刈盡轉蕃滋。此理不可詰，此語令人思。

送陳養晦赴松陽校官

書生不用世，什九隱儒官。抱璞豈不佳，居貧良獨難。陳子剡中秀，盛年早彈冠。嘗搴丹丘雲，亦窺滄海瀾。仙真願喜笑，魚龍從盤桓。天風一吹激，却步赤松關。諒子太宇定，悠然置悲歡。但令懷居輩，極目勞追扳。

秋蟲歎

夏蟲聲漸微，秋蟲聲漸繁。微物何所知，時至不得閒。嗟我鏡中髮，亦復就凋殘。凄然雜憂患，霜風埽茅菅。反不如彼蟲，自得草莽間。所以達生士，逃名在空山。客居雖云樂，不如早知還。以上《剡源戴先生文集》卷二七

戴表元二

聽琴行贈沈秀才

君不見江南琴師海與聰，誰與傳者夢溪公。又不見醉翁詩中沈夫子，聽水作琴琴譜起。祇今人間何處無琴師，問渠端由渠未知。錢塘東風萬人裏，沈家還見奇男兒。沈家家住鴛湖曲，夜理漁絲朝采菊。菊苦難餐魚又寒，彈出歌聲寄凄獨。近來攜琴東海行，清音應滑明刻本作指如流鶯。湖園日暖百花歎，彈徹滿樹春風生。我不識琴識琴理，爲君悲酸爲君喜。相逢正值酒錢空，徉狂攘臂紅塵市。琵琶阮咸休羨渠，相知豈須頻曳裾。醉毛死久髯徐去，洗手空山修樂書。

赤泥嶺行

種桑三年寒得衣，養犢作牛堪挽犂。生男祇解戀鄉土，五日溪船催父歸。行前倉庚後杜宇，去家漸近聞烈語。恨身不作田舍兒，騎竹搏沙繞牆户。人生衣飯取裁足，阿奴碌碌猶類福。獻書覓舉真下策，年少奔馳頭已白。君不見燕山萬里客更難，赤泥嶺上春風寒。

建溪精舍得本字

四山脩脩風日暖，白髮看花惜春晚。當時衰草牧羊坡，今日池臺紅霧滿。最憐幽篁手所植，兒戲成業明刻本作叢亦千本。舊遊聚散萬事拙，客夢悲歡百年短。荒涼處處經戰馬，寒食家家澆祭碗。險知地下不識醉，祇合生前尋酒伴。蒼苔白石堪枕籍，野鳥清溪自絃管。同遊飄揚正捷步，老我摧頹甘負眼。風牀溽暑新候濁，江樹飛雲故人遠。出城少事幸縱恣，賭令爭歡君莫懶。

夜寒行

昨日天寒不成醉，今日天寒不成寐。醉遲得酒可强歡，寐少愁多頻發喟。紫竿葦炬鬧荒城，役夫遙作鸛鴨鳴。擁衾高枕未云苦，熟聽但覺令人驚。烏孫黄鵠飛不返，遼城白骨填未滿。朔風蕭蕭吹成旗，居人何如去人遠。丈夫無成霜滿須，沙場萬里星河疏。南牆詩翁窮據爐，北窗少年猶讀書。

騎馬行答贈吴中張子潛鄉貢

君不見天上續絃膠，又不見海外切玉刀。傍人錯愕心自快，痕迹過眼無秋毫。吴江先生淮海客，長篇大章歌落托。白袍只作東土音，黑頭曾射南宫策。霜清水落芙蓉開，酒酣獨上吴王臺。緘書右望寄飛鳥，乘風忽擬穿蓬萊。人生相逢不在早，賈生太少顔生老。興來亦欲向西遊，約君騎馬閶門道。

自信上歸遊石門訪故人毛儀卿鎮卿兄弟作長句贈之丙午冬

山開未開白雲梯，人行不行青麥溪。五年清夢隔蟻穴，千里飛塵深馬蹄。重來交遊亦笑樂，但覺几杖煩提攜。門閒霜葉無數積，風定水禽時一啼。藥草春暄夜更長，木蘭花下聽天雞。

昨日行

種樹莫種垂楊枝，結交莫結輕薄兒。楊枝不耐秋風吹，薄交易結還易離。君不見昨日書來兩相憶，今日相逢不相識。不如楊柳猶可久，一度春風一回首。

招子昂飲歌

與君相逢難草草，與君相逢苦不早。人生何處小明刻本作少泥塗，此日飄零武林道。武林城中馬如雲，閉屋狂歌人不聞。狂歌自笑君亦笑，依然狂絶不如君。君歌豈是真狂者，青衫少日春瀟灑。至今俊筆五花紋，最惜青眸十步下。虚名何用等灰塵，不如世上蓬蒿人。黄金偏趨不貧室，白髮難老無愁身。風雨無情亦如此，淒淒但聒窮人耳。不見朱樓高到天，鳳簫龍管連朝起。連朝笙管可奈何，我歌且止須君歌。青天白雪望不極，坐見緑水生層波。我生胡爲被狂惱，江頭魚肥新酒好。從今作樂拚醉倒，與君相逢難草草。

雁南飛

雁南飛，飛且鳴。我不愛爾絶漢排雲之健翼，愛爾秋來意氣各有適。江湖萬里同風聲，風聲萬里秋蕭索，山鄉田荒水鄉薄。不應專爲稻粱來，得飽自住今亦樂。群飛嘹唳奈爾何，青天茫茫無網羅。誰知世有苦心者，夜半聞聲悲轉多。雁南飛，勸爾飛時莫近征婦舍，手觸邊衣添淚下。更莫飛近貧士屋，絃絶樽空怨悽獨。雁南飛，飛且止，世事驚人例如此。我昔扁舟五湖水，年年見爾秋風裏。如今未斷少年情，一度雁來心一驚。今年雁來明年去，明年去去江南路。欲將書寄去邊人，明年認作書回處。

剡氏飢

剡氏飢，山前山後尋蕨萁。斸萁得粉不滿掬，皮膚皴裂十指禿。皮皴指禿不敢辭，阿翁三日不供糜。不如抛家去作挽船士，却得家人請官米。

俞光遠父子歸馬嚣兼託問訊故舊

君不見深山野馬生龍駒，又不見荒林老鷹鳩作雛。男兒似種世所少，俞郎三世成清儒。祇今道路滿塵土，大袖已覺妨奔趨。提攜逐食何足羨，羨子有策寧親軀。蠲符晝行雞犬靜，餐錢下歲鮭魚須。機神有餘自靜重，蔚蔚老氣生眉鬚。高堂百客森冠裾，四座指點看明珠。誰能對此心不動，歸來轉覺群兒愚。峽南雲深山氣冷，今歲亦聞愁旱枯。但憐四壁愈憔悴，傍人解笑吾人迂。書來隔宿發夢寐，便買舴艋隨僮奴。山籬語喧聽椰栗，晚閣妝罷懸蜘蛛。暫違相見喜定劇，勝似朝夕趨庭隅。因子此去傳區區，先從賢翁到吾徒。劉郎癯絶今更癯，香岩老人安穩無。

採藤行

君不見四明山下寒無糧，九月種麥五月嘗。一春辛苦無別業，日日採藤行遠岡。山深無虎行不畏，老少分山若相避。忽然遇藤隨意斫，手觸藤花落如蜎。藤多力困一鞾呻，對面聞聲不見人。日昃將來各休息，妻兒懶拂竈中塵。須臾叩門來海賈，大藤換糧論斛數。小藤輸市亦值錢，糴得官粳甜勝乳。明朝滿意作晨炊，飽飯入山須晚歸。南村種麥空早熟，逐日扃門忍飢哭。

杖錫虎

杖錫山中深，與世絶往還。從來稱是仙聖窟，虎暴不得奸其間。今年山神大失職，虎來山前搏人食。傳聞此義明刻本作事我亦怪，歷問更爲居者惜。杖錫山中民，獷健疏農耕。老稚爲樵壯爲獵，朝朝暮暮山中行。山獐野雉收當糧，天寒果熟霜狸香。腰弓度壠矢插房，黄茅覆溪機半張。鳥啼犬奔風箭急，機鳴未發且前立。平生聞虎不識面，顛倒窮途忽相及。驚呼頓迅聲漸微，妻兒駭呀不即歸。循踪走至設機處，但有血漬斕斑衣。嗚呼哀哉乎，此民良足悲。嗚呼嗟哉乎，此事不足疑。吾聞以毒殃物者，物亦以毒殃其身，我不敢以爾爲仁。以餌鈎物者，物亦鈎爾以爲餌，我不敢以爾爲智。杖錫山，山絶深，無虎不必古，有虎不必今。天生此物居山林，有虎無虎視爾心。但令爾心無干戈，虎居深山奈爾何。

少年行贈袁養直

我昔如君初冠時，見君垂角兒童嬉。君今長大一如我，但少頭上斑斑絲。誦書如流日千紙，更出清言洗紈綺。明珠在側真自失，挾册茫洋吾老矣。人言四十當著書，春風半負黄公壚。僮奴哂笑妻子罵，一字不給飢寒軀。儒學明刻本作學儒無成農已惰，履窮始悔知無奈。人生少年還易過，請君努力無如我。

義蜂行

山翁愛蜂如愛花，山蜂營蜜如營家。蜂營蜜成蜂自食，翁亦藉蜜裨生涯。每當山蜂採花出，翁爲守關司徼遮。朝朝暮暮與蜂狎，頗識蜂群分等差。一蜂最大正中處，千百以次分來衙。叢屯雜聚本無算，勢若有制不敢譁。東園春晴草木媚，漫天蔽野飛橫斜。須臾駢翼致雋永，戢戢不翅輸牛車。似聞蜜成有所獻，儔類不得先摩牙。重防覆衛自嚴密，雖有毒螫何由加。一朝大蜂出不戒，春容靚飾修且姱。蜻蜓忽來伺其怠，搏擊少墜遭蝦蟆。群蜂倉皇迷所適，謁走欲死聲呀呀。求之不得久乃定，復結一聚猶如麻。我來訪翁親目睹，搏髀不覺長咨嗟。翁言蜂種幸蕃盛，衆以義聚猶堪嘉。烏衣槐安傳自古，蠻觸分據兩角蝸。雖云彷彿存國族，徒以紀異其辭夸。博勞舅婦恨翼短，鱉靈異姓爭荒遐。豈如茲蜂互推擧，一體同氣無疵瑕。我憐翁言私誚責，扶傷早愧隋侯蛇。況伊一毒俱下類，瑣細不足勞鞭撾。前尤往悔俱勿論，事會倚仗來尚賒。新房才成蜂未壯，舊房委棄墜泥沙。

雪後況湖歌 爲阮使君作

君不見明州城中日月湖，縈藍繚白如畫圖。良時樂遊古亦有，何人破雪浮官廚。金猊暖壓紅氍毹，紫貂醉拂青珊瑚。麈尾高懸前唾壺，使君霜髯雙臉朱。同時僚客總豪秀，陸池明刻本作地閬苑羅仙儒。名談鋒湊初不惡，安得玉人歌縷珠。似聞州民喜公出，終日繞岸狂歡呼。淫弦濁管何足道，入耳得此成真娛。城尖數峰大模糊，山郭四庫本作谷何路通樵蘇。年年臘前得三白，樂歲仍然多餓夫。定知新年稍安樂，風流使君江左無。

山茗行

苕花如雲色如雪，萬壠千溪看不絶。風吹日炙自鮮明，棄在空雲誰愛悦。遭逢偶入山人手，縛作蓬菘掃塵帚。鬅疏髮落已蕭然，時對西風一回首。人間貴賤不須論，此物古來從至尊。猶勝長拋霜露裏，秋蟲野燐愁枯根。

啄木行贈净珇上人

東園嘹嘹還剝剝，有鳥晨飢啄霜木。天寒蟲豸得幾何，爪觜披猖良爲腹。華堂蝙蝠添毛衣，飛蚊淨盡何處歸。海山野鶴亦有飢，飢絶不向人前飛。

又坐隱辭

坐隱，字出顔黄門《家訓》，而其義非也。余雖移家棠啚，居猶未定，每往城南寓舍。城中無所營，交遊益疏，或至堅坐踰旬不出。遂取二字榜其室，而作《坐隱辭》以儆之。

快馬疾馳，不如徒步。多金善賈，不如躬耕。日食八珍，不如强飯。封侯萬里，不如還鄉。我觀古來丈夫子，何用桑弧蓬矢射四方。蘇秦生爲六印役，主父死願五鼎烹，不如諸葛草間談管樂，陶潛醉裏傲羲皇。南面之尊何如於據梧之賤，環轍之智無預於荷蓧之狂。高岡峻谷久亦變，青天白日晝夜行茫茫。胡爲憂愁浪自苦，百年齒髮誰得長堅强。不如掩關掃跡成坐隱，清齋永日一爐香。

賦意未暢復拾前韻之餘者作廣坐隱辭

我作坐隱辭，客來問我坐隱方。開門進客還復坐，爲客歷落言其詳。隱朝市，我不能衝塵冒暑走遑遑。隱江湖，我不能披蓑戴笠操舟航。隱山林，山林白晝行虎狼。隱田里，田里赤立無資糧。窮觀六合内，投隱幾無鄉。是以古來人，失路多猖狂。或隱伶官俠客，或隱藥肆僧房。或爲君平隱賣卜，或稱陶朱隱行商。雖能逃世網，於事未爲良。況我難攜一身隱，二親白髮垂高堂。神仙拔宅古亦有，無翼不得高飛颶。不然少自屈，歸去隱耕桑。隨傭竭作既無一夫力，買田築室又乏千金裝。僮奴揶揄親友棄，往往人厄非天殃。悲來俯仰尋隱處，欲親書册依杯觴。引酒未一酌，狂風四庫本作氣鬱律衝肝腸。讀書未一卷，噫嗚感慨淚浪浪。酒能觸人生憤激，書能覽古知興亡。非徒不足充隱具，反緣二物來自戕。覆杯掩卷且默坐，氣定始覺如平常。因思世上百千事，是非榮辱俱可忘。楊朱墨翟悲泣兩無益，伯夷叔齊浪死埋首陽。不如隨緣委運祇塊坐，冥心徑往遊黄唐。不論辨，不憂彈射相摧傷。不還往，不憂風露沾衣裳。人生衣食分已定，登途役役空自忙。不見啄木鳥，終朝一飽如不償。不見守蓍龜，窮年引息泥中藏。目前伸屈君莫問，此鳥孰與龜年長。坐歎自笑客亦歎，烟□暗室生天光。

行婦怨次李編校韻丙子，台州作

赤城巖邑今窮邊，路傍死者相枕眠。惟餘婦女收不殺，馬上娉婷多少年。蓬頭垢面誰氏子，放聲獨哭哀聞天。傳聞門閥甚輝赫，誰明刻本作隨家避匿山南巔。蒼黄失身遭惡辱，烏畜羊縻驅入燕。平居鄰牆不識面，豈料萬里從征鞭。酸風吹蒿白日短，天地闊遠誰當憐。君不見居延塞下明妃曲，惆悵令人三過讀。又不見蔡琰十八胡笳詞，慚貌千年有餘戮。偷生何必婦人身，男兒無成同碌碌。

飛花行贈馬衢州時馬在建嶴别業

山上風花山下飛，花飛欲盡山翁歸。歸來亦自忘行跡，但覺滿地紅依依。餘花更惜隨春明刻本作溪去，溪上遊人山下路。戀家漁父斷來踪，難老劉郎記前度。花開花落春風前，我昔與翁同少年。祇今鶴去但華表，何處鳥啼悲杜鵑。遊人自遊春自暮，從翁問花花不語。且當向花日日醉，醉倒花前學花舞。

織錦迴文苻堅時，秦州刺史竇滔妻蘇蕙若蘭爲其夫徙流沙作

君不見秦州城中雙蔕花，春風吹散著流沙。流沙千縈復萬轉，織入綵機歌不斷。歌不斷，可奈何，人生

富貴憂患多。不如窮山饁田婦，白頭不識遷移苦。

石湖范至能嘗作姑惡詞以爲婦怨非天下之爲婦者所願聞故作續姑惡詞以廣之

姑惡姑不惡，人言姑惡人豈知，爲姑作婦百不辭。婦在姑尚可，婦死姑方悲。恐傷姑意不敢違，化作異物鳴無時。姑不惡，姑不惡，怨姑還當被姑責。但願生身復作婦，死别不如生見樂。

余博士家猫相乳歌

上饒余宗鐘鼎家，孫枝十世猶清華。南昌博士最賢者，膝下燁燁開緋牙。我行其庭值供頓，食指半千聲不譁。女帨男鞶况修謹，冠立童趨知等差。江南族聚盛亦有，如此禮法嘻可嘉。長公公退忽語我，瑞貓之篇題滿車。二雌同時各生子，一雌病僵如卧瓜。一雌端來代其乳。顧睨懇惻呼嘤啞。子衆身疲乳亦竭，病母起將新乳加。天寒繡褥更枕藉，日暖花磚群戲拏。我憐二貓有至性，欲脱毛尾升笄珈。北平將門粱肉窟，此事尚得昌黎誇。公家儒化鬱積久，義感宜可馴豚豭。願公盡力持閫範，彌補始終無闕瑕。不見古來歌舞地，祇餘猿鶴與蟲沙。

贈天台潘山人 號秋崖

老潘雙眸如紺珠，帶以秋陽朝露之清腴。山形水態出没千百變，經君指顧不得藏錙銖。我昔少年好狂走，風餐雨沐逐逐忘朝晡。至今卧遊想共四庫本作其處，但覺雲濤烟瘴千里行須臾。匡廬春風鍾阜雲，彭浪之磯大小飛來孤。秦淮震澤洞庭野，峨眉縹緲南接原作樓，據四庫本改五嶺東蒼梧。歸來把鋤剗山下，有時一竿釣月賀家湖。籠鷹櫪馬困羈束，每逢風鳴草驚動號呼。聞君談明刻本作論診到骨髓，褰衣振迅恨不六翮生形軀。尋牛卜龍古所有，君家祖孫三葉傳青烏。人言河流可移山可鑿，秦皇漢武已類愚公愚。相留徘徊山南山北一百里，勝處忽然開酒壺。問渠劉伶一童一鍤欲何用，且可從我日日醉倒黄公壚。

范文正公黄素小楷昌黎伯夷頌蓋宋皇祐三年十一月在青社所書以遺京西轉運使蘇公舜元者也後二百四十年大興李侯戡得此本於燕及南來守吴乃文正公鄉里即訪公子孫以畀之范氏喜而索詩爲贈

有耳不聽下里巴人，有手不寫劇秦美新。天生靈物寄我體，可惜穢棄同埃塵。清風百世希文老，一字流傳今是寶。誰知堂堂伯夷頌，曾借春暉發枯槁。韓子也復英雄姿，冰寒斗峻餘文辭。吹噓自起北海隱，膾炙聊慰西山飢。天荒地老精靈在，處處江湖紅散彩。青離孔氏忽自歸，今遇龔侯如有待。世情愛古兼愛奇，書奴滿眼非吾師。請君焚香盥手拜此帖，歸洗人間兒女癡。

送程敬叔教諭赴建平

爾之王父東諸侯，朱門行馬高修修。嚴君家學又繼美，年少鄉書推上游。我生苦晚百無益，猶及步趨陳太丘。飄零不死見三世，爾復預此能言流。風神清羸談炙轂，生理蕭條書汗牛。今年别我忽遠役，天馬放靶難停留。問渠何官縣博士，横山之西江東陬。此邦固是吴楚會，風淳土朴衣冠稠。亦聞岩谷多古跡，最喜道途稀使騶。公堂講罷看山坐，香鼎茶鐺相勸酬。熱官千騎豈不好，白日公庭愁督郵。飲水茹蘗明刻本作蘗善自愛，歲晚相期釣滄洲。

題陳貴白畬齋

海山作農農較苦，累級開畬燒宿莽。畬成得粟不償勞，歲晚空瓶誤飢鼠。不如陳郎腹果然，日日閉門耕紙田。餘糧尚許餉遠客，植來時和南風篇。

余既題畬齋有聞紙田之説而笑者復作長篇

學農無年尤可待，學儒無成祇益餒。羨君終歲作書癡，聚室嗷嗷窮不悔。客來問計何所出，一飽自懸饘粥外。平生據案畎畝心，汗簡爲犂筆爲耒。蘖芽百氏草避耨，膏澤群經泉赴澮。日高洛誦烏烏悦，夜半吳吟風雨會。世間粱穀何足道，開卷穰穰心欲醉。旅熏辟蠹防雀鼠，更繕巾箱築倉廥。古言樂歲生禮義，先見儒門消鄙悖。租符且免里正索，子本時容書客儈。東鄰有田多牛翁，日執牙籌親細碎。困糧竟作誰腹飽，騎吏驚惶汗流背。此時畬齋談無事，峨冠正與周孔對。禮義適口即爲味，牛心菊苗皆可膾。我詩君意兩自知，且勿譊譊語兒輩。

剡箋送任叔實

剡溪春水碧鱗鱗，剡水野藤如亂雲。剡人伐藤就溪洗，匠出素箋黄土紋。大箋敷腴便竿牘，小箋輕盈日千束。我昔少年貪著纂，累笥連箱輸不足。年來棄置百事休，引腕就書如畏囚。有時得箋不自愛，杜曲蠻歌相獻酬。世人貴賤隨人好，西家棄物東家寶。退筆成山何足道，爲我攻修太玄草。

次韻和郭祐之雙桔堂趙母壽詩

嚴親不待高官秩，一刻歡娛勝千日。趙郎宦薄母八旬，自採芳甘充俎實。堂前酣酣雙桔紅，童兒見客笑滿容。有田得耕我亦去，繡衣御史語生風。

醉歌贈袁茂才

君休呫囁語，我欲顛狂歌。君語雖工不可多，我歌顛狂如我何。君不見蘇季子，腰横六印車如水，奇禍一朝生口齒。又不見朱買臣，朱綬煌煌不庇身，不如會稽喑啞人。南山山頭北山下，亦有騎牛唱歌者。行人不訶官不問，歌罷牛歸卧牛舍。我歌屬君君爲（明刻本作當）歌，桃花醉面春風和。君歌不成春亦老，虛客江城車馬道。明日酒醒應絶倒，剡源溪上看芳草。

題范道士來鶴亭

仙客已騎黄鶴去，道人自愛白鷗閒。白鷗萬里猶可狎，黄鶴已去何由還。借君剛風七龍轡，返此靈物三神山。天空海闊望不極，回首正落樊籠間。

題李伯時畫五馬圖

嗚呼良馬不世出，今人但尋李侯筆。五龍忽墮白雲鄉，海角孤臣看自失。太平天子開明堂，前驅麒麟後鸞凰。當時此馬來萬里，想見顧盼生風霜。龍眼老仙亦如此，揮毫談笑群公裏。官閒禄飽少塵埃，霧閣雲窗天上起。風流轉眼餘山河，人間荆棘何其多。臨風卷圖三太息，此馬今存知奈何。

孫使君飛蓬亭

江南澤國多烟水，年少輕身作遊子。適來衰懶畏奔馳，忽見飛蓬平地起。飛蓬主人人中仙，曾乘千斛凌風船。船頭畫鼓催行酒，船尾紅妝歌采蓮。收篙卷綸今尚樂，却悔從前風浪惡。青雲裘褐一鷗身，白髮山林五湖客。我來花霧紅霏霏，此蓬如山何處飛。但當共坐索酩酊，溪塘過雨春魚肥。君不見鴟夷名成滄海去，富貴畏人如脱兔。又不見羊裘釣客桐江上，一出張皇動星象。何如飛蓬主人亭上飲，醒與客論酣即寢。寢酣忽作江湖夢，風雨漂摇蓬不動。

題峴山圖

山頭種石懸蒼雲，山下急流風卷紋。何年荒碑當嶺立，龜趺圭首猶鱗皴。神龍驅毫鬼輸墨，羊公精神荆楚色。想當意匠經營初，已盡東南烟霧迹。從來登覽非真遊，襄人正樂吳人愁。尊前鄒湛亦不惡，江山千古同悠悠。君不見征南後來人姓杜，自喜作碑心更苦。祇留陳迹笑癡迷，行客何曾淚如雨。

看花曲

種花郎君愛花好，看花兒女笑花老。牆東花開鬧喧喧，馬蹄蹴醉牆西草。遊人賤草只看花，明日重來還可嗟。但見萋迷青覆地，千紅萬紫成泥沙。君不聞明妃當年辭漢宮，黄雲塞下白楊風。一朝邊亭靜烽火，詔書自議麒麟功。又不聞馬嵬山前玉環血，歲歲春風吹不滅。詞人正賞浯溪碑，千秋妖恨無人説。紅顔誤人何足憐，花開花謝春風前。猶勝凄涼後庭樹，離歌未斷江南暮。

東門行二首 時鄞城火，第宅遭燬，故有此作

春風顛狂卷地起，吹動江城寒劫灰。江城千家丹碧窟，過眼不復餘棲臺。九軥燭龍竟爲爾，六尺海鷗安在哉。平原無人金谷散，惆悵東門歸去來。

松枝可餐不可久，蕨萁可舂難入手。書生身業值無年，翰墨千囷不充口。烟州何客釣寒魚，江郭誰門倚殘柳。琴臺歌管無處尋，惆悵東風幾回首。

江行雜書

荒城日暮秋江長，䆉稏野熟秋風香。青天茫茫不知處，扁舟卧入菰蒲鄉。波深浪靜魚鴨樂，遙林墮影同飛揚。平生見畫無此本，便欲默寫懸高堂。須臾雷雨漲深墨，漁户悉閉收牛羊。篙人軟語似憐我，拗蓬蓋頭編蒿牀。此時殘怒明刻本作暑尚什七，瀟灑幸爲清蚊蝱。無人靜覺物性出，蚯蚓草蟲歌晚涼。銅山乳竇青最遠，羞縮不似來時妝。但餘田鳥如匹練，雙雙飛點暗明刻本作晴烟黄。山川一日幾變態，人事百年安可常。停舟起問魚酒户，此地幾年成戰場。虹梁羽化新起廢，白骨無數埋前岡。惆悵令人百憂起，飲客正酣歌發狂。坐中悲樂誰竟是，歸來玉兔搖滄浪。

吳姬曲五首 明刻本注：庚寅冬作。

吳姬來，吳船蕩漾湖花開。隔堤迎笑欲飛舉，不用少年多樂催。問君青春得幾許，看取架上紅玫瑰。

吳姬歌，歌聲宛宛歌情多。當尊一闋且呼酒，酒遍餘聲無奈何。春風顛狂亦如我，坐見花外搖湖波。

吳姬舞，朝看成雲暮看雨。偶然欲笑一回眸，錦原作錄，據四庫本改段金錢落如土。誰家學取野鴛鴦，終日癡迷弄沙浦。

吳姬醉，濃花爛蕊春憔悴。當筵賭令諱空拳，忘却拈三并數四。坐中癡客儘偷看，翠鞾雲翹敧不墜。

吳姬歸，潮光燭影紅輝輝。中心有語不敢吐，安得作月生汝衣。明朝花下更須醉，放取後園鶯燕飛。

達觀亭歌爲建康徐氏作

天風颯爽巖巘開，雲溪縈環芳樹來。林棲島處眼未識，何人擇勝誅荒萊。仙跡着人清辟易，徐郎襟懷趙郎筆。經營須通山鬼意，開鑿曾煩祖龍力。高亭一區尤絶塵，滄浪捧足芙蓉雲。憑危醉歌敞花氣，九衢塵土何紛紛。客來問名名達觀，對此心情轉蕭散。想見千秋爭戰場，只把雲霞眼中換。浮名絆人玆可憐，飛鴉落日釣窗前。何時真脱塵纓去，我自綱魚君刺船。

春愁曲次劉正仲韻

山翁隱居雁蒼谷，春樹年年爲翁綠。耕休坐樹作勞歌，山光水影相徵逐。歌成無人祇自娛，行人頗怪歌聲殊。循蹤歷歷見井舍，恐是避秦來此居。花烟溟濛亂晴雨，山前倉庚後杜宇。客來不喜亦不驚，但道寒暄無俗語。山中今歲是何年，黃旗徵樹裝樓船。淺村已盡到深谷，逢人未説先凄然。憂來宛轉歌不已，我樹非材端後死。自注：劉號樗園。五陵當日蓊如雲，如今何處悲風起。山南老農亦不憂，機淺不爲妻子謀。日高飯飽牛背坐，日晚放牛溪上遊。人生逐名被名誤，十年車馬長安路。長安路絶雲霧昏，歸來棄筆尋農具。舊遊年少難與隨，夢境一笑難重追。惟有剡源窮掌固，相思望斷西天垂。

正仲復有倒和春愁曲之作依次奉答

漸老之日來垂垂，已去之日不可追。傷春畏老兩作惡，世事嘗明刻本作常與愁人隨。忽得君家遣愁具，原作興，據四庫本改行歌日日春溪路。不知愁緒逐詩來，更惜芳顔被春誤。王孫草暗誰重遊，曲江痛哭窮參謀。燕騎琵琶渭城酒，居人不覺行人愁。行人欲歸瘻念起，白髮逢春心未死。水流花落無處尋，燕去鴻來何日已。溪村此日更蕭然，强笑爲君呼酒船。黄雞唤日不待曉，蟠桃一熟三千年。草間管樂真浪語，鳥雀應原作鷹，據四庫本改門蓬柱宇。祗餘平世畎畝心，夜半吴吟泣風雨。高人與虎能同居，壯士斷蛇應不殊。年高漸欲置憂患，每賴君語相調娱。昔日劉郎悲放逐，看花惆悵春無緣。何如今日春愁曲，爛醉徉狂白雲谷。

題趙子昂畫馬

趙子奇才似天馬，頃刻飛龍生筆下。畫成撫卷復長歌，坐客喧喧不停寫。蹄勢經鞭秋跌蕩，鬃毛出跳風蕭灑。似嫌文繡滅天真，盡脱鞍韉轡輕把。青袍洗足巧眉睫，馱坐奚官亦閑雅。我來一見驚欲拜，曾識鸞和趨廟社。千金朽骨古猶惜，况此難分毛色假。瑤池路斷伯樂盡，日暮嘶鳴氣暗啞。爲君昂首一慰意，猶勝無逢老岩野。

南山下行

南山高，北山高，行人山下聞叫號。旁山死者何姓氏，纍纍骸骨横林皋。鳥喧犬噪沙草白，酸風十里吹腥臊。中有一人稱甲族，蔽膝尚著長孺袍。不知嬰觸爲何罪，但惜貴賤同所遭。妻求明刻本作來抱尸諸子哭，魂氣滅没埋蓬蒿。人言殺原作投，據明刻本改，四庫本作損身由貨寶，山村豈得皆權豪。一言不酬兵在頸，性命轉眼輕鴻毛。龍爭虎鬬尚明刻本作戰未決，六合一穽何所逃。振衣坐石望太白，寒林夜籟聲溞溞。

相逢行贈文伯純同年

昔日相逢面如雪，今日相逢面如鐵。人生年少得幾時，動作風塵十年别。十年别久未爲惡，頻見亦無年少樂。寒棲明刻本作樓夜雨金瑣夢，故園明刻本作國春風白袍客。雕鞍駿馬紛紛來，西城亂花春漸開。與君追逐覺老醜，一笑且醉高陽杯。相逢得醉今日好，醉眼相思還易老。只圖留君日日醉，醉裏忘却江南道。

壽陳貴白

祝君以陸地千蹄牛，君言不如扁舟江海狎浮鷗。祝君以通侯尺二組，君言不如草屋三間卧風雨。富貴何人不解頤，君視二物如兒嬉。我今贈君亦無物，但有聱牙佶倔村田詩。我歌詩，君進酒，客主讙譁起相壽。尋常此日費千金，京洛奔馳今白首。江風颯颯吹黄塵，對面樓臺不見人。與君漂泊爲何事，一笑幸是山林身。寡語薄味，足以養氣。少求簡出，足以養體。奇章鍾乳本斧斤，胡廣菊潭堪唾涕。君不見南方贔屭五色龜，窮年引息不嫌飢。又不見曲轅擁腫百圍木，匠石捐棄反爲福。蝸封蟻壤何足論，歸來未廢蓬蒿園。我更搜詩君釀酒，通家德公有賢婦。

春溪惡寄孫常川 孫有約不至

春溪惡，日日春風吹過客。千車萬轍不相嫌，一客歌來吹倒却。旁人借問客爲誰，咸淳朝士今布衣，聲名欲隱人自知。君不聞孫興公，逃亂走入黎州峰。子孫百世居峰下，往往翰墨餘仙風。鶉衣藿食何足恥，頭白河清吾亦俟。向來南面五馬車，只飲西山一盂水。青牛處處迷行踪，白鶴歸來餘故宫。道逢樵客知去遠，遲君不來三日晚。溪水猶能作吴語，似續君家遂初賦。

碧桃花歌爲王丞作 丞名子兼，字達善。丙子，家燬於火，瓦礫中自産此桃

君不見孔家藏書屋，屋壞猶聞起絲竹。又不見鄭家註書老，書帶後來垂作草。如今王家萬卷文字林，桃花一樹春沈沈。花成不勞主人種，花落更同山客吟。從來春花重萼不綴實，此花可玩實可食。我擬明刻

本作疑天公出奇物，來壽主人并餉客。春前待花花下狂，春後待實林下嘗。定知此桃不作尋常草木味，祇作舊時文字香。王夫子，多釀酒。春風亭館何處無，天錫名花祇翁有。從翁乞醉三萬日，仍令醉後花從筆間出。

王丞分惠碧桃樹再賦奉謝

水星之精天上遊，春風歲歲蒼龍頭。偶然根葉著下土，散作人間百花樹。莫疑君家此花無種生，定是天上蒼龍精。白玉之趺青玉簇。開花既奇成又速。三年方駭大如林，五年已見高踰屋。我來吟作書林花，烟塵萬捲重抽芽。君家原有孝義種，自來青州丞相家。爲君出芝草，芝草那能千日好。爲君結琥珀，琥珀恐爲貪者獲。不如此花混在春花叢，歲歲與君同春風。春風同賞復同吟，願與主人同好心。更令此花分作千百本，處處種成君子林。

贈趙子實 明刻本注：丁酉冬作。

北風吹沙溪倒飛，白日未落山中歸。千邀萬覓不相就，誰信有人穿翠微。幅巾大帶長襦袍，韋篋錦囊鮮縹毫。名門發身合燕頷，一經傳家真鳳毛。坐車侯嬴吾不讓，白社寒林氣清放。驂麟翳鶴誰不能，要識神光牛背上。蓬萊山，丹霞谷，天仙留書三萬軸。聞君暫去還復來，許君細和滄浪曲。

積雨小齋喜袁太初舒叔恭兩生至

春山日日寒風雨，一日天晴花欲舞。林暄洞屋散窰烟，水活溪巖落冰乳。嗟余鬱鬱無所適，方對青山一開户。蒼袍紫明刻本作緇帢兩少年，健足齊明刻本作躋扳氣如虎。名區入眼疑未快，忽肯捫蘿到茲土。原作上，據明刻本改霜蔬處處稀尚摘，臘酒家家寒未煮。相看氣味太村野，自喜談諧少城府。舒郎十八白眉長，四海龍門有明明刻本作名父。袁郎皎潔巧步趨，出語珠圓吾所許。人言風骨須晚秀，早慧譊譊天謾與。吾評此論殊未公，峻詆曾經孔文舉。歌成高軒已年倍，賦解鳴蟬容客覩。吾山雖窮有靈跡，雪瀑丹崖相媚嫵。留君待作大雷吟，莫學癡兒生明刻本作作吳語。

謝李仲賓墨竹

君不見李侯筆端如渭川，頃刻匹紙生琅玕。霜柯雪幹鐵石色，忽作小山烟雨寒。問君何從得此本，湖州嫌濃眉州軟。風軒月檻一相逢，妙處不與人意遠。人言學畫先學影，此君風骨青雲並。林深有路鳥聲真，日高無人山氣靜。平生見此我不疏，逢侯得畫兩有餘。從今洗眼空山底，更讀人間瀟灑書。

題王敬仲野亭宣城

王家野亭蒼翠邊，秋山萬叠相鉤連。披衣曉霽伴雲坐，散髮夜涼須月眠。主人清豪亦好客，常有車蓋來翩翩。門閒無煩鶴通謁，酒散有時風掃筵。問君生涯幾何許，笑指渺漠滄洲烟。朱門千礎扃嬋娟，豪絃急管爭喧妍。何曾一日能免俗，稍來對談心爽然。古人去遠吾不識，今日汩没難爲賢。長公高談明刻本作歌少公和，魯山伯鸞相後先。名成但恐累隱趣，莫遣妙語人間傳。

贈彈琴衡山蕭道士

寂寂歷歷不足聽，聽久亦復難爲情。名嘖勢忿大如屋，袖手對此須臾平。一拊再拊玄鶴舞，三四拊之淒風生。天寒歲晚行路遠，湘水日夜東南傾。

登新嶺

犖犖确确白石溪，綿綿茫茫青草磎。四山陰雪濕灰色，六月杜鵑深樹啼。田廬經漂有高下，麻豆滿塢無東西。隔岩飛流送人語，對面喧風吹馬蹄。祇今莫辭栁栗杖，與子更上巑岏梯。登高意遠會有極，回首烟海令人迷。

送葉伯幾赴奉化録杭州作

君不見東海獰龍子，學飛便逐風雲起。又不見西域豪馬駒，墮地一日能馳驅。葉家翁季亦如此，一經接武成師儒。毛錐如風腹如笥，快書疾讀三千字。頗聞曾下仲舉榻，不爲頻通禰衡刺。臺書翩翩江上來，吾州自古多賢才。裹琴攜硯速相就，爲子歸掃山中萊。

歲晚次韻答李在明

墨鄉守墨不作惡，歲晚左明刻本作來就醉鄉公。何人吾伊驚夜半，大雪北窗歌國風。

仇山圖爲仇近仁作

仇山山下仇山人，白頭宦學走風塵。問渠家在山何處，雲氣漫漫不知路。詩人作事例多癡，逢山且畫且題詩。不如鄰翁不識詩與畫，一生耕釣仇山下。以上《剡源戴先生文集》卷二八

戴表元三

三次韻寄戴祖禹

同分剡溪派，自喜小王書。野服調驍馬，濃香薰蠹魚。歲時趨闕里，早晚上公車。與我真兄弟，風流但不如。

苕　溪

六月苕溪路，人看似若耶。漁罾掛棕樹，酒舫出荷花。碧水千塍共，青山一道斜。人間無限事，不厭是桑麻。

道桐川欲訪梅右司不知其處

桐川瀟灑處，面面碧芙蓉。峻塔當闕獨，清溪抱郭重。市多吳客語，祠有漢時封。欲覓梅仙去，知藏第幾峰。

故總幹潘伯可從大挽詞二首

落落知難久，堂堂竟不還。江湖官七品，風雨屋三間。已矣烏頭白，嘻乎豹管斑。兒曹莫輕脱，英爽在空山。

得死何須哭，偷生正可疑。倉皇歸印日，慷慨却金時。規矩諸郎有，襟懷我輩知。平生郭有道，消得蔡公碑。

和鄧善之秋興二首

鬢髮日夜老，神仙那可求。楊雄識字苦，玄晏著書愁。碧酒紅蓮夜，朱絃白雁秋。論心得少暇，同上最高樓。

鶴化城猶在，龍移井未枯。百年吾道半，六合此身孤。西山栽花屋，東風賣酒壚。徉狂覓耆舊，處處土音殊。

渡長泖投小蒸邵教授宿

清曉浮雙槳，黄昏值一餐。風鳴長泖浪，雲掩小蒸村。饞極知鱸美，驚還覺雁喧。同袍恩有愛，燈火細溫存。

客遊

客遊吴楚地，最好是秋天。三泖團臍蟹，雙溪縮項鯿。桂林雲頂寺，蘆蕩月中船。酒醒□□雁，猶勝聽杜鵑。

自宣州至湖州風雪中十日始達

江湖老未休，十日走三州。南雪馬没耳，北風船打頭。窮猶攜筆硯，寒欲貰衣裘。漸喜家鄉近，兒童浙語稠。

十二月二十三日華亭小泊華亭近方通潮

一一歌遊處，今年又寂寥。雞聲生塢樹，蜃氣雜江潮。斑白尋遺老，丹青詑麗譙。衰懷緣子女，不憚往來遊。四庫本作遙

次韻答應德茂雪後遠寄

山中不來久，何處度殘年。人悶如中酒，村荒似禁烟。將茶冰箸煮，移枕雪蓬眠。更肯狂歌否，春風雙玉船。

贈上饒道雲仲

江上青雲客，天邊白馬生。百年文物似，一席笑談傾。問舊能枚舉，論財比芥輕。徘徊亦自好，可便濯塵纓。

送鄉同舍黃君賞謁陳提學

六館賦聲在，五陵遊伴稀。如何趨仕版，猶自着儒衣。春晚鶯羞語，城寒花慢飛。江湖陳仲舉，相見肯空歸。

六月朔日再會再次韻與胡氏謙避暑

臺屋深難暑，湖林近易風。高歌送長日，醉眼睨涼空。雀舌纖纖碧，雞頭淡淡紅。行藏數子別，談笑一樽同。

次韻蔚上人見寄

流落誰相憶，山林蔚講師。玄機魂夢接，詩力鬢毛知。舟去須尋處，書來不記時。君看東海月，今夜亦追隨。

道衡書寄求詩

烈士蹈東海，公仍歸白雲。龍藏誰顧蜕，鶴去不隨群。道貌青難寫，香風遠自聞。人間塵垢子，羞讀徑山文。

次韻蔚講師新春之贈

每見輒自失，春風雙鬢斑。詩囊貧裏富，藥市鬧中閒。甃路通湖寺，敞樓當郡山。清緣事事足，聽此屢開顔。

史昭甫招陳宗魯之長興

之子滄浪去，三吳西更西。白鹽蓴菜膾，紅酒稻花雞。地少驚雲滿，天空見日低。錦囊看爛熳，佳客醉留題。

風雨行湖山村

風雨湖山暮，屠村又鮑村。鳥巡漁退艇，犬認獵歸門。天作蠻雲暗，溪憑剡漲喧。十年燈火伴，草次共魚餐。

詠蠶

物亦有仁者，蠶功不可量。將身甘鼎鑊，與世作衣裳。過棧蒼雲濕，登山白雪香。未知龍種似，猶與馬群妨。

柏坑

西去疑無路，誰知是剡津。行多收柏客，住有掘苓人。寺隱山前古，村經水後貧。時時百里外，來此祭田神。

證道寺

彎環青徑斜，自是野僧家。滿澗瀉巖液，插天排石牙。爐寒餘柏子，架靜落藤花。記得逃兵日，門多貴客車。

喜王丞病較

途窮已難忍，那許病經時。學到自無鬼，命强客有醫。飯爲扶壽本，書是解煩資。便作天台約，山行未覺衰。

丁亥歲除前二日書事

索索寒（明刻本作風）搜客，沉沉雨洗年。殘林生獵迹，歸鳥避窰烟。節物杯槳外，溪山鬢影前。行藏都未定，筆硯底能捐。

寄雪竇同長老（嘗許畫蘭不至）

高高山頂寺，更有最高人。定起松鳴屋，吟圓月上身。雲藏三伏熱，水散百溪津。曾乞蘭花供，無書又過春。

鄞城火後見（明刻本見下有俞字）**光遠**

火後丘墟市，兵前風雨春。那知攜手地，俱是皺眉人。海柳吟（明刻本作吹）猶弱，山鶯聽未真。明朝各分路，何處避風塵。

客言劉櫄翁事

俗薄名難盛，人窮迹易危。從來天下士，不計里中兒。隱玉看虹氣，堅松任蠹枝。相知不相識，況又不相知。

蔣堯仁監簿挽詩二首

家廠宣和後，官名德祐前。不圖諸老盡，竟得一身全。月旦懸虚鑒，巾箱有秘篇。堂堂何可得，誰乞畫圖傳。

照席鬚眉古，傾筵咳唾清。緋魚前進士，刀筆老儒生。政熟元無譜，書高别有評。百年茲士少，諸彦自偏四庫本作編名。

四　十

四十不解事，真成無用人。交遊青草盡，途路白雲新。漸覺名妨静，難將學濟貧。堂堂楚龔傳，猶有隱流嗔。

夜　坐

愁鬢丁年白，寒燈丙夜青。不眠驚戍鼓，久客厭郵鈴。洶洶城噴海，疏疏屋滿星。十年窮父子，相守慰飄零。

晦　亭

東海窮詩客，西風古驛亭。髮從殘歲白，山入故鄉青。世事徒三窟，兒童且一經。丁寧速賒酒，煮栗試沙瓶。

孫常州挽詩

白髮何人在，青山此老歸。殉攜貧日硯，斂着賜餘衣。文物鷗興滅，園林鶴是非。諸公莫惆悵，英爽世間稀。

嚴提舉挽詩

判得身煨燼，歌銘尚爾爲。可憐蟬脱蜕，還許豹留皮。剡水歸來棹，柯山看斷棋。平生觸心處，臨卷費相思。

霪雨溪漲抵郭可畏

黑雨連三日，黄流迸一川。盡漫騎馬路，祇有釣魚船。城郭功如此，江湖興豈然。兒曹却輕捷，來往似飛鳶。

夷齊

夷齊棄封國，虞芮讓閒田。如何後世士，尺寸事爭喧。鄰居有愧恥，况復兄弟間。掩卷三歎息，古風何時還。

贈針醫范秀才

不但針經熟，言談語語真。鍊形如鐵佛，信手合銅人。秘攝魚千里，空飛鶴當輪。功成倘相挾，平地脱風塵。

遊登袋寺寺出茶筍甚佳獨無杜鵑

苦雨忽相貸，名山難久孤。春泉新雀舌，野苑嫩龍鬚。土宇錢王日，風烟釋氏徒。行人逢不問，松吹自傳呼。

路絶猶人跡，山空惟水聲。如何芳樹裏，不著杜鵑鳴。筍市層層出，苗田寸寸耕。緇流太清朴，亭榭不標名。

偶得巾樣問老匠云正古漉酒巾也

漉酒陶元亮，名傳尚有巾。方成執鞭志，更著捧心人。待菊須簪髮，臨流擬祓塵。乃翁真處士，吾黨祇閒民。

又作散愁

説窮人不信，欲説更何爲。日永書腸覺，霜濃病骨知。□家兵潰後，交絶廩空時。頭白風塵境，消磨尚有詩。

太學冬至日同齋朋友先以兄弟叙拜訖遍詣諸齋行禮出遂置酒湖上衣冠談笑之樂至今栩栩在念間也因至日去近二十九和爲正仲道之

畫閣東爐早，黄簾曉燭遲。名函僮僕滿，齒拜弟兄疑。歌酒神仙舫，衣冠宰相碑。如今窮海上，逆旅話襟期。

舊里火後多有築宅者太平客户也

人説離鄉賤，歸鄉更莫論。許詢家莫幹，杜甫客東屯。廢井微踪出，新鄰雜語喧。平生江海意，歲晚白榆村。

食淡

世亂謀生拙，村深食淡能。沙蔬羹白煮，山稻飯紅蒸。暑豉方傳友，寒糟共學僧。庖廚尚如此，未歎室生冰。

寄謝王侍御

雲氣蓬萊閣，霜威獬豸冠。躭書真柱下，執法更臺端。步驟三台近，聲名七郡寒。誰知階級禮，許爲腐儒寬。

久客且歸留別郭于昭憲掾

久客令人厭，初春乍許寒。飛蓬妨覽鏡，脱粟愧加餐。坐有誇年酪，門誰住馬鞍。重來會相見，老性忍悲歡。

趙壽父遊杭

東浙飢難住，西湖遠不多。好辭松葉麪，來聽竹枝歌。水屋花千繞，岩林錦一窠。秋深道途好，老子亦婆娑。

鄰友疫

歲惡災妖熾，人窮性命輕。如何赤髮鬼，亦及白眉生。忍楚嘗親藥，停哀寫子旌。鄉鄰拘俗忌，哭弔並無聲。

老態

老態誰能脱，中年子自如。丹胎三轉候，卦氣一周時。倦動身如客，平四庫本作單眠力勝醫。看書亦漸懶，意到或成詩。

頓寒懷單祥卿教諭時新開酒禁

霜花一夜白，風葉滿村黄。欲出歲華老，相思江水長。留枝遮鵲户，存蜜補蜂糧。想見山行處，開窗新酒香。

蘇伯清席中領張仲賓所寄二詩兼聞陳無逸已從湘南官滿歸養喜而有答仍次來韻

我愛張公子，清言氣不低。湖溝隨市轉，亭樹與城齊。杯酒方花下，扁舟又水西。祇愁騎馬滑，難惜錦障泥。

次韻蘇教授立春書事

病老空山客，寒紆積雪春。麥苗青有主，桃板粉成神。短策陶元亮，輕舟賀季真。征傜辛不及，游眺雜閒民。

讀閬風題林隱詩追和贈汪秀才

山林一跡地，塵土二毛年。避世書爲屋，謀生藥當田。卉衣從俗製，疏供學僧煎。渺渺滄溟去，今誰魯仲連。

送謝教諭

聞説龍泉縣，儒風最可人。墨池千澗縮，石室四山鄰。北學中連剡，南音漸帶閩。峨冠作賓客，罄折不須頻。

蝗　來

不曉蒼蒼者，生渠意若何。移蹤青穗盡，眩眼黑花多。害慘陰機蜮，殃踰蠱毒蛾。秋霖幸痛快，一捲向滄波。

丁丑歲初歸鄞城

城郭三年別，風霜兩鬢新。窮多違意事，拙作背時人。雁蹟沙場信，龍腥瀚海塵。獨歌心未已，筆硯且相親。

夜坐示友

夜久燭花落，凄聲生遠林。有懷嫌會淺，無事又秋深。黃葉歸田四庫本作山夢，白頭行路吟。山中亦可樂，不似此同襟。

宿永固寺

小寺如山艇，坐來風雨宵。榻分樱樹影，饌帶菊花苗。親近談難褻，狐馴聽不妖。許由渾欠達，嫌到野中瓢。

孫大監挽詩餘姚人

禹穴收雲氣，滄江亦斷流。真成掃地盡，同作上天遊。銘誄看遺史，衣冠入隱丘。空餘平世眼，曾望李膺舟。

穆祖收英俊，斯人晚更成。白頭真老監，褐服舊諸生。仕國餘波遠，儒鄉巨棟傾。蒼蒼無處問，西望累吞聲。

風雨遊小大浦

海塢秋風裏，無悰眼亦開。潮衝烏嶼長，雨過象山來。畬父收牛種，漁丁拾蠃胎。乘桴吾豈敢，人説近蓬萊。

方處士挽詩二首

不謂高名下，終全玉雪身。交猶及前輩，吾不似今人。别號行鳴雁，遺編感獲麟。歛儀應自定，只著古衣巾。

不比他人死，何詩可挽君。淵明元嬾仕，東野别攻文。滄海諸公淚，青山處士墳。相看莫浪哭，私謚有前聞。

宿趙𡸣丞家

溪山兵後縣，風雪旅中人。迫夜愁嚴鼓，衝寒託軟巾。摧藏名自在，疏率饌殽真。今代徐元直，高風自可親。

社日城南山作

社日年年雨，江花處處春。漸成垂白老，不見踏青人。榆柳邊聲雜，龍蛇歲事新。端來近城郭，猶自厭風塵。

趙君理約同途不至

待子不來久，烟山看樹青。爲吟天外句，更立水邊亭。雨暖催科斗，雲深長茯苓。鄰居亦有約，休待鬢星星。

送雙溪汪和仲往象山見周使君兄弟

五馬天邊外，雙鳧海上翁。白頭真避地，黄卷舊趨風。歲月搜詩老，山林把酒同。漂零誰得去，羨子逐飛鴻。

聞應德茂先離棠溪有作

落日蘆花雨，行人穀樹村。青山時問路，紅葉自知門。苜蓿窮詩味，芭蕉醉墨痕。端知棄城市，經席許頻溫。

交秋不雨

淤水飛成雨，焦田灌作秋。江潮雙趼底，伏臘兩肩頭。蝦螺知何罪，蛟龍自不憂。吳兒有高廩，正蕩采菱舟。

曉　行

漸漸路可識，紛紛山轉多。數雞啼遠塢，一鳥起滄波。藤杖濕雲石，筍鞋濃露莎。何人尚高卧，層構着烟蘿。

同諸子行上畈山

白石秋更潔，清溪寒自鳴。牛羊爭道路，鳥雀聚柴荆。野果高低熟，山田早晚耕。吾歸任衰懶，兒輩託平生。

晚投韓采岩

冬日寒難暝，岩溪淺易冰。猨飛紅果嶂，人度白雲層。望屋多依竹，逢樵半采藤。艱難吾甚厭，何處學孫登。

下郝長塘小憩示陳養晦

野水通田白，村山貼縣青。兵荒猶古道，暑暍且長亭。稻地晴耕犢，瓜田晝撲螢。吾詩不寂寞，細諷與君聽。

此　地

又説風塵起，人來似水流。飢窮餘此地，嘯聚是何州。野白荒荒闊，雲横莽莽浮。相逢問田父，未可賣耕牛。

送徐生仁榮侍親遊山

早識梁松拜，居成潘岳遊。一年歸雁雨，四月落花秋。溪味涼供酒，山聲晝入舟。歸來停明刻本作佇新語，莫但作吴謳。

簡王元剛併寄意王理得君玉

見説頻相憶，新年已兩書。雪肥秦望草，春動鏡湖魚。繭紙堆成屋，烏蓬走當車。諸公有遊事，少待意如何。四庫本作何如

紫溪鄔義翁挽詩

先君老交友，最是後凋人。開館日千屨，藏書山四鄰。門迎新印綬，壙掩古衣巾。會哭皆英俊，哀風暗海塵。

題陳秀才溪山佳趣明刻本注：子昂書扁。

城郭尋尋盡，溪山宛宛來。同誰遷蠟屐，爲子破蒼苔。書欲斕斑設，花須爛熳開。趙郎題墨妙，烟霧眼中開。

東離湖州泊南潯

張帆出東郭，沽酒問南潯。畫屋蘆花淨，紅橋柳樹深。魚艘寒滿港，橘市晝成林。吾道真迂闊，浮家尚越吟。

次韻答寄閬風舒先生

聞説鄰岩老，風情不減前。菊盤秋熟蟹，竹枕晚涼蟬。碑碣僧頻謁，詩囊客自編。梅花紫溪路，一別又三年。

送陳養晦教諭之象山

聞説横經處，潭潭坐翠微。開窗見日出，拂席有雲飛。藥市山山古，魚餐水水肥。新篇應爛熳，休遣遞筒稀。

趙孟穮修職挽詩

辨得從容死，知渠磊落人。風雲數世澤，玉雪百年身。譜牒圖經舊，園林墓道新。不知滄明刻本作江海上，更費幾沾巾。

送羅學正赴歙

文公湯沐邑，子去作儒官。馬首千峰秀，鶯聲二月寒。山禽攢俸納，溪友借書看。近日科名闊，青雲上不難。

杜子問赴建康南軒祠長祠前花木可愛

一席清溪上，深衣雪鬢翁。揮犀談孔氏，釋菜禮宣公。堂饌淮鮮白，賓筵楚醴紅。花臺無恙否，回首幾春風。

己亥歲歸過泉口紫芝山傷謹講師

行路夢猶在，入門人已非。山青古佛頂，雲墨祖師衣。賭弈曾同拙，看真似欠肥。百年誰免此，只合早忘機。

三山鄭君挽詩

近日經師少，人中又哭君。遺編空白屋，同列盡青雲。塵土千金産，湖山數尺墳。紛紛粱肉種，誰得致斯文。

送穹上人還里

但得扁舟便，春風處處行。定中三竺月，禪外五言城。二字原缺，據明刻本補海角雕胡飯，山畦玉版羹。清緣倘相就，談笑解塵纓。

褚叔豪赴山陰和靖祠長

此老真迂闊，白頭方出山。一燈河洛後，千礎剡湖間。講鼓驚雲動，書船載月閒。可無容席地，容我了躋攀。

逢翁舜咨

相逢渾不覺，祇似宛陵貧。裊裊花驕客，瀟瀟雨淨春。借書消茗困，索句寫梅真。此去青雲上，知君有幾人。

舟過嚴州

溪石茸茸出，水泉滃滃懸。銜杯仙洞頂，挂席客星邊。古岸魚爲市，窮鄉繭當田。生涯著處有，奔走愧華巔。

招王奕世

聞説銅山下，書屏四面開。就僧煮紫筍，共客席青苔。鐵畫年俱長，霜根頂未栽。何當端午暇，一別剡鄉來。

再招奕世

雷晚還多雨，山寒只似春。野榴開向客，籬笋長過人。一寸書看懶，三叉路走頻。王郎肯來否，談笑共南鄰。

山中

野水晴猶漲，春雷晚始鳴。地閑無堠邏，山遠有鼉耕。身世通寒暑，交遊半死生。方知一杯酒，真勝百年名。

七月初五夜養正堂示諸友

客裏猶多事，秋來又一旬。青天星斗淨，白露稻粱新。留落空存節，炎涼莫問人。儒堂得佳伴，吟諷動比鄰。

袁提幹挽詩二首

短世誰無死，深山獨有歸。送車晴起霧，埋碣夜生輝。晦朔雞鳴在，江山鶴夢非。剛言仁者壽，近事例多違。

我昔攜家走，君曾掃榻招。亂離心易感，生死義難消。雅魄歸泉壤，潛光出市朝。平生五字苦，寒淚灑山瓢。

單漕貢君範挽詩

竟抱遺經死，斯人亦可哀。傳家一夔足，涉世萬牛回。白屋身空脱，明刻本作蜕青山手自開。樵蘇且莫近，玉樹炯泉臺。

久客鹿頂承張景山寄詩次韻奉答

但得無拘束，身輕處處仙。清談煨芋夜，陳夢種花年。水竇羊腸折，山籬鹿眼編。詩來正清絶，松下忽聞鵑。

梅山

梅尉功成後，安知不此來。路逢耕者問，山寺化人開。樵隴低通海，茶村暖待雷。談玄亦可隱，不用墾蒿萊。

乙亥歲毗陵道中清明

百年只有百清明，狼狽今年又避兵。烟火誰家明刻本作開寒食禁，簪裾那復麗人行。禾麻地廢生邊氣，草木春寒起戰聲。渺渺飛鴉明刻本作鴻天斷處，古來還是闔廬城。

丙子除夜

富貴如今似駭機，漂流未遣壯心違。鄉鄰有酒貧能醉，村落無醫病亦稀。客任低頭從狗竇，妻休掩面對牛衣。十年涉世渾如此，除却躬耕事事非。

杭城風雨中簡子昂

五月錢塘風雨秋，懷人頻倚面山樓。雲收樹色遙成海，水學江聲暗入溝。一斗盡輸無事飲，千金不買辟寒裘。自憐寂寞無玄學，車馬門前過似流。

東湖第三溪上皆史氏故第

日晏霜濃十二月，林疏石瘦第三溪。雲沙有徑縈寒燒，松屋無人鳴晝雞。幾聚衣冠塊明刻本作埋作土，當年歌舞醉如泥。早知涉世真成夢，不棄山田春雨犂。

史亨父挽詩

玉食嬋娟非壽資，清懷猶勝幾男兒。壺觴竹寺尋秋月，燈火荷齋聽雨時。補衲有衣曾禮佛，吞舟無訣莫憑醫。平生瀟灑王文學，地下相逢且說詩。

吴兄文參議同登金陵鳳皇臺醉作

百年訪古此徘徊，更上山椒掃草萊。一衞地腴胡馬瞰，數圍天險化龍開。時聞營籍傳謠曲，誰見禪宫離劫灰。李白不生王謝歇，西風日落鳳皇臺。

越城待旦

策策虛樓竹隔明，悲來輾轉向誰傾。天寒胡雁出萬里，月落越雞啼四更。爲底朱顏成老色，看人青史上新名。清溪白石村村有，五尺烏犍託此生。

林村寒食

出門楊柳碧依依，木筆花開客未歸。市遠無餳供熟食，村深有紵試生衣。寒沙犬逐遊鞍吠，落日鴉銜祭肉飛。聞説舊時春賽罷，家家鼓笛醉成圍。

寄天台舒閬風先生初丙子同避兵台之硤石

嶺雲盡處是台州，有箇詩翁住下頭。不寄一書春又晚，相思百里水空流。新蹤凍合鶯雛谷，舊夢花迷燕子樓。聞説道旁烽燧急，定應重作峽中遊。

火後

當年歌酒留連處，火後來看一惘然。傍水幾家初飲明刻本作繫馬，入春三月未聞鵑。炎涼世事殘城樹，歌哭人聲去客船。不是危腸拚醉得，顛狂無處著詩篇。

過應浩然先生墓

人間萬卷龐眉老，眼見堂堂入草萊。行客須當下馬過，故交誰復裹雞來。山花不語如聽講，溪水無情自薦哀。猶勝黄金買碑碣，百年名字已烟埃。

劉正仲至寶山不值主人而去次韻奉寄

日日松間過□□，明刻本作數過蹄詩成忽在水雲西。何人夜榻愁聽雨，無數春船倒上溪。燕筍出時斑豹明刻本注：魚名。美，鳳花開處杜鵑啼。東歸更踏來時路，醉筆山廧取次題。

遊陽明一洞天呈王理得諸君

禹穴蒼茫不可探，人傳靈笈鎖烟嵐。初晴鶴點青邊嶂，欲雨龍移黑處潭。北斗齋壇天寂寂，東風仙洞草毿毿。堪憐尹叟非關吏，猶向江南逐老聃。

送旨上人西湖并寄鄧善之

聞説西湖也自憐，君遊更傍早春天。六橋水暖初楊柳，三竺山深未杜鵑。舊壁草生尋舊刻，新岩茶熟試新泉。城中新友須相覓，西蜀遺儒解草玄。

辛卯除夜

臘月今年只今夕，春風明日是明年。狂歌把酒屠蘇地，醉眼看梅霧淞天。碧玉千壺喧坐次，紅牙六博鬭飛錢。頭顱雪白心情在，聽説承平一惘然。

拜袁越公墓因遊定水寺有懷源老

乃翁已作飛仙去，猶得潭潭好墓田。老樹背風深拓地，野雲依海細分天。青峰曉接鳴鐘寺，玉井秋澄試茗泉。我與源公舊相識，遺言瀟灑有人傳。

陪阮使君遊玉几

花滿車茵酒滿船，亂雲堆裏訪枯禪。林深何處無芳草，人靜有時聞杜鵑。神屋畫飛青礠礩，靈潭陰罩赤蛇蜒。居然悟得松風夢，回首廬山二十年。

雪竇飛雪亭和孫使君

匡廬亦有千尋瀑，無此陵虚翠玉臺。身倚老松天上立，眼看飛鳥雪中來。山神禁肅難投唾，木落魂清得浣埃。見説下巖堪對望，道人臨壑剪蒿萊。

邑中滯雨示陳貴白

猶及相逢鬢未華，故鄉春盡不須嗟。園林處處生新草，風雨年年送落花。高樹晝寒歸有鳥，小溪湍急走如蛇。方知傲世不在隱，高枕北窗聞打衙。

十月朔旦寄貴白兄弟

黄牛村前秋葉飛，青螺峰外海雲歸。故人相思雪滿鬢，客子獨行風舉衣。烏鵲定占誰屋喜，鱸魚知比去年肥。當時歌酒江湖上，百里音書今亦稀。

次韻任起潛謀隱之作

江邊秋日逢任子，大醉索詩吾欲狂。爲問山資何次第，祇餘丹訣轉凄涼。黄金范蠡曾辭禄，白首虞翻未信方。千古浮雲共歸意，曉風城郭水花香。

晚秋遊中溪四首戊子

淡竹岡前沙雁飛，小花尖下柘丸肥。山雲不見雨自薄，天氣欲寒人正歸。招伴祇須新稻酒，臨風猶有舊苔磯。風流鬢髮莖莖在，怪石老松今是非。

經秋溪水碧洄洄，無數曉山如鏡臺。紅葉流從龍奥出，白雲飛向石門來。亦逢紙户曾相識，尚有樵蹤且莫回。端爲何人作風物，漫山漫谷野花開。

休折山中松桂枝，溪魚亦小莫垂絲。沙田翻白收秔後，霜樹著紅嘗柿時。日落牛羊歸徑熟，天寒烏鳥向人慈。出雲數里成官路，問事如何總不知。

樹淡雲濃又一坡，招邀處處是行窩。梯岩危似蟻緣木，架屋高如鵲結窠。水味野栽茭白瘦，山毛人摘芋紅多。行年四十不稱意，更欲客遊知奈何。

春夜喜陳汝晦見過

乃翁治獄多陰德，之子論文有古風。尊俎祇容吾黨共，衣冠能得幾家同。書林有業何妨隱，傜籍無名莫怨窮。百歲相期今夕意，賴君咳唾起諸童。

鄉君子肯堂董君分教貴溪作詩奉寄

舟車赤日千餘里，筆硯清風二百年。開口人知宗洛派，舉頭身欲近閩天。絺袍涼擁松皮几，桂酒春浮藥玉船。猶有英髦卧空谷，閒將名字訪華顛。

次韻答陳叔高明刻本注：來詩有秋風道上誰青眼，夜雨燈前自白頭之句，甚佳。叔高，名童登。

早種青蒲已滿溝，暮栽黄菊亦成丘。不辭西日射牛背，尚勝北風吹馬頭。新雨客疏塵鎖几，故山秋淡樹藏樓。艱難終竟明刻本作覺鄉情耐，準擬行窩處處留。

次韻寄陳達觀少府兼簡叔高

懷人路絶雲歸海，避俗門深草蔽丘。萬事漸消閒客夢，一生虚白少年頭。山蟄叫緩從除架，淮雁來多莫上樓。近日鄰家有新釀，每逢詩伴得淹留。

過清凉寺王參預墓下

江左風流廊廟人，荒境抛與梵宫鄰。多年羊虎猶眠石，敗壁貂蟬祇貯塵。萬古雲山同白骨，一庭花木自青春。永思陵下猶凄切，廢屋酸風吹野薪。

送僧無等遊華亭

華亭是我曾遊處，記憶端然不作疏。地帶三吴猶壯麗，人經二陸自詩書。輕身羨爾能隨鶴，薄味從來不爲魚。未卜西遊時遠近，道成相問定何如。

送陳彦恂北上兼簡李奇卿學士

天末翛翛起畫舲，驪歌清切也堪聽。十年夜雨頭垂白，萬里春風草又青。莫戀臯比專魯席，終須豸角瑞堯庭。平生短李江南傑，今作文昌第幾星。

於杭州九月送袁太初赴寧海教官

憐君跋涉走風沙，九月江城飛雪花。黄蝶終歸穿硯手，青藜曾照原缺，據明刻本補聚書家。吟圓坐石題山葉，講退登樓看海槎。年少交游渾好在，何時相伴訪烟霞。

次韻王監簿春前對雪之作

情懷未厭日如年，幻境先看海變田。梁苑貴遊圖畫裏，山陰風致酒尊前。蝦鬚簾濕閒春曉，猊舌香濃凝午烟。肯信高人有高卧，磯頭新泊釣魚船。

陳秀才問詩於余次韻贈之叔壹

秋半説詩秋又闌，覓從忘處更哦看。不妨味熟心自悟，祇恐業成身轉寒。竅木野風天倡和，崩溪怪石鬼鐫刊。扳君更上最高頂，莫羡千金遊子鞍。

次韻答胡山甫兼簡汪日賓明刻本注：山甫，名哲，台人。日賓，名元寅，邑人。

白髮詩翁南峽居，肯來與子不相疏。久知諸老難折簡，端爲此家多貯書。談吐清無涉俗處，容顔衰似避兵初。溪梁一别還經歲，接得新詩錦不如。

亂後交朋星散居，如君那得易親疏。耐多但有客滿座，忙絶不令兒廢書。萬里山河蓬鬢底，一春風雨杏花初。閒身共遜耽詩老，野服枯藤得自如。

寄袁季厚

莫笑衰顔老剡翁，凶年過徹賸頑窮。坐窗漸愛日南至，行路不愁天北風。清話客多無酒款，白頭交在有書通。聞知别野林泉美，一策一筇吾欲東。

挽舒君實名襟，號亦山

玉比清癯鶴比羸，相看中路忽相遺。詩才萬斛難供歉，藥論千箱不起衰。定有意遊輕竹杖，猶餘手剪碎松枝。南山山下徘徊處，曾指佳城示阿宜。

感　事

死生契闊强兄弟，南北分張好友朋。戰國幾人成漢鬼，劫灰今日信胡僧。翰林身後詩千首，工部丘前米五升。山路陰寒魚雁絶，舊遊何處寄緘藤。

夢覺

夢覺依然一草寮，浮蹤已慣任飄搖。虚簷晴氣生朝露，遠樹寒聲過夜潮。白骨又驚山下明刻本作外滿，朱顔剛向客中消。時平不愛通侯印，且願深林作老樵。

黎州山下有坡曰響地平黎州自孫興公經始至今有祠其上

蒼茫一片莓苔地，隨意觸來還有聲。定是戰坑餘箭戟，不然琴屋貯瓶罌。名真過客多能記，跡古居人不敢耕。孫叟有靈應索笑，賦成留此試鏦錚。

寄趙子昂濟南

濟南官府最風流，聞是山東第一州。户版自多無訟獄，儒冠相應有賓游。秋風魚酒黄粱市，夜月笙歌畫舫舟。行樂使君詩筆俊，一篇肯寄剡溪頭。

陳無逸張仲實皆授徒城中相望遺閟小詩往問

閒身不用苦咨嗟，隨分風流閲歲華。白日垂簾同賣卜，清流岸幘勝趨衙。飛書漆槧詩無草，夾註高檠眼未花。更喜芳鄰連二妙，時時衿佩問東家。

蔚講師見示方使君唱酬詩次韻

長汀江上别多時，白髮閒身天所遺。避俗如仇翻好客，知窮爲祟却耽詩。鄉山雲淡龍移久，湖市春寒鶴下遲。過盡榴梅與甜筍，高侯還許放侯知。

次韻如晦木犀因寄其從父性之老同舍

詩力如弓不易張，煩襟且覺對花涼。玲瓏南雪晴秋樹，淅窣西風夜月香。消得玉人歌古淡，許誰金屋鬬清狂。風流更憶同袍老，一塢閒雲傍水鄉。

徐都目之官奉化

小壘飛書定不難，十年清苦舊儒冠。黄簾日轉山衙静，彩筆春消海驛寒。坂馬易勞須緩騁，潮魚雖美莫多餐。人來肯寄平安不，茅屋三間伴剡灘。

次韻和蔚師鑑師春懷

愁是雲陰喜是晴，春遊何處不關情。黄雞亭館琴三弄，青果杯盤酒數行。滿砌雨添新笋密，隔牆風送落花輕。鑑湖湖上樵山老，破帽枯藜過一生。

次韻王景暘寄軒

江湖猶覺氣横行，羽褐藤冠學養生。掣肘累輕天與福，欺心戒重鬼司盟。行收耕稼閒勳業，别有吟哦好性情。祇恐蹊成似桃李，人來先識隱居名。

以上《剡源戴先生文集》卷二九

戴表元四

送柯以善自杭遊鄂

江漢天風日夜清，君遊何處濯塵纓。雲從鸚鵡洲前出，月在鳳皇山上明。已羨經籯吳士艷，行看詞筆楚人驚。殘藤賸芷將何用，歸日分張與後生。

讀福建廉訪輔大使弼，字正匡遺事

臬官難稱是閩中，遺愛堂堂得比公。姓字丹青太史筆，歲時籩豆素王宮。一生薑桂那時辣，百死江湖必向東。從古仁賢有家世，名郎臺閣已生風。

客京口

酒釃花穠鼓聒天，百年成此好山川。黄烟暮接淮南火，白米秋攢浙右船。碑古猶多埋鶴寺，田高明刻本作多耕遍卧牛阡。陳蹤興廢何由明刻本作須問，只憶風流老米顛。

金陵贈友

虎變龍阡此一時，春風得似舊城池。宮閒軍賣偷來果，寺廢僧尋斷去碑。水水魚肥供白鮓，家家蠶熟衣紅絲。太平尚屬窮詩客，酒賤如泥醉不知。

湖山村

老去生涯學釣魚，溪山忽憶似湘湖。風林四畔動竽瑟，烟雨一篙行畫圖。小市篝明沽郭索，平園柵樹備於菟。偶然得住何妨住，是處人間足畏途。

己卯歲初葺剡居

休言聲迹轉沉淪，百折江湖亂後身。窮未賣書留教子，饑寧食粥省求人。坐來齒避明刻本作遜樵蘇長，往明刻本作住處踪迷木石鄰。翻笑古來逃世者，標名先製隱衣巾。

耕桑

耕桑本是閒居事，學得耕桑事轉多。失曬麥叢憂出蝶，遲繰蠶繭怕生蛾。調停寒暖春移苧，偵候陰晴夏插禾。衣飯爲誰忙不徹，醉來乘興作勞歌。

秋盡

秋盡空山無處尋，西風吹入鬢華深。十年世事同紈扇，一夜交情到楮衾。骨瞥如醫知冷熱，詩多當曆記晴陰。無聊最苦梧桐樹，攪動江湖萬里心。

王丞自鄞城歸又許入剡

江城醉别太匆匆，風雪家園一笑同。儘健不妨天予老，絶清那許鬼欺窮。簡書異日關誰事，燈火寒鄉賴此翁。幾度丁寧雞黍約，掃團拂榻課兒童。

壬午清明

節序愁中都忘却，見人插柳是清明。登陴戍出吹彈樂，上塚船歸語笑聲。解事濁醪相料理，當權團扇正施行。悲歡寒暑君休問，花鳥年年管送迎。

寒食

寒食清明却（明刻本作都）過了，故鄉風物祗依然。窮中有客分青飯，亂後誰墳掛白錢。落魄（原作魂，據明刻本、四庫本改）暖春爲麥地，陰沉溽雨近梅天。閒情正爾無歸宿，石鼎新芽手自煎。

無題

板屋驟喧飛白蟻，紙窗欲雨暗蒼蠅。長勞井臼慚妻子，近絶音書惜友朋。夜半苦吟堪泣鬼，日高甘寢祗輸僧。意衰俗物何難敗，才薄天公却未憎。

奉題孫使君池館

白髮使君經世材，儘閒猶解暢池臺。雜花屏障四時有，明月鏡奩三面開。各坐山隨人意看，正吟風遞鳥聲來。當年時雨堂前夢，得似從容此一杯。自注：常州有時雨堂。

家西十里外茅洋小山中土塚纍然初不封樹鄉先生舒文靖公墓也

莫輕數尺黄泥壤，埋却斯人後更無。山上自難生毒草，樹間長見聚慈烏。樵耕可免憑鄉俗，灑埽能來是學徒。後有宣尼須（明刻本作猶）痛惜，待將墓額寫嗚呼。

戊子歲晚贈應德茂

江海悠悠雪欲飛，抱書空出又空歸。沙頭人滿鷗應笑，船上酒香魚正肥。塵土竟成誰計是，山林又悔一年非。平生萬卷應夫子，兩世知名窮布衣。

寶山寺寒食次韻和閬翁（明刻本注：庚寅。）

綠陰啼鳥春將老，古寺垂楊日未西。客子欲歸風滿袖，桃花無語水流溪。有人蔬筍忘飢渴，何處松楸雜笑啼。準擬一時（明刻本作詩）僧榻畔，詩翁題後更誰題。

戊子清明前陪王丞度新嶺

一百五日熟食節，七十一曲下山坡。寒暄相逢舊人少，風雨欲盡新林多。青岩不辭掛春靄，白鳥何處生滄波。途泥同興不同調，我懶且休君更歌。

同陳養晦兵後過邑明刻本注：己丑。

搜山馬退餘春草，避世人歸起夏蠶。破屋烟沙飛颯颯，遺民鬚鬢雪毵毵。青山幾處楊梅塢，白酒誰家櫸柳潭。休學丁仙返遼左，聊同庾老賦江南。

送人遊霞嶼

霞嶼風烟接渺溟，老仙萬鍤敞林扃。峰前雁起湖雲淨，池面龍來海雨腥。閱世僧閒頭黑白，遊山客爽句丹青。何緣飛去清源國，雨夜翛翛著翅翎。

己丑正月六日袁季源家遭燬次韻書悶

鄴侯家裏書千架，杜老尊前屋萬間。此事吾堪慰流落，邇來天亦妬窮閒。反風待禱真虚語，噀雨無方自厚顔。間挈殘家過西塢，風流還許幾生還。

正仲今年鄞城之約不就因次韻慰悦之

莫怪詩翁不出山，詩多那得是山間。清溪欲暖鶯啼樹，白日無人犬卧關。不惜野花簪素髮，時憑春酒轉朱顔。當年阮籍何曾達，直到途窮始哭還。

送于知州

居官難得是全名，于守年多政轉清。身爲素王扶墜户，手提赤子出飢坑。使來公館文書簡，吏退私齋几硯横。似此雍容好風度，天邊看著繡衣行。

壬午六月八日書懷

懷人故國鱗鴻絶，避地春園草樹長。四壁空存醫俗具，千金難售賣獃方。共兒坐誦修吴語，有客行歌衒楚裝。昨夜見花搖四庫本作頻作夢，南風吹海白茫茫。

杖錫寺

仙草漫漫路不分，鍾魚那許外間聞。涼天九月已飛雪，晴日西山猶帶雲。火後客誇新屋樣，兵前僧惜舊碑文。藤湖只去招提頂，見説滮田可種耘。

四明山中逢晴

一岡一澗一縈隈，新歲新晴始此迴。莎坂南風寅蛤原作蛉，據四庫本改出，茅簷西日一禽來。人迷白路羊群石，水捲青天雪裏雷。猶是深山有寒食，梨花無數繞岩開。

魏文節公墓

萬騎南來駐不留，衣冠客此鎮林丘。寒岩碎裂從中起，亂水喧鳴竟獨流。故物今惟存寓馬，當年誰爲指眠牛。墳傍小寺終村俗，畫柱紗籠護冕旒。

辛亥歲七夕醉陪諸公登西湖竹閣

畫鷁凌風汗漫遊，雨聲飛出萬山頭。江湖望闊邊城起，吴越音多客思柔。野樹有枝猶繫馬，官荷無葉不藏鷗。十年浪走紅塵道，今日臨城始識秋。

蔡嚣食藕

地逢平處亦縈迴，不是逃兵底肯來。坡上一祠猶姓蔡，山前當路盡通台。高岩童去收桐子，鄰縣人過問藕栽。忽見深衣老儒者，清時不信少遺材。

辛巳歲六月三日書事

急報傳來又不真，迎門翁稚笑聲頻。情懷經苦思平世，顔貌緣愁似老人。兵後尚多難料事，山中誰是自由身。沙瓶酒釃鮭蔬有，領取燈花一樹春。

耕休

耕休何處散煩勞，東埭西梁信所遭。溪水清清照魚影，山風細細落松毛。無名野草疑皆藥，有韻村謡例近騷。稽古祇堪農圃用，莫將車馬誤兒曹。

畬齋次韻

貧賤知心老弟兄，祇疑相得似前生。避窮無地猶貪學，負謗如天底用名。兵後脱身宜共惜，書中薄業尚堪耕。殷勤預約頻頻見，未見亦須頻寄聲。

保福寺

漫天蘿蔓斷追尋，猶有人嫌未苦深。屋古滲當風雨氣，僧馴化得虎狼心。松花晝暖蜂科蜜，梅子春殘鳥戀陰。不應初來便忘去，身閒處處是山林。

張景忠學正之平江

江南最好説蘇州，傍得閒官也自由。市舍酒香春四坐，湖田租熟雪千舟。歌成爛熳烏絲寫，意到縈紆畫鷁游。我亦少年心性在，經從準擬作遨頭。

鮮于伯機家釣臺石

人間岩石亂紛紛，嚴子臺名最喜聞。何術縮渠千里脈，有人分得兩峰雲。天邊路遠星還動，江上潮回日又曛。解道泥途等軒冕，東西更有范希文。

辛丑歲十一月二十六日東歸舟中示三子

節物悠悠不負公，江行三日雪花風。雲侵賀監山亭白，日在徐仙海島紅。自笑得雛如病鶴，也思結伴附歸鴻。何時辦得村田活，糲飯魚羹百指同。

歸自西關有作簡余率公鈔使

白髮微官小祝同，也隨年少踏春風。鄉心幾夜馬生角，世味一時龜脱筒。紅旆戍樓花整整，綠莎溪路水茸茸。歸來健羨余公子，卷帙如山一覽空。

貴溪董教諭回里

八月暄暄似小春，鄞江歸客楚江濱。夢中鱸鱠紫蓴菜，畫裏紵袍烏角巾。不枉誇張别風土，有時吟嘯雜仙真。年高官滿身輕健，聊復婆娑亦可人。

陳無逸教諭赴攸州

白露西風湘水清，蒼霞南岳晚天明。離家休説三千里，行道新看第一程。橘味熟來思母遺，草名疑處教兒評。人生誰是安居者，早拾貂蟬映父兄。

周東鄉載酒冰溪上因遊岳祠醉作

葫蘆城下草平沙，狼牙峰前溪吐花。晴日路塵清野馬，空林人語亂神鴉。饞思火甕生燒筍，渴愛山爐熟煮茶。投老遠遊何所惜，爲君歡坐岸烏紗。

次韻東魯省游石龜山

一舸悠悠醉又醒，溪山無語意分明。龜身何日化蒼石，鶴背有人遊紫清。百榼頒空看少俊，千金難買是春晴。筵端宋玉尤騷絶，游戲長歌復短行。

寄趙子昂

溪上輕雲去若飛，花間密石靜相依。遲行自愛款段馬，雜坐誰嗔短後衣。江海於人元不薄，風流如此欲安歸。集賢學士吾兄弟，近日音書亦較稀。

亡友内翰趙公晦叔哀詩

振鷺庭中飣坐身，行藏空寄軟蒲輪。上來鬼泣荆山璞，獵罷人驚魯外麟。死肯扣閽排貴倖，貧猶傾橐施鄉親。平生一一明經術，雋永依然世澤新。

次韻答貴白

斗粟千錢不易酬，海風吹斷寄詩郵。誰家盛設蟹黄餅，有客翻披狐白裘。春樹自隨冬樹老，官河長挾野河流。隔生兄弟何須説，來作城南十日遊。

清華堂

人生隨分有清華，萬竹岡頭第一家。甃塹水濫初荇葉，粉牆風細欲梨花。衣冠蒼皓迎如畫，緗素朱黄積滿車。從此儒林添膾炙，老夫先借小詩誇。

陸君采都日入閩

趨閩漸近解閩吟，公子來時夏欲深。捲地翠棚榕樹驛，漫天紅錦荔枝林。官庖雋永多珍膾，野語啁啁有怪禽。風物自佳難逗遛，浙江歸棹待相尋。

亞尹黄侯慮囚温處婺三州

金華瓌秀抵仙都，雁宕石門天下無。眼見朱幡出雲霧，手提丹筆洗焦枯。海魚味爽休多食，嶺馬程艱合緩驅。定有車前投贄者，幅巾麻褐是真儒。

簡湯及翁

六十三翁尚美髯，今年添盡白毿毿。心如晚路思家馬，身似春筐欲繭蠶。無事官曹容岸幘，有時書帙當清談。風情最苦湯公子，家世衣冠舊汝南。

舒子俊見過

來往通家不厭頻，青山心性白雲身。陰林石溜風傳語，霜月溪梁水寫真。歲儉魚鮭難猝致，天寒烏鳥自相親。燎爐薪暖糟牀響，隨分歡留作好春。

以家事付諸兒惟不得姑蘇陸氏女子消息

祇憐地僻少過從，更許年衰養惰慵。行健有時尋近局，起遲嘗日到高春。鹿皮冠野頻頻戴，鵝頂蔬粗款款供。兒女團欒俱在眼，獨憐無信過吳松。

江　海

江海三秋古鄮城，山林百拙剡溪生。歸來鄉國方爲客，絶盡交遊更畏名。白帽管寧形態醜，黄金季布語言輕。荒齋竟日無人事，自作長歌寄好聲。

兵後復還白岩山所舍作

脱命歸來意恍然，餘生堪喜亦堪憐。財逢亂世真如土，人到窮途始信天。問訊比鄰晡爨後，呻吟兒女夜燈前。明朝又作安西計，飯後誰家沁雪田。

鄞塘田家

經秋心事轉衰頹，客舍山村病眼開。識路牛羊緣坂過，通家燕雀下簷來。飢從野榼分蔬飯，渴指鄰帘貰黍醅。世事百年誰較是，鬅公鼻息晝如雷。

江村遇九日

去年九月江城角，尚得臨風把一杯。今歲併無黄菊看，誰家更遣白衣來。身猶是雁飛難泊，時不如潮去解回。還有南山會人意，晚舟相對碧崔嵬。

再寄曹居士

江海悠悠不爲名，年深識盡世間情。於人有信惟潮候，去處無嗔是鵲聲。新欲收書添累重，舊曾學劍向財輕。如何此日投閑迹，又結精廬傍古城。

兵後見三江口木芙蓉盛開

江上秋花無數生，紅紅白白照江明。當年茂苑看曾厭，今日荒村望急驚。泣雨羈臣愁去闕，歌風艷女惜傾城。蕭條欲别那拚得，移向東籬配菊英。

遊西峰余兒時讀書其旁

山迴水抱西峰寺，二十年前日日來。一出居然負丘壑，深藏還此遠風埃。農樵識面逢多問，魚鳥知心見不猜。家世剡人須住剡，相尋未識百千回。

結綺唐鄉貢丈置酒悟空寺見款

南宮通籍唐先輩，白髮天寒海上洲。五鼎已推華屋夢，一尊猶及少年遊。桃源有吏今安避，銅雀何人死亦休。祗羡龍鍾老禪伯，倚欄無語看沙鷗。

調貴白

客裏光陰取次休，嫩寒一夜襲衣裘。不須多畏趙盾日，正好深悲宋玉秋。紅葉舊題猶在手，黃粱新夢又從頭。餘糧棲畝猶圍坐，此事輸君第幾籌。

白岩山

漠漠溪風吹路塵，白岩山下幾窮身。秋深竹色老於樹，晝靜鳥群喧勝人。何處人家藏剡錄，有時行客裹唐巾。平生笑殺禾四庫本作朱翁子，剛爲乘車棄負薪。

班婕好題扇圖

時情任銷歇，閨思轉慇懃。也勝山陰嫗，揮毫託右軍。

子昂秋林行客圖

石稜稜而白出，樹悄悄以紅披。嗟縞衣之嘉客，方策蹇以何之。

五雜組

五雜組，金花綾。往復來，官路程。不獲已，始歸耕。

五雜組，斑斕衣。往復來，反哺兒。不獲已，爲人師。

張騫乘槎圖

數尺枯槎底易騎，海風吹浪白瀰瀰。如今市上君平少，曾到天河也不知。

吕氏六桂堂

年少奔馳有底忙，棘闈蘭署夢茫茫。白頭鞍馬風沙裏，聽説燕山六桂堂。

周秀才惠猫

貍兒輕捷豹兒斑，作勢擒生也不難。漸覺形神欲相賀，青奴黄嬭夜平安。

汪濟秀才飯牛稿

冰雪玲瓏汪太中，吟詩十葉有家風。天寒日暮江東道，逢此犨呻牛口翁。

蘇李圖

塞北中郎雪滿頭，隴西壯士淚沾裘。人生百歲能多少，直至如今説未休。

玄廟二道士俱以酒死

張髯好客月千壺，余吃清貧逐斗沽。二子若逢仙讌會，化成一對酒葫蘆。

湖州

山從天目成群出，水傍太湖分港流。行遍江南清麗地，人生只合住湖州。

一飽懸天不待求，幾人乾白少年頭。君看滚滚東流水，到海成淵始懶流。

百鷺圖 題陳汝朝

葦折荷枯可奈何，西風吹影淨婆娑。微君作此超摇趣，一箇江天也厭多。

因營張村巒窩并書所見

老子來無一把茅，居然得此好窪坳。開塘謹避蛟龍窟，伐樹須存烏鵲巢。
頭白西來不買田，時時却費買山錢。一丘一壑吾歸矣，待得田多是幾年。
男兒三十氣呑牛，漏盡鐘鳴走未休。不問征西并處士，山中一樣土饅頭。

百雁圖

近看分明遠欲無，水天空闊好江湖。幸然不入虞人眼，又被閒中畫作圖。

題番陽徐氏雙頭牡丹圖

天公幻化不經意，雙萼忽然枝葉同。一似人間好兄弟，朱鞍錦轡踏春風。

陳公哲梅花百詠

梅下故人呼不應，石橋溪寺水泠泠。回頭聽得陳驚坐，一似春風吹夢醒。
雪後西湖空碧波，酒徒消散也無多。白頭醒眼春風裏，奈此梅花百詠何。

張道士求榿林詩

地移淮橘多成枳，人說江梅竟是柟。蜀木似榿成底用，盛時名字落江南。

酬陳秀才

一春一百二十日，日日開眉得幾人。直與破除風雨去，今年渾似不添春。

賦董氏雙岐竹

山莊一對青青玉，瀟灑天然同幹生。説與人間好兄弟，時來林下聽風聲。

讀書有感

魯女悲嗟起夜深，當年枉却淚沾襟。如今已免鄰人笑，老大知無欲嫁心。
最愛徐生欲避秦，海天東去不通津。絶知勝似桃源境，男女同行五百人。

題子昂照夜白

風前新解錦鞍韉，雪色糢糊霧色寒。此物人間無處着，千金衹得畫圖看。

題蘇李泣別圖二首

弓疲矢盡三千里，節弊衣穿十九年。流落天涯有離別，當時誰擬畫圖傳。
沙雲如雪雪如塵，握手相看語語真。多少世間無淚面，一生錯笑隴西人。

馬浩秀才携秋日海棠詩見過

山城八月有春風，一樹嫣紅淡又濃。縱使失時無態度，也勝茉莉與芙蓉。

奉化城西三溪口

青林白石三溪口，斑笋黄梅四月頭。正好清遊誰懶得，幸無公事且歸休。

題趙子昂疊岫圖

百折雲顛路儘通，無名怪木淡書空。相逢無問秋江明刻本作風客，不是巴中是剡中。
白石青林底處無，侵雲亦有小屠蘇。桔花飛盡不歸去，揮汗江城看畫圖。

九月西城無潤同陳道士衡上人明刻本下有對坐二字

仙翁面帶江海色，釋子口融冰雪漿。同是西風未歸客，燒香煮茗作重陽。

巾衣三客不須同，泉石相看我亦翁。最惜一軒秋爛熳，芙蓉池上木犀風。

西興馬上

去時風雨客匆匆，歸路霜晴水樹紅。一抹淡山天上下，馬蹄新出浪花中。

贈屋西小陳秀才 名公凱，余字以無過

年少飢寒不足憂，笑談有味自風流。等閒輟贈兩兔穎，待看修成五鳳樓。

毛錐自是今無用，鐵硯還知古可穿。不惜日抄三萬字，勝儲百畝剡中田。

胡　蝶

春山處處客思家，淡日村烟酒旆斜。胡蝶不知人事別，繞廧閒弄紫藤花。

夢中作

晴霞冠領朝紅潔，新漲連空晚綠酣。惆悵春風倦游夢，木蘭亭上望淮南。

入　杭

曾江白酒樊江飯，處處當年客似家。垂老重來舊相識，春風只有野桃花。

題東玉師府所藏瀟湘圖

少年魂夢底曾閒，多在江湖烟水間。今日精藍方丈地，倚窗眠看洞庭山。

灼艾戲呈阮使君

鬢毛秋後轉漂零，愁坐窮簷展灸經。得似畫堂歌吹裏，硫黃鍾乳按娉婷。

水墨梅花

江海歸來見似人，離披猶自少風塵。何如淡月山莊夜，百幅清溪亂寫真。

贈陸相師

江南江北路漫漫，七十九翁能往還。今代貴人容易識，卧龍不在草廬間。

題伏生授書圖

白頭不死見時清，子女相依解授經。何用生男作鼂錯，乃翁一語不曾聽。

題江干初雪圖

斷樹寒雲古岸隈，漁翁初撥小船開。看渠風雪忙如許，還有魚兒上釣來。

銅山寺口初見梅花書寄何則顔二首

吴歌楚舞送年華，憶着終還不似家。今日春風吹夢醒，銅山寺口見梅花。

沙疏石瘦水涓涓，折得梅花費兩年。更與何人説瀟灑，香中行坐水中眠。

戊戌清明杭邸坐雪

思鄉處處只愁生，正好春遊又不晴。雪是梨花雲是柳，馬婆巷口過清明。

四明山中十絶

雁飛不斷楚天長，雲路霜林級級黄。何處人烟有墟落，北風高壠散牛羊。

右楓樹坑

山深不見焙茶人，霜日清妍樹樹春。最有風情是巖水，味甘如乳色如銀。

右茶焙

小横欲盡大横來，萬壑千岩洶湧開。聞道洞天深幾許，紫雲深處有樓臺。

右大小横山

亂雲穿盡得平蕪，一段冰寒碧玉壺。猶是春風未相棄，山前吹長萬龍鬚。

右北溪

洞深烟樹碧氤氲，只采靈苗不采薪。聞明刻本作問着蹤由多懶説，相逢莫有姓韓人。

右韓采岩

怪石驚湍吼不休，時時巖客飲寒牛。誰知此水明州去，浸作琉璃萬頃秋。

右莽廣溪

七里黄泥紅樹岡，西風果熟一村香。居人只道山深好，三百年來明刻本作前是戰場。

右木蘭

仙在人間不易尋，當時已道是山深。可憐華表標題處，夜夜猿啼楓樹林。

右仙山

兩頰稜稜額下分，更無坳處可藏雲。西風怕奪行人眼，蕎麥滿山鋪錦雲。

右羊額嶺

劉郎一去杳無蹤，水白山青只故宫。欲問巖前老松樹，人間禁得幾秋風。

右白水

題趙大年蘆雁

寒更索索響霜叢，兄弟當年意自同。猶是江湖太平處，未妨沈着卧秋風。

謝鄰友陳仲學秀才惠玉芎苗二首

坊州杜若自堪羞，沛國青粘亦懶求。那似一叢蒼鳳尾，等閒收味古甆甌。

君家自有頭風藥，種在青青竹素園。此物但堪供暑啜，肯來相就發清言。

瑞上人求詩

寶葉山中源悟師，布衲百結面如癡。十年相憶忽在眼，談笑甚似仍耽詩。

源公作詩可憐生，亦有謏謏山林聲。見說丰姿委縑素，霜頰黛頂照人明。

茅　齋

紅杏園林雨過花，遠陂深草亂鳴蛙。春風不問茅齋小，自向階前長筍芽。

感舊歌者

牡丹紅豆艷春天，檀板朱絲錦色箋。頭白江南一尊酒，無人知是李龜年。

蕭照春江烟雨圖

波痕如樹樹如烟，更是春陰小雨天。何處得魚何處醉，筍皮蓬底解蓑眠。

西塞山圖

空中生業寄魚蓑，雲是親情水是家。便有蹤由無處覓，春風岸岸野桃花。

李元中秀才歲晚游諸公間

愁中待醉何曾醉，夢裏還家不是家。輸與山行窮學究，一笻一笠看梅花。

丙午清明日青塘道中

三里五里沙路平，一番兩番溪雨聲。無奈春風動人處，紫荆青李滿林生。

桃花寺石臺

臺前藤蘚碧交加，臺下清明刻本作溪流直又斜。待得丹成知幾日，春風隨分野桃花。

有人示山水畫卷以爲元暉作求詩

硯山山下小於菟，文彩斕斑今亦無。一塢亂雲濃似漆，春風吹夢過西湖。

題孟浩然霜曉吟行圖

霜風颯颯攬吟鞍，童怖驢愁作許難。便使玉堂遭遇去，朝參更是五更寒。

荀陳聚星圖

州里相過未厭頻，居然蹤跡動星辰。當時多少輝煌者，不畫諸公畫此人。

梁楷畫雪寒游騎圖

聳肩攢蹄一駐鞍，氈衣韋帽白漫漫。祇應田舍騎牛者，無此風沙踏雪寒。

過姑蘇

水天彌望接青蕪，雲氣漫漫近又無。一色好風三百里，挂原作桂，據四庫本改帆安坐過姑蘇。

五雲山圖子昂爲戚氏作

林廬深插紫孱顔，一點漁舟帶暝還。但得身閒無俯仰，人間處處五雲山。

雨中過泉教張子開名先遇

平生剡夢十八九，短策還經靜者居。一曲好溪山起處，數聲疏雨雪初來。明刻本作來初
衣冠顛倒君休怪，筋力過從我有餘。却笑秋風洛陽掾，得歸猶望食鱸魚。

次韻答鄰友近況六首

十百琅玕接屋山，麥花淡白菜花班。村園富貴誰消得，更看溪南墨牡丹。

炊成日影三竿直，睡起溪流十四庫本作一尺高。懵懂不知何歲月，山風吹白鏡中毛。

祝雞歸後放牛初，小立溪梁看打魚。漸喜村鄰盡相識，向來朋舊却無書。

剡源田舍誰能識，只此桃源有路通。草長岸漫漁塹北，月明人語紙槽東。

三間瓦屋數弓園，旋學桑麻又一年。村酒沾唇頻得酒，山歌出口即成篇。

舍南舍北種田郎，唱得田歌曲曲長。莫學傍村遊俠輩，茜紅抹額臂擎蒼。

送陳養晦謁閬風舒先生四首

嚼雪餐冰二十年，空山日月自風烟。從君識盡搜詩法，不透薌岩不是仙。自注：薌岩，山名。

大篇無法須自悟，小語有益最難尋。祗今人嫌此老謔，後來追憶直千金。

大冠襜袂走紛紛，對面可容三斗塵。便令眼識天下士，此子已勝尋常人。

無詩莫入閬風里，到却閬風那有詩。拾取松風作新曲，歸來時向夢中吹。

同曹泰宇賦寶化鳳花二首曹名説，字習之

花開難得年年看，住近須還日日來。古壁危闌自顏色，不煩高築鳳皇臺。

鳳皇不出幾何年，莫怪山花惜杜鵑。一樣春風好毛羽，回頭曾管蜀山川。自注：鳳以杜鵑花爲之。

過鄮山祠塾作

滄江城闊三叉口，白日弦歌數畝宫。猶有祠宫舊楊柳，向人離立管春風。　以上《剡源戴先生文集》卷三〇

九日在邇索居無聊取滿城風雨近重陽爲韻賦七詩以自遣

窮人憂夜長，壯士惜日短。重九俗所欣，我意乃邇懶。豈無解憂酒，累酌不能滿。東園富詩材，紅實垂纂纂。

憂患與寒暑，攻人如五兵。中年學養道，嚴於守堅城。秋風不相貸，白髮口夜生。白盡會須止，閲熟已不驚。

秋氣一以深，四野嘶嚴風。晨興視庭樹，今昨忽不同。超騰諒無術，俛仰此世中。作詩欲何爲，贈子以固窮。

粲粲黄菊花，照我原上土。拒霜亦多態，終日相媚嫵。春花豈不美，嗟此風露苦。正命何所尤，生遲後甘雨。

山雞鮮羽毛，野鶻健爪吻。秋高草木空，屏處亦可隱。一爲嗜欲牽，遂與籠檻近。作書報孔鵠，出入宜少謹。

生世悔識字，祝身如野農。勤勞養尊老，膳味日可重。農篘熟新黍，耕休有過從。行吟答松籟，此樂踰歌鐘。

雁雁西北來，亦復東南翔。動物各有時，吾當謹行藏。厚墐違嚴風，密袟禦凜霜。陶然茅檐下，一笑生春陽。

《剡源先生文集》（明刻本）卷三

寄陸子方

清江一日走千艘，獨有閑仙不喜遨。幾處白雲思暮合，數行紅樹又秋高。　宋陸文圭《牆東類稿》卷一八《和戴

帥初寄詩韻》題下注

送同年潘昌朝

客路秋深又送迎，狂歌爛飲慰飄零。風前數髮莖莖白，馬上看山段段青。古穴無丹生洞氣，高林有鶴避潮腥。明年更欲三茅去，擬借新牋道德經。　元蔣易《元風雅》卷八

登崇寧閣

衆香壇畫靜，游屐思頻來。心轉談經處，塵空説法臺。葵花憑古碣，竹色上蒼苔。傑閣同禪院，懸河有辨才。　清李前泮光緒《奉化縣志》卷一四

法善院

野火煙雲窟，春溪風日朝。花遲年有閏，樹密地無徭。山鼓通荒戍，庭碑認往朝。客言僧可隱，勝似隱農樵。

梨洲寺

不知何處起鐘聲，雲作樓臺霧作城。洲上稻肥初起壠，山中梨巨舊傳名。林疏野地惟多石，氣濕炎天亦少晴。東畔有潭聞險絶，巖前時現老龍精。一區雞犬白雲巔，亂後來看意惘然。劫火尚餘唐殿宇，土風甯是晉山川。沿溪客散三州路，並寺僧耕百畝田。欲訪縱由題作句，矮碑祇在近時鐫。

寶林院

何處尋三窟，端來寄一壺。巖根接滄海，雲杪挂浮圖。古壁碑漫滅，靈鰻事有無。昌公好相識，閒暇説江湖。　以上同上書卷一五

句

酣歌待約東鄰伴，潑面晴風漲酒瀾。答泉翁

更有鄰牆全處士，醉吟能泛百杯寬。又　宋全祖望《鲒埼亭集》外編卷三三《跋戴剡源與先泉翁倡和詩》

（孟憲忠整理）

陳童登

陳童登，字叔高。與戴表元有唱和。

句

秋風道上誰青眼，夜雨燈前自白頭。贈剡源先生　宋戴表元《剡源先生文集》（明刻本）《次韻答陳叔高》題注引

（虞行整理）

全宋詩卷三六四五

陳普一

陳普（一二四四—一三一五），字尚德，號懼齋，福州寧德（今屬福建）人。從會稽韓翼甫。宋亡，元三次辟爲本省教授，不起。隱居授徒，四方及門者歲數百人，學者稱石堂先生。元成宗大德元年（一二九七），應劉純父聘，主雲莊書院，熊禾留講鼇峰。延祐二年卒，年七十二。有《石堂先生遺集》二十二卷等。事見本集附録《石堂先生傳》。

陳普詩，以明嘉靖十六年寧德知縣程世鵬刻《石堂先生遺集》爲底本，酌校《四庫全書·兩宋名賢小集》卷三五五《石堂集》（簡稱四庫本）。底本明顯錯字，徑改。

漁父辭

神農作耒耜，伏羲爲網罟。耒耜之利以教耕，網罟是乃取魚具。天啓生涯資生靈，八政以食首爲民。採山釣水利其利，國家租稅自此征。悠悠江海老漁父，孤舟没齒居水滸，翠篷黄帽寄烟波。青箬緑蓑觸風雨，風雨舟中歷寒暑。月明夜宿荻花洲，潮落暮歸蘆葉渡。蘆葉渡頭有酒沽，賣魚買酒浮江湖。醉中身似孤舟樣，鞭脱不管桑大夫。江茫茫，月皓皓，江月江人容易老。月光長照江長流，中有白鷗閒似我。

蠶婦辭

東鄰採桑婦，西鄰養蠶女，年年役役爲蠶苦。桐花如雪麥如雲，鳴鳩醉椹叫春雨。踏踏登竹梯，山烟鎖春樹。不管烏臺濕紅霧，妾家有夫事犂鋤，妾家有子尚啼飢。春蠶滿筐尚望葉，兒啼索食夫已歸。前年養蠶不熟葉，私債未償眉暗蹙。去年養蠶絲已空，打門又被官税促。今年養蠶嫁小姑，催粧要作紅羅襦。妾身依舊只裙布，寒燈補破聊庇軀。蠶兮蠶兮汝知否，安得繭成大如斗。妾生恨不逢成周，治世春風桑五畝。

青蛙辭

衢信蘇杭以青蛙爲神，敬事之，作詩以解其惑。

古祠一區環槐榆，飛鼪在瓦狐樹居。鐵爐缺裂死灰冷，箕坐一寸青蟾蜍。平心定氣詳其來，頹垣古廁濁水渠。蛇驚鼠駭得敗壁，一躍乃是神王廬。丹青神鬼非其鄉，顧盼欲去聊躊躕。悾悾鄙夫見之走，爭持袞冕加猨狙。鳴鉦考鼓動井邑，毳衣襤襤驅大車。浮萍原作泙狎狎叱不開，遙瞻竊禮三欷歔。吾聞臧氏之子不智，山節藻棁四字原作山棁藻居蔡祠鶢鶋。無端尊禮青蝦蟆，聖門譏誚豈只且。吾聞崇伯妖羽野，化爲黃龍游羽豬。厥子代之啓九道，變作玄熊形狤据。鬼神赫赫號威聖，當爲龍虎爲鯨魚。作雲澍雨興萬化，翻江倒海洗九區。咬囓妖狐咀封豕，眼光百步雙驪珠。當爲不爲爲蝦蟆，爬沙腳手何陋歟。吾聞狄公焚燒江南一千七百所，只留夏禹泰伯季札伍子胥。宋祖碭山負耒夫，吳楚淫祠爲之墟。輪囷大蟒鬱屈死，寸蟆何足汙其鈇。人心不正至斯極，無藥可以醫籧篨。只須正直如梁公，一日秉畀群疑祛。鬼車豕塗滿天下，收拾打併歸太虛。蝦蟆無知聽放去，荒溝野水樂有餘。

歸去來辭

歸去來兮，吾生復何之。故園三徑在，桃李不成蹊。臺榭荒涼已無憂，階除寂寞人已希。胡飄飄而不返，將役役以奚爲。丈夫不自量，處世寧堪悲。省一朝之若是，悟百年之已非。飯山曾是餓唐甫，首陽曾是餓夷齊。名重天下何足比，利重天下何足奇。覺利名之不昧，知貧賤而勿悲。歸去來兮歸去來，長安縱好休徘徊。足巾屏之行李，拂藜杖之塵埃。杜宇知我意，聲聲苦相催。故園行樂處，滿地生蒼苔。歸去來兮，閩山之巔。山奇水秀，可以忘年。水渺茫而潔白，山排闥以爭前。昔年桃李，依舊成阡。石徑縈紆而藤蘿聳茂，茅茨幽迥而松菊爭妍。盤餐三百品，食足二頃田。吟且詠，樂且禪。飽而嬉，困而眠。心坦坦，腹平平。正是故園行樂處，誰知此樂樂悠然。東風起兮百草芊，綠楊飛絮杏花鮮。蝶翅亂，鳥聲喧。翠欲黛，紅欲燃。歸去故園行樂處，幽鳥一聲啼杜鵑。落花紅紫草成氈，黄梅肥彈柳三眠。蟬嘒嘒，蝶翩翩。笋翻籜，荷貼錢。歸去故園行樂處，幾陣南風入舜絃。西風至兮鴻雁來，萬物蕭條景物猜。蛩聲切，猿嘯哀。梧桐敗，菊花開。歸去故園行樂處，清風明月好安排。霜風凜凜雪花飛，村落無人猿夜啼。泉洒冽，溪魚肥。燃獸炭，撥蹲鴟。歸去故園行樂處，竹外梅花三兩枝。紅日三竿漁父去，雲迷四野牧童歸。朝暮之情何已矣，四時之景已如斯。已矣乎曷之，予知歸去兮。松菊候門而南山聳媚，花鳥欣迎而北嶺喧呼。悔知非之既晚，樂成賦以歸歟。

歷代傳授歌

伏羲神農黄帝氏，名曰三皇居上世。少昊顓頊及高辛，唐虞堯舜爲五帝。夏商周兮曰三代，三王禹湯文武是。堯舜傳官禹傳家，天與人與非私畀。夏禹一傳啓以賢，少康興夏滅猿猹。自注：二臣名。十有七世至桀王，成湯放桀夏緒墜。殷湯應天而順人，興王地方七十里。太甲太戊及武丁，三宗有商爲專美。祖乙盤庚亦賢君，三十傳紂覆商祀。周興積累由后稷，公劉太王及王季。文王大勳武王集，伐紂牧野作牧誓。成王嗣位在幼冲，周公輔政天下治。成康措刑四十年，幾移周鼎幽與厲。夷王下堂王室卑，平王東遷春秋始。至于威烈春秋終，二百四十二年爾。魯衛晉鄭蔡燕曹，姬氏同姓皆兄弟。異姓齊楚秦宋陳，春秋列國侯十二。其間五霸相繼興，齊桓小白晉重耳。宋襄秦穆及楚莊，名曰尊王假仁義。戰國七雄莫如秦，韓趙魏燕齊楚起。秦滅六國吞二周，周祚至於赧王止。天王三十有七傳，八百餘年屬周紀。秦帝始皇太暴虐，位傳二世而已矣。漢室龍興滅秦項，高祖劉邦赤帝子。末年國本幾動搖，四皓一出迴孝惠。呂后臨朝諸呂反，賴有平勃植赤幟。文景之世比成康，武帝好大功伐喜。霍光擁昭而立宣，江充誣譖太子戾。厥後外戚多擅權，平帝新室莽篡位。光武誅莽復中興，漢爲東漢炎運熾。明章二帝世所稱，至于靈獻漢祚替。前漢高文武宣朝，後漢光明章七制。兩漢相傳二十四，禪魏曹丕竊神器。分爲三國魏蜀吴，鷸蚌相持真鼎峙。魏則曹丕吴孫權，蜀則先主稱劉備。魏曹承漢才四傳，天下權歸司馬氏。晉室肇興司馬炎，三王追謚昭思懿。兩三傳間至懷愍，群胡雲擾如鼎沸。五涼前後南北西，自注：前涼張軌，後涼呂光，南涼禿髮，北涼沮渠，西涼季日高。四燕前後南北異。自注：前燕慕容廆，南燕慕容德，後燕慕容垂，北燕馮跋。秦前後西前秦苻健，西秦國仁，後秦苻萇。趙前後，自注：前趙劉淵，後趙石勒。後蜀大夏相吞噬。自注：桓溫滅李勢據蜀，後蜀李雄，大夏赫連。東晉元帝都建康，天下南北分形勢。南則晉宋齊梁陳，北則元魏東西魏。北齊後周猶一隅，隋文混一朔南暨。平陳禪周隋楊堅，夫何三世隋嗣斃。李唐繼之纂洪圖，高祖太宗成功易。武后易唐而爲周，仁傑一言回睿意。玄宗末載溺楊妃，祿山叛逆爲子弑。肅宗東征復兩京，憲宗見弑陳洪志。自注：宦官。文宗有才誅克明，自注：宦官。德宗猜忌任盧杞。太宗玄宗及憲宗，號稱三宗商可擬。末後難制藩鎮强，宦官奉立皆私議。唐後迭興有五代，梁唐晉漢周相繼。五代五十三年間，後有十國皆僭僞。齊楚吴燕漢晉唐，周蜀吴越如蜂蝟。宋受周禪握乾符，掃除僭僞皆風靡。太祖姓趙都汴京，雪夜常幸趙普第。太宗真仁英神哲，歷代承平善繼嗣。至于徽欽金虜來，誤國奸臣京自注：蔡京。與檜。自注：秦檜。高宗南渡宋復興，建都錢唐歌舞地。孝及光寧守偏方，侂胄既誅由諸史。自注：彌遠。在位歷年四十餘，前有仁宗自注：四十二年。後有理。自注：理宗，四十一年。至于度宗宋祚微，皆由平章似道棄。建隆德祐十六傳，大元一統興燕薊。

和李太白把酒問明月歌

人生能幾月圓時，歌之舞之復蹈之。月爲一人我成三，更遣青州從事相追隨。四人好在都無闕，相勸相酬到明發。自注：《詩》云明發不寐。此夜山河有主張，鎖碎繁星俱滅没。采石已來五百春，當時青天爲宇四無鄰。上下通透皆冰玉，豈徒眉宇真天人。力士嗔人譬如刀割大江水，世間閒是閒非皆如此。君不見李白攜月到夜郎，一洗瘴天盡入冰壺裏。

姚氏生男歌

開乾樞，轉地軸，喜氣鬱葱充閭閻。一點文星降天闕，女郎捧得掌中珠。破曉兒童忙報道，以璋作麞大筆書。纔過五日便呱泣，古稱英物竟不虚。山靈鍾秀産英傑，冰肌玉骨色清癯。孔釋果然親抱送，天上麒麟汗血駒。于公積德加厚地，袞袞公侯儘有餘。從今生一必生二，續作杜陵歌二雛。五桂爭秀椿未老，蘭孫競出新根株。矧彼開元衣鉢在，有例有樣非敢諛。當年秀發名登於桂籍，作個公卿豈肯卑微歟。

勸學歌

太極肇判兩儀生，其中人爲萬物靈。人亦天地一物耳，獨以道義超衆形。立爲三才中宇宙，發揮天地經人倫。兹事初非外爍伐，毫髮皆備七尺身。後生可畏如日出，千金之軀豈可輕。寸陰可惜莫虚擲，百年安得長青春。有力如虎當猛省，何况責望深父兄。不通六籍不是學，未了三才未是人。希聖必須志堯舜，希賢必用爲顔曾。義理彝倫精講究，禮樂制度須詳明。體用源流務透徹，血脈文理仍流行。會通兩盡始無礙，範圍未始離曲成。無塵胸次貯萬卷，拔山筆力扛千鈞。不用高枕卧丘壑，用之家齊國治天下平。不但匹夫匹婦皆獲所，草木魚鼈咸清寧。此皆後進本分事，不爲干利與求名。更須掃除譃浪傲惰態，打并嗜欲聲色情。一物一則同一敬，牢守孔孟張朱程。喫緊工夫決有效，令聞廣譽垂千齡。英雄氣概爲則是，一變至道非難能。君不見四十五十無聞不足觀，總是惰而不學昏昏貿貿枉生天地間。

送江西曾雪笠歌 其人以懼齋詩見惠

幾人誇詠雪，不如柳一絶。幾家説漁父，不如柳兩句。天陰歲晚寒江空，玉花四合爲鴻濛。一片清虚畫不得，孤舟一笠何精工。凌空厲闊不覺寒，兀坐不動身與竿。磯頭把竿凍猶立，老妻在中作袁安。此時意壯何分明，大無垠涯小無形。的如曾子見一貫，又似葉公初點睛。十年抛却吴松江，閩山六月念蔗漿。門門再拜冰玉樹，畀我一幅全瀟湘。

不飲酒歌 少作

人皆愛酒如金珠，我獨畏酒如毒荼。人皆愛飲醉不醒，我獨不飲常惺如。我若飲兮人不同，一飲三百斛，再飲三千鍾。我若醉兮人莫比，上以天爲冠，下以地爲履。有時醉登樓，倚闌一笑江山愁。有時醉吟詩，烟雲滿壁龍蛇飛。有時醉起舞，莫邪出匣金蓮吐。我欲氣兮斗可撞，我欲力兮鼎可扛。我欲志兮吞雲夢之八九，我欲歷兮眇天地之四方。天地生我性不飲，我若飲時安得有酒如長江。

醉吟 次拙軒和誠齋之作

天在地在我亦在，天改地改吾始改。前身曾作孔子孟子爲人憎，也曾爲禹爲稷爲人愛。來來去去非貪癡，自去自來自不知。今生暫來作個咬嚼菜根漢，焉知再來不遇文王出彈時。四溟爲罍杓北斗，舉世攢眉我開口。眼前不見白衣人，風月自當青田酒。萬事不預非無功，順應爲用虚爲宗。幾度貧賤幾度英雄，幾度少年幾度翁。天吴原作俁紫鳳任顛倒，披襟引滿對秋風。

以上《石堂先生遺集》卷一五

全宋詩卷三六四六

陳　普二

擬　古八首

秋聲金氣流，天空露瀼瀼。素波合流月，淫淫滿庭霜。遙夜一美人，寒閨自徬徨。暗塵集凌波，輕飈感鳴璫。天性賦貞清，動止中矩方。世無夔夔子，窈窕空英皇。抱璞如臨淵，日入不下堂。時操弄玉簫，空中來鳳凰。歲月如流星，髮變面欲黃。服玉固雪膚，絶意百兩將。

瑤池出甘泉，玉臺蔭梧桐。鳳巢梧桐上，下浴甘泉中。美人室其左，荷衣裳芙蓉。素手把青枝，嘻嘻笑春風。性情如赤子，聲氣似黄鍾。明珠媚深淵，魚鼈遊冲融。世事多參商，憂樂苦不同。榮枯與醜好，相待如駏蛩。深懷惕霜露，夙心常省躬。

秋夜永如年，四壁號寒蛩。明月照樹葉，白露啼青桐。寒窗紫玉琴，時變羽凌宫。三彈不成調，百憂鬱攻中。

人生不滿百，常懷千歲憂。往事雲雨散，積意如山丘。聖人已爲土，土復成海流。曷爲夢寐中，常見孔與周。

先我二百年，世道猶小康。嗚鑾下紫霄，群仙集柏梁。仙仙青霞衣，濟濟白霓裳。兢兢奉玄道，拳拳薦天漿。雞犬亦可仙，豈徒壽天王。茂陵無仙骨，上帝下巫陽。群仙返玉京，萬事爭蒼黄。

共工昔暴怒，觸折不周山。此樞太室上，飄落三江間。樞紐一飛播，滿空悉顛翻。北斗墮其柄，文昌失厥官。彗星化爲跖，搏人以爲餐。天狗行地上，頭戴方山冠。武夷有巨人，方持釣魚竿。中宵投袂起，容貌何桓桓。欲扶紫薇坦，坐使天下安。復逢驩兜來，被髮據其關。拂衣返空翠，彈琴弄潺湲。煙霞别一天，回首謝髦蠻。

東方有樂國，開闢先柏皇。鸞鳳爲雞鶩，麒麟爲犬羊。晨霞作朝食，太和爲酒漿。士無干戈禍，人各千年長。下視禹九州，有土皆戰場。白日虎狼行，青天蛟龍翔。我欲爲東遊，滄海渺無梁。何年夸娥氏，移置天中央。

同根一味四庫本作株草，時命嗟異遇。風月芳香合，兩地隔周楚。爾生麟趾家，朝夕沐玉露。我在雲夢林，百草相蒙茹。白璧終不緇，悴悴亦良苦。

次答熊去非七夕遇雨見候五首

志士千載心，爛爛如斜河。道路坦且修，況復陰雨多。女駿不可説，牛癡無柰何。

連珠復合璧，嘆息復何年。顛連多疾苦，道術極乖偏。嫠婦不卹緯，杞國常憂天。

五鬼不害道，含沙非殺身。大和一巨毒，西方無人倫。三聖不復作，誰亨萬世屯。

太玄鑛故在，原道塗猶迷。一朝無渣滓，仙派起濂溪。未能及鰥寡，不虚五緯奎。

空言未深切，聊可燭朦朧。好辯若無益，庶以雷群聾。群仙去已久，吾儕當嗣功。

旦氣詩 咸淳甲戌杭州作

晝氣如大霧，蒙我大明鏡。主人莫知鄉，奴隸竊權柄。不能巍巍蒞，惟聽紛紛命。是非既昧瞀，操執豈中正。不惟裁截偏，尤苦怠惰病。一柱一柔弱，四維俱不競。循兹不回首，安得逃禽行。爲人自暴棄，造化德獨盛。納日息萬物，停止吾視聽。魂歸魄不安，靈根復凝定。潛龍蟠深淵，不滅飛騰性。五更號群雞，陡然得大慶。熹微一隙開，洞達八荒聖。天地頓軒豁，百度亦餖飣。昨非咸昭晰，今是足審訂。乃知天於人，父母未足並。晦以養其明，止以茁其瑩。此而不接續，誠犯不恭令。工夫知如何，焚香且虔敬。

朱文公

嘗思紫陽翁，功德不下禹。平生五人倫，叔世一天柱。海嶽久亭（原作停）毓，二儀厚付與。高明挂秋月，精細破毫縷。舉目無荀楊，渾身是伊呂。百年嗣程邵，千載承鄒魯。直上接勛華，益遠益不禦。本原無不見，支派自循序。遂令天叙秩，有目得再覩。建紹乾淳間，三綱散無主。仇讎操太阿，利欲浸九土。鞠躬上文石，諄諄正心語。欲起君以雷，滂沱洗寰宇。聖心不見答，浩浩翠烟去。當時聽其言，何但報千古。廓清草萊闢，櫛沐瘡痍愈。奕奕萬世規，百年遽如許。天意竟莫回，地氣不可迕。但留四部書，萬世開堯禹。深翠隔荒臺，寥落招魂具。夜半讀中庸，橫空挾風雨。

程朱之學 四首

高明若韓蘇，方正如君實。太山當面前，瞠目不能識。誰能不由户，可怪亦可惜。得若在家庭，迷殆胡越隔。向微程朱子，出手爲開闢。我輩白日中，夜行至今日。

化工溥萬物，不過亦不遺。何以能不勞，一理以貫之。寂然莫可跡，桴至鼓必隨。一朝十二牛，芒刃不少隳。制度自恰好，形樣咸無疑。夭桃且灼灼，菉竹各猗猗。有鱗盡淵躍，無翼不天飛。人心正爾妙，動靜悉如斯。樞紐在方寸，運化斯爲基。眼前日萬變，堯舜一無爲。此理無上下，大小隨所知。因物爲順應，歡然鳴塤篪。何故天下人，利器不自持。妄端忽一起，紛潰終難支。天開真儒出，幽探萬化機。蒼蒼群生類，何事塗徑迷。

千載之下，程朱之學可謂天地重開，日月重明。今行四方，聰明皎厲之士，往往而不然之。及諸其自爲説，則皆跛躄不正。不惟外心義理，於文理亦皆背馳。是使後生無所稟承，列城闔郡，無一人有四書之聲。北惟太行許魯齋能以教其徒，南惟浙東韓維則能熟讀詳味，深體而力行之，足爲天下一大快也。

楊氏枯不生，墨者散無紀。申韓明不仁，黄老信非禮。豈難定邪正，未足容臧否。世有顔孟徒，一鼓俘其壘。獨惟一妖鳥，來自崑崙趾。其高出天地，其毒踰蛇豕。名公不能辨，韓愈亦竊喜。高士溺其深，愚夫樂其鄙。精散不知收，魂飄不能止。五典潜掃除，三綱悉淪委。遂令四海人，没溺懷襄水。絶非是似聖，大病在近理。仁哉天地心，特出程朱子。

大中豈難明，不偏立可得。偏似扶醉人，中如正柱石。亭亭即道體，截截皆天則。一毫不可哀，一髮不可益。舜君與堯民，萬世作程式。顔仁及曾孝，亦足立人極。倘或增減之，病痛自千百。立如偏重船，可坐見没溺。形象亦易知，體段非不的。柰何秦漢來，如瞽於五色。

雲莊勸學

百川皆望東，三才同面離。半圭崇幼德，六矢志男兒。孟子道非高，周公言非欺。要須辨方位，乃識窮陬維。自從學校廢，俗敝柏梁詩。英才陸沈盡，卓犖非無資。下車衆皆悦，苟且遂成癡。混澒聲一概，沈痼星千朞。天生紫陽子，纓冠而救之。萬類始根理，六經初有師。立心辨邪正，成德在勤嬉。曾參作門户，夫子爲根涯。有位民物康，在家兄弟宜。敬義貫心鈎，德業暢根枝。行遠必自邇，登高必自卑。不從灑掃起，何以爲類推。群居不及義，游宴日相追。失學莫此甚，一成而百隳。時文築衰末，不直埋馬帷。六經不勤讀，學荒身亦危。二劉與三蔡，相牖如塤篪。師門賴有嗣，流澤今未衰。子孫欲不墜，祖訓勤奉持。不失伯牙心，不患無子期。

勸考亭收文公書兼聚書

孟氏繼孔伋，鳳鳥竟寂寞。千年性命傳，造化欲廢閣。生人無所之，死者不可作。人心萬山隔，治統千大落。天生周與程，得手始撐拓。百年復考亭，體用遂磅礴。精密洗麤疏，深厚驅淺薄。窾郤靡不周，混沌元無鑿。誰家不藏書，心目迷博約。身爲行秘書，所適常迷錯。考亭三十匣，獨爲百川壑。萬善始有條，列聖元非昨。千派得一原，靈龜不勞灼。卷帙浩無邊，要處自如躍。歲月荒苔生，風雨惟丹雘。翁死六十年，輒起人哀樂。同心在咫尺，閔此無聲鐸。爲推去後心，如受生前托。倬彼得不磨，壞乎賴爰度。人心已開闢，萬象森冲漠。重搆理斯文，同盟敢無諾。

感興

千載荷神物，四書與五經。勛華生萬民，孔顏真儀刑。本原盍溟漠，日用垂日星。疾契虎豹變，力行鳳凰庭。感通窮有氣，潤澤周流形。擬議輒破的，宰制動發硎。達即雨天下，窮足春林坰。自從孟子没，斯義久晦冥。歆雄暨馬鄭，熠熠暗飛螢。韓柳至歐蘇，亦如醉不醒。白晝瞠兩目，不見太山青。蕙蘭亘九畹，鼻塞不聞馨。浩浩大城府，無人爲抽扃。宗廟失雄麗，樓閣迷岩亭。淵淵楚七澤，渺渺東滄溟。不識海若面，雄論誇揚舲。名爲指南車，認癸作丙丁。名夸能作室，戹夾如堂廳。異端塞宇宙，不能別渭涇。夜光耿砂礫，掉臂不留停。文章王介甫，種棘滿朝廷。匹夫持僞辯，六合爲血腥。讀書不精義，落落空搖精。

文公書厨 八首

於穆元聖

驪龍抱明珠，高卧萬丈下。豈無善水人，誰是得珠者。至人有神手，上智無淺心。直須入無倫，始克開重陰。

繼天測靈

天生真聰明，欲子述父作。法象雖昭陳，參贊良有托。述事在繼志，知化先窮神。不得天地心，作用皆非真。

出此謨訓

仁心憂萬世，出語豈能無。擬之而後言，一字一明珠。萬化必有成，大中在方策。淵泉端有自，聰明達天德。

惠我光明

釋氏矜傳燈，老莊抱生白。自言摩尼珠，誰知黑如漆。荀楊不識性，依舊如夜行。萬世真日月，四書與五經。

永言寶之

世人多可笑，蜣丸富收拾。復有一般人，燕居加什襲。六經與玉府，惠我一何多。區區緣實見，没世抱荆和。

匪金滿籝

人皆愛子孫，貽遺無不至。苟無深遠心，率以害爲利。韋賢未知道，不貴滿籝金。欲永金張業，但傳周孔心。

含英咀華

聖心天地藴，言語其精華。本末惟一貫，根香非兩家。薄言采擷之，入口如含咀。始知真滋味，熊掌不足語。

百家其承

仁以生爲道，豈不在子孫。賢愚固難必，厥初同一原。無根不能生，有作斯可述。罔極垂統心，非禽豈無識。

冬華一夜霜

天地生萬物，節度各有常。毫髮不可亂，奉時以行藏。不惟寡悔吝，尤可免折傷。倘不如所受，一一皆自戕。今年初冬月，造物如不詳。陰陽忽倒植，連朝狀春光。無知桃李輩，定序忽迷忘。點綴老枝上，紛紛發出狂。一桂爲倡首，彈冠起群芳。杏思作霞燦，梨亦擬雪香。西蜀亦不遠，得無欺海棠。洛陽近咫尺，能不動花王。凍蜂與寒蝶，入秋皆死僵。向令當此日，鼓舞又一場。安知理自在，此事無久長。一夕天地正，嚴風動昏黄。吹起四澤水，結爲萬瓦霜。凌晨爲着目，憔悴不可當。萎形與死狀，貽笑於大方。古來此事多，青史長相望。惟有知道者，進退不狂揚。有莘必三聘，幡然始就湯。草廬亦三顧，然後起南陽。萬牛挽不至，粒餌豈足嘗。賈生一召至，未昇在帝旁。不知怒絳灌，一落千丈强。孝文且如此，何況景武皇。申轅見漢武，席不煖客牀。昭昭萬古監，趙綰與王臧。當時蒲輪至，老稚皆騰驤。焉知青雲路，轉眼成灾殃。大抵天下事，進退貴審量。欲速則不達，驟進祇取亡。善人勿急合，善事有當防。輕浮非君子，躁急最不祥。騎虎作麒麟，駕鶚爲鳳凰。九疑峰對面，盤谷且徜徉。

懸壺

懸壺大如斗，紫芋高五尺。物能充其量，滿徹無不極。人稟天地正，性分亦有則。充之足爲堯，不充乃爲跖。

水車

水車詩前輩似未有，或淺學未之見也。昨日景文見示一詩頗工。疲倦已久，不堪賡和。勉强一篇，不惟諸公哂之，亦當爲水車所笑也。

人爲萬物靈，無處不可見。天地生物心，得人始周遍。有心鄭國渠，關中爲富衍。三十六陂流，江南穀爲賤。況如禹溝洫，流注周丘甸。是皆人所能，區畫固爲善。有力皆必爲，有知悉能辨。亦可展經綸，未足窮聖彦。有如一隅地，同出天地奠。未嘗阻耒耜，亦堪致芬薦。陂塘不能及，桔槔亦非便。鑿井設轆轤，祇益增疲倦。何人靜中眼，潛窺出靈變。種種田器中，衆美獨車擅。鳩集群樸樕，搆以天絲線。縱交合散雜，骨節不淩僭。相續同相生，如紐亦如辮。三十幅一轂，體用無迷眩。軋軋遠有聲，在田恍龍戰。吸吐皆自能，先後迭相禪。形如先天圖，運若坤靈扇。東西隔參辰，出没遞隱見。升騰爲銀河，不足惟小欠。長流盡碧澗，腑臟悉充羨。金龍吐瓊液，急速如過電。合湊作波濤，飄灑餘雨霰。遠觀驟傾瀉，近看避沼濺。陂渠雖隔絶，流水足憐羨。雲雨儘虚無，千畝自葱蒨。豈徒美粳稻，且復肥鰌鱔。火輪亭午時，田頭捩飛練。老農茅屋中，華胥夢方晏。逸逾他百倍，勞止歲一繕。明代造化勞，幽無鬼神譴。上帝安高居，赤子愈增眷。馮夷被人使，獨得無靦面。人心一一妙，智巧彌宇縣。秦蜀想皆然，不但吾福建。此物亦易知，何堪太誇衒。閒居百無爲，聊用娱筆硯。

筍

書窗媚幽獨，萬竹真我儀。冰霜茂摧挫，生意自有時。斐亹弄月陰，挺拔出風姿。鳳吟逐神鬱，春笋效珍奇。山林足膏雨，土脈潤以肥。震雷搖蟄虺，千根同發機。迸芽帶珠露，裂地拆伏龜。開窗見羅列，繭栗出扶藜。艱難或避石，奮逸或攢籬。森森麞鹿角，重重虎豹皮。地力既莫禦，天工亦不遲。志氣凌青雲，風節比伯夷。詎容薦清酒，但可供清詩。呼童竊取小，不敢言饞饑。含殼全其真，活火湯淪之。知心三兩人，一樽留晚曦。錦襁去什襲，玉版參吾師。似爲傷惻隱，直是慰肝脾。幾爲造化盜，何必鄰童窺。作橋周曲意，煮簀又何癡。惟應厚牆壁，高插數丈籬。原作籬，據下同韻詩改護成碧琅玕，長似冰玉兒。吾聞北人說，洛下價不低。千金買一束，掉頭更還疑。南方信多此，吾黨苦不知。入山三尺童，俄頃滿檐歸。作羹厚於菜，入市賤如泥。敢爲此暴殄，只爲不思惟。昔在燧人前，真風猶未漓。人間珠抵鵲，天下鳳爲雞。南方即此寶，南人獨爾迷。朝吟淵明菊，夜誦首陽薇。悠悠今古人，無復知德希。造化運可見，渾天何用儀。日月轉兩轂，陰陽分四時。化育出萬形，加之成氣姿。倚筇看生意，莫測其神奇。和風隨土至，膏雨着物肥。千紅咸競晨，萬玉亦乘機。深深起蟄龍，一一破伏龜。險不畏巇峗，難不避石藜。啓荆披瓦礫，撐屋觸藩籬。頭頭出兕角，身身水犀皮。大方欺小弱，尖先後止遲。不知水先頰，遊客戴鴟夷。六經無此物，昉見韓奕詩。韓侯富貴人，何況貧儒饑。詠形兼咀味，東坡韓退之。長鑱君莫訝，容我踏朝曦。內戒擣虀婦，外徵老圃師。留先鳳凰止，勿積蜜蜂脾。味既不可極，斑亦勿再窺。待爾林下友，一洗胸中癡。清風翠陰動，羽扇日接籬。此時林下客，何以并其兒。作未爭長日，滕高陵薛低。一旦並夷齊，兄弟無相疑。庭前聳矛戟，栖鵶猶不知。斜陽遶三匝，疑事不能歸。豈徒固吾園，且不染塵泥。此兒真世寶，何必他謀惟。古來貴高上，盛德惡澆漓。寧令烹不鳴，勿殺全德雞。莫言一林竹，此路終不迷。何必趨青瑣，亦勝對紫薇。攜琴對此君，三嘆鍾期希。

和友人韻

兒童恨芳草，不識春長在。簞瓢樂不斷，四庫本作日晏如焉知顏髮改。黃鶴雅入聽，鵾鳩亦可罪。混沌何曾死，拱璧莫輕碎。野馬恣流行，遊絲無罣礙。太極物物一，樂事頻年再。緬懷良友心，不言默相對。願爲蛩駏交，共話螻螘戴。

夫差伍員

載籍幾千年，相踵興亡跡。何國非自取，一一有來歷。亡必以失道，與必以有德。有德無不興，不在防寇賊。大綱一端正，上下合于一。左右無共鯀，小大皆益稷。執此治天下，天下無與敵。無道必自亡，不可容智力。中心一不正，禍亂起不測。計慮非不周，防閑非不密。龍蛇起平陸，刀劍出衽席。昔常恨吴王，不納伍員策。父讎不共天，吴越不兩立。敗之于夫椒，足報檇李役。殺心如未謝，滅越如呼吸。五千棲會稽，甲楯尚流血。一舉而盡之，後患永絶息。柰何倉卒中，鬼神奪其魄。不信忠臣言，坐使良機失。瞬息二十年，越兵破吴國。遂令泰伯祚，一日不血食。至今塵編中，見者皆嘆息。抑嘗思其故，此事未足蹙。吴亡自有端，滅越故無益。夫差誠已誤，伍員未爲得。萬事理爲準，萬理心爲宅。好惡一毫偏，成敗千里隔。本正不憂末，主强不愁客。病四百有四，最患膏肓疾。外邪何足憂，內寇逾螟螣。家不在藩籬，國不在城壁。怨不在仇讎，憂不在夷狄。最毒是小人，必亡惟女色。百禍生驕矜，衆怨叢苛刻。滅用無仁恩，死由肆胸臆。子蘭爲腹心，必滅芈原作羊社稷。趙高侍幄帷，秦亡已無日。鴻門殺沛公，終洒帳下血。晉禍在賈充，了不關劉石。平盧討擊使，尚不逃三尺。華清羽衣曲，豈得無敵績。勾踐誠可除，宰嚭猶在側。西施舞落日，吴宫已荆棘。子胥計誠忠，無乃迷緩急。夫差爽已奪，句踐自千百。殺一留其餘，亂門豈可塞。寄語伍子胥，善惡當詳擇。亂亡所當念，心非最難格。

荆公東坡

王蘇並世時，價重連城寶。讀盡天下書，不聞性天道。祇緣操術謬，濟以言辭藻。輕巧者便之，承風逐瀾倒。本意尊鞅斯，施行愧黄老。妄謂世無雙，奮臂肆揮掃。雅言類旃孟，給禦堅羿奡。及其漏綻時，乃以穿窬盗。荆棘日夜生，芝蘭遂枯槁。禮樂禹豫州，至今鞠煙草。重華不可呼，四罪無復討。薄夫迷遠謀，惟貪詩句好。

壽龍津余此溪

昔在辛酉年，余裁十有八。翁時多十歲，無地貯英發。世運欲轉移，正氣久鬱閼。科場弊已極，無復分椒樧。千里足難羈，須作奔泉竭。閉目駭奔騰，掩耳羞嘈囋。歸來分躬耕，復不禁芽枿。蒯緱走杭越，觸藩不能脱。紛紛夢中人，妄與談空闊。翁兮獨家居，自得真機栝。一日山河新，妙契静中斡。尚堪作子長，亦久抱惻怛。遂生肥遯心，確乎不可拔。人間鬧蜂蝶，過目惟蹙頞。惟有燕歸來，捲簾無阻遏。室鳴孺悲瑟，門斷陳遵轄。惟我拜床下，見侍隆中葛。軀爲天地惜，日用詩書豁。但見居深深，誰知活潑潑。松柏晚叢立，薑桂老逾辣。新年俄八十，道氣方蘭茁。平生善養氣，不作宋人揠。年來滋長茂，略不驚齒髮。人生各有志，萬物不能奪。善身背生色，濟世胼無胈。一與時偕行，造物自見察。人壽百二十，堯夫豈虚喝。分數天所裁，與行自能達。老彭祇誤言，但論道本末。更閱五十番，飛蜂與斯蚻。

古田女

吾州近郭五六縣，土風悉如老杜所賦夔州女，而郭爲尤甚。幸爲閩人，每慚無以答四海兄弟之詰問。一日來古田，見傍縣一二十里内，於插秧時亦如之，以爲三時惟此時最忙，不可以爲夫子之助也。其説則甚善，而其事則未可。愚以爲不如其已也，皆吾人也。作詩以道之，幸其一聽。作華夏人，豈不足以美吾東南一隅哉。

昔年過饒州，一事獨希差。清川浴婦人，以晝不以夜。上流濯垢膩，下流汲歸舍。供佛與事尊，共用如啗蔗。朝昏賣魚蝦，晴雨親耕稼。樵蘇與負戴，咸與夫並駕。流污浴豈非，失禮事可訝。我時適逆旅，一見爲汗下。欲言不可得，况敢加譏駡。靜惟天下事，無邊可悲咤。一從文王没，聲教不踰華。巴夔原作兜與閩粤，至今愧華夏。男不耕稼穡，女不專桑柘。内外悉如男，遇合多自嫁。雲山恣歌謠，湯池任騰藉。插花作牙儈，城市稱雄霸。梳頭半列肆，笑語皆機詐。新奇弄濃粧，會合持物價。愚夫與庸奴，低頭受凌跨。吾閩自如此，他方我可暇。福州縣十三，余幸窮厓下。十里近郭縣，此俗獨未化。一日來古田，拔秧適初夏。青裙半絞扎，水泥和撥迓。事事亦不惡，位分無假借。三王二帝年，人倫密無罅。冀方古當塗，豐水今滻灞。見惡如豺狼，嗜禮如膾炙。固無期桑中，亦無舞臺榭。一國皆若狂，一年惟有蜡。盛年事耕織，斑白可休假。習見宜如常，驟異良以乍。勸君但勤饁，兹事宜永謝。儻能用吾言，雞豚願同社。

李良玉見賡，有此風久矣，是乃方伯連率之職，吾輩且當從俗之説。再用前韻。

北人見颶風，掀簸嗟真差。君子逢不若，白晝成黑夜。日月同一天，寧復殊次舍。禮義無華夷，悦心悉如蔗。披沙欲出金，惡莠爲害稼。朝歌與勝原作聖母，賢者同回駕。中爲去偏倚，庸但無怪訝。安敢亢亢方，却無伈伈下。禮不慮咈違，義不卹怒駡。此下奪咤韻一聯恭惟秦漢前，禮樂止河華。七閩底處所，目不覩韶夏。食才美馬甲，衣僅知壓柘。應無雁幣聘，寧識棗脩嫁。歷漢晉至唐，談口無可藉。令孜與思勖，畏作貂璫霸。第從常袞來，始識不逆詐。珠玉滿面前，猶或迷光價。一二百年來，驊騮漸知跨。述古與介夫，各有詩書暇。晦翁黄勉齋，遂以教天下。昔時蠻隸國，今作齊魯化。沂風藹莫春，絃誦殷長夏。蹐蹐多規行，穆穆親衡迓。方知地無偏，又喜才不借。獨餘男女俗，缺漏留微罅。未能秣駒漢，頗礙雪驢灞。有心即知禮，有口皆思炙。男女既冠笄，屋宇仍臺榭。朝夕曉清溫，春秋能社蜡。溱洧秉蕳原作簡遊，此日何可假。禮自標枝來，心無傾蓋乍。風流與衣冠，猶當軼王謝。田漁非女事，詩以告里社。

純父家池雙頭蓮

天地化育工，兩致一爲要。對待管流行，並起非横矯。亭亭南北樞，赫赫東西曜。仁義與誠明，彼此相契約。英皇即堯舜，丰姿巧相肖。孤竹秀雙仁，洛水濯二妙。人生相遭處，亦有相感召。莘摯自犂鋤，尚父由漁釣。共卧起烟波，魚水興蓬藋。是爲聖人偶，心膽何相照。顔淵得仲尼，仲尼有荷篠。考亭合朱祭，天津會程邵。是爲德不孤，氣味何同調。世間閒草木，不足充野燒。惟蓮出清水，植立獨奇峭。不染淤泥緇，不逐波流漂。體骨中庸中，肌肉離騷嚼。玩花渴頓蘇，食實饑足療。靜中對君子，不語潛教詔。一朝出蓮枝，此事非人料。將興必有祥，事若太阿鞘。兹化豈徒爾，可以觀其徼。上侍鶴髮慈，齒高德彌劭。下盼庭階郎，一一凌風鷂。平生所樹蓺，不但供櫄燎。濯纓作君子，口不道羿澆。此去事偶心，如風歷衆竅。家居作曾閔，富貴當廊廟。商湯不待干，重華不勞叫。決無李廣奇，起足即嫖姚。伶俜老書生，家在千里橋。有心多不符，蠹簡徒竊剽。年來始逢君，恨不年再少。論心膝漸親，講理頭不掉。相逢路不異，握手窮深窔。相磨道義出，不覺辭螢爝。人生何如此，無際可窺眺。共靡中孚爵，自發同人笑。此卉信如人，對酒爲之釂。酌酒禮此花，敢醴不敢醮。

玉山東嶽

岱宗夫原作天如何，齊魯青已了。云胡遍天下，嬖婢得祭禱。五嶽視三公，稱帝何所考。益以天齊名，僭竊良不小。置司七十二，妄誕出意表。冤哉張睢陽，夜夜蝙蝠繞。瀆神既已多，逆理尤不少。泰山即林放，末俗空擾擾。生辰用莫春，兹事可絶倒。

以詩就葉洞春求畫蒲萄

洞春豪傑士，妙筆出怪奇。寫就大宛根，可怪不可擇。此手四庫本作畫豈易得，此手難再攜。敢將有聲畫，博君無聲詩。

望雲

幾四庫本作我愛山中雲，杳靄起無跡。晴風吹綠樹，天節日已尺。悠揚幾片飛，四庫本作雲出岫度絶壁。斂作蒼狗形，舒爲鯤鵬翼。朝抹峨嵋青，暮蘸滄海碧。江南與江北，蕩蕩恣所適。何如雲中仙，避囂隱幽寂。採藥雲下林，礪劍雲上石。乘雲騎茅龍，倚雲吹鐵笛。我欲往從之，飄然不可測。

太極詩上范天碧侍郎

涵涵六合八紘裏，類聚化生何可紀。固然兩人陰與陽，大要一個不得已。所從無聲亦無臭，所出如彼復如此。成象效法森目前，大自三才小一螘。形樣度數各有極，體段一一無偏倚。纇疵痕迹毫髮空，可驚可怪復可喜。參如交錯天然文，不斷去來川上水。堯舜得之御黄屋，不動脚手萬物理。孔顔得之洗其心，四時晝夜同行止。蓋緣道理元如斯，無非禮義當然耳。就中發出太極來，萬化一丸而已矣。眼看手搏漠無有，一日無之天地毁。片時俄頃不可離，萬古千秋長不死。静爲體而動爲用，來爲神兮去爲鬼。不離於物仍猶尊，並行不僭光同體。但從化上識中庸，立見源流徹精髓。自從夫子繫周易，千古百年没荆杞。一朝道在九疑下，紅輪扶出咸池洗。不私其有以示人，意與朋類同甘美。隋珠夜光翻不幸，操刀按劍如蠭起。脣焦口燥朱晦翁，至今無柰龍無耳。終然性在天地間，臭味不患無蘭芷。文正有孫已佳絶，混沌相識尤奇偉。震澤天台合清秀，洞見無終與無始。一笑相逢武夷足，菊花未老梅含蕊。共在生生不息中，思入遙天碧萬里。金城鐵壁私家學，一言半句俘其壘。斷楂枯枿晚未生，睡魔辟易面沃水。世間無限掃復生，無事生事雜且猥。一天一地珠爲丸，注疏陋儒足加箠。願公多與説無外，庶使蒼生安六禮。

鄭玄、孔穎達、賈公彦《禮記·曲禮下》、《周禮·大司樂、典瑞》註疏皆云：有九個天下。此禹九州，乃其東南之一州也，名曰神州。其中一州曰崑崙，總繞四面八個天下。先王北郊祭地祇，乃此崑崙之神也。其繆妄若此，先儒並無一言及之，不知何也。

勸學

數百年來，斯文氣運自北方漸入吾閩，以至于今。四書遂出於閩，流布天下。日月所照，莫不盥手讀之，以洙泗伊洛視吾土也。後生英俊，當有以接續永久之，不可以漸而陵遲之也。感興片言，呈諸同志。

七閩四海東南曲，自有天地惟篁竹。自注：漢武帝欲伐閩越，淮南王劉安上書：閩越非有城郭邑里，皆草木篁竹之地，多蛇蝮猛獸。無諸曾擁漢入秦，歸來依舊蠻夷俗。自注：秦末，閩越君無諸，曾以兵隨漢高帝入秦，後滅秦有天下，封爲閩越王。漢高帝不事詩書，至武帝漸用儒。未央長樂不詩書，何怪天涯構板屋。人民稀少禽獸多，雲盤霧結成烜燠。樓船横海未入境，淮南早爲愁蛇蝮。自從居股徙江淮，鳥飛千里惟溪谷。自注：武帝元鼎六年，閩越王居股隨東越王餘善作亂。武帝遣樓船將軍楊僕、横海將軍韓説伐之。居股乃殺餘善，斬其頭以降。武帝封居股爲侯，以閩越地數反覆，悉徙其民江淮間，而虚其地。居股即無諸孫。今長溪、溫、處是也。經歷兩世至孫氏，始聞種杏匝廬麓。依然未識孔聖書，徒能使虎爲收穀。異端神怪非正學，但可出野驚麋鹿。自注：三國時董奉，侯官人也，賣藥廬山下，不取錢，只各令種杏一株。數年，杏生山谷，一斗杏賣一斗穀，令人自採，其人若貪多不止，輒有虎出逐之。廬山在吳境内。其時侯官，今閩縣、侯官、長樂、福清、古田、連江皆侯官地也。廬山今江州。三分南北又幾年，四士單夫無可録。開元天寶唐欲中，闌干始見盤中蓿。自注：長溪薛令之，唐開元中爲東宫官，作詩曰：朝日上團團，照見先生盤。盤中何所有，苜蓿長闌干。飯澀匙難綰，羹稀筯易寬。但可謀朝夕，何由保歲寒。明皇見之怒，以詩逐之曰：若嫌松桂寒，任逐桑榆煖。遂歸不仕。日南韶石出名公，新羅二士非碌碌。自注：姜庶子公輔，日南愛州人，近交趾，德宗時爲左庶子。張九齡，韶州人，開元賢相。新羅有二人，曰張保皋、鄭年，有郭子儀、李光弼之才。

鄭年入海，水底行五十里不噎。新羅國在東海中。七閩轉海即洙泗，僅有令孜與思勗。令人不忍讀唐書，不勝林壑溪山辱。自注：唐僖宗時，田令孜爲宦者之魁，致黄巢之亂，唐以之亡。開元時宦者三千人，高力士爲首，次即思勗。二人皆福州人也。天心地氣信有時，二三百年漸堪目。述古大年創發迹，義理文章相接續。自注：陳襄字述古，懷安人也。先爲浦城主簿，後知杭州，東坡同時爲通判。楊億字大年，建州人。宋真宗時爲神童，以文章名世。蔡襄風任獬廌司，陳烈氣壓龍虎伏。自注：蔡襄，興化人。仁宗時同歐陽修、余靖、王素爲諫官，號四諫。陳烈，隱士，福州人。蔡襄知福州，尚嚴烈，因作詩曰：溪山龍虎蟠，六月夜衾寒。傳言祝舟子，移棹過前灘。蔡襄見之，威嚴頓減。介夫當仁竟不讓，自注：鄭俠字介夫，福清人。先爲王荆公弟子，公爲相行新法，京縣河北民苦免役錢，流離轉徙。介夫時監東安上門，日閱流民出入過門，遂畫爲圖獻之神宗，神宗見之大驚。荆公怒，竄之編管英州，後得赦歸，爲泉州教官。了翁守義窮彌篤。自注：陳瓘字瑩中，南劍人。哲宗時被黨禍，守義不屈，在貶所自號了翁。天開道統游楊胡，一氣北來若蘭馥。自注：廣平先生游酢，字定夫，建陽人。龜山先生楊時，字中立，將樂人。皆二程門人。胡文定公安國，字康侯，得二程之學於謝上蔡二子，五峰先生名宏，致堂先生名寅，父子皆居崇安五峰。了翁責沈先識程，自注：陳了翁與范淳夫祖禹同在京爲考試官，因講《論語》。淳夫曰：不遷怒，不貳過，當今惟伯淳一人。了翁曰：伯淳爲誰？淳夫曰：不識程伯淳乎。了翁曰：生長東南，實未知也。自是得明道之文，必焚香盥手讀之，作責沈文以示子孫。沈即葉公沈諸梁也。不識孔子，問於子路，子路不對。子容聞風亦知肅。自注：蘇頌字子容，泉州人。哲宗時在政府，東坡兄弟忌程伊川聲名，子容嘗見子由毀伊川。子容曰：公未可如此言，頌觀過其門者，無不肅也。劍龍化作李延平，道理益明仁益熟。遂生考亭子朱子，自注：延平先生李侗，字愿中，劍浦人。龜山得二程之學，傳之豫章羅仲素，仲素傳之延平。朱文公作同安主簿歸，親登其門問道。延平以書與仲素曰：得渠如此，吾復何憂。今《論語》中聞之師曰，即延平也。撑拓三才開佐育。植立綱常鰲戴地，開發蒙昧龍銜燭。三胡三蔡與五劉，新安建安如一族。自注：三胡見前。三蔡，西山先生元定、季通，二子節齋淵字伯靜，九峰沈字仲默。文公先居五峰，致堂爲先輩，後居建陽，三蔡鄰近，目西山爲老友。五劉，劉韐靖康死節，子羽、子翬，文公幼時師，珙樞密，文公同時。草堂，文公妻父。直卿幸作東床客，照耀乾坤兩冰玉。自注：黄勉齋榦，字直卿，福州人。文公女婿也。初仕潭州，以捧香恩澤得酒庫官。後知臨江軍新喻縣，知漢陽軍、寶慶府，終沿江制置司參議官。四書才老多有見，自注：吳棫字才老，建寧人。四書註中多用之。楚辭全甫尤能讀。自注：將琮字全甫，古田人。明於音韻之學，文公註《楚辭》用之。正叔安卿親聞道，自注：李果齋方子，字正叔，邵武人。陳北溪名淳，字安卿，漳州人。皆文公門人。稍後景元亦私淑。自注：真西山德秀，字景元。稍在文公後，浦城人。禮書身後得直卿，自注：文公用心《禮書》未了，勉齋了喪、祭二禮。遺經未了留楊復。自注：楊信齋名復，勉齋門人。作《儀禮》註，福安人也。奎宿分野忽在兹，神光秀氣相追隨。燈窗眉宇轍不同，金玉滿堂珠萬斛。遂令四書滿天下，西被東漸出九服。方將相與作齊魯，邇來微覺忘梳沐。賢良文學偶未設，牆角短檠棄何速。相看一一皆鳳麟，相薰漸漸隨鷄鶩。古今最重是習氣，聖賢爲此多顰蹙。一落千丈不可回，堅冰都在坤初六。詩書自古不誤人，明經不但爲干祿。聰明才智萬景春，家國子孫千百福。吾言喋喋徒費辭，自昭拱看扶桑浴。自注：《周易》晉卦大象曰：明出地上晉，君子以自昭明德。

禁酒

五穀之中有淫液，堯舜未嘗得涓滴。剛柔張弛理或容，兩間緣此生儀狄。初如濫觴出岷山，中作江漢横人間。沃焦蘇枯亦宜有，滔天襄陵苦不難。幾人捐軀乞鮫鰐，幾家蕩析無城郭。古今魚鱉劇永嘉，至今無人非畢卓。聖人哲士謀慮長，金城鐵壁爲隄防。尊崇流水尚泛溢，黜降登躋毋升堂。森嚴監史如霜雪，無算無量無踰節。僛僛傞傞未嘗有，山立佳人冰玉潔。柰何世降波瀾狂，周公不作衛武亡。漢家石杠耗海内，唐殿金龍跨遠方。上下因循爲日用，勝理腸胃成膏肓。病民害物拂后土，愁天怒地干陰陽。聖君宵衣急民瘼，一照萬方同忭躍。救荒令典固當爾，此事更有加商略。東西晉武覆轍新，李白杜甫皆沉身。夏后以前皆聖世，豈無貴客與鬼神。四維不張既非美，人而無禮不如死。阮籍罪當投四裔，山簡接䍦尤亂紀。江東命脈王茂弘，荆州父母陶士行。更乞十年禁醖蜡，書生鼓腹老太平。

壬辰日蝕

憶昔度宗皇帝時，十年十三日食之。似道贔贔湖海曲，天子宫庭躭樂嬉。滿朝翕翕皆婦人，禍來照鏡方畫眉。北軍順流日食既，兩國正爾爭雄雌。興亡豈必皆有數，百年以來士氣索。文臣髀肉不識馬，武士驚魄怕見旗。

壽柏峰

愛道愛寶同縮蝸，福善一點如朝霞。稽天利欲渺無路，不妨角里留巔崖。清虚淡素天所覷，百神萬物爭擁遮。七十移桃自玄圃，八十意思猶未花。含如抱粹不肯露，時對知己抽萌芽。我亦一人年在弟，弱質自媿霜蒹葭。逢人説項有何見，豈非氣味同一家。啖柏茹芝分一葉，朝夕供兄粥與茶。一任張良算出去，人生何惜老年華。

久旱得雨

同堂合席分汝爾，況乃邈然千萬里。寸總不知從何來，一夜擁衾八九起。井田未復思扣閽，忍見秋夏田無水。甘霖才是渴者飲，何事驕陽驕不止。旄倪奔走緣木求，惟有氣龍尚循理。焉知天心不廣大，無愚無智皆如子。拜泥禱偶都不問，銜石移山良可喜。雲飛風起作氣勢，野霧山昏醞甘美。三朝遂作滂滂萋，一點一粒不勝紀。吁嗟爾輩何惜命，歡呼噎嘔舞欲死。有身安得不求生，天地之心固如此。草茅藜藿有一策，堯舜是亦人而已。端居廊廟同此身，及人及物唯推己。宫中聖人念民物，春不折柳潄避蟻。論道燮理豈不知，一夫不獲古所耻。三年耕有一年食，堯水湯旱無死徙。有民心也爲民謀，此道如砥直如矢。

壽容山

天下東南有玄圃，左瞰閩浙右俯楚。藴瓌露秀周峰巒，異氣時出爲雲雨。何年營丘文獻孫，相攸弛檐來胥宇。綿綿瓜瓞日蕃滋，福德兩兼一爲主。山川歡喜神靈依，五者日用如水土。我來昔在旃蒙年，乃翁八十健如虎。再來當公六十六，春風習習生談麈。即溫聽厲心自涼，不覺人間有炎暑。年年今日慶生申，已得河圖天數五。今年三合尤奇妙，人生與猨共歌舞。樽前萬事皆如意，酒酣屈指爲君數。彩衣堂下森芝蘭，四宗人人皆玉樹。詩書禮義照人間，謙恭孝弟麒麟武。高年壯健幼穉仁，此事天下莫之禦。福地何但貯退藏，請以閟宫代梁甫。

有感

後人百事不如古，創立造爲難悉數。一日苟且成千年，一夫阿狗彌九土。神仙不死豈有之，起自秦皇并漢武。蜀陵冀角民鼓亂，樓殿至今連海宇。從明未載心神飛，無根金人忽如覩。膏肓遂成不可治，五教壅塞生民苦。帝城元夜移三山，天河七夕橋織女。倡優侏儒爲戲樂，淫詞浮文作貢舉。賣鹽沽酒充科賦，吹簫執籥送喪死。一般更有亂生人，背棄劬勞事歌舞。造端良是魏隋間，以至開元遂爲瘉。四海之人皆若狂，諛舌紛紛蔽明主。五鳳樓前舞千秋，漁陽動地來鼙鼓。六飛倉卒冒煙塵，兩京流血欲漂杵。此禍端從逸欲生，國無良臣致惑蠱。事君事親不在是，福壽自有千門路。曲禮三千無一條，六經百氏無一語。空隨流俗作愚蒙，並將四海蒼生誤。先儒未嘗論及此，共慶重闈或可許。不知沿習秖可傷，明知故作非相與。忠告善道不是從，己所不欲當絜矩。豈知謬致一瓣香，面把黨人作聾瞽。

代壽德輿尹

堯蓂五葉開元正，堯雲五色輝紫清。漁歌樵唱樂寬政，今日公堂彌兕觥。江南春穉寒猶峭，東風先綠銀峰草。銀峰百草皆何私，邀得東風來獨早。寬厚不愎父母心，父母萬壽兒願深。老穉盡作斑衣舞，來聽春風堂上琴。黄金臺上凝虚竚，碧雲爲捲琴聲去。要令四海皆陽春，不但銀峰沐膏雨。區區祝公在此詩，寸草莫報春陽輝。秉鈞暫借牛刀手，八荒開壽如堯時。

天上碧桃 柏梁體

春階蕩漾春日長，羽林颯颯勾陳蒼。鈞天寥寥帝不康，一月震悚奔勾芒。夜鳩烋功和陰陽，粉白黛綠各一方。鑄作娟麗盈盈粧，金烏飛去東藩傍。左右前後千毛嬙，青雲衣兮白霓裳。重重華蓋十六行，瓊林玉殿積縞霜。氣焰薰薄搖籃光，白雲鄉是碧雲鄉。騎龍韓愈如漁郎，緱山仙子聞仙方。坐鶴之背吹鳳凰，穆子簡子方來王。氣迷色眩成肆狂，執法叩閶夕抗章。有一於此無不亡，言從諫聽如禹湯。斥罷脂澤去芬芳，各服駈衣事蠶娘。

夜臺 壬午焚道經留老子

角陵初爲五斗盜，崔浩繼作千尋宮。重黎不生大禹死，鬼魅雜出交蛇龍。妄夸奪盡離婁明，虚喝弱却樓煩弓。禮樂沉淪入九地，陰邪叫嘯充虚空。人寰黯淡如夜臺，百物悽愴生芒鋒。虎狼四出食人肉，四溟不受黄流東。豈無健士能排遏，末俗骨醉難爲功。我欲南游叫虞舜，一怒爲我誅兜共。陰陽阜昧風氣閉，蒼梧日落天鴻濛。代天去惡如拔薙，後剪枝葉先其宗。洗心學易見太極，百怪冰釋春流通。道在不係後與前，日月東出開群蒙。更須講究銅駝事，結正當年河上公。

以上《石堂先生遺集》卷一六

全宋詩卷三六四七

陳 普三

德陽林梅麓太守輓章

殷士皆周祼，南音獨楚冠。寢車人更怒，負俎我何安。義合雍容就，名應久遠看。梅花真鐵石，耐得許多寒。

輓平山菊澗 六首

自是斯民手，全成此世身。片言含展席，一室見經綸。德業空成己，詩書止事親。但嬴千載内，一様不無人。

卑卑梯接俗，望重若蒿蓬。作俑緊何代，彌天以送終。鬧居常憒切，易簀愈昭融。一二人家化，駸駸似洛中。

小試庖丁刃，天王信不虚。林林驚若鳳，戢戢免其魚。一日乾坤定，終身岩谷居。人皆疑不仕，莫曉我心初。

細細香鼻孔，寥希古已然。相逢言尚古，話久許知天。太極有形外，幾宵燈火前。示人猶不敢，何見遽刊傳。

獲接阿戎裾，殷勤便手盧。開緘伯淳坐，人夢孔明廬。敬事期身役，摳趨刻歲餘。天翁如錯誤，流涕看苫苴。

詩禮斯文嫡，簞瓢此世人。心惟憂道屈，眼不見家貧。清瘦生來骨，孤高没後身。幾多黄壤客，難朽得如君。

凭　闌二首

南浦路東西，佳人不可期。斷雲荒草渡，歸鳥夕陽枝。心事十二曲，頭顱大半絲。低回問流水，去去復何之。

高豁乾坤眼，山晴綠雨收。夕陽流水遠，荒草白雲浮。柳蔭小溪側，樵歌古渡頭。凭虚發清嘯，安得仲宣樓。

行　藏

四時晝夜有成姿，用舍行藏亦易知。祭器無周應獨抱，儒冠有越莫空資。亂由徑竇人皆笑，不出門庭鬼亦疑。千古常經川上水，莫將閑氣動詩脾。

感　興

晦翁去後道無傳，智水仁山尚宛然。一室落成方翠碧，四書未竟已黄泉。心留雨暗雲深處，魂在月明猿哭邊。山上仙靈還聚合，虹橋消息問何年。

讀書有感

弄舌儀秦久厭看，無言混沌自安閒。人心何日無堯舜，道學終天有孔顔。五鬼不磨吾道義，二秦長是此江山。窗前宿草根長在，萬古春風去復還。

憶　昔

壯歲聲名動洛陽，重重皎日出扶桑。筆鋒剛勁萬人敵，文陣縱横百勝場。天下文明仰龍見，胸中韜略困鷹揚。喚回三十年前夢，撫案挑燈感慨長。

出行

半挑行李出藍關，便覺前程地步寬。鯨力衝開千里浪，龍光射破萬層巒。逢人切莫談邊事，開口何須問故山。貧殺一身無足道，蒼生百萬要平安。

積雨寫懷二首

識道知時乃聖賢，合人統物一之天。兩間惟有心長在，萬變咸歸理自然。王屋大行從艮止，北溟南海謹坤先。行藏悉是乾龍體，要得無慚只在淵。

一片真純要反觀，纖毫外物不相干。樂天豈向青雲樂，安土須從陋巷安。日出扶筇天地喜，雲深撥火鬼神看。化機何啻親兄弟，但與爲徒有底難。

野燒

雜沓平原起電紅，憑陵勢欲逼青峰。草芽不問新開甲，蟄户尤憐乍啓封。何暇徹侯分玉石，略如伯益逐蛇龍。際天逸德無人問，獨倚高樓到晚（四庫本作曉）鍾。

暮春始聞雷

倉庚杜宇已喧卑，出地奔空獨爾遲。六合中間皆起處，一更前後恰來時。吝蝸封閉俄驚破，迷蝶沉酣恐未知。菌蠢蟄龍安靜退，不妨奮豫小愆期。

偶成呈純父

朋友之倫在天地，何啻玄璜耦赤璋。不聆玉人春風話，禁得鐵衾秋雨牀。幾人超距作貔虎，三尺弱孺思鑾强。幾回合眼在丹碧，講談帝伯鋪皇王。

范雎蔡澤

戰國諸公敝一言，磨喉礪舌亂乾坤。儀秦已作風霆過，范蔡方爲河海翻。榮耀須臾空自喜，真淳毫髮了無存。但憐三代遺孩稚，流血成河暗本原。

謝天爵惠詩和韻

男子須爲顔孟徒，文章義理視公沽。不窮六籍不爲學，未了三才未是儒。當作大鵬辭斥鷃，又如快鶻入群烏。泰山到頂無多路，不肯攀登直是愚。

福城無雪然人物與洛城一也

入城一見便金蘭，青眼論心視肺肝。日用共爲時世笑，晝眠常見鬼神看。狂歌雪裏忘年老，高卧城中傲歲寒。但願康寧百二十，年年斫雪訪袁安。

謝岩上張伯春伯齊兄弟子姪惠生日詩

苟食媮衣豈足論，諸公何見爲開尊。詩書雖讀道何有，爵德咸無齒敢言。泉下年年孤祖考，眼前事事負乾坤。幸隨草木酣秋色，晚節黄花別立根。

賀岩上張商翁新居

商嶺高風動帝皇，商巖清夢到君王。故將琴劍詩書室，結向烟霞水石旁。紫氣遙知穿户牖，青松應不隔垣牆。後堂且設彭宣席，未許鶯鶯燕燕忙。

賀叔父爲猶子成室

五典三綱宇宙人，千金九鼎祖宗身。茶租急切同胞義，冰蘖規模一箇仁。日月照臨倫理得，山川迴合棟梁新。教人以意非言語，此事由家更及民。

賀純父修考亭成

宇宙中間此考亭，接連千聖集三靈。乍年松柏參天翠，無事莓苔滿地青。道統拳拳俄棟宇，人心隱隱又雷霆。世間萬事無難者，但把純心對六經。

懷古

世事悠悠一轉頭，斷雲荒草古今愁。青山北去黄四庫本作南河隔，白日西飛東水流。秦有金牛開劍閣，楚無熊虎割鴻溝。無四庫本作多情蕭寺峰前月，幾夜蛩聲影半樓。

呈縣尹 二首

生賢造物意何仁，一本從來只爲民。擇取易中五陽卦，要令到處四時春。黄扉紫闥終行志，碧水丹山且愛人。滿縣栽花祇悦目，桑麻雨露是公真。

富貴能無不俛眉，太玄久作覆瓿資。柴荆晝刻聲何駛，芹草春風浪已披。似此深心寧爲己，其如淺學謬蒙知。位無大小心惟一，已是當年吐哺時。

贈葉洞春畫葡萄

引蔓牽藤寸管頭，扶驪剔蚌出風流。三千龍女抛珠佩，一個儒生擁碧油。莫是前生封即墨，便堪作酒博青四庫本作涼州。齊奴倘會清妍意，免得紅裙逐翠樓。

和清叟自勉

緝熙正學勿虚過，立志悠悠得幾何。黄卷工夫當猛省，青春齒髮莫蹉跎。筆頭有燄由充養，鏡面無塵在洗磨。六籍四書無釋手，胸中治具看森羅。

和清叟奉御大都

帝里春深草木苞，御河滚滚浪翻桃。萬千紅紫跡如掃，九十青皇壽已高。南國江山歸夢遠，東宮松桂晝陰交。丘園喜有平安報，新竹初成集鳳梢。

和友人惠詩

萬事無非理數成，吾徒但向此研精。介鱗有分當咸若，麟鳳何緣許瘦生。愧我詩書空盜竊，喜君學易有功程。相逢亦似非人力，十載昏花一日明。

挽熊去非有序

疇昔龍峰乍盍簪，爲予一動伯牙琴。文明濟濟英雄集，祭禮洋洋上聖臨。古道違時成握手，狂言駭俗賴知心。群居離索非今日，宿草萋萋得訃音。

大德丁酉，余爲建陽、平山諸公至雲莊書院，龍峰秋丁，朋友以余姓名聞于去非，一相見，輒處之講席。余因見其當日行禮、陳設、位列多與世俗不同，夫子無像，六君子置以朱，次周程張爲五，列之顔曾思孟後，以爲深有得於禮制之當然，與斯道之的傳。遂假《中庸》第十八章末大意，推言祀夫子當以夫子所傳所教三代相因、百世可知之禮。不當緣佛老而有末俗高坐泥土塑像。又尋《論語》有臣欺天等語，以爲十二章之服，夫子亦必不受，帝位、王號，皆不足爲夫子尊榮。夫子道天高、德地厚，至聖文宣四字亦不足以盡。但如夫子所教之禮，設置夫子神主，無事藏之室中，有事南面設之。然後上自天子，下至公卿大夫士庶人，無不北面頓首稽首。如是則爲以道事夫子，不以區區名位章服爲之累。又以夫子所教事夫子，庶可致其來格，而又免於佛老及諸淫祀之辱。像既不設，十二旒、十二章亦無所施，去非及座中朋友皆以爲然。歸來雲莊，有好事者乃以爲鬨，當時相厚相與亦疑此事出於未聞，或有悔吝。余不得已，略將楊信齋所類《祭禮》中記文公之語亦嘗及此者示之，群疑稍釋。去非聞之，乃以《文公集》中載其守南康日所規，白鹿書院欲不設夫子像，但作一空殿，祭用神主，以考滿不得竟，力囑代者錢守字子言者以繼其事。

不幸錢不學，不用其言，一依時俗舊例，遂爲終身不滿。亟以見示，遍似之吾黨，論者始息，區區寢食亦得以安。且又嘗謂余曰：此事不革，斯文之運未敢望升，猶慮其益降也。余深服其言。困走東西，相見數四，不得十日相聚，將二十年，尚規一攜手，而造物奪之矣。細扣之，乃壬子十一月，而余之聞乃癸丑之臘，逾一期矣，唯有頓足而已。盱江李德臣，其老友也。甲寅六月以薦舉過福寧，□中相遇，出其嘗聞于上欲爲成其斯文之志者。余不才，姓名亦與其一。因再感觸，附一哀章，且述其相見之知心與其解釋世俗者于其後云。五君子列顔曾思孟後，亦去非深見，區區管蠡，亦素有懷于兹。以爲文運將興，必以五君子超唐軼漢，直接孟子。列之顔曾思孟以配享孔子，不徒置之馬融、鄭玄輩之後也。及到鼇峰，見去非首不設夫子像，一喜也；又於五君子與管見同，二喜也。文公竹林精舍六君子及畫像贊，蓋當相去未遠，而司馬公之規矩準繩，康節豪傑英邁，皆常尊敬。然二君子於程張爲先輩，乃次其後，已有微意。諸處學校書院皆緣六君子贊，列司馬卲於周程張，不知文公當時已有權衡。其他所著作，亦多可見。如所叙《八朝言行錄》，列八九十人，有司馬卲，而無周程張。却别作《伊洛淵源》專記四君子師弟子本末源流，而叙康節於其後。蓋康節之學，於斯文之統猶有得與處，與司馬公純色天資，不識二程之道不同也。平生妄意，嘗謂文公深意，蓋與太史公分别列傳、世家同。《八朝言行錄》，列傳也；《伊洛淵源》，世家也。作史者能如之，則文公朱子之意遂矣。去非所列已得之，姑附于此。

和叔父九日後樓集 二首

霞邊鶩表見羅浮，左右東南數十州。天近先看洗光日，地高略數下灘漚。乾坤廣大千峰玉，人物英雄百尺樓。衰暮來兹更重九，菊花須滿雪霜頭。

萬化區中總莫逃，範圍不得是清高。天將萸菊淵存晚，秋把山川貼助豪。祭禰五更薦儀禮，上樓萬境擘離騷。化工似欲重重九，催促霜前辦兩螯。

和開元余兄儒術悞身 二首

儒冠多悞身，儒術我何有，此愁人愁語也。不儒則人類滅矣，何悞之有。衆囂囂而雜處兮，咸嗟老而嗟卑。視予心其不然兮，慮行道之猶非。用此以復高韻如何。

安得茅茨美化流，絃歌多著武城游。文章久矣經天地，孝悌非徒淑黨州。惟有命焉軻不謂，貧非病也憲何羞。自注：《莊子·讓王篇》原憲居環堵之室，上漏下濕，箕坐而弦。子貢往見之，曰：噫，先生何病也。曰：吾聞之，無財者謂之貧，學道而不能行者謂之病。憲貧也，非病也。

莫逐嗟卑嗟老流，謀身先向呂宮遊。曼相能使人相類，莫信詩人浪訴愁。力耕不怕水和旱，篤信能行貊與州。寡悔到頭終得祿，不恒自古或承羞。藜羹布被君休嘆，五十無聞却是愁。

柳絮

春莫柳花漫漫，偶成詠絮之作。

去跡來蹤莫可尋，辱人頭面與衣襟。若爲蠛蝱蟲蛆類，亦亭軒窗庭户陰。六合中間不知數，兩儀化育亦何心。手彈劍擊皆遷怒，自注：曹丕畫屏風，沾點如蠅。孫權以爲真蠅，以手彈之。魏王思性急，執筆作書，蠅集筆端，驅去復來，投筆拔劍逐。只待霜風響竹林。

和答友人

萬事云何只有吁，閑調經世月牙吾。要知剝復無非數，不定乾坤未用儒。莫問蹠非并舜是，但存房範與膺模。洗心□有義方易，閒氣須教半點無。

和荼蘼

綠霜和雪揉爲裁，消得玻瓈紫玉杯。擾擾開時違賞翫，匆匆落去謾遲回。顛迷蝶夢留蝸國，荏苒龍珠入蚌胎。急作招魂傾桂酒，尚餘半面在蒼苔。

挽蒼崖

自君綦迹絶兹邦，共訝君爲採藥龐。疾景更先伯淳一，佳兒獨欠郭公雙。一經有托死何恨，兼善未酬心肯降。淚滿平生師友事，山中幾度酒盈缸。

和菜花二首

天公大似慰顔貧，二月滿園瓜子金。不問異根仍異味，盡令同色亦同心。輪蹄見棄各有路，蜂蝶爭趨亦若林。魏紫姚黄來課此，如聞太古簣桴音。

華實根荄若箇般，深知始解識鹹酸。爭春豈敢當紅紫，貼地何能助碧丹。未説餘膏尤濟用，最令中色直堪餐。洛陽個個知揚撥，此物却無人會看。

夜坐

書債如山未有涯，幽懷耿耿夜眠遲。官無蟈氏蛙何橫，天靜狼星狗不知。談易入神山鬼笑，端襟持鏡玉蟾窺。悠悠窗下新功小，羞見凌空萬玉姿。

山中

便是人間一洞天，墮樵煮茗晝騰烟。深春笋蕨千鍾禄，落日漁樵三島仙。一脈甘泉生白石，數竿修竹對青氈。天關九府高無路，莫助椒芹獻小鮮。

野景

衮風柳絮亂溪橋，一抹輕烟野外遥。獨釣漁翁占江上，耦耕農父伴山腰。黄鸝百轉趁紅日，白鷺一行登碧霄。只怕時光如水迅，前村忍聽一聲蜩。

答友人

雲作交游山作賓，道心爲主自安貧。柴門無鑰見同物，竹帛有名終累人。綠水一潭澄靜性，青山萬叠裹閑身。紛紛望拜馬蹄下，不見胸中萬斛塵。

學詩

先知老嫩辨精粗，又識寒酸與富腴。要落前人舊窠臼，也須作我大規模。英豪好是不緣酒，妥帖豈須由撚鬚。最好堯夫擊壤集，胸中閒氣一毫無。

搖膝支頤未冠年，已將采擷勝雕鐫。未能動地驚天句，且誦吟風弄月篇。擊壤莫拋康節集，煎膠可續上林弦。東山七月無人解，只是周公學有源。

雨霽山皆秋色

一朝積雨豁然收，待我凝眸百尺樓。遠遠修眉明碧落，稜稜瘦骨出清秋。同姿遠岸遙生靄，一意寒江亦露洲。此即化工無信息，天機衮衮不曾留。

喜晴

炎天積雨氣如秋，今日新晴快倚樓。神女收雲清客夢，義和鞭日慰民愁。昨朝苔砌行螻蟈，破曉松梢亂栗留。暑氣猶輕如四月，欲從溪上問輕舟。

長夏竹中二首

四圍碧玉遶盤河，六月此爲安樂窩。且喜身心各清淨，但愁歲月爲消磨。洞門開闢元無鎖，暑氣羞慚自倒戈。只要人心明内外，紅塵取此本無多。

暑威赫赫甑寰區，繞屋琅玕足自娱。四面塵埃渾不受，一年炎熱竟成無。絶稀人跡天同處，閲盡詩書日未晡。爲惜分陰故來此，時人疑是七賢徒。

連山一峰獨秀

雲屏屏斷亂山稠，中有青螺百尺修。拔萃出群高地步，導前擁後作班頭。上連霄漢不盈尺，俯視岡陵總下流。吾道與君亦相似，功全一簣便相侔。

東作

經綸一札急農功，駿發公私四海同。婦饁尚存豳國俗，耦耕不問楚鄉風。烏犍紛亂烟雲裏，布穀焦勞風雨中。隴外輟耕相賀處，年來隳突絶西東。

自杭來有四聖觀佛所言

浮杭江海備間關，金甲煌煌亦厚顔。一夕蒼黄生病眼，百年丹碧照青灣。但聞兀朮聲翻海，不謂羅延力拔山。瑣瑣廢興何足道，傷身空在暗香間。

呈汪主簿及茗源諸公

章甫公西愧點雩，斷纓子路羡柴愚。天知人棄終多福，道屈身伸賴讀書。有日官曹須忍耐，薰天聲利儘欹歔。行藏謾似琅琊客，採藥深山日不虚。

挽詩

蠅頭蝸角總虚名，公擅儒林一老成。四德兼全空翠袖，一丘何暇問蒼生。書窗掩月雞同夢，琴室臨溪魚識聲。可惜哲人今已矣，尚存畏敬儘堪刑。

贈清叟行

共君一夜話三生，語正投機君又行。溪柳效顰添別恨，岸花和意送離程。驚時莫問歸巢燕，贈別愁聞求友鶯。今夜夢中重聚首，鷄聲茅店已三更。

遠　望

浮雲盡掃暖微霄，去鷺歸鴻入望遙。積雨纔收平野闊，夕陽未卷大江豪。近看飄絮如千葉，遠見修眉若一毫。不有危樓高百尺，也應無處可呼號。

和黄雲甫韻

志欲鑽研探本原，聖言爭柰遠如天。爬沙愧我遲而鈍，穿石輸君敏且專。方識立身須廣大，也知去道每輕儇。若將中正在正鵠，砥鏃磨鋒必入旃。

和答友人

無一能攀古聖賢，僅能澄淨一腔天。新於梅畔見無極，久向心中閱逝川。文暢惠勤同錫飯，東園角里共衾眠。儀秦肩轂難參錯，莫怪香山去學禪。

次答姚考成留别

别後相逢各問年，依然綠髮對華顛。閒雲獨占半間住，伴客那無一榻眠。酒爲愁多全欠力，詩因料少未成聯。却憐壁上留題句，時有閒情到月邊。

儒家秋三首

講堂寂寂夜鳴蛩，苦爲兒曹課日功。道體渾淪參太極，臯比冷落坐西風。研硃點易露華白，剪燭談經帳影紅。禮樂斯民開治教，閩中常衮蜀文翁。

離離秋色上梧枝，向曉烟雲冷硯池。絳帳談經千古道，青山對酒幾聯詩。西風紅葉林邊樹，夜雨青燈鬢上絲。竹瘦荷枯籬菊淨，暫韜筆硯徹皐比。蘆葦西風雁影孤，凄凄涼氣入郊墟。鐵檠灼爍三更雨，道脈精微幾卷書。潘鬢星霜愁髮短，韓堂風露故交疏。朝廷有道奎星顯，何苦蓬窗守蠹魚。

烈女秋 三首

陽臺春夢逐浮雲，燈影西風獨閉門。一點清心霜六月，半簾紅葉雨黄昏。守符終古漸臺水，墜血經今金谷園。何事文君無雅操，琴聲一動便思奔。

不思粉黛學傾城，心對冰壺貯月明。魏國節操成令女，湘江竹淚泣娥英。床頭明鏡春容減，桑下黄金秋葉輕。守靜不因時物感，西風荒草自蛩聲。

一盞殘燈對影居，鳳飛西去彩鸞孤。毁身令女生全節，沉水齊姜死守符。月色半簾閒翡翠，蛩聲孤枕冷珊瑚。柏舟歌罷塵埋鏡，淅瀝秋聲在竹梧。

秋日即事 五首

夜床輾轉恨明遲，曉髮梳寒倚竹扉。樹影紙窗風作色，蛩聲壁罅月流輝。三盃白四庫本作綠酒窮年客，滿篋紅塵隔歲衣。遙想白鷗江上路，蓼花楓葉雨霏霏。

玉露金莖曉髮寒，秋風仍作去年看。蛩聲疏雨長爲客，雁影殘蟬獨倚欄。錢硯窗櫺雲影淡，丹楓溪曲水痕乾。西風曾與黄花約，擬掇繁英貫酒餐。

二尺書檠對影居，西風吹雪上吟鬚。雲邊月色人千里，竹裏秋聲酒一壺。客思邇來紅葉亂，雁聲南去白雲孤。季鷹自是知機者，一念蓴鱸便到吳。

書餘飲水枕長肱，四壁啼蛩訴不平。月色滿窗詩骨冷，露華半枕夢魂清。西風歲歲長堤柳，流水朝朝滄海情。紅葉山深無雁過，殘砧幾處搗愁聲。

遊絲閃閃掛虛簷，翔隼號寒華嶽尖。白髮束來閑點易，烏衣歸去寂鉤簾。三千客路飛楓葉，四五人家賣酒帘。魚笛水寒江上晚，半叢豆葉雨纖纖。

鼓瑟

滿樓明月調雲和，五十絃中急雨過。彩鳳拂衣鳴翠竹，素鱗鼓鬣出寒波。淒涼楚客新愁斷，清切湘靈舊怨多。一曲更沉人已靜，江頭雲掛綠嵯峨。

朱絃聲奏徹雲清，有客沉吟倚柱聽。遺響一時存楚曲，斷魂千載寫湘靈。珠隨明月生滄海，船挾悲風過洞庭。絃索無言膠柱倒，遙遙江上數峰青。

五十朱絃不與琴，一絃一柱調清音。南華喚醒莊生夢，西蜀傳留望帝心。魚躍滄波風嫋嫋，鳳飛丹穴月沉沉。此情不待鏗而作，一攬新聲見古今。

以上《石堂先生遺集》卷一七

全宋詩卷三六四八

陳　普四

夜　坐

竹雲亂相逐，明月羞如女。青山鎖幽人，飢民卧茅宇。

有　感

益州桑柘雨，莘野稻粱秋。功業髯秋兔，行藏汗萬牛。

高宗帖

寢苫枕干子，有暇綰秋蛇。仁人不忍見，俗子持相誇。

姚國秀十詠

東　塾

濂溪義安取，新鄭與新豐。所以東塾子，拳拳東塾翁。

溪　莊

疇昔何來此，青山與白鷗。絮飛春不去，潮返月頻留。

玉女峰

道心苦難足，造物冷看人。鐵漢未成就，遺渠妍笑顰。

勒馬山

六合横馳鶩，道人門不開。回頭顧明命，鞭辟入身來。

圓　山

道人見此山，指作太極圖。中宵挂明月，請看頭上無。

信芳亭

德馨何酷烈，同心皆與知。靈根在何許，暗室毋自欺。

小　山

平生一丘願，不忘岳連姿。若求靜壽意，一簣有餘師。

竹　塢

竹靜塵不染，塢深人不到。欲海不可航，聊須從吾好。

菱　塘

廉隅集謠詠，舉世尚和光。平生憎老子，蓄雨肥菱塘。

梅　窗

年年佩溫故，先入一枝來。歲寒吾與女，欲別重徘徊。

贈南豐姚敬仲

孔門縲絏可妻，董生孝慈有翁。天與仲尼不恕，人間處處流通。

野　步十首

南雁數聲嘹唳，西風雙鬢鬖鬖。病葉夕陽滿樹，斷雲殘雨歸岩。

瀟灑枯藤老屨，行行只復行行。泥路野人屐跡，石橋流水琴聲。
黄犢眼中荒草，鷺鷥立處枯荷。宦海風濤舟楫，故山烟雨松蘿。
愁思冥鴻杳杳，吟情敗葉紛紛。歸去滿身溪雨，醉眠半枕山雲。
白日長繩難繫，青帘濁酒堪賒。歸鶴蒼山雲際，故人錦字天涯。
紅葉林風颯颯，蒼苔徑雨斑斑。人跡石邊流水，樵歌鳥外青山。
流水數株殘柳，西風兩岸蘆花。荒草客愁遠道，夕陽牛帶歸鴉。
按步緩尋幽草，揚眉一望平林。鳥影漁磯日暮，豆花村屋秋深。
幾處漁樵石路，數家雞犬柴門。竈屋殘烟杳靄，溪流淡月黄昏。
木葉西風古道，稻花北壠新田。流水美人何處，夕陽荒草連天。

太極中事事皆有即無佛

三春蝴蝶誰言夢，六月蒼蠅詎可憎。未怪康衢中有虎，每疑太極裏無僧。

讀史八首

王莽當年似姬旦，煬皇前日肖曾參。擔囊揭篋何須逐，盜賊誰無仁義心。
王敦自嘆非盛德，國忠自言無令名。狐死不知正丘首，人倫都盡虎狼行。
董卓猶知用荀爽，蔡京也解召楊時。善人壽命如松柏，自有神明好護持。
馬六尾五四代士，葱寸肉方千世心。浮雲轉眼百千態，惟有性情無古今。
天踰鐵勒偏無夜，地到扶桑更有人。民首自黔心自白，詩書萬古不憂秦。
祝網三驅百聖同，仲尼無語孟牽弓。雷霆日月誰能避，肯向門前着大蟲。

不是二顏張許輩，故將軀命委沙塵。天生熊掌真滋味，自美自甘難告人。

晏嬰白日爲讒賊，吾道何用尤臧倉。啜粥倚廬深墨面，天地不遺君齊梁。

乙未冬久雨

隴上初黄霧四垂，禾頭盡黑正淋漓。衡山自有開雲手，只在人間人不知。

程氏館燈下白菊花

燈前一陣玉胡蝶，火急教人網取看。乃是徑中白甘菊，主人移入伴清寒。

永豐疫癘事佛人多死

斗邑軍餘種未芽，斂形還葬復千車。天行底事無差擇，偏入長齋禮佛家。

路中救小魚

道逢涸轍一窮魚，氣息如絲沫尚濡。未得相攜滄海去，蛙池共活諒中孚。

自哂 六首

曾騎白鶴上揚州，頭上花枝秉燭遊。樽酒邇來誰是伴，白雲收盡數峰秋。

草澤行吟賦楚騷，青麻衣上俗塵多。五陵年少休相笑，戲馬臺前載酒過。

鬬雞走馬醉高陽，今日歸來兩鬢霜。無限少年心上事，半簾豆雨語寒螿。

古樹閒雲獨抱琴，琴聲寂靜樹雲深。相如渴死文君老，辜負題橋萬里心。

世事悠悠酒幾盃，晴蒼把鏡獨徘徊。西風吹老梧桐樹，仍送新霜兩鬢來。

寬博麻衣折角巾，疏慵不似少年身。白雲半枕山中午，猶夢乘槎去問津。

愛日 二首

絶妙茅齋對竹林，少年日月直千金。殷勤好與此君約，不許空移一寸陰。

一寸光陰直萬錢，况兼妙質與崇年。睡魔懶祟俱驅去，要與窗駒鬬着鞭。

乙巳邵武建寧夜坐書呈諸公 二十首

欲圖麟閣終形役，不過虎溪還事煩。但向暑來寒往處，十分磨鑪要無痕。

匝地彌天日用常，寂然不動已洋洋。但令正氣無參雜，立見岐山叫鳳凰。

東家丘蓄緣何息，百里奚牛爲底肥。自得三人雖損一，此心到處物無違。

鵜鴣翡翠各毛衣，未有絲麻亦衣皮。白晝不冠對妻子，要令天地撤方維。

敬身天不寬曾子，白眼人當殺嗣宗。林下脱巾仍露脚，青雲白石肯相容。

一合乾坤貯鬼神，入虚何敢謂無人。暗中射鮒誰知見，繞市青衣説與人。

南面彈琴陳蔡飢，不停晝夜迭相催。鳲鳩欲一無容僞，兄弟一家分受之。

高宗誠實夢傅説，傅説何嘗夢高宗。鮐背圖形滿天下，柴門不啓睡方濃。

長沙太傅便嘆息，華州司功輒發狂。持此身心上天去，更無可答萬夫望。

寄牋遙問兩司命，曾遣千金慰執鞭。抛却一川風月去，高車駟馬定何年。

求魚指鹿共誣天，駟馬嘶聲更可憐。不下但嗔機上嫂，中庭猶有淚如泉。

父母何曾使我痡，自將身去殉塵埃。孔顔思孟老莊釋，萬語千言喚不回。

投燈飛燭未爲愚，接跡紛紛是可誅。緣木得魚還有樣，便教焚却孔明廬。

氣雲汗雨揉黄埃，不是天驅地使來。莫恃慈親無殺子，害仁已甚必爲災。

盱豫悔成緣悔遲，往蹇來反又何疑。雞鳴一念清如水，正是籧篨可俯時。

山龍火藻舜所置，六合可無綱與維。有室有家萬心願，聖門大禁在鑽窺。

金明池上綠衣兒，燮理陰陽焉用之。建國立家真可怪，不栽梓漆與桐椅。

棘圍木柵試文章，先把公卿作寇攘。往事如斯能不咎，未容盡付與斜陽。

深山夭矯老風霜，自是光明好棟梁。不待萬牛拖挽去，不如僵柳與枯楊。

如山似岳起烟雲，爭柰根資故未純。整頓乾坤成萬類，要還林下洗心人。

叔文九日 二首

葱梅韭芥本同家，自入離騷竟入邪。一日露牙救桓景，千秋添得伴黃花。

江左夷吾本勝流，晚因造膝却生愁。紫囊肯上斯人腕，敢怨離騷佩不收。

《内則》：膾，春用葱，秋用芥。豚，春用韭，秋用蓼。三牲用藙。獸用梅。註云：藙，煎茱萸也，《爾雅》謂之樧，《離騷》謂之椒。專佞以慢慆兮，樧又欲充其佩幃。既干進以務入兮，又何芳之能祗。從來釋者皆以樧爲惡。晦翁云：椒，茱萸也；幃，盛香之囊也。椒，芳烈之物，而今亦變爲邪佞；茱萸固爲臭物，而今又欲滿於香囊。蓋但知求進而務入於君，則又何復能敬守其芬芳之節乎。愚按此説固是，然以上下文觀之，屈子恐未必盡以樧爲惡，所謂干進務入，總謂椒與樧，所謂何芳能祗、亦總謂椒與樧也。干進務入，於充幃之義尤切；專佞慢慆，猶爲諂諛失守；充幃，則有依依之態，不惟求容而求親密，蓋其惡尤甚於椒也。又何芳之能祗，謂其本芳而不能敬守之也。蓋總指善人不守節，故其上下一二十句，一意成一片，不應獨樧爲臭物，在一片中若附贅縣疣然也。首言蘭芷之變，荃蕙之化，次言昔日芳草，今爲蕭艾。蘭爲衆芳之長，又重責之云：余以蘭爲可恃兮，羌無實而容長。委厥美以從俗兮，苟得列乎衆芳。因連椒樧二物亦同意，而椒之罪甚於蘭，樧之不顧又甚於椒。椒性氣最烈，乃爲慢慆之態，樧尤烈，乃爲依依之容，是剛柔俱化也。然後總之云固時俗之流從兮，又孰能無變化。合上衆芳而歎之也。終之云：覽椒蘭其若茲兮，又況揭車與江蘺。其意亦非棄椒但容之，則文不可讀。而榝罪甚於椒，亦在可略，故但云椒蘭。又以蘭最香，椒最烈，而深責其無所守也。茱萸，自先王已用之，口味鼻臭，南北不殊，屈子豈不見知。三牲用藙，則以薦之鬼神者也。屈子遂以爲惡，深恐不然。其氣味形狀本椒類而酷烈於椒，而不可近兒童，世俗宜以爲惡。然細詳之，實有去邪避惡，激柔起懦之材。故古人審而用之，亦若蓼然。蓼於農夫爲惡，世俗亦以不善，目之與葱藙等同列。而今亦有以和麴漬酒者，其味與椒、茱萸、菖蒲皆得金之辛，蓋皆五行之物也。陶隱居説蓀云：東澗溪側有名溪蓀者，根形氣色極似石上菖蒲，而葉無脊，今所在溪澗極有之。如陶所言，福州人亦呼爲溪宣。蓀宣，音相近也。《離騷》蓀荃一物，蓀荃尤相近也，浙東人亦用以和麴，其味亦與蓼、茱萸相類。《離騷》皆以爲芳草，則未必獨遷怒於榝，而不知其善也。以充幃而言，則古人當已佩之以辟穢惡。屈原借以爲務入者之喻，而費長房亦非創始，知其可以辟惡也。晦翁註所謂不能敬守芬芳，止謂蘭。然文似兼謂榝，獨與臭物二字相反，理亦少礙，然政可以明椒、榝之本同物爾。不然屈子之意亦當謂榝亦有才，本椒之類，第氣味太過，本無全德，一移於俗，遂盡棄其本。他人猶淺淺不敢深，而榝遂欲深入於君求親密，爲可傷也。桓景當只是王導時爲丹陽内史者，陶回以造膝責王導，則是榝之干進務入之態，猶不改於後世也。

邵武泰寧途間一路海棠

萬騎連接出襄國，自注：趙石虎都襄國，作萬花騎，出入隨從。諸姨撩亂上驪山。自注：唐明皇同貴妃每年十月幸繡嶺，諸姨别色隨從，望之如錦。道人不識紅粧面，何事扶筇過此山。

武夷一曲

虹橋一斷幾千齡，親手文公再造成。何事遊人尚迷路，亂尋無楫渡船撑。

玉女峰

暮暮朝朝此水頭，却無雨怨與雲愁。我儀何事堂堂去，極目天涯雙鬢秋。

大王峰

統攝群峰占水湄，長如翼德斷橋時。惡聲聊斷仙靈耳，赤幘空汗百世師。

隱　屏

排雲觝雨立虛空，端正方嚴萬壑中。好去明堂充宁倚，不應留此伴仙翁。

仙　掌

丹崖翠壁畫仙梯，不用囊中大藥資。成道無過是無欲，仙靈分曉示諸斯。

天柱峰

撑天拄地氣何雄，絶似多愁杞國翁。五曲年來添個伴，從今不復患共工。

一線天

天真道妙本無多，只費挨攤與洗磨。不見昭昭端的處，分明全體是如何。

石　堂五首

仙佛人言是一家，好分半席共煙霞。廓清摧陷儒家事，不謂青山識正邪。

天威如許敢爭雄，重遺山靈費一峰。不共那邊如水火，未應抵死不相容。

蕭蕭五曲片茆茨，環合群峰共護持。天下七情誰中節，武夷山石百王師。

天下名山，釋子占幾堂，獨武夷諸峰之下無一所。土人云：茶岩舊有一區，爲裂石所陷，移構石堂壁下，復陷焉，仁宗天聖間也。今茶岩下一葩，分明自百仞之上摧裂而下，石堂中一葩尤奇，搪撑枕倚，嵌罅百道，旁窺俯視，其中摧楹折桷，丹碧宛如。故舉頭一片，穿空入雲，如啄一禽止，其負絶可愛。噫！韓退之、石守道豈兹山之精靈乎，其可怪矣。又云：山前一曲中，亦嘗有二所，今皆廢墜，其徒屢扶不起。其一尚餘茆屋兩間，一殘僧貧老，自負薪水以給，見者以爲可畫也。石堂中者既陷，乃出九曲外作之平地上，今新村溪頭石堂寺也。

聞言驚喜是家山，揭蹷來兹遂一攀。何但名稱偶相似，宛然天壁鎖雲關。自注：石堂名與予家山偶同，門户崖壁亦相類，但其中廣狹異爾。

新豐雞犬路終迷，廬下濂溪非故溪。造物留人殊過當，終當結屋此雲栖。

伯循和石堂後二首復依韻 二首

晉士當年一峴山，高風千古邈難攀。浮嵐煖翠依然在，不入人間大夢關。

櫂歌一唱醒群迷，先有胸中九曲溪。仁智之真常瑩徹，過門不入亦山栖。自注：伯循有自緣個裏有相關，但教認得青山面之句。

赤壁賦中四句 四首

耳得之而爲聲

司聰坎體本來清，舉世都將貯笛箏。飽聽翛翛北窗吹，人間能有幾長庚。

目遇之而成色

人間何處看真色，午夜天心月滿時。無限凡夫空肉眼，凝眸決眥望西施。

取之無禁

竹聲梅影芰荷香，滿檐連車不是贓。無奈浮雲并糞土，百年瞬息萬人忙。

用之不竭

白璧黄金殺五侯，只堪揮斥不堪留。柳風梧月窗前草，此興江河日夜流。

歸鳥

紫山青嶂盡如家，負日銜烟復帶霞。今古乾坤秋一幅，幾番歸鳥與栖鴉。

困王孫

養生喪死婦女手，受氣成形酒色胎。牧馬夜歸眠馬下，夢魂猶遶舊樓臺。

不解算 四首

孔桑衹是穢塵編，劉晏空誇馬上鞭。六合分明長策裏，不知劉項入關年。

算來未必得盧梟，不算其如四壁蕭。大道廣居天與伍，肯將前箸亂簞瓢。

管晏商斯幾揣摩，盡誇掌上有山河。當身成就憑君問，孰與顏曾孔孟多。

漢初帷幄有真儒，五百餘人轍予盧。三十六宮來往處，子房終得邵堯夫。

算，非吾儒事也；不解算，正吾事也。衛靈問陳於孔子，孔子以爲辱，明日遂行。遂行者，無所顧慮而遂行也。陳去衛不遠，甫到陳而絶糧，則是去衛之日，橐之有無皆不知也，可謂不解算也。然使孔子當時聚糧宿春而從行，則又不足以爲聖人，又不得有絃歌不絶之事。與荅子路以固窮之語，曾子一貫之聞，顏子道大之論，以爲萬世之教，所謂千年風致一時休也。然則其不解算者，適爲是，不可以爲非也。兵之算，莫如吳起、韓信；財之算，莫如商君、劉晏，而皆迷於其身。莫切於身，而算之高者乃不及是，豈足爲高哉。莫非道也，莫非天也，不惟不解算，正不必算也；不惟不必算，亦不可算也。此孔子所以從吾所好，顏子所以不改其樂，孟子所以無不豫也。古今聖賢士君子，凡幾人矣。孰謂解算而有成，不解算而無成者哉。任理順天者無不得，夸智逞力者往往而獲罪於天也。善明父石磵趙君以解使不解算，自贊其真，固非自有所不足也。而余就以此賀之，併爲之歌四首，以詠之。自注：趙石磵自贊曰：這一個窮漢，便是趙石磵。恐人不識他，畫出與你看。咄，莫教一日從容，只解使不解算。其畫着衣補數片。

七月六日夜雨

蒼生一一共胞胎，日夜無端心上來。半月驕陽四更雨，豳風夏校夢初回。

七夕 五首

玉果金盤開九州，人間無處匿蛛蝨。天孫今夜鵲橋畔，百億化身難得周。

但把凡身小品論，不須榻頞四庫本作寧須扣額問星辰。女郎戀別淚如雨，遑托金針度與人。

欲理銀河一葉舟，不知滿架架蒙鳩。漢陰抱甕蒼顏叟，孤負今朝乞巧樓。

木牛流馬無人會，元是自家心孔開。却恐如簧讒佞口，曾問天孫乞巧來。

織女牽牛不隔河，儼然天娣與相摩。道心萬載如寒水，肯爲河東起浪波。自注：杜詩云：織女出河西，牽牛出河東。萬古永相望，七夕誰見同。

七夕後一日 二首

世間萬事但隨身，不費將迎是聖人。雨暗雲昏殷作夜，天青水碧在今晨。

明朝來歲總過去，密意深情幾度春。此是吾徒塵垢事，敢將上下位星辰。

中秋近願晴 五首

秋天連夕卷烟雲，似爲蓬蒿有滯人。駟馬高車無夢想，中秋但借一冰輪。

借得冰輪不敢私，幾多人要露肝脾。浮雲不用欺天下，須信人間有伯夷。

浩蕩無邊及物心，孔顏堯舜共弘深。柴荆一壑蒼苔合，惟幸寒蟾夜夜臨。

生如螻蟻事如麻，有菜無鹽是幾家。無限容光通照處，良晨莫遣片雲遮。

春風秋月久交游，少壯論心今白頭。二子倘無相棄絶，從今但乞十中秋。

願月得雨兼旬秋暘人望已切再和前韻 六首 前韻作於旬日前，未覺旱也

踰浹秋暘已望雲，芭蕉一夜慰愁人。陰陽各有時中處，不可相無似兩輪。

雨我公田及我私，幾多風月入肝脾。天心亦似堯心細，一日之中有陾夷。
時雨光風總是吟，憂歡元不繫晴陰。醍醐未用踰玄酒，中節何須論淺深。
須識光風霽月心，愛君憂國慮民深。江南一夜千倉廩，再拜雙眸重照臨。
播穀栽桑復執麻，全憑雨露作人家。世間惟有心須霽，一片浮雲不可遮。
得意如心即勝遊，不妨對雨作遨頭。窮櫚豈暇賢明月，舉室寒衾喜有秋。

戲題趙畔道寓居壁間

疏髯荆楚青油客，踏着天根息此堂。惹得深山狂簡子，年年來此道先生。

屢省乃成二首

務本工夫在日新，悠悠莫自老青春。課功覈實惟時敏，德業何難輩古人。
詩書總學本無難，年少心身莫暫閒。尺寸之功當記取，將來百仞作高山。

偶　占

水邊側耳翠蔔葉，陂下銷魂金步搖。何以潯陽北窗下，白雲伴宿聽翛翛。

一路海棠正開

入樵萬里海棠林，花作雲霞樹作陰。莫笑道人行此路，却懷程邵看花心。

戲呈友人

年來學道未知方，羞逐鶯花燕蝶忙。三五年加心死盡，有如魚鳥見毛嬙。

以上《石堂先生遺集》卷一八

全宋詩卷三六四九

陳普五

大學

三關

致知格物最爲難，夢覺關中善惡關。若得二關俱過了，方成人在兩儀間。

中庸

道不遠人 五首

毛髮肌膚總道充，面前無處不相逢。爲何南北多岐士，動隔江山千萬重。

一人各有一安居，方寸歸藏儘有餘。顔子一春常不出，他人日日去其廬。

三綱五典不用學，旦氣清時在枕邊。未出母胎無不具，何須萬里役樓船。

巨鰲山更在頭上，驪龍珠猶寄頷邊。何似一身千萬善，流行充滿地中泉。

穆王八駿魚千里，漢武末年狐首丘。馳鶩崩奔何日了，靈臺咫尺不回頭。

論語

首序

東魯氣勢已崔嵬，彼婦無端汶上來。天地未開堯舜運，子西晏子亦桓魋。

時習章

學專復性習爲功，千五百年初發蒙。悦樂已深加不慍，此身與道始流通。

孝弟章

仁民愛物本親親，有子當年見亦真。第一註中明體用，洗空千載説經人。

巧言令色章

正色忠言始是人，一毫巧令猷爲鄰。本心面目無難見，識此非仁即是仁。

三省章

專心於内最爲難，又主其三得大端。曾識中庸并孟子，正如江水發岷山。

道千乘之國章

農田萬頃載車千，五者相因敬在先。更把敬來充拓去，四方百里已堯天。

弟子入則孝章

孝弟謹信汎愛衆，親仁猶未是全功。聖賢成法事物理，都在詩書六藝中。

慎終追遠

三千三百皆天秩，第一無如事死難。喪祭兩端無愧悔，民風行作舜時看。

聞政章四首

秉彝好德性彌天，一見聖人皆勃然。可惜欲心膠一世，無能期月況三年。

善言善行顏閔冉，子貢依然與有之。可是晚年深性道，三年喪畢轉依依。

莫貪學聖在聞言，但看威儀已燦然。無隱無言二章旨，此章蓋已具其全。

盡心盡性自儀刑，得有相知道可行。萬世無窮干祿法，深勞子貢一推明。自注：夫子之求四字最説得好。子張干祿章意亦相連。

君子不器

大學真儒耻小成，一源體用要流行。當知萬物備於我，直自脩身至治平。

子貢問君子章

出話誰能敢不仁，未行未足信於人。欲求内外皆無間，兑口終須後艮身。

攻乎異端章

墨氏似仁楊似義，佛如美色與淫聲。刀圭烏喙甜如蜜，何況專攻欲盡精。

孟子

孟子見梁惠王

道氣淒涼七百年，招賢一舉獨非天。當場禮義難分別，回首空山重惘然。

義利

利出私情害萬端，義循天理樂而安。是非得失分霄壤，相去其初一髮間。

王道勸齊王

列國分爭幾百年，人心天命不其然。俗儒槩執春秋義，何忍斯民久倒懸。

觳觫牛

堂上一言何自發，分明太極本真存。因知忍性元皆善，利欲遮迷只自昏。

仁者無敵

仁人所在人心萃，魚爵叢淵固自歸。天命到頭還不外，東征西怨豈容違。

今樂古樂

韶濩無聲鄭衛淫，紀綱條理杳難尋。雖然古樂非今樂，又與民同無古今。

大勇

大勇非由血氣充，性情義命本來公。至剛至直純天道，逆理其間何所容。

王政

分地因天各有宜，財成輔相只當爲。相忘祿産沾濡重，皞皞渾渾自不知。

不遇魯侯

齊梁舊事慣常陳，道運湮微且莫伸。便使臧倉無阻間，魯侯未是有爲人。

不動心

見道分明了不疑，氣常無暴志常持。確乎理氣爲標準，變故艱危豈足移。

知言

識見超然地位高，人言情僞察秋毫。一些疾病生心腹，明鑑當臺不可逃。

養氣

養氣元來甚可爲，只須身與理相隨。待今自反俱無歉，直是工夫效驗時。

浩然

至剛至大莫能言，宇宙天人總一般。須是意誠心正日，本來體段始堪觀。

具體而微

道體本來無限量，其間細大竟差殊。只爭思勉些微累，意必之心未絶無。

王　霸

德誠已有奚容力，假僞非由力莫爲。若使桓文居萬里，不知功效竟何施。

乍見入井

乍見無從那處生，非思非勉出天真。苟無物欲相攻奪，人性如何有不仁。

天　爵

利名物外奚必用，至貴無虧備自身。舍己從人徒取賤，到頭還自喪其真。

子路喜聞過

諱疾之人每忌醫，夫誰有過喜人規。仲由勇義能如此，令聞無窮百世師。

善與人同

善出於人元即性，在人在我本無殊。常人未免爲私累，上聖之心道與俱。

隘與不恭

異端豈必皆邪説，執一之偏或過中。隘與不恭如失正，到頭流弊亦皆同。

天　吏

生殺存亡我敢專，德刑予奪出諸天。曰天所命惟其理，夫豈諄諄告語然。

堯舜之道陳王

自賊其君固不恭，責難陳善乃爲忠。要知堯舜夫何道，只在常言仁義中。

周公之過

過血乖離慘極刑，人情天理豈其真。天心處置非無意，故把瑕疵累聖人。

孟子去齊

女樂之行恨未忘，時人又爲去齊傷。聖賢出處常如此，道運終天孰主張。

性　善

異論縱横害已深，一言性善發天心。民彝物則依然定，多少綱常起獸禽。

文公三年之喪

性善之言一動心，至誠惻怛出天真。紛紛狗彘乾坤裏，獨有居廬啜粥人。

許　行

治國兼耕豈理歟，陰謀亂政肆崎嶇。仲尼若使爲司寇，許子難逃兩觀誅。

夷　之

厚葬非徒識所先，分明至愛自心根。憮然一悟奚從發，爲有良知尚未昏。

枉尺直尋

計利無非患得心，誰能枉己直於人。既甘隱忍無羞惡，氣餒如何更復伸。

詭遇獲禽

詭遇背馳先自失，丘陵之獲亦何爲。彼哉舍己狥於物，所得安能直所遺。

公孫衍張儀

虎狼縱暴互奔馳，狐魅紛紜擅肆欺。三二百年天地裏，十棚木偶弄嬰兒。

大丈夫

玉食珍羞不謂榮，簞瓢陋巷豈爲貧。亭亭當當無偏倚，宇宙綱常任自身。

孟子好辯

禽獸縱横鬼魅多，人間岐路總差訛。當時緘口終無語，天理民彝竟若何。

陳仲子

民彝萬古在乾坤，人道寧同鹿作奔。縱使披毛兼辟穀，何能一日立人間。

聖人人倫之至

圓頭方腹一皆人，堯舜元非鳳與麟。道德文章光萬世，看來只是盡人倫。

巨室

豶豕之牙須有道，執牛之尾豈良圖。亂臣賊子乾坤裏，天地人心未必無。

仁不可爲衆

天下最强惟理義，英雄顛倒莫能爲。依依一縷人心在，天命於斯自不違。

自暴自棄

所性自來非不善，居參豚犬豈人情。昭昭日月明如鏡，瞑目甘心冒昧行。

思誠

氣形與理一齊生，誠妄相須兩並行。須是本心無走失，所存熟後自能誠。

養志

世俗養親惟口體，誰能養志若曾參。至誠順適無違咈，爲是心其父母心。

格非

糾繆繩愆皆末務，徒勞事事與之爭。非心格盡常於道，本正源澄萬派清。

舜大孝

暮雨梧山淚滿襟，皇天珍重意尤深。一時瞽瞍烝烝乂，萬古人間慈孝心。

赤子之心

真淳未鑿本諸天，飲食啼號所性然。情欲不生無外誘，聖人之質自渾全。

自得

勿助勿忘隨所事，潛心積慮孰加功。待須默識心融後，左右逢原觸處通。

博學反約

事理紛紛未易窮，其間脈絡要通融。能於博處知其約，漸次收功一貫中。

由仁義行

聖心仁義相爲一，行動無非個裏來。已自不思并不勉，曷嘗着意爲安排。

禹湯文武周公

千聖相承惟道一，憂勤惕厲意尤深。至誠之理元無息，有息良非天地心。

詩亡春秋作

鄭衛聲中聽雅歌，父仇莫奈母恩多。無人出任綱常主，空有乾坤着羽毛。

私淑

百有餘年澤未窮，寒潭秋月寸心同。尼山想像人如玉，夜半相逢夢寐中。

行所無事

天理須殊本自然，自然天道合無天。一毫小智生穿鑿，所性之真已弗全。

終身之憂

冠履昂昂數尺軀，聖賢無我意何殊。伊人德業光天地，在我寧甘食粟夫。

易地皆然

今古無過只一中，隨時適變不相通。聖賢心術無偏倚，事業雖殊道則同。

齊人妻妾

簞瓢門柝不堪貧，奴婢甘心自屈身。駟馬高車光郡國，看來等是乞墦人。

終身慕父母

外物安能亂本真，終天眷慕受恩深。大人所在元無壞，不失初來赤子心。

憂憂喜喜

骨肉真情出不期，捐階蓋井我何知。風埃滿目閒來往，天性曾無一點疵。

禪　繼

處變安常兩不同，聖心天地與爲公。要知授受精微處，不問親疏共一中。

有　庳

弟兄小忍與堪憐，公義私情獲兩全。管叔若教封有庳，如凶凶罪豈無偏。原校：疑有訛字

放太甲

未道嗚條作網羅，近來亳邑轉偏頗。嗣君可到先王墓，爲問南巢事若何。

要　湯

畎畝一身堯舜樂，幡然堯舜在君民。別無鼎俎要湯具，爲有華勳道在身。

百里奚

貧來芻牧竟何疑，只是要秦一事非。爵祿無心殊已久，誰能白首戀輕肥。

大　成

任與清和猶是器，偏於所執不相通。大成之德該全體，萬理同歸一貫中。

貴貴尊賢

貴貴如天禮極隆，無人更識下賢風。豈知坤位居乾上，天地之交泰道通。

天　位

天位待賢良有以，理天之物治天民。近來職掌歸西邸，不是朋親即富人。

獵　較

道體從宜無害義，不容外物獨違時。未能槁食并泉飲，咽李哇鵝豈可爲。

爲貧而仕

君子入官須事道，仕而非道似非常。抱關擊柝雖卑賤，職分終然不可忘。

尚友

賢聖雖亡心不死，詩書所在即其人。大人取友無今古，天地中間一性真。

杞柳

梓漆椅桐質本奇，用而爲器始皆宜。倘令杞柳非柔順，未必桮棬可得爲。

湍水

湍水縈迴隨所決，亦須順道乃從流。若非所性元趨下，料可東西決得不。

生之謂性

理氣雖然不可無，形而上下有精粗。槩將動作名爲性，天地同爲牛馬區。

義外

所長之人雖在外，敬之之道自中推。可憐告子灰心久，禮物昏迷不自知。

食色性也

食色雖然人固有，原於形氣所由根。苟徒即此名爲性，太極之真已弗存。

有物有則

大而天地無邊際，細入無倫極眇綿。一器之中涵一理，隨其所在莫非天。

理義悦心

芻豢膏粱嗜不休，悦心之樂孰能求。倘知禮義真滋味，陋巷簞瓢豈足憂。

牛山

氣化流行出一元，生生之理自天根。倘無斤斧牛羊累，觸處均沾雨露恩。

夜氣

氣無所帥任崩奔，東騖西馳利欲昏。人事才停機械息，天心無間本真存。

一暴十寒

一粒微陽稍兆和，嚴凝莫奈雪霜多。天人勝負爲消長，造物其如所息何。

舍生取義

義在甘心自殺身，人情天理此爲真。誰能出段乾坤裏，長作偷生負罪人。

求放心

放豚無迹競西奔，着意追求孰用功。惟必操存能主敬，依然不離這腔中。

養小失小

爲堯爲舜配三才，功用都從此處來。顛倒反爲飢渴想，迷輕失重亦堪哀。

心官則思

心嚴内主役群形，百體欽承順令行。若失所思隨欲動，反爲形役自紛爭。

天爵

天爵在人非我有，重輕取予係於人。要知良貴人難奪，德義尊榮本自身。

仁　熟

雖然仁道係心根，熟處工夫在所存。惟是日新常不息，取之左右自逢原。

堯舜之道孝悌

堯舜巍巍道極隆，豈徒行止疾徐中。事親敬長根天性，愚智由來一本同。

生憂患死安樂

路向平夷多折軸，或因危阻遂安全。吉凶豈必皆由命，畏玩之中各有天。

盡心知性

心具良知所性根，若非窮理亦能昏。心須物格無餘蘊，藩蔽開除本體存。

存心養性

心體能存無走作，油然義理自中生。更無物欲相攻伐，萌蘖欣欣競向榮。

事天立命

窮理知天所性全，存而順事沒而安。保全是理無容失，所受於天或可還。

正　命

脩身盡道素無愆，變故之來出自天。比死見刳申子死，亦皆義理所當然。

萬物皆備

一性之中兼萬善，人人無欠亦無餘。倍蓰什伯相爲遠，性分之原豈有殊。

人不可以無耻

耻字在人爲甚大，根心羞惡不容無。所存所失分岐路，爲跖爲堯遂兩途。

過化存神

德既能明效自充，黎民皥皥變時雍。神功妙用渾無迹，只在純而不已中。

良知良能

孩提親長根天性，堯舜由來共一初。情欲既趨天者滅，反疑性惡復何如。

天民

皇天賦予各成形，萬理兼該備自身。所謂天民非有別，能全所賦以爲人。

不愧不怍

己私淨盡復何爲，觸處逢原與理隨。心廣體胖無所累，浩然之氣未嘗虧。

執一

事理紛紛千萬億，豈容執一以爲中。聖賢心術無偏倚，只在能權識變通。

井未及泉

井深九仞已勞功，未及於泉等是空。學問垂成還自棄，有爲何異不爲同。

踐形

理苟非形何以具，有形有象即其郛。非能盡性充乎體，空守人間血肉軀。

時雨之教

善教惟迎欲發機，神方啓沃妙乎時。沛然化境無留滯，弄月吟風自不知。

親親仁民愛物

仁體雖然無不愛，當知貴賤與親疏。誠心應物寧容僞，天性由來一本真。

當務爲急

道之所貴通全體，何暇區區旋較量。惟是綱維無所作，千條萬目自分張。

仁者人也

真精二者合而凝，形氣中涵太極真。道即是身身即道，從來道外本無身。

山徑

山徑之行才不用，依然茅蘖是荆榛。人心頃刻無容放，稍或遺忘欲遂生。

養心寡欲

心體自然安用養，多因迷欲易成昏。但能寡欲無私累，本體清明理自存。

善信美大

善得於心皆實有，本根植立已無虧。美而且大并神聖，熟後工夫出不期。

聞知

神知不在見知聞，氣化流行一本存。軻後誰言無復有，遺歌依舊起龍門。

毛詩

甘棠

一時決訟憩棠陰，底事南人惜到今。德化及人仍及樹，止緣當日本根深。

桃　夭

一樹夭夭灼灼華，滿前萬善意無涯。春風比屋宜家子，誰識樞機在一家。

小　星

名分存存不敢忘，衾裯來往幾星光。尊卑高下雖天秩，小紀終須屬大綱。

綠　衣二首

正色吁爲間色侵，凄風絺綌自悲吟。酌中循理聊區處，底事先賢共此心。

人倫萬變若輪雲，一片天心久負人。但把綠衣篇細看，末章意思藹如春。

柏　舟

身似柏舟無倚着，心非席石可推移。威儀不被憂心亂，始信生民有秉彝。

谷　風

從一真心出自然，每於勤苦見貞堅。細看行道遲遲處，足驗民彝得自天。

幾年游泳與方舟，一旦同心友作讎。苦是人心多阻隔，滿前珠玉不知收。自注：阻我德者蔽於新昏，於我之善處皆不見也。賈用不售者，賈者，賣也。謂復作意用心，鋪陳其善，使之知之，求以感動其心。而蔽惑阻隔之深，雖賈之亦不售也。人心不可有所惑也如此。賈字尤是委曲求合之意，是亦可謂柔順貞一者矣。　以上《石堂先生遺集》卷一九

全宋詩卷三六五〇

陳　普六

詠　史上

有虞氏

天生瞽瞍非無意，帝降娥皇更有心。萬點歷山烟雨泪，後來化作幾曾參。自注：不瞽叟不足以教萬世父子，不象不足以教萬世兄弟，不羑里、陳蔡不足以教萬世處窮達，不顔回不足以教萬世處生死，不伯夷、叔齊不足以立天地之常經，不伊、周、泰伯不足以盡古今之通義。凡此數項大節目，若天所爲。

夔　垂

卿雲華月麗衣裳，摶拊初登下鳳凰。竹矢區區天亦愛，河圖相伴到成康。自注：夔、垂之才如此，所謂五人者可知。

夏后氏

執法庭堅亦太堅，兩朝竊負總無緣。何人有子如崇伯，祓滌犁牛陟配天。自注：夏后郊鯀。

伊　尹

萬物權衡在有莘，孰稱社稷與君民。君王亦有桐宫去，寄語南巢莫怨人。

泰　伯

斷髮雕肌費一軀，岐陽萬國布黄朱。仲雍不解兄深意，季歷攜昌亦到吴。自注：叔齊之去，以有仲子在焉。王季不得逃，以仲雍之亦去也。

周公

仲尼齒髮正强時，夜夜神交似故知。話到子孫郊禘處，幾回對榻共攢眉。自注：不識聖賢心事，故古今書傳所載多不識其真僞。

尚父伯夷

春來秋葉在枯枝，底用端蓍更拂龜。二老東來元並轡，馬前何害不相知。自注：叩馬、鷹揚，道並行而不相悖。

齊桓公二首

關雎澤竭自師陘，直到瓜丘燼六經。户外流蟲爭掩鼻，當年已作鮑魚腥。自注：霸始於桓公，極於始皇。二人之死皆不得棺斂。

葵丘霸氣若虹霓，東略何緣遽不知。宰孔晉侯相遇處，齊桓已作在床尸。自注：五霸齊桓最盛，而宰周公、晉獻公相遇遂言其衰者，内不修德而外有驕色也。不修德則無本，擠之則易傾，况又加以驕哉。

老子

瓜葛非徒李世民，牽藤引蔓百千身。周時柱下霜眉客，今作書符呪水人。自注：老子其流之弊，至於書符呪水；釋氏之弊，至於無父無君。若孔子，後世不依者其弊亦多。

季札

鸑鷟無聲皇極差，消磨人物百千家。姑蘇無限騷人楚，不罪延陵罪浣沙。自注：事之失正者，皆足以亂天下，亡國敗家。

孔子

絶糧之慍鮮知德，浮海之喜無取材。子思孟軻緣底事，列之舜禹與顔回。

宋共姬齊孝公夫人

火來秉節正如山，茀喪何心在世間。身似泥沙心似玉，水中火裏即渾閒。自注：宋共姬魯女，宋災，火及姬宫。姬曰：婦人無傅母，宵不下堂。遂死。齊孝公夫人車敗暴露，欲自殺，從者持之得免。

荀息

三怨盈朝積不舒，奚齊卓子釜中魚。區區荀叔若乳嫗，智略無稱信有餘。自注：全德全材，古人難得，但一節足爲世教，聖人皆許之。此荀息之死，所以得書於《春秋》也。獻公未死，一國之中皆二子之黨也，其畜有年矣。奚齊、卓子之危，荀息皆肯爲之傳。受獻公臨終之命，爲之盡力，荀息之智其不足稱者矣。及李克殺二子，荀息必踐其言，不負獻公之托，斯則君子有守無貳、忠信不渝之道，此夫子所以取之也。正如子路仕非其所，而結纓一節，亦可稱。至怨，古今之所難忘，而仁義之心能不滅，亦足爲三綱五常之助矣。

屈原

仲尼死後百年期，定把離騷繼四詩。占斷江南烟雨綠，歷山窮子與湘纍。

豫讓 四首

義士忠臣不二君，漆身吞炭欲成仁。若謀委質求親幸，又抱奸心賊大倫。

幾多礪節與輕生，猶有絲毫在利名。青史千年惟豫子，誠心大義最分明。

荀息無裨晉獻公，豫生如許智宗空。古人才德難求備，大節初心要始終。

三晉崢嶸虎戰墟，中涓學語正坑儒。石家禮法從何出，甲乙諸郎盡鯉趨。自注：萬古禮法謹，爲漢世第一。考其先趙人徒，居魏之溫。漢王出關時，石奮爲河内小吏，年十五。漢王見其恭謹，以之爲中涓，召其婦爲美人，後遂居長安戚里。然則石奮之生，正當坑焚之日，其長也，在劉項之間。當是時也，齊魯之郊固爲秦矣，况三晉之人乎。然則石氏禮法，豈非所謂不慮而知，不學而能哉。奮長子建，次甲、次乙、次慶。　原按：末一首疑詠石奮。

廉頗藺相如

長年霜骨白皚皚，廉藺羞顔似濕灰。白起殺心如未謝，二家隨璧獻章臺。自注：長平喪師時，廉藺皆在。

子思

俎豆迂疏仁義遲，上傳下授統如絲。薦才莫訝非家法，救世寧無爛額時。

即墨大夫

清淺蓬萊幾度桑，紛紛斫石底心腸。項梁劉季相逢日，即墨大夫頭未霜。自注：秦滅燕伐齊，即墨大夫之言，即陳勝起蘄以後天下之勢也。當時不用，十年之後一如其言者，秦之惡未熟，天之曆數有所歸也。

戰國

千秋萬古定于一，豈有乾坤屬虎狼。六印蘇秦壽如石，山東終作一阿房。自注：孟嘗、平原、信陵皆曾破秦，古今惜其不勝。然以孟子之論觀之，終亦必亡而已矣。

太史敫

戰國紛紛似亂麻，釣絲誰記舊穠華。召南禮樂棲何許，故莒城中太史家。自注：戰國之末，而有太史敫之執禮法，孰謂孟子迂闊哉。淖齒之亂，湣王子法章變姓名爲太史敫家傭，敫女與私通。法章立，以女爲后，敫曰：女自嫁汚吾家，終身不見。

赧王

世歷綿延四百秋，死蚿枯竹附諸侯。末年隆準生豐沛，誰道嬴秦是繼周。自注：漢高祖年六十三，追數其生年，當赧王入秦獻邑年也。竹死不枝，蚿死不蹶。出潛虚文。

商鞅

此天此地此經文，學者何嘗溺所聞。盡道李斯焚典籍，不知吹火是商君。自注：商君説孝公變法，首云：常人安於故俗，學者溺於所聞。坑焚之禍已兆於此。

秦皇二首

閔道飛翬拂若枝，東門看日浴咸池。生前有力移天地，死後無人予席帷。自注：若木，日落處也。始皇立石東海朐界中，以爲秦東闕。

江神返璧事何新，海若湘君亦伐秦。一炬東來燒不了，更勞墓上牧羊人。自注：牧羊，即宮殿成墟。沉璧而江神不受，夢與海神戰而遇風，足以見鬼神之怒矣。地上宮室焚於項羽，地下百司宮觀盡於牧羊者，是造物欲滅其跡，不使留於天地間也。

李斯

太華終南只磨青，渭流一日肯爲涇。豺狼不食茅焦肉，水火安能熄六經。自注：六經者，人心也，天理也。始皇不殺茅焦而李斯欲滅六經，得乎？

抛却韓盧把虎騎，諸生莫訝正忙時。魚龍不隔蓬萊路，方有東門逐兔期。自注：坑焚之禍，患失之心也。神仙蓬萊，斯亦有志焉。蓋其爲古今未嘗有之事，故亦欲爲古今未嘗有之人，幸其萬一得免於禍爾。

李斯何敢安坑儒，但作逢君固位圖。造物欲爲儒報德，故教草草殺扶蘇。自注：坑焚之事，李斯本來以免禍，而禍不可免也。扶蘇得位，李斯當不死，李斯亦豈有殺扶蘇之心。天欲滅之，故使之殺扶蘇於迷茫倉卒之中。蓋惡不可爲而罪不可逃，必殺扶蘇而始皇、李斯得族滅矣。

蒙恬

劈碎崤潼坼太行，才通腥鮑到咸陽。地后山靈思報德，故教蒙毅去輼輬。自注：始皇、李斯、蒙恬之死，秦之死亡，皆天地鬼神所爲，人事假手而已耳。

鄒衍

六月咸陽霜亦飛，五行正是水昌時。族秦自有談天衍，不用陶朱與仲尼。自注：鄒衍始爲五運之説，秦乘之爲水德，色尚黑，用法刻急。

漢高帝八首

氣力才勝野外儀，情懷頗樂漢中兒。兩生禮樂留侯箸，此事而翁却自知。

詩書禮樂敢忘欽，自是而翁力不任。莫把溺冠輕議論，要觀過魯太牢心。自注：高帝所溺冠，皆腐儒也；所嫚罵，皆不才也。洛陽陸賈、酈生，趣一時之利，皆腐儒耳。張良則不嫚矣，其取用糾合，不過以就一時之功，不謂人才止於是也。張良畫八難，皆武王之事，則自謂不能叔孫制禮，使度己所能行爲之。此皆知有向上層之事，但自以平生放蕩，氣習已成，不可鞭策。帝王之得天下，己非所敢比儗；帝王之禮樂，亦非己之所能故就其下以聽命。此高帝之實心，不以告人，惟張良默會之耳。

焜燼三王不復收，子孫大辱辟陽侯。無邊智力皆騎虎，高絶還能四百秋。

金創可愈不容醫，應念丁公相戹時。不賴西風吹楚卒，千龍萬虎亦何爲。自注：高歡不得段韶，則死於賀拔勝；孫權不得谷利，則獲於張遼。丁公盡力於項氏，則高帝必死；彭樂盡力於高歡氏，則宇文泰必禽。此雖有天命，而已危矣。智力把持，高帝家法也，然致之皆是死中得生。漢以來英雄一一，皆無有以垂拱而得之也。二帝三王安得有許事，不由易簡之理。所以天下常不如古，麒麟不來，鳳凰不至，皆爲此也。

扶創裹血過家鄉，四顧何人守四方。梁楚淮南殘一國，山河爭屬將狼羊。自注：韓信、彭越、黥布三人，生前不盡禽，則死不得瞑目，而國家之憂方大矣。盡禽而後死，是亦天命在漢處。高帝有見於此，故身與國皆付之天，却醫不使，瞑目無言。及呂后問，始薄言數人，亦聊爲區處耳，存亡成敗固不敢自知也。黥布反，欲使太子將兵，四皓爲呂后釋曰：此無異於使羊將狼也。

羽未禽時膽屢寒，羽禽不得一朝閑。卯金四百年天下，却在雙娥一笑間。自注：鴻門、彭城、滎陽幾死於羽者數矣，滅羽之後，六七年中反者九起，自將者七，殆死者二。黥布禽而崩，未嘗一日暇也。身後之事，不立代王則漢亡矣。要之皆天，非人力也。文帝生於魏王豹宮，二夫人一笑。見《薄姬傳》。姬與管夫人、趙子兒相愛，約曰：富貴毋相忘。及二夫人先幸，薄姬歲餘不得見帝。二夫人失約，帝問知之，遂召幸生文帝。

一帶陰山浪引弓，運移婚媾一朝通。英雄白首消磨盡，甘與梟雛作婦翁。自注：古者華夷軒輊遼絶，漢以來遂如衡石。實起於漢高帝困白登歸，遂與匈奴和親。故黥布謂不能來。蘄西之戰，亦似强弩之末矣。故過沛有安得猛士之思，志氣血氣於此可見。和親，在高帝七年。

欲來不解自操持，白日明庭抱愛姬。世降的從何處起，醉眠王母二家時。自注：世變人心、君德治道，所以遂降而未能起者，成於漢高帝也。自春秋戰國至秦衰，降極矣，然去古猶未遠。使高帝知古帝王之學，亦可以漸變而復升。不幸高帝但恃智力豪武足以持世，不知修身建極之道，外雖霸有餘，內惟欲之從。後世承之，遂以成俗，生民耳目至今不見二帝三王之治，皆高帝之放縱實成之。此事蕭曹不能知，惟張良識之而不言，亦以其勢則然，不可與言故耳。觀前箸之籌可見。

呂后

酌酖樽前氣似虹，朱虚酒令却相容。王陵平勃渾無策，安漢當年一觸龍。自注：子房、周昌皆以護太子，有德于呂氏。當呂氏殺戚姬、如意，二人皆可容力。能如左師觸龍之於趙太后，從容開譬，殺其怒心，迎其善意，呂氏當少平和，其毒應不甚烈。觀其不罪劉章，不信呂須之搆陳平。惠帝時不能王諸呂，及自臨朝，徘徊顧慮而後行，則亦未爲不可曉譬者。周昌粗疏無學，子房亦聽之何也。王諸呂時，平勃能繼王陵，其事必可止，况左師觸龍之宛委乎。高帝時，子房遂棄人間事。呂后時，正色獨一王陵，豈天欲稔呂氏之惡，以待代王之立邪。

項羽

齊王元在籍軍中，萬馬朱幘照海紅。垓下相逢揕掩袂，更何面目見江東。自注：齊王，謂韓信。垓下之戰信自將三十萬與羽對，斬首八萬，强顔使武涉往説，復不見從，益可羞矣。羽垓下相對，極力一戰，猶能却信兵。及信再進，遂不可支吾而大敗，平生未嘗有此衄也。其夜悲歌，曲調氣萎，而明日死。

試手襄城意未怡，赤城稍覺味如飴。必亡定死終無救，斷自朱殷海岱時。自注：高洋不殺人，則無以爲樂，項羽資性殆似之。襄城無遺類，初起之一快也。方咸陽得志之日，已自爲天下伯王時也矣。區區婦人之仁，稍出以留天下心可也，乃復滅青齊何哉。其爲天下，皆棄不予，蓋決於此時，不但以弑義帝也。沐猴而冠，可謂一言以蔽之矣。

牧羊義帝實妨賢，猶有三綱共畏天。樹楚擊秦宜奮發，惡名何事苦爭先。自注：羽不知顧忌，於環視不敢下手之中而勇猛爲之，故不義惟項氏爲最。東萊呂氏曰：項羽弒義帝，是爲高帝做了不好事。

倚强恃力却誣天，一樣人心萬萬年。廣武十條逃得過，烏江政自不須船。自注：漢楚劉項之際，所謂君臣，皆一時瓦合，非有根株磐石之固。智力相乘，惟利是務，視信義無復有也。能一朝推戴之則爲君，叛殺之即爲賊；一言爲約，守之則爲義，背之則爲不義。至其末也，存亡起滅，亦往往而由之。可見禮義之心極亂下能忘，而天地鬼神之照臨無時不在也。

梟性狼心亦有常，青齊仍復似咸陽。遺黎到處無餘類，欲爲何人作霸王。

太　公

山河如許但淒涼，恰似新豐太上皇。千古漢高真磊落，片言脱口幸咸陽。

田　橫

宗族幾爲孔子焚，爲秦未幾又爲塵。田橫更欲橫河岳，不把英雄讓與人。

蕭　張二首

漢高禮義入陵夷，械到蕭何更有誰。惟有子房雲外客，不稱名字冠當時。自注：蕭何爲漢功臣第一，信不虛。高帝之智，固不但以關中給餉饋而已。帝往往疑之者，見其材雄，恐其有異心也。特以無高風爽氣，無深服帝之者。

晦迹功曹不受徵，興亡事已若丹青。世間儘有文章客，誰信龍蛇尺蠖形。自注：蕭何勸高帝入漢中，純是尺蠖之勢。其爲功曹吏卒時，固辭御史之薦，亦此意。蓋豫見秦必亡，不可仕，當別圖風雲之會也。

張　良四首

乳口搖牙向白蛇，一朝電拂博浪沙。下邳不得編書讀，帷幄何妨佐漢家。

撩亂龍蛇掌上爭，罷來閒掉四先生。一棚兒女皆烟散，留得松風萬古清。

本是山東忠孝門，卯金社稷暫相煩。君王良會青雲意，長樂鍾中無一言。

太公行輩赤松流，伍叔孫通了不羞。好謝君王深體識，不將身後累劉侯。自注：子房素志已畢而不去者，遇合之情有不忍也。漢廷群臣，本非其伍，而子房無所不可。故高帝擊黥布時，與叔孫通共傅太子，且處其下。然則韓信羞與噲伍，小人之量也。子房卒於惠帝六年，漢事尚堪付託，呂后萬歲之問，高帝歷舉數人，而不及子房。蓋知子房素志，生前遇合聊可相從，身後之事不足以辱之矣。

蕭　何

三人斷盡楚關梁，一詘雄吞十七王。高帝功臣總功狗，漢家無爵賞蕭張。

韓　信三首

良日登壇計策行，酸醎甘苦共盃羹。不須握手師陳豨，脩武高眠已合烹。自注：登壇之日，君臣之位已定。雖時禮義未明，然項羽以弒逆亡，高帝以縞素興。韓信目之，則三綱不明，死有餘罪，尚何言哉。

群龍共帝牧羊兒，縞素能開四百基。蒯徹亦生天地裏，欲將口舌奪民彝。自注：高帝、韓信之君臣，與義帝、沛公、項羽之君臣，其輕重厚薄爲何如。信與高帝，若子之於父，手足之於頭目也。高帝知人見事無所失，信能以臣道事之，則金匱玉室，與漢終始矣。蒯徹反覆深切，而終不行，則天命人心已可見。惜乎其不能深思而疾改也。

蹀血中原不用驕，論功何似禹乘橇。始終兩漢無留葛，誰與塵編慰寂寥。自注：高明深厚，則爲禹之不矜伐；淺薄無學，則爲信之矜功負德。古今人品度量之相絶如此，蓋亦不思不學而已。

曹　參

人彘風腥起兩宮，艾豭歌唱滿秦中。酒壺不但容齊獄，時事方宜用蓋公。自注：曹參學蓋公，得老子和光同塵之道，施之當時，適爲宜爾。

四　皓

長樂卮前露雪眉，巖花亂笑出山時。有人拍手瓜田裏，來往青門總不知。自注：邵平高於四皓。

兩　生

少年賈誼空多口，老大申公繆一行。曾識當年二君子，閉門不受叔孫生。自注：高帝以倨肆無禮取天下，風氣以成，子孫不能易。故高帝曰：度吾所能行。文帝曰：卑之無甚高論。宣帝曰：漢家自有制度。皆不害所謂自知者也。賈生、申公誠不知時務也矣。賈生爲人大抵躁率飄忽，不知樂天知命、操心養氣之學，故一不得志，則悲愁、怨嘆發於言詞，感致異物。梁王墜馬死，誼至愧恨哭泣而死。是於聖賢君子之學，悉未嘗有聞也。

叔孫通

劉項權將作狗偷，誰能撩虎又摩頭。漢王不是坑儒主，頸血依依是可羞。

楚元王交

荒蕪新語不堪聽，猛士凄凄北鄙聲。楚醴不延風雅客，詩書猶未脱秦坑。自注：元王，高帝母弟，愛書好儒，不類其兄。漢家詩書氣習自元王始。

伏　生二首

撐腸拄肚總聱牙，漢室龍興髮乍華。掌故不來光景暮，尚書再火伏生家。自注：秦亡漢興，詩書之禁已弛，陸賈稱《新語》，楚王元交不釋卷。伏生時方七十餘，聰明未衰。史又稱其教授齊魯，《尚書》乃無一本在人間，何也。至文帝時遣晁錯求之，始以口授，又止二十九篇。然則伏生之於書也淺矣。

嬴蹶劉興齒舌存，百篇大義儘堪聞。孝文無意脩王制，古典重遭伏勝焚。自注：漢以來儒者不知道，只伏生便可見。漢興，苛禁已除，元王好詩書，聚儒生，談風雅。陸賈造《新語》。伏生年未七十，談生博士猶有存者。使伏生知《尚書》爲載道之籍，雖不盡記預藏，必能旁搜博訪，復其舊以惠來者。高惠兩帝十四年，呂后八年，至文帝遣晁錯時，漢興三十年矣。挾書律除已久，而《尚書》乃無一本出齊魯間。及晁錯來，才使女子口授，又只二十八篇。然則伏生知《尚書》爲何物哉。

文　帝五首

二兒並轡入公門，博局紛紛啓禍原。不及賈生何處是，弗將禮法教兒孫。自注：太子、梁王共車入朝，不下司馬門，正犯賈生所謂過闕則下者。景帝在東宫，以博局殺吴王太子。使武王爲天子，周公爲冢宰，成王爲世子，而東宫有飲博殺人之事，則武王、周公當何以處之。古人以爲變，漢人以爲常，古今王霸之分，此類是也。

性習由來係正邪，古今誰不道蓬麻。無人説與吹簫相，竇薄淮劉本一家。自注：淮南厲王之死，薄昭之誅，吴太子之死，吴楚之亂，梁武王之驕恣，淮南王、衡山王之叛，戾太子之稱兵，皆以無良師傅與任使姦人同國而然。周勃、灌嬰懲吕氏，選有節行者傅之，竇廣國弟兄遂爲賢戚。燕王旦求入宿衛，武帝曰：生子當置齊魯禮義之鄉，乃置之燕，果有爭心。然則性習邪正之説，漢之君臣非獨賈生知之也。使當時能充其説，先之天子太子，而概之貴戚諸侯王，漢其三代矣。明於此而暗於彼，得之一家而失之天下，可謂猷之不遠矣。

鄧氏銅錢張武金，至公終淺愛終深。東西兩子皆稱蹕，未饜憐兒老嫗心。自注：漢家無制度，成於文帝，諸吕既誅，賢君初立，天下無事，漢業已安，此時而不定經制，則已矣。其政悶悶，其民醇醇，此孝文所力行者。愛一幸臣，至於娛戲殿上，賜鑄錢滿天下。則竇太后之愛，梁孝王之驕，何足怪哉。張武賜金，雖曰揜過，亦代來人故爾。

睢陽東苑三百里，中山後宫三百人。漢家制度無窮極，僅有寬仁不是秦。自注：梁孝王，竇太后少子，有寵，出入稱警蹕，築東苑三百餘里，廣睢陽城七十里，治宫室爲複道三十，自睢陽屬長樂以朝太后。中山王勝，景帝子，後宫三百人，子百二十人。

文杏沙棠代代殃，露臺不作作阿房。古來堯禹卑宫室，不爲丹朱與太康。自注：儉而無制度，則積財不用，祗爲子孫泥沙之資矣。有仁心仁聞，而不行先王之政，善惡相去幾何。文帝聚之於無用，武帝散之於無道，豈所謂輔天地之宜者乎。

周亞夫

西來三十六將軍，業業孤城勢欲焚。細柳不逢豪傑主，當時已驗口從文。自注：細柳，天子不得入，將軍不拜。遇高、文二帝皆賞之，遇景當得罪。吴楚反時，壁昌邑不戰是也。然梁圍甚急，竇太后甚憂，梁求救甚哀，以一偏軍次梁近郊，分吴楚之勢，紓梁之力，何爲不可。乃一切不救，使梁無韓安國、張禹，孝王死於吴楚。竇太后不舉箸，亞夫措身何地。終以倔强致禍，其祖於細柳之役乎。

李廣李陵二首

茂陵無奈太倉陳，槐里家傳本助秦。萬落千村荆杞滿，隴西桃李亦成薪。自注：漢武疲四夷，凡爲之驅馳者，皆助桀也。廣陵衛霍所忌，而必欲求用，殺身亡家，則固其所。山西氣習，君子不道。太史公以桃李不言，下自成蹊贊之，亦非君子之言。廣，秦將李信之後，陵，廣子當户遺腹子也。

祈連天幸時難再，槐里侯封命已奇。文景餘波涓滴盡，延居數出欲何資。

景帝二首

宗廟誰開内使門，臨江依樣又穿垣。愛妻嬌子如泥土，晁錯何知獨恃恩。自注：晁錯穿太上廟垣而無罪，臨江王榮穿太宗廟垣而下獄。愛之則小臣欲其生，惡之則愛子欲其死，《漢書》以成康稱之，過也。

賜帛寬租澤未休，四方緩急有條侯。餘威不賴刳蛇劍，倉卒誰梟老濞頭。

賈生二首

衣綈英主首祠汾，他日燕齊盡羡門。玉漏聲中聞底事，反將前席待新垣。自注：文帝猶有鬼神封禪之累，況武帝乎。宣室之問，賈生具道所以然，帝夜半前席，有不及之嘆。然不數年而渭陽汾陰之事起，貴新垣平至上大夫。苟非帝之得於生者淺，則生之言於帝者有未盡耳。

落日長沙被鵩驚，愁來强把死生輕。洛陽才子何多涕，太息沾襟過一生。

賈董

賈董聲名甲漢儒，到頭事業有差殊。五年大傅何飄忽，不告梁王肆夏趨。自注：能言而不能行，蓋常飄忽而無安重謹詳之素故也。董子歷相諸侯皆有狀，賈生爲傅獨無狀，不知正身以格物也。

晁錯

誰人能奪伯氏邑，何德敢隳三子都。内史自侵漢家廟，未須削楚更衰吴。

張釋之三首

瓦器山陵刑措時，釋之而後固無之。公車不作他年計，聊使君王識教兒。

帝舜登天四海臣，可憐生殺不由身。持平第一張廷尉，更聽君王誤殺人。

塵編今古幾咿嚘，多少君王共御囚。自古君難臣不易，釋之片語惧千秋。自注：事見魏明帝青龍三年。

武　帝十首

二十嫖姚風火飛，鑾輿夜夜過焉支。茂陵不費凌雲氣，解見蟠桃着子時。自注：去病封侯時元朔六年，年十八。元狩六年秋卒，年二十四。

鼎食諸公盡鼎烹，閭閻豪傑劍縱横。帝王自擊南山豕，慚愧端非聽董生。

生子曾知置齊魯，自身却愛受何羅。六鰲不戴林光瑟，覆轍相尋似火蛾。自注：江充族滅，馬何羅懼，反謀爲逆，久不得發。上幸林光宫，何羅袖白刃從東廂上，見日磾色變，走趨卧内，觸寶瑟僵。日磾得抱何羅，禽縛之。帝或不幸，弗陵不下立，霍光不暇托身，失令名，而漢之社稷危矣。

商車不足算緡來，桑孔咸陽悉茂材。一撮茂陵無覓處，建章門户至今開。自注：元光六年初算商車。元朔六年詔民得買爵贖罪，置武功爵。元狩四年造皮幣白金，置鹽鐵官算緡錢舟車。六年楊可告緡錢遍天下，分遣廷尉正監治之。元鼎元年置均輸。三年令株送徒入財補郎。五年列侯酎金輕，奪爵一百六人。天漢三年榷酒酤，四年令死贖金。

先帝齋宫内弄兒，阿嬌金屋篡歌姬。披香博士真才子，劉氏家傳却未知。自注：平陽公主謳者衛子夫淖方，成帝時唾歌者燕飛燕女娣。

幾多愛子出蕭關，山積胡沙骨未還。好把望思臺上淚，隨風北去灑陰山。

文帝端能殺少翁，景皇不解斬常融。正心數語深加意，位在三皇五帝中。

起上林苑賞方朔，發會稽兵惜虎符。君側此時三四輩，盍移東海換江都。

狄山不能居一障，公孫請專事朔方。尊榮衛霍家山岳，冷淡申韝頭雪霜。

五十餘年四海波，建元三載盡征和。中央寸土纔無血，沃日澆天瓠子河。自注：武帝起建元三年，發兵救東甌，起上林苑。盡征和四年，罷方士，罷舊輪臺毒天下。凡五十年。

汲　黯

東北民思蠶主父，西南人欲粉唐蒙。漢家社稷何依倚，黯直粗疏一病翁。

夏侯勝

夏葛冬裘事已殊，茂陵禮樂議何迂。去周未遠真淳在，莫把公孫例漢儒。

董仲舒三首

好古劉安豈逆儔，左吴枚赫滿諸侯。仲舒到處皆狼虎，妥帖馴良獨到頭。自注：江都王非，武帝兄，素驕。膠西王端，亦帝兄，尤恣忌。仲舒相之，皆正身率下所居而治。淮南王安，以好書博雅爲武帝所重，至謀逆與反國同滅，習與不正人居故也。

鶴髮東宫體孝文，明堂服色謾云云。力行到底終何似，不逮躬行萬石君。自注：竇太后之言如此。原按：此一首疑詠申公。

孟軻死後惟董子，道義兩言擴古今。性善七篇何落落，千秋不遇一知音。自注：《繁露》内篇專非孟子性善。

申　公

片言不合去何遲，又似當年在楚時。束帛蒲輪無報效，至今天子不迎師。

霍　光二首

井田學校竟終天，鹽鐵舟車訖萬年。隔絶古今蕭與霍，空勞孔壁出塵編。

幾度咸陽累積尸，盡緣丘冢似焉支。覆車愁殺張車騎，印綬臨身必十辭。

張湯公孫弘 四首

張湯絶似公孫子，一樣奴顔裹禍心。不賴汲生如日月，漢廷誰與破幽陰。自注：張湯奸似公孫弘，汲黯皆破折之。故惟正人能格物。

漢武秦皇代有儔，姦人常緩釣魚鉤。公孫不但能牽縱，巧計猶工毒上流。

茂材異等竟無聞，教耨明耕却有人。能旱能風須記取，漢家元氣太宗仁。

漢朝獨有舒與黯，何物梟心欲食之。六經千載無生氣，斷自齊人作相時。自注：秦漢以來，儒臣不爲世重，自叔孫通、公孫弘始。

主父偃

當年齊趙倚黄昏，曾嘆蒙恬滅子孫。一日上天沾五鼎，依然蜚粟度龍門。

倪寬

親媚張湯似謁居，阿諛天子過相如。漢儒箇箇公孫子，不墜遺經一仲舒。自注：張湯深文而爲之飾以古義，武帝封禪而諛之使制儀。

張騫

風沙霜雪十三年，城郭山川萬二千。漢馬死亡宛馬到，萬人怨怒一人憐。

張敞 二首

西漢長安周鎬京，終南天秀八流清。趙張無異曹參醉，總不能平二國爭。

章臺陌上試金鞍，文君鏡中描遠山。黄霸功隳王吉老，五日京兆得偷閑。

衛 青

丞相含沙作短狐，直言長揖黯何孤。相容幸有兩人在，帝與侯家老騎奴。

金日磾 二首

騋皇千萬去無歸，博得麒麟作廄廝。一片獸心猶自在，建章殿下食其兒。自注：子與宮人戲，撻之足矣，殺之過也。

牽馬胡兒共擁昭，同功同德不同驕。麒麟閣上塵埃面，羞見芬芳七葉貂。自注：金日磾優於霍光，日磾子與宮人戲而殺之；光妻弒后而不誅。武帝欲納日磾女於後宮，日磾不肯；光以甥女爲昭帝后，己女爲宣帝后。日磾以禽馬何羅功，遺詔封侯不受；光則不惟己之封爵一無所辭，子弟姻戚布滿朝廷，漢家章綬半在其家。使日磾非胡人，武帝任之不在光下。

東方朔

宣室不令容董偃，却容皐朔與相如。當時有意清君側，雞鞠詼諧總合誅。自注：朔皐詼諧，相如詞賦，與董偃之雞鞠狗馬，皆不可使在人主左右也。

申屠嘉

漢四十年幾丞相，蹶張丞相冷如冰。兩京禮樂何堪自，薄有申屠與宋弘。自注：嘉非相才，然以蹶張之夫，公廉正直出於天性，自蕭、曹、平、勃、灌嬰、張蒼以至於嘉，才各不同，以德論，則嘉可尚矣。其折鄧通，與東都宋弘責桓譚事相類。

蘇 武

伏匿窮廬煖意回，子卿一夜夢陽臺。歸來不與曾孫議，未必麒麟生面開。

黄 霸

鳳凰不一到尼山，獨爲宣皇不少慳。圖畫紛紛上麟閣，五年宰相獨何顏。自注：宣帝以潁川鳳凰獨多，用霸爲宰相五年又見。在位而不得圖畫股肱之列，宣帝用而不貴，黄霸辱而不去，君臣皆失其道者也。蓋宣帝以鳳凰欺世，霸相與爲欺者，始以虚僞相之，故其終不之信。麟閣十一人皆有私恩，霸當時具位宰相耳。嘗薦史高爲太尉，宣帝使尚書以越職責之。蓋自景帝抑申屠嘉，仲晁錯，以私怨殺周亞夫，繼以武帝喜怒在己，摧抑大臣，置丞相於散地，丞相位輕權微久矣。霍光繼衛霍之位，專宰相之權，獨以大將軍決事，自後世世相踵。王鳳、董賢、王莽、竇憲、梁冀，皆以大司馬大將軍擅權柄。朝廷有大誅賞，宰相莫能爭，時入書疏如庶官，稍有風節非死則廢矣。漢家弊政，莫大於此。

王褒

彭祖呼嘘不可爲，碧雞使節豈堪持。區區含糗羹藜厚，聊似相如衣錦時。

趙充國

五萬消磨作四千，羌人殺盡漢人全。並生雖愧征苗旅，比似嫖姚却大賢。

河間獻王

禮樂將興漢德涼，活麟天把付鉏商。周官千載埋黄壤，兩漢如今幾獻王。自注：魯哀公十四年，西狩於大野，叔孫氏之車鉏商獲麟。

中山靖王勝

樛木螽斯耳未聞，中山無屋貯兒孫。臨分自灑黄泉淚，不在區區骨肉恩。自注：建元三年，中山王勝來朝，歸國而死。然則聞樂而泣者，好色喪生，將死而神明奪之魄耳。

宣帝五首

不將法律作春秋，安得河南數國囚。莫道漢家雜王霸，十分商鞅半分周。

鬬雞走狗登皇極，覽德毛從何許來。漢室欲開新室業，王陽分合守蒿萊。

渭橋夾道上瑤巵，甲館畫堂開禍基。甘露三年造新室，不關飛燕入宮時。自注：甘露三年，呼韓邪單于來朝，御正殿受之足矣，必幸甘泉，上渭橋使者引單于前行，群臣及蠻夷君長夾道稱萬歲，所以誇天下也。以客禮待單于，位在諸侯王上，不臣毋謁，得之者驚，不敢卑之，又以見來朝之爲難也。

孝宣不召山陽守，痛在糟糠不下堂。家國莫先咎己子，漢人空識抱成王。自注：成王有過，周公撻伯禽，則其所以輔導成王，與其刑妻教子者。可知霍光擁王之外，一毫無有，而以周公自居，不已過乎。山陽守張敞之策雖善，而帝不召，以許后之死故也。

使民頩頩哭韓楊，郡國紛紛上鳳凰。太子好儒幾坐廢，王陽何用苦談王。

丙　吉

汙茵馭吏習邊方，阿保宮人畏霍光。丞相馬前人蹀血，病牛何足累陰陽。自注：漢初，徙天下豪傑於關中。故京師之俗，世世爲豪俠惡少年所苦。白日殺人，橫屍滿道，宰相不以無教化自慚，猥問牛喘以爲己職，此豈所以調和陰陽者邪。徒知燮理陰陽，而不知論道經邦，猶理髮而不以櫛，解牛而不以刃也。漢家宰相，豈足以知此。

魏　相三首

賈生晁錯總佻輕，博陸營平亦好兵。地節三年誰作相，胡天漢地各春生。

人倫大變歲二百，蕭曹以來誰在心。相業更生王吉疏，文學春秋猶未深。

趙禹張湯網未收，外人董偃化方流。丞相但看漢故事，何但宣皇不用周。

元　帝

事在兩疏心眼裏，身居石顯掌握中。師傅不能爲作主，更生空自抱孤忠。

蕭望之

石顯深持兩世樞，尚書何苦戀中書。九原若遇韓延壽，衹共咨嗟嘆兩疏。自注：望之以校殺延壽，負北一歉而終反諸其身，不學之過也。

匡衡

鋪陳治道本群經，無愧更生與董生。不賴王尊作鳴鳳，欺天一點未分明。自注：匡衡在石顯時，無所爭死生得失之心也。元帝崩，始與張譚奏石顯之惡，而以群下畏顯過於人主爲言，皆求以自免也。王尊一奏，始慚懼。嘿不自安，猶賢於遂非濟惡。是亦讀書之力，木能自止也。

貢禹

殺傅因師不敢言，姦人致意遂昏昏。明經潔行人如夢，莫把優游議孝元。自注：當蕭望之、周堪、劉更生下獄，及望之自殺，時貢禹不敢有一言者，畏石顯也。及顯使致意，深自結納，薦禹歷位九卿，以掩殺望之之罪。禹此時荒怠無據，視石顯之罪殆若無有。蓋其明經之心本在富貴，其末流至此，殆不期昏而自昏耳。

王昭君五首

昭陽柘館貯歌兒，恨殺陳湯斬郅支。胡草似人空好色，春光不到二閼氏。自注：元帝建昭三年，陳湯斬郅支，呼韓邪聞之懼。竟寧元年入朝，願婿漢以自親，於是昭君嫁匈奴。五月而元帝崩。成帝日爲太子，以好色聞。即位，采良家女備後宮，終黜許后、班姬，尊趙飛燕姊妹，以成王氏之亂。使昭君緩數月不嫁，則爲成帝有矣。然睹呼韓邪二閼氏爲子讓立之事，則昭君色而胡婦德也。

寧胡名號正當時，且有安棲得哺兒。胡草似人空好色，青青合爲故閼氏。自注：呼韓邪先娶呼衍王二女，長曰顓渠閼氏，生二子，曰且莫車、囊知車斯。次曰天閼氏，生二子曰雕陶莫皋、且糜胥，皆長於顓渠所生者。單于欲立太子，顓渠閼氏曰：匈奴亂十年，國未安，須立長君，我子少，不可立也。次閼氏曰：舍嫡立庶，後世必亂。相讓久之，單于卒用顓渠言，立雕陶莫皋，匈奴遂安。然而昭君色而二閼氏德也，昭君嫁單于，號曰寧胡閼氏。

出嫁氈裘得幾時，昭陽柘館貯歌兒。蛾眉莫怨毛延壽，好怨陳湯斬郅支。自注：元帝好德，不留心女色，故昭君隱掖庭不得見。成帝自爲太子，以好色聞，即位，采良家女以備後宮，卒廢許后、班姬，寵趙飛燕姊妹，以絶繼嗣，成王氏之篡。飛燕本公主家歌者，帝見而悦之。昭君之嫁單于，則以陳湯、甘延壽斬郅支單于，呼韓邪心懼來朝，願婿漢自親，而以昭君予之。正月來朝，二月到胡庭，五月而元帝崩，其薄命蓋在於此。機關樞紐之所發，以陳湯、甘延壽之故也。原按：以上詩三首，多有重句，然意各有寓，故不敢芟除。

呼韓骨冷復雕陶，夜夜穹廬朔月高。爲問琵琶絃底話，得無一語訴腥臊。自注：昭君嫁單于，呼韓邪已老，三年而死。生一男，曰伊屠知車斯。舊閼氏子雕陶莫臯立，爲復株纍若鞮單于，復納昭君，生二女，曰須卜居次、當于居次。

甫出車延玉座傾，黄金無復贖娉婷。騷人更望胡人返，不識松楸拱渭陵。自注：王昭君詩人模寫多矣，大率述其嫁胡之悲哀，而未及詳當時之事也。暇日看史，見其本末，猶有可言。妄得數首，句法不能及前輩，聊備其未備云耳。

成帝

元帝齋宫納弁兒，阿嬌金屋簒歌姬。披香博士多才學，劉氏家傳有未知。自注：平陽公主謳者衛子夫淖方，成帝時歌者趙飛燕女娣曰禍水滅火。原按：右詩已見武帝下。

劉向

白虎明光奏五侯，帝鄉寥隔在溫柔。甘泉太乙重招起，聊答青藜照白蘋。

辛慶忌

虎豹深宫風自寒，未央前殿拜呼韓。二邊無事將軍老，猶得餘閒救比干。自注：朱雲、劉輔得免死者，慶忌倡義救之也。武臣如此，讀書士大夫可愧死矣。

彭宣

法度名儒奉束脩，帝師禮數亦宜優。公卿股慄朱雲劍，白首門生忍不羞。自注：彭宣風儀似仲舒，猶師張禹，成帝能之乎。朱雲借劍之日，爲師弟子者亦何顔哉。

劉歆

秀國師公雄大夫，梓枝何用歎扶疏。劉歆父子無瓜葛，何怪昌言毁仲舒。自注：劉向痛切王氏，而歆委身事之。

揚雄止於失身，劉歆重以無父。向比仲舒於伊呂，歆反其父盛毁之。

揚雄二首

展禽未必非龔勝，孤竹猶將笑薛方。可怪揚雄非桀犬，一生終倚桀門牆。自注：谷永曰：明於天地之性，不可惑以神怪；知於萬物之情，不可罔以非類。此希闊之言。

德宅神庭孰與遊，董賢舜禹莽伊周。餘腥用盡桐江水，重費寒潭九曲流。自注：揚雄是非，至晦翁而後定。

光武五首

腹上能容嚴子陵，面前何不着韓歆。迭興知與人何事，隴蜀纔平便易心。

赤符交錫帝心移，不似初來岸幘時。浪泊壺頭終落落，羊裘男子殆先知。自注：隴蜀未平之前，十餘年間不聞有過。十三年平隴蜀，十五年殺歐陽歙。十六年殺郡國守相十餘人。十七年廢郭后，十九年廢太子强。二十年殺司徒戴涉。二十五年收馬援印綬。三十二年封泰山，明年崩。

丙夜沈沈講未停，故人重話舊時燈。半篇説命良依約，舜典周官總未曾。

經邦論道職何卑，又是前朝賣餅兒。十亂五臣無煖席，三王四代是何時。自注：光武在位三十年，三公二十人下獄殺之二，歐陽歙、戴涉；欲殺而赦之一，王梁；自殺一，韓歆；罷免六，鄧禹、宋弘、伏湛、李通、竇融、朱浮；畏禍而退者三，鄧禹、李通、竇融。其他碌碌幸免。惟吴漢以功，謹質而不置田宅，保禄位三十年。用人如此，何以爲國。所謂講論經理者，亦嘗見虞夏商周有驟進驟退，今年下獄，明年自殺之人乎。明帝號爲好古，不能改父之道，遂使其後三公無權，政移宦豎，以亡其國。然則建武、永平之際，所講何經，所論何道，所學何學哉。始王莽以哀章金匱，用賣餅兒王盛爲四將，天下所共笑也。光武初興，又按赤伏符用王梁爲大司空，以讖文用孫咸爲大司馬，群情不悦，始以吴漢易咸，後欲以罪誅梁。夫名應赤伏符而有可誅之罪，則所謂劉秀者，何足道哉。且人情所不悦，而與《河圖》《洛書》同實，抑何悖也。

金匱哀章正共哀，又將符命議靈臺。太山千古黄泉路，底事鑾輿愛上來。自注：封禪，邪説之一，其禍害獨甚。近覆轍相尋，蓋未之思。梁許懋之論誠善，然而未盡。封禪所以告成功，不祥莫大焉。治天下無止法，兢兢業業，無一日可已。苟以成功自居，必侈然自大，宴安淫佚之心生而禍亂起矣。秦皇、漢武、東漢世祖、唐太宗、明皇、宋真宗，皆禍亂死亡相踵，無一人受封禪之福也。《易》曰：初登于天，後入于地。其封禪之謂矣。此蓋器小慮淺，無經遠之計者之所爲。是乃禍亂之源，非徒無益，而不必行之謂也。

祭　遵二首

東山紀律久無聞，鉦鼓纔鳴玉匣塵。牧野再逢諸葛亮，兩階重見祭將軍。

琤琤壺矢柳營春，十萬貔貅不動塵。世祖功臣三十六，誰爲韋袴布衣人。自注：遵雖在行伍中，亦雅歌投壺。

明　帝二首

後宮任姒古今希，前殿絃歌鳳已知。孔子孟軻真薄命，不生建武永平時。自注：陰氏、馬氏之賢，太任、太姒不過如是而已。使得親帝舜、文王之刑，當何如。惜光、明二帝，古學不明，不能求賢共治天下，有關雎、葛覃之本，而無麟趾、騶虞之應也。

盤木白狼紛貢毛，龜茲侍子薦蒲萄。滿朝虎拜南山壽，無一人能作旅獒。自注：光、明，賢主也，皆以志滿不能永年。永平十七年，公卿以遠人咸服，集朝堂上壽。越明年而崩，年四十八，豈盈而蕩乎。使時有賢聖輔之，陳丹書，作旅獒、無逸，使知爲君之難，則以明帝之賢，當慄慄危懼，不敢荒寧。太戊、大丁之壽，漢業未可量也。章帝三十二，孝和二十七，孝和不壽而漢遂衰。豈非光、明不能持盈戒滿，理勢之所致歟。

桓　榮

明帝天姿可禹湯，周公不夢夢空王。當年紫綬金章客，何德何功坐太常。自注：明帝師桓榮，與成帝師張禹、桓帝師周福何異。

班　超

三十六人撫西域，六頭火炬走匈奴。古今參合坡頭骨，盡是離披見鶻烏。自注：兵不在衆寡，得人而已，班超、廉范是已。

賈　逵

經術何曾得暫行，漢家空有表章名。石渠但把雷霆壓，焉用低帷鑿壁生。自注：石渠、白虎皆天子臨決，豈一人之見獨高於天下乎。梁丘賀以筮得任，《易》得立於石渠，《左氏春秋》用賈逵，以漢爲堯後，得立於白虎。抑何六經之不幸哉。鄙哉，當時諸儒乎。石渠不立《詩》《禮》博士者，《禮》非漢家制度，而《詩》者宣帝之所自專與。

李膺范滂

鳳麟自古待明時，蟣虱何堪論是非。可是首陽可埋骨，爭知人怨首陽希。自注：范滂曰：死之日，願埋骨於首陽山側，不負夷齊。

郭林宗

錢郭林宗數千兩，哭陳太丘三萬人。河上紛紛皆折角，不知一一是黃巾。自注：黃瓊死，赴弔七千人。郭林宗歸太原，送車數千兩。范滂得解，故南迎之者亦然。陳太丘死，海内赴弔者三萬人。天子在上，奸人盈朝，而一介之士，送迎慶弔車至數千兩、三萬人。此明主所惡，況桓、靈乎。李膺、范滂而不能下，宜有元龍之悔。郭有道、陳太丘亦安之，豈非以仲尼自居乎。

盧植

泓泓眸子許淵渟，不見蛾眉只見經。未似馬家親子婿，終身不踏絳紗庭。自注：馬融失身梁冀，與殺李固，糟粕緒論，何足爲鄭康成、盧子幹之師哉。趙岐，融猶子婿，疾融所爲，終身不登其門。

皇甫嵩二首

幾多孟德總欺孤，底事山頭獨望夫。不聽閻忠聽梁衍，未應魏闕便當塗。自注：閻忠之説，即曹操之心也。梁衍之言，可以成功，又不礙理，乃不能聽，爲萬世恨。所謂婦人吉、夫子凶者也。王弘、朱儁亦然。

忠臣如夢復如癡，不遺張溫獨失機。爲問義真何面目，洛陽宮殿作灰飛。自注：中平二年，孫堅勸張溫陳兵法、斬董卓，溫不忍發。六年，嵩從子酈勸嵩討卓，嵩不從。

何進

龍驤虎步反狐疑，解事陳琳却似癡。滅火不關千里草，漢家社稷付屠兒。自注：進，太后弟，本屠家子。張讓、趙忠輩，曹操所謂一獄吏足者矣。袁紹勸之不決，陳琳諫之不從，猥謀召天下兵，以成董卓之禍。紹計非是，琳言可謂明白，而不能從。要之，小人驟富貴，其中本自亂也。何太后以妒，殺獻帝母王氏，以權貴之勢相傾，置董太后、董重於死，進皆與焉。妹爲張讓子婦，母舞陽君及弟苗皆受中官賂遺，爲之遮蔽。進兄弟姊妹識度如此，其敗固宜。史稱進新貴，素敬憚中官，雖外慕大名，而内不能斷。盡之矣。

王　允

事成一讓一矜功，一吉分明對一凶。青瑣門前招不去，相期猶不負林宗。自注：王允始終皆可稱，而獨以驕敗；士孫端無他節，而獨以不驕全。然允猶未忘李林諸賢之風，亦可以爲成人矣。允少時，郭林宗見之曰：王佐才也。

蔡　邕三首

不際明時論石渠，空將薄命仕鴻都。天公似把詞人戲，父死然臍子墜胡。

萬歲黄金欲散時，柯亭風笛尚堪吹。一時謀卓人無數，不遺中郎一箇知。自注：蔡邕爲曹節、程璜亡命江海十餘年矣。董卓脅使從之，懼而受命，豈厭逆旅而思苟得邪。是時謀討卓者，外則關東群雄，内自荀爽、楊彪、黄琬、王允，以下士孫端、張溫、楊瓚、周毖、鄭泰、何顒、伍孚、伍瓊、伍覆、荀攸、种輯等，分曹異處，不謀而同，獨伯喈不與耳。

百日慈明位上台，三朝何害歷三臺。伯喈隨逐金華蓋，也爲諸公袞袞來。自注：卓徵荀爽、申屠蟠等就許，爽平原相，將至宛陵，遷光祿勳，視事三日，進拜司空。自徵至是九十五日。爽與楊彪、黄琬畏卓之威，無敢不至，獨申屠蟠不行。邕至署，祭酒甚見敬重，三日之間周歷三臺，遷侍中。荀爽、黄琬、王允以入直委蛇，終謀漢室，不得罪於後世。蔡邕死不得所，亦爲諸人之迹所悞耳。

管　寧

中州白日虎狼嗥，越海鯨鯢更浪高。化日尺書歸故里，依然逃董不逃曹。自注：管幼安能終老遼東，不以黄初之命浮海而歸，斯伯夷矣。《綱目》書曰管寧卒于魏，蓋不滿之辭也。

拈起黄金豈可疑，斬關發壁復何爲。遼東不洗巢由耳，痛切初年割席遲。

邴原

無數潛龍不肯藏，炎精展轉遂無光。問關鯨海緣何事，更問遼東作范滂。自注：管寧在遼東，唯談經典，不及世事，公孫度安其賢。原性剛直，清議以格物，度心不安之。寧謂之曰：潛龍不見成，德言非其時，皆招禍之道也。密遣原逃歸，度亦不復返。

孔融

一身撐拄漢乾坤，無那危時喜放言。不受禰衡輕薄悮，未容曹操駕金根。自注：曹操始思融而終畏之。以文舉平生正義明道，不惡而嚴，以待操之必不殺也。文舉不死，操不遂肆矣。文舉素剛狎侮，濟以禰衡輕薄，相與爲放浪之言，陵蔑之行，在當時能全者少矣。

左承祖

漢室猶餘北海城，左生何懼便怔營。至令魯國奇男子，反得當年殺士名。自注：時袁曹公孫，首尾相聯，融獨不與通。承祖勸融自托强國，融不聽而殺之。漢末名士，無所有而妄得虚聲者多矣，劉表、華歆、左承祖之類是也。

禰衡

銅雀羅紈涴汗青，芳洲鼓史骨如生。羯奴礌落若日月，大雅那堪禰正平。

劉虞二首

曲蓋華旗起益荆，幽州臣節獨分明。漢家福分無周旦，天遣忠賢不習兵。自注：漢家宗室劉焉、虞、表與備，備才最高，虞心最正。觀虞辭帝，玄德之心已不然矣。使其習兵，爲賢羽翼，斯漢之周公矣。

疽潰中平甲子年，蒲嬴桑椹亦蕭然。幽州別是神仙土，穀石人間三十錢。自注：虞在幽州，勸督農桑，穀石三十錢。

劉　表四首缺

袁　紹三首

弟北兄南競效尤，鄴中半鄴半青州。身分家裂無全理，終使遼東送二頭。自注：本初、公路兄弟乖離，譚、尚之爭，父之教也。昵愛後妻，棄長立幼，出譚青州，留尚於鄴，以搆其爭。諸將惟沮授、田豐見事勢，不能聽用；審配、逢紀、許攸、郭圖、高覽、張郃、辛評等，各分黨與，互相讒害。圖、配譖授，逢、紀害豐，審、逢附尚，辛、郭黨譚。官渡相持，配怒許攸，圖譖張郃，攸、郃奔曹，兵遂大潰。紹既敗死，冀州無恙，審逢辛郭攜譚尚而鬬之，而袁氏亡矣。

田豐襲許計非良，沮授安民策最長。己克百安牢按甲，足饑曹操到分香。自注：曹操遂雄天下，以破袁氏得冀州也。前此雖有兗豫徐揚，荒殘之餘，四鄰互抄，自立甚難。袁氏已克，公孫瓚盡有幽青并冀，土廣兵强，爲曹深患。苟能用沮授、田豐持久之策，任賢使能，息民務農，厲兵秣馬，宿重兵黎陽，以臨許洛，來堅去抄；合從劉備與關中諸將以苦操。操雖黠而動則掣其後，止則困於應，雖未能滅而不能肆矣。奈何輕淺驕矜，不用授豐良計，而信郭圖、審配小人急利之言，以强盛可久之冀州，而摧於根本未立之曹操，紹破亡而操不制矣。襲許可矣，然操善臨機制變，惟不動足以制之。假紹得許，而操不可禽，事會之來安有窮也。

許中四面盡仇讎，曹弱袁强正是愁。一日四州都奉予，安閑猶遺定徐州。自注：紹從田豐襲許之計，則劉備定徐，且與袁氏共掎操矣。官渡相持，以寡弱之曹，猶有餘暇破劉備而走，不仁不知之人，可與言哉。不能者以幸用兵能者，分數甚明，於此可見。

田　疇

徐元宛似歷山中，義氣人間窄不容。不爲犬羊殘士類，肯教曹操識盧龍。自注：田疇憤劉虞讎，而不能討公孫瓚者，力不敵、不忍殘民也。就曹而教之盧龍之徑者，爲本郡冠蓋復讎也。固不受操之封者，知其不臣也。可謂仁人義士矣。

臧　洪

帝家安邑棘籬中，賊靡奸渠四面雄。漢士當時惟北海，一朝青史見臧洪。自注：洪死時，獻帝幸安邑，居棘籬中。

審　配

謀袁大似爲曹謀，却道辛毗破冀州。五夜鄴溝深二丈，袁公神武一時休。自注：審配以死守鄴，城陷不撓而死，可尚矣。然不足以蓋其亡袁之罪。矜勇喜功，不度德相時，破沮授之深謀，勸紹以擊曹操以速其亡，一也；與郭圖共搆沮授，二也；方危難時不與諸將和睦，激怒許攸，以覆其軍，三也；逐譚立尚，使兄弟交鬭，曹操坐有河北，袁氏遂亡，四也。足不足塞矣。

獨擁殘兵守鄴城，佇儒袁尚去擒兄。一時天地方翻覆，安把人倫罪審榮。自注：配守鄴，兄子審榮開門納曹操兵，遂陷。

沮　授

袁曹相與隔王路，四世三公恩海深。當時惟有管寧是，謾對黄河歎此心。自注：桓靈以來，人心已去，群雄競起，可以義取天下。然皆世食漢禄，尺土一人，非漢不有，非若沛公、項羽，崛起於閭閻鉏梃之間也。無可叛之理矣。沮授始勸袁紹迎天子，將爲曹操乎，將爲諸葛亮乎。然紹始盡忠漢室，挾天子以令諸侯，桓文之事也。勸人以桓文，而冀其不至於篡竊，難矣。授屢諫紹，多未忘漢，然皆畏義，不敢肆之，言似存漢，而實爲紹也。紹與曹操何異。官渡之潰，被執不降，操厚遇之，復謀歸袁氏以死。蓋不忘袁氏之分，且謂操非我主也。要之不擇所從，終爲荀彧而已，豈能終不得罪於天地間哉。

金　禕

董承种輯蚤爲迂，耿紀金禕計愈疏。精衛有心安問海，螳蜋方怒豈知車。自注：曹操智略過人，賢能爲用，北取冀幽并，東有青徐兗，西包秦涼，南侵荆吴，人皆其人，地皆其地。董承、种輯，當曹寡弱未破袁紹之日，猶籍劉備之雄，僥倖萬一。金禕、耿紀、韋晃，抑何疏哉。承籍備於樽俎之間，禕紀援備於江山之外，事雖不成，徒見大義之在天下耳。

陳　珪

元龍父子二人耳，賢於曹公十萬師。呂布就擒公路死，都在勸回新婦時。自注：勸呂布絶昏公路，兩孤袁呂也。與楊奉、韓暹書使反術，孤術也。袁呂之敗，珪父子功實多，操特收其末耳。

陳宫

何物曾奴董太師，原陵青草正萋萋。一時翔集多知處，獨恨公臺不擇栖。自注：陳宫以曹殺士，叛之是也。然舍曹而奉呂布，布何人，而宫奉之，使布以不道飛揚東土，妨害賢能，且復委心與之始終，其智安在。史稱其剛直壯烈，其死操亦惜之，蓋漢末尚氣之士而實迷謬，非可取也。以上《石堂先生遺集》卷二〇

全宋詩卷三六五一

陳 普七

詠 史下

蜀先主一十二首

兩得徐州不自由，中原應不戀炎劉。孫曹袁吕非蝨賊，五采龍文在益州。自注：中平五年，侍中劉焉言益州有天子氣，不知其爲先主也。

白頭上峽歷群蠻，展轉亡張又失關。取得益州竟何益，不如賣履看人間。自注：老而後跨荆益，天也。早得十年，則可觀矣。備少孤貧，與母販履爲業。

北投南走若窮猿，極目蒼梧欲斷魂。如許英雄不成事，止緣的是靖王孫。自注：漢末群雄各得一州，而又有際會歲月。唯玄德二十年，不得展布手足。初得徐州，而爲袁術、吕布所害；再得徐州，而爲曹操所苦；許下、鄴中，孤軍匹馬；汝南、新野，寸地尺天；當陽危急，欲走蒼梧；油口單微，僅分南岸。末年急計，不得已取劉璋，有益土少翱翔，而老矣。豈非天厭漢哉。使玄德非漢子孫，而别爲一姓，則其驅馳天下，不應若是多魔矣。豈惟先主，關、張、諸葛亦爲漢所累矣。司馬公乃不信其爲中山靖王之後，豈以諸葛委身盡節於盜名冒姓之人哉。

徐元直去馬超來，顧惜三綱又愛才。道御英雄無不可，豫州翻向益州來。自注：以徐庶爲母而聽其歸，此惜三綱也。馬超棄父而奔，張魯所不妻者，用以爲平西將軍，愛才也。

袁渙當年死亦甘，雲長平昔竟何貪。劉巴項領剛如鐵，也用隨群拜武擔。自注：先主得人心處，良不可窺。諸葛一見，遽以大事告之。雲長、翼德、子龍之勇，顛沛患難，孤窮衰弱，依依不去，若十哲之於仲尼也。黄權阻隔□□而不忘，袁渙羈棲而取之，蓋高帝之所不能者也。

荆楚留連似失時，涪城歡飲類狐疑。軍中劉曄誇言語，豈識英雄爲義遲。自注：陶謙死，不敢受徐州，用孔文舉、陳元龍之言而復受。劉琮降曹操，不以告，荀彧勸攻琮，而顧劉表託孤之義，不忍取之，將其衆去。操軍迫近，荆楚之士從之如雲，衆十餘萬，輜重數千兩，或勸宜速行取江陵，而以人心依依不忍舍去，日行十里，幾至危殆。法正東來，勸取劉璋，疑而未決，用龐士元之言而後行。既至涪城，劉璋來會，張松、法正、士元勸於會間取璋，可坐得益州，不從其言。與璋歡飲百餘日，彼此無疑。在葭萌，士元、元龍陳三策，以徑襲成都爲上，誘執關頭爲次，還退白帝城連引荆州徐還圖之爲下。不得已，從其中計。凡此，皆劉曄之所謂遲。然聞司馬徽、徐度之言，詣隆中，片語斷金，若決江河，謂之遲不可也。遲於利而不遲於義，乃所謂敏耳。郭嘉謂袁紹遲而多疑，當矣。劉曄謂玄德有度而遲，不知玄德者也。

養虎荆州歲欲闌，一家豚犬不勝安。振振公族麟之角，妄作山林猛獸看。自注：先主以建安六年奔荆州，至十三年劉表死，曹操來，凡七八年，爲表上賓。表之能與劉璋，但老少異耳。先主客居其土，表既安，琮亦無畏，既分之席，復托之孤。劉表無藉蛟龍之慮，而周瑜乃有養虎之患。蓋瑜不知義，必欲逐之，故爲是言。然以玄德、孔明、關、張之才，而無方尺之地，瑜若不死，得高枕乎。

如流歲月幾沾襟，侍立霜嚴劇苦心。説與劉璋無怨怒，有人驅虎入山林。自注：先主失信，吳使之也。孫權不聽周瑜，與玄德同心治操，則孫以吳，劉以荆，協規北向，何暇入蜀。惟權不知所擇，互相疑忌，使玄德以垂老之年，北迫於操，東迫於吳，在公安如據蒺藜，故思寬閒之舊處。又值法正之來，而遂西矣。

少年白帝死如生，但爲雲長也自榮。龍虎已分南北路，英雄無計與年爭。自注：虢亭之役，當深原其情。失荆州未害，孫權爲賊已甚，不可忍也。況關羽稠人侍立，患難相從之義乎。蓋不忘荆州，而知孔明足辦北方，何惜東行爲羽報仇，此玄德之心也。既敗遂駐兵養力。陸遜心力已疲，孫權臨難失守，玄德待數年不死，荆州詎可知乎。

平生信義滿乾坤，曾弔諸侯未返魂。呂布來時梟送洛，不應投許又投袁。自注：布爲董卓發諸陵，罪大矣，且凶賊反覆，不可與同處。當其來奔徐時，當陳大義以斬之，與居二年，卒受其害。東西南北，實始於此。

西行不與本心符，西負劉璋東負吳。漢業此時如累卵，天公先與殺周瑜。自注：玄德初入蜀，孫權已怒其背信，遺船取孫夫人以去，示欲絶之矣。是時瑜在，玄德西行，瑜必襲其後。劉璋未降，蜀人未附，孤軍躊躇，深客人境，瑜死殆天意也。又幸魯肅繼瑜，深愛劉葛，故得從容入蜀。而孔明、翼德、子龍亦繼西上。不然，關羽不能動心忍性，瑜復撓害其間，荆蜀兩皆不保也。

曹操亡年德劇衰，孫權晚節亂如絲。豫州幸自無頗辟，亦爲區區怒費詩。自注：建安十八年，操立爲魏公，殺皇后伏氏。二十一年，進爵爲王，以讒殺尚書崔琰，收毛玠付獄，丁儀用事，譖出何夔諸人，群下側目。二十三年，少府耿紀、司直韋晃與金禕共起兵討之，不克死。二十四年，爲趙雲所敗，失漢中，殺楊脩；關羽收襄陽，殺于禁、龐德，操流涕議遷都避之。二十五年卒。後主建興七年，孫權稱帝於武昌，臨釣臺，飲酒大醉，以水洒群臣。八年，發兵浮海求夷亶二洲，亡卒十八。九年，徙虞翻於蒼梧，遣使之遼東求馬，爲人所俘。十一年，遣使將兵賚珍寶拜公孫淵爲燕王，斬其使，獻首於魏。時年六十。夏，自將攻新城，爲蒲龐所敗。十二年，自伐魏，無功。延熙元年，呂壹作威福，伏誅，遣人告諸大將。四年，伐魏無功，太子登卒。五年，立子和爲太子，霸爲魯王，愛霸與和無異，是儀數諫不聽。八年，全公主、楊竺、全寄譖太子及其母王夫人，夫人憂死，太子寵日衰。陸遜切諫，權不悦。遜甥顧譚諫，徙交州。遜被責，憤恚卒。太子傅吳粲請使魯王鎮夏口，出楊竺等，怒殺之。十三年，廢和，殺霸，殺將軍朱據，族誅陳正、陳象，杖尚書屈晃一百，立子亮爲太子，母潘氏爲皇后。十五年，復和爲南陽王，居長沙。四月卒。建安二十四年，先主取漢中，秋自立爲漢中王。辛丑年，蜀中傳獻帝被害，群下共勸上尊號。費詩諫勿稱王，不悦，左遷之，遂即帝位於武擔之南。

諸葛孔明 八首

不憑潼華驅曹馬，試出褒斜馘郃雙。深念永安枕前語，横行河洛又臨江。自注：事機一失，成敗霄壤，街亭之戰是也。號亭敗後，教養六七年而後舉，算無遺策，出不再入矣。馬謖不違節度，一戰而削平，取隴右，兼涼州，舉三秦，蔣琬出居關中爲蕭何，而孔明爲漢收三河矣。魏地猶大，成敗未可知。然孔明據涼雍以臨天下，豪傑雲合，經營數年，非曹叡、司馬懿之所能禦也。馬謖一敗，魏人懲創，因陳倉堅閉關隴，使孔明又六七年不能離漢中去斜谷。及去斜谷，營渭南，已死矣。或曰街亭雖勝，能舉事乎。曰先主既殂，孔明在蜀，寂然無聞者六七年，此李牧取胡之計也。出次漢中，而魏人猶以夏侯楙鎮關中，不以爲意。孔明一出，而三郡響從，姜維繼至，曹真、張郃方在擾擾之間，一勝則破竹矣。其規畫布置，已如韓信先定於胸中。不幸不察先主臨終之言，用謖爲督，一敗而返，事事反復終始，謂非孔明之過不可也。大概街亭一出，易於後來之四出，後來四出，難於街亭之一出。敗街亭，則事可知矣。

褒斜邸閣可一飯，河渭安流漕九州。天乎馬謖又霖雨，倍費心思作木牛。自注：漢中初出，已爲高帝、韓信不復人之計，無賴於巴蜀之粟矣。敗街亭而返窺隴之計，倍難於前，始恃蔣琬、李平督運。辛亥祁山之出，破郭淮、司馬懿，殺張郃，復有龍驤虎視之勢矣。李平以霖雨督運不繼，仍復空還。乃始息民休士，作木牛流馬，運米集斜谷，治邸閣。三年出屯渭南，大事已去，而天不祚漢矣。

蒼蒼石穴五百里，炎熱寒涼一漢家。絳灌蕭韓同故道，關張不共出褒斜。自注：先主、孔明以蜀漢圖天下，與高帝、蕭何無異。漢初得天下，君臣同福，一出故道遂不可制。先主與關張龐法皆死，獨孔明將鷹狗數輩，趙雲未幾亦死。孔明未幾天復奪之。不然以漢王蕭何張韓部署曹樊絳灌，分出斜谷大道，豈司馬懿、張郃、曹真之所能禦哉。曹操嘗謂漢中爲天獄，斜谷五百里爲石穴。

關羽不能當一面，魏延何敢比淮陰。流星只緩身徂落，一木終能作鄧林。自注：屯田渭南時，年五十四。如其不死，不以無才爲患矣。

郭淮豈得爲許歷，曹獻敢言如亞夫。祁山再見伐崇旅，鳳鳥不來嗟已夫。

飛羽凋零又秭歸，卯金餘息孔明知。春秋兩字誅千古，不用當年礫操丕。自注：三顧之恩，魚水之情，惟以死報之。漢賊二字，如日月也。治國養民，務農講武，人事無所不盡，而死生存亡不留於胸中。孔明之人略也。

軻死無傳直至今，孔明曾一正人心。拔刀斫石今猶憤，何況當年感激深。自注：孔明以道事君，蜀漢遂爲義國。虢亭之敗，傅嘏、程畿慷慨死之。其時諸葛瞻父子、北地王諶、關口守將傅僉，同日成仁，皆孔明之教。將士拔刀斫石，孔明之餘怒也。

面黑頭黄味似飴，孔明伐賊妄蠶機。生前桑柘八百樹，死後甘棠四十圍。

關　羽四首

巴山漢水本興劉，諸葛才華備鄭留。但得關髯師廣武，北州韓信在南州。自注：玄德禮賢下士，忍辱懲忿，有如處女。關武相從久矣，恃勇負氣，無所不侮，當孤危無援之時，以無人視天下。使羽能忍一時，因孫權善意，以女嫁孫登通和，申其盟好，呂蒙雖有陰謀，權當念魯肅言，不遽圖羽也。孫權欲絶玄德，先取孫夫人；羽女爲權子婦，權遽肯圖羽哉。一女可得荆州，失荆由於一罵，天乎，人也何尤。

寢席羹杯幾載同，不知玄德訪隆中。呂蒙陸遜誠姦賊，消爲孫登作婦翁。

北人更欲生關羽，猶倚糜芳信士仁。曹操雄心懷白馬，董昭空自弄精神。自注：董昭教操露權襲羽之書於羽，活羽以爲權害，呂蒙雖西上，羽軍猶可全也。疾解樊圍，及蒙未至，先還江陵，則蒙至尋陽而計左矣。羽有生路，自以强梁而隕，復何尤哉。

羽血未乾蒙隕命，蒙妻正哭妾分香。天地有心誅漢賊，但遲數月取襄陽。自注：羽以建安二十四年八月，取襄陽、圍樊。十月，呂蒙進兵江陵，曹操救樊。十二月，蒙獲羽斬之，而蒙亦以是月死。明年正月，操歸自樊，卒於洛陽。然則關羽遲三四月在江陵不動，則事勢大異矣。三人同時死，而羽獨先，豈非命哉。

龐士元

放虎山林計已非，蛟龍雲雨意猶遲。士元驥足思騰踏，盍在劉琮不告時。自注：劉璋遣法正迎劉備，善意也。先主雖聽張松、法正之謀，然顧璋善意，未忍爲不義。孔明於時亦未聞有説。士元遽以逆取勸之，先主西上，盤桓猶豫猶三年。士元與張法二人，惟恐取璋不速，日夜勸之，而先主往往不聽。士元之於仁義如此，鳳雛之稱得無過乎。未至成都，死於流矢，豈所謂趨利而蹶者歟。要之，先主不取劉琮，爲失機；士元欲速，而能於琮降曹操不以告時，勸先主疾取江陵據之，則於禮義無害，而其功倍於取蜀矣。程子曰：取璋不義，取琮可矣。先主自新野南奔時，琮以弟奪兄，以國予人，却不知是時士元在何處。

趙雲

子龍一身都是膽，更有仁心并義肝。士勸渠能和益土，百驚不動是人安。

法正

崎嶇放虎事方新，喜怒平生便見真。誰是孔明西道主，敢將東客罪西人。自注：張松、法正導先主取劉璋，先主、孔明西行，恃二人爲之主爾。初得益州，主客之勢方新，尊卑之分未定，故孝直乘時快恩忿，而孔明亦未敢罪之，從容數語，輕重得宜。或者乃謂孔明以嚴治蜀，而不能裁孝直之横，是未嘗觀史也。

諸葛瞻

父自耕田母自桑，受天命與漢同亡。百年魏晉烟雲散，千古隆中日月光。

司馬宣王五首

諸葛誕謀非是誕，令狐愚計未爲愚。豺狼頸項何堪抱，千載猶悲誤託孤。自注：誕、愚皆討司馬氏者。或曰司馬師不念抱頸之托，忍廢曹芳，懿不死，當無是事。曰閉城門殺曹彪，抱諸王於鄴，其無君也甚矣。使芳一旦赫怒，抽戈擊懿，豈復念抱頸時不爲賈充、成濟之急計哉。師廢芳，昭殺髦，皆父之教也，復何道。

燕鵲寒巢不暫寧，百年盜賊不曾停。豺狼首領皆回顧，曾見青衣立漢庭。自注：曹氏自亡，故司馬懿得盜之，然不善之殃無能逭者。故明帝不壽，所以誅操之奸；武帝沈酣，所以發懿之毒。燕巢、鵲巢，皆見《高堂隆傳》。

蔣琬費禕亦如虎，孫權天險據江湖。曹年石馬來何暮，也畏平沙八陣圖。自注：鹵城、渭南，畏諸葛如畏虎。亮死，其所留以遺後之人，亦終足以禁其窺伺。終身握兵，南不敢窺孫權，西不敢窺蜀，其所籍以爲盜竊之資者，惟斬公孫淵而已。張掖石馬七，西晉七主之祥也，諸葛亮死於青龍二年，明年石馬出張掖。蓋亮不死，司馬懿無能成之理也。

倫殺淮南炎殺攸，天將造化馬爲牛。古來逆種并姦息，不問賢愚統是愁。自注：武帝本英主，於齊王復相友愛，至不容斥死。淮南王允爲宿衛將士所畏服，討趙王倫垂克矣，邂逅爲伏胤所殺。天之於晉可見矣。積善餘慶，積不善餘殃，此古人所以必欲以義得天下而後敢居也。攸不死，晉可安；允成功，晉不亂。而天不佑之，蓋積不善之報，當然也。《洪範》曰子孫其逢吉，逢吉積善得天。子孫事皆邂逅於吉也，不然反是。

家門營立事方新，已畜傾巢覆穴人。出爾到頭終反爾，寡孤何用必隨身。自注：司馬師死，司馬昭不肯住武昌，違詔還屯洛水南。後來東征西行，必以郭太后及其主自隨，皆懲除曹爽時，郭太后在城中，爲己所奉；曹芳在曹爽手，幾從桓範言，恐復有爲己所爲故也。荀顗、賈充，皆自昭時用事。

曹　操七首

橫槊南來氣吐霓，北歸裁得景升兒。誰言孟德烏林日，全似本初官渡時。自注：恐懼刻厲，則以新集許下，而破袁紹幽冀青并全盛之衆；得以驕矜，則以曹操數十萬之衆，而困於劉備、周瑜數萬之舟師。使操用兵常如官渡時，天下豈有留行處哉。

揚旌北向顧南州，牧馬東行向北愁。亂世姦雄還自嘆，景升直與本初謀。自注：謀討呂布，則懼袁紹亂其北，馬騰、韓遂擾其西，遂討呂布，則慮劉表、張繡乘其後。欲征劉備，則懼袁紹襲許；欲擊烏桓，則懼劉備教劉表乘之。使袁紹、劉表有孫策、劉備之略，操雖智，豈能遂吞群雄。惟二人不才，荀彧、郭嘉、荀攸見其肺腑，使操行險僥倖，而無所不成，豈非倖哉。

無限英雄睨許都，到頭倖免豈天乎。平生邂逅都經念，曾識篁中許貢奴。自注：按謀襲許者五，而皆不成。袁紹、劉表無足云，孫策以部署而死，天也。策不死，則許危而袁紹未敗。

濮陽火裏又潼關，幾度鯨牙虎口間。銅雀臺前閑極目，驚魂猶繞白狼山。自注：諸葛《出師表》曰：曹操智計殊絶人，然困於南陽，險於烏巢，危於祁連，逼於黎陽，幾敗桓山，殆死潼關，然後僞定一時爾。

劉備孫權豈可忘，南來舉趾遽揚揚。劉琮脱用王威計，送死何須到武昌。

遷都避守豈男兒，子翼私行更可悲。四顧次且天獄裏，蚤如仲達鹵城時。自注：曹操一世之雄，可在袁紹、劉表之上。以與劉備、孫權、諸葛亮、周瑜、關羽相遇，則勝負未可知矣。

英姿蕭颯發硎刀，除却無君事事高。孟德文王能幾許，只爭謙退與矜豪。自注：沈雄明決，應變如流，使得其所倚，操之才一變至道矣。惜其不學，無道義之士開導，遂爲奸雄之歸。

荀彧

亂離揀得一枝棲，得路爭知却是迷。曹操若逢諸葛亮，暮年當作漢征西。自注：曹操作西園校尉及屯酸棗時，其所志願未必不正，如後來之云云也。遭值世亂，才長功大，遂爲奸人。然其不殺劉備、脂習、禰衡，畏也；不殺徐翕、毛暉，厚待陳宮母子，關羽亡去不追，義也。陳琳辱其兄，張繡殺其子，袁紹、呂布諸將皆仇敵，棄瑕收用，無所留難。知人聽言，務本節儉，思孔融而召之，及被其戲侮，十有餘年而後殺之。使文若始見即以道義輔之，以文若之才略，足使操征伐四克，而復日聞道德之言。則以操之英決，當知義重於利，道德重於功名，逆亂之心老死不發矣。

河濟太山猶是漢，匆匆把作賊關中。久知天下無劉氏，不料人間有孔融。自注：董卓亂後，群雄横裂，獻帝遠留長安，在賊手如孤雛。是時文若謂漢已亡，故以高光事勸操。及獻帝東歸，天下猶有推戴，又勸曹操挾之。此時文若非有無漢之心，然遷許之後，政在曹氏，堂陛不立。文若雖不忘大義，然始者交淺言深，駟追不及，欲遂從操，而孔文舉揚袂正言於其間，故依違去就，立正邪之中，十有餘年。一日董昭發議，良心不滅，率爾而對，狼狽以死。君子不觀荀文若之顛沛，安知諸葛孔明躬耕隆中，不求聞達，三顧而後委身之爲貴哉。

誰作留侯帷幄中，殺賢可獨罪曹公。拂衣慷慨無文舉，添得楊彪伴孔融。自注：曹操殺孔融、荀文若，豈可言不知哉。楊彪下獄時，文舉被髮纓冠往救之，文若喑嗚不能鳴，僅與文舉同囑滿寵勿加拷掠而已。若文舉不正言，滿寵不畏義，操一日而殺楊彪、文若，豈有面目見君子哉。幸出楊彪，終殺文舉，文若愧負不言。可知飲藥自殺，良心未忘，圖地下得見文舉爾。

河岱諸人無一賢，鄄城戰格與雲連。雲長翼德如文若，玄德翱翔早十年。自注：關羽、張飛，勇而不智，劉備失徐州，亦羽飛二人不能守。使二人在下邳，如文若在鄄城，使備不失徐，如操不失兖，則事未可知。要之，曹操初興，隨得荀彧、程昱、棗祗、董昭輩，皆智士；玄德創業，僅有羽飛趙雲二三勇士。及操已成天下，無措手處，始得孔明龐法諸公，所以不同。或曰：呂布襲下邳，出於不料；操擣下邳，乘其未集也。曰：使荀彧與呂布同處，豈肯信而不虞，操襲下邳，方有袁紹之憂，不能久也。使文若、孔明守下邳，其却之有餘矣。

孫權

不信張昭未是奇，賊來送死又何疑。一生諂事欺孤操，操死猶臣不十丕。自注：任賢使能，以保江東，孫權之才盡於孫策之一言。其策略德義，皆在曹劉之下，赤壁之勝，非賴周瑜、魯肅、孔明發明，操軍中疫作，則操之來，決非孫權所能辦。劉備人才道德，照耀當時，向使權用魯肅言，與相掎角，孫以楊越規青徐，劉以荆益取雍豫，同心協力，東西俱進，曹氏必不支矣。二主分治，豈非當時一快事，乃聽周瑜、呂蒙，專與玄德爲仇，畏憚曹操，乞降勸進，稱臣稽顙若臣僕。然關羽圍樊，于禁等没。孫權等亦自東方北向，曹操雖黠，何以爲計。操死之後，周瑜、呂蒙雖死，猶有陸遜、朱然輩，丕無足憚。又畏劉備，乃復稱臣，乞命於丕。劉備未死，雖受魏兵，不敢與絶。及聞蜀使鄧芝之言，始恃吴蜀解仇，而停事丕之禮。良由本心不計正邪義利，但以强弱爲意，因與劉氏而同仇，遂有孤立畏人之勢。始焉不知所擇，故其終無所倚藉。人才凋落，四顧茫然，遂以仲謀之雄，狼狽涕泣以事曹丕，可惜也。

周瑜

烏林僥倖數帆風，便傍吳船向蜀中。劉葛關張無寸土，肯容公瑾擅江東。

魯肅

龍虎鵷雛總可人，當陽傾蓋便蘭金。荆州尺寸都相付，始是當年子敬心。自注：劉表未死，先主、孔明共談草廬之中，已以荆益爲囊中物，非奪之也，事勢然也。孔明求救於孫權，云：將軍能與豫州協規同心，必破操，操破，則荆吳之勢强，鼎足之形成，非張本也，亦事勢然也。表死，操破玄德，當有荆州，明矣。魯肅聞表死，言於孫權，請往説劉備，使撫表衆，共治曹操，是人心之所同也。烏林之役，周瑜水軍三萬，關羽與劉琦亦二三萬，孫劉相與協力，孫氏又以自救，一勝之後，便當使玄德主荆。而周瑜幸勝專功，不惟不以荆州授玄德，又欲由荆取蜀，進據襄陽，是欲置玄德於無立錐之地。當是時也，周瑜爲不遜，而魯肅之心欿然於玄德矣。玄德遲留信義，隱忍不授。然使周瑜不死，終守其説，則以劉葛關張之智勇，亦必有以處之矣。幸而瑜死肅繼，始勸權以荆州借備，此子敬之本心，猶曰借者，君臣之際，其辭當然，其意則實以乘赤壁之勝，遂據荆州，以玄德爲負也。玄德之風，肅所素欽，當陽相見，加以孔明，傾蓋成交，聯鑣東下，遂勸孫權一心拒操。蓋孔明與孫權言者，一時之大略也，途中與肅議論，當尤詳悉。肅之勸權，亦聞孔明緒論也。肅於此時，必曰：玄德君臣之才之美，顛沛失所，誠爲可惜。故爲孫氏謀臣，而廼心劉葛，終始不忘。觀其與孔明定交，曰：我，子瑜友也。言龐統於玄德，曰：士元非百里才。玄德取蜀，孫權怒其背己，來爭荆州，置長沙、零陵、桂陽三郡長吏，關羽盡逐之。肅，孫氏人也，不惟不與羽絶，且勸權以曹操尚在，宜且撫輯羽，與之同仇，不可失也。權惑呂蒙之言，深忌羽，以書問肅，肅以不足忌答之。不足忌者，護之也。由此觀之，魯肅之心，愛玄德君臣，而欲其有成也久也。羽恨孫權不讓，每加無禮。而肅常撫之，豈非愛雲長之才，抱公瑾之負，故然乎。不幸子敬死，呂蒙繼之，遂爲曹氏圖羽。羽死，而玄德遂失荆州，漢之大勢去而曹氏之計成。然則肅遲數年不死，則羽不亡，非獨劉氏之福，曹氏成否未可知也。或曰操走留徐晃、曹仁守江陵，周瑜、程普攻之，歲餘乃下。甘寧取夷陵，曹仁追兵圍之，瑜破之得解，取荆州者，孫氏力也。曰：此周瑜之不遜也。赤壁之役，苟以荆州授玄德，曹仁、徐晃，玄德、孔明辦之有餘矣，豈獨周瑜爲能乎。玄德依然君臣寄寓，如劉表在日屯新野時。及劉琦死，權始以備爲荆州牧，此逼於天理人情之不能已也。周瑜復少給之地，瑜之心，直欲置玄德於死地而後已也。曰：關羽不死，豈孫氏之利乎。曰：玄德、關羽，義人也，孫氏不謀所以害之，則弟兄之國爾，何不利之有。周瑜寄寓養虎之云，以小人之腹量君子之心也。此事前輩皆未之考。

呂蒙

劉葛無成痛古今，白衣搖櫓穽何深。呂蒙公瑾俱無禄，漢室猶關造化心。自注：呂蒙、周瑜，皆義賊也。周瑜妙年而死，呂蒙襲殺關羽，未及受賞，年才四十而亡。豈非孔明、先主之義，猶簡在帝心乎。

棗 祗

千里無烟已十年，一朝許洛翠秧田。乾坤渠肯容曹操，聊爲蒼生解倒懸。自注：曹操所以成者，由毛玠勸脩耕殖，棗祗首建屯田，州郡皆置田官。荀彧、鍾繇主衛覬之議，賣鹽買牛給流離，歸民以集。關中劉馥建城立邑，屯田興陂，招懷梅乾等以開楊州。趙儼、何夔止綿絹之征，以安汝南諸郡。後破袁氏，斬郭援、高幹，以杜畿爲河東太守，梁習爲并州刺史，皆以安集農桑爲先。是以流民復業，而師行在在有糧，故能集也。但智力奸僞，終不得天，故運祚不長耳。袁紹雖强，惟務急戰，烏得而不敗也。

賈 詡

崩奔堯後一孤兒，跖狗成群共肆欺。賈詡未投曹操日，自爲漢賊已多時。自注：荀程郭賈，皆知有操，而不知有漢，然賈爲漢賊久矣，事在初平三年。

曹 丕

吳質車中載甲兵，辛毗頸上一毛輕。孔明才略何堪算，十倍曹丕是憲英。

侏儒一節足亡身，衰絰三年笑殺人。不逐猇亭天子使，龍舟何用到江濱。自注：黄初元年正月，操殂，丕即位。二月，黜曹植爲安鄉侯，殺丁儀、丁廙。六月，南巡，大饗軍民，設伎樂百戲于譙。十月，受禪，納山陽公二女。十二月，如洛，營宫室，徙冀州士卒家于河南。二年，郭貴嬪有寵，殺甄夫人。七月，築凌雲臺。十月，遣使求大貝明珠犀象玳瑁孔雀翡翠鬭鴨長鳴鷄於吳，爲孫權所笑。三年，立郭貴嬪爲后，興兵伐吳無功。五年、六年，連伐吳無功，龍舟幾覆。七年，殺鮑勛，廢曹洪而卒。方劉備伐吳時，能以劉曄之言襲吳，可以大獲，乃信其僞降，乞其無用之物以悦婦人。及備既敗，荆楊既困，始興師臨江，幾隕風濤。曹操豚犬之嘆，爲不虚矣。

鵲搆觚稜偶似詩，雞栖庭樹已當時。公車坐使諸侯急，却是姦人篡奪資。自注：丕、植皆豚犬也。魏移於晉，由宗室無權。宗室禁錮，本曹植無禮，操以植故，重諸侯科禁。況丕不仁，兼有怨於植乎。魏之亡，植罪爲大。

春華建安曹子建，秋實西京張釋之。父事邢顒奴七子，黄初便作萬年期。自注：邢顒，君子也，而植惡之。楊脩、丁儀，小人也，而植愛之。既以無禮怨父，復以不弟失兄，如與浮薄之人同處，及其始終如孤豚，家國未幾亦覆。八代詞人皆繆用其心者也。

費禕二首

渭南營裏夜眠遲，漢壽屯中醉裏棋。亡蜀似緣才太紿，不關越次用陳祗。自注：諸葛亮以伊呂之才，夙興夜寐，費禕自知不及，乃不廢博弈盃觴，以殺其身，矜故也。越次用陳祗，使與黄皓爲奸，以亡其國，蓋惑於祗之多藝，謂與己同而不之察也。

木牛流汗上青天，漢火明知不可然。誰識連峰攢劍戟，正虞天嗇孔明年。自注：褒斜、劍閣，在孔明時良爲害；在蔣琬、費禕、姜維時，國之寶也。孔明教養之後，苟得平原廣野無糧運之勞，不可禦也。

姜維二首

國小民勞事已非，城狐不斬愈危機。却屯已可擒鍾會，鄧艾無翎獨解飛。

無德那堪力不任，重關如掌寇戎深。幽冥不係梟鍾會，猶有區區一片心。自注：考維始終，雖殺鍾會無益。維謀殺會時，密與帝書曰：願陛下忍數日之辱，使社稷危而復安，日月幽而復明。

北地王諶

何物譙周口似簧，幾年漢帝手牽羊。紛紛蜀土祠諸葛，香火曾分北地王。

鄧艾二首

劉葛元非百世讎，緣崖攀木作猿猴。瞻崇艾會誰芳臭，死國沉身各二頭。自注：蜀有亡之道，而鍾鄧取蜀皆不還，何哉。鍾會深入，已過漢中，姜維列營守險，會不能克，糧盡欲還。而鄧艾竭死力，鑿山開道，緣崖攀木，忍飢寒，歷冰雪，踏危殆，以襲成都，蜀雖亡，而鄧氏亦殲之矣。此用意大過之報也。蜀，諸葛亮之國，而司馬昭，魏賊也。而艾刻厲爲之取蜀，非理矣。

滅吳不解誅宰嚭，拜假何須便不咨。受任兩無曹與馬，檻車破了欲何之。自注：成都已降，不待承制假拜而後安。鍾會豈君子，遽肯聽艾專功，司馬昭遽肯以柄授人。艾之在蜀，本無他心，不過有功而驕，不伏爲司馬昭之役，鍾會之下。檻車詣洛，不聽將士追取，則會已死，艾至洛猶可立。

鍾　會二首

身在成都已孟津，霎時飛首過函秦。子房智勇裁如此，不悟誅秦滅項人。

諸葛風流尚未休，山川爲斬鄧鍾頭。至今青史憂吳蜀，莫把知人責夏侯。自注：鍾會何足爲吳蜀之憂，不過生事而已。夏侯霸之言，未必然也。

中山王衮

老卒無多儘守藩，更無毫髮罪堪言。東堂斷手平生足，玉井蟾蜍自注：明帝。任吐吞。

明　帝四首

柳谷川西示討曹，摩波井底見芳髦。藩垣屏翰無方尺，何用凌霄百丈高。

大和空國逐浮虛，曾爲蒼生一掃除。曆數未容姦宄得，收曹卷馬二中書。自注：清談起正始，亦由明帝不壽，明帝壽則無曹爽之擅，無爽之擅則無司馬懿之奪，而諸葛誕、鄧颺、夏侯玄輩亦擯斥不復起。惟魏不得天，使明帝方盛而亡，劉放、孫資擅命，曹爽、何晏並起，而司馬懿父子因之得計。蓋其所以得者非也。

咸通昏主如桀紂，青龍英君翻不如。關雎螽斯渾未識，鵲巢那得不鳩居。自注：好色之君無子，夫婦道亂無子，無子之國，奸盗乘之，古今之常也。明帝父子世無家法，疏絶骨肉，捨貴立賤，椒房之位卑於下陳，妾媵上僭，掖庭數千，内政荒亂，遂以無子，而成司馬氏之篡。幼死淑之死，恣情越禮如唐懿宗。一由曹操痛蒼舒之死，欲與邴原亡女合葬啓之。二以無男愛女，故殉其欲以至於不可制。懿宗雖不道，然同昌公主已長，適人，明帝以喪父母之禮施之未期月之幼女，是又懿宗之不如矣。

高堂光祿心劉向，未托孤前亦已知。爭奈九龍規太大，不堪淺薄武皇基。自注：明帝魏英主，魏不永，由明帝不壽。明帝不壽，宗室荒亡。曹氏本無長世之道，明帝又爲千門萬户之殁，以速其亡。明帝不死，當念東阿之疏與高堂隆臨死之言，土木之役行將自止，骨肉基跱，庶乎可望。觀寢疾時，援曹宇大將軍，以曹爽、曹肇輔政，可見也。高堂隆於魏群臣中最爲忠賢，考其本末，與劉向如一人也。事見青龍三年四年、景初元年凡七節。

楊　修

簏中是絹不能知，妄把聰明察色絲。五等人倫皆掃地，多文好學欲何爲。自注：楊氏四世三公，修，震玄孫，謂楊彪爲諸父。楊彪、孔融、禰衡不從操，而修從之。曹植浮薄，丁儀側媚，君子所遠，而修樂之。勸操立幼，教植奪嫡，亂人父子兄弟之間，如鬼如蜮，曹操幸而容之，其能免於丁儀之誅乎。

高堂隆

負土衣冠亂滿園，不知曹德是軒轅。土山白盡忠臣髮，何似初來莫妄言。自注：高堂生忠臣賢士，而以黄龍損其志。明帝土木之役方興，又惑於高堂生土德祖虞之説，益侈大自高。徙長安鍾簴橐駞承露盤於洛陽，鑄銅人列司馬門，黄龍鳳凰置内殿前，起土山、芳林園使公卿負土，樹草木捕禽獸其中。乃復上書切諫，至死猶拳拳焉。忠則忠矣，毋乃漲其源而塞其流乎。曹操開基，孰與黄帝、虞舜，其父嵩爲宦者曹騰養子，未知其姓，而高堂生列之五帝。吳蜀據天下之半，曹氏方草菅其民，而高堂生遽以帝王曆數與之。皆不學之過也。

曹　爽二首

眼中鸞鳳悉豺梟，一日翩翩忽滿朝。死近天教爲呂禄，罪深地不着良宵。

四聰八達免官時，仲達含香拜玉墀。二鬼不來同壑谷，未愁寡婦與孤兒。自注：明帝在日，司馬懿東奔西走之不暇，顧命不爲劉放、孫資所易，則曹宇以恭良賢宗室爲大將軍，必能守明帝之政，懿雖奸未必逞矣。爽一得位，何晏等彈冠而起，以無人視天下，相翼爲惡。遷懿太傅，而奪之權，懿猶含怒不發，盤桓七八年。及遷郭太后永寧宫，懿始稱疾不視事，又復二年而後誅之。然則爽於受顧命後，苟能爲善，仲達父子豈遽有不軌之心哉。管輅謂鄧颺爲鬼躁，何晏爲鬼幽。愚謂清談之士，如竹林諸賢及王戎、畢卓、王澄、山簡、謝鯤、王衍、謝方、殷浩輩皆然，惟謝安志猶足以帥其氣耳。

何　晏

羅襦帝子本同生，故把玄談亂濁清。粉面青蠅麾不去，到頭白黑自分明。自注：晏年四歲，隨母遭亂，爲曹操所得。母爲操生女，既長，以妻晏，所謂尚書駙馬都尉爲此。以此一事，及正始間所爲觀之，蓋吾道之所不容者。范寧謂其罪浮於桀紂，而近世以其所解《論語》行天下，是未嘗讀書也。

桓　範

和血淆骸赤洛陽，綺疏應共枕紅粧。乾坤無地容何鄧，何必舁尸赴許昌。自注：曹爽輩一時皆棄市矣，雖以乘輿赴許昌，終不免爾。桓範爲魏司農，與爽非有死生之義，懿擅閉城門爲無君，範出就乘輿爲得義，兩無所從，朝服不離帝側，則懿必不犯大義殺範。今範出奔，徒教爽挾天子以自活，則是徒爲爽謀，非有從君之心。觀範爽出遊，與司馬懿、蔣濟、王淩子廣之言，範黨於爽久矣。與之俱死，不亦宜乎。

夏侯玄二首

一日天誅正始餘，百年曹馬兩丘墟。景王似見銅駝禍，究極根源殺太初。自注：正始諸公，夏侯太初爲彼善於此。然爲老莊之學，而皆急於聲利，外靜內躁則同也。太初，爽姑子，與爽皆非將才。乃相與伐蜀，以求功名；何晏等如鬼蜮，太初與爲黨友，晏等危於朝露，太初不知也。爽誅，太初以爽故，不得在勢位，居常怏怏。凡此，皆非老莊之道也。既以浮虛敗俗，復以急利覆宗。

十家血染市朝紅，更漲餘波及李豐。老子莊生真毒手，子元子上即而翁。自注：十家，謂曹爽、何晏、鄧颺、畢軌、李勝、丁謐、桓範、夏侯玄、毌丘儉、諸葛誕。儉誕皆以與玄善，故起兵而敗。

毌丘儉

十萬强兵無一人，義師翻得叛臣名。奇功一夜歸人手，空使文鴦待到明。自注：當時，司馬氏之徒如雲，而淮南之叛皆率爾而起，無一良士。文欽畏司馬師如虎，倉卒遇之，莫知所爲。而以驍果見愛於曹爽、毌丘儉，何哉。子鴦年少，勇冠三軍，夜斫司馬師營，舉軍驚擾，師病目突出，忍痛嚙被，旬日而死。是夜，欽不與鴦失期，二隊並進，師非隕則獲，不止於關東之衄矣。師敗，則魏軍氣沮，欽軍氣倍，還與儉合，以鴦居前，胡遵、諸葛誕如破竹耳。青雲良會，一夕失之。蓋毌丘、諸葛，皆夏侯玄黨友，大言輕率，舉大事不擇人，而以虛聲冀實效。以司馬師之沉鷙，傅士基之智勇，而鼓浮虛輕躁之徒以從之，驅群羊以逐虎狼也。

諸葛誕

義旗照日映淮流，不爲曹孤爲夏侯。麾下諸君底心性，海中五百又揚州。自注：毌丘儉、諸葛誕，能一意爲魏討賊臣，不爲與夏侯玄友善有畏禍之心，則雖死而光矣。清談起漢末，至正始轉爲清虚。然夏侯玄、嵇康、諸葛誕，猶有孔文舉之餘風。故誕死，麾下數百人拱手就戮，無降者。至晉初，始一於浮虚，無復嫉邪輕死之風矣。

夏侯令女

諸公競起滅彝倫，特立當年一女身。盡付輕塵棲弱草，便從正始斷無人。自注：輕塵棲弱草，此何晏、鄧颺諸人緒論也。正始中，曹爽家爲老莊淵藪，夏侯令女居爽家，壁立萬仞，不可轉移，此天命之性也。魏晉不長，政由於此。何者，五常之統，常在天下，不可滅也。不然，人類滅矣。

嵇康

銅駝荆棘夜深深，尚想清談撼竹林。南渡百年無雅樂，當年猶惜廣陵音。自注：渡江，二郊無樂，宗廟唯有登歌，而無二舞。至宋文帝元嘉末，南郊始設登歌。

嵇紹

佞舌如簧亂孝思，竹林人物固猖披。御衣烱烱嵇生血，不似王生淚着枝。

王裒

正始頽波萬丈深，卧冰泣竹盡漂沉。尚餘淚染無枝樹，撑拄乾坤直到今。自注：王祥爲魏三公，視其君如弁髦，國如傳舍，似馮道。孟宗爲吴光祿勛，當孫琳廢亮時，孟宗爲告太廟。

阮籍二首

中道難行古已然，東邊扶起又西邊。一般等是墟人國，莫道三君與七賢。自注：劉伶、阮籍，昏酣遺落，懲漢末清議之禍而反之。然與去水入火何異。

截髮哀號孽婦前，晉家無地亦無天。當時阮籍丘中骨，擲向黃河尚帶羶。自注：清談，滅棄禮法，起於何晏、夏侯玄，成於嵇阮。故賈氏弑楊太后，舉朝安之。

范粲

半生腳不踏晉土，有翼還須飛上天。好遺竹林諸放達，談莊説老寢車前。自注：波流風靡之中，如范粲者真砥柱也。

司馬孚

心地終輸范粲安，魚熊兼得古今難。永嘉陵墓溫明器，得似安平素木棺。自注：天命之性不滅，故司馬氏有孚，武氏有攸緒也。攸緒不可及矣，司馬孚、武平一次之，賈模又次之，朱金昱又次之。皆《易》所謂中行獨復者也。賜器事，見本始八年。

何曾二首

君親忠孝豈殊途，甲有方能罪乙無。座上研研稱阮籍，不知聯席是公閭。自注：司馬昭方無君，安能罪阮籍之無親乎。司隸校尉不問賈充，獨於座中面質阮籍，斯亦不知類也。

家國兒曹付五胡，奉身恨不及齊奴。君王但説平生事，政爲諸公昧遠圖。自注：司馬公曰：何曾譏武帝偷惰，取娛目前，不爲遠慮，知天下將亂，子孫必與其憂，何其明也。然身爲僭侈，使子孫承流，卒以驕奢亡族，明安在哉。且身爲宰相，知爲君之過而不以告，而私語於家，非忠臣也。曾日食萬錢，子劭日食二萬，孫綏機羡汰侈尤甚。綏爲東海王越所殺，及永嘉末，何氏無遺種矣。

王祥二首

君王宫裏望安舒，何啻慈親念鯉魚。體認卧冰真意思，忍看成濟犯鑾輿。自注：王祥，孝子也。爲魏司隸，又爲太尉，居三公之位，而於司馬昭之廢弑，若不見不聞者。使閔曾二子，當祥之時，豈肯居祥之位，不幸居祥之位，豈忍邵陵、高貴之廢弑，恬然晏然，無所去就哉。廢弑篡奪，無所不安，魏太尉、晉太保，無所不可，與馮道如一人也。蓋質美而不知學行，於家庭有餘，以處大事、立大節則不能斷矣。此孟公綽所以止於趙魏老，而古人用人剛柔文武之各有其所也。

倒載山公即巨源，清談安石幼輿孫。晉家禍亂深如海，半出咸熙太尉門。自注：王謝二家，以清談與晉終始。謝氏出於鯤，王氏誰爲之兆乎。理致清遠四字，皆晉人膏肓之疾也。王祥爲魏晉三公，於國家大事大倫皆無所問，而有理致清遠之稱，豈乎居道堯舜而談夷惠乎，未有道堯舜之言，而安於篡弑之禍者。王戎、王衍、王澄居高位，食厚祿，禍亂危亡，略不經心，唯終身爲清遠之言，豈非以太保正始之際爲師乎。或曰：不拜司馬昭何如。曰：此馮道受郭威拜之類，它年皆從之，獨少與之抗禮，固奸人之所樂也。太始四年，祥卒，族孫戎嘆曰：太保當正始之際，不在能言之列，及間與之言，理致清遠。豈非以德掩其言乎。

晉武帝三首

杳杳羊車轉掖庭，夕陽亭上北風腥。紛紛羔羯趨河洛，爲見深宮竹葉青。自注：石勒倚東門而嘯，本非有天下之志。掖庭萬人，華林金谷，有以動其歆羨之心爾。

斥出維垣令太師，盡留群小鳳凰池。爭知暗裏牽裾子，元是屠家揣肉兒。自注：知惠帝昏愚，而終不易者，一爲荀勗輩所蠱，二溺兩楊后之愛，三以皇孫遹之慧也。齊王攸忠賢友愛，又有先帝、先后臨終之託，用是擯逐斥絶，以至於死。然身後之事，皆出於不料，遹果賢，猶未知其所極，況後來之乖繆乎。

宮中擲戟又飛刀，謝玖兢兢命若毛。豈是君王輕社稷，天教熾業謝芳髦。自注：太子昏愚，身後之事無一人可伏，又加以賈氏之兇悍，此不必聖主而後以爲懼矣。皇孫遹可喜，然賈氏舅姑猶在，殺人擲戟無所顧，一日得位，遹其不爲如意，謝玖其不爲人彘乎。豈天欲假手南風，爲魏報仇，而奪其神明乎。

楊太后

醜短妍長熟用心，國家持換郭槐金。自注：賈太后。一門姊妹同傾晉，餓死猶輕罪更深。自注：惠帝昏愚，得不廢，賈庶人得爲太子妃，有罪，又得不廢，皆楊太后妹妹功也。賈氏之報當何如哉。然賈庶人得位，一朝而滅楊氏，幽辱其姑而弑之，前日主持保護之恩無有也。與唐王皇后、武才人事相類，尤足以爲母后狥私背公者之戒。

楊珧

塗山千載又關雎，幾世天家共玉輿。不友鳳凰池上客，全宗安用石函書。自注：觀楊珧上表，與胡奮語楊駿之言，是使爲帝王者無妃而後可也。古妊姒姜，近世陰馬，未嘗有滅門者。不原其所以滅，而徒以與天家婚爲懼，亦不思矣。楊珧兄弟以富貴驕人，乘武帝荒淫，挾勢用事，交通請謁，疏斥勳舊，又利太子之愚，惡齊王攸之賢，與荀勗、馮紞共搆攸而逐之。武帝臨終迷亂，楊氏獨據禁中，私樹心腹，斥逐大臣，遂專晉權，内外側目，與賈家後來無異。乃恃石函藏表，冀以免禍，是灌葦積薪，揚風縱燎，而恃蹄涔之水以爲安也。

司馬攸

咫尺含章路不通，桃符渾不記臨終。青州政似恒三代，何用依依紞勗中。自注：齊王攸，懿親賢，佐武帝，友愛未衰，而終不容。雖紞勗間之，亦天不祚晉也。使攸能知變，都督青州之命拜而受之，韜光潛德，以爲他日撥亂之謀，夫豈不可。然而晉室無是福也。要之，攸雖賢而有禮，然爲賈充婿，一不容，遂憤惋以死，亦非負荷重任，有重耳之才者。其先國家而死，亦未爲不幸矣。

羊祜三首

群心爭欲剸公閭，愁殺凌雲醉老奴。緩帶輕裘信瀟灑，曾知晉事已如吳。自注：太子昏愚，賈充兇悍，帝心蠱惑，朝野咸知，豈以羊祜、張華、杜預而不聞乎。衛瓘撫御床，時内外已切齒賈氏，而羊叔子諸公謀吳而已矣。祜不附中朝權貴，嫉其邪也，邪在君側，豈憂國愛君者之所能已乎。道學不明，士不知大學之道。晉武欲行喪禮，叔子不能陳禮義以助其決，乃與傅玄私議，玄不從而遂止。君心内惑，小人在側而亦不知，蓋不知學，則皆昧本而狗末。若羊叔子之類是也。

尺鯉何曾到賈充，太阿曾擬血王戎。淚痕不到沉碑上，似爲苞苴走路中。自注：祜預同謀伐吳，祜在襄陽，不附中朝權貴，爲馮紞、荀勗所譖者，不失其馳也。杜預繼之，數餉遺洛中貴，要冀其不爲害者，詭遇之獲也。由君子之道，則雖不成平吳之功，寧爲祜而不爲預矣。

杜預二首

呂蒙江上櫓猶羞，曹操徐州血尚留。千古渭濱并峴首，淚痕不逐谷陵收。自注：諸葛亮渭南，羊祜峴首，皆庶幾乎，王者之師。人才無古今，道未嘗不可行也。

晉武良心獨未亡，娼家瀆禮自多妨。洛中冠蓋無多日，元凱春秋亦短長。自注：晉武欲行喪禮，良心也。即位之初，蔚然賢主，善政嘉言可紀者，如以青麻代朱紖，以矯前朝奢侈之俗；立太子不赦，令太子拜師傅等事，皆漢以來絕無而僅有者。既爲賈充、荀勗輩所蠱，猶能以鄭徽請罪皇甫陶而免其官，其心猶正也。爲其臣者，當其欲行喪禮之時，遂其良心，導之以古訓，擴其心而充之，事事以喪禮爲準則，成湯可及，堯舜亦可爲矣，運祚詎可量哉。裴秀、傅玄苟偷無識，杜預《春秋》之學亦爲邪説以沮之，使其良心不繼，荒怠日生，既終皇太后喪，而聲色宴遊之事作，始終如兩人。蓋禮樂者，久長深遠之具，晉室得非其道，亂亡不久，故有賢君而不生良佐，始雖暫治，終於大亂。此則創業垂統者之所當戒也。

旃頭兩度茀鉤陳，黄色頻年鬬孟春。長曆春秋兩高閣，東南填淤正肥民。

衛　瓘二首

此座傾危不信人，此身便合去朝廷。凌雲莫道非真醉，直到身亡更未醒。自注：此座可惜之言不得行，則當爲保首領之計矣。楊駿獨侍疾禁中，乘帝迷亂，改易近制，私樹心腹，勛舊疏斥不得受顧命。當此時，奉身而退，猶可全也。惠帝既立，賈庶人得勢，族楊駿，殺太后，而無難者，撫床之怨能無及乎。不能正主匡朝，復不知保身全節。高枕而受誅夷，徒見富貴之縻人耳。

拓拔枝柯幸少疏，洛陽宮殿已爲墟。休論榮晦師田續，忍讀金墉稽顙書。自注：舞智以取鄧艾，爲杜預所笑。又以其術破弱鮮卑，豈徒非中國制夷狄之道，於晉曾何補焉。此座可惜，豈如羊車之尤可憂。不治内而治外，不慮本而慮末，政使鮮卑無類，東宮易人，社稷之憂方深。幸楊太后之廢，有心者以爲人類將盡，而晉室三公厚顏居位。楊駿既誅，群公受賈氏風旨廢太后。所謂群公者，非太保瓘等乎。就不與名，亦難免於《春秋》之誅矣。

張　華四首

孫皓泥頭入洛陽，後庭奪目萬紅粧。銅駝北去還西徙，不怨荀馮怨杜張。自注：吳可取也，然張華、杜預之計，徒以驕其君以益其疾爾。故吳雖當亡，而晉之道，不若山濤之言，爲太子昏愚，賈充、荀勗、馮紞、羊琇蠱惑左右，楊駿、楊珧兄弟濁亂朝廷，相與擠司馬攸而殺之。此之不慮，而誇取吳以爲功，不亦愚乎。吳平，武帝遂驕矜放逸，沉溺後庭，遷孫皓宮人五千人入宮，合爲萬人。神鑒日昏，庶政日廢，社稷之憂日深，聞言而不暇聽，有念而不暇續也。杜預、張華非無耳無目者，曾無片言以諫其君，豈以内作色荒，酣歌恒舞之不足以亡乎，固將以孫皓宮女德色於其君矣。

應是諸公愛阮咸，所天亦把付清談。張林若責金墉后，當日張華死更甘。自注：清談已來，三綱久廢。故張林詰張華，但責其不死太子，而不責其不死太后。真西山曰：世之論華者，皆曰成乾之諫不從而不去，此其所以及禍也。愚謂不然，方楊太后之廢也，三綱五典於焉掃地，華嘗諫矣，而不見從，於是時引身而去，乃全進退之節。華方安然進居相位，坐視楊后見弑而不能救，逆天背理，孰甚於此。孔子稱由、求爲具臣，曰：弑父與君，亦不從也。姑猶可弑太子，其不可廢乎。故曰：華之當去，在楊太后見廢之時，不在愍懷見廢之日矣。

孟觀孫秀尚同寅，足了優游卒歲身。牛斗豫章才尺五，中台何事不關人。自注：孟觀，賈后之黨，相與滅楊氏、廢太后者。未幾，華薦觀討齊萬年，謂其有文武才，則是相與造膝矣。華於賈后未嘗失歡，又與孟觀造膝，孫秀雖仇怨，然方深交賈郭，此華所以有優游卒歲之計，而無所懼歟。

滿耳羊車若不知，聾人何怪履危機。中台星拆渾閒事，哭殺旄頭彗紫微。

裴頠

惠帝君臣一樣愚，九龍翁仲淚如珠。眼前喪亂渾如罔，崇有何當却破無。自注：當時亂形亡理，可謂有矣。裴逸民崇有以破無，亦若劉伶輩熟視不見太山，静聽不聞雷霆，何哉。衣服在躬而不知，其名爲罔，夫見富貴而不見死亡，是所謂罔者也。其能免乎。

山濤

君王祖述竹林風，竹葉紛紛插滿宮。禍亂古今惟晉酷，是非憂樂一山公。自注：東西晉二武，沉溺酒色，蓋聞竹林之風而效之者。晉朝公卿，惟山濤頗念天下事，若釋吳以爲外懼，與州郡武備不宜去，後庭游宴，三楊用事，數有規諷是也。然此事皆竹林之所遺落者，樂於竹林而憂於國，則裴頠之論是矣。

江統

卞莊已睨鬭於菟，蕘論方規逐五胡。莫把亂華罪夷狄，鮮卑臣節過猗盧。自注：江統所言，侍御史郭欽言於武帝之世矣，不能行。時劉淵在并州已强，齊萬年雖破，而匈奴郝度元與馮翊北地馬蘭羌、盧水胡反叛洛陽，氐楊茂披據仇池，當時行統言，則一呼而起矣。老莊奔淫之俗已成，賈庶人之焰已熾，諸王之相噬已有形，就如統策，盡逐諸戎，晉室能不亂哉。以慕容廆招拓拔氏、段氏觀之，夷狄之人皆吾人也。苻氏、姚氏、劉淵、慕容垂有以服其心，皆吾之蕭曹韓彭也。有道則守在四夷，不道則一卒足以亡秦，何必五胡能扛晉鼎哉。

周處

白額長蛇已就戡，不知賈郭更難堪。東吳陸喜鄉先輩，五等還應有第三。自注：周處以御史中丞處惠帝元康間，號爲彈劾不避。然當時上下之惡，大於司馬昭者多矣，今可見者獨嘗彈昭，至於賈郭之徒，初未聞也。六陌之死美矣，未若正色楊庭解之，歷井幹之爲快也。陸喜評薛榮事，見武帝太康三年。

張翰

晉家事勢若崩河，忘却吳松好月波。莫把李膺誇二陸，思鱸羨鶴不曾多。自注：元康之末，永寧、永康之間，衽席歌舞之中，無故而罹滅身赤族之禍者，非一人一家矣。晉祿無可食之道，司馬冏又非可與共濟之人，顧榮、張翰遲留不去，欲何伺乎。禍迫而後拂衣，賢於陸機則可，方之韋忠、董養爲已晚矣。

陸機二首

千里蓴羹七里尸，兩般滋味豈難知。建春不幸成繻葛，割盡流蘇定此時。自注：河間王顒、成都王穎舉兵同伐京師也，顒將張方，穎將陸機。張方逆矣，然以機之心與其所以治軍馭下者觀之，苟不敗建春門，則機亦張方爾。立身一敗，萬事瓦裂，機之謂歟。張方逼帝遷長安，軍人掠後宮，割流蘇帳爲馬幨，事見永興元年。

須信雕蟲不用工，至今天地不相容。君看奕葉東吳陸，轉作詞章便覆宗。自注：文人如宋玉、李斯、司馬相如、楊雄、班固、蔡邕、曹丕、曹植、阮籍、潘岳、陸機、陸雲、謝靈運、范曄、孔熙先、王勃、宋之問、駱賓王、李嶠、張說、李賀、杜牧、柳宗元、劉禹錫、元稹、舒元輿、南唐馮希魯兄弟、與近世蘇氏之徒，皆輕儇淺薄，浮華誕妄。且復矜其功慧，傲睨人物，荒淫不道，往往爲之，禍亂死之，不知悟也。沈身之禍猶輕，敗俗之罪尤大，故程氏之門以高才能文章爲人之不幸。使讀書而不知道，豈爲臣下者所宜尊尚哉。

顧 榮

石勒王彌尚未昌，東南先有顧丹陽。顧榮持易淳于首，未必江東只許長。自注：顧榮鬱鬱亂世，不能肥遯，欲假陳敏以行其志。使敏自有劉淵、石勒之才，榮必委身與終始否，則俟敏敗、中國亂，而自爲敏爾。迨敏日削，朝廷未亂，始與甘卓共圖敏以免禍。使懷帝猶有政刑，顧榮、周玘、甘卓其殆哉。王導經始江東，不革西臺餘習，顧榮得免於西朝，而復得伸於江東。榮逋誅無足言，而江東之不競，亦自王導初政始矣。

劉 弘

三綱政自誅辛冉，二盜清由識士行。江左百年半天下，曾知開闢是新城。自注：張昌亂荆，陳敏盜楊，非劉弘信義威德行於南服，誅辛冉以正士心，拔陶侃以摧賊勢，則荆楊莽爲盜區，琅琊王何自入。張昌之平，皆侃之功，顧榮、周玘斬陳敏，亦以上流之清、侃輩之逼也。使皆如王澄、山簡之在荆州，則當時之亂豈但北方而已。

王 導四首

不聽君王到壽春，肯容麴允起咸秦。茂弘周顗渾無晉，何但琅琊不是親。自注：王導知琅琊王有自立之志，遂棄晉寶而從之，懷愍之禍，疾視不救。然琅琊於宗廟社稷無可繼之理，於懷惠君臣之分不可逃也。懷帝阽危不救，已爲逆矣，揚州都督周馥馳表請徙壽春，怒而攻之，此何心哉。愍帝求濟師時，劉石雖强，猶介於劉琨、猗盧、段氏之間。中原如李矩、邵續輩，或嬰城，或耀兵，凉州張氏、遼東慕容氏，皆不忘本朝。引領興復，使江東能以十萬之衆付祖逖、陶侃、周訪輩，鳴鼓而北，責南陽王保使出兵，移檄四方，刻期會合，不日而成功矣。南陽，琅琊不肯進兵，路人知其心也。當時爲之股肱者，得無同此懷乎。終之南陽自斃，琅琊名義不正，受制强臣，悒悒以死。若王導者，謂其忠於琅琊則可，謂其不得罪於天則吾未之信也。蓋茂弘之度，坦夷清素，才識志氣實忝輔弼。以爲太守方伯或可，使宅百揆非其任矣。考其本末，差賢於孔光、馮道耳。桓彝、溫嶠皆以夷吾目之，使管夷吾處永嘉、建興之際，居數千里之地，其終無一匡天下之志乎。

醉中送首悲劉胤，食裏迷唇弔馬流。江左當年何所恃，鄴中白雁合封侯。自注：茂弘自過江，執政三十年，支吾補湊，以苟歲月，未嘗見其深思特舉某相某將，將爲大謀遠慮者。陳頵、卞壼、熊遠之言不用，祖逖之才不識，大言無實，便辟巧佞之徒不覺愛之，羊鑒失舉，貪於使周筵計周續，而謂鑒亦筵之流也。司馬流敗慈湖，遂使蘇峻披搖。急難用人，良爲可笑。劉胤未論其他，苟嗜酒，則不可使矣。歷陽太守袁耽，以石虎游騎千餘，震動東南。當時藩籬之任，如耽者多矣。臨終舉何充似可人。然晉方艱難，以充爲可任社稷，亦過實之言。使石虎不自貫盈，鄴無白雁之變，席卷而南，豈何充、庾冰所能辦。自負江東佐命，安受成帝師傅之禮，遂與桓景造膝，在王導固非姦私，然於宰相之職爲忝矣。石虎謀平蕩江南時，何充爲揚州刺史、錄尚書事，史稱其正色立朝，强力有器局，以社稷爲己任，一以功名自效，不私親舊。又言其昵比庸雜，信任非人，崇修佛黨，供給沙門以百數，糜費巨億。然則其少悔吝者，在位不久耳。司馬流事，在成帝咸和三年。劉胤事，在四年。白雁事，在咸康八年。

萬里涼州道李雄，幾重遼海到江東。天臺更棄金陵去，端有何顔見北風。自注：江東名義不正，因頹靡不能自立。王敦、蘇峻、祖約自内叛之，而張氏、慕容氏不知江東肺腸事，梯山航海萬里致恭良，以受西朝爵命，有不能忘者。豈江東之德足以致之哉。裴山款張淳到建康時，茂弘以晉室上公，受其謁，得無内愧於心乎。蘇峻之亂，宮闕灰燼，溫嶠欲遷都豫章，三吳豪傑請都會稽，而茂弘不從者，羞惡之心猶存故也。遷豫章則示無能爲，入三吳則去北方愈遠，而太忘中原矣。此茂弘深意，不以告人者也。

漠漠胡塵撲面飛，對人舉扇障元規。九京羞見青衣帝，猶及劉翔未到時。自注：茂弘緩死一年，必爲慕容使者劉翔所辱。所請必從，猶足以箝其口；少或遲回，取譏蒙誚，當與何充、庾冰無異。劉翔事，在咸康五年。

謝安十首

地陷天傾不廢棋，謝安阮籍好同時。江東殘局危亡勢，似太元初尚可爲。自注：魏晉風俗，以樗蒲弈棋寓遺落世事之意，宰相不廢棋，非小過也。孝武亦中主，天下事尚可爲，惟安石負盛名，而以宴游導君，此中原所以絶望，晉室所以遂衰而不復起也。清談之俗，至謝安遂不可救，中原之望，至謝安遂絶。晉至謝安遂淪胥以亡，讀史不可不知也。

軍中如意揮諸將，依約東山嘯詠兄。不遣君王湛酒色，市朝猶足肆王甥。自注：謝萬身爲元戎，笑詠自高，忽蔑諸將，以致傾敗，父兄之教也。王國寶構亂朝廷，蓋乘孝武與琅琊王道子嗜酒狎邪而入。使安石能清其君心，去其左右讒諂，國寶即構亂，尸之市朝可也；不能，則正言以去亦可也。遊談之俗，付之悠悠，亂朝敗國，卒成大禍，迹其馴致，有自來矣。

臨安猿鶴共清吟，猶作投機叩齒音。商鞅禹文無辨别，冶城數語是何心。自注：安石東山，即幼輿之丘壑，居喪不廢琴瑟，蓋其家風久矣。冶城之工，諱王羲之之言，以商鞅拒之。鞅誠無益矣，夏禹、文王亦爲滯於事物而不達乎。詖淫邪遁之言也。生於其心，發於其政，害於其事，此安石相業所以終愧於古人歟。

苻氏無良妄自尊，鮮卑羌豎正鯨吞。到頭棋酒消磨晉，莫道桓冲果失言。自注：淮淝之事，古今共偉。研幾之士猶有可言，謝石、謝琰，謂之不經事少年可也。謝玄破秦之後，展轉衰謝，而以爲弘毅任重之才，亦未然。使苻堅不以驕矜多欲，失慕容垂、姚萇之心，付兵二人，分道而來，持重而進，桓冲之憂豈爲過哉。用兵者，恃我無可敗之道，不計夫敵之堅脆。今以游聲妓之宰相，溺浮屠酒色之君，與氐羌、鮮卑群雄爲敵國，桓冲之憂豈過哉。

安石深源不共朝，共嫌俎豆不逍遙。無邊赤子皆延頸，掩口胡盧獨李遼。自注：穆帝永和八年，殷浩以北伐兵興，罷遣太學生徒，學校遂廢。太元十七年，李遼上表，請脩兗州孔子廟，仍立庠序，不省。

封胡羯末皎琳琅，歲久渾無憶洛陽。江左家居照江水，謝安元爲宋齊梁。自注：安石欲作新宫，王彪之固執不從，猶有志存興復之士。彪之死，遂作之，則見其遂安於江左，而無復中原之念，苟於其身，而不爲後來之慮矣。孝武信重浮屠，立精舍於殿内，引諸沙門居之，安石執政之八年也。其後窮奢極費，姏姆僧尼交通請謁，賄賂公行，官爵濫雜，刑獄繆亂，無所不至矣。

何國嚴刑禁老莊，有人拔劍斬韋郎。氐羌本自無天運，爲有人心得暫狂。自注：孝武建寧二年，秦禁老莊之學，犯者棄市。後秦古成詵斬韋高事，見前嵇康註中。

宣元社稷等沉淪，不了昌明道子身。奪得桓苻二賊手，付與趙牙張貴人。自注：趙牙事，見太元二十年。張貴人殺孝武事，見二十一年。

諸賢一一是琅球，一入清談即鬼幽。何但簡文如惠帝，冶城安石亦斯流。自注：清談之人，雖有高下，裁作此樣聲氣，面目便是。管輅所謂鬼幽、鬼躁。鬼者，去陽入陰，渾無生氣，雖生而已爲死人也；幽者，晦昧黑暗，不可復明之謂；躁者，利欲之心實急於中，外似静而中實急也。二者大體皆以去陽入陰，故皆曰鬼也。竹林七賢何晏、夏侯玄、工衍、殷浩、王濛、謝萬、簡文帝，悉是此樣人。謝安亦不免焉，冶城數語，與居喪不廢絲竹是也。

夷甫登朝日月昏，爭知安石亦深源。當時赤子何無祿，直自高曾誤到孫。自注：王衍、殷浩誤蒼生，安石亦不免焉。

劉琨 二首

竹林遺類入荆楊，賈郭餘塵在晉陽。聽得平陽消息否，忍聽徐潤調笙簧。自注：劉琨，長於招懷而短於撫御者，大義先聲足以得人，而奢豪聲色，寵用非人，足以失人也。國破君亡，崎嶇劉石之間，如握蛇捕虎。平陽在望，懷帝幽辱，而不忘望塵時習氣，與伶人同處。一殺令狐盛衰轉，遂失并州，以亡其身以及其親，曾是以爲忠乎。殺令狐盛事，在永嘉六年。

劉琨忠孝君親念，急切不似令狐泥。亡身自是緣聲色，須把初心看匹磾。自注：琨以敗亡之餘，依段匹磾，不忘本朝，與相親厚，助其攻討，推使居上。其子群，無故行險，以禍其父。匹磾雖殺琨，而猶依依晉室，終持晉節以死於石勒。然則匹磾於群胡中爲無愧矣。

祖逖

馬牛風自不相謀，異體安知蝮螯頭。北伐不令持寸鐵，楫聲空震大江流。自注：琅琊王不可事，王導不可與謀，祖逖苦求北伐，得無技癢乎。終之功業不就，心違身死，不擇所事故也。

陶侃

蘇峻鯨奔正可憂，翻令王室備荆州。五陵松柏無遺種，謾爲桓溫拾竹頭。自注：陶士行以不與明帝顧命，孩視庾亮、王導等，與祖約、蘇峻正同，獨不好犯上作亂耳。峻約之反，不忌士行，正以其怨朝廷與己同。庾亮使溫嶠無過雷地一步，備士行也。士行無此心，而迹則似矣。卞壺戰死，峻兵犯闕，乘輿蒙塵，臺省灰燼，庾太后以憂殂，士行疾視不救，蓋欲坐觀庾亮、王導之敗，以爲戲耳，徐起而收之也，然非爲人臣之道矣。爲士行者，王敦臨死、蘇峻未反之前，厲兵秣馬，責王庾以復讎之事。幸從之，則以士行之威聲，北伐之勢當易於祖逖，蘇峻、祖約將效驅馳之不暇；如其不從，則王庾愈無面目於世，而士行之道無愧。庾亮或加疑忌傾陷，則退而俟罪，長沙敗亡不與，其或舉兵相加，則聲其罪而討之，亦未爲過。奈何委質爲臣，坐視宰相之罪以及其君乎。溫嶠不加委曲，荆州兵不下，蘇峻究其兇虐，成帝必遭其辱，士行此際欲何爲乎。居用武之地，有數十萬之衆，無一語與朝廷議及北伐，發迹於張昌、陳敏，而卒功於杜預、蘇峻、郭默。白頭遲暮，僅以迫近，使桓宣壯襄陽，士行之功烈亦卑矣。或曰士行爲王敦所擯，居南海十三年，歸而衰矣。石勒已大，江東宴安已成，故從而順之爾。然非爲人臣之道也。

殷　浩

王濛謝尚不堪論，庾翼桓溫亦浪言。兩晉士風真可笑，盡將管葛許深源。自注：王衍、殷浩，如狐如鼠，而王戎謂衍非今人可比，王濛、謝尚與當時人皆以管葛許浩。庾翼獨不重浩，猶曰：俟天下太平，徐議其任。桓溫素輕浩，復言其足以儀刑百辟，皆不知浩者也。清談之俗，人人骨髓。方其嘯傲偃蹇，衆共高之，更加隱退，遂以諸葛亮目之。以其進退，當作治亂存亡。群諛既集，遂成天人。一旦用而敗事，技窮情見，不自悔咎。前日相與推揚尊敬之徒，亦未聞其慚色。此晉人膏肓之疾也。

顧　和

喚起鯨鯢滿北州，過江仍復漏吞舟。一時共愛恢恢網，不悟三綱亂不收。自注：和以漏網吞舟勸王導，所謂以水濟水，非鹽梅之義也。

王羲之

不緣廊廟盡談空，安得狐狸嘯晉宮。王氏可人惟逸少，更容謝萬作三公。自注：觀羲之諫殷浩、謝萬書，與會稽王昱、桓溫箋，及與謝安登冶城數語，在王謝中賢矣。然與溫箋謂萬不可爲將帥，而猶謂其才器經通，可主廊廟。政與桓溫論殷浩同，是猶以王衍爲非誤國也。

徐　邈

東第山成亂亦成，長星映酒甚分明。分勞太保惟徐邈，誰道能言獨許營。自注：謝安致君之業，獨有薦徐邈爲中書舍人，少有補拾之益。然武帝之過多矣，皆古訓所謂未或不亡者，邈未嘗有言，徒聞脩薙穢辭，使可示外而已。道子被蠱，邈亦不以爲憂，但勸孝武篤兄弟之義。立佛舍於内殿，僅有左丞王雅能言，姏姆僧尼亂政，惟將軍許營一疏。道子之稔惡，以爲言者博平令聞人奭一人耳。社稷之憂，范寧之外一無所聞也。太元二十年七月長星見。

慕容恪四首

霜雹風沙雜亂飛，段龕城下見春歸。時來但處周公位，歷舉華人百世希。自注：當時人才，南有謝安，北有慕容恪，西有王猛，較其分數，玄恭其賢矣。安石善處轇轕之際，富貴之心薄，而家世清虛，無能遠猷。王景略干將吴鉤，薄於德矣。玄恭才優而心正，獨不能力王李績，終殺沈勁爲可恨爾。其討段龕，城下數語，天地鬼神實聞之。事見永和十二年。

五族交飛日月昏，就中造化尚堪論。景雲峰起龍城裏，猶爲遺黎憶太原。自注：五胡，鮮卑爲長，匈奴氏羌羯。胡滅而復起者，惟慕容垂復興於故土，至慕容寶盛超雖奔敗微弱，慕容熙以不道，猶十餘年而後亡。慕容恪之餘澤也。

一聽芭蕉葉上寒，鼻頭倍益舊時酸。河清未遇三千歲，水手猶輕十八灘。

傳説濟川空道在，彦方販鬻嘆時難。年來惟有樽空慮，一任滔滔溉倒瀾。

慕容垂

國亡家破此心全，氐與鮮卑兩付天。王猛開心似諸葛，風雲無望白頭年。自注：慕容垂善處甚多，謦欬用兵，功名蓋於五胡，而不驕其國家宗族。慕容儁、慕容評，可足渾后妒害交集，曾不以爲怨怒。苻堅滅其國，王猛殺其子，終以禮遇之厚，不忍忘之。白首暮年，風雲有便，事事遲留，而不欲速。有曹操、孫策之才，而不忘劉玄德之信義。使王猛推誠以待之，將感激知遇，終老於秦，無復飛騰之想矣。

苻堅

甲申乙酉是明朝，趣死驕氐氣欲飄。一寸菰蒲長一丈，無人知是宋人苗。自注：苻堅亡於驕矜欲速，亦王猛之不知道，無以養其志氣可也。

王猛二首

魚水歡濃更月氏，便呵氐族使耕炊。浮雲蔽日何難見，獨有操琴趙整知。自注：猛得苻堅之寵，使堅殺樊世，亦大横矣。未死前，苻堅已與慕容垂夫人同輦，堅之敗，不係於王猛之生死也。

一奮冲天跨六州，生前天已怒旄頭。開何有意容王猛，肯使魚羊食不留。自注：孝武康寧元年四月，彗星及冬不滅。明年秋，王猛卒。

苻　登

南安怒氣塞長安，羌運如氐淚暗潸。捨却存亡論理義，江東不似馬毛山。自注：苻登，堅疏屬，以狄道長爲衆所推，刻厲奮發，正名仗義以討姚萇。秦州之戰，幾梟賊首，安定之敗，怒氣不衰。其所感慨，足以使堡主徐嵩效節於前，其妻毛氏守義於後。雖以氐運不競，終致敗亡，然其英風義氣，使江東清談諸人聞之，亦不以寒其膽矣。事在太元十九年。

何無忌

懷恩馬柳志何卑，挾恨東堂德愈衰。猶有豫章蘇武節，不慚京口協謀時。

劉　裕　四首

雲雨蛟龍無世無，睡中往往失明珠。比干七竅天何惜，不付曹瞞與寄奴。

何事佛貍能度淮，中原千尺髑髏臺。無巢燕子寧依樹，不入烏衣巷裏來。自注：劉裕坐失中原之會，徒以其心之不正爾。佛貍南下，元嘉政衰，蓋起於義真狼狽之日矣。身弑二帝，滅諸王，而其子孫無一人得免者，善惡之報亦可畏耳。

長安何但遺黎舞，翁仲銅駝亦笑開。他日佛貍南下路，青泥千尺髑髏臺。

殺人廣固哭如雷，肯任長安住不回。想是齊秦人共語，不知胡羯自南來。

劉道規

荆州一席不肯取，晉鼎百年寧忍移。不死盧循函首日，忍看張偉授罌時。自注：道規，劉裕弟也。苟其不死，裕之篡弑，道規未必從。

陶　潛

謝瞻屋裏立籬牆，似水弘微糞也嘗。康樂始興門户盡，聿脩祖德獨柴桑。自注：宋篡晉，王謝子孫皆肩事之，獨淵明爲陶士行有孫耳。

梁武帝 二首

浮山未破水先腥，浩浩蠅蚊晝夜聲。東海不知蒲塞味，誰人十萬作犧牲。

戒捨工夫老未員，百雙鷄子送殘年。一生般若成何事，赢得江頭載荻船。自注：蕭正聽事。

高歡

段韶谷剎千金鑄，彭樂丁公七寶裝。虎子得來成底事，何如抱犢卧雲崗。自注：以漢高帝彭城、滎陽、鴻門，孫權逍遥津，曹操濮陽、潼關，高歡、宇文泰渭曲，此中等事觀之，出萬死一生之中，使得天下，又濟甚事。二帝三王安有此樣顛沛。故曰：君子居易以俟命，小人行險以僥倖。又曰：易簡而天下之理得矣。王霸之分，不必他求，但以勞逸難易觀之，亦可得其大略矣。

侯景

曹操桓溫不自持，跛侯面上雨淋漓。姦人何事乾坤裏，一日雷霆十二時。自注：羞惡之心，姦雄不能滅。曹操至强，桓溫至忍，當其爲不道時，皆流汗沾衣，况侯景哉。聖賢言語，道盡千萬世人心事。

唐太宗

文皇仁義播敷天，李氏無倫三百年。末路荒唐如煬帝，蜀江更起度遼船。自注：唐太宗進鋭退速，纔及五伯，一退即死，又貽國家無窮之禍。由其不知正心養氣故也。

魏徵

東宮無德倚儀刑，又似當年傅建成。可笑鄭公如百舌，春前夏後兩般聲。自注：魏徵始以太子洗馬傅建成，終以太子太師傅承乾，建成、承乾，其德一也。徵於建成，僅有勸除秦王及封寶建德樹功二事；於承乾，則邈乎無聞。豈其智在王吉、龔遂、李綱、于志寧之下乎。觀貞觀論諫，如兩人然。

房玄齡

周公制禮鳳凰鳴，渠肯抽戈指建成。李勣牛山猶雨露，玄齡夜氣失澄清。自注：房玄齡首勸世民殺建成、元吉，唯李靖、李世勣不與。

五王三首

宮中雙陸可長吁，取日忠臣若釜魚。莫道斷蛇無決裂，天戈失却老蟾蜍。

太宗社稷是誰亡，獨向迎仙斬二張。景運門前方議事，殺身不必咎扶陽。自注：二張已誅，漢陽王勒兵景陽門，欲遂夷諸武，薛季祖亦勸之，桓彥範不從，亦會日暮，倉卒遂止。然則舉事之前，但謀誅二張，未嘗議及諸武也。其暗於事理，舉動匆匆如此，宜其敗也。扶陽王，桓彥範也，後來受禍，衆始咎之。

唐室存亡有化機，亳州刺史獨依依。陽烏本是蟾蜍魄，空喚群龍爲夾飛。

盧懷慎

菜耳杯盤冷似水，開元天下煖如春。唐人不識調羹手，把作姚崇伴食人。自注：懷慎清德絶世，二子奂、弈廉風死節，照輝當時。開元初政，相懷慎，此其所以爲開元也。

盧奕

清門死節照當時，面血猶能赤義旗。常山睢陽信奇偉，英風生自洛留司。自注：朋友爲五典之一，以切磋之益，相獎相勸而善也。天寶之末，諸死節可見，睢陽三十人之死，激於張巡，微張巡則皆逃亡臣虜矣。然張巡之節，實激於顏杲卿。杲卿兄弟，則聞東都之風而興起者，觀顏平原與盧杞言事可見也。慷慨非難，倡始者爲難，故當時死節當以盧奕爲首。留守李憕，非義士也，買田滿龍門伊闕，時人以地僻目之，感激於奕，亦能致死。如近日潭州數十人之死，成於李齊；謝枋得之死，亦成於文丞相。此則學校之漸磨，麗澤之滋益，古人所以重之也。

竇氏二女

冰霜不肯受塵埃，攜手同縻百丈崖。熊掌嚼來似雞肋，問君何事苦關懷。

元紫芝

天寶膏肓在羽衣，寂寥于蔿詎能醫。當時宇宙皆聲色，不夢陽臺一紫芝。自注：元紫芝在開元、天寶間，終身不近女色，若矯世之爲者。爲魯山令時，正諸楊炎炎之日也。

顔杲卿

驪宮歌笑入青雲，曾識常山有戰塵。忠骨已澌餘髮在，因人得見夢中身。自注：顔杲卿死後，有張湊者得其髮。明皇幸蜀歸，以其髮獻之，是夕見夢，寤而祭之。持示杲卿妻，疑之，髮若動云。

憲宗

韓愈南投瘴海波，元和天子老中訛。檀檐金城猶堪笑，頋作重來赴火蛾。自注：憲宗元和十三年，迎佛骨，韓愈以諫貶。十五年，爲中人王守澄所弑。人謂佛骨之不祥也。懿宗咸通十四年，再迎佛骨，百倍元和之侈，或以憲宗之事爲言者，曰：使朕得生見佛骨，死亦無恨。四月，佛骨至京師，七月殂。

韓愈

楊墨蛇龍本一區，大顛便是惡溪魚。退之也是無操守，一貶便陳封禪書。

柳家婢

過了秦灰漢又唐，衣冠誰不是牙郎。河東柳氏何師法，奴婢猶知蹈大方。自注：柳氏婢入武人家，主人自買絹，婢曰：我在柳家，未嘗見此自買絹牙郎。不留而出。

蘇東坡

方朔優旃豈舜徒，南來謾喜落蒼梧。天津醉裏乾坤眼，只見雙程不見蘇。自注：康節云：今天下聰明過人惟程伯淳，正叔其次。則其胸中之所予奪可見矣。

王荊公二首

鴛鴻陣陣落南溟，長樂鍾中黑眚行。逐客不愁人鮓甕，荷花落日第含情。

兩鳥相酬聲沸天，治平重着一啼鵑。鴛鸞鷗鷺無棲處，緘口于今三百年。

司馬溫公

矩步規行範古今，山樵野牧共謳吟。荷衣蘭佩通身是，却看離騷不入心。

千載爭刳漢賊腸，及觀通鑑似文王。兩間正氣都輸予，猶惜坤中一點黄。

步趨坐立若山河，盛德華夷共詠歌。議論偏頗真可怪，阿瞞高帝或蕭何。

朱文公

九野寒威閉六陰，一川風月伴瑶琴。鼓樓岩下人如玉，説與漁郎仔細尋。自注：《武夷櫂歌》，進道階級也。一首言道之體用一原，無上下精粗之間，然不可無人發明。一曲謂孟子死，傳道喪；二曲學道由遠色入；三曲擺脱貧賤富貴死生壽夭之累，而後可與適道；四曲仰高鑽堅，瞻之在前，忽然在後；五曲深遠；六曲自得；七曲上達而不離於下學；八曲去聖人一間，非常人所能知，然力行所至，無不可爲之理也；九曲學之成功，身在聖域，而其精微之藴，初不離於日用之常，無它道也。若它道，則爲異端，違天遠人，而不可行矣。三煙字首尾相應，一曲謂道未嘗不在天地間，但人爲氣稟物欲所累，秦漢以來又爲邪説異端所蔽，不得其門而入。五曲猶在明暗之間。八曲開豁洗除，而趨於聖域矣。又曰：九曲全是初辭，擬之卒，成之終，中間有許多階級。亦見其盈科而後進，成章而後達耳。又曰：萬壑千岩，是言多少好處在裏面。又曰：看見玉女峰，棄而不顧，便是非禮勿視，興入前峰，便是志於道。直要透到上一層，若被玉女峰綴住了，向上去不得。又曰：六曲見萬物各得其所處。

以上《石堂先生遺集》卷二一

（向農整理）

全宋詩卷三六五二

丘葵一

丘葵（一二四四—一三三三）（生年據本集《周禮補亡序》泰定甲子〔元年〕年八十一推定），字吉甫，自號釣磯，泉州同安（今屬福建）人。早崇朱熹之學，親炙吕大圭、洪天錫之門最久。宋亡，杜門不出，與謝翶、鄭思肖有「閩中三君子」之稱。元泰定間御史馬祖常薦，徵聘不出。卒年九十。有《釣磯詩集》、《周禮補亡》等。清乾隆《泉州府志》卷四一、道光《福建通志》卷一八七有傳。

丘葵詩，以清抄《丘釣磯集》（藏北京大學圖書館）爲底本。校以清道光二十六年汲古書屋刻《釣磯詩集》（簡稱汲本，藏南京圖書館，詩較底本有缺有多）。校本多出底本之詩及新輯集外詩，另編一卷。

同建陽熊退齋遊九日山

八荒去求仁，汲本作友名山在吾西。雲石長掛眼，云何不攀躋。攀躋有何求，林木心所歡。欣欣原作歡歡，據汲本改豈在目，昔有秦隱君。隱君天上去，尚有姓名留。想當嘉遯時，煮茗日唱酬。唱酬者爲誰，曰惟姜歐陽。於昭忠與義，追琢而成章。成章匪摛藻，原作擒繪，據汲本改一字不出山。最後有致光，亦復兹盤桓。盤桓尚如昨，人生幾陵谷。至今荒祠下，凜凜人如玉。如玉復如玉，千年仰高風。誰哉共我遊，建陽匆齋翁。翁謂朱紫陽，穆穆千載師。昔年此遊歷，尚有妙遺句。汲本作爰有妙句遺遺句尚可歌，汲本作詠於焉且徜徉。欲尋廓然處，但見山蒼蒼。蒼蒼未嘗歇，誰識天機深。未知後來者，能復此同汲本作同此心。

題竹西西下原衍在煮粥首下五字，據汲本删獨宿寮

獨行不愧影，獨卧不愧衾。樂哉抱吾獨，守此一片心。此心寂不動，衆欲無由侵。孔昭在潜伏，所貴惟一欽。

金櫻子

采采金櫻子，采之不盈筐。佻佻雙角童，相攜過前崗。

采采金櫻子，芒刺鉤我衣。天寒衫袖薄，日暮將安歸。

伯恭姪家書所見

百舌在牆東，其子在牆西。縱有反哺日，那得如哺兒。

百舌在牆頭，其子在牆根。飛飛拾蟲蟻，哺之何殷勤。

百舌在牆廉，其子在牆陰。他年汝哺兒，方識父母心。

喜雨示兒姪

維天降靈雨，物物均所蒙。胡爲兹穡稼，汲本作稼穡不知草芃芃。

維天降靈雨，雖遲良勝無。百穀頓蘇甦，民憂不少紓。

維天降靈雨，豈不雨石田。我自磽且确，枯悴莫怨天。

維天降靈雨，而或惰不耜。他時無斂穧，誰憐汝啼饑。

蓮生

蓮生汙泥中，其葉何青青。人生有恒性，云胡蕩於情。

蓮生汙泥中，其葉何郁郁。人生有恒性，云胡蔽於欲。

蓮生汙泥中，其實何戢戢。人生有恒性，云胡狃於習。

石榴花

英英石榴花，不火而自晰。凡今之人兮，誰不附炎熱。百鬼瞰高明，丹朱易傾跌。
英英石榴花，不朱而自赤。凡今之人兮，誰不悦媚色。脂水漲渭流，妍姿竟傾國。

庚辰歲寓開元東羅漢閣

有美者傑閣，凌然跨虚空。有覺者彼岸，廓然大圓通。而我獨蠢蠢，於何而適從。
有嶙者浮圖，屹其插穹昊。有原作其，據汲本改墳者古道，凄其鞠成草。而我獨兢兢，於焉以終老。

獨步芝山

平生獨往願，頗得山林趣。輕陰春漠漠，淡日隨行屨。猶嫌影趁人，特入深深處。

溪橋看月

當空一明鏡，圓圓汲本作團團水中見。常恨溪頭風，吹來皺水面。水面皺猶可，月碎成萬片。

義方堂瞻先賢遺像

龍龜不再出，誰能探真精。圖書天所付，手授之二程。欲知千載意，窗外草青青。濂溪先生
三十六宫中，手探足還躡。一元十二會，理亂在目睫。我欲從先生，□□□□。康節先生
性命同一原，誰能發其奥。茫茫太虚中，指出天與道。精思與力踐，千古爲獨到。横渠先生
石井初筮時，已將教爲政。真成叔梁紇，有子爲孔聖。至今龍山下，過者莫不敬。韋齋先生
六經重刊定，炳炳如日月。毫分而縷析，反約以詳説。千載開我人，遺書□□□。晦庵先生
炎炎太平翁，誰敢觸其諱。乞梟之藁街，公乃明大義。至今讀諫疏，凜凜有生氣。忠節汲本作簡先生

龍湖歸

策蹇下平崗，掛帆原作輊，據汲本改渡安流。平生不行險，間道旋故丘。高堂有鶴髮，安敢事遠遊。負米雖不多，過冬原作多，據汲本改亦稍優。所愧無甘旨，一飽良易謀。兢兢保遺體，無遺慈顏憂。讀書茅簷下，庶幾少愆尤。

夜坐讀書

茅簷晚來雨，東風忽吹晴。不暖亦不寒，夜氣覺自清。書生澹無事，復戀舊短檠。開卷見聖賢，愧我猶綿泯。便思澡塵慮，肅然奉天明。出門視斗極，敬心由之生。姿年捨我去，老學何由成。

風雨中與吕之壽讀文公詩傳

泠泠葉上風，瑟瑟簷頭雨。天分本無私，人性皆相似。譬之入山林，斧斤隨所取。姿年捨我去，初心日以負。勗君歲寒心，保此棟梁具。聖域廓原作廊，據汲本改悠悠，修途未容駐。

跋巨然曉意汲本作山圖

秋曙已生白，朝暾尚潛紅。是時天地氣，正在貞元中。千峰雖歷歷，衆樹猶濛濛。群動又將作，平秩一日東。洒然人欲盡，天理將昭融。静汲本作開窗自展玩，妙處誰能窮。

觀赤石龍潭

豢擾久不氐，神物失所從。碪汲本作嵌巖石壁下，豈足爲龍宫。亦有萬仞海，茫茫與天通。誰言汝爲智，出入人鬼中。窮冬天地閉，風雲未由逢。泠泠一掬溜，於焉托孤踪。

信兒有作依韻勉之

母雞啄兒粟，一啄還一呼。細腰日祝子，自憐族鰥孤。賦形在穹壤，此情誰獨無。古來骨肉間，愛深色自愉。愧我無黄金，貽以竹與蒲。勉哉讀父書，堯桀性不殊。

尋從子伯恭不遇

我行獨踽踽，聊復尋諸孫。諸孫名有役，誰復相溫存。彼茁者汀蘆，上有鷦鷯喧。衡門可棲遲，清風自妍暄。汲井欲灌園，灌園當灌根。澡身欲樹德，樹德當樹淳。

趙廷俊原作俊卿，據詩改毁淫汲本淫字作紫衣大德禪師六字祠詩以美之

風霆妙流行，日月互出没。鬼神本良能，一氣自伸屈。南方有妖魂，緇衣而血食。因訟默祈呼，桎梏脱頃刻。逆迪曾靡分，唯事是凶譎。吏有廷俊者，謂此非正直。宜加以鈇鉞，而焚其宫室。予聞而壯之，作詩紀其實。自從政教弛，刑禍祟所怵。憑依以爲奸，白日成異物。廷俊慎旃哉，剛方汲本作正乃終吉。

送熊退齋歸武夷

穆穆朱夫子，於道集大成。嗟予亦私淑，奥義終難明。退翁汲本作齋獨何幸，而乃同鄉生。雖後百餘載，玄機若親承。斯人幸未墜，載道來桐城。平生疑惑處，喜得相考評。秋風吹庭樹，忽然作離聲。吾儕各衰老，何時重合并。願言且少住，勿棄斯文盟。聖賢千萬語，只在知與行。前修倘可企，勗哉共修程。

古愚兄戒食

有美者庭花，謹毋縱牛羊。方苞亦方折，其葉何牂牂。敦篤哉吾兄，一食不我忘。有酒既酺我，又以嘉殽將。感兄此意厚，起奉千年觴。何以報嘉惠，作善天降祥。

北山

朝見北山青，暮見北山紫。頑然土與石，此色何處起。無情草木含清輝，朝露夕陽助明媚。四時烟雨姿

態異，天機滾滾何曾已。人見山上有青天，誰知天在青山裏。欲問巨靈知不知，孤鳶飛處白雲起。汲本作白雲起處孤鳶飛。

次放翁梅花韻

冰崖雪谷物未芽，造物破荒開此花。神全形枯近有道，意莊正色汲本作色正知無邪。高堅汲本作堅貞正要飽憂患，放棄何遽愁荒汲本作幽遐。移根上苑亦早計，竹籬茅舍真吾家。平生自嫌亦自許，妙處可識不可誇。金樽翠杓未免俗，篝燈爲試江南茶。

禽言

春泥滑滑雨瀟瀟，田父汲本作婦力作收墜樵。歸來不敢道姑惡，我自忘却婆餅焦。去年冬旱無麥熟，阿婆餅焦難再得。門前忽報穀公來，竈冷樽空難接客。阿兄提壺沽濁醪，阿弟布穀披短簑。不時脱却布褌渡溪水，只愁行不得也哥哥。

次韻吴静能秦檜

故老相傳爲秦檜，飛仙時立凍蛟背。疑是當年丫髻人，憑虚馭氣今安在。百千年樹見栽原作裁，據汲本改時，新承雨露入昭代。托根南極殿下生，巍巍直與天樞對。紛紛牛馬已成塵，露葉風枝今幾載。是時鸞鳳一來棲，梟狐不敢鳴妖怪。一朝名字動至尊，不見尊汲本作真形空粉繪。多少黄冠盡白頭，依神正直人再拜。老榛何物敢干名，直根惟有蘇仙愛。方今南北同一天，孤標不見貞元會。

李養吾董教同安爲作長編

一元之根貞下起，勾萌甲拆春陽敷。千紅萬紫弄晴霽，忽然暗綠繞丘墟。霜風厲厲百物遂，枝葉剝落留根株。一誠通復心無愧，雖千萬往猶褐夫。浩然之氣非襲取，所要與道與義俱。勿正勿忘勿助原作取，據汲本改長，活潑潑地惟鳶魚。子思喫緊爲人處，鄒孟得之曰養吾。千載斷脈無人續，往往䑛痔誇得車。何期邑泮乃親見，鐸音之來自方壺。加之卿相心不動，顧乃下教青衿徒。古來揖遜三杯酒，至和薰蒸遍八極。聖門狂者得氣象，童冠浴沂風舞雩。歎子養浩亦已久，讀書窗前草不除。明年春風二三月，不知先生與點無。

七歌效杜陵體

景炎元年北人至，撒花初令豪家備。誰梯禍亂敷我民，敲朴日煩無處避。富者有銀猶可甦，貧者無銀賣田地。嗚呼一歌兮歌已哀，天日不見惟陰霾。

三宮北狩何時返，猿啼鬼哭塵沙遠。李陵衛律甘匪人，豈無蔡琰吹胡管。江南江北骨成山，箭瘢紛紛劍痕滿。嗚呼二歌兮歌未休，潸然出涕滂沱流。

山林嘯聚繁有徒，州家買盡勤招呼。縣官被命不敢遜，麒麟出模群狐孤。昨者參州紅帕首，高官厚祿恣狂圖。嗚呼三歌兮歌三發，天翻地覆綱常滅。

督府養兵如養子，帛堆其家粟崇庾。少不如意出怨言，恃功偃蹇驕其主。道旁老叟哭告予，未被賊苦被軍苦。嗚呼四歌兮歌始宣，悲風爲我吹塵寰。

富兒諳了西園債，身着綠衣足誇詫。那知又有價高人，昨日新官今日罷。近來書滿只月餘，白頭老吏慵送迓。嗚呼五歌兮歌未足，末世由來多反覆。

十家九室廚無煙，兒夫仆後妻僵前。米珠薪桂肉如玉，野無青草飛烏鳶。手持空券向何許，官司有印儂無錢。嗚呼六歌兮歌愈悲，天下太平竟何時。

我生不辰逢亂離，四方蹙蹙何所之。欲登山兮有虎豹，欲入海兮有蛟螭。歸來歸來磨兜堅，毋與蛟鬭兮毋毋字原誤置句末，據汲本改充虎饑。嗚呼七歌兮歌曲罷，猿啼清晝蟲鳴夜。

秋園桃花

秋園八月開桃花，數枝冷淡無光華。北風蕭蕭吹汝寒，汝發非時誰復看。牆下牽月顔色鮮，故園欺汝相縈纏。何不藏英待時發，自有陽春三月天。以上《丘釣磯集》卷一

全宋詩卷三六五三

丘葵二

寄龍湖莊

鶴髮重來客，龍湖舊日莊。鄉心忽搖曳，春事又蒼茫。聒聒汲本作活活水泉動，荒荒野日長。殘年厭聲利，吾道在耕桑。

初六日過江古愚兄送至渡口

茅屋亦云好，萍踪不自由。看書猶几上，解纜已沙頭。白髮兄和弟，清江夏亦秋。相看不忍別，斜日墜汀洲。

顏原脱，據汲本補北城有約看梅徘徊花下

千林共搖落，老樹獨蜿蜒。玉立無人處，黄昏欲雪天。臨風情脈脈，倚竹靜娟娟。身世寒香裏，相看意已仙。

入忠軒書院咏蘭

階庭暫託根，只與綠苔親。自少枝條分，不爭花卉春。輕汲本作經寒青瘦硬，出檻紫鮮新。風雨時吹洗，含芬汲本作薰待主人。

與汝翔晚行

偶值忘形友，田間步晚晴。四圍山木合，一片夕陽明。倚杖數歸翮，隔溪聞喚聲。行來僧寺歇，又得問

無生。

呈大宗丞求筆戲

咄咄人誰識，翩翩老更佳。王維不是畫，蘇晉已長齋。地靜白原作自，據汲本改生室，天秋黄落階。日長用幽意，咫尺到無懷。

次吕之壽韻寄肯體

甚矣吾衰也，時哉道亦然。詩書輿脱輹，歲月箭辭弦。所欠惟一死，斯須便百年。細思禽與犢，等是食和眠。

寄雪庭老子

問訊紫雲老，何時立雪參。生來將滿百，空界直超三。泡幻修千劫，佛應同一龕。曾師蒙印可，玄諦老方諳。

壽竹西

中秋八月朔，人在竹之西。講席朝齊聽，吟寮夜獨棲。交情今管鮑，清操古夷齊。却笑苔磯原作機，據汲本改老，畏人頭愈低。

寄南劍詹野渡先生

賢聖已往古，吾儕空自今。六經尋斷脈，千里遇知音。莫笑因緣淺，相期造道深。可憐山海隔，無路盍朋簪。

送元鼎學士

秋風甫聯騎，朔雪又回車。北道奇男子，南遊行祕書。碧幢留别句，丹陛慶新除。頭白逢昭代，吾甘渭水漁。

贈曹貫之

一見如疇昔，人文兩崛奇。豪來無一世，狂發有千詩。浩然汲本作氣乾坤塞，修名臺省知。就尋一勺水，神物自應移。

送舶司李郎中

朝家三尺法，海舶一帆風。物到琛聲上，人行浪屋中。貨因拚命得，廉故秉心公。行李清如洗，名應達陛楓。

挽梁丹隱

受用伯陽書，萬緣都覺虚。達官直桎梏，大廈即籧篨。世謂求仙妄，誰知是道餘。臨終爲土解，何必淚盈裾。

挽張樗堂

與君雖遠隔，自少即相親。老失同年友，鄉無好善人。樗堂春絶迹，蒿里暗傷神。丹旐歸何處，風霜故冢濱。

讀石隱淡吟藁

借師新藁讀，睡睫不曾交。璧月沉寒瀨，琪花着老梢。一吟三歎咏，汲本作息雙字幾推敲。曉雨驅炎熱，僧窗得盡鈔。

寄陳儒正

論心纔暑夕，別後汲本作握别已涼秋。月照陳蕃榻，風生王粲樓。哀音蟲外笛，遠棹汲本作影雁邊舟。欲寫相思意，題詩寄水流。

離相院

一夕僧留宿，翛然萬慮空。草分仙掌綠，花發御袍紅。白鳥松梢雪，玄談麈尾尾下原衍然字，據汲本删風。因悲人世上，終日業塵中。

秘藏院

纔入空門裏，塵心便欲抛。土花生石縫，野蔓上林梢。楝老蜂鑽穴，簷低雀結巢。僧中無賈島，得句自推敲。

幽　趣

幅巾篁竹下，幽趣與僧同。坐對忘憂草，行歌解愠風。鴨頭池水綠，猩血石榴紅。解作晴天雪，松梢鷺一叢。

寄呈張教諭

天欲昌吾道，君來董縣庠。壇荒猶杏樹，水落且芹香。欲與二三子，皈依數仞牆。若爲鷗鷺伴，留住水雲鄉。

書山翁房壁

山翁有山癖，盡日對山青。盂水晨煎汲本作筧水晨煮茗，爐香夜誦經。雨畦蔬長甲，風徑竹添丁。獨有曾游客，清癯似鶴形。

出院門閒步

出愛前村景，歸穿薄暮煙。鳥飛虛碧裏，人在落紅邊。近晚山容淡，新晴稻色鮮。殷勤一溪水，清到院門前。

偶　成

風雨三間屋，乾坤一腐儒。營生妻笑拙，學古客言迂。坐久燈花落，吟成硯水枯。方書俱遍覽，無藥可醫愚。

白　鷺

衆禽無此格，玉立一閒身。清似參禪客，癯如辟穀人。緑秧青草外，枯葦敗荷濱。口體猶相累，終朝覓細鱗。

步院前溪水

偶出山門去，乘涼步淺沙。溪流盤略彴，岸沫上槎枒。野拓天圍大，風吹日脚科。吟成無與語，獨立數歸鴉。

哭吕樸卿先生

已擬侍荷橐，俄抽似葉身。甘爲南地鬼，不作北朝臣。屋壁遺文壞，鄰州戰血新。劫灰飛未盡，碑碣托何人。

潮士瞻韓木，莆原作蒲，據汲本改民愛召棠。名隨天共遠，身與物汲本作國俱亡。血碧一時恨，汗青千載香。玄虬方隕蹶，蟥蛭恣飛揚。

斯文天欲汲本作何喪，疑義有誰祛。無復諄諄誘，空令咄咄書。秋風冢上木，夜月墓邊廬。每與諸孤道，相看淚滿裾。

端午

世亂逢端午，淒涼弔古心。空存蒲長汲本作餘蒲曳綠，不見黍包金。蛇壑橫人骨，鰲江絕古音。追思前日事，愁比海波深。

倚杖

爲憐情景好，倚杖立還移。海近雲來濕，波平日下遲。歸牛行礫确，幽鳥語淪漪。覓句心將嘔，傍人過不知。

過野塘用杜老韻

蛙浮成出字，雨點作圓紋。荷葉多於草，炊煙遠似雲。水清魚可數，村近鴨成羣。何日營茅屋，來茲避世紛。

月中與諸友還在沙溪

爲愛江頭月，回環宿鷺汀。露濃如潑水，天淡欲無星。樹色依月汲本作山黑，螢光出竹青。夜深幽興極，瘦影自伶俜。

贈義上人

足跡遍天涯，何年始出家。去時雙不借，歸日一袈裟。有句堪題壁，無魔敢散花。至今清夜話，猶自帶煙霞。

送陳判之邑庠

君去採芹藻，那知事不同。乾坤已易汲本作新主，禮樂尚儒宮。雨過山仍綠，春歸花盡紅。悠悠聖門意，千古獨清風。

遊原作送，據汲本改秘藏院呈老叟

法法下原衍别字，據汲本删藏千年在，何人結構功。寒潭空夜月，老檜易秋風。我問四奇觀，師云一切空。因之悟真境，只在太虛中。

寄林簿

一别又一載，相思入夢頻。以予拙生計，知子不爲汲本作爾有時貧。鼠跡陶瓶原作甄，據汲本改粟，蛛絲范甑塵。莫將憔悴意，説與得時人。

塵世

塵世無暇日，偷閒到曉汲本作野亭。橋陰界水綠，燒迹斷山青。石瘦牛磨角，簷空雀墜翎。暮笳風外響，汲本作急愁坐若爲聽。

泛舟

泛舟游碧渚，避世作漁翁。試問千鍾祿，原作綠，據汲本改何如一釣筒。雨添春後水，帆漲晚來風。縉捲看魚上，停橈倚荻叢。

田舍

久旱割原作劃豐穰，群童拾穗忙。早炊留客飯，新釀喚翁嘗。庭上豆萁滿，籬邊蔬甲長。腰鐮砍草汲本作斫丫木，準擬撑欹桑。

亂後無雞犬，昏到足蚋蚊。有翁如老鶴，蹙頞説官軍。理穀爲春種，鞭禾到夜分。與兒再三話，衣食在辛勤。

片雲頭上黑，涷雨自西來。原作東促婦收餘穀，呼童拾爨柴。堆禾披草蓋，移菜傍畦栽。却憶翁年老，前村醉未回。

割餘田有鶴，食罷案多蠅。哀穀爲秋賽，燃薪當夜燈。老牛背觳觫，爨婦髻鬅鬙。應是無心問，朝家發與興。

惡況

惡況有誰知，僵妻與仆兒。無人乞顏米，有客泣楊岐。浩劫天難免，凶年鬼亦饑。但言身長在，不敢恨流離。

貧

相見盡言貧，能貧得幾人。文成休送鬼，錢乏那通神。形瘦何妨鶴，衣懸一任鶉。飢來眠仰屋，鼻息撼梁塵。

初六早過後浦莊

秋晚村莊憩，青山對掩扉。輕風隨步屧，殘露濕征衣。水滿菰蒲亂，田荒鸛鶴飛。欲行還小立，旅思重依依。

九日

海山秋索莫，不見菊花開。節與貧相棄，年將老共催。艱難思故里，牢落對殘盃。舊日登高伴，今無一個來。

瑞光亭有作

終年蕭寺裏，人跡往來稀。雀踏梁塵落，蜂穿木屑飛。佛幡書古偈，僧壁掛禪衣。此景惟予愛，泠然契道機。

遊賢坂書贈可大

十月寒猶未，原作久，據汲本改幽人樂自便。看山行覓句，掃石坐談玄。一徑藤蘿月，數家桑柘煙。舊時釣魚處，枯木倒寒泉。

雨後閑步

洗天風雨過，炎暑漠然收。偶爾掩汲本作出門去，因之入寺遊。農畦瓜蔓長，僧圃貝花稠。自笑生涯拙，空餘一髻汲本作兩鬢秋。

題章法山房

四壁羲文卦，曾因學易居。今來三十載，只有一空廬。境寂含群動，窗明納太虛。無人悟玄理，梅竹翠扶疏。

寄吕之壽

一燈清夜話，覺子頗真情。世已無前輩，方予汲本作予方畏後生。天涯共流落，歲晚獨無成。桐下來春約，飛鴻望寄聲。

入冬半月餘二麥未種忽然一雨

村莊三日雨，清曉怯憑欄。洒地紛紛白，隨風陣陣寒。不愁客衣薄，且爲老農歡。已有芃芃意，來春歲計寬。

乘除

若問乘除法，須當健補貧。何如窮到骨，更有病纏身。忽忽又將老，蒼蒼更不神。此生吾自斷，簑笠一閒汲本作山澤一癯人。

和弛齋菊花

東籬曾手種，賴以制頹年。白髮經秋別，黄花入夢圓。一場蜂蝶後，老圃雪霜前。不是躭幽隱，淵明地自偏。

秋夜

中秋汲本作夜愛親友，欲别不勝愁。此去無多日，羈情可奈秋。山寒猶碧樹，水落正滄洲。莫道非吾土，今冬尚此留。

寄槐庭

吾道付滄浪，衰年尚異鄉。畏人江草合，懷舊暮雲長。老我已無用，如君終未忘。天寒無過雁，夜夜獨鳴蛩。

悠悠

江上形容老，竹間窗户秋。悠悠忘歲月，落落少交遊。無食令兒瘦，有詩消客愁。古今多少事，卷易在床頭。

四月朔日曉起候呂之壽

清辰未巾櫛，遠遠望山阿。一夕已如此，長年其奈何。高齋空寂寞，今日始清和。可惜一樽酒，驪駒又欲歌。

次韻呂之壽見憶

日暮客送客，此情悲復悲。棲棲吾老矣，寂寂子何之。跬步便相憶，論心未有期。江湖成底事，空使素衣緇。

壽蕭東海

樂哉東海老，天與以遐齡。前一輩人物，爲諸生典型。頭因嗜書白，眼不要人青。歲歲桑蓬旦，人間活壽星。

范掌書

出佐繡衣使，八州人共歡。一句司范筆，六計問周官。雁鶩手持進，豺狼膽自寒。豈惟重臺省，風采動朝端。

葉掌書

陽復天心動，春回五葉中。梅梢足生意，柏府早清風。身任八州寄，手持三尺公。可憐芹泮士，空自獻詩筒。

貧　病

貧與病相約，貧來病亦來。有僧時饋藥，無鬼敢輸財。酒債償仍欠，醫書閤又開。安貧吾自愛，且遣病魔回。

浮名

不起浮名想，都緣耐寂寥。小齋坐聽雨，野渡立看潮。歲月吟邊過，憂愁醉裏消。早知書分淺，悔不學漁樵。

養拙

養拙干戈際，逃名山水邊。疏泉妨蟻過，掃地愜牛眠。竟日雲籠樹，何時雨洗天。入門兒女聒，恨未斷塵緣。

慈濟行祠

上人棲息地，况近佛莊嚴。亂蘚緘新甃，閒花覆古簷。浯山青入眼，榕樹紫垂髯。獨步秋祠晚，雲間月一鐮。

閒居

樹月紛紛白，溪流練練青。畦蔬先雨種，徑草未春生。井近通鄰汲，橋崩斷客行。閒居寂無事，觴咏叙幽情。

杜鵑花

望帝千年魄，春山幾度風。聲聲向誰白，歲歲作花紅。寂寞荒烟裏，妖嬈細雨中。可憐濺成血，無復見蠶叢。

送千巖摘稿還仲仁

借得千巖一卷詩，吟窗盡日不停披。蒼波溜雨岷峨原作岷，據汲本改柏，赤石封苔峋嶁碑。不是胸中横労崱，如何筆下許瑰奇。還君此寶文房裏，應有神明爲護持。

題誼上人石室

接石爲巢瓦縫欹，家風惟有白雲知。連筒遠取煎茶水，種竹先尋掛衲枝。庵小偏涵新世界，山空不見舊亭池。清宵一段西來意，林影參差月上時。

沙頭玩月

萬片魚鱗淡欲原作欲淡，據汲本乙收，横空原作光，據汲本改不碍素光流。山河寂寂千年事，風露娟娟五月秋。且作希夷間枕石，惜無李白共登舟。細看白兔何曾夜，應使深山魍魎愁。

春　花

花萼相承二月時，深紅淺紫總皆宜。好春安得長爲主，落葉那能再上枝。爛漫不因晴日麗，披離非爲晚風吹。世間榮耀雯時事，誤盡世人人不知。

答城中友人相勉求官

愁來自唱五噫歌，名利場中脚豈牢。君看青衫求熱炙，我憐赤子有寒號。鶴沾衛禄猶堪薄，松受秦封豈足高。家在荻蘆叢畔住，分當簑笠釣江臯。

題楊子岩

抗塵走俗令人憎，因覓桃源作此行。畏日燒空時事惡，飛泉瀉石道心生。青天盡處孤舟渺，好鳥鳴時萬壑清。一老頭陀癯似鶴，殷勤煮水汲本作茗爨風鐺。

聞復卿欲訪詩以促之

五年不見復卿回，有客傳言卿欲來。苔石生塵親手掃，蓬門久閉令汲本作遣兒開。蒼波搖月銀成片，白鷺巢松雪作堆。料得城中無此景，汲本作此景少速宜相就倒金樽。汲本作罍

重遊離相院

三年掛搭汲本作托跡此叢林，今日重來思轉深。雨過殘陽如月色，風來老樹作潮音。青山歷歷留人住，白鷺悠悠契我汲本作寫客心。日暮荒村苦無伴，虚廊曳杖自行吟。

寄高尹

桐下歸來學釣魚，歲寒相伴只鷗鳬。何期天上郎官宰，肯到江邊處士廬。仲蔚自憐頭似雪，阿勤豈解唾成珠。郎君東閣相看久，莫但清吟廢讀書。

吴天遊竹莊諸公

市塵不碍古招提，笑踏西風暫此棲。松喜客來如解語，鳥知僧定不曾啼。問禪爪汲本作手向維摩合，覓句頭汲本作眉因領當低。恐見黄花歸未得，雲間何處可攀躋。

與所盤諸君會石幡還和杜老曲江韻

青禽竹上弄毛衣，飛來簷頭喚不歸。清景每於詩裏見，羈愁惟到海邊稀。僧回古殿山欑落，客散風齋蝙蝠飛。獨得汲本作對青山已惆悵，此情猶是片時違。

暮　雨

幾月環城萬騎屯，一朝聞韃便南奔。龍枯未必還憂蝗，牛瘠胡爲莫僨豚。典午既衰無管仲，吐蕃方熾有

懷恩。臨風一掬英雄淚，散作彌天暮雨昏。

秋　興

千年成敗事悠悠，獨眺川原汲本作上荒臺滿目秋。底處歸航汲本作帆來遠浦，何人吹笛倚高樓。山和叠叠寒雲迥，水帶瀟瀟暮雨流。回首故家零落盡，樽前誰與語汲本作話離愁。

天下汲本作一歲四時秋最慘，況於人世尚流離。向來犬吠雞鳴處，今見猿啼鬼哭悲。淚洒黄花金燦爛，寒生汲本作魂銷白骨玉參差。滿山寂寞秋梧冷，正是愁腸欲斷時。

怪　事

怪事年來見未曾，岸今爲谷谷爲陵。可憐龍向靈湫蟄，忍見猱來古木升。四載干戈多白骨，半宵風雨獨青原作清，據汲本改燈。腐儒未識皇天意，不信荆舒竟莫懲。原作愁，據汲本改

門　巷四十歲吟

門巷蕭條絶市聲，吟肩終日聳崚嶒。瘦如華表秋來鶴，貧似叢林旦過僧。渴吻漫消茶一碗，枯腸不飽稻三升。交遊豈是相違意，四十無聞自可憎。

和義兄詩畢忽憶竹莊石隱二老寄詩一首煩爲問訊

爲向東林問起居，更詢李白近何如。攜琴想對原作對想，據汲本乙青霞頂，覓句應巡碧玉除。無復風流陪二老，原作老二，據汲本乙空憐憔悴似三閭。冰霜凛凛河流斷，安得雙魚送尺書。

獨　行

孤烟落日是何村，向晚村春汲本作春聲隔水聞。白鳥遠來全似蝶，紅霞淡去却成雲。愁同汲本作當落葉飛無數，淡汲本作詩比秋山瘦幾分。客寄他鄉元寂寞，獨行不是故離群。

與應得李洋歸

花時莫負此良辰，信杖閒行寂寞濱。日入山頭成鶴頂，風吹沙磧皺魚鱗。飛來白鷺全成雪，倒去枯松半樹春。似此江山孤絶處，故汲本作還應着此苦吟人。

江　鄉

蘆荻叢邊日正長，人間樂處是江鄉。溪童釣艇分魚鬧，蠶婦山爐煮繭香。疏雨漏天青破碎，衝風滚浪白猖狂。鷗沙犢草皆詩思，汲本作料毋怪幽人覓句忙。

自　知

古寺棲身又兩期，西風吹我鬢成絲。俗兒往往貌相敬，吾道悠悠心自知。盡去皮毛方是學，若無情性定非詩。可憐千載相傳授，只爲秦人煨燼餘。汲本作遺

次所盤山村

溪外青山山外村，數間茅屋掩柴門。青裙竈下偷窺客，白髮堂中笑弄孫。乞火煮茶燒土銼，隔原作鍋，據汲本改籬貰酒舉匏尊。梅花不解留人住，山路歸來已夕昏。

寓居姚家村

平頭五十滄江叟，寄跡三家桑柘村。樽酒不知誰主客，束書相伴過晨昏。有時獨步來沙際，盡日清談倚樹根。一任傍人笑迂闊，此心欲與白鷗論。

麥秋和所盤休字韻

片片桃花逐水流，三分春色二分休。禁烟時節家家雨，種麥田園處處秋。山際夕陽猶觳觫，林梢曉露忽

軥輈。客中物候催人老，那更分成兩地愁。

和意行韻

一枝筇竹度年華，自愛藤陰夾雨涯。野叟笑予衣落魄，牧童見客手交叉。染成衆綠桑初椹，落盡千紅楝始花。步至橋西水窮處，却隨黄犢還吾家。

移居

移居山北向山南，天遣清風接笑談。無數鳧雛穿稻塍，汲本作町一群灘鷺語茭潭。鷺汲本作竹臨清沚貪心起，蓮到黄昏笑靨靨下原衍門字，據汲本删含。却憶姚家古藤汲本作潭下，烏巾掛了旦汲本作晝眠酣。

田家一路到村汲本作間一路到天南，盡是農人汲本作偶共山農野叟談。鳥過江來平汲本作斜入樹，牛沿堤去倒行潭。蜻蜓影下波紋皺，穲稏穗中秋意含。日暮東坡渾似畫，倚風無數水葒酣。

斷雲將雨過橋南，誰想汲本作叩莊門憩雨談。雀喜客來喧古棘，汲本作瓦蛙嗔人過没深潭。蓮房墮粉風初歇，稻葉抽珠水尚含。村釀沽來薄難醉，不妨此興爲詩酣。

山齋

草色苔痕挾雨驕，山齋一巷似漁樵。三叉路口時時犢，一曲溪流片片橋。風木參差泉上廟，烟帆來往海西潮。飄然忽起雲間想，白鶴高飛不可招。

和芸齋

脱却簑衣下釣竿，豈無線路透玄關。斜風暫罷玄真去，明月來從太白攀。自是老懷俱惜别，偶陪清話不知還。夜來客枕秋聲起，磯上苔痕入夢班。

張可大甥與古愚家兄游陽孟巖已廢而舊日之山屹然獨存有詩因次其韻以上十

七字汲本作云巖已廢而舊日題壁之詩獨存有感次韻

笑推窗户揖青山，茶鼎松風入耳潺。老去已知今世錯，貧來剩得此身閒。漱流枕石心長在，涉水穿林汲本作尋壑經邱步已難。六十年來醉題壁，那知尚在白雲間。原作門，據汲本改

秋　夜本詩第二首始，至《和所盤九日》第一行，原頁碼舛亂，據汲本調整

缺月黄昏照短垣，一燈明滅尚留殘。衰頽但覺風霜苦，憂患不知天地寬。坐想興亡成感慨，起瞻星象倍辛酸。凍琴弦斷書帷冷，槭槭庭梧半夜寒。

紛紛敗葉已辭林，四顧凄凉夜色深。月伴征人驚夢枕，風摇戍婦搗衣衣下原衍征字砧。失群孤雁千山影，無數寒蟲四壁音。滿目乾坤都是恨，頭汲本作顛毛白盡更愁吟。

和所盤端午韻

槐夏陰中鬢已秋，天風吹夢墮江頭。水應難洗湘纍恨，山豈能爲柳子囚。塵世不知幾端午，人生汲本作吾身大抵一虚舟。愁來細把君詩看，壓倒當時趙倚樓。

和所盤離相院山門納凉韻

槐對青山汲本作坐對山門五月寒，朝朝暮暮此看山。風來翠瀑青松外，人在珠宫貝闕閒。詩客歸時文几原作句，據汲本改靜，棋僧去後畫枰閒。禪牀一被汲本作房一枕清眠熟，夢把漁竿釣碧灣。

和所盤自寬韻

憂患薰心兩鬢絲，倚欄瘦影却斜暉。凄其十載不儒服，老矣一生猶布衣。未信此身長坎坷，細看造物實玄微。五更風雨自秋至，不見蚊原誤作蛟䖟跋扈飛。

秋　懷

何處秋來汲本作聲在樹間，旅中寂寞欲汲本作懷寂寞夜生寒。簀籓粉落見秋色，汲本作高節薜荔青凋帶老汲本作醉顏。午枕尚猶汲本作猶然飛豹腳，曉霜久已染雞冠。流年偷向吟中換，老却詩人空等閒。

和所盤九日

石筅如劍夢猶危，風帽檣邊且任吹。山送落暉應恨速，月臨歸路不妨遲，欲從此夕頽如醉，試問明年健者誰。一笑樽前俱是客，可堪搖動菊花期。

和所盤闌字韻

遙想山齋客夢闌，朔風吹鬢怯欄干。黄花句裏空相憶，青鏡朝來獨自看。絶似東坡來海上，勝猶賈島渡桑乾。木奴千樹何須問，懷抱時因驥子寬。

元旦與可大江行

日出潮回生紫烟，水光春汲本作山色弄春妍。底須椒柏來爲頌，且與鷗鳧敘隔年。風動微波靴面皺，苔粘枯石佛頭圓。老來須與溪童樂，爭倚蘆花學放船。

與可大水頭閑望

曖入紗巾淡淡風，倚樓客思話無窮。前山倒影搖春水，野火飛烟入暮空。無數舟人相爾汝，一群沙鳥自西東。江流不碍鐘聲度，和雨收來八句中。

過方廣寺

故人昔日此留題，汲本作題句因入招提爲覓詩。石鼓長存僧屢換，窟泉尚在馬安汲本作客何之。風簷落葉仍唐檜，苔壁生塵且宋碑。蝴蝶不知春已去，過牆猶顧汲本作戀舊花枝。

呈古直

芹泮西風寂寞濱，相逢不作白頭新。人汲本作自知叔向古遺直，誰識堯大今逸民。自汲本作從古文章差底病，歷觀賢聖莫非貧。老來安養浩然氣，吾輩安能俯仰人。

呈張尚友

秋風匹馬柳江邊，芹泮相逢意浩然。吏部文章懸日月，子長汲本作龍門史記在山川。輸君何啻百籌上，期我曾言千載前。造物無情吾輩老，後原作君，據汲本改生誰可囑遺編。

自修

昔髡兩鬢今白頭，肯將胸次著閒愁。無邊風月隨宜樂，有分江山取次遊。但得捫心無愧怍，庶幾省己少愆尤。榮枯壽夭無爲二，未死之前盍自修。

重九

病餘惟有骨崚嶒，節物催人衹自驚。肩比寒山爲獨聳，心將秋水覺雙清。正冠落帽俱汲本作真兒戲，採菊囊萸不老成。汲本作是世情寂寞空齋捲書坐，欲持盃原作覓，據汲本改酒爲誰傾。

晚行書所見

夕陽半落紅猶在，寒月初升白未勻。流水孤村天欲暮，頹簷敗壁野無人。雀啣遺芥營巢急，蛛繹新絲織網頻。欲問前朝無故老，髑髏落地路荆榛。

感遇

本是畏人嫌我真，何人使我入城闉。客中誰問張仲蔚，夜半有呼祁孔賓。萬象不離心内易，一私壞盡世間人。半生説過行無寸，石火光中寄此身。

貧　病

貧似山僧瘦似猿，病軀只合老山村。空床氉毭無氍毹，卧下原衍一字，據汲本删破褐繿縿有虱捫。作甫里翁垂釣艇，學猗玗子飲窪樽。前修追慕吾何敢，孤負西埔矩老言。

吕所盤已回故居月餘日忽憶舊時與遊因約再訪

匆匆别后又秋涼，佳句遙知塞錦囊。聞道拾遺流落久，歸尋小隱釣遊鄉。舊時鄰曲渾如夢，此日江東欲斷腸。擬待梅花攜斗酒，訪君船泊小溪傍。

東歸擬再訪吕所盤舟便不果盤有詩因次韻以謝

對酒殷勤問後期，出門一步便相思。自從剡曲回舟後，長憶巴山聽雨時。鶴髮無成應念我，貂裘已敝欲從誰。歸途不向盤中過，却被清泉笑惡詩。

寄肯體

三年雲卧一身閒，惟有君來蕭寺間。既是君平爲世棄，不妨巢父掉頭還。平生學道魚千里，晚歲參禪豹一班。惟有聖賢真實地，吾儕努力莫辭難。

八十歲吟汲本題作自愧

自愧身無濟世才，茅齋高卧白雲隈。堂堂玉立窗前竹，疊疊前鋪汲本作錢錦砌上苔。白鳥去邊春日落，青山斷處晚潮來。逢人不必言時事，共把情懷對酒開。

示　兒

喫緊爲人毋自欺，吾猶失學況吾兒。人誰無過過須改，道不遠人人莫知。一定萬牛拖原作揮，據汲本改不動，少差駟馬亦難追。如今老去空惆悵，八十年前盡背馳。

八十四歲吟

百年尚有一十六，天不窮人人自窮。未解寡尤并寡悔，若爲知至又知終。如真可死何妨死，欲養不中那得中。無可奈何委諸命，狂瀾終久必須東。

求約

求約未能休厭繁，每於得處自難言。書曾過眼平心看，道不依形觸目存。木本草根如有見，山巔水際盡逢源。可憐日月惟空過，休汲本作羞聽鐘聲送黄昏。

一中

莫把三才别立根，此身亦自一中分。四時環繞天包地，萬片捲舒山出雲。道在靈臺常潑潑，氣歸元海自沄沄。百年保合太和內，老學無成恐有聞。

白露日獨立

西風吹我鬢髯皤，獨立庭中影隨形。一歲露從今夜白，百年眼對老天青。經秋不脱無多樹，近月能明有幾星。惆悵前修人去盡，後生誰可囑遺經。

磊落

磊落襟懷人不知，回頭堪嘆亦堪悲。盃殘炙冷窮工部，齒豁頭童老退之。十事有九不如意，百年踰八欲汲本作亦何爲。早知人世暗如漆，只合黿間食蛤蜊。

清晝

誰信茅茨即玉堂，閒來清晝似宵長。二儀升降太虚内，一静消磨萬意忙。忿欲俱空心自正，行持無力夢猶狂。可曾濯足滄江水，飛上雲間千仞岡。

用伯恭次信兒韻因以示之

老至如斯更不愆，此生自斷總由天。丈夫事到蓋棺定，男子生隨墮地緣。誤讀銀車知昶拙，點成珠唾賴勤賢。孤槎欲泛千尋海，常望龍驤萬斛牽。

病中作

獨坐茅簷静養痾，亦知來日苦無多。此心不動窮無鬼，元氣將衰病有魔。嘆老嗟卑非我事，貪生怛化欲如何。平生不爲浮屠惑，自此汲本作作幢峰土一窩。

養痾

八尺空牀坐養痾，老來真是病維摩。虚皇大道無爲爾，造物小兒如我何。許大原作久，據汲本改乾坤無處着，這些軀殼原作穀，據汲本改累人多。何當飛入虚空裏，骨肉收歸土一窩。

以上《丘釣磯集》卷二

丘　葵三

跋信中隱秋江捕魚圖

逸興寄滄洲，高風原作木，據汲本改落木秋。欲擕我簑笠，渡口上漁舟。

晚行書所見

山澗雨初收，涓涓水亂流。樹根一片石，童子坐牽牛。

梅　影

山空年歲汲本作歲年晚，老氣寒崢嶸。耿耿霜月夜，相看直到明。

秋夜有感

萬斛秋愁强自寬，夜深風露伴孤寒。可憐萬里長空月，只得窗前一片看。

臘月二十九日陳萬石石室吕潛心三兄相訪夜坐分韻得年字

二十年前舊師友，一燈相對坐談玄。爐香茗椀原作碗茗，據汲本乙不須睡，惟有今宵是舊年。

挽心泉蒲處士

把釣秋風辱贈詩，傷心無路送靈輀。欲書誄語應難盡，獨倚寒梅照石漪。
欲持雞絮立墳前，俗了青霞頂上仙。只合化爲溪畔鷺，乘風飛去弄清泉。

次歐陽少逸韻呈雪庭禪師

蘋婆影鏤日華明，照見枝頭果已成。却是南風有吟思，時將萬葉作秋聲。
吟得秋聲滿院涼，不知六月有驕陽。禪心已是空諸相，無奈瓶花故故香。
瓶花故故透禪房，師自無心花自香。客散夜深歸定裏，白生虛室月無光。

北山聞鐘亭

曉來草木自澄鮮，不到山中又五年。惆悵聞鐘人不見，空餘古木鎖寒烟。

遊碧霄石鐫一壽字今七十二年

當時石上誰爲鐫，亭已荒蕪字儼然。七十二年幾陵谷，道人曾共字同年。

永寧庵

路入永寧方午陰，禪師聊復坐沉吟。欲將門外葫蘆水，倒作田間三日霖。以上《丘釣磯集》卷三

丘葵四

新晴

新晴登峈嶁，欣此凍初解。春風入條肄，枯栫依然在。有美北山薇，良苗正堪採。我欲攜短筐，悠悠隔滄海。

仰高堂外看山

半生勞仰止，今日忽瞻前。如忘形骸友，相對亦屹然。此心有全體，動靜無塵緣。遙睇層層碧，羣仙室其巔。我欲往從之，於道恐未然。但當安所止，萬物同此天。

煮粥

清晨掃松葉，旋復烘于煁。汲井手自淅，咄嗟香滿鬵。母子共一飽，茅簷樂愔愔。雖無滫瀡奉，庶不愧此心。

同景仁芝山賞梅

西風殺羣卉，麋鹿覺悽愴。野菊亦憔悴，蕭條不堪賞。主人庵中梅，的皪爲誰放。當茲肅霜月，數枝春盎盎。真如得道人，形槁神獨王。

閉户

自我來兹泮，閉户交遊絶。經生一二輩，長庚伴殘月。芹藻自青青，誰與共採擷。唯於潑潑處，見得源頭活。

三月三十日

盎盎天地春，萬物日和煦。云胡生五穀，不若草木數。天地一小變，六龍不行雨。東皇詎忍歸，田間已焦土。□□□人，書生空自愁。饑死者不恨，特爲蒼生憂。我願呼東皇，爲我呼屏翳。沛爲三日霖，枯苗有生意。皇天青蕩蕩，無繇訴衷情。空憐汝布穀，辛苦催人耕。

懷古愚兄

紫帽之峰兮高且巍，白雲一片兮空依依。我有兄兮在海湄，三月不見兮使我心悲。紫帽之峰兮高且峭，白雲一片兮空悠悠。我有兄兮在海陬，三月不見兮使我心憂。有荷薦香，有竹薦涼。歸哉歸哉，一觥對床。

以上汲本《釣磯詩集》卷一

讀元次山詩有感而作

民病未蘇息，誰爲元道州。爭趨熱翕翕，不念冷颼颼。摧剝先蟲户，差科及釣舟。君門千萬里，欲往訴無由。

舟中避難

挐舟來避難，别我釣魚磯。帆卸遮春雨，衣濡曬落暉。南師聞韃走，北馬逐人飛。見説漳橋斷，鑾輿曷日歸。

日　入

日入川原暝，風悲草木枯。時逢迂孔氏，我自哭唐衢。市有虎求食，村無雞引雛。乾坤空納納，何處著吾軀。

到郡城憶江釣

誰使入州府，被人嫌我真。未歸江上釣，且作夢中人。一片滄浪石，百年泡幻身。知心惟白鷺，相憶伴經綸。

六月寓章法寺

暝色入招提，昏鴉已不啼。諸僧空院出，老子獨山棲。堂面無人北，天形盡日西。寂寥應不恨，吾道與時睽。

瑞光亭

昔聞石幢寺，今見瑞光亭。一水東南碧，四榕冬夏青。往來多俗子，老病抱遺經。親冢招提北，回頭涕泗零。

贈富公

師年過七十，萬事總無心。猿鳥窺禪性，魚龍避梵音。煙消香篆冷，霜入鬢根深。手種庵前樹，蒼蒼十丈陰。

別城中親友

不堪離亂後，重別舊交遊。到處無青眼，歸家空白頭。風霜秋一葉，山水暮多愁。後會知何日，臨溪淚欲流。

贈雲岫上人

諸生多晚出，一老獨高年。月照遺經匣，雲生破衲襄。苔深埋屐齒，屋老帶松煙。何日塵氛斷，從師此話禪。

送誼上人歸城

恰是聞師到，持笻又欲歸。去雲黏木屐，飄葉泊禪衣。不敢生離思，應愁損道機。故人如見問，爲説志漁磯。

夜意

茅齋人語寂，清坐獨巑岏。有興憑詩遣，無聊把劍看。香殘金鴨冷，膏盡玉蟲寒。出見庭無月，方知夜色闌。

曉意

鄰窗雞唱曉，客路馬嘶風。夜色鍾聲外，晨光角韻中。蟾歸曳殘白，烏出浴新紅。一點清明意，那無保養功。

孤客

綠綠竹生笋，黄黄菜又花。一年今已夏，孤客未還家。夜對青燈滅，朝看白髮加。由來事筆硯，不若藝桑麻。

雨後憶家

客裏詩書債，人間骨肉情。一春不相見，四月又還經。梅雨年年事，田禽夜夜聲。直思到蒲原誤作浦節，方得侍親庭。

歸侍

村莊一罇酒，誰與語悲辛。衿佩空相負，詩書不救貧。天寒負米客，日暮倚門人。遥睇長江水，西風猶愴神。

病　中

數日喉何嗄，三年肺未蘇。自知愁不禁，誰復問何如。病體仍冬夜，山莊獨老夫。恐傷阿孾意，不敢寄家書。

龍湖道中

冬行緣底意，倚杖陟高岡。日色帶霜淡，風聲過海狂。林鴉山外黑，野菜麥中黄。臘月明朝是，棲棲尚異鄉。

寄曾子方

别來俱不飲，相憶若爲情。交態忘貧富，相知似弟兄。君殊非夙昔，予亦負平生。惟有子城月，年年是舊盟。

題可翁塔

至人埋骨地，草木總皆玄。未臘梅先覺，無風竹亦禪。燈緣千載燄，名共四松傳。舊日經行處，瓶盂常儼然。

哭矩齋先生

早悟官爲祟，晚將家付兒。公今成佛去，僕尚是人猗。柹葉收遺墨，梅花憶贈詩。自嫌聞道晚，有淚哭先師。

和北城友人

桐邊一葉地，相望立秋風。昔別已三載，今來成兩翁。醒初無異醉，窮亦豈殊通。卻笑甲辰一，雌雄自不同。

遊龍湖庵

一路野花開，春陰滿樹苔。舊時僧已去，前度客重來。浮世年年變，塵心事事灰。跏趺清晝永，玄奘壁間回。

和呂所盤韻

春豈關儂去，愁緣老易生。一村俄綠暗，數日又朱明。細切銀絲鱠，新嘗玉版羹。便令聞杜宇，自不動鄉情。

支笻

天乎多往事，老矣負初心。病骨瘦又瘦，愁詩吟復吟。一生空碌碌，萬綠自森森。多少關情處，支笻古樹陰。

雨後有便价寄所盤

雨中正相憶，偶爾有來鴻。清況今何苦，新吟想漸工。近聞惠連病，似與長卿同。何日蒼榕下，開筵水面紅。

宿鏡山欲訪之壽忽聞東浯思仲至約爲南山之遊不果

鏡山欲相訪，馬首已之東。常日對衿佩，此行如燕鴻。將歸逢所與，有約竟成空。若到齋中日，爲予傳主翁。

書陳氏小軒壁

一榻自徜徉，悠然古意長。地幽如佛舍，軒小似船房。萱草依堂綠，荆花夾樹香。我來訪幽隱，話裏雨聲涼。

田間行樂

一年又朱夏，殘生如白鷗。未須愁熱去，且得及清遊。數點雨初下，千溝水盡流。誰家田萬頃，綠到海西頭。

春日閒遊過石所山

盎盎春流水，微微風動蘋。江山一片石，童冠兩三人。落魄從渠笑，逍遥得我真。百年渾是客，一月幾佳晨。

初　夏

一信楝花風，一年春事空。池荷還揭揭，櫻笋又匆匆。空嘆時光換，誰知造化工。盡將枝上色，并作石榴紅。

次長卿韻

秋盡始相見，宵殘即語離。將歸悲宋玉，不飲愧袁絲。送遠意未愜，思家興頗隨。可憐鏡山夜，未與小盤期。

次韻長卿仍招爲桐下之遊

老懷原寂寞，非子竟誰傾。去矣無多日，緬然相與情。雲山留共往，風雪渺孤征。更解同行否，無爲歲暮驚。

雨中宿章法院

瀟瀟一江雨，涼氣入山扉。離舍本不遠，連朝亦忘歸。紫荆成子落，黑蟻化蛾飛。看盡浮生事，終輸破衲衣。

呂之壽詩到仍用前韻約爲五峰之游同訪老人

客中枉佳句，三復喜還悲。冉冉歲暮矣，悠悠思何之。桐下不共往，梅花預作期。地爐風雪夜，同訪五峰緇。

用前韻寄幾仲

丈夫語意豁，不爲别腸悲。有酒再酧我，緣君一中之。顧此風霜景，闊哉牛女期。梅花山館裏，誰問敝衣緇。

和顔北城梅花韻

白髮寒叢裏，疏枝的爍明。風霜半夜後，南北一時晴。冷淡吟邊景，啁嘈夢裏聲。園中幾許樹，獨汝最關情。

離相院暫原誤作慙**憩**

一别已五載，重來得舊朋。秋風多敗葉，童行半爲僧。暫憩亦云好，長遊愧未能。前山久相識，爲我碧崚嶒。

過李氏山房清坐對雨

千林同霢霂，一室淡虛明。餘潤浮窗眼，輕寒入鳥聲。紛紛度隴白，亹亹逼人清。相對焚香坐，油然道氣生。

對竹

此君無媚色，耿耿合予衷。外直形容瘦，中虛忿慾空。炎涼多變態，瀟瀟獨清風。幸免斧斤患，蒼然保令終。

新月

斗柄猶未酉，明生已自庚。月光本端正，人見有虧盈。寂感此太極，炎涼彼世情。徘徊花影下，獨自掩柴扃。

夜誦

夜誦琅琅罷，山齋人跡無。蟲聲助嘆息，月影伴清癯。黄卷十年子，青燈一腐儒。時危無用處，我自笑非夫。

浪出

浪出鬼揶揄，歸來失故吾。庭空榕落子，人靜鳥呼雛。潮退石自出，天高日正晡。寥寥誰與語，懷古一長吁。

哭高氏妹

寒月照幽閨，眉多客裏齊。飄零杜氏妹，隱約伯鸞妻。烏啄有新哺，鳳飛無故棲。近聞猶子説，憶汝萬行啼。

錢侯寺

福唐錢氏子，爵命古諸侯。老樹護靈鎮，神鴉迎客舟。晨昏兩潮汐，尸祝幾春秋。參佐憑風景，輕囂走不休。

龍湖觀人釣魚

野客雙蓬鬢，溪童一釣竿。得魚何與我，對境自成歡。日暮欲歸去，支筇更一看。淡紅千草燭，濃綠萬花盤。以上同上書卷二

遊承天寺海翁首座相與登月臺因過方丈

偶趁秋風一到城，市塵湫隘敗人清。牽絲聊作逢場戲，舉眼那知得月明。寂外幡幢皆古意，堂邊萱草自秋聲。因過方寸觀心印，見得泥牛入海行。

再次前韻呈吳天遊居士

心在江湖身在城，暫分禪座覺神清。秋深竹葉敲窗響，晝靜蕉花照眼明。吟罷燈前窺佛偈，夢回枕上數鐘聲。未能參透龎居士，安得師門掉臂行。

吕所盤以詩送茅柴酒與紅螺用韻以謝

玉液新篘徹底清，瓊肌脱殼有餘馨。嗜茶枉自爲搜攪，食蛤空憐有典刑。脈脈客愁閒白晝，紛紛雨腳下青冥。此時一領仙家味，應使靈均悔獨醒。

與汝翔池頭清坐

主人發興在林泉，故鑿方池翠竹邊。波動日光翻素壁，水涵雲影倒青天。蛙浮成字出復出，鼂没有紋圓又圓。却意盤翁初到此，共看楊柳碧絲懸。

自湖尾至歐崎村一丘松竹步入其間乃白蓮堂有一老嫗揖客而坐道人云此師長娘也堂前有兩樹梅青腴可愛徘徊久之不覺日暮

笑踏冬晴過一村，誰家松竹護柴門。初來猶似行婆室，良久方知鹿苑園。煮茗相邀論白業，據梧不覺到黄昏。娟娟梅樹梢頭月，不待開花已斷魂。

夜卧中庭

一榻清風不用錢，卧看萬里泬寥天。明星落落纔數十，孤月亭亭照大千。但見衣襟如潑水，不知身世是何年。可憐玉兔空辛苦，搗藥終宵那得眠。

和所盤風字韻

二十四番花信風，到頭誰白又誰紅。尋春不用苦多感，有酒且須時一中。吾輩於人長落落，浮生雖夢亦匆匆。未知今歲滄浯上，握手論心幾度同。

懷玉巖先生謫廣州忽自古杭有書至

十二年前舊師友，書來欲拆淚成行。幾回相憶人千里，往事追思夢一場。琴劍知辭南國久，干戈尚任北方强。傷心吾道秋容冷，遥憶師門數仞牆。

與所盤諸君會石幡還和杜老曲江韻

絮雲初擘未成衣，笑踏青莎橋上歸。詩酒堪過春日永，鶯花却恨海山稀。竹間弄笛留人住，麥外遊絲絆鳥飛。滿院東風不收拾，山僧何事苦相違。

青禽竹上弄毛衣，飛上簷頭喚不歸。清景每於詩裏見，覊愁惟到海邊稀。僧回古殿山礬落，客散空齋蝙蝠飛。獨對青山已惆悵，此情猶是月時違。

天陰

天陰盡日黯無光，白骨縱縱横地霜。真韃未多多僞韃，拒王不罪罪勤王。昔持耒耜今兵革，人食糟糠馬稻粱。正似鑊湯無冷處，年三十六死爲長。

聞吴丞圖漳倅

黄屋南巡去不回，乾坤舉目是塵埃。風輕山鳥猶啼恨，露重園花亦濺哀。隻影獨看西日落，滿城爭喜北人來。先生莫爲浮雲動，憂國雙眉皺未開。

吴丞遠寄和章

今古興亡凡幾回，垂芳遺臭等浮埃。蝶飛荒徑趨時樂，燕宿頹梁爲主哀。周粟不堪夷叔飽，漢車特載綺園來。書生恐被山靈誚，牢把柴門閉不開。

信步

榻上殘書已倦攤，幅巾藜杖出柴關。卜居宿鷺眠牛處，覓句殘蘆敗葦間。心逐閒雲横碧落，眼隨飛鳥度青山。忽然信步苔磯上，又得漁翁作伴還。

西興寺值雨次吴警齋先生韻

松風一道作秋聲，閲盡山僧相送迎。佛法西來隨處見，梅花老去爲誰清。亦知身是客中客，試問朝來晴未晴。一笑大雄山下路，幽人攜手每同行。

七月望日再遊彌陀巖

彌陀巖下蒼榕樹，借我今年兩度游。客思凄涼無奈老，水光瀲灩最宜秋。便思乘輿歸滄海，卻恨知心遠白鷗。日暮强隨年少去，溪山好處盡成愁。

晚道過鏡山寺借憩未及曙而返

晚風殘照岸烏巾，小借禪床憩旅身。坐對新花忘故我，行看古月照今人。聊爲江畔騎驢客，難會雲間駕鶴賓。泡沫風燈成一笑，近來東海又揚塵。

九日

亂後黄花空滿籬，驚心節序屢推移。微吟聊續潘邠老，一笑難逢杜牧之。浮蟻共伴今日醉，食糕空憶太平時。牛山淚落龍山宴，付與西風一樣吹。

次吴文之韻

江湖漫浪兩狂生，别後相思月一庭。期子未來燈是伴，逐貧不去筆無靈。詩書東閣頭空白，勢利迷人眼孰青。安得世無黄口輩，遍遊天下作蜻蜓。

呈梅林顔宗之

陽峰一别十餘載，今日南關始見君。龜範馬圖俱寂寂，獸蹄鳥跡正紛紛。官名已逸歸郯子，竹紀終須入汲墳。造物無情余輩老，後生誰可托斯文。

江　風

江風淅淅日將暮，庭葉紛紛天已秋。對酒欲消今夕恨，挑燈又動昔年愁。月如有意穿窗罅，蟲故移聲近枕頭。百感關心不能寐，起開塵匣看吳鈎。

贈浮曦柳秀才

家在浮曦江上住，胡爲來此市廛中。殘盃冷炙成何味，隻研孤燈盍固窮。我本持竿釣魚客，子緣識字入儒宫。何當共把絲綸去，明月磯頭坐晚風。

讀楚詞

鶗鴂一聲天地閉，誰知風月有遺音。清醒已脱塵中蜕，枯槁何妨澤畔吟。漁父不來湘水闊，重華一去楚雲深。青鐙半夜書幃冷，照破三閭萬古心。

讀易徹章呈濠樂主人

儂是寒江獨釣人，曾偕樵叟見羲文。當時也似吞三畫，今日翻難説七分。萱草不堪瀕外望，梅花豈是野中群。解頤一笑明年事，未别先愁日暮雲。

次韻答必大

越雪從來招犬吠，平生獨欠是爲師。早知窮達皆天賦，晚覺文章與道虧。萬斛客愁吾老矣，一生心事子知之。殘盃冷炙成何事，空過人間五十期。

雨後

雨後溪虚有斷雲，緑陰擁出絳榴裙。一枝强續春餘景，數點初收水上紋。今日高堂會賓客，去時此際避官軍。人生若得長無事，莫遣匆匆别袂分。

别濠樂主人

客中四月衣猶裌，桐下今年米似金。惘惘江山歸興動，悠悠歲月主恩深。三春已過仍淫雨，百事無緣空苦心。五十三年堪一笑，白頭底用覓知音。

次韻寄蘇仲質

十年前事付流水，清夢悠悠何處尋。老去誰憐三獻玉，生來不受四知金。窮途賴有陳雷友，大雅應殊鄭衛音。俗子紛紛敗人意，何時握手再論心。

呈劉秋圃

劉志學字師孔，晉江人，咸淳進士。宋亡，杜門不出。暮年種菊數十本，號秋圃，以陶潛、韓偓自方

十年江上理絲綸，此日桐城喜見君。造化由來窮我輩，俗儒安得與斯文。人間腥腐荃俱化，圃內寬閒菊自分。萬里秋天愁不盡，取將風月與誰分。

古藤

古藤屈曲似龍蛇，飛上梢頭故故遮。煙密真成一翠幄，風清不入五侯家。忽看落葉知秋早，偶坐吟詩到日斜。恐有飛仙林杪過，呼童爲我整烏紗。

與所盤行溪邊有一小屋可愛問之乃爲南山主人盤翁欲買居越日詩來有孟光到老不曉事剛道還山活計非之句用韻以勉之

相逢海上不須歸，兩鳥天教一處飛。何必盤中爲子所，苟堪釣處是吾磯。主人合讓泉邊屋，吟友來敲月下扉。聞道山陽曾好隱，此回休道孟光非。

寓浯江識老魏秀才

衡茅蕭索泣寒蛩，獨自吟詩句未工。敗葉能令溝水黑，亂雲不放夕陽紅。半生辛苦空儒服，一歲蹉跎又

朔風。不意窮鄉有奇事，暮年得拜鹿門翁。

月澹蓬門拚候蟲，窮通何必問天工。茶烹粟面紛紛白，燈吐花心灼灼紅。屢改新吟添硯水，密翻《全閩詩話》卷五作糊舊稿護窗風。相逢莫道龐公老，覽鏡先慙似老翁。

小 春

落盡千林秋又冬，慙無生意歲將窮。是誰借得三春力，爲我敷施十月中。種種草根含暖氣，鱗鱗水面發和風。江梅剩放南枝蕊，欲策陽回第一功。

梅

歷盡風霜不受埃，始知渠是歲寒材。孤芳獨潔無由俗，百卉爭嬌未敢開。江驛傾欹留月伴，雪山凝沍帶春來。犒翁忘了桂花白，誤道柴桑不詠梅。

和心泉問柳

初曉晴曦爲寫真，嫣然一笑换千顰。緣誰青眼終無語，學得黄金不濟貧。生怕蠻腰來習舞，取爲蟬翳去瞞人。無端飛作漫天絮，撩亂東風衹自塵。

題心泉所贈李白畫像

太白仙人紫綺裘，千年遺像尚風流。狂來踏月共吟詠，醉後呼天與唱酬。唐室已無一抔土，潯陽今見幾回秋。後身定是青霞老，何日分騎鯨背遊。

初 夏

當春一脈生生意，直到如今始潔齊。千樹向榮知靖節，一庭交翠見濂溪。柳塘花塢心應懶，葵扇桃笙手自攜。猶自清和未蒸溽，可人日日竹亭西。

寓石鐘院作

托身蕭寺已踰年，獨掩山門守我元。醉旭一生耽草聖，老叉幾度發詩顛。雨中裹飯無嘉客，月下攜瓶有老禪。自笑五窮挨不去，縛船未了又燒船。

村學

矛頭淅米末途難，活計僧梳刖屨間。老去歡悰如潑水，向來愚見欲移山。身穿犢鼻朝朝冷，眼見蠅頭字字艱。扶病來爲村學究，始知窮乏累清閒。

和吕之壽寄伯章韻

一片閒雲自在眠，人依乎地地依天。六經不朽道吾道，獨學無成年又年。鄉里小兒皆富貴，山川大海盡風煙。乾坤無著吾儕處，子在禪房我亦禪。

和張原齋見寄

昔磨鐵硯已成空，今掉孤舟作釣翁。百丈依依牽夜月，一絲裊裊弄秋風。夢回牧笛樵歌裏，身寄鷗沙犢草中。獨把新詩輕萬户，故人相問有張公。

東歸擬再訪吕所盤不果所盤有詩因次韻

何處啼鵑送落暉，江山信美不如歸。子期死矣今安有，元亮來兮昨已非。世事悠悠春夢斷，人才落落曉星稀。白頭老伴惟君在，安得相隨繞樹飛。

賞梅分韻得殊字

梅是花中先覺者，天才迥與衆芳殊。朔風如鐵爲寒骨，暖日投金作細鬚。吐出奇芬春意思，描成疏影月工夫。玉容清潤豐腴甚，無限詩人錯道癯。

破屋

數間破屋住陳人，八尺空牀卧病身。赤腳婢沽深巷酒，蒼頭奴買對江鱗。匣中菱鏡難藏老，階下苔錢不濟貧。百念已灰何自苦，邇來喜與孟家鄰。

晚步

片月黄昏挂客愁，杖藜閒過水西頭。嬋娟正喜臨清沼，菡萏無端枕碧流。入暮江山渾似畫，向南門巷已先秋。稻田盡處爲滄海，時見乘風萬斛舟。

次韻徐學正九日

秋逢重九亦將闌，换得黄花青草顔。節物只能催我老，人生那得似雲閒。有心采菊非知菊，無意看山却見山。欲識淵明得真趣，夕陽倦鳥正飛還。

寄題朱推官竹齋

萬紫千紅轉眼非，高齋惟與竹相宜。自從出地有清節，直至參天無曲枝。六月高標寒凜凜，三冬秀色緑猗猗。此君妙處無心得，道在虚中人不知。

章法院中作

一入紫雲深更深，游僧亦喜不相尋。已無塵事敗人意，時有書聲雜梵音。浩氣養成天地小，欲心掃盡鬼神欽。人生能有幾七十，自愛當如百煉金。

御史馬伯庸與達魯花赤徵幣不出

皇帝書徵老秀才，秀才懶下讀書臺。張良本爲韓仇出，黄石特因漢祚來。太守枉勞階下拜，使臣空向日邊回。牀頭一卷春秋筆，斧鉞胸中獨自裁。以上同上書卷三

極　目

羣形寂無聲，四野澹將夕。中庭聊極目，一鳥渡空碧。

梅　影

冷蘂疏疏密密，老枝怪怪奇奇。孤高不得春力，雅淡惟應月知。

六月初二日作

萬古青天萬古山，頹然形氣太虚間。氤氲開門無窮妙，只見飛雲日往還。

客　中

孤客思家坐似痞，溪風吹樹爲悲吟。溪中流水深千尺，未抵慈親憶子心。

曉起征衫瘦漸寬，可堪秋入鬢絲寒。客中萬葉皆歸本，自把牀頭易卷看。

秋夜前韻

觸事嫌猜只一痞，出門固羨砌蟲吟。無情河漢西流去，惟有白雲知此心。

章法院堂中清坐

到此人空法亦空，跏趺獨坐夜方中。清還風去明還月，自己清明只在躬。

鰲山閣

閣上南薰聲作秋，俯看木末翠光浮。倚窗忽見金雞落，滾出前溪一線流。

下　洞

天香亭下影婆娑，四畔高林結綠蘿。雲外飛仙不曾見，唯應翠樹閲人多。

百丈石

北風吹我過崢嶸，片石中間水一泓。世事由來總如此，枉教辛苦爲虚名。自注：百丈石，虚名也。

臘月二十九日陳萬石石室吕潛心三兄相訪夜來分韻得年字

一年一度一除夜，贏得世人霜滿顛。七十三年除過了，未知除盡是何年。

歸憩澗亭橋

雨後溪流深更深，倚欄照見一生心。青山只在橋南北，枉自穿雲渡水尋。

溪西李家

秧鍼初出未全青，昨夜岡頭冷雨晴。日暮採樵人去後，一痕淡月亂蛙鳴。以上同上書卷四

觀　湖

潮來沙石没，潮去沙石露。士生那無學，學則詞章富。
潮來舴艋正，潮去舴艋欹。士生那無學，學則氣習移。
潮來魚網設，潮去魚網收。士生那無學，學則德業優。
飛飛洲上禽，亦能戾于天。聖域尚能臻，吾車安敢旋。

太　陽

太陽一入地，亦足蒸成霞。老學儻能勉，聲績豈不華。

太陽一入地，尚能掣成電。老學儻能勉，氣質豈不變。
太陽一入地，照月還生光。老學儻能勉，繕性豈不臧。
太陽一入地，經天返復返。老學儻能勉，去聖豈云遠。
君子之於學，没身而後已。苟未至隕越，敢不湛攸止。

石榴花

莫峙而匪山，莫流而匪川。人生有懿德，萬性同此天。云胡不自責，聽此六賊牽。

觀　物

太虚寂無朕，妙感何絪緼。清濁一浮沈，二儀奠乾坤。客形與客感，萬變日紛紛。形感本來無，志誠諒斯存。

氣聚則明施，氣散則明匿。孰能知其妙，聚散乃爲客。法象乃糟糠，真機乃虚寂。大哉無方體，是謂神與易。

萬物即一物，一物即一身。妙合氣與靈，知覺日以新。物物爲過化，性性爲存神。踐形者惟肖，其斯之謂人。

春蒲發華滋，潮漲失沙嘴。好風自西來，吹皺一江水。何人掉孤舟，撑入春浦裏。不見舟中人，一陣鷗飛起。

釣　魚

釣魚如之何，亦惟釣與絲。爲學如之何，亦惟行與知。擇善必固執，誠意毋自欺。博我復約我，至之而終之。先民莫不然，予曷敢有虧。但恐寒者至，莊敬以自持。

勉吕之壽

汎汎水中舟，有紼以麗維。蕩蕩人之情，有禮以執持。武公年九十，猶思慎其儀。吾儕未耄老，盍亦相箴規。云胡工誦説，志行乃有虧。此病當自省，所差只毫釐。勉哉爲己學，先民不我欺。

雀

雀在屋上，雀在屋下。喧啾各有聲，食息同晨夜。所以異者何，仁義非外假。云胡不自養，乃至爲物化。嗟余雖老倦，亦少知取舍。凛然保厥衷，貴富直土苴。

怡園先生

三朝秉樞要，鉅文飾皇猷。中原爭一髮，忘却君父讎。暮年玉和堂，抱膝空隱憂。

閉户

芝蘭豈是爲人香，濁世紛紛貴自藏。閉户不求如意事，讀書自得養心方。卓然有見如參倚，操則常存勿助忘。但使天根常活潑，小園花卉亦相羊。

養氣

養氣須令四體充，饑寒不動是英雄。常羞仲子徒三咽，稍似顔淵只屢空。舉動未嘗爲物碍，精神若可與天通。氤氲開闔無窮妙，祇在綿綿一息中。

亦足軒中試墨

濴河無復見龍馬，車子鉏商乃獲麟。虞夏不存暴易暴，詩書何罪秦又秦。古來尚有挐舟者，今世那無伐木人。天地閉時應且隱，確乎不拔爲潛鱗。

理欲

理欲分明有兩途，何爲捷徑世爭趨。豈愁今古無公論，長恨乾坤有腐儒。甘與徂徠爲鬼怪，肯猶介甫接浮圖。從來逆迪分凶吉，於穆昭昭不可誣。

六十六歲吟

維天於穆命無殊，人性皆由氣與虚。貴賤何須爲物役，芳菲祇合返吾初。讀書自覺年年誤，學道惟應念念除。輔世長民今已矣，某丘某水且樵漁。

次晦庵先生韻自警

我非欠缺聖非餘，此性皆由氣與虚。欲認存亡爲出入，莫嫌粗糲慕膏腴。仰鑽未得有門入，酬酢方知講學疏。一息猶存毋敢懈，從今要下死工夫。

八十

一裘一葛一綸巾，包裹父生師教身。不見分毫裨世界，空遺八十有年人。老無聞道安可死，間得讀書惟一貧。四萬八千毛孔裏，從頭看得總皆仁。

視夜

我興視夜夜未明，擡頭觀星敬自生。萬古不動惟北極，列宿環拱俱西傾。天光昭回泰宇定，人欲淨盡靈臺清。但能勿使旦晝牿，天理觸處盡流行。

送春

一物生生無盡時，落花啼鳥總天機。三千界内知音少，九十日餘回首非。世事只今看爛熟，詩人自古愛芳菲。年年歲歲送春去，何日春能送我歸。

老學忽有所得

刊落閒枝葉，推尋到本根。始知酬酢處，無地不乾坤。

記先賢

進學在致知，涵養須用敬。廓然而大公，物來則順應。

觀物

雪中梅帶春來，火裏麥將秋至。一動一靜互根，陰陽未嘗相離。維天於穆不已，維聖之德之純。人人皆可堯舜，物物各具乾坤。

暗室

一幾善惡未分時，善本無爲莫僞爲。暗室休言人不見，此心纔動鬼神知。

有感

萬古有條平坦路，東西南北甚分明。世間多少惺惺漢，盡向荆榛裏面行。

和晦庵啓蒙韻

有人見得地中雷，三十六宫從此回。盡太虛中俱是易，底須龍馬負圖來。以上同上書卷五

芝山

牀頭枕是溪中石，井底泉通竹下池。宿客不還過鳥語，獨聞山雨對花時。清同治孫爾準《福建通志》卷五

句

萬機分子路，一局笑顔回。清鄭方坤《全閩詩話》卷五

（戴螢、陸音整理）

盤翁

盤翁，姓名不詳，宋遺民。

句

孟光到老不曉事，剛道還山活計非。宋丘葵《釣磯詩集》卷三《與所盤行溪邊有一小屋可愛問之乃爲南山主人盤翁欲買居越日有詩來云云》詩題引

（虞行整理）

圖書在版編目(CIP)數據

全宋詩　第69册/北京大學古文獻研究所編.—北京:北京大學出版社,1998.12
ISBN 7-301-03986-7

Ⅰ.全…　Ⅱ.北…　Ⅲ.古體詩-中國-宋代-總集
Ⅳ.I222.744

書　　　名:**全宋詩**第六九册
著作責任者:北京大學古文獻研究所
責 任 編 輯:徐建華
標 準 書 號:ISBN 7-301-03986-7/I·531
出　版　者:北京大學出版社
地　　　址:北京市海淀區中關村北京大學校内　100871
電　　　話:出版部 62752015　發行部 62559712　編輯部 62752032
排　版　者:北京大學出版社激光照排中心 62754143
印　刷　者:中国科学院印刷厂
發　行　者:北京大學出版社
經　銷　者:新華書店
850×1168 毫米　32 開本　21.5 印張　565 千字
1998 年 12 月第一版　1998 年 12 月第一次印刷
定　　　價:40.00 元

魁梧數百
年斧斤